I0582644

SCHWEIGENDE
STIMMEN

WEITERE TITEL VON PATRICIA GIBNEY

PATRICIA GIBNEY

SCHWEIGENDE STIMMEN

Übersetzt von Veronika Kallus

bookouture

Die Originalausgabe erschien 2021 unter dem Titel
„Silent Voices"
bei Storyfire Ltd. trading als Bookouture.

Deutsche Erstausgabe herausgegeben von Bookouture, 2023
1. Auflage Juli 2023

Ein Imprint von Storyfire Ltd.
Carmelite House
50 Victoria Embankment
London EC4Y 0DZ

deutschland.bookouture.com

Copyright © Patricia Gibney, 2021
Copyright der deutschsprachigen Ausgabe © Veronika Kallus, 2023

Patricia Gibney hat ihr Recht geltend gemacht,
als Autorin dieses Buches genannt zu werden.

Alle Rechte vorbehalten.
Diese Veröffentlichung darf ohne vorherige schriftliche
Genehmigung der Herausgeber weder ganz noch auszugsweise in irgendeiner
Form oder mit irgendwelchen Mitteln (elektronisch, mechanisch, durch
Fotokopie oder Aufzeichnung oder auf andere Weise) reproduziert, in einem
Datenabrufsystem gespeichert oder weitergegeben werden.

ISBN: 978-1-83790-773-1
eBook ISBN: 978-1-83790-772-4

Dieses Buch ist ein belletristisches Werk. Namen, Charaktere, Unternehmen,
Organisationen, Orte und Ereignisse, die nicht eindeutig zum Gemeingut
gehören, sind entweder frei von der Autorin erfunden oder werden fiktiv
verwendet. Jede Ähnlichkeit mit tatsächlichen lebenden oder toten Personen
oder mit tatsächlichen Ereignissen oder Orten ist völlig zufällig.

Für Ger Nichol
Agentin und Freundin

PROLOG

NEUN JAHRE ZUVOR

Der Junge wollte nicht weinen. Eigentlich hatte er gedacht, dass er den Weg nach Hause kannte, aber jetzt war er sich nicht mehr so sicher. Die Felder lagen in der Dunkelheit, weit weg waren die erleuchteten Fenster des Hauses, aus dem er gerade gekommen war. Ihm war gesagt worden, dass er jetzt heimgehen musste. Sie wollten ihn dort nicht. Und ausgelacht hatten sie ihn auch. Große Jungen weinten nicht, aber er jetzt schon. Hoffentlich waren seine Mum und sein Dad zu Hause, so, wie man es ihm gerade gesagt hatte. Obwohl es geheißen hatte, dass sie die ganze Nacht unterwegs sein würden.

Er ging den Weg hinauf über das Feld und kletterte vorsichtig über den Zauntritt. Auf der anderen Seite sanken seine Füße in den sandigen Untergrund. Der Weg vor ihm wirkte durch den undurchdringlichen Nebel, der dicht über dem taubedeckten Boden waberte, viel kürzer als gewohnt. Er kannte den Weg eigentlich wie seine Westentasche, so oft war er ihn schon zusammen mit seinem Vater entlanggegangen, wenn der im Steinbruch nach dem Rechten sah. Es gab Tage, an denen er seinem Vater überhaupt nicht über den Weg lief. Lange Tage und nicht enden wollende Nächte, in denen die Luft vom

Schlagen der Bohrer und dem Brummen der Maschinen erfüllt war. Er liebte diesen Lärm. Sein Vater hatte dem Jungen erklärt, dass es zwar nur ein kleiner Betrieb war, aber dass er eines Tages etwas Großes daraus machen könnte. Dass die Hecken nach dem Sommer nicht mehr grün, sondern grau vom Steinstaub waren und dass die Nester sich leerten, das gefiel ihm nicht. Aber seiner Familie schien die Natur nicht besonders am Herzen zu liegen.

Die Stille umgab ihn, als er weiterging, und der Nebel legte sich feucht auf sein Haar. Wie gern hätte er jetzt seine Gummistiefel angehabt, denn seine Turnschuhe waren schon ganz nass und sogen sich bei jedem Schritt noch mehr voller Wasser. Sollte er noch kurz einen Blick in den Steinbruch werfen, bevor er den Gipfel des Hügels erklomm? Um diese Zeit war dort natürlich niemand mehr, aber er wusste einen Weg hinein.

Außerdem war das sowieso der kürzeste Weg nach Hause. Er quetschte sich durch die Lücke im Drahtzaun und ging weiter.

Dass er schon ganz nah am Rand des Steinbruchs war, merkte er erst, als er hörte, wie Steine, die er mit seinen Füßen angestoßen hatte, auf Wasser trafen. Vor ihm öffnete sich der Boden wie eine Höhle, und um ihn herum stieg mystisch der Nebel gen Himmel. Steine und Gras säumten den Erdboden zu seinen Füßen. Der Junge fühlte sich eins mit der Natur, so ganz allein hier draußen. In dem Moment meinte er, ein Geräusch hinter sich gehört zu haben. Nein, niemand bei rechtem Verstand würde um die Zeit hier heraus kommen. Hieß das, dass er selbst nicht recht bei Verstand war? Da war es wieder. Ein Rascheln. Blätter an einem Zweig. Der Wind? Nein, die Nacht war windstill und der Nebel um ihn herum bewegte sich nicht. Warum nur war es so finster? Als er einen Schritt vom Rand zurückmachen wollte, kam das Rascheln näher und Steine knirschten unter Tritten. Als er sich umdrehen wollte, spürte er, wie sich eine Hand zwischen seine Schulterblätter legte.

»Nein!«

Er dachte, dass er das Wort laut geschrien hatte, aber vielleicht hatte er das gar nicht. Stattdessen war die Luft plötzlich von einem hysterischen Lachen erfüllt. Nicht von seinem Lachen. Dann stieß er einen erstickten Schrei aus, als die Hand fester gegen seinen Rücken drückte, und er durch die Luft flog.

Das Wasser umschloss ihn wie eine feste Masse. Er schrie, und schon in dem Moment, in dem sein Kopf unter Wasser tauchte, strömte es ihm schon in Mund und Lunge.

Er war so seltsam still.

PROLOG

Sie war zwar noch nicht viel älter als zehn Jahre, aber die kleine Kapelle sah aus, als stamme sie noch aus einer Zeit, in der Mönche die ersten christlichen Kirchen in Irland überhaupt errichtet hatten. Um die hundert Leute fanden darin Platz, aber heute sollten es weniger als dreißig werden.

Kleine Sträuße aus Schleierkraut, mit duftenden Freesien durchsetzt, waren mit weißen Satinbändern an die Lehnen der Stühle gebunden worden, die rechts und links des kurzen Ganges aufgereiht worden waren. Als die ersten Gäste eintrafen, wehte ihnen durch die geöffnete Tür ein Duft entgegen, der an eine frische Brise erinnerte. Das Licht, das durch die kleinen Bogenfenster fiel, warf Regenbögen an die Steinwände und verlieh dem Innenraum eine geradezu mystische Aura.

Im Inneren der Kapelle war es kühl, auch wenn es draußen warm war. Es war Mittag. Auf dem blumengeschmückten Altar standen drei Stumpenkerzen, eine für die Braut und eine für den Bräutigam. Auf der dritten Kerze waren die Namen verstorbener Familienmitglieder zu lesen – aufwendig in Goldfiligran gearbeitet.

Die Gäste nahmen plaudernd ihre Plätze ein. In den ersten

beiden Reihen sollte die Familie sitzen, dahinter Freunde, dann die Kollegen. Bei den Freunden saßen auch hauptsächlich Kollegen, aber das machte ja nichts.

Im Schlafzimmer des aus Steinen errichteten Cottages, das der Kapelle am nächsten lag, betrachtete sich Lottie in einem langen Spiegel. Sie musste zugeben, dass sie ihr eigenes Spiegelbild kaum wiedererkannte. Das cremefarbene Chiffonkleid, das unter einem engen Satinmieder hervorlugte, sah im Licht des Fensters geradezu zauberhaft aus. Sie trug fast nie – nie – Kleider, und wenn sie damit durchgekommen wäre, hätte sie in Jeans und T-Shirt geheiratet. Aber ihre Töchter hatten darauf bestanden, und so hatte sie eben nachgegeben. Es war ein kleiner Sieg für die jungen Frauen gewesen, aber jetzt musste sie zugeben, dass sie erstaunlich zufrieden mit ihrem Spiegelbild war. Ihr Haar war am Abend zuvor noch schnell ein wenig heller getönt worden; Chloe hatte sie überredet – obwohl Lottie sich nicht sicher war, ob es jetzt eher erdbeer- oder honigblond war. Über solche Dinge machte sie sich keine Gedanken. Ein paar vereinzelte Blüten, strategisch in ihrem Haar verteilt, verdeckten die Spangen, mit denen die Frisur an Ort und Stelle gehalten wurde. Katie hatte mit Produkten, die Lottie noch nie selbst benutzt hatte, ein wundervolles Make-up gezaubert. Außerdem verdeckte es die Blutergüsse.

»Das sieht zauberhaft aus«, sagte sie und umarmte ihre älteste Tochter.

»Und du siehst zehn Jahre jünger aus«, sagte Katie mit strahlenden Augen.

»Ach hör doch auf! Ich bin sowieso erst fünfundvierzig«, erwiderte Lottie ausgelassen. Sie war im Juni sechsundvierzig geworden. »Ist Louis schon bereit?« Louis war der zweijährige Sohn von Katie, Lotties Enkelsohn.

»Fertig angezogen ist er, aber ich kann nicht garantieren, dass er auch macht, was er machen soll.«

»Das ist doch egal. Solange Boyd da ist, und du und Chloe und Sean und der kleinen Louis, bin ich glücklich.«

»Du hast zwar Chloes Freund noch nicht getroffen, aber Mam, er ist nicht ganz das, was du dir vorgestellt ...«

»Nicht jetzt, Katie.«

»Ich wollte dich nur kurz vorwarnen.«

»Danke«, sagte Lottie. »Dein Kleid ist wunderschön.« Katie trug ein fuchsiafarbenes, fließendes Kleid von Macy's, während Chloe ein ähnliches Modell in Blau trug (vom Ausverkauf). Lotties eigenes Kleid stammte aus einem Secondhandladen. Alle drei Kleider sahen ziemlich edel aus. Warum Geld verschwenden, das ich nicht habe, dachte sie. »Ist Sean so weit?«

»Sean ist nie so weit«, meinte Katie und seufzte. »Ich sehe mal nach ihm.«

»Danke. Und Katie?«

»Ja?«

»Bitte lass Granny Rose vor der Zeremonie nicht mehr in meine Nähe. Sie würde bestimmt etwas sagen, worüber ich mich nur wieder aufrege, und das kann ich heute wirklich nicht brauchen.«

»Geht klar.«

Als sie allein war, spürte Lottie, wie ihr Herz vor Glück schlug. Es war ein Gefühl, von dem sie noch vor fünf Jahren, nach dem Tod ihres Mannes Adam, geglaubt hatte, dass sie es nie wieder würde empfinden können. Damals war sie durch die Hölle gegangen, war am Boden gewesen, hatte sich in Sucht und Trauer gesuhlt, aber jetzt endlich war sie mit Hilfe ihres Kollegen, Freundes und baldigen Ehemanns Mark Boyd da angekommen, wo sie heute war. Nach einer Woche voller Stürme und sintflutartiger Regenfälle, schien heute die Sonne heller, als sie in ihrer Erinnerung im November je gestrahlt hatte.

Sie saß an dem kleinen Schminktisch und starrte auf das

Geschenk, das ihre Mutter ihr gemacht hatte. Ein goldenes Medaillon. »Das hat einmal meiner Mutter gehört«, hatte Rose zu ihr gesagt. »Es ist ein unersetzliches Erbstück. Verliere es nicht. Ich habe ein Foto hineingetan, nur für dich.« Sie hatte ihr nicht gesagt, wie lieb sie sie hatte, oder ihr Glück gewünscht. Nur diese Aussage. *Verliere es nicht.* Lottie hatte erwidern wollen, warum schenkst du es mir überhaupt, wenn es mit Anweisungen kommt? Aber sie hatte nur ein Dankeschön gemurmelt und Rose einfach Rose sein lassen.

Als sie das Medaillon jetzt öffnete, starrte sie auf ein kleines, unbeholfen ausgeschnittenes Foto, auf dem Adams Gesicht zu sehen war. Erst erschrak sie, dann wurde ihr ganz schwer ums Herz. Für einen kurzen Augenblick bekam sie keine Luft mehr. Obwohl sie sich vor einem Moment noch so glücklich gefühlt hatte, hätte sie jetzt am liebsten geweint. Und nicht aus Freude. War Rose nur so taktlos wie immer, oder glaubte sie wirklich, mit so einer Geste das Richtige zu tun? Lottie klappte das Medaillon zu und steckte es in Katies Kosmetiktasche. Aus den Augen und so weiter.

Nicht, dass sie Adam vergessen hätte. Sie vermisste ihn und sie empfand immer noch Liebe für ihn. Aber sie liebte Boyd auf eine andere Art. Auf eine neue Art. Er war Teil ihrer Gegenwart, nicht ihrer Vergangenheit. Er war für sie da. Sie vertraute ihm, glaubte an ihn. Sie liebte ihn. Oder etwa nicht? Jedenfalls dann, wenn sie nicht gerade unnötige Risiken einging und ihn dabei fast umbrachte!

Sie wischte sich die Tränen weg, bevor sie ihr Make-up ruinieren konnten, und hob den Deckel des blauen Samtkästchens an, das Boyd ihr geschenkt hatte. Eine dünne Silberkette mit zwei ineinandergreifenden Herzen lag darin. Handgefertigt. Schlicht. Bedeutungsvoll. Sie war wirklich schön. Sie legte sich das Kettchen um den Hals und bewunderte sich im Spiegel. Ein Lächeln ließ ihre grünen Augen wie Smaragde im Sonnenschein funkeln. Jetzt ist aber genug, ermahnte sie sich.

Sie schlüpfte in die cremefarbenen Seidenschuhe, die Chloe ihr aufgeschwatzt hatte. Obwohl es eine Menge Geld gewesen war für etwas, das sie nie wieder tragen würde, hatte sie nachgegeben und sie gekauft. Sie tat einfach alles, um ihre Mädchen glücklich zu machen. Als sie endlich fertig war, öffnete sie die Tür und trat in das kleine Wohnzimmer hinaus, wo ihre Familie sie erwartete.

»Oh mein Gott! Du siehst umwerfend aus«, schwärmte Chloe, nahm sie bei den Händen und wirbelte Lottie durch den Raum. Ein Schleier aus cremefarbenem und blauem Chiffon wirbelte durch die Luft und Louis quietschte vor Freude.

»Was meinst du, Sean?«, fragte Lottie und fand gerade so ihr Gleichgewicht wieder, als Chloe sie losließ.

Ihr Sohn biss sich auf die Unterlippe und in seinen glitzernden Augen standen Tränen. Sein blondes Haar war kurz geschnitten, aber der Pony hing ihm über die blauen Augen. Adams Augen. Mit der Hand griff sie sich unbewusst an die Brust und sie musste schlucken.

»Du siehst toll aus, Mam«, sagte er schließlich. »Wunderschön.«

»Bin ich etwa nicht immer schön?«, scherzte sie und versuchte, etwas von der Spannung abzubauen, die außer Kontrolle zu geraten drohte.

Sean umarmte sie fest, dann trat er zurück. »Sind die Parkers bereit? Kann die Show beginnen?«

Eine erwartungsvolle Stille senkte sich über sie, und Lottie atmete den blumigen Duft der Parfums ihrer Töchter ein.

»Wer hat meinen Strauß?«

Katie nahm den Strauß Wildblumen aus der Spüle der Küchenzeile und wischte die Stiele mit einem Geschirrtuch trocken, bevor sie ihn ihr reichte.

»Von mir aus kanns losgehen«, sagte Lottie, und zum ersten Mal seit fünf Jahren fühlte sie sich wirklich glücklich. »Dann lasst uns ein neues Kapitel aufschlagen.«

Mit Schmetterlingen im Bauch trat sie durch die Tür und ging hinter ihren Töchtern und ihrem Enkel her. Sean umklammerte ihren Ellbogen ein wenig zu fest, dann lockerte er seine Finger und ließ sie sanft auf ihrem Arm ruhen.

»Geht es dir gut, Mam?«

»Ich bin ein bisschen nervös. Was ist, wenn Boyd nicht kommt?«

»Natürlich kommt er.«

Als sie über das Kopfsteinpflaster des Hofes gingen, warf sie einen Blick auf das Cottage, in dem Boyd hoffentlich heute Morgen seinen neuen Anzug angezogen hatte. Es sah etwas verlassen aus.

»Hör auf, dir Sorgen zu machen«, befahl ihr Sean.

Sie bogen um die Ecke und näherten sich der Kapelle, und sie hatte eine erste, böse Vorahnung. Warum standen die Leute so dicht gedrängt draußen herum? Sie sollten doch alle in der Kapelle sein. Chloe und Boyd hatten alles bis ins letzte Detail, bis auf die letzte Sekunde geplant. So war Boyd eben. Zwanghaft. Er hatte ihr den Zeitplan immer wieder eingetrichtert. »Um Punkt zwölf. Keine Sekunde später.« Wie oft hatte er das gesagt? So oft, dass man es gar nicht mehr zählen konnte. Sie begann zu lächeln, aber das Lächeln erstarb, als sie ihre Mutter mit Grace, Boyds Schwester, auf sie zukommen sah.

»Was ist los?«, fragte Lottie. »Ist die Hauptperson noch nicht erschienen?«

»Doch, du bist ja da«, sagte Rose, und ihre Worte klangen etwas verächtlich. Sie war altmodisch und hatte nicht vor, sich noch zu ändern.

Lottie fasste Grace am Arm. »Wohin gehst du, Grace? Boyd ... Mark wird sich ärgern, wenn wir auch nur eine Sekunde zu spät kommen.«

»Er ist derjenige, der zu spät kommt«, sagte Grace.

Als Lottie sich umdrehte, sah sie, wie Kirby aus dem

Cottage eilte, das für Boyd vorgesehen gewesen war. »Was ist los?«

»Wir müssen mit der Zeremonie vielleicht noch ein bisschen warten«, sagte Kirby und zündete sich eine Zigarre an. Er sah ungewöhnlich ordentlich aus, obwohl sein weißes Hemd über dem Bauch spannte, und er hatte versucht, seine widerspenstigen Locken mit Gel oder etwas Ähnlichem zu bändigen.

In einem Anflug von Panik atmete sie tief ein. »Wo ist Boyd?«

»Ich weiß es nicht.«

»Waren Sie heute Morgen nicht bei ihm? Um ihm beim Anstecken seiner Blume zu helfen oder so?«

»Sie kennen Boyd besser als jeder andere, und Sie wissen, dass er der Einzige ist, der das richtig hinbekommt.« Kirby nahm einen langen Zug an seiner Zigarre, kappte sie ab und ließ sie in seiner Hand verschwinden. »Wir hatten vereinbart, uns um zehn vor zwölf an der Tür zur Kapelle zu treffen. Jetzt ist es Mittag, und ich wollte gerade nachschauen, warum er sich verspätet und ...«

»Um Himmels willen, Kirby, hören Sie auf zu schwafeln.« Lottie drückte ihm ihren Blumenstrauß in die Hand und machte sich auf den Weg zu Boyds Cottage. Es war eine Art Studio, sauber und aufgeräumt. Typisch Boyd.

Sein Hochzeitsanzug hing noch in der Plastikhülle hinter einer Tür. Sie wirbelte herum und suchte nach einem Zeichen, nach irgendetwas, das ihr einen Hinweis darauf gab, was hier los war. Sie fand es auf dem kleinen Küchentisch. Ein Zettel. Zweifach gefaltet. Cremefarbenes Büttenpapier. *Mark Boyd* stand darauf.

Sie faltete ihn auf, und während sie las, spürte sie, wie ihr kalt wurde und ihre Knie weich. Schauer liefen ihr über den Rücken.

Die Worte verschwammen, als sie den Brief erneut las.

Keine Unterschrift. Handgeschrieben in kleinen, ordentlichen Buchstaben.

Bevor Sie den größten Fehler Ihre Lebens begehen, treffen Sie mich. Wenn Sie es nicht tun, wird ihr Blut an Ihren Händen kleben. Sie ist bei mir. Sie wissen, wo Sie uns finden können.

Lottie sank in einem Knäuel von Chiffon zu Boden.

EINS

Die Nacht war still, kein Vogel war mehr zu hören. Die Vögel sind wohl in wärmere Gefilde geflogen, dachte Ellen, während sie das modrige Laub unter ihren Füßen spürte. Regen hing in der Luft.

Die feuchte Wäsche von der Wäscheleine zu holen war etwas, das sie jeden Abend erledigte. Sie war sich nicht sicher, warum sie überhaupt weiterhin jeden Morgen die Wäsche aufhängte und sie abends wieder hereinbrachte. Wahrscheinlich damit es den Anschein erweckte, dass jemand in dem Haus lebte. Dass ihr Leben normal war.

Sprühregen legte sich sanft auf ihre Hände, als sie die letzte Wäscheklammer, die noch an der Leine steckte, in den Plastikkorb warf. Sie blickte hinauf in den dunklen, sternenlosen Himmel. Der Mond war von schwarzen Wolken verhüllt. Die Nacht, die ihr Leben für immer verändert hatte, war ganz ähnlich gewesen. Still, feucht und finster. Die Erinnerung daran verfolgte sie seitdem an jedem einzelnen Tag.

Fröstelnd von den Gedanken, die ihr durch den Kopf gingen, wandte sie sich dem warmen Licht zu, das durch die Hintertür herausströmte und unheimliche Schatten auf die

Pflastersteine warf, die den Rasen in zwei Hälften teilten. Sie kickte das Laub vom Weg auf das Gras und sagte sich, dass sie morgen eine letzte Runde mit dem Rasenmäher drehen würde, falls der versprochene starke Regen noch so lange auf sich warten ließ.

Hatte sie gerade ein Geräusch gehört? Sie hielt den Atem an und lauschte. Ein Knistern. Die Blätter waren zu feucht, um ein solches Geräusch zu machen. Sie konnte niemanden sehen, also zuckte sie mit den Schultern und ging zurück ins Haus. Sie merkte erst, wie kalt es draußen war, als sie die Hintertür schloss und spürte, wie sich die Wärme wie ein Mantel um sie legte. Trotzdem fröstelte sie. Sie legte die Wäsche auf den Tisch und strich sie glatt, bevor sie sie auf die Ablage neben dem Ofen legte. Vielleicht würde sie sich einmal nicht die Mühe machen, sie am Morgen wieder auf die Leine zu hängen.

Während sie arbeitete, führte sie Selbstgespräche und fragte sich, ob sie in dem Sumpf der Einsamkeit, in dem sie sich befand, langsam verrückt wurde. Sie war erst dreißig und sie wusste, dass sie mit ihrem Leben eigentlich zufrieden sein und es genießen sollte, aber das war nicht so einfach.

Sie schaltete den Fernseher ein, um sich nicht so allein zu fühlen, und bemerkte die beiden Tassen, die auf dem Tisch standen, seit ihr Besuch vorhin wieder gegangen war. Ihr ging zu viel durch den Kopf, die Vergangenheit quälte sie bei jedem Besuch mehr und mehr. Die Tassen sollten in den Geschirr-spüler gestellt werden. Als sie sie anhob, warf sie einen Blick in die Tasse, die sie benutzt hatte. Ein Finger hoch Whiskey bedeckte noch den Boden, also leerte sie ihn, obwohl sie lieber Wodka getrunken hätte, und stellte die Tassen auf das Abtropfbrett.

Im Fernsehen war die tägliche Soap fast zu Ende und sie versuchte sich zu erinnern, was danach immer kam. Sie warf ein weiteres Stück Holz in den Ofen, griff nach der Fernbedienung und setzte sich hin. Das Ding fühlte sich ganz seltsam an in ihren Händen.

Wieder ein Geräusch. Eine Tür schlug zu. Im Obergeschoss? Ellen erstarrte, bevor sie die Fernbedienung fallen ließ. Ihre Hände zitterten und in ihrem Magen rumorte es plötzlich. Sie sprang aus dem Sessel. Ihre Jeans verfing sich in dem Nagel, den sie eigentlich wieder hatte einschlagen wollen, und sie hörte, wie der Stoff zerriss. Ihr Magen wurde von einem unbarmherzigen Krampf wie von einer Klaue gepackt. Der Schmerz brannte ihr bis zur Kehle, und sie dachte, sie würde sich entweder übergeben oder defäkieren oder beides gleichzeitig. Und wieder ein Geräusch.

»Verflucht bis zur Hölle und zurück!«, murmelte sie. Das war der Lieblingsfluch ihres verstorbenen Vaters gewesen. Sie versuchte, sich zusammenzureißen. Ein weiterer Krampf, begleitet von einem heftigen Schmerz, ließ einen Schrei zwischen zusammengebissenen Zähnen hervorbrechen. Sie musste auf die Toilette.

Im Flur flackerte der gelbe Schimmer des Außenlichts durch die kleine Glasscheibe am oberen Ende der Tür. Automatisch tastete sie nach dem Schalter an der Wand, doch ein erneutes Geräusch ließ sie innehalten. Kam es aus dem oberen Stockwerk?

Sie könnte ihre Freundin anrufen, damit sie vorbeikam. Um für sie nachzusehen. Aber sie wollte ihr nicht zur Last fallen. Sie war normalerweise nicht so schreckhaft, aber etwas in ihr riet ihr, vorsichtig zu sein.

»Ich bin immer vorsichtig«, murmelte sie. Das hatte sie auf die harte Tour gelernt. In der Dunkelheit stieg sie die Treppe hinauf.

Morgen würde sie darüber lachen, aber heute Abend war ihr nicht nach Lachen zumute. Ihr war übel, und die unbekannten Geräusche machten es nicht gerade besser.

Auf dem Treppenabsatz wartete sie und lauschte. Nicht

einmal ein Lufthauch war zu spüren, als sie sich die Hand vor die Brust hielt und leise schluckte.

»Sei doch nicht albern«, ermahnte sie sich selbst mit lauter Stimme, als sie endlich wieder normal atmen konnte. »Das sind bestimmt nur die Vögel auf dem Dach.«

Aber hier in der Gegend gibt es nur sehr wenige Vögel, erinnerte sie sich. Eine Fledermaus auf dem Dachboden vielleicht? Igitt. Instinktiv wanderte ihre Hand zu ihrem Haar. Die Vorstellung von Fledermäusen, die sich in den seidigen Strähnen verfingen, war fast noch angsteinflößender als ein Fremder, der sich dort oben versteckte.

Ihre Eingeweide grummelten und ein weiterer Schmerz schoss ihr durch den Unterleib und hinauf bis zur Kehle. Sie stand in dieser Todesstille und lauschte auf ihr eigenes schweres Atmen. Ein. Aus. Ein. Aus. Sie bildete sich etwas ein.

»Vielleicht werde ich ja verrückt.«

Sie drehte sich um und schrie, als die Schmerzen ihre Eingeweide wie ein frisch geschliffenes Messer aufschlitzten. Sie kroch ins Badezimmer, zog ihre Jeans herunter und hievte sich auf die Toilette. Ihre Schreie schnürten ihr die Kehle zu, als das quälende Pochen ihre Lunge zusammenpresste und sie wie Plastikbälle zusammendrückte, bis sie überhaupt nicht mehr atmen konnte.

Sie versuchte, ihre Jeans wieder hochzuziehen, aber sie hatte keine Kraft mehr. Sie ließ sie über ihre Knöchel fallen und kroch auf den Treppenabsatz. Es stank nach etwas, das sie nicht gegessen haben konnte. Der Geschmack war in ihrem Mund. Was war das? Sie hatte Mühe, dem Geschmack und Geruch einen Namen zu geben. Ihr Magen fühlte sich wieder wie aufgespießt an. Was sollte sie tun? Jemanden anrufen. Sie musste Hilfe rufen. Ihr Mobiltelefon lag auf dem Küchentisch. Das Festnetztelefon war am Fuße der Treppe. Verdammt!

Sie zog sich an der Wand entlang auf die Treppe zu.

In diesem Moment hörte sie ein Rauschen. Das Flattern

von Stoff. Kurz bevor sie den Stoß zwischen ihren Schulterblät-tern spürte. Dann das dumpfe Aufprallen ihres Körpers, als sie erst gegen die Wand und dann gegen die Stufen stürzte, wobei der Boden des Flurs ihr viel zu schnell entgegenflog. Sie streckte die Hände vor sich und versuchte, ihre Landung auf den harten Fliesen abzufedern.

Das Knirschen von Knochen auf Keramik.

Der Aufprall ihres Kopfes gegen die Wand.

Zwei Wirbel in ihrer Wirbelsäule zerbrachen wie Hühner-flügel. Der brennende Schmerz sagte ihr, dass sie sich das Steiß-bein gebrochen hatte. Alles war so schnell gegangen.

Sie griff nach dem Tischchen im Flur und dabei kippte es in ihre Richtung um. Das Telefon fiel knapp außerhalb ihrer Reichweite. Nicht, dass sie noch einen Anruf hätte tätigen können. Ihr Schädel prallte auf den Boden, als sie zum Liegen kam, ein Bein noch auf der Treppe, das andere unter dem Körper verdreht, die Nase gebrochen. Eine Zeit lang floss Blut unter ihrem Kopf hervor, während ihr Herz damit kämpfte, diesen Angriff auf den Körper zu bewältigen. Sie konnte nicht atmen. Luft, sie brauchte Luft. Sie kratzte an ihrer Kehle und versuchte, mit ihren Fingernägeln ein Loch in die Haut zu bohren. Aber es war unmöglich. Der Schmerz war unerträglich, und das Gefühl, zu ersticken, machte sie geradezu hysterisch.

Es dauerte einige Stunden, aber schließlich gab ihr Herz den Kampf auf, Blut durch ihre beschädigten Venen und Arte-rien zu pumpen. Die Seele gab sich endlich geschlagen und verließ ihren Körper.

ZWEI

Die fünfundzwanzigjährige Rachel Mullen hasste Unpünktlichkeit, und hier war sie nun, eine halbe Stunde zu spät, und traf auf eine Gruppe von Leuten, von denen sie die meisten nicht einmal kannte. Das sollte es einfacher machen, aber für Rachel war der erste Eindruck immer der entscheidende.

Sie eilte in das Haus und wurde von einer Kakophonie aus Stimmen, Gelächter und Gesprächen empfangen. Sie stellte ihre Taschen auf dem Boden ab und schlüpfte aus ihrem feuchten Mantel. In dem kleinen Vorraum konnte sie ihn nirgends aufhängen, also legte sie ihn sich über den Arm. Ihr Haar löste sich aus dem hastig gebundenen Dutt, deshalb zog sie den Haargummi einfach ab und wuschelte sich durch die krausen Strähnen. Sie nahm ihre Laptoptasche und schlang sich den Gurt über die Schulter, während sie ihre Handtasche über den anderen Arm hängte. Sie hätte sie im Auto lassen oder nach dem Treffen am späten Nachmittag nach Hause bringen sollen. Sie spürte, wie ihr die Röte in die Wangen stieg. Warum hatte sie etwas mit ihm getrunken? Ach, scheiß drauf, dachte sie, das war es wert, denn sie machte Fortschritte, und bald würde sich die ganze harte Arbeit auszahlen. Und wie!

Sie setzte ihr breitestes Lächeln auf ihr müdes Gesicht, stieß die Innentür auf und betrat den geschäftigen Raum.

»Da bist du ja, Rachel.« Die junge Frau, die auf sie zukam, lächelte ziemlich falsch. »Schön, dass du da bist. Das Essen wird gleich serviert. Hier, gönn dir einen Drink, während wir noch warten. Ich weiß, dass du Prosecco liebst. Oder möchtest du vielleicht lieber einen Wodka?«

»Prosecco ist gut.« Rachel war das im Moment völlig egal. Am liebsten wäre ihr sowieso ein Schnaps gewesen, aber kein Wodka. Der rief zu viele schlechte Erinnerungen hervor.

»Ich weiß, es ist schon eine ganze Weile her, aber das mit deiner Mutter tut mir leid.« Die Frau reichte ihr ein Glas und verschwand in der Menge.

»Natürlich«, murmelte Rachel. Sie starrte auf die schlanke Flöte mit der prickelnden Flüssigkeit, in der eine armselige Erdbeere schwamm, dann trank sie das Glas in einem Zug leer, inklusive Erdbeere, und nahm sich ein weiteres Glas von einem Tablett, bevor sie sich mitten unter die Leute begab. Sie fühlte sich fehl am Platz und völlig falsch gekleidet. Obwohl es nicht viel später als halb acht sein konnte, waren die meisten Leute wie für eine Party angezogen, während sie immer noch in ihrem Hosenanzug steckte.

Sie konnte niemanden entdecken, den sie kannte, also zog sie sich an den Rand zurück, lehnte sich an eine Wand und beobachtete, wie sich Leute miteinander unterhielten. Die geben sich alle so gekünstelt, dachte sie. Aber sie brauchte gerade reden. Sie wusste, dass ihr Leben auf einer einzigen großen Lüge aufgebaut war, und hatte die letzten neun Jahre versucht, sich selbst die Absolution zu erteilen. Aber der Tod ihrer Mutter vor zwei Jahren hatte sie dazu gebracht, die Dinge etwas anders zu sehen. Konnte sie das Unrecht, das in ihrer

Jugend geschehen war, irgendwie wiedergutmachen? Sie konnte nicht mehr tun, als es zu versuchen.

Ein Zupfen an ihrem Ärmel ließ sie herumwirbeln.

»Hallo! Du bist anscheinend genauso glücklich darüber, hier zu sein, wie ich. Bist du hier öfter?«

»Hast du dir das gerade ausgedacht?« Sie zwang sich zu einem Lächeln und sah ihn sich von oben bis unten an. Sie stellte fest, dass er schwankte, auch wenn er sich offensichtlich bemühte, gerade zu stehen. Sie kam zu dem Schluss, dass er schon ziemlich betrunken sein musste.

»Ha, ha«, sagte er spöttisch. »Du kannst witzig sein, wenn du willst.«

»Sie kennen mich doch gar nicht.« Sie war jetzt schon gelangweilt und versuchte, sich von ihm zu entfernen. Er hielt sie am Ärmel fest.

»Du bist doch eine von den Mullen Schwestern, oder? Ich arbeite für Hazel Clancy. Mit der wart ihr doch auch mal befreundet, nicht wahr? Sie hat mich hergeschickt, damit ich sie heute Abend vertrete.«

Rachel spürte, wie ihre Kehle trocken wurde, als der Name eine alte Erinnerung heraufbeschwor. Warum war denn Hazel eingeladen worden?

»Das ist ja schon eine Ewigkeit her.« Die Worte schienen ihr irgendwie ungelenk aus dem Mund zu purzeln.

»Komm, lass uns hier verschwinden. Wir könnten uns in Danny's Bar ein paar richtige Drinks genehmigen. Hört sich das nicht besser an, als hier mit diesen Langweilern festzusitzen?«

Sie schlug seine Hand weg, wobei sie versehentlich etwas von ihrem Getränk auf sein Hemd verschüttete, und trat rückwärts an die Wand. Es war plötzlich zu warm in dem Raum, und sie fühlte sich mit ihren Taschen und ihrem Mantel vollkommen überladen. »Hör mal, ich will nicht unhöflich sein, aber ich muss hier Kontakte für mein neues Geschäft knüpfen.

Deshalb bin ich hier. Wenn es dir nichts ausmacht, würde ich mich gerne allein unter die Leute mischen.«

»Willst dich wohl rarmachen, oder?« Er lächelte.

Sie lenkte ein wenig ein. Was man nicht alles tat, um endlich wieder seine Ruhe zu haben. »Ich bin Rachel.«

»Andy«, sagte er.

Ah, jetzt wusste sie genau, wer er war. Der Clown, der immer und ausnahmslos jedem den Abend ruiniert hatte, weil er zu viel trank. Über die Jahre hatte sich also nicht das Geringste geändert. »Ach, klar. Kannst du mir vielleicht einen Drink besorgen, Andy? Einen *richtigen* Drink. Einen Gin Tonic.«

»Wenn du mir deine Nummer gibst.«

»Abgemacht.« Sie öffnete schon ihre Handtasche.

»Die Drinks an der Bar sind umsonst. Annie Fleming ist heute Abend richtig großzügig. Aber ich nehme an, es kommt nicht jede Woche vor, dass in Ragmullin ein neues Restaurant eröffnet wird.«

»Hier«, sagte sie schnell und reichte ihm eine Karte. »Meine Nummer steht drauf.«

»Danke.« Er steckte sie ein. »Bin gleich wieder da.«

Als er sich durch die Menge zwängte, atmete sie erleichtert auf. Doch sofort kam eine junge Frau mit einem Tablett voller Kanapees auf sie zu.

»Bitte bedienen Sie sich«, sagte sie und ihr Blick huschte nervös umher.

»Ich habe keine Hand frei«, sagte Rachel, aber sie schob ihre Handtasche über den Ellbogen nahm höflich ein Kanapee, während sie sich fragte, wie sie das zusätzlich zu all dem, was sie bereits in den Händen hielt, noch balancieren sollte. Am besten gleich in den Mund schieben. Die junge Frau hielt ihr das Tablett erneut hin; Rachel nahm ein weiteres Kanapee. »Das reicht jetzt, sonst sehe ich bald aus wie ein Wal.«

»Ich finde, dass Sie sehr gut aussehen«, sagte die junge Frau.

»Ich bin hier, um Eindruck zu schinden, aber ich fürchte, ich bin jetzt schon nicht mehr ganz auf der Höhe. Ich glaube, ich hatte schon zwei Glas Prosecco.«

»Oh, keine Sorge, alle hier sitzen im selben Boot.« Die junge Frau zwinkerte ihr zu, ihre dunklen Augen stumpf, und machte sich auf den Weg, um jemand anderen zu finden, dem sie etwas von ihrem Tablett anbieten konnte. Aus der Art, wie sie sich bewegte, las Rachel ein gewisses Gefühl der Isolation und Einsamkeit. So hatte sie sich vor nicht allzu langer Zeit selbst gefühlt, aber jetzt war sie voller Ideen und Enthusiasmus für ihr neues Unternehmen, nachdem sie der Bank, in der sie jahrelang gearbeitet hatte, entkommen war. Sie musste es wirklich zum Laufen bringen.

»Bitte sehr«, sagte Andy, in der einen Hand ein Glas mit Eis und einem Schuss Gin, in der anderen eine Flasche Tonic.

»Lass mich das erst aufessen«, sagte sie und deutete auf den mit Pastete bestrichenen Cracker, auf dem eine Gurkenscheibe lag.

»Das sieht echt ekelhaft aus«, sagte er.

»Hühnerleber.«

Er tat so, als ob er würgen müsste.

Sie lächelte und schluckte, bevor sie den Gin entgegennahm und das Glas bis zum Rand mit Tonic füllte. Andy half ihr dabei, sich nach dem Stress des vorangegangenen Treffens ein wenig zu entspannen. Sie kannte ihn nicht wirklich, erinnerte sich kaum an ihn, also vielleicht verwechselte er sie ja mit ihrer Schwester? In diesem Moment wünschte sie sich, sie hätte Beths Angebot angenommen, den Abend mit ihr in Dublin zu verbringen, obwohl das bedeutet hätte, dass sie ein Rockkonzert hätte ertragen müssen. Sie waren zwar Zwillinge, aber sie und Beth hatten einen ganz unterschiedlichen Geschmack. Das musste sie zugeben.

»Hast du dir selbst nichts geholt?«, fragte sie.

»Da wartet noch ein Pint Guinness auf mich. Bin gleich wieder da«, sagte er und kehrte an die Bar zurück.

Rachel nippte an ihrem Getränk und sah, wie die Gastgeberin des Abends, Annie Fleming, sie über eine Reihe von Schultern und Köpfe hinweg musterte. Rachel hob ihr Glas als Gruß und wandte sich schnell ab, weil sie verzweifelt jemanden suchte, mit dem sie reden konnte. Sie wollte sich nicht auf ein Gespräch mit Annie einlassen. Das wäre peinlich, und sie war sich nicht sicher, ob sie ihr schlechtes Gewissen verbergen könnte. Aber sie wollte auch Andy aus dem Weg gehen, der sich schon als ihr neuer bester Freund sah.

Als sie sich umsah, stellte sie fest, dass sie nur sehr wenige der Anwesenden kannte. Auch wenn es aus geschäftlicher Sicht eine gute Idee gewesen war, zu kommen – sie wollte nicht wirklich hier sein.

Ihre Hand begann zu zittern und ihr Getränk spritzte auf ihre rote Bluse und ihre Lederhandtasche. Sie nahm einen Schluck, um das Glas ein wenig zu leeren. Igitt. Es fühlte sich auf der Zunge heiß an und schmeckte furchtbar. Vielleicht war das Tonic nicht mehr gut? Ihre Kehle brannte, aber sie konnte sich nicht verkneifen, wie ein Teenager zu kichern, ohne irgendetwas auch nur im Entferntesten lustig zu finden.

Ihre Knochen schmerzten vor Erschöpfung und sie spürte, wie sie schwankte. Hatte dieser Andy ihr etwas in den Drink getan? Das würde sie nicht überraschen, immerhin kannte er Hazel. Auf diese Erinnerung aus ihrer Vergangenheit hätte sie gut und gerne verzichten können.

Mit einem Hustenanfall beugte sie sich vornüber und versuchte, an ihrem Getränk zu nippen. Es war ekelhaft, aber sie nahm einen großen Schluck, um den Husten zu unterdrücken.

Menschen. Überall. Sie richtete sich auf, ging auf eine der Gruppen zu und begann, ihnen von ihrem Geschäft zu erzählen und davon, wie es ablaufen würde. Zumindest stellte sie sich vor, dass es das war, worüber sie sprach, aber als sie sich abwandte, um sich einer anderen kleinen Gruppe anzuschließen, hatte sie keine Ahnung, was sie eigentlich gesagt hatte.

Sie musste gehen. Es war ein Fehler gewesen, überhaupt herzukommen. Sie hätte jetzt neben Beth in der 3Arena in Dublin stehen und sich zu *The Killers* die Seele aus dem Leib tanzen können.

Sie stellte das Glas auf den Boden und fühlte sich schwindlig und müde. Ihr war übel. Sie kramte in ihrer Tasche und konnte ihr Handy nicht finden, um ein Taxi zu rufen. Sie musste es suchen, sobald sie draußen war. Schnell bahnte sie sich einen Weg durch die Menge und zur Tür hinaus. Als sie im Vorraum stehen blieb, sah sie sich im Spiegel. Ein Gesicht, das sie nicht erkannte, starrte sie an. Ihr Haar stand wild in alle Richtungen ab, auf ihrem Gesicht war Wimperntusche verschmiert, ihre Pupillen waren geweitet. Wer war diese Person? Sie flüchtete nach draußen.

Rachel saß im strömenden Regen auf dem Bordstein und fand ihr Telefon ganz unten in ihrer Tasche. Nachdem sie angerufen hatte, betete sie, dass das Taxi bald kommen würde. Sie wusste nicht, wie lange sie ihre Habseligkeiten und ihr Bewusstsein noch behalten konnte, bevor die Erschöpfung sie übermannte. Sie hatte ihr Bestes getan, um es in der Geschäftswelt zu etwas zu bringen, nach allem, was sie durchgemacht hatte. Aber jetzt, da sie klatschnass auf dem Bürgersteig saß, fühlte sie sich hilflos, weil sie an nichts anderes mehr denken konnte als an die letzten Stunden ihrer Mutter.

DREI

Boyd wusste, er hätte weiterfahren sollen. Nicht anhalten. Das ging ihn nichts an. Worte der Warnung schossen ihm durch den Kopf und er fühlte sich so benommen wie schon lange nicht mehr. Seine gemächliche morgendliche Radtour vor der Arbeit ließ die Tage, als er so richtig in die Pedale getreten war, vor seiner Krankheit, wie eine ferne Erinnerung erscheinen. Aber er befand sich auf dem Weg der Besserung, und eine Tour auf dem Radweg am Stadtrand von Ragmullin, entlang der alten Eisenbahnstrecke am Kanal, war immer eine Wohltat. Greenway nannte die Stadtverwaltung diesen Pfad, obwohl jetzt kaum Grün an den kahlen Ästen und der Novemberhimmel von pastellgrauen Wolken verhangen war. Auf dem Wasser des Kanals trieb etwas Schleimiges. Warum blieb er also stehen? Neugierde? Oder Mitleid?

Er lehnte sein Fahrrad an den Stamm eines abgestorbenen Baumes und ging zurück zu dem Mädchen, das auf dem asphaltierten Weg saß und mit öligen Fingern versuchte, die Kette wieder in das High-Nelly-Fahrrad einzulegen.

»Kann ich helfen?«, fragte er und ging in die Hocke, wobei seine Knie knackten. Es würde noch einige Zeit dauern, bis er wieder einigermaßen fit war. Seine Chemotherapie war schwerer zu ertragen als der Krebs selbst.

Sie sah auf, bevor sie ihre Aufmerksamkeit wieder auf die Kette richtete. Er war verblüfft; nicht wegen ihrer Schönheit, obwohl er zugeben musste, dass sie sehr hübsch war, sondern wegen des Blicks, der ihre Augen fast auszuhöhlen schien. War sie traurig? Fühlte sie sich verloren? Vielleicht. Auf jeden Fall spürte er Feindseligkeit.

»Alles okay?«, fragte er.

»Verpissen Sie sich.«

Wie alt sie wohl war? Vielleicht vierzehn oder fünfzehn? Heutzutage war das schwer zu sagen. Ihr Haar war tiefschwarz, wie das der Amsel, die hoch über ihren Köpfen auf einem Ast saß. Ihre Haut war blass, nur ein paar Sommersprossen tanzten auf der Nase. Er konnte ihre Augenfarbe nicht klar erkennen, aber wenn er eine Vermutung hätte wagen müssen, dann hätte er gesagt, dass sie so dunkelbraun waren, wie er es noch nie gesehen hatte. Schatten kreisten wie blaue Flecken unter ihren langen Wimpern, und obwohl ihm sein Instinkt sagte, dass er wieder auf sein Fahrrad steigen und weiterfahren sollte, blieb er, wo er war.

»Ist das dein Fahrrad?« Warum hatte er das jetzt gesagt? Sie riss ihre Schultern so schnell nach hinten, dass er meinte, die Schulterblätter gegeneinander schlagen zu hören.

»Was geht das Sie an? Ich kann es selbst reparieren.«

»Es sieht ziemlich groß aus für dich.« Eigentlich war es ganz schön altmodisch, aber er wollte sie nicht beleidigen. Er sollte jetzt wirklich weiterfahren. Aber er blieb, kniete auf dem Boden und rührte sich nicht. Er war wie gefesselt von der Dunkelheit ihrer Augen.

»Es hat meiner Granny gehört. Nicht, dass Sie das was angehen würde.«

»Nein, das tut es nicht. Aber ich glaube, du legst die Kette falsch ein. Ich kenne mich ein bisschen aus mit Fahrrädern. Lass mich helfen. Bitte.«

Ihre plötzliche Bewegung überraschte ihn. Sie stand auf und warf ihm das Fahrrad entgegen. Mit einer Wucht, die ihn nach hinten schleuderte. Sie war sehr viel kräftiger, als ihr zartes Äußeres vermuten ließ.

Sie wischte sich die Hände an ihrer verblichenen Jeans ab, die auf Höhe der Knie ganz zerschlissen war.

Sollte das so sein oder war die Hose so abgetragen? Wahrscheinlich letzteres, dachte er, als er ihr rotes T-Shirt, das mindestens zwei Nummern zu groß war, und ihre Converse, in denen keine Schnürsenkel waren, betrachtete.

»Wie heißt du denn?« Er kniete sich hin, um die Kette einzulegen.

»Sie reden zu viel. Meine Mammy hat immer gesagt, ich soll nicht mit Fremden sprechen.« Das sagte sie mit mehr als einem Hauch von Sarkasmus. Sie wollte ihn aus der Reserve locken.

»Ich bin Mark. Meine Freunde sagen Boyd zu mir. Du kannst Boyd sagen.«

»Ich bin aber nicht Ihr Freund. Ich will überhaupt nichts zu Ihnen sagen.«

»Auch gut. Wie kann ich zu dir sagen?«

Sie ließ die weiße, von Flecken übersäte Sohle ihres Schuhs über den Boden tänzeln und biss sich auf die Lippe. Überlegte. Er arbeitete weiter, als ob es ihn nicht interessierte. Aber aus irgendeinem Grund interessierte es ihn doch. Es war ihm nicht egal.

»Ich bin Madeleine. Meine Freunde sagen Maddy zu mir. Sie können zu mir sagen, wie Sie wollen.«

»Gut, Maddy, die Kette ist jedenfalls fürs Erste repariert. Du musst sie ölen. Aber nicht zu viel. Und lass das Fahrrad nicht draußen im Regen stehen.«

»Wo soll ich es denn sonst hinstellen?«

»In einen Schuppen oder eine Garage vielleicht?«

Da lachte sie. Aber nicht so, wie ein Kind lachen würde. Es war, als hätte sie einmal jemanden so lachen gehört und es in ihrem Gedächtnis gespeichert, bis sie eine Gelegenheit fand, genau diesen Klang zu imitieren.

»Was ist so lustig?«

»Sie.« Sie umklammerte den Lenker. »Sie denken, ich wohne in einem Haus, zu dem ein Schuppen gehört. Wir haben gerade mal einen Garten.«

Er stand auf. »Wo wohnst du denn?«

»Sie stellen ganz schön viele Fragen.«

»Und du beantwortest nicht wirklich viele.«

»Es ist riskant, mit Fremden zu sprechen.«

»Jetzt, wo du meinen Namen kennst, bin ich doch kein Fremder mehr.«

»Sie könnten ein Mörder oder ein Drogendealer sein, das kann ich doch nicht wissen.«

»Bin ich aber nicht.« Er suchte etwas in seiner Tasche. »Das ist meine Karte. Ich bin einer von den Guten.«

Er war überrascht, dass sie die Karte tatsächlich nahm, aber überhaupt nicht überrascht, als sich ein Grinsen auf ihrem Gesicht breit machte. »Sie sind ein Bulle. Was ich für ein Glück habe!«

Er erwartete, dass sie seine Karte in den Kanal werfen würde, was sie aber nicht tat. Sie steckte sie in die Tasche ihrer Jeans.

»Wie alt bist du?«, fragte er.

»Warum wollen Sie das wissen?«

»Weil du am frühen Morgen allein hier draußen in dieser Gegend unterwegs bist. Eigentlich sollte man das natürlich ungefährdet tun können, aber trotzdem …«

»Verpissen Sie sich doch einfach endlich. Ich kann schon ganz gut auf mich selbst aufpassen.« Sie drehte das Fahrrad in die andere Richtung und schwang sich in den Sattel. Es sah unbeholfen aus, als wäre sie noch nicht sehr vertraut mit dem Rad. Mit einem Fuß auf dem Boden stieß sie sich ab, wankte etwas hin und her, setzte sich dann auf den Sattel und strampelte von ihm fort.

Boyd schaute ihr nach. Das Haar wehte hinter ihr her wie die seidige schwarze Mähne eines Pferdes. Er fragte sich, wohin Maddy wohl unterwegs gewesen war, als die Kette des Fahrrad ihrer Großmutter herausgesprungen war. Er ging wieder zu seinem eigenen Rad, das er an einen Baum gelehnt hatte, aber auf einmal war der unbedingte Enthusiasmus, zehn Meilen auf dem Greenway zu radeln, wie verflogen. Er schwang sich auf das Fahrrad und fuhr im Kielwasser des Mädchens zurück in die Stadt.

Er hatte ja auch noch einen ganzen Tag voll Arbeit vor sich.

VIER

Nachdem sie ihre Tasche an das Geländer gehängt hatte, drehte sich Beth Mullen um und schlug die Haustür zu. Ihre flachen Sandalen standen in der Küche und dort schlüpfte sie aus den Schuhen, die sie noch anhatte. Sie füllte den Wasserkocher mit Wasser und schaltete ihn ein. Im Haus war es eiskalt. Sie schaute auf das Heizungskontrollpad und dachte daran, dass sie eigentlich Öl sparen sollten, bis eine von ihnen beiden endlich richtig Geld verdiente. Aber sie schaltete die Heizung trotzdem ein.

»Hey du Faulpelz, bist du immer noch im Bett? Ich habe Wasser aufgesetzt.« Sie löffelte Kaffee aus einem Glasbehälter in zwei Tassen. Dann nahm sie die Milch aus dem Kühlschrank, schnupperte daran und beschloss, dass sie einfach noch gut sein musste. »Wir müssen wieder mal zum Einkaufen.«

Als das Geräusch des Wasserkochers zu einem ohrenbetäubenden Sirren und Gurgeln anstieg, dachte sie, dass sie vielleicht auch in einen neuen Wasserkocher investieren sollten.

Sie stand an der Terrassentür, den Kaffee in der Hand, und blickte auf den verwilderten Garten hinaus, als ihr auffiel, dass sie in der angenehmen Stille dieses Morgens immer noch keine Gesellschaft hatte.

»Rachel!«, rief sie. »Ich habe gedacht, dass du heute in aller Früh einen Termin bei der Bank hast. Es ist schon fast neun, verdammt noch mal.«

Sie wirbelte herum, runzelte die Stirn und stellte ihre Tasse auf dem kleinen Tisch ab. Dann ging sie auf den Flur hinaus zur Treppe und lauschte. Totenstille.

War ihre Schwester die ganze Nacht weg gewesen? Betrunken, oder im Bett mit irgendeinem Typen? Nein, bestimmt nicht! Obwohl sie durchaus die Vermutung hatte, dass es in Rachels Leben einen mysteriösen Unbekannten gab. Vielleicht war sie ja auch schon zu ihrem Termin unterwegs.

Sie atmete ein paar Mal tief durch und schaute sich in dem kleinen Flur um, wobei ihr etwas auffiel, was sie zunächst übersehen hatte. Der blaue Mantel lag zusammengeknüllt auf dem Boden, und darunter befanden sich eine Handtasche und eine Laptoptasche. Verdammt! Sie wurde wütend. Dieser Termin heute war ihre große Chance gewesen, an mehr Geld zu kommen. Und jetzt war alles im Eimer.

Das Kleid schlug ihr um die Beine, als sie zwei Stufen auf einmal nehmend die Treppe hinauflief. Ihre Wut wurde mit jeder Stufe größer. Als sie die Schlafzimmertür erreichte, war sie kurz davor zu explodieren.

»Das ist so was von lächerlich.« Sie stieß die Tür auf. »Ich kann echt nicht glauben, dass du einfach verpennt ...«

Ihre Stimme erstarb, als sie ihre Schwester auf dem Bett liegen sah. Der Körper nach hinten gekrümmt. Die Augen verdreht. Der Mund in einem stummen Todesschrei aufgerissen.

Sie zögerte einen Moment, dann lief sie an den Rand des Bettes, fiel auf die Knie und versuchte, die Hand ihrer Schwester in ihre zu nehmen, aber sie war starr, erstarrt, als ihre

Schwester sich damit an ihre eigene Kehle gefasst haben musste.

»Oh mein Gott, Rachel! Nein!« Beth stieß den Schrei aus, den ihre Schwester nicht mehr selbst ausstoßen konnte, und mit einem Wimpernschlag wurde ihr klar, dass ihr Leben nie wieder so sein würde wie vorher.

Rachel Mullen war tot.

FÜNF

Boyd stellte den Wagen auf dem Fußweg zwischen zwei geparkten Fahrzeugen in der Nähe des Greenfield Drive 36 ab und schaltete den Motor aus.

»Bevor du etwas sagst: Ich kann nicht näher dran parken.«

»Ich bin ja nicht blind.« Lottie starrte durch die regenverschmierte Windschutzscheibe nach draußen. Ein Krankenwagen und zwei Streifenwagen waren direkt vor dem Haus geparkt. Ein weißer Kombi mit dem Logo des Kriminaltechnischen Instituts stach ihr ins Auge.

»Wer hat die Spurensicherung schon benachrichtigt?«, fragte sie. Sie öffnete die Tür und trat mitten in eine Pfütze. »Verdammt noch mal.«

»Ich jedenfalls nicht«, sagte Boyd.

Sie lächelte. Es war gut, Boyd wieder an ihrer Seite zu haben. Und endlich ging auch sein Wunsch in Erfüllung. Am Samstag würden sie heiraten. Nur noch vier Tage! Er und Chloe hatten sich mit Feuereifer in die Organisation der Hochzeit gestürzt. Sie war intelligent genug, um die beiden in Ruhe machen zu lassen. Aber obwohl sie nur von außen zuschaute, spürte sie eine gewisse Aufregung.

Als der Anruf auf der Wache eingegangen war, war Boyd nach seiner üblichen morgendlichen Runde mit dem Rad gerade mit dem Duschen fertig gewesen und hatte ihr angeboten, sie mit zum Tatort zu nehmen. Dabei hatte er ihr versprochen, nicht zu sehr in den Fall involviert zu werden. Ja, genau, wer's glaubt, wird selig! Ich habe wirklich eine Schwäche für Boyd, dachte sie sich.

Sie nahm ihre Umgebung in Augenschein. Die Wohnsiedlung bestand aus etwa fünfzig zweistöckigen Häusern, natürlich inklusive gepflegter Gärten. Boyd folgte ihr, als sie zum Haus ging.

Eine uniformierte Beamtin stand mit einem Klemmbrett in der Hand am Tor und der Regen tropfte von ihrer schweren Jacke.

»Guten Morgen, Inspector Parker«, sagte sie mit grimmiger Miene, doch dann erhellte ein Lächeln ihr Gesicht, als sie sah, wer hinter Lottie stand. »Morgen, Sergeant Boyd.«

Lottie unterschrieb auf dem Blatt und ging zur Tür.

Boyd sagte: »Kein guter Tag, um hier draußen rumstehen zu müssen, Martina.«

»Beeil dich, Boyd«, sagte Lottie. »Die Zeit ist ein Zeuge.«

»Wo hast du denn den Spruch her?«

Sie ignorierte seine wahrscheinlich sowieso rein rhetorische Frage und nahm einen forensischen Overall, Handschuhe und Überschuhe von einem Mitarbeiter der Spurensicherung entgegen. Sie stand unter einem kleinen Vordach. Regenwasser quoll aus der verstopften Dachrinne. Sie begann, sich die Schutzkleidung überzuziehen und verfluchte sich dafür, dass sie nichts dabeihatte, um ihr Haar zusammenzubinden. So lang hatte sie es noch nie wachsen lassen. Chloes Idee. Wegen der Hochzeit. Sie spürte, wie sich ein Gefühl der Nervosität in ihrer Magengrube ausbreitete. Alle schienen so aufgeregt zu sein, aber obwohl sie sich auf den Tag freute, spürte sie ein gewisses Unbehagen. Tat sie das Richtige?

Den Moment des Zweifels verdrängend, zog sie den Reißverschluss des Overalls bis zum Kinn hoch, schob die Kapuze über ihr widerspenstiges Haar, und eine Maske über Mund und Nase. Nachdem sie Überschuhe und Handschuhe angezogen hatte, trat sie in den engen Flur.

Auf dem Boden lag ein zusammengeknüllter blauer Mantel und darunter ein paar Taschen. An den Haken an der Wand war reichlich Platz, warum also hatte man den Mantel dort am Boden abgelegt?

»Jemand hatte es eilig«, sagte sie über ihre Schulter. Boyd war immer noch dabei, die forensische Schutzkleidung anzuziehen.

Am Ende des Flurs war die Küche. Weiße Schränke säumten die Wände und in der Mitte war eine Kochinsel, um die herum Hocker mit Stahlbeinen standen. Vor einer Terrassentür hing ein weißer, mit Sternen besetzter Voilevorhang. An der Wand war ein riesiges abstraktes Gemälde angebracht, das in allen Farben des Regenbogens schillerte, und in der Ecke stand eine Staffelei mit einer kleineren Leinwand – ein ähnliches Gemälde wie das an der Wand, unvollendet.

Lottie nickte einer Beamtin zu, die im Wohnzimmer saß und ihren Arm um eine verzweifelte junge Frau gelegt hatte, deren Kopf in den Händen vergraben war. Die Schwester, die die Leiche gefunden hatte. Sie sollte eigentlich auf die Wache gebracht werden, aber im Moment war sie ihnen nicht im Weg, also beschloss Lottie, dieses Gespräch auf später zu verschieben. Sie ging zurück in den Flur, wo Boyd am Fuß der Treppe auf sie wartete.

»Die Leiche ist da oben«, sagte er.

»Das habe ich mir gedacht.« Sie schob sich unter seinem Arm hindurch und stieg nach oben, wo sie dem Stimmengewirr zu einem der Schlafzimmer folgte. Sie fragte ein Mitglied der Spurensicherung: »Ist McGlynn schon da?«

»Er ist unterwegs.«

»Gerry, richtig?«, fragte sie den jungen Mann mit der Kamera in der Hand.

»Ja.«

Da ihr nichts Weiteres einfiel, was sie sagen konnte, um das noch Unausweichliche hinauszuzögern, trat sie in den Raum.

»Um Gottes willen, was ist mit ihr passiert?« Keiner antwortete.

Sie trat näher und hielt den Atem an. Die junge Frau lag auf dem Rücken, ihr Körper war ganz unnatürlich nach hinten gekrümmt. Die Leiche befand sich im Zustand völliger Totenstarre. Die Fersen hatten sich in die Matratze gegraben, der Kopf war ins Kissen gedrückt und der Mund zu einem stummen Schrei aufgerissen. Es war schwer zu erkennen, aber Lottie könnte schwören, dass ihr Gesäß das Bett nicht einmal berührte. Sie starrte auf das Gesicht der Frau und fand es schwierig, das Alter zu bestimmen, aber dem Bericht zufolge war sie fünfundzwanzig. Das braune Haar war schulterlang und kraus. Sie war mit einer kurzärmeligen roten Bluse bekleidet, deren Knöpfe bis auf die obersten drei, die anscheinend abgerissen waren, geschlossen waren. Aus den Knopflöchern hingen Fäden, und der Stoff war deutlich erkennbar zerrissen. Die marineblaue Hose war geöffnet und zeigte einen aufgeblähten Bauch und den Saum eines weißen Baumwollschlüpfers. Ihre Füße waren nackt, die Sohlen hatten eine ungewöhnlich pigmentierte Färbung.

Lottie hatte die Luft angehalten. Jetzt atmete sie durch und ging um das Bett herum, während die Spurensicherung ihr aus dem Weg ging. Sie spürte, wie ihre Kopfhaut prickelte.

Ihre Augen brannten seltsam. Die Atmosphäre war von einer bösartigen Präsenz durchdrungen. Wenn sie an den Teufel geglaubt hätte, wäre sie sich sicher gewesen, dass er diese junge Frau aufgesucht hatte.

»Meinst du nicht, wir sollten auf McGlynn warten?«, fragte Boyd und blieb an der Tür stehen.

»Nein«, antwortete Lottie. »Ich sehe keine Anzeichen dafür, dass ein Kampf mit jemand anderem stattgefunden hat.«

Am Fußende des Doppelbetts lagen ein umgekipptes Paar rote Schuhe, und eine marineblaue Jacke mit silbernen Knöpfen war auf den Boden gefallen. Lottie konnte nicht verhindern, dass ihr Blick wieder auf das Kissen fiel. Die Augen der jungen Frau waren in ihren Schädel zurückgerollt, sodass nur noch das Weiße zu sehen war. Sie betrachtete ihren Mund, der verzogen war wie die knorrige Rinde einer alten Eiche. Schaum und Erbrochenes waren auf und um ihre Lippen, ihrem Kinn und ihrem Hals verschmiert, als hätte ein Pilz dort Wurzeln geschlagen. Um ihre Nase und ihren Mund herum befanden sich Flecken, die wie Blutergüsse aussahen. Hatte man ihr die Nase gebrochen? Es war kein Blut zu sehen.

»Herrgott«, flüsterte Boyd und durchbrach die Totenstille. »Was zum Teufel ist mit ihr passiert?«

Bevor Lottie antworten konnte, ertönte eine Stimme hinter ihnen. »Was machen Sie beide hier mitten in meinem Tatort?«

Das rüttelte sie aus der Trance, in der sie sich befand, und sie schaute über Boyds Schulter hinweg in Jim McGlynns grüne Augen, die über seiner Maske wütend blitzten.

»Hoch und heilig versprochen, wir haben nichts ange-rührt«, sagte sie.

»Sie sind hier, oder nicht? Mittendrin. Wie soll ich denn da meine Arbeit machen?«

»Jim, sagen Sie mir, wonach es für Sie aussieht.« Wie üblich ignorierte Lottie seine Tiraden einfach; sie kannte ihn inzwischen gut genug, und sie brachten sich gegenseitig eine gewisse Toleranz entgegen. Aber sie war sich bewusst, dass sie McGlynn mehr brauchte als er sie. Er war der professionellste Rechtsmediziner, dem sie in ihrer gesamten Laufbahn je begegnet war.

»Woher soll ich das wissen? Ich kann ja nichts sehen. Sie

stehen mir direkt im Weg. Sie beide benehmen sich wie Giraffen, die aus einem Scheißzoo ausgebrochen sind.«

Lottie trat zur Seite und ließ McGlynn vorbei. Er machte einen Schritt und blieb stehen. Schätzte ab. Formulierte Gedanken. Visualisierte. Er drehte den Kopf, sah von der Decke zum Boden, zu den Fenstern mit den Vorhängen, hinüber zu dem kleinen Schrank mit der blinkenden Funkuhr und dem halb leeren Glas mit der klaren Flüssigkeit. Schließlich richtete sich sein Blick auf das Bett.

»Drogen, meinen Sie?« Lottie wagte eine Vermutung.

»Gift«, sagte McGlynn und bestätigte damit ihren Verdacht. »Höchstwahrscheinlich Strychnin. Für Leute wie Sie ist das Rattengift, aber zur Bestätigung brauchen wir eine Obduktion. Rufen Sie die Rechtsmedizinerin an.«

»Das mache ich.« Boyd klang erleichtert, dass er den Raum verlassen konnte.

»Selbst verschuldet?«, fragte Lottie.

McGlynn ging sofort auf sie los. »Ich habe es Ihnen schon einmal gesagt und ich sage es Ihnen noch einmal, Detective Inspector Parker, ich bin nicht Gott.«

Sie lächelte hinter ihrer Maske. McGlynns alte Leier. Und er nannte sie immer bei ihrem Titel, wenn er sich ärgerte, und das war meistens der Fall.

»Aber was meinen Sie als Experte dazu?«, fragte sie.

Er schnaubte laut, wobei sich seine Maske wie ein Ballon ausdehnte und wieder in sich zusammenfiel. »Meiner Expertenmeinung nach müssen Sie sich schleunigst von meinem Tatort entfernen.«

»Es handelt sich also definitiv um ein Verbrechen?«

»Verdammt noch mal. Natürlich ist es ein Verbrechen. Aufgrund der Krümmung des Körpers und der Totenstarre vermute ich eine Strychninvergiftung innerhalb der letzten vierundzwanzig Stunden. Und da die Aufnahme der Substanz sehr schmerzhaft ist, ist es sicher nicht die erste Wahl, wenn man sich umbringen will. Er bückte sich und schnupperte an dem Glas. »Scheint nur Wasser zu sein, aber das wird analysiert.« Dann beugte er sich über die Leiche. »Es gibt Anzeichen von Blutergüssen um ihren Mund, Kiefer und Hals.«

Lottie trat einen Schritt vor. »Jemand hat sie gezwungen, das Gift zu trinken?«

»Oder jemand hat den Prozess beschleunigt, indem er versucht hat, sie zu ersticken.« McGlynn rief seinen Fotografen zu sich. Die Szene, der Tatort, mussten ganz genau fotografisch festgehalten werden. »Gerry, du weißt, was du zu tun hast; beeil dich damit.«

Als McGlynn sich zurückzog, um Gerry den Zugang zum Bett zu ermöglichen, blickte Lottie auf die Hände der Frau. Eine war wie Beton, die Finger umklammerten das zusammengerollte Laken. Die andere hatte sie sich in ihren Hals gekrallt. Lottie starrte erneut auf die Blutergüsse und die deutlich sichtbaren Kratzer. Die Nägel waren totenschwarz lackiert, ebenso wie ihre Zehennägel. Als die Kamera aufblitzte, sah sie etwas, das das Seltsame an der Szene noch verstärkte.

»Jim, hat sie etwas im Mund?«

McGlynn schob den Fotografen beiseite und blickte in den Mund der Frau, ohne sie zu berühren. »Ich glaube, Sie haben recht, aber ich muss auf die Rechtsmedizinerin warten.« Er schniefte laut und sah zu Lottie auf, aber sie fand keine Worte.

»Eines ist jedenfalls sicher«, sagte sie schließlich, »diese junge Frau starb einen furchtbaren, qualvollen Tod.«

»Und das werden Sie auch, wenn Sie weiter hier herumstehen und mich nicht mit meiner Arbeit weitermachen lassen.«

»Danke, Jim.« Immer schön höflich bleiben, dachte sie, selbst wenn die andere Person die Unhöflichkeit in Person war.

Bevor sie den Raum verließ, warf sie noch einen letzten Blick auf das Opfer, und ihre Gedanken rasten. *Warum hat dich jemand umgebracht, Rachel Mullen?*

SECHS

Maddy schleuderte das Fahrrad hinter das Mäuerchen vor dem Eingang und stapfte ins Haus. Ihre Jeans waren ölverschmiert und ihre Hände und Nägel ganz schwarz. Sie ging in die Küche, drehte den Wasserhahn auf und hielt ihre Hände unter das nur leicht tröpfelnde Wasser.

»Warum ist das so Wasser kalt?«, rief sie. Als sie keine Antwort erhielt, drehte sie den Wasserhahn wieder zu, ging zum Boiler und schaltete ihn ein.

»Schalt ja den Boiler nicht ein, Fräulein.« Die heisere Stimme ihrer Schwester kam aus dem Wohnzimmer.

»Ich bin voller Öl, Stella. Ich muss mir die Hände richtig waschen. Das Wasser ist doch eiskalt.«

»Du weißt, dass wir nicht genug Geld haben, um die Stromrechnung zu bezahlen. Und die ist am Ende des Monats wieder fällig. Ich will nicht, dass diese Arschlöcher uns den Strom abstellen, also nimm kaltes Wasser. Hast du mein Geld für gestern Abend bekommen?«

Maddy trocknete ihre öligen Hände an dem schmutzigen Geschirrtuch ab und ging durch den offenen Durchgang, wo einst eine Tür gewesen war. Die war längst kaputt und in den

Garten geworfen worden, wo sie die sumpfige Stelle im Gras überdeckte. Sie lehnte sich gegen den Türsturz.

»Ich habe es in bar bekommen. Soll ich damit einkaufen?«
»Gib es mir.«

Sie legte die zusammengerollten Geldscheine auf die Armlehne des Sofas. »Was machst du da, Stella?«

»Wonach sieht es denn aus? Ich könnte genauso gut versuchen, Blut aus einem Stein herauszuquetschen, als Milch für diesen hungrigen kleinen Scheißer aus meinen nutzlosen Titten herauszupressen.« Stellas dunkles Haar war bis zum Haaransatz verfilzt, ihr Gesicht ganz rot vor Anstrengung. Ihr ganzer Körper schien zu schwingen, als sie ihre Position leicht verlagerte, um es ihrer kleinen Tochter bequemer zu machen.

»Warum machst du dir denn diese Mühe?« Maddy sah ihrer Schwester dabei zu, wie sie versuchte, ihre einen Monat alte Tochter zu stillen. Stella war nur vier Jahre älter als sie selbst, aber sie hatte bereits zwei Kinder. Maddy würde auf keinen Fall auch nur eins haben, bevor sie neunzehn war. Sie warf einen Blick auf das gerahmte Foto auf dem Kaminsims und ein Schauer lief ihr den Rücken hinunter. Dann richtete sie ihre Aufmerksamkeit wieder auf ihre Schwester.

»Es ist billiger als Milchpulver zu kaufen«, sagte Stella, und die Ringe an ihren Ohren bohrten sich in ihre Schultern. »Ich bin diese kleinen Scheißer so leid.«

Maddy wandte sich ab und ging die bare Treppe hinauf. Einer von Stellas Exfreunden hatte irgendwann den Teppich herausgerissen und verkauft. Die Tapete, die die Stadtverwaltung hatte anbringen lassen, bevor sie ihnen das Haus zugewiesen hatte, hing in Fetzen von der Wand. In ihrem Zimmer riss sich Maddy die Kleider vom Leib und zog sich ein Paar flauschige Socken an, um ihre Füße vor dem splitternden Boden zu schützen. Sie fand eine halbwegs saubere Jeans – oder vielmehr, wie sie feststellen musste, als sie sie anhatte, eine ziemlich schmutzige – und ein T-Shirt, das sie erst zweimal getragen hatte. Sie schnüffelte unter den Armen und beschloss, dass sie es noch einmal anziehen konnte. Sie suchte nach einem Deodorant, konnte aber keines finden. Deshalb sah sie im Zimmer ihrer Schwester nach, das Stella mit ihrem zweijährigen Sohn teilte.

Als sie angezogen war, rief sie die Treppe hinunter: »Stella, wo ist eigentlich Trey?«

»Der ist draußen irgendwo. Und hör auf so herumzuschreien, verdammt noch mal. Ariana hängt grad an mir dran und ist eingeschlafen. Jetzt hab ich endlich mal ein paar Minuten Ruhe, bevor das kleine Luder wieder anfängt zu schreien.«

Maddy zog jedes Mal eine Grimasse, wenn ihre Schwester so über ihre Kinder redete. Das war nicht richtig. Das waren immerhin kleine Lebewesen, die Stella auf die Welt gebracht hatte, und das Mindeste, was sie tun konnte, war, lieb zu ihnen zu sein und sich anständig um sie zu kümmern. Sie hatte einen Kloß im Hals, wenn sie daran dachte ... aber sie schluckte ihn schnell hinunter. Weder Stella noch sie selbst waren in ihrer Kindheit je richtig umsorgt worden. Sie hatten unterschiedliche Väter und nur Gott allein wusste, wie viele andere Geschwister sie auf der Welt hatten.

Auf ihrem schmalen Bett sitzend, starrte sie aus dem Fenster und fragte sich, wie sie in diese Lage geraten war. Ihre Mutter hatte sie vor Jahren verlassen; die Nachbarn munkelten, dass sie jetzt irgendwo auf dem Land außerhalb von Ragmullin lebte. Maddy wusste nicht genau, wo, und es war ihr auch egal. Ihre Mutter war genauso herzlos gewesen, wie Stella es manchmal zu sein schien. Aber Stella hatte einen guten Grund, so gereizt zu sein.

Ihr Haus grenzte an ein weiteres Reihenhaus, und dahinter lagen noch mehr Reihenhäuser. Weiter hinten sah man ein Feld hinter der stillgelegten Kaserne. Manchmal nahm Maddy Trey mit dorthin und ließ ihm die Freiheit, einfach herumzulaufen.

Vielleicht war es nicht einmal sicher, sich dort aufzuhalten. Sie hatte einmal einen örtlichen Historiker getroffen, der auf der Suche nach nicht explodierten Granaten durch die Gegend gelaufen war. Aber es gab nicht viele Orte, an die sie einen Zweijährigen mitnehmen konnte, ohne komische Blicke oder abfällige Bemerkungen zu ernten. Sie hörte, wie die Haustür geöffnet und wieder geschlossen wurde, und wie Füße über den Flur schlurften. Trey? Sie sprang vom Bett auf und rannte die Treppe nach unten.

Aber es war nicht Trey, der in der Küche stand. Sie hielt inne, als sie sah, dass es Stellas gruseliger Freund Simon war. Er griff nach ihrem Arm und fuhr mit einem Finger über ihr nacktes Fleisch. Vor Ekel bekam sie eine Gänsehaut.

»Na, wie geht es meiner Lieblingsschwägerin?« Seine Lippen verzogen sich zu einem Grinsen.

»Ich bin nicht deine verdammte Schwägerin, Simon, und wenn du weißt, was gut für dich ist, dann gehst du mir aus dem Weg.«

Bevor er reagieren konnte, tauchte sie unter seinem Arm hindurch und rannte zur Tür hinaus. Er blieb mit offenem Mund stehen.

——————

Auf dem Hausflur im Haus der Mullen Schwestern überprüfte Lottie, wem der Mantel und die Taschen gehörten. Um das herauszufinden, schrie sie die Frage einem Beamten in der Küche zu. Als sie erfuhr, dass die Sachen Rachel gehörten, bat sie einen Mitarbeiter der Spurensicherung, sich darum zu kümmern.

»Wurde das alles schon fotografiert?«

»Ja, wurde es.«

Unter dem Mantel befanden sich eine schwarze Lederhandtasche und eine Laptoptasche. Sie öffnete den Reißverschluss der Handtasche. Telefon. Brieftasche. Tampons. Ein kleines Leinenetui mit einem Lippenstift und Mascara, Marken, die Lottie nichts sagten. Kein Parfüm. In der Brieftasche fand sie eine Kreditkarte, die den Namen des Opfers bestätigte. Sie schüttelte den Kopf darüber, wie ordentlich und aufgeräumt alles war. Keine Autoschlüssel. Keine Quittungen. Keine in Briefumschläge gestopfte Rechnungen. Keine auf Papiertaschentücher gekritzelten Notizen oder aus Notizbüchern herausgerissene Seiten. Ganz im Gegensatz zu dem Chaos, das man in ihrer eigenen abgenutzten Handtasche finden würde. Sie tippte auf den Bildschirm des Handys. Es leuchtete auf und zeigte dreißig Prozent Akkuladung an. Auf dem Sperrbildschirm wurden keine verpassten Anrufe oder SMS angezeigt, nur die Aufforderung, eine PIN einzugeben. Verdammt!

In der Laptoptasche befand sich auch keinerlei Papierkram, nur ein MacBook Air. Sie bat die Spurensicherung, alles auf Fingerabdrücke zu überprüfen, bevor sie den Laptop schleunigst auf die Wache brachten. Sie steckte das Handy in eine kleine Plastiktüte und ging ins Wohnzimmer.

Boyd hatte die Beamtin neben der jungen Frau auf der Couch abgelöst. Sein Arm lag locker um ihre Schultern, und Lottie spürte ein unnatürliches Gefühl der Eifersucht. Das ist weder der richtige Zeitpunkt noch der richtige Ort, dachte sie, als sie sich den beiden näherte.

Die junge Frau sah auf, ihr Gesicht war tränenverschmiert, und Lottie zuckte unwillkürlich zusammen. Wäre sie nicht gerade von der Begutachtung der Leiche im oberen Stock gekommen, hätte sie gesagt, dass Rachel Mullen am Leben war und wohlauf neben Boyd saß.

Als sie sich wieder gefasst hatte, zog sie einen Stuhl heran, setzte sich und stellte sich vor.

»Ich bin Beth«, antwortete die junge Frau, »Rachels Zwillingsschwester. Ich kann Ihren Schrecken verstehen. Wir sehen fast identisch aus.«

Vom Aussehen her vielleicht, aber Beth war ganz anders gekleidet als ihre Schwester. Ihr ganzer Körper war in ein schwarzes Leinenkleid gehüllt wie in einen Ballon, und ihre Füße steckten in braunen Jesussandalen aus Leder. Ihr Haar wirkte wilder und ein wenig länger als das von Rachel.

»Das mit Ihrer Schwester tut mir sehr leid«, sagte Lottie.

»Ich kann es noch nicht fassen.«

»Kann ich jemanden für Sie anrufen?«

»Mam ist tot, und Dad ist ein Nichtsnutz. Machen Sie sich gar nicht erst die Mühe, ihn anzurufen.«

Lottie fand diese Aussage etwas seltsam, aber Beth stand unter Schock, da wusste sie vielleicht nicht genau, was sie sagte.

»Wir werden ihn benachrichtigen müssen«, erklärte Boyd. »Sie können mir seine Kontaktdaten später geben.«

»Ich weiß, dass Sie bereits mit Mitgliedern meines Teams gesprochen haben«, sagte Lottie, »aber können Sie für mich noch einmal wiederholen, was passiert ist?«

»Ich weiß nicht, was ich erzählen soll«, sagte Beth. Ihre Augen waren tränenüberströmt. »Was ist mit Rachel passiert? Warum sieht sie so aus?«

»Das wissen wir noch nicht. Aber Sie müssen mit mir reden, damit ich eine Chance habe, es herauszufinden.« Lottie schaute in die tränenerfüllten haselnussbraunen Augen und versuchte, die junge Frau zum Sprechen zu bewegen.

Schließlich sagte Beth: »Ich hätte hier sein sollen, aber ich war nicht hier.«

»Wie meinen Sie das?«

»Letzte Nacht. Wenn ich hier gewesen wäre, wäre sie vielleicht noch am Leben.«

Lottie fragte sich, ob Beth dachte, dass ihre Schwester sich selbst umgebracht hatte. »Wo sind Sie gewesen?«

»Ich war in Dublin. Bin gestern mit dem Mittagszug hingefahren. Ich war beim *The Killers* Konzert in der 3Arena. Freunde hatten schon vor Ewigkeiten Karten besorgt. Ich bin über Nacht geblieben. Ich habe gesungen und getanzt, während Rachel ... Oh Gott. Was ist mit ihr passiert?«

»Genau das will ich herausfinden.« Lottie kämpfte gegen den Drang an, die junge Frau in den Arm zu nehmen. Boyd war im Moment in der Rolle des Trösters, und sie war diejenige, die die Fragen stellte. »Um wie viel Uhr sind Sie nach Hause gekommen?«

Beth wischte sich die Nase ab. »Ich bin mir nicht sicher. Ein Typ, der auch auf dem Heimweg nach Ballymahon war, hat mich aus der Stadt mitgenommen. Er hat mich am Ende der Straße abgesetzt. Das muss heute Morgen so gegen acht Uhr dreißig gewesen sein.« Sie zuckte langsam mit den Schultern. »Es hat dann nicht lange gedauert, bis ich den Notruf gewählt habe, vielleicht fünfzehn Minuten. Das können Sie doch überprüfen, oder? Den Notruf.«

»Das können wir. Sie haben also damit gerechnet, dass Rachel hier sein würde?«

»Sie hatte heute Früh einen Termin bei der Bank, und als sie mir nicht geantwortet hat, dachte ich, dass sie schon weg ist. Dann habe ich ihren Mantel gesehen, und ihre Taschen, im Flur. Sie arbeitet von zu Hause aus. Wir haben die Abstellkammer in ein Büro umgewandelt. Von dort aus hat sie gearbeitet und ich habe in der Küche gemalt.« Lottie erinnerte sich an die Leinwände. »Ich bilde mir gerne ein, dass ich eine Künstlerin bin. Rachel glaubt, dass ich es zu etwas Großem bringen könnte, aber ich bin mir da nicht so sicher. Die Konkurrenz ist ...« Als sie merkte, dass sie sich verrannt hatte, hielt Beth inne und ließ den Kopf sinken. »All das bedeutet mir gar nichts ohne Rachel. Wir waren Schwestern, aber wir waren auch Freundinnen. Schwestern streiten und verkrachen sich, aber das war bei uns eigentlich nie so. Wir haben das Leben anders gesehen als die meisten Menschen, uns auf die positiven Dinge konzentriert. Oh Gott, was werde ich ohne sie tun?«

»Sie haben sie gestern Mittag also zum letzten Mal gesehen?«, fragte Lottie.

»Sie hat mich zum Bahnhof gefahren. Sie hat ein Auto, ich nicht. Ich habe den Zug um eins genommen.«

»Was für ein Auto hat Rachel gefahren?«

»Einen roten Toyota Yaris. Ziemlich alt.«

»Welches Kennzeichen?«

Beth sah verwirrt aus. »Das kann ich noch nachschauen, bevor Sie gehen.«

»Das wäre gut, danke«, sagte Lottie, doch dann fiel ihr etwas auf. Auf dem Tisch im Flur lag ein einzelner Yale-Schlüssel, aber weder dort noch in der Handtasche der toten Frau waren Autoschlüssel gewesen. »Wissen Sie, wo sie ihre Schlüssel normalerweise aufbewahrt hat?«

»Normalerweise in ihrer Tasche. Oder auf dem Tisch im Flur.«

Sie würde später noch mal darauf eingehen. »Warum ist Rachel nicht mit Ihnen auf das Konzert gegangen?«

»Sie sind lustig. Sie hasst Rockmusik … hasste, meine ich.«

»Hatte sie einen Freund? Jemanden, der ihr nahe stand?«

»Nein. Niemand in den letzten zwei Jahren. Sie ist völlig in ihrer Arbeit aufgegangen.«

»Was hat sie denn gemacht?«

»Sie war dabei, ihre eigene Kosmetikfirma zu gründen. Hat versucht, eine Finanzierung zu organisieren. Das ist mir alles zu hoch, ich kann nicht so gut mit Zahlen umgehen, wie Rachel es … konnte.«

»Okay. Ich brauche eine Liste ihrer Freunde.«

»Natürlich.«

Lottie fragte sich, warum jemand eine junge Geschäftsfrau vergiften sollte, und sofort hatte sie den schrecklichen Anblick von Rachels Leiche wieder vor Augen. »Beth, haben

Sie irgendeine Art von Schädlingsbekämpfungsmitteln im Haus?«

»Was? Für Ratten und Mäuse oder so? Oh Gott, nein. Solche Probleme haben wir hier überhaupt nicht. Warum?«

»Ich möchte nur alle Möglichkeiten abdecken.« Sie notierte sich, was ihre Beamten in den Schränken und im Schuppen gefunden hatten. »Wissen Sie, was Ihre Schwester vorhatte, nachdem sie Sie am Bahnhof abgesetzt hat?«

»Ich habe sie weder angerufen noch ihr geschrieben, wenn Sie das meinen. Ich habe Fotos auf Snapchat und Instagram gepostet, und sie hat unter keins ein Like gesetzt. Aber ich wusste ja, dass sie beschäftigt war.«

»Beschäftigt mit was?«

»Sie hatte am Nachmittag ein Treffen, aber ich habe keine Ahnung, mit wem. Und später wollte sie noch auf eine Party gehen – so gegen sechs oder sieben. Das müsste in ihrem Terminkalender stehen. Auf ihrem Handy oder ihrem Laptop.«

Lottie wunderte sich. »Das scheint mir etwas früh für eine Party zu sein.«

»Es war eine Art offizielle Eröffnung. Ein neues Restaurant. Sie wissen schon, das neben der Credit Union? Das war früher mal ein Einkaufszentrum, glaube ich.«

Wahrscheinlich war sie schon tausendmal daran vorbeigelaufen, aber mit den Gedanken nur bei den Hochzeitsvorbereitungen, der Arbeit oder ihren Kindern gewesen war. »Wie heißt es?«

Beth zuckte mit den Schultern und schniefte. »Annie's Restaurant. Wir sind mit Jessica zur Schule gegangen. Die führt es. Sie ist die Tochter der Besitzerin. Annie Fleming.«

Lottie ließ die Information einen Moment auf sich wirken, bevor sie fragte: »Wissen Sie, ob Rachel auf die Party gegangen ist?«

»Ich nehme an, dass sie direkt nach ihrem Geschäftstermin dorthin ist. Oben ... nun ja, sie trägt immer noch ihren Hosenanzug ...« Die Tränen liefen ihr jetzt schneller über die Wangen, wie ein Fluss, der einen Damm durchbrochen hat.

Lottie wartete, bis Beth sich etwas beruhigt hatte, bevor sie fortfuhr. »Dieses Geschäftstreffen. Haben Sie eine Ahnung, mit wem sie sich getroffen haben könnte?«

Wieder zuckte sie nur mit den Schultern, und das voluminöse Kleid dehnte sich mit der Bewegung aus und schob sich wieder zusammen. »Ich kann mich wirklich nicht erinnern. Vielleicht hat sie es mir erzählt, aber ich war so aufgeregt wegen Dublin, dass ich ihr vielleicht nicht zugehört habe. Ich weiß nur, dass sie gestern um fünf Uhr ein Meeting hatte und heute Morgen die Bankbesprechung, und dazwischen die Party. Sie war so bemüht, eine Finanzierung für ihr Vorhaben zu finden.«

»Erzählen Sie mir, wie sie dazu kam, ein Kosmetikunternehmen gründen zu wollen.«

Beth stieß einen langen, erstickten Seufzer aus, und Lottie dachte schon, sie würde wieder in Tränen ausbrechen und in ihrem Kleid zusammensacken, aber die junge Frau richtete sich auf und lehnte sich auf der Couch zurück, sodass ihr Kopf auf Boyds Arm ruhte.

»Früher war Rachel in einer Bankfiliale in Roscommon angestellt. Sie hatte dort zu arbeiten angefangen, nachdem sie ein Diplom in Betriebswirtschaft gemacht hatte. Aber dann erkrankte unsere Mutter an Brustkrebs, und das änderte alles. Ich habe mich zu Hause um unsere Mutter gekümmert. Rachel fühlte sich deswegen schuldig, also gab sie ihren Job auf und kam zu uns, um auch zu helfen.« Beth hielt inne. »Das war meine Schuld, weil ich immer so rumgenörgelt und mich darüber beklagt habe, was ich alles zu tun hatte, und dass ich doch keine Krankenschwester bin und überhaupt keine Zeit mehr zum Malen hatte. Ich war eine egoistische Kuh. Wenn ich ein besserer Mensch gewesen wäre, würde Rachel vielleicht noch leben und in ihrem langweiligen Bankjob arbeiten.«

»Sie haben beide das getan, was Sie damals für das Beste

hielten«, sagte Lottie, während die Erinnerungen an die Krankheit ihres verstorbenen Mannes Adam in ihr wie Luftblasen aufstiegen und dann zerplatzten. Sie zitterte und bemerkte, dass Boyd sie anstarrte. Mit einem leichten Kopfschütteln, um ihm zu sagen, dass es ihr gut ging, fuhr sie fort. »Wie lange war Ihre Mutter krank?«

»Als die Diagnose gestellt wurde, war der Krebs bereits in ihrem Gehirn angekommen. Viertes Stadium. Sie starb innerhalb von fünf Monaten.«

»Darf ich fragen, wo Ihr Vater während dieser ganzen Zeit war?«

»Dad hat rein gar nichts gemacht. Er hatte eine Scheißangst, als Mum die Kontrolle über ihren Körper verloren hat. Er hat seine Sachen gepackt und ist gegangen. Zurück zu seiner eigenen Mutter nach Dublin geflüchtet. Er ist zu Mums Beerdigung gekommen, aber Rachel ging auf ihn los, schrie herum und brüllte ihm ins Gesicht, dass er ein Verräter sei, und das war das letzte, was wir von ihm zu sehen bekommen haben. Er war sowieso nie da, also war es kein großer Verlust.«

Das klang ziemlich hart, aber Lottie wollte Beth nicht weiter mit dem Thema belasten, da es höchstwahrscheinlich nichts mit dem Tod ihrer Schwester zu tun hatte. Sie legte es zu den Akten, für den Fall, dass sie es zu einem späteren Zeitpunkt noch mal ansprechen musste.

»Rachel hat sich nach dem Tod unserer Mutter verändert. Sie sagte, das Leben sei zu kurz, um immer nur mit Kummer zu leben, und wenn sie ihren Traum nicht verfolgte, würde sie ihn vielleicht nie verwirklichen. Niemand weiß, was hinter der nächsten Ecke liegt, das war ihr Lieblingsmantra ...« Beth schluchzte in ein Papiertaschentuch und putzte sich die Nase.

»Ihr Traum war es also, eine eigene Firma zu gründen?«

»Ja. Sie hat eine Bio-Kosmetikserie entwickelt. Ich habe das Branding, das Logo und die Grafiken für sie gemacht, ihre

Social-Media-Konten eingerichtet und all diese Dinge. Aber Rachel war diejenige mit dem Geschäftssinn.«

»Läuft die Firma schon?«

Beth schüttelte den Kopf. »Sie hat noch einen Geldgeber gebraucht. Dad hat die Hypothek nicht mehr bezahlt, also mussten wir das Geld selbst auftreiben, um das Haus behalten zu können. Meine Bilder bringen nicht mehr so viel ein wie früher, und Rachel hat ihre ganzen Ersparnisse aufgebraucht. Die Vorarbeiten für die Gründung waren abgeschlossen, aber für die Miete einer kleinen Fabrikhalle und all das fehlte ihr noch eine kräftige Finanzspritze.«

»Und Sie glauben, dass es bei dem gestrigen Treffen darum gegangen sein könnte?«

»Ja. Sie hat ein bisschen geheimnisvoll getan, aber gleichzeitig war sie sehr aufgeregt. Aber jetzt ... jetzt spielt das alles keine Rolle mehr.«

Lottie zeigte Beth das in der Plastiktüte verpackte Handy und fragte: »Kennen Sie zufällig Rachels PIN?«

»Zwei acht eins null.«

»Hatte das eine Bedeutung für sie?«

»Das ist unser Geburtstag.« Beth atmete unruhig ein. »Um ihren Laptop zu aktivieren, müssen Sie nur SmoothPebble, zusammengeschrieben, vor die Zahlen setzen.«

»SmoothPebble?«

»Der Markenname ihrer Kosmetikserie.« Sie blickte unter ihren langen Wimpern hervor und blinzelte die Tränen weg, die sich in den feinen Härchen verfangen hatten. »Alles ist tot. Ihr Traum ist tot, und Rachel ist auch tot.«

SIEBEN

Maddy war so froh, endlich aus dem Haus zu kommen. Simon war ihr einfach unheimlich. Er sah sie immer so an, als ob er ihr das Gesicht ablecken wollte und seine Zunge in ihren Hals stecken. Igitt. Sie wollte nicht erst darauf warten, dass er sie in den Hintern kniff, wenn Stella nicht hinsah.

Sie schlenderte lieber durch die Stadt und schaute in Schaufenster, aber ohne die Auslagen wirklich zu sehen. Leute gingen in die Läden hinein und kamen wieder heraus, aber die bemerkte sie gar nicht. Sie kratzte sich an ihren Armen und versuchte, die Berührung von Simons Fingern aus ihrer Erinnerung zu verdrängen. Was Stella an ihm fand, verstand sie wirklich nicht. Er war groß und hässlich und ungehobelt. Sie mochte dieses Wort, weil es ihn so perfekt beschrieb.

»Ungehobelter Bastard«, murmelte sie und zitterte dabei heftig. Sie war ohne ihren Mantel aus dem Haus gegangen. Aber das nahm sie in Kauf, um bloß nicht die sabbernden Küsse, die Simon ihrer Schwester gab, hören zu müssen.

Als sie vor Boyne's Shop stand, wurde ihr bewusst, wie weit sie bei der Kälte und dem Nieselregen gelaufen war. Der Laden war schon vor Halloween weihnachtlich geschmückt und glitzerte und schillerte in allen Farben. Das Familienunternehmen, das als winziger Laden für Ballkleider begonnen hatte, hatte sich im Laufe der Jahre zu einem vollwertigen Kaufhaus entwickelt. Jetzt gab es dort alles, was das Herz begehrte, von Schuhen und Schmuck bis hin zu Büchern und Spiegeln.

Als sich die Tür automatisch öffnete, trat sie ein und wusste, dass sie sich hier eine Stunde lang einfach verlieren konnte. Eine Stunde, in der sie tagträumen konnte, in der sie sich vorstellte, wie sie in rote Spitze gekleidet war, mit glitzernden Ketten und Stilettos, die von Männern entworfen worden waren, die nicht wussten, wie schwer es war, in ihnen zu gehen.

Nicht, dass Maddy schon jemals welche getragen hätte, aber sie hatte gehört, wie ihre sogenannten Freundinnen darüber sprachen. Maddy war kein Partygirl.

Sie ließ ihre Finger über den weichen Stoff gleiten, der an einem Ständer hing, und suchte sich ein grünes Kleid aus. Ein Mieder aus Satin mit einem Rock aus Spitze. Es war wunderschön. Sie drückte ihre Nase an den Stoff, roch den Duft des Neuen und bedauerte, dass sie selbst nie neue Kleider bekam, außer, wenn sie in einem Charity Shop einmal Glück hatte. Sie schaute sich um und wartete darauf, dass ihr jemand sagte, sie solle das Kleid zurücklegen. Aber niemand bemerkte sie. Ich könnte genauso gut unsichtbar sein, dachte sie.

———

Während sie sich in die Welt der schönen Mode vertiefte, war sich Maddy nicht bewusst, dass sie mit Interesse beobachtet wurde. Der Beobachter wusste alles über Maddy Daly und ihre Vergangenheit. Dinge, die sie gesagt hatte und Dinge, die ihr erzählt worden waren. War Maddy gefährlich? Das würde die Zeit zeigen.

ACHT

Nachdem Beth Mullen sich freiwillig bereit erklärt hatte, eine DNA-Probe abzugeben, holte Boyd einen Garda, der sie zum Haus einer Nachbarin begleiten sollte. Später würde sie für eine formelle Befragung auf die Wache gebracht werden.

Lottie ging in den Flur. Am Fuß der Treppe traf sie auf Jane Dore.

»Und was hast du dieses Mal für mich, Inspector?« Die Rechtsmedizinerin hatte Schutzstiefel über die High Heels gezogen, die sie immer trug, um sie etwas größer erscheinen zu lassen. Sie befestigte sich die Schnüre ihrer Gesichtsmaske hinter den Ohren und zog die Kapuze über ihr Haar. Lottie fand es immer unangenehm, sich nur mit den Augen zu unterhalten, aber sie war es ja gewohnt.

»Sieht aus wie eine Vergiftung«, sagte sie. »Und es gibt Spuren von Gewalteinwirkung. Es muss noch weiter untersucht werden, aber ich glaube, dass die Spuren um ihre Nase herum und an ihrem Kiefer von behandschuhten Fingern stammen, und das Opfer trug keine Handschuhe.«

»Ich werde das untersuchen und schauen, dass ich schnell ein Ergebnis der toxikologischen Analyse bekomme. Gibt es sonst noch etwas, das darauf hindeutet, dass es sich um einen verdächtigen Todesfall handelt?«

»Jim und ich denken, dass es Strychnin gewesen sein könnte, aber es gibt keine Flasche oder Packung im Zimmer, wo das drin gewesen sein könnte. Das ist an sich schon verdächtig.«

»Ich gehe nach oben. Ich sage dir Bescheid, wenn ich so weit bin, die Obduktion durchzuführen.«

»Ich weiß das zu schätzen.«

Als Jane weg war, blieb Lottie im Flur stehen. Sie warf einen Blick auf Rachels Laptoptasche und Handtasche und rief jemanden von der Spurensicherung herbei. »Warum sind die Sachen immer noch hier?«

»Wir wollten noch nach Fingerabdrücken suchen und Abstriche für DNA-Spuren machen, bevor wir sie mitnehmen.«

»Das weiß ich alles. Aber kann man sich damit nicht etwas beeilen?« Als sie sah, wie seine Augen sich zu einem finsteren Blick verzogen, fügte sie zähneknirschend ein »Bitte« hinzu.

»Na klar.«

»Und wenn die forensische Untersuchung an dem Laptop abgeschlossen ist, möchte ich, dass er eingepackt und protokolliert und umgehend an mein technisches Team geschickt wird, mit dem Vermerk, dass Gary sich darum kümmern soll. Er ist der Beste.«

Sie durchsuchte die Taschen von Rachels Mantel. Auch dort war kein Autoschlüssel zu finden.

Nachdem sie ihre Schutzkleidung ausgezogen hatte, wartete sie am Tor, während Boyd seinen Overall noch in eine braune Papiertüte steckte. Sie rief auf der Wache an und organisierte ein Team, das mit den Befragungen von Tür zu Tür beginnen und feststellen sollte, ob jemand eine Überwachungskamera an seinem Haus hatte. Als sie damit fertig war, schaute sie die Straße entlang. »Wo ist ihr Auto?«

»Was?« fragte Boyd.

»Beth hat uns gesagt, dass Rachel einen roten Toyota Yaris hat, aber ich konnte ihren Autoschlüssel nirgendwo im Haus finden.« Sie warf einen Blick auf das Kennzeichen, das sie in ihr Handy eingegeben hatte. Beth hatte es auf irgendeinem Kfz-Steuerformular gefunden. Sie schaute sich die geparkten Autos an. Rachels Auto war nirgends zu sehen.

»Vielleicht hat sie es nach der Party stehen lassen und ist mit dem Taxi nach Hause gefahren«, überlegte Boyd.

»Überprüfe das und finde heraus, wer alles auf der Party war.« Sie stiegen ins Auto und Lottie schnallte sich an. »Lass uns zu dem Restaurant fahren und mit der Besitzerin, Annie Fleming, sprechen.«

Boyd machte eine Kehrtwende auf der schmalen Straße. »Ich bezweifle, dass es schon geöffnet hat.«

»Ich will es mir trotzdem ansehen.« Sie spürte Boyds Blick auf sich. »Was hast du auf dem Herzen?«, fragte sie.

»Mich verwirrt dieses ganze Szenario. Was glaubst du, was mit Rachel passiert ist?«

»Irgendein Mistkerl hat sie vergiftet, das ist passiert. Hoffentlich kann die Spurensicherung Beweise finden, und wenn die Götter uns wohlgesonnen sind, hat einer der Nachbarn etwas gehört oder gesehen und hat sogar qualitativ hochwertiges Überwachungsmaterial.«

»Träum weiter«, sagte Boyd.

In der Stadt war es für einen Dienstag ziemlich ruhig, und er fand einen Parkplatz direkt vor Annie's Restaurant. »Es hat zu«, sagte er.

»Tatsächlich, Einstein.«

»Du bist heute aber ziemlich gereizt.«

»Ich habe gerade die Leiche einer fünfundzwanzigjährigen Frau gesehen, die vergiftet worden ist. Ja, ich bin gereizt.«

»Das ist es nicht. Was ist denn los?«

»Falls du es vergessen hast: Wir heiraten am Samstag, und das Letzte, was ich jetzt gebrauchen kann, ist eine Mordermittlung, die mir einfach so mir nichts, dir nichts in den Schoß fällt.«

»Ich habe dir doch gesagt, dass du nichts tun brauchst. Chloe und ich haben alles im Griff.«

»Wenn alles schiefgeht, könnt ihr es also nicht mir in die Schuhe schieben?«

»Nichts wird schiefgehen. Mein Organisationstalent ist weltberühmt.« Er lachte.

»Ich nehme dich beim Wort.«

»Du kannst mich jederzeit beim Wort nehmen.«

Sie stieg aus dem Auto und versuchte, durch das Fenster des Restaurants zu spähen. »Die Scheibe ist getönt. Ich kann nichts erkennen.« Sie schaute die Straße entlang. Rachels Auto war auch hier nirgends zu sehen. »Fahr zum Hintereingang«, forderte sie ihn auf.

Das Tor an der Rückseite des Restaurants war mit einer zwei Zentimeter dicken Kette und einem Vorhängeschloss verschlossen.

»Wieder zurück auf die Wache?«, fragte Boyd.

»Warte.« Sie rief Kirby an und ließ sich die Adresse von Annie Fleming geben. Dann bat sie ihn, zum Greenfield Drive zu fahren und Beth zur Befragung herzubringen, und McKeown zu sagen, dass er alle Straßen und Parkplätze nach Rachels Auto absuchen lassen soll.

»Wir fahren an den See«, sagte sie zu Boyd.

»Ist es nicht ein bisschen kühl für ein Bad?«, erwiderte er.

»Fahr einfach, Boyd. Annie Fleming wohnt da draußen.«

NEUN

Felder erstreckten sich nach allen Seiten so weit das Auge reichte. In der Ferne schien das Gras grüner zu sein.

»Dort ist der Golfplatz«, sagte Boyd, als er scharf nach rechts abbog.

»Das weiß ich selber, du Klugscheißer.« Lottie biss die Zähne zusammen. »Irgendwo hier müsste Molesworth House sein.«

»Ich glaube immer noch, dass wir hier bloß unsere Zeit vergeuden. Rachel ist in ihrem eigenen Haus gestorben.« Boyd nahm den Fuß vom Gaspedal und ließ den Wagen um die Ecke gleiten.

»Wir müssen genau überprüfen, was sie während ihrer letzten Stunden gemacht hat«, sagte Lottie, als sie den ersten Blick auf Annie Flemings Haus erhaschte. »Und da das Restaurant im Moment geschlossen ist, müssen wir eben mit der Besitzerin sprechen. *Voilà*!«

Molesworth House sah majestätisch aus, als sich die grauen Wolken verzogen und den Regen mit sich nahmen, und vom See her Nebel aufzog. »Es wurde im siebzehnten Jahrhundert gebaut und war eigentlich eine Ruine, bevor es wieder aufgebaut und renoviert worden ist«, sagte Lottie.

»Und der Golfclub wurde vor über hundertzwanzig Jahren gegründet«, sagte Boyd.

»Woher weißt du das?«

»Google.« Er lachte und schaute auf das Handy in ihrer Hand.

Die Straße verengte sich, als er erneut rechts abbog, dann parkte er. Auf dem Platz vor dem Haus waren drei Autos in einem Dreieck geparkt. Lottie vergewisserte sich, dass keines von ihnen Rachel Mullen gehörte. Das war nicht der Fall.

Als sie aus dem Auto stieg, schaute sie die Betontreppe hinauf zu der massiven schwarzen Tür mit Messingknauf und passendem Messingklopfer. Auf der rechten Seite hing eine silberne Glocke. Es erinnerte sie an den Stammsitz ihrer Familie, Farranstown House. Darum musste sie sich auch noch kümmern.

»Die haben doch wohl nicht das alte Haus komplett abgerissen und an Ort und Stelle wieder neu aufgebaut, oder?«, fragte sie.

Boyd kratzte sich am Kopf. »Ich würde schätzen, dass es auf alle Fälle ein denkmalgeschütztes Gebäude war.«

Als sie nach links blickte, sah Lottie in der Ferne das Wasser des Sees funkeln. Es glitzerte, als würden Glühwürmchen darauf tanzen, während die Sonne durch den Nebel brach.

Sie drückte auf die Klingel und die Tür öffnete sich fast augenblicklich. Die Frau vor ihr schien gerade auf dem Weg nach draußen zu sein. Sie trug einen cremefarbenen Wollmantel über dem einen Arm, die Schlüssel in der Hand und eine teuer aussehende Handtasche in der anderen.

Lottie zeigte ihren Ausweis und stellte sich und Boyd vor.

»Annie Fleming«, sagte die Frau. »Nennen Sie mich Annie,

das tun alle.« Ein breites Lächeln, dann ein Stirnrunzeln. »Worum geht es?«

»Können wir für ein paar Minuten reinkommen?«, fragte Lottie und musterte die Frau, die vor ihr stand. Sie schätzte Annie auf um die Fünfzig. Sie hatte einen eleganten schwarzen Rock an, der bis zu den Knien reichte, und einen dazu passenden Blazer; eine tief ausgeschnittene weiße Seidenbluse trug wenig zur Aufhellung des Outfits bei. Ihre Beine waren gekonnt gebräunt, und ihre Schuhe steckten in glänzenden schwarzen High Heels, mit denen sie genauso groß war wie Lottie.

»Ich muss in die Stadt. Ich muss an dem Menü für heute Abend arbeiten. Zeit ist Geld in meinem Geschäft.«

»Dann werden wir Sie nicht lange aufhalten«, sagte Boyd und setzte ein entwaffnendes Lächeln auf.

»Ich denke, ich kann fünf Minuten erübrigen. Aber ich würde wirklich gerne wissen, worum es geht.« Sie öffnete die Tür weit, ließ sie eintreten und schloss sie hinter ihnen wieder.

Lottie stand auf den schwarz-weißen, rautenförmigen Fliesen und betrachtete die Pracht der Eingangshalle. »Wow!«, entfuhr es ihr.

Eine Steintreppe schlängelte sich hinauf, vorbei an einem ovalen Buntglasfenster, das auf dem Absatz der Treppe in die Wand eingelassen war. Das Kaleidoskop von Farben schimmerte auf den weißen Wänden und ließ Regenbögen über ihrem Kopf entstehen.

»Das ist noch die originale Treppe, und hier haben wir den Boden wieder in Stand gesetzt«, sagte Annie und zeigte auf einen Raum zu ihrer Rechten.

Lottie trat ein.

Eine junge Frau erhob sich anmutig von einem Stuhl hinter einem Schreibtisch, wie ein Schwan, der seinen Kopf aus dem Wasser hebt, die Augen wachsam, kein Lächeln. Mitte zwanzig, ebenfalls in einen schwarzen Rock gekleidet. Als sie sich Lottie zuwandte, fielen ihr die Haare in den Nacken. Das seidige schwarze Haar wurde von einem perlenbesetzten Haarband aus der glatten Stirn gehalten. Chloe hatte ein ähnliches, und Lottie schloss daraus, dass solche Bänder jetzt wieder in Mode sein mussten.

»Meine Tochter Jessica«, stellte Annie vor, »die Geschäftsführerin von Annie's Restaurant«.

»Freut mich, Sie kennenzulernen«, sagte Boyd und reichte ihr die Hand.

»Darüber wollten wir mit Ihnen sprechen«, hakte Lottie schnell ein.

»Ich hoffe doch, dass damit alles in Ordnung ist? Bitte, setzen Sie sich.« Annie runzelte die Stirn und deutete auf eine Reihe von Stühlen, die entlang einer Wand aufgereiht waren, an der überlebensgroße Porträts hingen. Lottie nahm an, dass es sich dabei um die Ahnengalerie der Familie handeln musste. Als Annie einen Bürostuhl herüberzog, um sich vor sie zu setzen, fühlte sich Lottie, als wäre sie diejenige, die hier befragt wurde.

»Das ist ein wunderschöner Raum«, schwärmte Boyd.

»Ich danke Ihnen. Ich muss zugeben, er hat das gewisse Etwas. Die Tapete ist handgestempelt. Entworfen im Vereinigten Königreich und von dort eingeführt. Die Kronleuchter sind aus Frankreich. Sehen Sie das Gemälde über dem Kaminsims?«

»Es versetzt einen in eine andere Zeit«, sagte Boyd bewundernd.

»Sie sind ein Mann ganz nach meinem Geschmack«, sagte Annie und ließ ihre Hand in einem weiten Bogen durch die Luft schweifen. Lottie bemerkte mit Klarlack lackierte Nägel, manikürt und makellos, und einen großen Diamanten, der an ihrem Ringfinger funkelte.

Hinter Annie rollte Jessica mit den Augen, und Lottie

konnte sich ein Lächeln nicht verkneifen. Das hatten ihre eigenen Töchter auch gemacht, als sie noch Kinder waren. Und auch wenn sie jetzt keine Kinder mehr waren, vermutete sie, dass sie immer noch hinter ihrem Rücken mit den Augen rollten. Ihre Älteste, Katie, war derzeit mit ihrem zweijährigen Sohn Louis in New York; sie würden am Freitag heimkommen, um bei der Hochzeit am nächsten Tag dabei sein zu können. Die beiden amüsierten sich prächtig, wenn man den FaceTime-Anrufen Glauben schenken durfte. Tom Rickard, Louis' Großvater, verwöhnte den kleinen Jungen wahrscheinlich nach Strich und Faden – davon ging Lottie jedenfalls aus. Katie stand auf eigenen Beinen. Sie hatte ihren eigenen Kopf. Wenn sie etwas wollte, holte sie es sich. Chloe war nicht viel anders. Sie arbeitete jetzt in Fallon's Pub in Ragmullin. Der Pub hatte vor Kurzem den Besitzer gewechselt, und Lottie musste zugeben, dass es dort jetzt deutlich gehobener zuging, was ihre Sorgen über Chloes Beschäftigung in der Kneipenbranche etwas minderte. Sie fragte sich, was Adam dazu gesagt hätte, wenn er noch am Leben wäre. Und dann war da noch der sechzehnjährige Sean. Immer noch zu Hause. Immer noch am Nörgeln. Er folgte immer noch einem Zickzackkurs zwischen Phasen mit guter und Phasen mit schlechter Laune. Sie hatte gelernt, seine aktuelle Stimmung schnell zu erkennen und darauf zu reagieren. Oder gleich gar nicht zu reagieren, was meistens besser war.

Als Boyd sie anstupste, wurde ihr klar, dass sie vor sich hin geträumt und an ihre Familie gedacht hatte. Sie gab sich einen Ruck.

»Annie, Sie müssen uns so ausführlich wie möglich über die Party in Ihrem Restaurant gestern Abend erzählen. Wir brauchen eine Liste mit allen Gästen, die anwesend waren, und auch vom Personal.«

»Wozu?«

»Wir untersuchen den Tod einer jungen Frau, von der wir

glauben, dass sie auf Ihrer Party war. Es könnte Mord gewesen sein.«

»Oh mein Gott. Das ist ja furchtbar. Wer denn? Wie ist sie gestorben?«

»Im Moment möchte ich, dass Sie mir alles erzählen, an das Sie sich erinnern können.«

Annie zuckte mit den Schultern, und Lottie vermutete, dass die Frau es nicht gewohnt war, dass jemand auf so autoritäre Art mit ihr sprach. Sie warf Jessica einen Blick zu, die inzwischen wieder hinter ihrem Schreibtisch Platz genommen hatte. »Waren Sie auch dabei, Jessica?«

»Ja, war ich.« Das war das erste Mal, dass sie etwas sagte, seit sie und Boyd den Raum betreten hatten.

»Wenn das so ist, dann kommen Sie bitte auch zu uns herüber. Ich muss so viele Informationen sammeln wie möglich.«

Jessicas Blick wanderte zum Hinterkopf ihrer Mutter, als würde sie auf ihre Zustimmung warten.

»Um Gottes willen, Jessica, beweg dich doch endlich«, herrschte Annie sie an, »und bring die Listen mit, die die Frau Inspector verlangt hat.«

Wenn Lottie so mit ihren eigenen Mädchen gesprochen hätte, wäre die Hölle los gewesen. Aber Jessica schnappte sich zwei Blätter Papier vom Schreibtisch, rollte ihren Stuhl herüber und setzte sich pflichtbewusst neben ihre Mutter. Annie nahm die Seiten entgegen und reichte sie ihr.

»Ich muss wirklich bald ins Restaurant, also was wollen Sie wissen?« Annie faltete ihre Hände auf dem Schoß wie eine Nonne.

Nachdem die Fronten abgesteckt waren, warf Lottie einen Blick auf die Gästeliste und sah, dass Rachel Mullens Name darauf stand. »Sind alle eingeladenen Gäste erschienen?«

»Nicht ganz.«

»Wie meinen Sie das?«

Annie seufzte tief. »Einige Leute haben Kollegen oder Freunde geschickt, weil sie selbst nicht kommen konnten. Wir hatten in der Einladung explizit darauf hingewiesen, dass das möglich ist. Ich wollte einen positiven Eindruck in der lokalen Geschäftswelt hinterlassen.«

»Es waren also Leute da, die nicht auf der Liste stehen? Hat jemand an der Tür die Namen notiert?«

»Nein, aber ich bin mir sicher, dass wir der Liste Namen hinzufügen und sie Ihnen per E-Mail zusenden können.«

»Hier stehen ungefähr vierzig Namen drauf. Wie viele Personen waren insgesamt tatsächlich anwesend?«

Jessica warf ihrer Mutter von der Seite einen Blick zu, während Annie leicht den Kopf schüttelte. »Vielleicht dreißig oder so. Jessica hat heute den ganzen Morgen damit zugebracht, Buchungen aufzunehmen – das ist ein gutes Resultat, positives Feedback sozusagen. Auf Instagram wurden jede Menge Fotos gepostet. Ein voller Erfolg also.«

»Sind alle Gäste zur gleichen Zeit gekommen und gegangen?«

»Machen Sie Witze? Champagner und eine Bar, an der die Getränke umsonst sind? Es muss schon gegen elf Uhr gewesen sein, bis ich die Tür endlich abschließen konnte.«

»Sie haben selbst zugesperrt?«

»Ja. Ich hatte das Personal nur bis halb zehn oder so einbestellt, also habe ich sie auch pünktlich entlassen. Und jetzt muss ich mich beeilen, damit die Reinigungskräfte hineinkönnen und das Menü für heute Abend rechtzeitig vorbereitet wird. Lunch gibt es erst ab nächster Woche.«

»Es steht nur ein Mitarbeiter auf dieser Liste«, sagte Lottie. »Ein Koch, David Crawley. Waren keine Bedienungen da?«

»Stehen die nicht mit drauf? Jessica wird Ihnen die vollständige Liste per E-Mail zusenden. Wir haben extra für die Party Aushilfskräfte eingestellt, darunter Darren, der normaler-

weise im Cafferty's arbeitet. David Crawley ist unser Voll-
zeitkoch.«

»Und Sie haben keine Vollzeitbedienungen?«

»Noch nicht. Ich wollte erst sehen, wie unsere Buchungen
anlaufen.«

Jessica konnte ein Grinsen nicht verbergen, und Lottie las
zwischen den Zeilen. Annie zahlte bar unter der Hand. Aber
das kümmerte sie jetzt nicht. Sie musste einen Mord aufklären.

Sie reichte Boyd die Gästeliste und sah Annie an. »Kennen
Sie Rachel Mullen?«

»Warum fragen Sie nach ihr?«, fragte Annie.

»Rachel ist gerade erst dabei, ihr Unternehmen zu gründen,
aber die meisten der aufgelisteten Personen sind etablierte
Geschäftsleute oder Vertreter aus der Politik. Es erscheint mir
merkwürdig, dass sie auch schon eingeladen wurde.«

»Wir kennen sie seit Jahren. Sie ist mit Jessica zur Schule
gegangen. Vor Kurzem hat sie mich kontaktiert, um zu fragen,
ob ich ihr bei der Finanzierung ihres neuen Unternehmens
helfen würde.«

»Und was haben Sie gesagt?«

»Großer Gott, nein natürlich. Nach all dem Geld, das ich in
Molesworth gesteckt habe, müssen sich meine Finanzen erst
einmal wieder erholen. Ich habe ihr am Telefon von der Party
erzählt. Sie meinte, das wäre eine gute Gelegenheit, um
Kontakte zu knüpfen. Aber ich hätte nie gedacht, dass sie
tatsächlich auftauchen würde. Ich bin mir nicht sicher, ob sie
überhaupt auf der Liste steht. Die hat Jessica zusammengestellt.«

»Aber Sie haben nicht angeboten, sie zu unter...«

»Inspector«, unterbrach sie Annie. »Ich muss jetzt wirklich
los.« Sie stand auf.

»Setzen Sie sich bitte«, sagte Boyd streng.

Annie funkelte ihn aufgebracht an, setzte sich aber.

Boyd fuhr fort. »Rachel Mullen wurde heute Morgen tot in

ihrem Haus aufgefunden. Wir versuchen, ihren letzten bekannten Aufenthaltsort zu ermitteln. Dafür brauchen wir Ihre Hilfe.«

Lotties Blick wanderte zwischen den beiden Frauen hin und her. Jessicas Hand flog zu ihrem Mund, während Annie die Kinnlade herunterklappte.

»Oh mein Gott! Das ist ja furchtbar. Warum haben Sie uns nicht gleich gesagt, dass es um Rachel geht? Ich werde Ihnen natürlich helfen, wo ich nur kann.«

»Mir ist schlecht«, sagte Jessica. »Darf ich bitte gehen?«

»Warten Sie«, sagte Lottie und fand es seltsam, dass eine Frau von über zwanzig Jahren so um Erlaubnis bat. Als wäre sie in der Schule. »Hat eine von Ihnen beiden mitbekommen, wann Rachel ankommen ist?«

Jessica sagte: »Ich ... ja, habe ich. Sie kam kurz bevor wir mit dem Servieren der Kanapees begonnen haben.«

»Haben Sie mit ihr gesprochen?«

»Nicht wirklich. Ein paar Worte vielleicht.«

»Worüber haben Sie gesprochen?«, fragte Lottie.

Jessica zuckte mit den Schultern. »Ich habe sie nur begrüßt und ihr ein Glas Prosecco in die Hand gedrückt. Ich hatte viel zu tun und ehrlich gesagt einfach keine Zeit, mich länger mit ihr zu unterhalten.«

»Haben Sie eine Ahnung, warum sie so spät gekommen ist?«

»Nein. So spät war sie auch wieder nicht. Sie ist so gegen sieben gekommen, würde ich sagen.«

»War sie allein?«

»Ja.«

»Haben Sie sie im Laufe des Abends noch gesehen?«

»Ich hatte mich unter die Gäste gemischt. Zum Netzwerken. Ich habe nicht mitbekommen, mit wem sie gesprochen hat oder so, wenn Sie das meinen.«

»Und Sie, Annie? Haben Sie sie gesehen oder mit ihr gesprochen?«

»Ich war den ganzen Abend beschäftigt. Ich habe sie vielleicht gesehen, aber ich kann nicht behaupten, dass ich mit ihr gesprochen hätte.«

Lottie nahm an, dass das heißen sollte, dass Annie ihre Zeit lieber mit Leuten verbracht hatte, die ihr wichtiger als Rachel erschienen waren. »Um wie viel Uhr ist sie wieder gegangen?«

»Ich habe keine Ahnung«, sagte Jessica.

»Ich glaube nicht, dass sie bei den Nachzüglern dabei war, die ich gegen elf Uhr hinausscheuchen musste«, fügte Annie hinzu. Sie klang jetzt nicht mehr ganz so abweisend.

»Haben Sie beim Abschließen zufällig Autoschlüssel gefunden?«

»Nein, aber das Restaurant war ein einziges Chaos. Ich muss wirklich den Putzdienst und meinen Koch hineinlassen.«

»Zuerst einmal müssen Sie uns hineinlassen.« Lottie ging davon aus, dass Annie heute keinen Koch mehr brauchen würde.

»Wozu?«

»Weil Ihr Restaurant der letzte Ort ist, von dem wir wissen, dass dort unser Opfer gesehen wurde.«

»Wurde Rachel ermordet?«, fragte Jessica.

»Im Moment wird es als ein verdächtiger Todesfall eingestuft«, antwortete Boyd.

»Oh, das arme Mädchen«, sagte Annie.

»Arme Beth.« Jessica ließ den Kopf sinken. Sie möchte uns ihre Tränen nicht sehen lassen, dachte Lottie.

»Standen Sie den Mullens nahe?« Sie richtete ihre Frage an Jessica.

»Nicht besonders. Aber es ist so traurig.«

»Das stimmt«, sagte Annie und legte ihre Hand auf die von Jessica. Es war die erste zärtliche Geste, die Lottie zwischen den beiden Frauen beobachtete, seit sie das Haus betreten hatte.

»Kann ich bitte die Schlüssel für das Restaurant haben?«, fragte sie. »Ich muss mich umsehen, und vielleicht muss auch unser forensisches Team hinein.«

»Sie glauben doch nicht etwa, dass ihr in meinem Lokal etwas zugestoßen ist?«, fragte Annie.

»Wir müssen alle Möglichkeiten prüfen.«

»Dann komme ich mit Ihnen mit. Ich muss die Sicherheitscodes eingeben.« Als sie aufstand, warf Lottie einen letzten Blick auf die Porträts, die an der Wand hingen, und fragte sich, wie Jessica unter solch wachsamen Augen überhaupt arbeiten konnte.

ZEHN

Während Jessica zurückblieb, um die Gästeliste und das Verzeichnis der Mitarbeiter per E-Mail an die Wache zu schicken, folgte Boyd Annies Mercedes und Lottie rief Kirby an. Er teilte ihr mit, dass Beth ihre formelle Aussage inzwischen gemacht hatte und wieder im Haus der Nachbarin war. Sie wies ihn an, ein Team zusammenstellen, das die Personen, die auf den von Jessica Fleming zusammengestellten Listen genannten waren, befragen sollte. Außerdem sollte er Lynch bitten, auf Instagram nach Fotos von der Party zu suchen. Sie mussten herausfinden, ob es unter diesen Leuten eventuell einen Verdächtigen gab, oder ob jemand gestern Abend etwas Ungewöhnliches bemerkt hatte, das irgendwie mit Rachel zu tun hatte.

Über den Hinterhof folgten sie Annie zum Hintereingang des Restaurants. Nachdem Annie sich durch eine Reihe von Kästchen gekämpft hatte, wo sie einmal Zugangscodes eingeben und ein anderes Mal Karten durchziehen musste, trat sie ein und schaltete den Alarm aus.

»Moment mal«, sagte Lottie. »Ich möchte, dass Sie hier draußen warten.«

»Aber ich muss einiges erledigen. Und David und der Putzdienst kommen jeden Moment.«

»Sie warten hier, bis wir uns umgeschaut haben, okay?«

Annie nickte widerwillig und ging zurück zu ihrem Auto.

Lottie und Boyd zogen sich Überschuhe und Handschuhe an und gingen einen schmalen Korridor entlang, der zu einer mit Edelstahlgeräten ausgestatteten Küche führte. Alles hier schien schon gereinigt worden zu sein. Keine benutzten Kochutensilien waren zu sehen, und kein schmutziges Geschirr stand herum. Auch alle Essensreste schienen schon weggeworfen worden zu sein. Sie gingen weiter und betraten das Restaurant durch einen gewölbten Durchgang.

»Größer als ich dachte«, staunte Lottie.

»Wirklich?«, fragte Boyd.

Lottie schaute ihn an. »Verbirgt sich in diesem Wort eine Anspielung, die ich nicht verstehe?«

»An was du wieder denkst, Lottie Parker.« Er ging vor ihr her. Sie grinste und folgte ihm.

»Dafür, dass hier gestern eine Party stattgefunden hat, ist es aber schon ziemlich aufgeräumt«, sagte sie. »Annie hat doch gesagt, dass noch nicht geputzt worden ist, oder?«

»Sie hat jedenfalls heute Morgen genug Aufhebens darum gemacht, dass sie den Putzdienst erst noch reinlassen muss.«

Zwei Reihen quadratischer Tische und stoffbezogener Stühle standen entlang der Wände. Der Mittelgang war lang und schmal. Ein paar Heliumballons hatten sich aus ihrer Befestigung gelöst und hingen an der Decke. Auf einigen Tischen lagen noch Schleifen und Luftschlangen herum und auf dem Tresen einer kleinen Bar in der Mitte des Raumes waren Gläser aufgereiht.

»Ganz schön dunkel hier drinnen, oder?« Lottie sah sich nach einem Lichtschalter um, konnte aber keinen entdecken. Sie machte noch einen Schritt und spürte, wie ihr hauchdünner

Überschuh am Boden kleben blieb. Vielleicht würde der Putzdienst doch noch etwas zu tun bekommen.

Boyd musterte die Gläser auf dem Tresen, während Lottie
sich auf den Weg zur Eingangstür machte. Sie blickte aus dem
Fenster auf die Straße hinaus und beobachtete kurz das ganz
alltägliche Leben, das sich vor den Scheiben abspielte.

»Sollen wir die Spurensicherung rufen?«, fragte Boyd.

»Vermutlich, auch wenn ich glaube, dass Rachel in ihrem
eigenen Haus ermordet worden ist.«

»Aber sie könnte hier etwas getrunken haben, das
gepantscht war.«

»Stimmt. Es kann nicht schaden, alles gründlich zu durchsuchen. Alles okay mit dir?«

»Mir geht es gut.«

»Ich muss das Einsatzteam zusammenstellen. Du kannst
schon zurück ins Büro und damit anfangen, wenn du willst. Du
siehst etwas müde aus.«

»Ich habe doch gesagt, dass es mir gut geht, Lottie.«

»Okay, wenn du meinst.«

Sie verfolgte ihre Schritte zurück und achtete peinlich
genau darauf, keine Spuren zu hinterlassen, die McGlynn
später die Haare zu Berge stehen lassen würden, falls hier
tatsächlich Beweise für ein Vergehen gefunden wurden.

An der Hintertür stand Annie, die sich ernst mit einem
kleingewachsenen Mann in einer karierten Hose und einer
weißen Jacke unterhielt. Er drehte sich zu ihr um und hielt ihr
die Hand hin. Lottie zog ihre Handschuhe aus und ließ sich von
ihm die Hand schütteln. Sein Griff war fest und trocken.

»David Crawley. Chefkoch. Im Moment der einzige Koch«,
feixte er. »Kann ich Ihnen helfen?«

Sie musste sich dazu zwingen, den untersetzten Mann mit
dem kahlgeschorenen Kopf und dem aufgedunsenen Gesicht
anzulächeln. Eine Tätowierung zog sich an seinem Hals

entlang. Was fanden die Leute nur an Tätowierungen? Als er ihre Hand losließ, bemerkte sie, dass seine Finger dicklich waren und sich eine Reihe von Schnitten über seine Handrücken zog. War er wirklich so ein guter Koch? Sie war sich sicher, dass Annie nur den Besten für ihr Restaurant auswählen würde.

»Mr Crawley, wir uns würden gerne mit Ihnen unterhalten. Können Sie mit uns auf die Wache kommen? Es wird nicht lange dauern.«

»Okay, wenn Sie es für nötig halten. Und Sie können ruhig David zu mir sagen.«

Lottie verwies ihn in Boyds Richtung und funkte nach einem Streifenwagen. Das Restaurant musste gesichert werden. Nach einem kurzen Wortwechsel mit Annie stellte die Frau die Codes, Karten und Schlüssel zur Verfügung und fuhr grußlos in ihrem Mercedes davon.

Auf der Wache brachten sie David Crawley in einen Verhörraum. Boyd setzte sich neben Lottie und Crawley saß ihnen gegenüber.

»Stehe ich unter Arrest oder so?«

»Ganz und gar nicht. Wir möchten nur ein Gefühl dafür bekommen, wie der gestrige Abend abgelaufen ist.«

»Annie hat mir erzählt, was mit der armen Frau passiert ist. Das ist tragisch.«

»Wo wohnen Sie, Mr Crawley?«

»David reicht. Ich wohne mit meiner Frau und meiner Tochter in Ragmullin.«

»Ich brauche die Adresse.«

»Campfield Drive, Nummer neunundzwanzig. Wir haben dort ein schönes Haus. Und ganz wunderbare Nachbarn. Wir sind anständige Leute.«

»Daran zweifeln wir nicht.« Warum hat er das Bedürfnis,

das jetzt so zu betonen?, fragte sich Lottie. »Ab wie viel Uhr waren Sie gestern im Restaurant?«

»Pünktlich ab vier. Ich musste noch Fingerfood vorbereiten.«

»Könnte sich noch jemand außer Ihnen am Essen zu schaffen gemacht haben?«

»Nie im Leben. Ich habe den Durchgang ständig im Blick gehabt. Das Essen wurde auf die Tabletts verteilt und dann serviert.«

»Um wie viel Uhr haben Sie das Restaurant verlassen?«

»Es muss schon gegen halb zehn gewesen sein, als ich mit dem Zustand der Küche wieder einigermaßen zufrieden war. Dann bin ich sofort gegangen.«

»Hatten Sie Kontakt zu den Gästen?«

»Überhaupt nicht. Annie war sehr aufgeregt. Es war ein wichtiger Abend für sie.«

»Sie haben nichts Ungewöhnliches bemerkt?«

»Ich bin mir nicht sicher, ob ich Ihnen folgen kann.« Er beugte sich vor, der Kopf steckte wie eine Rübe zwischen seinen gekrümmten Schultern. »Ich war in der Küche. Ich habe das Essen zubereitet. Das ist alles. Was ist mit dieser armen Frau denn passiert?«

»Ich stelle die Fragen, Mr Crawley.«

»Klar doch. Entschuldigung. Ein paar Leute habe ich schon eintreffen sehen, und Miss Fleming war ganz geschäftig. Sie lässt sich von mir nicht beim Vornamen ansprechen, obwohl das bei ihrer Mutter gang und gäbe ist. Sie hatte mir gesagt, dass sie mir ein Zeichen geben würde, wenn das Essen serviert werden sollte, und deshalb bin ich eine Zeit lang am Durchgang gestanden und habe gewartet. Ich dachte, alle Gäste wären schon da, aber dann ist noch eine Frau gekommen, die etwas zu spät dran war. Sie war ganz durch den Wind. In dem Moment sagte mir Miss Fleming, dass es jetzt Zeit sei, das Essen zu servieren.«

»Wann war das?«

»Gegen sieben, glaube ich.«

»Ist Ihnen an diesem Gast etwas Besonderes aufgefallen?«

Er schob seine Unterlippe vor und dachte nach, bevor er antwortete. »Nicht wirklich. Groß und hübsch. Darf ich das so sagen? Ihr Haar war feucht, als ob sie kurz im Regen gestanden hätte.«

»Was haben Sie dann getan?«

»Ich habe die Bedienungen aufgefordert, mit dem Servieren zu beginnen und habe die Tabletts verteilt. Es waren nicht viele. Es wurden ja nur etwa vierzig Gäste erwartet.« Während er sprach, kräuselte sich seine Haut und die Tätowierungen um seinen Hals schienen zum Leben zu erwachen.

»Es gab also nur Kanapees?«, fragte Lottie, und er nickte. »Können Sie das Essen etwas genauer beschreiben?« Sie war sich fast sicher, dass Rachel nicht durch etwas zu Essen vergiftet worden war. Denn wenn das der Fall gewesen wäre, dann wären mehr Menschen krank oder gar tot.

David seufzte und schloss die Augen, während er rezitierte. »Blätterteig, den ich selbst gemacht habe, belegt mit Räucherlachs, Hühnerleberpastete, Parmaschinken, Garnelen, Tomaten, Ziegenkäse und Halloumi. Saure Sahne und Salsa-Dips, frisch zubereitet. Oh, und Guacamole-Waffeln.« Er öffnete seine Augen wieder.

»Ich möchte, dass Sie eine Liste aller verwendeten Zutaten erstellen. Woher sie stammen und wer möglicherweise Zugriff darauf gehabt haben könnte.«

»Das kann ich für Sie tun.«

»Wer hat noch bei der Zubereitung geholfen?«

»Ich habe keine Hilfe gebraucht. Ich bin ein erfahrener Koch.«

»Das bezweifle ich nicht, aber ich muss wissen, wer sonst noch Zugang zu den von Ihnen zubereiteten Speisen hatte.«

»Die Bedienungen, nachdem ich das Essen auf die Tabletts gelegt hatte.«

»Und was ist mit den Getränken? Wer hat die serviert?«

Ein Achselzucken. »Das weiß ich nicht so genau. Alle Getränke an der Bar waren ja umsonst. Die Bedienungen haben Tabletts voller Gläser herumgetragen. Miss Fleming gibt Ihnen sicher eine Personalliste. Ich glaube, es wurden lauter Leute von hier aus der Gegend rekrutiert.«

»Okay. Wenn Ihnen noch etwas einfällt, irgendetwas Ungewöhnliches, was Ihnen gestern Abend aufgefallen ist, dann lassen Sie es mich bitte wissen.«

»Darf ich jetzt gehen?«

»Sie dürfen.«

Er stand auf, verbeugte sich leicht vor ihr, als ob sie ein Mitglied des Königshauses wäre, und verließ eilig den Verhörraum.

ELF

Lottie stellte schon gedanklich das Einsatzteam zusammen. Sie hatten so wenig Informationen. Warum war Rachel ermordet worden? Hoffentlich konnte Jane heute noch mit der Obduktion beginnen. Sie brauchte unbedingt ein paar Antworten. Bisher kam ihr nichts logisch vor. Aber das war bei Mord selten der Fall.

Sie klebte ein Foto von Rachel, das sie sich von einem ihrer Social-Media-Konten geholt und ausgedruckt hatte, an die Falltafel. Ihre blauen Augen leuchteten auf dem Bild, und ihr Haar hing locker über ihre Schultern. Das sah zwar ganz natürlich aus, aber Lottie vermutete, dass hier das Glätteisen am Werk gewesen war – sie kannte ja ihre eigenen Töchter. In Wirklichkeit war Rachels Haar eher kraus, nicht glatt. Auf ihrer Nase tanzten Sommersprossen und ihr Mund hatte eine perfekte Herzform. Es war besser, dieses Foto aufzuhängen, als eins, das vom Gesicht der Leiche gemacht worden war und das man auch hätte nehmen können.

Detective Lynch war damit beauftragt worden, Rachels Social-Media-Konten zu durchforsten. Bislang hatte sie nur Dinge gefunden, die mit ihrem Unternehmen zu tun hatten.

»Die meisten von den Leuten, die auf der Party waren, haben wahrscheinlich private Konten«, sagte Lynch.

»Versuchen Sie eine Hashtag-Suche. Denken Sie doch mal mit.« Lottie hatte heute keine Lust, alle mit Samthandschuhen anzufassen, und außerdem spürte sie, wie sich ihr jedes Mal die Haare aufstellten, wenn Maria Lynch in der Nähe war. Nach ihrem letzten Fall hatte sie jemand ganz oben angeschwärzt, weil sie unter anderem nicht immer haargenau Dienst nach Vorschrift gemacht hatte, um bei den Ermittlungen schnell zu einem Ergebnis zu kommen. Obwohl sie keine Beweise dafür hatte, war sie sich sicher, dass es Lynch gewesen sein musste.

An der Falltafel hatte Garda Brennan die Listen der Mitarbeiter und Gäste angebracht, die Jessica Fleming schon geschickt hatte. Ein Name stach heraus, aber auf das Gespräch konnte sie noch eine Weile verzichten. Lottie machte sich erst auf die Suche nach Gary, ihrem Technik-Guru.

Er war bereits an Rachels Laptop zugange. Zum Gruß hob er kurz seine Brille an und nickte Lottie unter den stahlumrandeten Gläsern zu, bevor er sie sich wieder auf die Nase setzte. Er war jung und voller Tatendrang, aber er suchte auch Anerkennung.

»Sie machen hier einen richtig tollen Job, Gary. Sie haben ja schon mehr Fälle gelöst, als ich mir in meinem Leben Eier und Speck einverleibt habe.«

Er lachte. »Sie sind eher nicht dafür bekannt, gerne und gut zu frühstücken, Inspector. Wenn Sie jetzt gesagt hätten, mehr Fälle als Kaffees von McDonalds, dann hätte ich mich geschmeichelt gefühlt.«

»Wie Sie meinen. Jedenfalls weiß ich Ihre Arbeit sehr zu schätzen.«

Seine Wangen glühten vor Stolz, und er stotterte und stammelte. Sie konnte kein Wort von dem, was er sagte, verstehen.

»Noch mal für Laien bitte«, drängte sie.

»Ach ja. Ach so. Entschuldigung. Ich bin da auf jeden Fall an etwas dran.«

»Wirklich?« In dem schrankartigen Büro, das sich Gary mit einer Ansammlung halb leerer Pappbecher und Coladosen teilte, zog Lottie sich einen Stuhl heran. Könnte Rachel tatsächlich wegen einer wichtigen Entdeckung, die sie im Rahmen der Entwicklung ihres Unternehmens gemacht hatte, getötet worden sein?

»Sie hatte einen brillanten Geschäftsplan ausgearbeitet und Topstrategien entwickelt«, begann Gary. »Sie war ganz vorne mit dabei, wenn Sie mich fragen. Sehr organisiert und fokussiert. Diese Frau kannte sich aus in der Welt der Schönheit.«

»Können Sie das bitte weiter ausführen?«

»Ihr Unternehmen heißt SmoothPebble. Schönheitsprodukte auf Biobasis. Ich weiß, so etwas gibt es schon, aber ihre Pläne lassen es so aussehen, als ob sie sich wirklich, also so richtig, damit auseinandergesetzt hat.«

»Beth, ihre Schwester, hat mir erzählt, dass Rachel eine Kosmetiklinie entwickelt hat, aber solche Konzepte gibt es doch schon tausende.«

»Ich weiß, aber sie hat sich für die Verwendung von Naturprodukten ausgesprochen, die direkt aus der Erde gewonnen werden. Gemahlener Stein und Kies zur Herstellung von Körperpeelings. Pflanzen und Blätter für Gesichtsmasken. So in der Art. Das ist vielleicht nicht neu, aber die Art und Weise, wie sie hergestellt werden sollen, ist sehr innovativ. Technisch sehr ausgeklügelt. Ich weiß nicht, ob Sie das verstehen, aber ich kann versuchen, es Ihnen zu erklären. Falls Sie diese Informationen brauchen?«

»Nicht jetzt. Schreiben Sie das einfach auf und schicken Sie es mir.«

»Bevor ich mir das Handy anschaue, gibt es noch eine andere Sache. Rachel wollte eine Finanzierung für die Entwicklung einer Art Gesichtserkennungs-App bekommen, mit der man selbst feststellen kann, welches Produkt für den eigenen Hauttyp am besten geeignet ist.«

Lottie hatte am Morgen normalerweise nicht einmal Zeit, sich ihr Gesicht zu waschen und eine Feuchtigkeitscreme aufzutragen, geschweige denn auf ihr Handy zu starren, und zu warten, welche Produkte es ihr denn heute empfahl.

»Neu und innovativ genug, dass man sie dafür umbringen würde?« Als sie die Verwirrung in seinem Gesicht sah, fügte sie hinzu: »Schon gut, das war eine rhetorische Frage. Was können Sie mir über Strychnin erzählen?«

»Mir ist nicht aufgefallen, dass sie das in ihren Plänen erwähnt hätte, aber ich weiß, dass es verwendet wird, um Nagetiere zu töten.«

»Und wo kauft man es am besten?«

Gary lehnte sich über den Laptop und zog eine der vielen Tastaturen zu sich heran. »Hm«, sagte er.

»Hm was?«

»Sie werden es nicht bei Boots im Regal finden, aber Sie können es wahrscheinlich in jedem Baumarkt bekommen.«

Das wusste sie doch. Warum hatte sie so eine dumme Frage gestellt? »Ich hatte nicht viel Zeit, mir ihr Handy anzusehen. Ihre Schwester hat erwähnt, dass sie gestern einen Termin hatte. Können Sie dazu etwas herausfinden?«

»Warten Sie einen Moment.« Er tippte auf Rachels Laptop herum und rief ihren Kalender auf. »Da haben wir's schon.«

Lottie schaute ihm über die Schulter und las: *Finanzierungstreffen mit Matthew Fleming*. Interessant. Das war doch der Ehemann von Annie Fleming. Um siebzehn Uhr.

Sie ließ Gary wieder mit seiner Arbeit allein und kehrte in den Einsatzraum zurück, doch bevor sie weiter über Rachels Treffen mit Matthew Fleming nachdenken konnte, wurde sie von Superintendentin Deborah Farrell überrumpelt.

»Sagen Sie mir, was hier los ist.« Farrell deutete mit einem plumpen Finger auf die Falltafel, auf der Garda Brennan eben Fotos aus Rachels Schlafzimmer angebracht hatte.

»Können wir uns in Ihrem Büro unterhalten?«, fragte Lottie.

»Was hat das alles mit Annie Fleming zu tun? Ich war gestern Abend in ihrem Restaurant.«

»Deshalb möchte ich auch gerne in Ihrem Büro mit Ihnen sprechen.«

Farrell stand wie gebannt vor dem Foto von Rachel Mullen. »Ich erinnere mich an sie. Ich habe sie dort gesehen.« Sie machte auf dem Absatz kehrt. »Folgen Sie mir.«

Lottie folgte ihrer Superintendentin, die mit großen Schritten den Korridor hinunter lief. Als sie beide in ihrem Büro Platz genommen hatten, verschränkte Farrell die Arme.

»Ich hätte informiert werden müssen und das nicht auf diese Weise erfahren sollen. Ich warte auf eine Erklärung.«

Lottie beschloss, auf eine unaufrichtige Entschuldigung zu verzichten, und sofort zum Punkt, zu den Ereignissen des Vormittags, zu kommen. »Heute Morgen gegen neun Uhr wurde die Leiche einer jungen Geschäftsfrau gefunden. Von der Schwester der Toten, und zwar in dem Haus, in dem die beiden zusammen gewohnt hatten. Die Tote wurde als Rachel Mullen identifiziert. Scheinbar wurde sie vergiftet. Die Obduktion sollte das bald bestätigen können. Wir wissen auch, dass sie auf der Party in Annie's Restaurant gewesen ist.«

»Okay. Weiter.«

»Können Sie sich vielleicht an irgendetwas erinnern, das mit ihr zu tun hat?«

»Ich habe kurz mit ihr gesprochen«, sagte Farrell, verschränkte ihre Arme und legte sie auf den Tisch. »Ich erinnere mich, dass sie eine sehr lebhafte junge Frau war. Sie hat mir irgendeinen technischen Vorgang ganz genau beschrieben, der mit ihrem Unternehmen zu tun hatte. Als sie das Wort Kosmetika erwähnt hat, habe ich abgeschaltet, und sie ist bald

davongegangen, um sich mit jemand anderem zu unterhalten.«
Sie sah Lottie ernst an. »Denken Sie, einer der anderen Gäste
hat sie vergiftet?«

»Wir haben noch nichts Stichfestes, aber wir werden jeden
befragen, der gestern Abend dabei war, und auch die Posts in
den sozialen Medien überprüfen. Vielleicht finden wir auf
ihren Fotos oder Videos etwas Interessantes. Es gibt auch einige
Aufnahmen von Überwachungskameras, die wir uns ansehen
müssen. Wir wissen nicht, wann Rachel die Party verlassen hat
oder ob sie nach dem Annie's erst noch irgendwo anders hingegangen ist, bevor sie nach Hause ist. Aber da es ein Montagabend war, ist das wohl eher unwahrscheinlich. Wir haben
weder ihr Auto noch den dazugehörigen Schlüssel gefunden.
Und wir lassen die Taxiunternehmen überprüfen.« Lottie
wünschte sich selber Glück und betete, dass das wenige, was sie
hatten, sie auf eine Spur stoßen würde. »Ihr Laptop und ihr
Handy sind gerade bei der Technik. Die Spurensicherung ist
immer noch in ihrem Haus. Also da, wo die Leiche gefunden
worden ist. Hoffentlich finden sie DNA oder Fingerabdrücke,
die nicht zu Rachel oder ihrer Schwester passen. Wir brauchen
etwas, das uns eine Richtung vorgibt, der wir folgen können.«

»Was ist mit der Schwester?«

»Wir überprüfen noch, ob sie in Dublin war, so wie sie sagt.
Eine erste Durchsicht ihrer Snapchat und Instagram Konten
lässt uns aber zu dem Schluss kommen, dass sie wirklich bei
diesem Konzert in der 3Arena war. Um alles abzudecken,
müssen wir auch noch überprüfen, wann sie nach Ragmullin
zurückgekommen ist.«

»Das stimmt. Machen Sie weiter.«

Lottie machte Anstalten, sich von ihrem Stuhl zu erheben,
setzte sich dann aber doch wieder hin. »Superintendentin,
können Sie mir noch etwas über den letzten Abend erzählen?«

»Was wollen Sie denn genau wissen?«

Sie atmete langsam aus und machte es sich bequem. »Was war das für ein Event?«

»Annie Fleming sieht sich selbst als eine aufstrebende Unternehmerin. Sie ist um die Fünfzig, und ich finde das, was sie tut, bewundernswert. Ich bin sehr dafür, dass Frauen in der Wirtschaft endlich erfolgreich sind, aber ...«

»Aber was?«

»Ich glaube, sie will ihren Erfolg nur ihrem baldigen Exmann unter die Nase reiben. Es wird gemunkelt, dass er sie zur Scheidung gedrängt hat, aber sie wollte einfach nicht zustimmen. Soweit ich weiß, ist das Verfahren vor dem Obersten Gerichtshof gelandet und liegt auf Eis.«

Lottie wollte fragen, woher Farrell das alles wusste, aber sie ließ ihre Vorgesetzte fortfahren.

»Falls Sie sich wundern: Ich kenne die Familie schon seit Jahren. Matthew lebt jetzt in der Nähe von Ragmullin, aber er hat früher auch einen Steinbruch in der Nähe von Athlone betrieben, neben anderen, die im ganzen Land verstreut waren. Ich hatte ein paar Mal mit ihm zu tun, als ich dort stationiert war.«

»Rachel Mullen hat sich mit Matthew Fleming getroffen, bevor sie auf die Party gegangen ist. Kommt Ihnen das seltsam vor?«

Farrell kniff ein Auge zu und dachte nach. »Eine von Matthews Töchtern berät ihn in Umweltfragen. Sie müsste etwa in Rachel Mullens Alter sein. Vielleicht hat sie das Treffen arrangiert?«

»Vielleicht«, sagte Lottie und dachte, dass sie jetzt zum ersten Mal von einer weiteren Tochter der Flemings hörte. Sie nahm sich vor, weitere Nachforschungen anzustellen, falls irgendetwas darauf hindeutete, dass die Familie involviert war, verwarf den Gedanken aber vorerst und sagte: »Was mich beunruhigt, ist, dass Gift verwendet wurde. Und es gibt

Hinweise darauf, dass Rachel zusätzlich erstickt worden sein könnte. Das klingt für mich nach etwas Persönlichem.«

»Hatte sie vielleicht Probleme mit ihrem Freund?«

Sie erinnerte sich, dass sie Beth um eine Auflistung von Rachels Freunden gebeten hatte. »Dem muss ich noch nachgehen.« Sie hielt einen Moment inne und dachte nach. »Sobald die Rechtsmedizin mir den Todeszeitpunkt und vielleicht einen Hinweis darauf, wie und wann das Gift eingenommen worden ist, geben kann, weiß ich, ob wir uns auf das Restaurant als Tatort konzentrieren müssen. Aber das könnte schwierig werden, da die Gästeliste unvollständig ist.«

»Lassen Sie alle Personen überprüfen und werfen Sie einen Blick auf die Überwachungsvideos. Befragen Sie auch das Personal, das anwesend war.«

Lottie wollte sagen, dass sie selbst wusste, wie sie ihren Job machen musste, aber sie biss sich auf die Zunge. Farrell fuhr fort. »Und nehmen Sie Matthew Fleming genau unter die Lupe.«

»Aber er war gar nicht auf der Party.« Er stand vielleicht nicht auf der Gästeliste, aber war er vielleicht trotzdem erschienen?

»Ich kann geradezu sehen, wie Ihr Gehirn rattert. Zu Ihrer Information: Als ich gestern Abend gegen halb zehn losgefahren bin, hat mich ein silberner BMW auf dem Parkplatz fast über den Haufen gefahren. Ich habe mich so geärgert, dass ich mir das Kennzeichen gemerkt und es heute Morgen durch das System gejagt habe.«

»Matthew Fleming?«

»Ja. Aber warum sollte er auf Annies Party auftauchen? Ich nehme an, er war nicht eingeladen. Ich warne Sie, das ist ein gerissener Kerl. Ich muss es wissen; wie ich schon sagte, ich hatte schon einmal eine Konfrontation mit ihm wegen seines Steinbruchgeschäfts.«

»Okay«, sagte Lottie. »Können Sie mir sagen, ob Ihnen

gestern Abend sonst noch etwas Ungewöhnliches aufgefallen ist?«

»Es war eine sehr hochtrabende Angelegenheit. Fast schon peinlich. Wer veranstaltet schon eine Party mit einer Bar, an der alles umsonst ist, und das auch noch an einem Montagabend?«

»Nicht besonders gut durchdacht«, wagte Lottie zuzustimmen.

»Dass Annie Fleming davon nicht irgendwie profitiert, können Sie Ihrer Oma erzählen. Sie wollte einfach angeben.«

»Aber es war doch gar keine große Angelegenheit, oder?«

»Nichts ist umsonst, wenn es um sie geht. Seien Sie auf der Hut, Inspector Parker. Besonders bei Matthew und Annie Fleming. Zwischen den beiden herrscht eine ganz seltsame Dynamik.«

»Danke für den Rat.« Lottie stand auf.

»Und Parker?«

»Ja?«

»Nach Ihrem letzten Fall sind Sie vielleicht noch ohne weitere Konsequenzen aus Ihrer Suspendierung herausgekommen, und der Hauptkommissar hat mit Pauken und Trompeten dafür gesorgt, Ihren Ruf zu retten. Aber lassen Sie mich Ihnen sagen, dass ich kein Fan von Marschmusik bin. Wegtreten.«

ZWÖLF

Lottie rief Boyd, McKeown und Kirby im Einsatzraum zusammen. Lynch konnte ruhig weiter die sozialen Medien durchforsten und anschließend die Erkenntnisse aus den Haus-zu-Haus-Befragungen zusammenfassen.

»Wir könnten gut ein größeres Team gebrauchen«, bemerkte Kirby, und Lottie wusste, dass er damit meinte, dass sie Lynch mit einbeziehen sollte.

»Warum schauen Sie nicht, ob Sie vielleicht ein paar Spieler von den Ragmullin Shamrocks zusammentreiben können?«, schlug McKeown mit einem höhnischen Gesichtsausdruck vor.

»Halten Sie doch die Klappe«, knurrte Kirby.

»Ich werde mich kurz fassen«, sagte Lottie. »Ich möchte erst Ihre Einschätzungen hören, bevor wir zu den Einzelheiten kommen.«

»Was ich nicht begreife: Was ist das Motiv?«, fragte McKeown.

»Ja.« Boyd nickte. »Warum sie?«

»Und«, fügte Lottie hinzu, »wenn ihr Auto nicht auf der Straße oder im Parkhaus steht, wo ist es dann? Hat es der

Mörder genommen? Hatten wir schon Glück mit den Taxiunternehmen, wissen wir, welches sie angerufen hat?«

»Ich arbeite daran«, sagte Kirby.

»Besorgen Sie so viele Überwachungsvideos wie möglich«, sagte Lottie. »Ich will ganz genau wissen, was Rachel Mullen in den Stunden vor ihrem Tod gemacht hat. Im Moment können wir uns nur auf die Party konzentrieren, also finden Sie heraus, wer wusste, dass sie dort sein würde.« Sie zählte ihre Fragen an ihren Fingern ab. »Hat sie sich in der Bar betrunken und eine Szene gemacht, von der wir noch nichts gehört haben? Ist ihr jemand nach Hause gefolgt? Sprechen Sie noch einmal mit ihrer Schwester. Finden Sie heraus, mit wem Rachel befreundet war.«

»Wir müssen auch herausfinden, ob sie einen Freund hatte«, sagte Boyd.

»Wir haben bereits ihre Schwester danach gefragt, aber gehen Sie dieser Frage nach. Und finden Sie ihren Vater. Lassen Sie es mich wissen, wenn es neue Entwicklungen gibt.«

»Wir müssen die anderen Gäste von Angesicht zu Angesicht befragen, nicht nur per Telefon«, meinte Kirby.

»Das würde aber ganz schön dauern.« Das war McKeown.

Kirby schüttelte den Kopf. »Es ist ja nicht so, dass wir eine Armee befragen müssten.«

»Ja, aber wir haben nur die Einladungsliste. Die Namen von denen, die als Ersatz oder Begleitung da waren, haben wir nicht.« McKeown starrte ihn angriffslustig an, und Lottie stöhnte innerlich auf.

Die Feindseligkeit zwischen den beiden Detectives wuchs beinahe täglich, und sie fühlte sich nicht in der Lage, sie zu entschärfen. McKeown war hinzugezogen worden, als sich Lynch in Mutterschutz befunden hatte, und war dann übernommen worden, als Boyd an Leukämie erkrankte. Sie war froh, ihn in ihrem Team zu haben. Der große, kahlköpfige Detective war klug und intuitiv. Aber auch ziemlich geschickt darin, Kirby zu ärgern, der seine eigenen Probleme hatte. Er hatte seine Partnerin während eines zurückliegenden Falles verloren, sein Haus wegen Glücksspiels, und jetzt versuchte er, die Dinge wieder einigermaßen in Ordnung zu bringen. Sie musste zugeben, dass er sich bei ihr ziemlich viel erlauben durfte.

Jetzt wandte sie sich an ihn. »Wurden alle, von denen wir die Namen kennen, schon kontaktiert, um sicherzustellen, dass niemand sonst sich unwohl fühlt?«

»Die meisten von ihnen wurden schon per Telefon kontaktiert.« Kirby verlagerte sein Gewicht auf dem Stuhl, sodass dieser quietschte. »Einige hatten ja jemanden als Ersatz geschickt, andere haben von sich aus die Namen derer genannt, die sie begleitet haben. Wir müssen noch weiter nachforschen. Kann ich dazu nicht Lynch ...?«

Lottie unterbrach ihn. »Ich habe bereits mit dem Chefkoch gesprochen; wie sieht es mit dem anderen Personal aus, das für die Veranstaltung angeheuert worden ist?«

»Ich glaube, das waren nur zwei oder drei Bedienungen«, sagte McKeown.

»Glauben? Sie sollten das wissen!« Lottie schritt einen kleinen Kreis ab.

»Ich habe mit Darren, dem Barmann, gesprochen«, sagte Kirby. »Das ist ein guter Kerl. Ich kenne ihn aus dem Cafferty's. Er sagt, dass ihm nichts Ungewöhnliches aufgefallen ist.«

»Sind schon Videos vor den Überwachungskameras da?«

McKeown ergriff wieder das Wort. »Wir haben die Überwachungsvideos von der Straße vor dem Restaurant. Aber drinnen gibt es nur eine Kamera im Barbereich, die auf die Kasse gerichtet ist. Ich habe die Diskette schon, aber ich muss mich auch noch um die Videoüberwachung des hinteren Parkplatzes kümmern.«

»Vielleicht werden wir ja noch fündig.«

»Chefin«, sagte Kirby, »wegen Lynch noch mal ...«

»Nicht jetzt.« Sie wollte nicht über Lynch sprechen. Sie hatte ihr alle lästigen Arbeiten zugewiesen. Das würde die indiskrete Wichtigtuerin während der Ermittlungen an ihren Schreibtisch binden.

Als sie alle wussten, was sie zu tun hatten, ging sie zurück in ihr Büro. Lynch schürzte die Lippen, schwieg aber. Gut so.

Je länger der Tag dauerte, desto frustrierter war Lottie über die mageren Fortschritte. Die Videos der Überwachungskameras brachten nichts Neues. Als sie schließlich die Aufnahmen vom Parkplatz hinter dem Restaurants erhielten, konnten sie sehen, wie Superintendent Farrell das Restaurant verließ und dann ein Auto vorfuhr, das an der rückseitigen Wand anhielt. Die Person, die aus dem Fahrzeug ausstieg, war nicht zu erkennen, da sie in einer dunklen Ecke geparkt hatte. Das Kennzeichen war auch nicht zu erkennen, aber sie glaubte der Aussage der Superintendentin. Nachdem sie von Beth eine Liste von Rachels Freunden erhalten hatte, übergab sie diese an McKeown, um sie weiter zu verfolgen. Beth wiederholte, dass Rachel aktuell keinen festen Freund hatte. Lottie rief bei Gary an, um zu sehen, ob er noch etwas auf dem Laptop oder dem Handy gefunden hatte. Kein Glück. McKeown berichtete, dass er bis jetzt niemanden aufgespürt hatte, der einen Grund gehabt hätte, die junge Frau zu ermorden. Jeder sprach mit Bewunderung über ihre Tatkraft und ihren Unternehmungsgeist, und alle waren über ihren Tod schockiert.

Den Vater der Zwillinge machte sie in Dublin ausfindig und erhielt von seinem Arbeitgeber, Aldi, die Bestätigung, dass er in einem Lager in Sandyford in der Nachtschicht gearbeitet und um acht Uhr morgens Feierabend gemacht hatte.

Sie war bestürzt darüber, wie stoisch Bill Mullen auf die Nachricht von Rachels Tod reagiert hatte. Er hatte nicht angeboten, nach Ragmullin zu kommen, um Beth zu trösten. Er sagte nur, dass er an der Beerdigung teilnehmen würde, wenn sie ihn dort haben wolle.

Lottie war es leid, sich mit hartherzigen und egozentrischen Menschen herumzuschlagen.

»Kirby, gibt es noch irgendwelche Informationen von den Gästen?«

»Ich telefoniere immer noch rum, Chefin.«

»Dann beeilen Sie sich.«

Als sie sich umsah, entdeckte sie Boyd. »Es ist Zeit, mit Matthew Fleming zu sprechen.« Sie hatte im Internet einiges über Fleming gefunden, und nicht alles davon stellte ihn im besten Licht dar.

»Warum?«

»Er hatte gestern um fünf Uhr ein Treffen mit Rachel. Und dann tauchte er um halb zehn auf Annies Party auf. Wir müssen ihn entweder in die Ermittlungen aufnehmen oder ihn ausschließen.«

»Okay. Ist er nicht eigentlich besser bekannt als Bones oder Haut-und-Knochen Fleming?«, fragte Boyd.

»Warum sollte er so genannt werden?«

»Warte mal, bis du ihn siehst.«

»Okay«, sagte sie.

»Fleming ist ein großer Fisch. Er mischt bei vielen Sachen mit, habe ich jedenfalls gehört«, sagte Boyd. »Er hatte mal vor, in die Politik zu gehen.«

»Ein großer und gefährlicher Fisch also. Was ist, wenn er versucht hat, Annies Erfolg zu sabotieren, indem er ihr das hier vor die Nase gesetzt hat?«

»Ich habe zwar gehört, dass er als harter Geschäftsmann rüberkommt, aber Mord?« Boyd schüttelte den Kopf. »Ich bezweifle, dass selbst er so weit gehen würde. Zu riskant für seine eigenen Interessen.«

»Mal sehen, was er selbst zu sagen hat.«

Das Büro von Matthew Fleming bestand ganz aus Glas und Stahl und befand sich in einem neuen Gewerbegebiet, in dem ansonsten hauptsächlich Autohäuser vorzufinden waren. Drei Ebenen, einschließlich eines mit Plastikpflanzen vollgestellten Atriums. Ein völlig anderes Bild als der Staub, der Kies und die schweren Lastwagen, die Lottie mit Steinbrüchen assoziierte. Sie nahm an, dass Fleming dachte, dass er diese übliche Wahrnehmung durch eine grüne Umgebung etwas abschwächen konnte. Irgendwie hatte sie das Gefühl, dass das für den Mann der Steinbrüche von Bedeutung war.

Als er aufstand, um sie zu begrüßen, hielt Lottie einen Moment in ihrer Bewegung inne. Er war über zwei Meter groß und dürr wie eine Fischgräte, sein stilvoller grauer Anzug hing an ihm wie an einem Skelett. Auf seinem Kopf stand ein weißer Haarschopf ab, als hätte der Blitz eingeschlagen, und sein Gesicht ... Sie musste zweimal hinschauen. Es war blass, fast durchsichtig, aber seine Augen hatten die Farbe von Schiefer. Trotz ihres anfänglichen Schocks musste sie zugeben, dass er einen gewissen Charme ausstrahlte, auch wenn sein Spitzname durchaus zutreffend war.

»Schön, Sie beide kennenzulernen«, sagte er und deutete auf die Stühle. Roter Samt. Schick.

Bevor sie sich setzten, sah Lottie aus dem großen Fenster zu ihrer Rechten und bemerkte, wie schnell es dunkel geworden war. Als sie ihren Blick wieder auf Fleming richtete, sah sie gerade noch, wie er seinen hochgewachsenen Körper in den großen ergonomischen Stuhl hinter dem riesigen Schreibtisch senkte.

»Ich weiß, was Sie denken, aber ich kann Sie beruhigen, ich bin nicht sterbenskrank«, sagte er. »Das will ich mal aus dem Weg räumen. Die Leute meinen wegen meines Aussehens immer, dass ich irgendeine unheilbare Krankheit habe. Ich schiebe es auf meine Frau. Sie lässt mich ausbluten! Aber das ist eine andere Geschichte.«

Er blickte auf den Bildschirm seines Laptops und las vermutlich die Namen, die ihm seine Sekretärin per E-Mail geschickt hatte. Er richtete seine Aufmerksamkeit auf Boyd und sagte: »Detective Inspector Parker, wie kann ich Ihnen helfen?«

Lottie biss sich auf die Zunge.

Boyd sagte, »Tut mir leid, Sir, ich bin Detective Sergeant Boyd.«

Anstatt verlegen zu reagieren, neigte Fleming seinen Kopf in Richtung Lottie. »Ich scherze nur, Inspector Parker. Sie können mich gerne Matt nennen.«

Sie ging nicht auf den Affront ein und fragte: »Können Sie bestätigen, dass Sie gestern Abend im Restaurant Ihrer Exfrau waren?«

»Der ist nicht mehr zu helfen.« Er schnaubte und wischte sich hastig mit einer Hand unter der Nase ab. »Haben Sie gesehen, was sie mit ihrem alten Familienstammsitz am See gemacht hat? Er war seit Generationen im Besitz der Familie ihres Vaters. Völlig verfallen, aber Annie – wie sie nun mal ist – hat beschlossen, das Haus wieder zum Leben zu erwecken. Es gab viele Einwände gegen dieses Vorhaben, auch von meiner Seite. Nicht, dass der Stadtrat auf mich gehört hätte; die waren nur daran interessiert, dass das alte Wegerecht durch das Anwesen erhalten bleibt, weil es der Öffentlichkeit den Zugang zum Golfclub und zum See ermöglicht. Verzeihen Sie diesen Ausbruch. Mit mir geht es durch, sobald ich nur ihren Namen höre.«

»Ich muss wissen, warum Sie ...«

»War ich nicht. Ich habe mit dem, was diese Frau tut, nichts zu tun. Sie war von dem Tag an, an dem ich sie geheiratet habe, eine Plage, und das ist sie immer noch. Das einzig Gute, das aus unserer Ehe hervorgegangen ist, sind meine beiden Töchter.«

»Wir haben Jessica bereits getroffen; wer ist Ihre andere Tochter?«, fragte Lottie.

Er starrte an die Decke, als ob er ihre Frage nicht gehört

hätte. »Ich liebe Jessica, aber sie ist ein Ebenbild ihrer Mutter. Das muss schwer zu schlucken sein.«

Lottie dachte an ihre Begegnung mit Annie und Jessica zurück. Sie konnte sich nicht an irgendwelche Ähnlichkeiten zwischen den beiden Frauen erinnern. »Erzählen Sie mir von Ihrer anderen Tochter.«

Er richtete seine Aufmerksamkeit neu aus.

»Tara.« Der Name schien die Schärfe in seinem Blick zu mildern. Ein stolzer Vater, dachte Lottie und hatte sofort Mitleid mit Beth Mullen, deren Vater so wenig Interesse zeigte, auch nur aus Dublin anzureisen, um sie zu trösten. »Zwischen den beiden Mädchen liegen nur elf Monate. Irische Zwillinge, wie die Leute gerne sagen. Jessica ist die Ältere, aber Tara betont gerne die Unterschiede zwischen ihnen. Sie färbt sich die Haare immer blond und ...«

»Wo ist Tara?«, fragte Lottie.

»Sie war am Wochenende zu Hause. Am Montagabend sollte sie nach London zurückfliegen, weil sie am Dienstag in aller Früh einen Termin hatte, aber ich glaube, ihr ist am Flughafen schlecht geworden und sie ist zurück zu ihrer Mutter. Egal, was ich ihr bieten kann – sie sehnt sich wahrscheinlich trotzdem immer noch nach der Liebe einer Mutter, obwohl ich bezweifle, dass sie von Annie viel davon bekommen wird.«

»Und was genau ist Taras Aufgabe?«

»Ich habe viele geschäftliche Interessen. Beton, Steinbrüche, Erschließungen. Tara hat auf dem College Umweltwissenschaft studiert, und ich habe sie als meine Umweltbeauftragte eingestellt. Sie baut gerade mein Büro in Chiswick auf und ist eine echte Bereicherung für mein Unternehmen.« In Flemings Augen blitzte etwas Bewunderung auf, eine Emotion, die völlig fehlte, wenn er Annie oder Jessica erwähnte.

»Kennen Sie Rachel Mullen?« Lottie hielt ihren Blick auf Fleming geheftet, um eine Reaktion zu sehen. Und sie bekam sie. Es war das erste Mal, dass seine Gesichtsfarbe dunkler wurde, seit sie sein Büro betreten hatten. Rote Flecken erschienen auf seinen wächsernen Wangen.

»Was ist mit ihr?«

»Ich stelle hier die Fragen, Mr Fleming.«

»Natürlich.«

»Und ich erwarte eine Antwort.«

»Was hat Rachel mit Ihnen zu tun?«

»Sie kennen sie also?«

»Ich hatte gestern einen Termin mit ihr.«

»Erzählen Sie mir davon.«

»Sie hat mir vor einiger Zeit gemailt. Eine Anfrage wegen eines Geschäftsangebots. Wir haben ein Treffen vereinbart. Also ja, sie hat sich gestern Nachmittag hier in diesem Büro aufgehalten.«

»Was haben Sie besprochen?«

»Wir haben über ihr Unternehmen gesprochen. Sie legte mir eine Strategie vor. Ich sagte ihr, sie solle sie per E-Mail schicken, damit Tara sie sich ansehen kann. Rachel schlug vor, den Grundstoff für die Herstellung von ihren Kosmetikprodukten von mir abbauen zu lassen. Das hat großes Potenzial für mein Unternehmen. Sie ist da an etwas dran.«

»Ah, Sie denken also daran, in die Beautybranche einzusteigen?«, bemerkte Boyd. »Es besteht ein großer Unterschied zwischen dem Sprengen von Steinbrüchen und der Entwicklung einer Kosmetikserie.«

»Rachels Pläne sind vertraulich, und ich kann nicht viel mehr darüber sagen, als dass ich sie für sehr einfallsreich, nachhaltig und zukunftsorientiert halte. Es gab da etwas in ihren Ausführungen, da hat es bei mir Klick gemacht.«

»Wann haben Sie zuletzt mit ihr gesprochen?«

»Sie war pünktlich zu ihrem fünf Uhr Termin hier.« Er kniff die Augen zusammen. »Ich schätze, dass sie so gegen halb sieben wieder gegangen ist. Sie hatte noch einen anderen Termin in der Stadt.«

»Bei Annie?«

»Sie hat nicht gesagt, wo. Warum all diese Fragen über Rachel?«

»War sie mit dem Auto da?«

»Ja.«

»Und ist sie mit dem Auto weggefahren?«

Fleming lächelte, die hochgezogenen rosa Lippen hoben sich fast weiblich von seiner blassen Haut ab. »Nein. Wir hatten ein paar Drinks hier. Geschäftlich und zum Vergnügen. Ich habe ihr ein Taxi bestellt. Sie wollte ihren Wagen heute Morgen abholen.« Er blickte durch das bodentiefen Fenster nach draußen. »Noch keine Spur von ihr. Ihr Wagen steht immer noch auf dem Parkplatz hinter dem Haus.«

Lottie versuchte, ihre Überraschung zu verbergen. »Haben Sie die Schlüssel?«

»Wie kommen Sie darauf, dass ich ihre Schlüssel haben könnte?«

Jetzt war es an der Zeit, dachte Lottie, ihm das rosarote Lächeln aus dem Gesicht zu wischen.

»Weil Rachels Autoschlüssel nicht in ihrem Besitz waren, als ihre Leiche gefunden worden ist.«

Wenn es möglich gewesen wäre, hätte sie gesagt, dass sein Gesicht in diesem Augenblick noch blasser wurde. »Welche Leiche? Wovon sprechen Sie?«

»Rachel Mullen wurde heute Morgen tot aufgefunden.«

»Was?« Er fuhr sich mit der Hand durch die Haare, die ihm daraufhin noch mehr zu Berge standen. »Oh mein Gott. Wie schrecklich. Was ist passiert?«

Lottie hielt ihren Mund und wartete darauf, zu welchem Schluss er von selbst kommen würde.

Fleming richtete sich auf und trommelte ungeduldig mit den Fingern auf den Tisch. »Da sich gerade zwei Detectives in meinem Büro befinden, gehe ich davon aus, dass ihr Tod als verdächtig eingestuft wird.«

»Womit Sie völlig recht haben, Mr Fleming. Können Sie uns sagen, wo Sie sich aufgehalten und was Sie gemacht haben, nachdem Ms Mullen Ihr Büro verlassen hat?«

»Auf diesen Schock brauche ich erst einmal etwas zu trinken.« Er stand auf und öffnete einen Stahlschrank, der hinter seinem Schreibtisch stand. »Haben Sie auch Lust auf etwas Stärkeres?«

»Wir sind im Dienst«, sagte Boyd.

Während Fleming sich ein Glas Brandy einschenkte, sah Lottie sich im Büro um. Ihr war klar, dass Rachel nicht hier umgebracht worden war. Sie war ja später noch auf der Party gewesen. Aber war vielleicht etwas in einem Drink gewesen, den er ihr hier angeboten hatte? Oder war sie nach der Party noch mal in das Büro zurückgekommen? »Haben Sie Ms Mullen gestern Abend nach halb sieben noch einmal gesehen?«

»Nein, habe ich nicht.« Er nahm einen großen Schluck von dem bernsteinfarbenen Getränk. »Sie glauben doch wohl nicht, dass ich ihr etwas angetan habe? Wir standen kurz vor dem Abschluss eines Geschäftsdeals, von dem wir beide profitiert hätten. Ich hatte keinerlei Grund, ihr etwas anzutun.«

»Haben Sie sie gestern zum ersten Mal getroffen?«

»Was tut das zur Sache?«

Vielleicht eine ganze Menge, dachte Lottie. »Warum sind Sie gestern Abend um halb zehn noch zum Restaurant?«

Fleming füllte sein Glas ein weiteres Mal auf und setzte sich wieder hin. »Brauche ich einen Anwalt?«

Scheiße. Nicht schon wieder diese Leier. »Das müssen Sie selbst wissen.«

»Unterschätzen Sie mich nicht. Ich habe über zwanzig Jahre mit Annie zusammengelebt und weiß genau, wie der Hase läuft. Ich nehme an, Sie haben schon mit ihr gesprochen, also wissen Sie, was ich meine. Wahrscheinlich hat sie meinen Namen ins Spiel gebracht. Und ich könnte darauf schwören, dass sie angedeutet hat, dass ich darauf aus bin, ihre neueste Geschäftsidee zu sabotieren.«

Lottie ließ sich nichts anmerken. »Ich darf leider nicht über Information sprechen, die mir im Laufe unserer Ermittlungen zugetragen werden.«

»Das müssen Sie auch gar nicht. Annie ist ein rachsüchtiges, verbittertes Miststück.«

»Warum waren Sie dann gestern Abend in ihrem Restaurant? Ein Zeuge hat Sie gegen halb zehn vorfahren sehen. Was haben Sie dort gemacht?«

»Das geht Sie überhaupt nichts an.«

»So leid es mir tut, aber bis wir Rachel Mullens Mörder gefunden haben, geht mich alles etwas an. Mit wem haben Sie gesprochen und wann sind Sie wieder gefahren?«

»Meine Anwesenheit dort hatte rein gar nichts mit Rachel zu tun.«

»Mr Fleming, Sie müssen uns Rechenschaft darüber ablegen, wo Sie sich aufgehalten haben und außerdem Ihre Unterhaltung hier mit Rachel Mullen grob für uns skizzieren.«

»Mein Anwalt wird sich bei Ihnen melden.«

Lottie erhob sich. »Vielen Dank, dass Sie sich die Zeit genommen haben.«

An der Tür wartete sie auf Boyd, der sitzen geblieben war. In dem beschwichtigenden Ton, den er sich hin und wieder zu eigen machte, sagte er: »Mr Fleming, wir brauchen Rachel Mullens Autoschlüssel.«

Zu Lotties Verblüffung öffnete Fleming eine Schublade und schob einen Schlüsselbund mit drei Schlüsseln über den Tisch. »Der Wagen steht auf dem Parkplatz. Der Toyota Yaris. Meine Sekretärin zeigt Ihnen den Weg.«

DREIZEHN

Tara Fleming lag auf dem Bett und starrte an die Decke. Sie ignorierte ihre Mutter, die gerade hereingekommen war. Ihr ging durch den Kopf, in was für ein Lügennetz sie sich verstrickt hatte, und dass es niemanden gab, mit dem sie darüber sprechen konnte. Obwohl sie schon fünfundzwanzig Jahre alt war, fand sie es immer noch schwierig, sich höflich mit ihrer Mutter zu unterhalten. Und zwar vor allem, weil sie befürchtete, Annie könnte sie durchschauen.

Ihre Mutter ging zum Nachttisch und stellte ihr ein Glas Wasser hin. Daneben legte sie zwei Paracetamol. Tara verzog das Gesicht. Annie konnte schon die fürsorgliche Mutter spielen, wenn sie wollte.

»Die Tabletten brauchst du zwar nicht«, sagte Annie in einem eisigen Ton, »aber vielleicht helfen sie dir ja, den *Anschein* irgendeiner Krankheit aufrechtzuerhalten.«

»Wie außerordentlich lieb von dir«, erwiderte Tara. Sie schaffte es nicht, ihre Stimme nicht ironisch klingen zu lassen.

»Dass ausgerechnet du das sagst, ist schon lustig.« Annie stand am Fenster und schaute auf den regengepeitschten See hinaus. »Wo warst du letzte Nacht?«

»Hab ich dir doch schon gesagt. Ich hatte einen Flug nach London gebucht und war am Flughafen.«

»Ja, klar.« Annie wandte sich ihr halb zu und hob fragend eine Augenbraue. »Weiß deine Schwester, dass du zu Hause bist?«

»Ich hab sie noch nicht gesehen.« Und will ich auch nicht, dachte Tara, als sie sich umdrehte und ihrer Mutter und den Tabletten den Rücken zukehrte.

»Jessica macht diese ganze Sache mit Rachel Mullen ganz traurig. Du erinnerst dich doch an Rachel?«

Tara wollte sich am liebsten die Decke über den Kopf ziehen, aber sie blieb einfach still liegen.

»Ich rede mit dir«, blaffte Annie sie an.

»Ja, ich erinnere mich an sie. Genauso, wie ich mich an die ganzen Lügen und Geheimnisse erinnere, die mir eingebläut worden sind, seit ich ein kleines Kind war.« Die Worte klangen, als ob jemand anders sie gesprochen hätte. Eine Stimme, den tiefsten Ängsten ihrer Kindheit entsprungen. »Warum hast du sie überhaupt zu der Party eingeladen?«

»Jessica hat sie auf die Gästeliste gesetzt. Genauso wie ein paar andere Namen, die ich nur widerwillig akzeptiert habe.«

»Dann hättest du dich vielleicht selbst ein bisschen mehr einbringen sollen, nicht wahr, Mum?«, sagte Tara. Sie konnte spüren, wie sich das spöttische Grinsen, das ihr auf den Lippen lag, auch in ihre Stimme schlich.

»Diese Mullen Mädchen haben nie wirklich etwas aus sich gemacht, oder?« Annie öffnete die Vorhänge und befestigte sie mit dem Raffhalter. »Was ist nur los mit eurer Generation? Immer fangt ihr etwas Neues an und nie bringt ihr etwas zu Ende.«

»Dad wollte, dass Jessica und ich Chemie studieren, obwohl ich nicht die geringste Begabung dafür hatte«, sagte Tara. »Inzwischen bin ich so froh, dass ich mich widersetzt und Umweltwesen studiert habe.«

»Rausgeworfenes Geld, gierig geschluckt vom Trinity College.« Annie lehnte am Fensterbrett und schüttelte den Kopf. »Jessica hat Chemie wenigstens eine Chance gegeben, bevor sie auf Betriebswirtschaft umgestiegen ist. Hat Rachel das nicht auch studiert?«

»Woher soll ich das wissen? Ich hab sie seit Jahren nicht mehr gesehen. Du und Dad habt unsere Freundschaft ja unterbunden. Genauso wie manch andere.« Tara setzte sich auf und schwang ihre Beine über die Bettkante. Ihre Füße versanken fast in dem dicken Teppich. »Du glaubst, dass wir immer noch kleine Kinder sind, die du nach deinem Willen formen kannst.« Sie hielt dem Blick ihrer Mutter stand. Annies Augen verengten sich zu Schlitzen.

»Aber nichts hat dich davon abgebracht, bei deinem Vater zu Kreuze zu kriechen. Ich habe noch nie verstanden, warum du ihn mir vorziehst.«

»Du musst wohl einfach akzeptieren, dass es Dinge gibt, über die du keine Kontrolle hast.« Tara zog sich ein Sweatshirt an und stand auf. »Und jetzt lass mich in Ruhe. Beschäftige dich doch einfach weiter damit, Jessica nach deinem Vorbild zu formen. Wobei ich stark bezweifle, dass du bei ihr viel mehr Erfolg haben wirst als bei mir.«

»Wenn du wenigstens deine Haare nicht immer in diesem hässlichen Blond färben würdest. Das sieht ganz schön billig aus, weißt du das eigentlich! Damit wirkt dein Gesicht ja noch dünner als das von deinem Vater, und das will schon was heißen.« Annie schnaubte laut. An der Tür drehte sie sich um. »Tara, kann ich dich etwas fragen?«

»Davon kann ich dich ja wohl kaum abhalten.«

»Warum bist du gestern Nacht hierhergekommen, statt zu deinem Vater zu gehen?«

Tara spielte kurz mit dem Gedanken, einen Grund zu erfinden, aber dann sagte sie doch die Wahrheit, weil sie wusste, dass die am meisten wehtun würde. »Es gibt wohl eine neue Frau in Dads Leben.«

Als sie sah, wie geschockt Annie war, lachte sie. »Ach, wusstest du das etwa noch gar nicht? Das ist ja geradezu köstlich!«

Sie lachte immer noch, als die Tür ins Schloss fiel.

VIERZEHN

Sie verließen Matthew Flemings Büro und gingen zum Parkplatz. Es wurde schon langsam dunkel und der Bewegungsmelder löste Scheinwerfer aus, als sie über den Hof gingen. Auf einer extragroßen Stellfläche sah Lottie Flemings silberfarbenen BMW stehen. An der Wand dahinter prangte ein blaues Schild mit der Aufschrift ›Company Director‹. Daneben stand ein schwarzer Range Rover; zwei Autos weiter sah sie den roten Yaris, von dessen Rückspiegel ein ovaler Kieselstein baumelte.

Als sie um den Wagen ging und ihre Handschuhe anzog, sagte sie: »Superintendentin Farrell hatte recht.«

»Womit?«, fragte Boyd. Er nahm sein Handy zur Hand, um ein Foto von dem Auto zu machen.

»Dieser Fleming ist ein zwielichtiger Typ.«

»Etwas widerlich ist er schon, da hast du recht.«

»Etwas? Wenn ich Rachel Mullen gewesen wäre, dann hätte ich mich mit meinen Plänen ganz schnell an jemand anderen gewandt.«

»Das kann sie jetzt nicht mehr machen«, sagte Boyd, »und Fleming ist jetzt im Besitz der ganzen Pläne. Nichts hält ihn davon ab, sie seiner Tochter Tara in die Hand zu drücken, damit sie seiner Firma damit etwas Glanz verleiht. Wenn man ihn so reden hört – da stellen sich bei mir alle Haare auf.«

»Das kann ich nachfühlen. Erinnere mich daran, dass wir Tara Fleming unbedingt kontaktieren müssen«, sagte Lottie. Sie steckte den Schlüssel ins Schloss der Fahrertür. »Außerdem, Boyd ...«

»Was?«

»Wir müssen herausfinden, wann Rachel die Party verlassen hat. Ich glaube, es ist durchaus möglich, dass Matt Fleming nach ihr gesucht hat.«

»Laut ihrem Handy hat sie das Taxi um exakt acht Uhr sechsunddreißig gerufen.«

»Aber solange uns das das Taxiunternehmen noch nicht bestätigt hat, wissen wir nicht sicher, ob sie auch wirklich um diese Zeit gegangen ist.«

Sie beugte sich in den Yaris. Er war tadellos aufgeräumt. Keine Verpackungen oder Schachteln lagen herum. Nicht so wie in ihrem Hyundai, wo der ganze Fußraum zugemüllt war. Der Innenraum duftete nach Lavendel und ihr stach ein Duftbäumchen ins Auge, das an den Lüftungsschlitz geklemmt war. Sie öffnete die Hintertür. Kein Staubkörnchen. Dann ging sie zum Kofferraum und öffnete ihn. Drinnen lag ein Gepäckstück – Handgepäcksgröße.

»Eine kleine Reistasche«, bemerkte Boyd.

»Schlauberger«, sagte Lottie. »Wir können sie mitnehmen. Das hier ist sicher nicht der Schauplatz des Verbrechens. Ich glaube, dass Rachel in ihrem Bett in ihren eigenen vier Wänden ermordet worden ist.«

»Und wenn sie noch einmal hierher zurückgekommen ist, nachdem sie die Party verlassen hat? Bevor sie nach Hause gegangen ist?«

»Wie wir wissen, ist Matt Fleming gegen halb zehn bei Annie aufgekreuzt. McKeown soll weiter die Videoüberwachung überprüfen, vielleicht findet er heraus, wann er wieder gefahren ist. Außerdem müssen wir herausbekommen, mit wem Fleming gesprochen hat, als er dort war.«

»In Ordnung.« Boyd hob die Tasche aus dem Kofferraum.

»Ich habe das Gefühl, dass das nicht das erste Mal war, dass Rachel diesen Matt Fleming getroffen hat.«

»Warum glaubst du das? Eine Ahnung? Bauchgefühl?«

»Von beidem ein bisschen. Wenn sie hierhergekommen ist, um eine Investition oder Finanzierung für ihren Traum-Businessplan zu finden, warum sollte sie einen möglichen Erfolg dann aufs Spiel setzen, indem sie sich auf Drinks mit ihm einlässt?«

»Vielleicht hat er sie dazu gedrängt? Vielleicht hat sie gedacht, sie hätte gar keine andere Wahl, dass sie einfach etwas mit ihm zusammen trinken musste?«

»Nein, so war das nicht. Ich bin mir sicher, dass sie ihn schon kannte, bevor sie sich hier getroffen haben. Sie ist mit seinen Töchtern zur Schule gegangen, und so wie Beth sie dargestellt hat, passt so ein riskantes Verhalten einfach nicht ins Bild. Wenn wir Beths Aussage Glauben schenken, dann hat Rachel alles daran gesetzt, ihre Geschäftsidee umzusetzen und zum Laufen zu bringen. Sie wollte sich einen Traum verwirklichen.«

»Vielleicht hast du recht«, gab Boyd zu.

Lottie schloss den Kofferraum. »Sorg bitte dafür, dass der Wagen beschlagnahmt wird. Er muss hier weg, bevor sich noch jemand daran zu schaffen macht.«

Ihr Blick wanderte noch einmal zu dem modernen Gebäude. Fleming stand an einem der Fenster und starrte auf den Parkplatz. Er lächelte und winkte ihr zu. Ein Schauer lief ihr den Rücken hinunter.

———

Matthew Fleming wandte sich vom Fenster ab und das Lächeln verschwand aus seinem Gesicht. Um ihn herum schienen sich die Glaswände über ihn lustig zu machen, verzerrten sein knöchriges Spiegelbild nach allen Richtungen. In diesem einen Raum spielte sich sein ganzes Leben ab. Das hier war seine Welt. Ihn schauderte. Was, wenn alles um ihn herum zusammenbrach? Alles, für das er ein Leben lang so hart gearbeitet hatte, würde in einem Wimpernschlag zerschlagen werden, das Trugbild einfach wie ein Tonkrug zerbrechen. Sein Blick trübte sich und das Glas schien ihm mit einem Mal milchig, als er sich vorstellte, was alles schiefgehen könnte. Er musste etwas unternehmen, und zwar schnell.

Aus seiner Brusttasche zog er sein Zweithandy, ein altes Nokia, und wählte eine der drei Nummern, die er noch darauf gespeichert hatte.

Beim ersten Ton wurde bereits abgehoben.

Einen Augenblick lang lauschte er auf das Atmen in der Leitung. Als er dann sprach, klang seine Stimme rau und hart. »Gerade waren zwei Detectives in meinem Büro.«

Der Atem schien auszusetzen.

Fleming fauchte: »Was zu Teufel hast du jetzt wieder angestellt?«

————

Zurück auf der Wache wies Lottie McKeown an, nachzuprüfen, wann Matthew Flemings Wagen den Parkplatz des Restaurants wieder verlassen hatte und ob er allein gewesen war oder nicht.

Kirby hob die Hand. »Ich habe den Taxifahrer ausfindig gemacht, der Rachel nach Hause gefahren hat. Er hat sie um acht Uhr vierzig vor dem Restaurant abgeholt und sie dann direkt bis zu ihrer Haustür gebracht. Sie war allein. Der Fahrer hat ausgesagt, dass sie nicht viel geredet hat. Außerdem hatte er

den Eindruck, dass sie etwas durcheinander war. Daraus
schloss er, dass sie wahrscheinlich etwas zu viel getrunken
hatte.«

»Da kommen wir nicht weiter«, sagte Boyd.

»Wo und wann wurde sie vergiftet?«, fragte Lottie. »Ist ihr
jemand gefolgt? Hat sie diese Peron selbst in ihr Haus gelassen?
Kannte sie sie? Eins ist klar: wenn jemand in ihrem Haus war,
dann muss die Spurensicherung Hinweise darauf finden.«

»Wir haben noch keine Nachbarn ausfindig gemacht, die
Überwachungskameras haben, und niemand hat Schreie oder
Hilferufe gehört«, fügte McKeown hinzu, der gerade zurück ins
Büro kam. »Aber ich habe herausgefunden, dass Matthew
Flemings Wagen den Parkplatz des Restaurants um neun Uhr
vierzig verlassen hat, obwohl es natürlich keine Garantie dafür
gibt, dass er auch selbst hinter dem Steuer saß.«

»Vielleicht kann man die Bildqualität noch verbessern.
Wenn wir davon ausgehen, dass Fleming am Steuer saß, dann
bedeutet das, dass er sich weniger als zehn Minuten im Restaurant aufgehalten hat«, sagte Lottie und lehnte sich gegen die
Wand. »Ich möchte wissen, was während dieser zehn Minuten
passiert ist. Er hat sich geweigert, es uns zu sagen. Können Sie
mit Jessica sprechen? Ich wende mich noch mal an Annie.«

»Mache ich«, sagte McKeown.

»Aber Rachel war um diese Uhrzeit schon gegangen«,
bemerkte Boyd.

»Ja«, sagte Lottie, »aber Matthew Fleming hatte ihre Autoschlüssel in seinem Büro. Warum hat sie sie bei ihm gelassen?
Auch wenn sie den Wagen stehen lassen hat, die Schlüssel
hätte sie doch mitnehmen können.«

»Vielleicht wollte sie ja, dass er ihr den Wagen vorbeibringt
oder irgendwie so.«

»Jemand sollte die anderen Schlüssel an dem Bund überprüfen. Vielleicht ist ja einer ein Zweitschlüssel für ihr Haus.
Und wenn ja, dann hatte Fleming den nämlich auch.«

»Wie ist sie dann selbst ins Haus gekommen?«

»Auf der Garderobe lag ein Schlüssel. Beth hat bestätigt, dass Rachel den immer in ihrer Handtasche hatte, für Notfälle.«

»Okay«, sagte Boyd. »Was ist mit der Reisetasche in ihrem Kofferraum?«

»Ich habe nachgeschaut und da waren nur ein Nachthemd aus Seide, Wechselwäsche und Make-up drin. Vielleicht um die Nacht mit jemandem zu verbringen? Setz dich mit Beth in Verbindung und lass dir bestätigen, dass Rachel Matthew Fleming bereits kannte.«

»Und was soll ich machen?«, fragte Kirby.

»Wie weit sind Sie mit der Überprüfung der Gäste und der Mitarbeiter?«

»Die meisten Gäste sind schon überprüft, bis auf eine Handvoll, die ich noch anrufen muss. Bei niemandem gab es Anzeichen einer Erkrankung, und die, mit denen ich gesprochen habe, haben stichfeste Alibis für die Zeit nach der Party. Ich habe mich auch nach Rachel erkundigt, und die meisten konnten sich kaum an sie erinnern. Allerdings meinte jemand, dass sie nicht gut aussah, und jemand anders hat bemerkt, dass sie ziemlich spät kam und lange mit einem jungen Mann geredet hat.«

»Finden Sie heraus, wer das war. Was ist mit den Mitarbeitern?«

»Stehen als nächstes auf meiner Liste.« Kirby stellte sich neben Lottie an die Wand vor ihrer Bürotür und flüsterte ihr zu: »Chefin, kann ich das nicht Lynch machen lassen?«

»Nein, können Sie nicht.« Sie stieß sich von der Wand ab und warf Lynch einen Blick zu, die mit gesenktem Kopf in der hintersten Ecke des Raumes saß. Wenn es nach ihr ging, dann konnte diese Frau in der Hölle schmoren. Sie ging in ihr Büro und schloss die Tür. Dann klingelte das Telefon. Jane Dore war am Apparat.

FÜNFZEHN

Hazel Clancy wurde beobachtet. Von einem Wäscheständer am anderen Ende des Geschäfts aus.

Die Peron, die sie heimlich beobachtete, war sich sicher, dass niemand wusste, wer sie war. Am allerwenigsten Hazel selbst, mit ihrem makellosen goldenen Haar, das in einem lockeren Pferdeschwanz zusammengebunden war. Wahrscheinlich brauchte man zwanzig Minuten und eine halbe Dose Haarspray, bis es so aussah. Von der Bräune ganz zu schweigen. Der neueste Trend, der bestimmt aus irgendeiner Flasche kam. Langanhaltend, garantiert streifenfrei, nichts bleibt dran kleben – wie bei Teflon. Herrgott noch mal! Aber die Bräune – echt oder nicht – betonte ihre hellblauen Augen.

Und wie sie angezogen war. Hazel hätte das sicher als smart-casual bezeichnet. Und so hätten das wahrscheinlich auch Designer genannt. Eine schwarze Lederjacke mit glänzenden Reißverschlüssen und ein rotgeblümtes Kleid, das ihr bis zu den Fesseln reichte. An den Füßen trug sie schwarzglänzende Slingbacks – der Absatz war drei Zentimeter breit und sechs hoch. Hazel brauchte diese sechs Zentimeter extra überhaupt nicht – sie war sowieso schon fast einen Meter achtzig

groß. Imposant und gut gebaut. Das Outfit sorgfältig zusammengestellt. Es kostete Zeit, und viel Mühe, damit es so
mühelos wirkte wie bei Hazel. Und das jeden verdammten Tag.
Nun, Ms Hazel Clancy, ich weiß etwas, das du nicht weißt,
dachte der Beobachter. Heute ist vielleicht dein letzter Tag.
Und falls das so ist, dann solltest du vielleicht etwas machen,
das aufregender ist, als deine Angestellten in einem beschissenen, ungezieferverseuchten Kaufhaus herumzukommandieren.

—————

Hazel liebte ihre Arbeit. Ihr war klar, dass viele Leute dachten,
dass in einem Kaufhaus zu arbeiten stinklangweilig war, aber sie
genoss die Machtstellung, die sie als Managerin hatte. Und dass
sie den ganzen Tag von Kleidungsstücken umgeben war. Zwar
hatte sie natürlich keine Zeit, etwas anzuprobieren, aber sie
mochte den Geruch, die Schnitte, wie sich das Material in ihren
Händen anfühlte. Sie hatte sich diesen Job geschnappt, indem
sie zwei Sprossen auf der Karriereleiter übersprungen hatte.
Wenn sie daran dachte, wie ihr das mit fünfundzwanzig schon
gelungen war, musste sie lächeln. Natürlich wusste sie, dass ihr
das einige Alteingesessene der Belegschaft des Boyne's übel
nahmen. Aber scheiß drauf. Sie war besser als diese ganze
Kantinenclique zusammen.

Sie saß hinter der Glasscheibe an ihrem Schreibtisch, von
wo aus sie einen guten Blick auf das Geschehen in ihrer Abteilung hatte. Sie tippte auf das Display, um ihren Kalender aufzu-
rufen. In ein paar Minuten hatte sie eine Besprechung mit
einem Mitarbeiter. Andy Ashe würde verwarnt werden. Ein
paar Kollegen nannten ihn hinter seinem Rücken AA. Daran
war er selbst schuld. Andy hatte niemals damit hinter dem Berg
gehalten, dass er ein Alkoholiker auf dem Weg zur Besserung
war. Mit dreißig war er noch zu jung, um sein Leben so zu
vergeuden, dachte Hazel. Und es war Vergeudung. Nicht dass

es ihr da einen Deut besser ging, aber das war ihre eigene Angelegenheit.

Gestern Abend hatte er ihr einen Gefallen getan, als er an ihrer statt an dem Sektempfang teilgenommen hatte. Sie hatte zwar die Einladung nicht annehmen wollen, aber da sie im Vorstand der Handelskammer war, hatte sie wenigstens irgendjemanden als Ersatz hinschicken müssen.

Als sie ihn gefragt hatte, war Andy sofort Feuer und Flamme gewesen. Vielleicht war es doch keine so gute Idee gewesen, einen trockenen Alkoholiker auf eine Party zu schicken, bei der es Getränke im Überfluss und noch dazu umsonst gab. Aber jetzt war es zu spät, sagte sie sich leicht schuldbewusst.

Er klopfte an ihre Glastür. Für Hazel war es wichtig, die Abteilung im Blick zu haben, die Angestellten und die Ware und natürlich auch die Kundschaft. Es war immer wieder verblüffend, wie viele Leute einfach Kleider in ihre Tüten steckten, ohne dafür zu bezahlen. Ihr Ex hatte ja den Standpunkt vertreten, dass es viele Dinge gab, die zu stehlen es sich mehr lohnte als Kleidung. An dem Abend hatte sie sich fast von ihm getrennt. Aber der Sex war zu gut und außerdem hielt er sie schlank, daher verzieh sie ihm schon einiges.

Andy setzte sich, ohne dass sie ihn dazu aufgefordert hatte. Er war unrasiert und sein hellblondes Haar, das normalerweise kurz geschnitten war, hing ihm in einem fettigen Wuschel in die Stirn. Er trug eine Sonnenbrille – sein Markenzeichen, sogar wenn er sich in Innenräumen aufhielt. Fast sah er so aus wie einer dieser fiesen Typen, die man aus Gangsterfilmen kannte, die in den Dreißigern spielten. Er war Single. Und stinklangweilig. Sie fragte sich, warum er nicht einfach kündigte. Sie konnte mit Zeitverschwendern nichts anfangen.

»Es gab eine Beschwerde«, sagte sie in ihrem autoritärsten Tonfall. Dann stellte sie fest, dass das ihr ganz normaler Tonfall war. Sie hatte beschlossen, ihn nicht nach der Party zu fragen.

Als er die Sonnenbrille zurückschob, sagten ihr seine übernächtigen Augen schon genug. Er hatte einen Rückfall erlitten. Er hatte mehr versoffene als trockene Tage. Hoffentlich hatte er sich nicht selbst zum Affen gemacht; das würde ein schlechtes Licht auf sie werfen. Auch wenn es sie keinen Fliegendreck mehr kümmerte, was die Flemings von ihr hielten.

»Das war nur so eine dumme alte Schachtel«, murmelte er. Speicheltropfen blieben an seinem unrasierten Kinn hängen.

»Wer?«

»Mrs Conway. Die ist schon mindestens neunundneunzig. Keine Ahnung, wie sie mit der Brille überhaupt irgendetwas erkennen kann. Die Brillengläser sehen aus wie die Unterseiten von Milchflaschen.«

Hazel hatte nicht die geringste Ahnung wie die Unterseiten von Milchflaschen aussahen. Sie kaufte ihre Milch im Tetra Pak, so wie jeder andere normale Mensch auch. »Ich darf nicht darüber sprechen, wer die Beschwerde vorgebracht hat, aber ...«

»Ich weiß genau, dass sie das war. Diese boshafte alte Hexe.«

»Wie bitte?«

Er spielte an seiner Sonnenbrille herum und schob sie noch weiter nach hinten, wobei auch sein Haar mitging. »Was hat sie denn über mich gesagt?«

»Ich darf nicht darüber ...«

»Sprechen, ja, ja. Ersparen Sie mir Ihr Getue, Mizz Clancy.«

Bei Hazel stellte sich alles auf. Andy sprach sie partout mit ›Mizz‹ an, weil er genau wusste, wie sehr es sie verunsicherte, dass ihr immer noch niemand einen Antrag gemacht hatte. Sie spürte, wie sie rot wurde, und in ihrem Bauch machte sich Wut schneller als ein Tsunami breit.

Sie stand auf, zog ihre Lederjacke aus und hängte sie über eine Stuhllehne. Der teure Stoff, den sie auf ihrer Haut spürte, gab ihr ein Gefühl von Macht.

»In dieser Beschwerde kam zur Sprache, dass Sie einem Kunden gegenüber unhöflich waren. Sie haben den Kunden beschuldigt, ein Kleid von der Stange genommen und den Laden ohne zu bezahlen verlassen zu haben. Zu diesem Zeitpunkt hatten Sie keinerlei Beweise für diese Anschuldigung. Sie hatten sich die Überwachungsaufnahmen nicht angeschaut. Sie haben sich rüpelhaft ausgedrückt und den Kunden zum Weinen gebracht. Was haben Sie zu Ihrer Verteidigung vorzubringen?«

Er lehnte sich über den Schreibtisch. Sein Atem stank nach Alkohol und Zigaretten und sie wich ein Stück zurück. Es war eindeutig ein Fehler gewesen, ihn gestern zu dieser Party zu schicken.

»Ich brauche mich nicht verteidigen«, sagte er, »denn sie hat dieses verdammte Kleid gestohlen.«

Hazel musste sich in Erinnerung rufen, dass sie hier das Sagen hatte, und nahm wieder ihre Autoritätshaltung ein. Sie setzte sich gerade hin und tippte auf das Display. »Hier steht, und ich zitiere, dass Sie sie eine ›vertrocknete Alte‹ genannt haben.«

Andy lachte so ausgelassen, dass seine Sonnenbrille zu Boden fiel. »Das hab ich nicht gesagt, aber ich wünschte, ich hätte es.« Sein Lachen ging in einen Schluckauf über, als er sich bückte, um die Brille wieder aufzuheben.

Jetzt, wo sie darüber nachdachte, musste sie sich eingestehen, dass er von selbst wohl erst nach einer Stunde an der Bar und einigen Pints auf etwas derart Verletzendes gekommen wäre.

»Und würden Sie mich gnädigerweise darüber aufklären, was genau Sie dann gesagt haben?« Hazel wurde des Gesprächs langsam müde. Sie wollte nur die Verwarnung aussprechen und ihm sagen, dass er sich aus ihrem Büro scheren solle – und den Gestank, der an ihm haftete, gleich mitnehmen.

Er schniefte und schluckte. »Ich habe dieser diebischen

Elster gesagt, dass ich mir die Videoaufnahmen anschauen und die Wachen rufen würde, wenn sie nicht sofort das Kleid aus ihrer Rollatortasche nimmt und auf den Tresen legt. Das war auch schon alles. Dann ist sie in Tränen ausgebrochen und von allen Seiten sind Leute auf sie zugeeilt. Sie wollte nur Publikum. Ich bin selber schuld, dass ich ihr eins gegeben habe.«

»Gibt es jemanden, der den Vorfall bezeugen kann?«

»Ich bin mir sicher, dass genug Leute sich auf die Seite der Alten schlagen würden. Die einzige Kollegin, die mir helfen könnte, ist Lucy. Die hatte gerade Aufsicht bei der Umkleide. Mensch, ich könnte Ihnen da Sachen …«

»Andy! Ich weiß, was in meinem Laden vor sich geht.«

»Wissen Sie das wirklich? Aber wie sich dieses Weib hier aufgespielt hat, das haben Sie nicht mitbekommen, oder?«

»Ich hatte frei an dem Tag.« Hazel spielte mit den Knöpfen an ihrem Kleid und ärgerte sich, dass es vor ihrer Brust etwas spannte. »Ich habe mir die Überwachungsvideos angeschaut, aber die sind ohne Ton, was Ihnen vielleicht zugutekommt. Vielleicht haben Sie in gutem Glauben gehandelt, aber Sie können nicht einfach willkürlich Kunden des Diebstahls beschuldigen. Deshalb erteile ich Ihnen hiermit eine offizielle Verwarnung. Das ist die zweite innerhalb von sechs Wochen. Andy, Sie müssen sich in der Öffentlichkeit wirklich besser unter Kontrolle haben. Wenn so etwas noch mal vorkommt, dann muss ich die Angelegenheit an die Personalabteilung weiterleiten.« Sie hoffte, dass er nicht wusste, dass die Personalabteilung aus einer einzigen Person und nicht aus einem ganzen Team bestand.

»Vor den Wichtigtuern hab ich keine Angst.« Er stand auf, schob den Stuhl geräuschvoll unter den Tisch und ging auf die Tür zu. »Und das alte Dörrobst lügt.«

»Andy?«

»Was?«

»Ein bisschen Deo unterm Arm und was für den frischen

Atem – damit würden Sie gleich einen viel besseren Eindruck machen.«

»Wir können nicht alle in denselben Spiegel schauen wie Sie, Mizz Hazel.«

Er schlug die Tür so fest zu, dass sie Angst hatte, dass das Glas einen Sprung bekommen hatte. Als sie sich in ihrem Stuhl zurücklehnte, merkte sie, wie die Spannung gleichzeitig mit seinem Abgang aus dem Büro aus ihren Schultern gewichen war. Hatte er dasselbe an wie gestern? Wahrscheinlich hatte er die Hosen und das Shirt gestern Abend auch getragen. Mein Gott! Sie legte ihren Kopf in die Hände und lachte. Sie wäre gestern Abend gerne eine Fliege an der Wand von Annie Flemings Restaurant gewesen.

Bevor sie sich gänzlich entspannen konnte, klingelte das Telefon.

SECHZEHN

Die Fahrt nach Tullamore war Lotties Laune nicht gerade
zuträglich. Es regnete in Strömen. Sie rief Annie Fleming über
die Freisprechanlage im Auto an. Annie meinte, sie könne ihr
jede Menge über Matthew erzählen, und Lottie sagte ihr zu, sie
am Vormittag noch mal zu treffen.

Im Schnellschritt lief sie über den Parkplatz des Kranken-
hauses, die Jacke halb über den Kopf gezogen. In der Leichenhalle war es eiskalt und die weißen Wandfließen schienen die
Seelen der Toten zu reflektieren. Zitternd zog sie den Overall
an und betrat den Sezierraum.

»Für diesen Fall reibst du dir besser was unter die Nase«,
forderte Jane sie auf.

»Die Leiche löst sich ja noch nicht auf, das sollte doch nicht
so schlimm sein.«

»Vertrau mir. Das Gift hat den Magenraum in Brei verwandelt, und die Dämpfe sind toxisch.«

»Vielleicht sollte ich es dich doch alleine machen lassen«,
scherzte Lottie. Aber natürlich würde sie sich nicht ohne einen
Haufen Antworten von der Stelle bewegen.

»Da du schon da bist, kannst du auch bleiben.«

»Danke, dass du Rachel so schnell an die Reihe nimmst. Das rechne ich dir hoch an.« Sie tendierte dazu, Opfer beim Namen zu nennen. Das half ihr dabei, sich vor Augen zu führen, dass es um echte Menschen ging.

»Niemand anderes hat heute darauf gewartet, aufge-schnitten zu werden.« Jane rückte ihren Gesichtsschutz zurecht und nahm ein Skalpell zur Hand. Nachdem sie die der Unter-suchung vorausgehende Einleitung auf das Band gesprochen hatte, pausierte sie die Aufnahme. »Wo ist Boyd?«

»Der hat die Schnauze voll von Krankenhäusern – davon hat er fürs Leben genug. Und die Leichenhalle ist nicht gerade sein Lieblingsort.«

»Damit hast du recht. Ich bin dann so weit.« Jane hatte den Tisch auf ihre Höhe eingestellt. Sie ging um ihn herum und leuchtete mit einer Lampe auf Rachel Mullens Gesicht. Währenddessen sprach sie schnell in das Mikrofon. Sie beugte sich über die tote Frau.

»Was ist?«, fragte Lottie und reckte ihren Hals. Sie blieb bei der Wand stehen – nahe genug, um gut zu hören, aber Jane nicht im Weg zu sein.

»Ich sage es mit einfachen Worten. Unter dem Mikroskop kann ich Markierungen um ihren Mund und ihr Kinn erken-nen. Das deutet darauf hin, dass sie ganz schön fest gehalten worden ist. Vielleicht ist sie daran sogar erstickt.«

»McGlynn hatte Hautblutungen erwähnt. Bedeutet das, dass jemand ihr Gesicht festgehalten und ihr etwas eingeflößt hat?«

»Lass uns keine voreiligen Schlüsse ziehen. Ich spekuliere nicht, sondern präsentiere dir nur die Tatsachen. Tatsache ist – sie hat sich nicht selbst vergiftet.«

Lottie spürte Aufregung in sich aufkeimen.

»Das vorläufige Ergebnis«, fuhr Jane fort, »besagt, dass in dem Glas auf dem Nachttisch nur Wasser war. Wenn sie das Gift selbst genommen hätte, dann hätten wir ein Gefäß mit

Spuren davon finden müssen. Jim hat die Fingerabdrücke auf dem Glas bereits untersuchen lassen. Da sind nur die von Rachel drauf. Tatsache ist – keine Spur von Gift. Aber es wurde zur weiteren Analyse eingeschickt.«

»Wann glaubst du, dass wir das toxikologische Gutachten bekommen?«

Jane drehte sich um und starrte sie über ihre Maske hinweg an. »Ich fange ja gerade erst an. Ich würde es wirklich zu schätzen wissen, wenn du mich erst einmal meine Arbeit machen lässt.«

»Natürlich. Tut mir leid.« Lottie verschränke ihre Arme und wartete, während Jane ihre methodische Untersuchung fortsetzte. Hin und wieder schaute sie auf die große Digitaluhr, die an der Wand hing. Nichts tun zu können, machte sie ganz verrückt. Sie trat von einem Fuß auf den anderen und merkte, wie ihre Frustration langsam den Raum füllte.

Jane stand auf der gegenüberliegen Seite der Leiche, unterbrach ihre Arbeit und schaute sie an.

»An der Leiche gibt es keine sichtbaren Wunden außer den Markierungen um ihren Mund, ihre Nase und ihren Hals. Die Kratzspuren stammen von ihren eigenen Händen, ich habe Proben unter ihren Fingernägeln entnommen. Ohne den toxikologischen Bericht kann ich das zwar nicht mit absoluter Sicherheit bestätigen, aber der Zustand der Toten – der gekrümmte Körper und die Starre – veranlasst mich dazu, deiner ursprünglichen Beobachtung zuzustimmen. Diese junge Frau ist vergiftet worden. Ich werde ihren Mageninhalt erst noch analysieren, aber sie ist innerhalb von vier Stunden nach der Zuführung einer großen Menge gestorben, und zwar eines außerordentlich grausamen Todes.«

»Okay. Warum hat sie keine Hilfe gerufen? Könnte sie zu betrunken dafür gewesen sein?«

»In eurem Bericht wird erwähnt, dass ein Zeuge ausgesagt hat, dass sie benommen wirkte, also hat sich das vielleicht durchaus darauf ausgewirkt. Auch um die Alkoholwerte in ihrem Blut zu bestimmen, muss ich erst den toxikologischen Bericht abwarten.«

»Liegt ein sexueller Übergriff vor?«

»Äußerlich gibt es darauf keinerlei Hinweise, aber ich nehme Proben.«

»In Ordnung.« Lottie starrte auf Rachel Mullens Gesicht, das in einem Todesschrei verkrampft war. Ihr Haar hing feucht auf den Edelstahltisch, auf dem sie nackt ausgestreckt lag. Sie war nichts mehr als Haut und Knochen. Lottie wurde ganz schwer ums Herz, als sie sie so daliegen sah, und sie wollte nicht zuschauen, wie das Skalpell ihr das tote Fleisch aufschlitzte.

»Bleibst du oder gehst du?«, fragte Jane.

»Ich glaube, ich überlass das dir.«

»Großartig. Kann ich dann weitermachen?«

»Ja.«

Lottie ging zur Tür und Jane schaltete das Aufnahmegerät wieder ein. Als sie schon fast bei der Abgabestation für die forensischen Overalls war, hörte sie, wie Jane nach ihr rief.

»Was hast du gefunden?«, fragte sie, als sie zurück war.

Jane stand hinter Rachel Mullens Kopf und hielt etwas mit einer Pinzette hoch. »Einen Glassplitter.«

»Ich hatte völlig vergessen, dass mir etwas in ihrem Mund aufgefallen war«, sagte Lottie.

»Vielleicht eine Art Botschaft, meinst du?«

»Ich meine gar nichts, bevor ich nicht Gewissheit habe.« Als sie das Stück Glas betrachtete, fielen Lottie die schiefen Kanten auf. Das Stück war ungefähr zwei Zentimeter lang und reflektierte das Licht wie ein Spiegel. Tatsächlich könnte es, wenn die Körperflüssigkeiten abgewischt waren, ein Stück von einem Spiegel sein. »War Rachel noch am Leben, als das ... du weißt schon ...«

»Da war sie schon tot.«

Lottie wusste, was das bedeutete. »Jemand hat zugeschaut,

wie diese junge Frau eines unglaublich grausamen Todes gestorben ist und hat ihr dann ein Stück Glas in den Rachen gesteckt?«

»Ganz genau.«

»Oh Gott, Jane. Verdammte Scheiße. Hat der Mörder irgendwelche Spuren hinterlassen, als er das hineingesteckt hat?«

»Ich werde es mir genau anschauen, aber ich nehme an, dass er Handschuhe getragen hat.«

»Danke, Jane. Halt mich auf dem Laufenden.« Lottie ging und überließ die Rechtsmedizinerin ihrer Arbeit.

SIEBZEHN

KAPITEL SIEBZEHN

Cafferty's Bar war Andy Ashes Stammkneipe.

Er bestellte sich ein Guinness und einen Whiskey und hievte sich auf den Barhocker, direkt neben einen Mann namens Mick, der vor einer Ausgabe des Daily Mirror saß, sich die Seite mit den Pferderennen anschaute und Wettscheine ausfüllte.

»Schlechten Tag gehabt, Andy?«, fragte Mick, der kurz aufgeblickt hatte. Das sagte er zu jedem, also ignorierte Andy ihn einfach. »Im sechs fünfundvierziger Rennen in Watford läuft ein Pferd, das heißt Frilly Dress. Lust auf 'ne Wette?«

»Lass mich in Ruhe, Mick.« Andy kippte seinen Whiskey in einem Zug hinunter und spürte, wie die Wärme der Flüssigkeit sich schon in seinem Körper ausbreitete, bevor er auch nur sein Glas abgesetzt hatte. Er gestikulierte mit dem Glas Richtung Caroline, die hinter der Bar war. »Noch einen, wenn du dazukommst.«

»Mach mal ein bisschen langsamer«, forderte sie ihn auf.

»Darren hat frei und ich habe keine Lust, dich später mit dem Rollwagen vor die Tür karren zu müssen.«

Mick lachte in sein Glas und Andy stieg die Galle auf, und nicht vom Whiskey. Das war alles nur die Schuld von dieser Hazel Clancy. Gedemütigt hatte sie ihn. Er konnte sich nicht mehr daran erinnern, was er zu dieser alten Schachtel gesagt hatte, die das Kleid gestohlen hatte. Wahrscheinlich nicht genau das, was Hazel auf dem Beschwerdeformular notiert hatte, aber bestimmt etwas in der Art. Alle hatten es auf ihn abgesehen.

Das Pint Guinness, das jetzt vor ihm stand, war so frisch gezapft, dass sich die cremige Schaumkrone immer noch setzte und kleine weiße Bläschen durch die dunkle Flüssigkeit wirbelten. Er stützte sich mit den Ellbogen auf und betrachtete das Glas, atmete den alkoholgeschwängerten Dunst ein.

Dann legte er einen Fünfzig-Euro Schein auf die Bar und Caroline schenkte ihm seinen zweiten Whiskey ein.

»Du kennst doch Hazel Clancy, nicht wahr, Caroline?« frage er.

»Ja, stimmt. Wir haben im selben Fitnessstudio trainiert. Da geh ich jetzt aber natürlich nicht mehr hin.« Sie legte eine Hand auf ihren eindeutig schwangeren Bauch.

»Wie ist sie denn so, wenn sie mal keinen Stock im Arsch hat?«

Caroline lachte. »Dieser Stock hält Hazel kerzengerade. Der steckt immer drin.«

»Das dachte ich mir.«

»Macht sie dir das Leben so schwer?«

»Das kannst du laut sagen.«

»Mach mal den Fernseher an, Süße«, verlangte Mick. »Die Rennen gehen gleich los.«

»Warum gehst du nicht eine Tür weiter und schließt deine Wetten ab?«, schlug Andy vor.

Caroline starrte ihn wütend an. Sie beide wussten, dass

Mick seit sechs Monaten nicht mehr gewettet hatte. So wie Andy ein trockner Alkoholiker war, war Mick sozusagen ein trockner Spieler. Andy kicherte in sich hinein.

»Du mich auch.« Mick trank sein Pint aus, faltete die Zeitung zusammen, stopfte die Wettscheine in seine Hosentasche und marschierte zur Tür hinaus.

»Das hättest du jetzt echt nicht sagen brauchen«, tadelte ihn Caroline. »Jetzt läuft er schnurstracks ins Wettbüro und macht genau das, was du ihm vorgeschlagen hast.«

»Ist mir doch egal.«

»Was ist los mit dir?«

»Gar nichts.«

»Hat wahrscheinlich mit Hazel zu tun. Das ist einfach eine blöde Kuh, also hör auf, dir deswegen einen Kopf zu machen.«

»Ich mach mir keinen Kopf, ich male mir nur einen richtig qualvollen Tod für sie aus.« Er nahm die Sonnenbrille vom Kopf und schob sie sich über die Augen. Sein fettiges Haar hatte die Gläser ganz verschmiert, aber vor Caroline wollte er sie nicht putzen.

»Du bist ja wirklich zum Totlachen, Andy Ashe.« Sie lachte und ging zur Kasse.

»Ich meine es ernst.«

Er starrte auf sein Pint. Dann nahm er es in die Hand, schaute es noch mal an, hob es langsam an seine Lippen und leerte es schließlich in drei Zügen. Köstlich. Genauso köstlich, wie er dachte, dass es sich anfühlen müsste, wenn Hazel Clancy tot vor ihm liegen würde.

ACHTZEHN

Hazel tauschte die Slingbacks gegen ihre hochglänzenden Doc Martens. Als sie sie perfekt geschnürt hatte, machte sie ihre Lederjacke zu. Dann setzte sie sich noch eine schwarze Mütze mit einem dicken flauschigen Bommel auf und ließ ihr Haar darunter lose über die Schultern fallen. Sie wusste, dass sie gut aussah, und das gab ihr das Gefühl, dass sie noch größer war als ohnehin schon. Sie schloss die Rollläden.

Zehn Minuten brauchte sie bis nach Hause und es regnete in Strömen. Manchmal wünschte sie, sie hätte ein Auto. Als sie daheim ankam, war ihr Kleid völlig durchnässt und klebte an ihren Beinen. Ihr Zuhause war ein Luxusapartment in einem Wohnblock an der alten Dublin Road. Ein großes rotes Backsteingebäude mit zwanzig exklusiven Wohneinheiten. Sie wohnte in einer ebenerdigen Wohnung mit eigener Haustür. Von der Küche aus führte eine zweiflüglige Tür auf eine kleine, von den Bäumen an der Hauptstraße beschattete Terrasse hinaus. Vor Kurzem hatte sie gesehen, dass eine Einheit zum Verkauf stand und sie hatte gleich die Webseite der Makleragentur besucht. Fast eine Million Euro! Sie war froh, dass sie ihre Wohnung früh genug gekauft hatte, als die Hypothek noch überschaubar war und sie nach dem Tod ihrer Eltern einen Batzen gleich auf einmal mit dem großzügigen Erbe abbezahlen konnte.

Sie sperrte die Tür auf und trat in den engen Flur, der ins Wohnzimmer führte.

»Hallo! Ich bin zu Hause. Ist das Abendessen schon fertig?«

Sie hängte ihre Jacke an die Garderobe und wrang ihre Mütze über dem Waschbecken aus, bevor sie sie auf den Heizkörper zum Trocknen legte. »Ich hatte echt keinen guten Tag heute. Musste Andy ganz förmlich verwarnen. Er ist sich selbst sein ärgster Feind.«

Sie lauschte angespannt, aber kein Geräusch drang aus der Wohnung. Sie wusste, dass sie sich lächerlich machte, aber sie sprach laut weiter mit sich selbst, um sich nicht so einsam zu fühlen.

»Jetzt bereue ich es fast, dass ich gestern nicht selbst zu der Party bin. Die Polizei hat bei mir angerufen, wollte etwas wissen. Es sieht so aus, als ob ein Gast gestorben ist. Stell dir das mal vor – die Gardaí rufen bei mir an und wollen wissen, ob ich was gesehen habe oder ob ich mich unwohl fühle, und ich war noch nicht einmal selbst dort!«

Sie öffnete die Terrassentür und lies ihren Kater herein. Er zitterte und sein Fell war ganz durchnässt. Sie holte ein Handtuch und rubbelte das arme Tier trocken.

»Es war ganz schön aufregend, diesen Anruf von den *Gardaí* zu bekommen. Aber dann ist mir eingefallen, dass es ja ausgerechnet Andy war, der bei der ganzen Sache dabei war. Das sieht mir ähnlich, so einen Spaß zu verpassen, oder etwa nicht?«

Sie erlöste den Kater und füllte seine Näpfe mit Trockenfutter und Wasser. Ihr Magen knurrte so laut, dass das Tier zu ihr aufschaute. Als sie den Kühlschrank öffnete und hineinschaute, sah sie, dass er fast leer war. Sie hatte Hunger und dann doch wieder nicht. Sie schloss die Tür und nahm die Speisekarte des Lieferdienstes zur Hand, die unter einem Magneten klemmte. Chinesisch.

»Heute wird es glaube ich das Chow Mein«, sagte sie zu ihrem Kater und wählte die Nummer.

Das nasse Kleid fühlte sich klamm auf ihrer Haut an und sie ging ins Schlafzimmer. Dort zog sie das Kleid und ihre Unterwäsche aus und nahm ein Handtuch von dem Heizkörper unter dem Fenster. Die Rollos waren oben und ihr wurde bewusst, dass sie ganz nackt war. Sie lächelte innerlich und streckte sich ausgiebig, bevor sie die Rollos schloss. In dem Augenblick hatte sie das Gefühl, dass sie durch den Regen einen Schatten bei einem der Bäume gesehen hatte, der sich bewegt hatte. Wer auch immer das gewesen war – sie hatte gerade eine komplette Frontalansicht dargeboten. »Hoffentlich hat es dir wenigstens gefallen.« Das Rollo knallte aufs Fensterbrett herunter und Hazel zog die Vorhänge zu.

Als sie in der Dusche ihr Haar zwei Minuten lang einschäumte, sang sie vor sich hin. Sie ließ die Spülung drei Minuten extra einwirken, damit ihr Haar auch richtig schön glänzte, und rasierte dann noch die Beine.

Sie verdiente gut, aber warum sollte sie ihr Geld in einem Schönheitssalon zum Fenster hinauswerfen, wenn ein Rasierer gerade mal ein paar Euro kostete? Ihr Vater hatte immer gesagt: Wer auf seine Pennys aufpasst, zu dem kommen die Pounds ganz von selbst. Das war gewesen, bevor der Euro eingeführt worden war. Ihren Vater vermisste sie nicht, aber ihr fehlten seine Sprüche.

Ihre Beautyroutine war abgeschlossen. Sie stieg aus der Dusche und trocknete sich ab. Ihr Magen knurrte immer noch, als es an der Tür klingelte. Schnell zog sie eine dunkelblaue Trainingshose an und einen weißen Hoodie und nahm die Bestellung an der Tür entgegen.

Die Küche duftete köstlich, als sie die Verpackung öffnete. Ihr wurde übel. Sie musste etwas essen, aber etwas anderes brauchte sie noch dringender. Etwas, das sie ein bisschen runterbringen würde.

»Daran bist nur du schuld«, schrie sie in das leere Schlafzimmer. »Wenn du mich nicht sitzen gelassen hättest, dann wäre ich jetzt nicht in diesem erbärmlichen Zustand!«

Sie hatte den kleinen Behälter unter einen Korb in der obersten Schublade gelegt. Sie schob Unterwäsche zur Seite und schaute nach. Es musste doch noch da sein, wo sie es hingelegt hatte! In der mittleren und der unteren Schublade fand sie auch nichts. Ihr Stash war weg. Hatte sie wirklich alles aufgebraucht? Sie versuchte sich daran zu erinnern, ob gestern Abend noch etwas übrig gewesen war, nachdem sie etwas genommen hatte. Sie ließ es doch nie ausgehen. Wohin hatte sie es nur gelegt?

Nachdem sie alle Schubladen und Taschen im Schlafzimmer durchsucht hatte, machte sie das gleiche im Wohnzimmer und in der Küche. Nichts. Das Essen war jetzt zwar kalt, aber sie nahm trotzdem eine Gabel und stopfte es sich Bissen für Bissen in den Mund. Vielleicht würde ihr das helfen, sich zu erinnern.

Während sie aß, spannte sich der Kater auf einmal an und spitzte seine Ohren. Sogar sein Flaum stand ihm regelrecht zu Berge.

»Was ist denn los, Kater?« Sie war noch nicht dazu gekommen, ihm einen Namen zu geben. Sie legte die Gabel hin und ging zur Terrassentür. Da drinnen das Licht brannte, konnte sie nur ihre eigene Spiegelung erkennen. Daher schaltete sie es aus, presste ihre Nase gegen die Scheibe und schaute hinaus. Plötzlich löste sich ein Schatten aus der Dunkelheit und erschreckte sie so sehr, dass sie mit einem Schrei zurückwich, dem Kater auf den Schwanz trat und fast hinfiel.

»Verdammtes Katzenvieh!«

Sie bugsierte ihn zur Seite und ging langsam auf die Terrassentür zu, um nachzuschauen, ob sie verschlossen war. War sie nicht. Hatte sie sie wirklich offen gelassen? So unvorsichtig konnte sie doch nicht gewesen sein. Sie war ja normalerweise geradezu paranoid, wenn es um ihre Sicherheit ging. Besonders jetzt, wo sie alleine war.

Durch die vollends geöffnete Tür trat sie nach draußen. Ein Windstoß fuhr an der Wand entlang. Dort war niemand, jedenfalls nicht, soweit sie sehen konnte. Gerade als sie wieder nach drinnen gehen wollte, fiel die Terrassentür ins Schloss. Jetzt stand sie nur halbbekleidet draußen und wurde vom Regen durchnässt. Sie war so fest zugeschlagen, dass sie sich nicht mehr öffnen ließ. Hazel zog und zerrte, aber hatte kein Glück. Entweder versuchte sie, den Hausmeister der Anlage zu finden, oder sie musste zwei Blöcke weiter den Ersatzschlüssel aus dem Blumentopf holen, in dem sie ihn einmal versteckt hatte. Scheiße. Scheiße. Scheiße.

Sie kletterte über die niedrige Mauer und spürte das feuchte Gras unter ihren nackten Sohlen. Als sie um die Ecke bog, tauchte auf einmal ein Schatten vor ihr auf.

»Was zum Teufel?«, murmelte Hazel und legte etwas von der Courage an den Tag, die normalerweise nur eine Nase voll Kokain ans Licht förderte.

»Psst ... Ich bin's.«

NEUNZEHN

Wieder im Büro dachte Lottie immer noch an die Glasscherbe, die die Rechtsmedizinerin mit der Pinzette hochgehalten hatte. Sie hoffte, dass die Analyse irgendwelche Ergebnisse liefern würde. Als sie einen Vermerk an der Falltafel anbrachte, fiel ihr auf, dass in ihrer Abwesenheit noch nicht besonders viel Neues dazugekommen war.

Kirby steckte seinen Kopf zur Tür herein. »Ich habe vorher mit Hazel Clancy gesprochen. Sie stand auf der Einladungsliste, konnte aber gestern nicht teilnehmen ...«

»Dann streichen Sie sie doch einfach von der Liste«, antwortete Lottie gereizt. Der Mangel an Fortschritt machte sie ganz unleidig.

»Sie hat stattdessen jemanden aus ihrer Abteilung geschickt. Jemanden, den ich kenne. Er war früher regelmäßig im Cafferty's.«

»Warum erzählen Sie mir das alles?«

»Sie hat gesagt, dass er schon Feierabend gemacht hat und wahrscheinlich im Pub ist. Ich dachte mir, ich könnte mich vielleicht dort kurz mit ihm unterhalten. Ich muss sowieso gleich los, weil ich eine Möbellieferung erwarte.«

»Was haben Sie gekauft?«

»Ein Bett.«

»Worauf haben Sie denn die letzten paar Monate geschlafen?«

»Auf dem Boden.«

Kirby schlürfte aus dem Zimmer. Boyd führte eine angeregte Unterhaltung am Telefon und McKeown warf Garda Martina Brennan, die ihm gerade einen Bericht auf den Tisch gelegt hatte, einen langen Blick hinterher. Lottie hörte, wie der Regen gegen die Scheibe prasselte und kam zu dem Schluss, dass sie an dem Abend wohl nicht mehr viel ausrichten konnte.

»Ich fahre nach Hause und mache meinem Sohn Abendessen. Hier ist alle klar?« Als niemand antwortete, nahm sie ihre Tasche und ging. Vielleicht konnte sie ja noch mit Chloe die Hochzeitspläne durchgehen und sich überlegen, was sie vor Samstag noch alles machen musste. Ein klitzekleines bisschen aufgeregt war sie schon, als sie das Büro verließ, das musste sie zugeben.

———

Fast sechs Monate lang hatte Kirby auf Boyds Couch geschlafen, danach war er monatelang von einem billigen Hotel oder einer Pension in die nächste gewechselt, bis er endlich genug gespart hatte, um die Kaution für eine Mietwohnung zahlen zu können. Eine Hypothek aufzunehmen konnte er sich auf keinen Fall leisten. Nachdem seine Freundin umgekommen war, war er spielsüchtig geworden und die Bank hatte ihn enteignet. Heute Abend stand die Möbellieferung ins Haus, und nach dem Gespräch mit Hazel Clancy machte er vorher noch den Umweg über Cafferty's.

Es dauerte einen Moment, bis sich seine Augen an das schummrige Licht gewöhnt hatten und er sich umschauen konnte. Er ging schnurstracks an die Bar und zog einen Hocker heran.

»Ein Guinness, Caroline.« Kirby wandte sich dem Mann neben sich zu. »Andy! Genau dich habe ich gesucht. Du säufst wieder, wie ich sehe.«

»Immerhin bist du noch nicht blind.«

»Und wo drückt der Schuh?« Kirby schlug ihm auf die Schulter, woraufhin sich Andy abwandte. »Aber im Ernst – ich dachte, du wärst schon seit Monaten trocken.« Er setzte sich wieder auf seinen schmalen Hocker.

»Jetzt bin ich's nicht mehr. Zufrieden?«

»Geht mich ja nichts an«, sagte Kirby und nahm sein Pint von Caroline entgegen.

Er ließ es noch einen Augenblick auf der Bar stehen, um es setzen zu lassen.

Andy verschränkte die Arme. »Warum machst du dann so einen Aufstand?«

»Entspann dich, Andy. Seit du da bist, herrscht hier eine Atmosphäre wie auf der Totenwache eines Leichenbestatters«, bemerkte Caroline und knallte Kirbys Wechselgeld vor ihm auf den Tresen.

»Also hör mal, jetzt hast du auch noch meine einzige Freundin auf der ganzen Welt geärgert«, sagte Kirby und schlürfte sein Pint.

»Immerhin hast du eine«, erwiderte Andy. »Ich habe nur Feinde.«

»Die Arbeit?«, bohrte Kirby.

»Damit hast du den Nagel auf den Kopf getroffen.«

»Tröste dich damit, dass die einzigen Leichen, die du zu Gesicht bekommst, die toten Ameisen in euren Umkleideka- binen sind. Ich bin von mir selber überrascht, dass mir mein Pint noch schmeckt, nach dem, was ich heute wieder alles mitansehen musste.«

»Noch ein Mord in Ragmullin?«, fragte Andy.

»Ja.«

»Es muss ja mindestens schon sechs Monate her sein, seit wir hier unseren letzten Mord hatten! Ich hatte schon Angst, wir könnten unseren Titel ›Das Mörderdorf von Irland‹ verlieren.« In Andys Stimme schwang Hohn mit, aber er war jetzt auf alle Fälle aufmerksamer als zuvor.

»Und dieser jetzt ist von der schlimmen Sorte.« Kirbys Brustkorb schwoll vor Wichtigtuerei an. Anscheinend hatten sich die Neuigkeiten noch nicht verbreitet. »Sag ja zu niemandem irgendetwas. Wir haben die Leiche erst heute Morgen gefunden.«

»Ich habe mitbekommen, dass am Greenfield Drive einiges los war«, sagte Caroline und stützte ihre Arme auf den Tresen auf, nachdem sie sich die Haare zurückgebunden hatte. Ihre Augen waren geweitet vor Vorfreude auf Neuigkeiten, die sie später weitertratschen konnte.

»Mehr kann ich dazu nicht sagen.« Er konzentrierte sich auf sein Pint und nahm noch einen Schluck. Er hätte gar nichts sagen sollen.

»Du kannst nicht erst mit einer Geschichte anfangen und sie dann nicht zu Ende erzählen.« Caroline rückte näher an ihn heran.

»Natürlich kann ich das. Und dieses Pint bringe ich definitiv auch zu Ende. Mach mir bitte noch eins, und dann muss ich sowieso wieder los.« Er schaute auf die Uhr, um sicherzugehen, dass er noch für eine schnelle Unterredung mit Andy Zeit hatte, bevor die Lieferung kam.

»Wer ist denn ermordet worden?«, fragte Andy leise, als Caroline zu den Zapfhähnen gegangen war.

»Genau darüber möchte ich mit dir sprechen.«

»Mit mir?« Er schob die Sonnenbrille wieder zurück. »Warum?«

Kirby schaute in die wässrigen Augen seines Gegenübers.

»Wir sprechen mit allen, die gestern in Annie's Restaurant

waren, um zu prüfen, ob jemand ...« er hielt inne. Das Pub war kaum der geeignete Ort, um eine Befragung durchzuführen; genau so etwas, dieses Es-nicht-so-genau-Nehmen, hatte seine Chefin in der Vergangenheit in massive Schwierigkeiten gebracht.

»Ob jemand was?«, fragte Andy nach. Er hatte seinen Drink ganz vergessen und sich auf dem Hocker jetzt ganz Kirby zugewandt.

»Ob einer der Gäste etwas Ungewöhnliches bemerkt hat, das Opfer betreffend.«

»Wer wurde denn umgebracht?«, fragte Caroline, als sie mit dem Pint zurückkam. Kirby fasste einen Beschluss und drehte sich zu Andy um. »Willst du noch was?«

»Wenn du zahlst, dann möchte ich einen Jameson.«

Kirby nahm sein Pint und stand auf. »Wir sind im Neben-raum.« Als beide saßen, sagte er: »Jetzt erzähl mir von gestern Abend.«

Andy, der die Sonnenbrille wieder vor die Augen geschoben hatte, sagte: »Nur fürs Protokoll: ich habe nichts gemacht!«

»Jetzt ist es aber mal gut! Ich will doch nur wissen, was das gestern für eine Veranstaltung war. Wer war dort? Was war alles los? So Sachen.«

»Das wird dich vielleicht mehr als einen Whiskey kosten.«

»Vergiss es. Wahrscheinlich verdienst du mehr als ich, und ich muss bald meine Miete zahlen.«

»Müssen wir das nicht alle?« Andy benetzte seine Lippen mit der Flüssigkeit und setzte sein Glas ab. »Es war schon eine ziemlich gehobene Angelegenheit, auch wenn es direkt nach Feierabend stattgefunden hat.«

»Wer war alles dort? Was wurde geredet?«

»Die Crème de la Crème von Ragmullin, wenn du sie selbst fragen würdest. So reiche Bürohengste. Aktien und Geld. Ich habe zugehört, bis es mir zu langweilig wurde. Prosecco vertrage ich jedenfalls nicht besonders gut, vor allem, weil ich ja seit Monaten trocken war. Aber wer kann schon einer Bar, an der alles umsonst ist, widerstehen?«

»Ich jedenfalls nicht«, stimmte Kirby ihm zu. »War jemand da, den du kanntest?«

»Ganz und gar niemand. Eigentlich war meine Managerin eingeladen, nicht ich, aber sie ist ein verschlagenes Flittchen. Wusste wahrscheinlich ganz genau, dass sie sich in Grund und Boden langweilen würde, und deshalb hat sie mich geschickt. Und dann hat sie heute auch noch die Dreistigkeit besessen, mich abzumahnen, wegen einer Beschwerde.«

»Ihr seid euch nicht wirklich grün, oder?«

»Das kannst du laut sagen. Schade, dass sie gestern nicht doch hin ist – dann wäre sie vielleicht diejenige gewesen, der ein Messer im Hals steckten geblieben ist.«

Kirby tat sein Bestes, sich von Andys Worten unbeeindruckt zu zeigen. »Niemand hatte ein Messer im Hals stecken.«

»Ach so? Wer ist denn gestorben, und wie?«

Andy war clever, und er ließ sich nicht für dumm verkaufen, dachte Kirby. Er schaute wieder auf die Uhr hinter der Bar.

»Ich muss gleich los.« Er setzte das Glas an und leerte sein Pint.

»Immerhin ist für mich ein Date herausgesprungen, gestern Abend«, sagte Andy.

»Tatsächlich? Mit wem denn?«

»Wir haben zwar, der Ehrlichkeit halber, noch nichts Konkretes ausgemacht, aber sie hat mir ihre Karte gegeben.« Er zog umständlich eine Visitenkarte aus seiner Hosentasche. Kirby fielen die Schmutzflecken auf Andys beiger Hose auf. Seine eigene sah nicht viel besser aus. Er musste bald wieder mal zur Reinigung. Es war keine gute Idee, seinen zweitbesten Anzug in die Waschmaschine zu stecken. Also wenn er überhaupt eine Waschmaschine hätte. Er dachte gerade darüber nach, wie teuer es werden würde, seine unmöblierte Mietwohnung entsprechend auszustatten, als Andy ihm die Karte reichte.

»Verdammte Scheiße!«, sagte Kirby. »Du musst mir alles erzählen, und zwar schnell.«

»Was denn?«, fragte Andy.

»Du musst auf die Wache kommen und eine Aussage machen.«

»Auf gar keinen Fall. Ich bin nicht mal mehr nüchtern.« Dann wurde er blass. Langsam dämmerte es ihm. »Die ist tot? Schaust du deshalb wie eine Tomate kurz vorm Platzen drein? Lass mich doch damit in Ruhe, ich habe sie nicht angefasst.«

»Vielleicht nicht, aber anscheinend bist du einer von den wenigen, die mit unserem Opfer gesprochen haben.« Kirby drehte die Visitenkarte um und Rachel Mullen lächelte ihn aus der oberen rechten Ecke aus an. Er konzentrierte sich wieder auf Andy, der auf die letzten Tropen Whiskey in seinem Glas starrte.

»Ich kann nicht fassen, dass ich gestern Abend noch mit ihr gesprochen habe und dass sie jetzt tot ist. Das ist fürchterlich. Und ihr glaubt, dass sie jemand umgebracht hat?«

»Wir wissen es noch nicht.« Er wollte noch nicht zu viele Details preisgeben. »Ich kann nur sagen, dass du mit auf die Wache kommen und eine Aussage machen musst.«

»Pass auf, ich hatte schon – Moment – drei kurze und ein paar Pints. Ich kann jetzt auf keinen Fall eine Aussage machen. Wahrscheinlich würde ich irgendetwas sagen, was mich verdächtig erscheinen lässt, und ich schwöre auf einen ganzen Stapel Bibeln, dass ich nicht einmal ihre Hand geschüttelt habe.«

Kirby seufzte. Andy hatte ja recht, was die Aussage unter Alkoholeinfluss betraf. Aber trotzdem. Er hatte mit dem Opfer gesprochen und er könnte sogar einer der letzten gewesen sein, die sie lebendig gesehen hatten. Er musste mehr aus ihm herausbekommen.

»Dann musst du gleich morgen Früh zur Vernehmung erscheinen, Andy. Aber du musst mir jetzt alles erzählen, an das du dich von gestern Abend noch erinnerst.«

Er bemerkte, dass Andys Hand zitterte, als er das Glas an seine Lippen hob. Er nippte daran und stellte es vorsichtig wieder auf den Tisch. »Da gibt es nicht viel zu erzählen. Ich hatte schon ein bisschen was zu trinken gehabt, als sie reinkam. Groß, elegant, schulterlange Haare. Aber ich glaube es waren die roten Schuhe, die mir den Rest gaben. *Ein Zauberer von Oz* Moment.«

»Ein was?«

»Der Film. Da wo Dorothy die Schuhe der toten Hexe anzieht und die Hacken zusammenschlägt, um wieder nach Hause zu gelangen.«

»Keine Ahnung, wovon du redest. Aber Rachels rote Schuhe haben dir also den Kopf verdreht?«

»Ich habe abgewartet, bis sie allein war, und weil ich mir Mut angetrunken hatte, bin ich zu ihr hin.«

»Wann war das?«

»Keine Ahnung. Die kostenlosen Getränke waren mir schon zu Kopf gestiegen. Aber sie hatte Klasse. Bat mich, ihr einen richtigen Drink zu besorgen.«

»Einen richtigen Drink?«

»Einen Gin Tonic.«

»Wo hast du den herbekommen?«

»Von der Bar. Als ich zurückkam, hat sie gerade einen Cracker gegessen, auf den etwas geschmiert war, das wie Scheiße aussah. Hühnerleber, hat sie gesagt. Ekelhaft, habe ich gesagt. Und das wars auch schon.«

»Wer hat ihr das Essen gereicht?«

Andy zuckte mit den Schultern und nahm noch einen Schluck. »Irgendeine Bedienung. Jung. Nicht mein Typ.« Er zwinkerte, und Kirby drehte sich der Magen um.

»Worüber habt du und Rachel gesprochen?« Er nippte an

seinem Pint und fühlte sich nicht sehr wohl dabei. Diese Unterhaltung sollte behutsam geführt werden, und zwar auf der Wache. Aber er brauchte diese Informationen, schlicht und einfach.

»Wir haben nicht wirklich über viel gesprochen. Ich hab ihr den Drink gegeben und bin noch mal los, um mir mein Guinness zu holen, und als ich mich nach ihr umschaute, konnte ich sie nicht mehr finden.«

»Hat sie über ihr Unternehmen gesprochen?«

»Ich hab es dir doch gerade gesagt, wir haben nicht viel geredet. Außerdem hätte ich wahrscheinlich sowieso nicht die Bohne verstanden. Ich habe mir die Visitenkarte angeschaut. Irgendwas mit Steinen, aus denen man Hautpflegeprodukte macht.«

Kirby suchte sein Notizbuch und schrieb sich auf, was Andy sagte. Man konnte nie wissen, ob er das am nächsten Tag noch alles wissen würde.

»Hast du lange dort mit ihr zusammengestanden?«

»Wenn ich ein bisschen was intus habe, dann verliere ich jegliches Zeitgefühl. Du weißt doch, wie das ist.«

Kirby wusste das nur zu gut. »Hast du die Party mit ihr gemeinsam verlassen?«

»Es war gar keine richtige Party. Nur ein paar Schnösel, die blöd in der Gegend rumgestanden sind, um kostenlose Getränke abzustauben.«

»So wie du?«

»So wie ich.« Andy trank sein Glas aus und zeigte Caroline an, dass er noch eins wollte. »Um deine Frage zu beantworten, ich bin nicht gleichzeitig mit ihr gegangen. Ich habe so viel gesoffen, wie ich konnte, und bin dann nach Hause getorkelt. Ich schwöre dir, ich habe sie nicht wieder gesehen, nachdem ich ihr den Gin Tonic gegeben hatte.« Er nahm ein neues Glas von Caroline entgegen.

Kirby fiel auf, dass Andy ihn nicht gefragt hatte, ob er auch noch etwas trinken wollte. Er schaute wieder auf die Uhr. Er musste wirklich los. Er hoffte inständig, dass Andy nichts mit Rachels Tod zu tun hatte. Wenn er gestern Abend so betrunken gewesen war wie jetzt, dann hätte er den Mord keinesfalls ausführen können.

Er stand auf. »Morgen Früh um neun.«

»Ich muss um zehn bei der Arbeit sein.«

»Das ist keine Entschuldigung. Du bist um neun auf der Wache!«

»Frisch wie der junge Frühling«, sagte Andy, und seine Sonnenbrille fiel zu Boden.

Caroline seufzte. »Ich kümmere mich darum, dass er nach dem nächsten nach Hause geht.«

»Lieber du als ich«, erwiderte Kirby.

ZWANZIG

KAPITEL ZWANZIG

Detective Sam McKeown hatte eine Nachricht für Jessica
Fleming hinterlassen und sie aufgefordert, ihn wegen einer
weiteren Aussage zu kontaktieren. Dann war er zu Garda
Martina Brennan gegangen, kurz bevor sie Feierabend machte.
Sie war gerade in der Umkleide und legte ihre Schutzweste und
die schwere Ausrüstung ab.

»Es tut so gut, dieses ganze Zeug auszuziehen«, sagte sie.

»Und ich wüsste auch was, damit sich deine zarten Schultern entspannen.« Er stellte sich hinter sie und platzierte feder-
leichte Küsse entlang ihres Haaransatzes.

»Hör auf! Um Himmels willen, doch nicht hier, Sam!«

Er wich zurück. »Gefällt es dir hier unten im Kerker nicht?
Es ist niemand da, nur Geister.«

»Hier haben sogar die Wände Ohren.« Sie beförderte ihre
Schutzausrüstung in ihr Fach und zog eine rote Fleecejacke an.

»Die Farbe bringt deine Augen richtig schön zur Geltung«,
sagte er.

Sie lachte. »Ich habe doch wohl keine roten Augen.«

»Aber sie sind voller Leidenschaft.« Er zog sie in seine Arme. Sie reichte ihm nur bis zur Schulter. Sie löste sich wieder aus seiner Umarmung.

»Wir sehen uns später, Sam. Wenn du möchtest. Ich könnte was kochen. Du magst doch die Hühnchenbrust so gern, die ich nach Madras Art mache.«

»Ich liebe deine ...«

Sie unterbrach ihn, indem sie einen Finger an seine Lippen legte, so als ob er ein kleines Kind wäre. »Pst. Bis um acht?«

»Bis um acht.«

Er beobachtete, wie ihr süßer Hintern durch die Tür verschwand und stellte fest, dass der Raum auf einmal – jetzt wo Martina nicht mehr da war – viel dunkler wirkte. Sein Handy vibrierte in seiner Hosentasche.

»Hey, Liebling. Ja, ich wollte dich vorher schon anrufen. Wir sind an einem neuen Fall dran, wahrscheinlich ein Mord. Ich werde wohl für ein paar Nächte hier in Ragmullin festhängen.« Er hörte ein paar Augenblicke lang zu, dann sagte er: »Ich liebe dich auch. Wenn hier alles glatt läuft, dann sehen wir uns am Wochenende.«

Er legte auf, fuhr mit seinem Finger über Martinas Namensschild und schickte ein Küsschen in dessen Richtung. Als er die Stufen wieder nach oben stieg, pfiff er vor sich hin. Sein Handy klingelte schon wieder. Diesmal zeigte das Display eine Nummer, die er nicht kannte.

»Hallo?«, sagte er vorsichtig.

»Detective McKeown? Jessica Fleming am Apparat. Sie wollten mit mir sprechen. Ich hätte jetzt Zeit, Sie zu treffen. Das heißt, wenn es gerade nicht ungelegen kommt.«

Er konnte ein Kichern heraushören, und vielleicht den Anflug einer Anspielung. »Könnten Sie jetzt auf die Wache kommen?«, fragte er.

»Ich esse in ungefähr einer halben Stunde zu Abend. Es

wäre also besser, wenn Sie hierher zu mir kommen könnten.«
Sie klang dienstbeflissen, aber ein Lachen heiterte ihren Ton
auf. »Haben Sie Hunger?«

»Ich bin in zehn Minuten da.«

Auf Garda Martina Brennan würde er sich noch bis zu
einem anderen Abend gedulden müssen.

EINUNDZWANZIG

Maddy war ganz aufgewühlt und knabberte die ganze Zeit an ihrem Daumen herum. Die Begegnung mit dem schlaksigen Detective am Morgen ließ ihr keine Ruhe. Außerdem musste sie das Rad noch zurückbringen.

Sie stahl sich hinaus, als Simon von der Küche ins Wohnzimmer hinüberging. Er balancierte einen Teller auf der Hand, auf dem sicherlich mindestens zehn Scheiben mit Butter bestrichenem Toast aufgetürmt waren. Den stellte er auf die Sessellehne und gab Stella einen Kuss – das Baby war zwischen ihnen eingeklemmt. Trey kam vom Spielen herein, stibitzte sich eine Scheibe Toast, warf sich mit dreckverkrusteten Schuhen auf einen Sessel und fing an, mit der Fernbedienung herumzuspielen. Für alle drei, und auch für das Baby, war sie schlicht und einfach Luft. Sie war ziemlich sauer. Immerhin erledigte sie seit der Geburt all die Aufgaben, die normalerweise Stella übernahm. Aber jetzt, wo sie das Geld von gestern Abend übergeben hatte, war sie auf einmal wieder unsichtbar.

Draußen hob sie das Rad aus dem spärlichen nassen Rasen auf, wo sie es hingeworfen hatte. Ellen würde ihr nicht noch mal einen Gefallen tun und es ihr leihen, wenn irgendwas damit passierte. Sie würde auch nicht sonderlich erfreut darüber sein, wenn sie ihr erzählte, dass Maddy es als das Rad ihrer Großmutter ausgegeben hatte. Maddy fragte sich, wie alt Ellen wohl war. Dreißig vielleicht. Zu diesem Schluss kam sie jedenfalls, als sie sich auf das Rad schwang und losfuhr.

Als sie erst die Straße entlangradelte, dann über den Kanal hinweg und unter der Eisenbahnbrücke hindurch, dachte sie wieder an den Mann, der ihr am Morgen beim Reparieren der Kette geholfen hatte. Sie musste Ellen sagen, dass sie sie in der Zukunft regelmäßig schmieren sollte.

Ihr Haar wehte im Wind und die Regentropfen fielen groß und schwer. Sie bereute es, dass sie keine Mütze oder eine Jacke mit Kapuze angezogen hatte. Der Wind wurde immer stärker und leere Papiertüten und Blätter flogen ihr ins Gesicht. Und dann fiel ihr ein, dass sie den ganzen Weg – zwei verdammt lange Meilen – in dieser Sintflut auch wieder nach Hause zurücklaufen musste. An dem Allen war Stella schuld. Maddy hatte das Rad noch am Abend zurückbringen wollen, aber Stella hatte sie gebeten, erst den Job zu erledigen. Wenn sie noch mal fragte, würde sie ihr was erzählen.

Sie fuhr durch das Industriegebiet, das in einen Shopping District verwandelt werden sollte. Sie kam an dem Elektroladen mit den ganzen neusten technischen Neuheiten vorbei, dann an der rund um die Uhr geöffneten Tankstelle, an der ihr der Duft von Kaffee in ihre nasse Nase stieg.

Nach noch einer Eisenbahnunterführung war sie fast schon in der freien Natur, wobei diese Gegend immer noch als Teil der Stadt galt. Zu ihrer Linken waren Felder, und hinter den wogenden Ähren ragte eine neue Siedlung auf. Rechts sausten an ihr eine Reihe von alten Bungalows, hübsche kleine Gärten und Steinmauern vorbei. Vor Ellens Haus, eins von nur drei Zweistöckigen an dieser Straße, bremste sie und bog in den Hof ein.

Der Himmel war dunkel und voller sich überlappender

Sturmwolken. Sie lehnte das Rad an die mit Kieselsteinen gesprenkelte Mauer und lief zur Hintertür. Als sie geklopft hatte, drehte sie sich zu Ellens Garten um. Er war sehr gepflegt. Nirgends lagen Teile von zersplitterten Möbeln herum wie bei ihrem Haus, und die Wäscheleine war ordentlich zwischen zwei Apfelbäumen gespannt. Ellens Wagen stand vor der Tür, also musste sie zu Hause sein. Bei dem Wetter war sie ja sicher nicht spazieren gegangen.

Sie klopfte erneut, dann drückte sie die Klinke leicht nach unten und die Tür schwang nach innen auf. Sie steckte ihren Kopf hinein.

»Ellen? Ich habe dir das Rad wiedergebracht. Danke schön.« Keine Antwort. Vielleicht war sie schon im Bett.

Als sie sich zum Gehen umwandte, spürte sie, wie ihr unter dem T-Shirt das Regenwasser die nackte Haut hinunterfloss. Sie zitterte. Das einzige Geräusch im Haus kam von dem Fernseher in der Küche. Ellen würde nicht aus dem Haus gehen, ohne den auszuschalten, da war sie sich sicher. Sie würde auch nicht einfach so vergessen, die Tür abzusperren. Wo war sie nur? Geht mich nichts an, dachte Maddie. Aber andererseits war Ellen immer freundlich zu ihr. Hatte ihr ihr Rad angeboten und schenkte ihr immer wieder Äpfel und anderes Zeug. Und sie hörte ihr zu. Ellen war wahrscheinlich der netteste Mensch, den sie je getroffen hatte, denn in ihrer Welt sahen die Leute auf Maddy herab, rümpften vor Abscheu die Nase oder lachten sie aus. Maddy konnte nichts dafür. Das hatte Ellen ihr gesagt. Dass sie daran denken musste, dass sie das Verhalten anderer Leute nicht beeinflussen konnte. Aber sie konnte ihre Reaktion darauf kontrollieren. Ein guter Rat, dachte Maddy, aber es war schwierig, ihn zu befolgen, wenn sie von lauter Schlampen und Mistkerlen umgeben war.

Ellen tat ihr gut. Sie sprach mit ihr, nicht zu ihr. Hörte ihr zu, ihr, die sich ihr ganzes Leben lang gefühlt hatte, als ob sie gegen Wände redete. Maddy fragte sich, ob sie in ihr vielleicht die Mutter sah, die sie niemals wirklich gehabt hatte. Obwohl sie mindestens fünfzehn Jahre älter war als sie, hatte sie nie das Gefühl gehabt, dass Ellen sie runtermachte oder abkanzelte.

Nur einmal hatte sie Maddy in den drei Jahren, seit sie sie kannte, wehgetan. Nicht körperlich, aber mit ihren Worten. An dem Sommertag, an dem Maddy angeboten hatte, das Gras zu mähen. Sie hätte es nicht angeboten, wenn sie nicht Geld gebraucht hätte. Sie wusste, dass Ellen ihr dafür ein paar Euro geben würde. Bevor sie den kleinen elektrischen Rasenmäher auch nur eingesteckt hatte, sagte Ellen ihr schon, dass sie duschen sollte. Es war nicht Maddys Schuld gewesen, dass sie nicht noch zu Hause geduscht hatte, sondern Simons. Der war in der Nacht vorher sturzbetrunken auf dem Badezimmerboden eingeschlafen. Sie schüttelte diese Erinnerung ab und dachte lieber an Ellen. Groß und schön, das Haar glänzend und die rötlichen Strähnen, die in der Sonne leuchteten. Aber jetzt schien keine Sonne. Es war dunkel und stürmisch.

Am besten sollte sie einfach wieder gehen.

»Ellen, bist du oben?« Keine Antwort.

»Ich habe das Rad zurückgebracht. Es ist draußen neben dem Haus. Ich kann den Schuppen nicht aufsperren. Du stellst es besser rein, bevor das Wetter noch schlechter wird.«

Während sie das sagte, wurde ihr klar, dass das Rad morgen schon ein verrostetes Gestell sein würde. Aber es war ja nicht ihr Problem, dass Ellen ihr nicht mit den Schlüsseln für den Scheißschuppen traute.

Sie trat nach draußen, schloss die Hintertür, zog ihre Schultern hoch und machte sich bereit, den ganzen Weg nach Hause zu joggen. An der Vordertür hielt sie noch mal inne. Auf keinen Fall hätte Ellen die Türen offen gelassen, wenn sie aus dem Haus gegangen wäre. Und bei dem Regen wäre sie sowieso nicht ausgegangen. Wenn es ums Wetter ging, war sie sehr feinfühlig. Sie hätte gespürt, dass Wind und Regen in der Luft lagen. In dem Moment blitzte es hell auf. Maddy hob für einen letzten Versuch die Klappe des Briefschlitzes an.

Aber bevor sie rief, beugte sie sich hinunter und spähte durch das schmale, von Messing umrahmte Rechteck.

»Ellen? Scheiße! Ellen!« Sie schrie und ließ die Messingklappe fallen. »Oh mein Gott!«

Wieder rannte sie um das Haus herum. Auf dem Kies rutschte sie aus und fiel auf ihre Knie. Sie wankte, richtete sich auf, öffnete die Hintertür und lief durch die Küche in den Flur.

Neben dem verdrehten, halb bekleideten Körper ihrer Freundin ging sie in die Knie und fragte: »Bist du die Treppe heruntergefallen, Ellen?«

Sie wollte die Frau schütteln, aber als sie das kalkweiße Gesicht sah, hielt sie mitten in der Bewegung inne. Ellens Gesicht war in einem stummen Schrei erstarrt, und obwohl sie in ihrem Leben noch nie eine Leiche gesehen hatte, wusste Maddy instinktiv, dass Ellen tot war. Unter ihrem Kopf war ein kreisrunder, getrockneter Blutfleck. Und der Geruch! Es stank wie Gemüse, das in einem Mülleimer unter der Spüle verrottete. Das konnte doch nicht von Ellens Körper stammen? Angeekelt wich Maddy zurück und hielt sich die Hand vor Mund und Nase.

»Was mache ich den jetzt?«, schrie sie. »Warum bist du tot?« Wut überlagerte Mitgefühl. »Scheiß auf dich. Alle lassen mich allein. Jeder Mensch in meinem Leben hat mich verlassen!« Das Echo ihrer Stimme hallte durch das Haus und zu ihr zurück wie ein Kreischen.

Sie zitterte vor Schreck, und die Nässe drang allmählich bis auf ihre Knochen durch. Sie saß auf dem Boden und fragte sich, was sie jetzt tun sollte. Die Notrufnummer wählen? Dann kam ihr ein schlimmer Gedanke. Wenn sie die Nummer wählte, dann würde die Polizei sicher meinen, dass sie Ellen etwas angetan hatte. Die würden sie nur eines Blickes würdigen und sofort davon ausgehen, dass sie sie wahrscheinlich hatte ausrauben wollen und vielleicht die Treppe hinunter gestoßen hatte oder so. Jeder, der etwas zu sagen hatte, behandelte jemanden wie Maddy Daly von oben herab.

Aber sie konnte doch Ellen nicht einfach so hier liegen lassen, tot. Vielleicht wenn sie den Detective von heute Früh anrufen würde? Der schien ja ganz in Ordnung gewesen zu sein. Er hatte ihr immerhin die Fahrradkette repariert. Sie tastete in ihrer Hosentasche nach der Karte, aber natürlich hatte sie sie nicht dabei. Sie hatte sich umgezogen.

Tränen liefen ihr über die Wangen und sie verfluchte die Welt, in die sie hineingeboren worden war. Durch ihre Tränen hindurch sah sie das Telefon auf dem Boden. Könnte sie den Notruf nicht anonym wählen und dann schleunigst das Weite suchen? Ihr Handy würde sie ganz sicher nicht benutzen, das konnten die aufspüren. Gestärkt von dem Gefühl, dass sie wenigstens etwas tun konnte, hob sie den Hörer und wählte die Nummer.

Sie versuchte, ihre Stimme ruhig klingen zu lassen und gab Ellens Name und Adresse an, bevor sie der Stimme am anderen Ende der Leitung sagte, dass sie glaubte, dass Ellen tot war. Dann legte sie auf.

»Du bist genauso wie alle anderen«, sagte sie zu dem verdrehten Körper. »Am Ende lassen mich doch alle im Stich.«

Dann, ohne sich noch einmal umzudrehen, ging sie langsam vom Flur in die Küche. Erst als sie draußen vor dem Haus im strömenden Regen war, fing sie an zu rennen.

ZWEIUNDZWANZIG

Es war still im Haus, als Lottie nach Hause kam. Sean schaute im Wohnzimmer eine Quizsendung, seine neueste Sucht. Das war den ewigen Stunden vor der Playstation auf jeden Fall vorzuziehen, da war sie sich wenigstens sicher. Ihr sechzehnjähriger Sohn war inzwischen genauso groß, wie es sein Vater gewesen war, und er hatte auch Adams Augen und Haar geerbt.

Große Augen begrüßten sie, die unter Haarsträhnen hervorlugten. »Hi, Mam. Was gibt's zum Abendessen?«

»Ich frag mal den Chefkoch«, sagte sie und zog die Tür hinter sich zu.

In der Küche wusch sie erst einmal das Geschirr vom Mittagessen ab und zerbrach sich den Kopf darüber, was sie aus den mageren Vorräten in Kühlschrank und den Küchenschränken Leckeres zaubern könnte.

Sie hatte die vage Hoffnung gehegt, dass ihre Mutter vielleicht etwas vorbeigebracht hatte. Aber leider hatte sie kein Glück gehabt. Es war ein ziemlich übler Tag gewesen, und sie wünschte sich nichts sehnlicher als ein Glas Wein in der Hand, ein Polster unter ihren Füßen und ihren Kopf an Boyds Schulter. Sie schüttelte die Tagträume ab und öffnete den Kühlschrank. Nur noch viermal schlafen (so drückte Chloe es aus) bis zu ihrem großen Tag – sie war inzwischen ganz schön vorfreudig, aber auch voller Angst. Vorfreudig, weil sie endlich ihre Liebe zu Boyd öffentlich zeigen konnte, voller Angst vor dem, was die Zukunft für sie beide bereit hielt. Sie mussten noch die Wohnsituation klären. Am Freitag kamen Katie und Louis wieder nach Hause, und dann würde das Chaos erst richtig ausbrechen. Aber das machte sie froh. Ihre Tochter und ihr Enkel fehlten ihr schrecklich.

Unter einer Packung welken Spinats fand sie noch ein blasses Schweinekotelett. Das würde reichen müssen für Sean. Und sie würde sich ein Sandwich machen. Falls noch Brot im Haus war. Sie schaltete den Herd und den Ofen ein, goss Öl in eine Pfanne, und hoffte, dass im Gefrierschrank noch eine Tüte Pommes war.

Nachdem sie den Boden gekehrt hatte und sie gerade die Pommes in den Ofen geschoben hatte, klingelte ihr Handy. Superintendentin Farrell. Was war jetzt schon wieder los?

»Sie ziehen besser gleich wieder Ihren Mantel an«, sagte Farrell.

»Ich mache gerade Abendessen für Sean.«

»Ist der nicht alt genug, dass er sich selbst was machen kann?«

Es war schon genug, dass ihre eigene Mutter ihr Vorträge hielt; jetzt fing ihre Chefin auch noch an. »Um was geht es denn?«

»Verdächtiger Todesfall. Die Spurensicherung ist schon vor Ort.« Farrell rezitierte die Adresse.

Lottie legte auf und fragte sich, was wohl passiert war. Ihre Mutter wohnte in der Gegend. Sollte sie sie besser anrufen? Lieber nicht.

Sie schaute zum Herd. Ausschalten und Sean etwas bestellen? Auf keinen Fall. Sie ging in den Flur und rief, während sie die Jacke nahm, nach Sean. »Schalt den Fernseher aus. Ich

muss dir in einer Minute beibringen, wie du dir dein Abendessen selber kochst.«

»Hier draußen ist es ja wie in einem Schlammbad«, sagte Lottie,
als sie die Überschuhe anzog. Ihre Schuhe waren tropfnass. Sie
zog den Reißverschluss des kriminaltechnischen Overalls bis
zum Kinn hoch, und wartete, bis Boyd auch so weit war, bis sie
ihre Gesichtsmaske aufsetzte und sich die Kapuze über ihr
nasses Haar zog. Sie traten in die Küche. Die Spurensicherung
hatte schmale, niedrige Stahlpaletten auf den Boden gestellt.
Lottie war klar, warum. Der Boden war von Fußabdrücken
überzogen. Gerry würde einiges zu tun haben, um diese ganzen
Beweismittel am Tatort abzulichten.

»Es ist spät«, sagte Boyd.

»Das kann man wohl sagen.«

»Warum sind wir überhaupt hier? Ich habe gehört, dass die
Frau schlichtweg die Treppe heruntergefallen ist. Mausetot.«

»Aber wenn das so war, wie hat sie denn dann noch den
Notruf wählen können?« Lottie ging auf den schmalen Flur
hinaus. Der Anrufer muss diese Fußspuren hinterlassen haben.
»Das Telefon ist hier, und die Leiche liegt dort. Laut der
Rettungssanitäter ist die Frau schon seit einigen Stunden tot,
wenn nicht sogar seit Tagen.«

»Wann ging der Anruf ein?«, fragte Boyd.

»Heute Abend um sieben Uhr dreiundzwanzig.«

Sie wartete, als Jim McGlynn die Leiche untersuchte. Boyd
stand dicht hinter ihr. Nachdem die Polizei eingetroffen war,
waren die Sanitäter wieder gefahren. Kurz danach kam auch
noch die Feuerwehr an.

»Warum waren die ganzen Einsatzkräfte hier?«, wollte
Boyd wissen.

»Der Anrufer hatte nur Namen und Adresse des Opfers
genannt und gesagt, dass die Person anscheinend tot sei. Und

dann gleich wieder aufgelegt. Also wurde zur Sicherheit das volle Regiment aufgefahren.«

»Hat man irgendeine Ahnung, wer angerufen hat?«, fragte Boyd.

»Laut Bericht weiß man nur, dass die Stimme nach einer jungen aufgeregten Frau geklungen hat.«

»Vielleicht war es Raub.«

»Danach sieht es aber hier nicht aus«, sagte Lottie.

»Vielleicht hat Ms Gormley den Einbrecher überrascht, oder er sie, und dann ist sie die Treppe heruntergefallen«, überlegte Boyd. Er gähnte.

McGlynn hob den Kopf und seine grünen Augen funkelten zornig. »Vielleicht ist sie gestürzt und vielleicht ist sie auch gestoßen worden. Aber schauen Sie sich den Bereich um den Mund herum an.«

Die schale Luft in dem engen Raum geriet in Bewegung, als sich McGlynn zurückzog, damit sie besser sehen konnten. Lottie starrte die nur halb bekleidete Frau an. Der Mund stand weit offen, war im Todeskampf erstarrt, und etwas war auf ihren Lippen und ihrem Kinn eingetrocknet. Außerdem konnte man jede Menge blaue Flecken erkennen. Sie spürte Boyds Atem durch den dünnen Stoff in ihrem Nacken.

»Oh Gott«, sagte sie.

»Vergiftet?«, fragte Boyd.

»Das kann doch nicht zweimal passiert sein.« Sie ging neben McGlynn in die Knie, der heftig ausatmete, wobei sich seine Maske aufblähte.

»Wir brauchen eine Obduktion, um das feststellen zu können und um herauszufinden, ob die beiden Todesfälle zusammenhängen. Dieser und der der Frau, die heute Früh entdeckt worden ist. Ich tippe auf Vergiftung, und wenn das stimmt, dann bin ich nicht abgeneigt, zu vermuten, dass die beiden Tode in Verbindung stehen. Aber die Todesursache festzustellen, dass ist Sache der Rechtsmedizin, nicht meine.«

»Scheiße«, sagte Boyd.

»Wie lange ist sie schon tot?«, fragte Lottie.

McGlynn schüttelte den Kopf. »Ich weiß es nicht, aber ich würde sagen, schon länger als vierundzwanzig Stunden.«

»Können Sie von dort, wo Sie sind, in ihren Mund sehen?« Sie berichtete von dem Stück Glas, das die Rechtsmedizinerin in Rachel Mullens Mund gefunden hatte.

»Ach ja. Ich hatte den Eindruck, dass da etwas steckt, aber wie schon gesagt – das ist Sache der Rechtsmedizin.«

»Ist gut.«

Auf dem Flur war zu wenig Platz für sie alle, und Lottie schob Boyd vor sich her zurück in die Küche. Dann sah sie sich um.

»Hier gibt es keine Anzeichen von einer Auseinandersetzung«, sagte sie und berührte eine Bluse, die an einem Wäscheständer hing. »Die Wäsche ist trocken. Vielleicht können sich die Nachbarn erinnern, wann sie sie zuletzt draußen gesehen haben. Ihr Handy liegt auf dem Tisch.« Sie schaltete es mit ihrem behandschuhten Finger an. »Wir brauchen die PIN. Steck es in einen Beweismittelbeutel. Gary soll sich das anschauen.«

Sie sah sich weiter in der Küche um. »Der Fernseher ist an. Und in der Spüle stehen zwei Tassen. Vielleicht hatte sie Besuch.«

»Oder vielleicht wollte sie die erste Tasse nicht waschen und hat eine zweite genommen. Wer weiß.«

»Oder die Person, die angerufen hat, war die ganze Zeit hier. Oder war weg und ist wiedergekommen. Ach, ich weiß es nicht. Das ergibt keinen Sinn, wenn sie schon einen Tag oder sogar länger tot ist.«

Sie nahm eine Tasse und roch daran. »Whiskey, würde ich sagen.« Sie roch an der zweiten. »Hier auch.«

»Vielleicht war das Gift da drin. Aber würde man es nicht trotzdem noch riechen?«, wunderte sich Boyd.

Lottie zuckte mit den Schultern. »Wenn die Tassen untersucht worden sind, werden wir mehr wissen.«

»Sie hat also etwas mit jemandem getrunken. Und dann?«

»Wenn da Gift drin war, wird ihr danach übel geworden sein. Und als der Besuch weg war, ist sie nach oben ins Bad. Hier unten ist keine Toilette.«

»Oder sie hat sich schon zum Schlafen fertig gemacht. Lottie, wir haben keine Ahnung, wie lange sie schon tot ist.«

»Wir müssen einfach die Obduktion abwarten. Ich möchte mich oben umschauen.«

»Bis uns McGlynn über die Leiche steigen lässt, ist es schon morgen Früh!«

»Na und?«

»Kennst du das Opfer eigentlich?«, fragte Boyd.

»Nein. Warum? Sollte ich?«

»Deine Mutter wohnt ja auch in dieser Straße.«

»Deshalb muss ich doch nicht ihre Nachbarn kennen.«

»Aber vielleicht kann sie dir ein bisschen was erzählen.«

»Wir machen hier die Arbeit, nicht meine Mutter.«

»Ich dachte ja nur, dass uns das Zeit ersparen könnte. Rose weiß alles und kennt jeden.«

»Allerdings.« Lottie war die Küche zu klein, um sich mit Boyd zu streiten. »Ellen ist nur halb angezogen – sie trägt nur ihre Unterhose und eine Bluse. Vielleicht ist sie gestört worden, als sie sich fürs Bett fertig gemacht hat?«

Zwei weitere Mitglieder der Spurenermittlung kamen in die Küche. Obwohl die genau wussten, was sie zu tun hatten, forderte sie Lottie auf: »Nehmen Sie die beiden Tassen mit und suchen Sie alles nach Fingerabdrücken ab. Jemand anderes muss sich irgendwann mit ihr hier drinnen aufgehalten haben.«

»Die ersten Einsatzkräfte, die vor Ort waren, haben gesagt, dass die Tür nicht abgesperrt war«, sagte Boyd. »Vielleicht ist dieselbe Person, die mit ihr etwas getrunken hat, heute Abend wiedergekommen und hat den Notruf getätigt.«

»Falls Jim recht hat, dann ist sie schon länger als vierundzwanzig Stunden tot. Kann es sein, dass jemand einfach so lange hier bei der Leiche geblieben ist? Ich weiß ja nicht, aber irgendwie habe ich das Gefühl, dass die Person, die angerufen hat, nicht dieselbe ist, die aus der Tasse getrunken hat.«

»Es sind schon seltsamere ...«

»Ihr Auto ist zugesperrt, aber draußen im Regen lehnt ein Fahrrad.« Noch jemand von der Spurensicherung kam herein. »Am Haus.«

»Du kennst dich doch mit Fahrrädern aus, Boyd.« Lottie ging zur Hintertür, sah, wie es schüttete und bereitete sich mental darauf vor, gleich bis auf die Haut nass zu werden. Das Außenlicht strahlte so hell, dass die Regentropfen wie Diamanten funkelten. Als sie angekommen waren, war ihr das Rad nicht aufgefallen; da war sie aber auch damit beschäftigt gewesen, nicht zu nass zu werden.

»Moment mal«, sagte Boyd. »Dieses Rad habe ich erst kürzlich gesehen, oder jedenfalls eins, das diesem hier außerordentlich ähnlich ist.«

»Wirklich?« Lottie drehte sich zu ihm um. »Wann?«

»Heute Früh. Bei meiner morgendlichen Fahrradrunde.« Er trat näher, um das Rad besser begutachten zu können. Sein Finger schwebte über dem Lenker und der Kette. »Ja. Das war das Rad. Ein junges Mädchen war am Kanal gestrandet. Die Kette war rausgesprungen.«

»Und du hast ihr geholfen?«

»Ja, habe ich.«

»Hast du nach ihrem Namen gefragt?«

»Ich muss überlegen, welchen Namen sie mir genannt hat. Einen Nachnamen hat sie glaube ich nicht erwähnt. Sie war vielleicht vierzehn oder fünfzehn. Vielleicht auch älter. Sie hat mir erzählt, dass das Rad ihrer Großmutter gehört, aber das war wahrscheinlich gelogen. Aber jetzt, wo ich darüber nachdenke – wir wissen ja gar nicht, ob das Rad Ellen Gormley gehört. Vielleicht wurde es nur einfach so an ihrem Haus abgestellt.«

»Nachbarn oder jemand aus der Verwandtschaft können das sicher klären.« Lottie wischte sich den Regen aus den Augen. »Die Tote sieht aus wie Anfang dreißig, also sicher nicht alt genug, um die Großmutter des Mädchens zu sein.«

»Da hast du recht. Wir müssen Ellen Gormleys Familie ausfindig machen und sie von ihrem Tod in Kenntnis setzen.«

»Das machen wir, wenn wir zurück auf der Wache sind«, sagte Lottie. »Es ist fürchterlich, wenn man sich vorstellt, dass die Arme da seit ein oder zwei Tagen tot drinnen liegt und keiner sie vermisst hat.«

»Schrecklich.«

»Und wir müssen das Mädchen ausfindig machen, Boyd. Wenn das Rad wirklich Ellen Gormley gehört, dann müssen wir herausfinden, wann das Mädchen hier war.«

»Du glaubst, dass sie vielleicht die Letzte gewesen sein könnte, die Ellen lebendig gesehen hat?«

»Es wäre doch möglich, oder …«

»Mir gefällt der Gedanke, den du gerade hast, gar nicht, Lottie.«

»Ich habe ihn nicht ausgesprochen.«

»Aber du denkst ihn.«

»Möglich. Wer auch immer dieses Mädchen ist, es könnte ausschlaggebend sein, um herauszufinden, was mit Ellen Gormley passiert ist.«

DREIUNDZWANZIG

Anscheinend war Simon nicht mehr da. Das Badezimmer war frei. Maddy zog sich aus und stellte sich in die Dusche. Wie immer kam das Wasser nur als eiskaltes Tropfen aus dem Duschkopf, aber das störte sie jetzt nicht. Sie musste sich einfach den Geruch von Ellen von ihrer Haut waschen. Jede Pore roch danach. Sie schrubbte mit ihren Nägeln und rote Striemen und Kratzer überzogen bald ihren ganzen Körper, aber sie wurde ihn einfach nicht los.

Sie drehte den Hahn der nutzlosen Dusche zu, band sich ein ausgeleiertes Handtuch um und legte sich auf ihr schmales Bett. Sie hatte nicht einmal Kraft, die Decke über sich zu ziehen und zitterte unkontrolliert, während der Regen an ihre Fensterscheibe schlug. Sie hatte das Licht nicht eingeschaltet und konnte draußen den dunklen Himmel sehen, vor dem sich der Regen in dichten Bahnen abzeichnete.

Ihr Herz klopfte schnell, als sich in ihrem Inneren Unruhe breit machte. Würde man den Notruf auf sie zurückführen können? Das konnte sie sich nicht vorstellen. Aber wenn sie einer der Nachbarn gesehen hatte, dann könnten die Gardaí sie vielleicht ausfindig machen. Scheiße. Würde die Polizei sie verdächtigen, Ellen die Treppe hinuntergestoßen zu haben? Sie sprang auf, griff nach ihrer speckigen Jeans, die auf dem Boden lag, und suchte nach der Visitenkarte des Detectives. Sie sollte ihn anrufen und ihm alles erzählen, und zwar sofort, bevor die Sache aus dem Ruder lief. Er würde sie verstehen. Vielleicht würde er ihr sogar glauben. Aber er hatte sie mit dem Rad gesehen, an das würde er sich bestimmt erinnern, und da hatte sie ihn angelogen. Sie hatte gesagt, dass es ihrer Großmutter gehörte – das Erstbeste, was ihr in den Sinn gekommen war. Warum hatte sie ihm nicht einfach die Wahrheit gesagt. Weil Maddy genau wusste, dass die Wahrheit sie meistens in Schwierigkeiten brachte, und dass sich Dinge auszudenken meistens viel besser funktionierte.

Sie tastete am Boden nach ihrem Telefon, schaute auf die Karte und tippte seine Nummer ein. Dann hielt sie inne. Was sollte sie sagen? *Hallo, Mr Mark, erinnern Sie sich noch an mich? Wir sind uns heute Früh am Kanal über den Weg gelaufen. Ich hatte dieses High Nelly Rad und mir ist klar, dass Sie gedacht haben, ich hätte es gestohlen. Aber das stimmt nicht. Und übrigens ist die Frau, der es gehört, tot.* Eine Träne stahl sich in ihren Augenwinkel. Ja genau. Als ob sie ihm das so erzählen könnte. Trotzdem verweilte ihr Finger immer noch über dem Wählen-Symbol.

Sei doch nicht blöd, sagte sie zu sich selbst. Dann schob sie das Handy unter ihr Kopfkissen. Falls sie sie irgendwann mit dem Fahrrad in Verbindung brachten, dann konnte sie immer noch die Wahrheit sagen. Oder auch nicht. Man würde sehen.

Der Regen schlug immer noch mit aller Macht gegen ihre Scheibe, im angrenzenden Zimmer weinte das Baby, und der zweijährige Trey ächzte, schrie kurz auf und war dann wieder still. Langsam schlief Maddy ein.

VIERUNDZWANZIG

Die Rechtsmedizinerin rief an und ließ sie wissen, dass sie es erst am nächsten Morgen nach Ragmullin schaffen würde. Nachdem McGlynns Team also eine erste Durchsuchung und Bestandsaufnahme gemacht hatte, stiegen Lottie und Boyd die enge Treppe in den ersten Stock hoch. Lottie stellte klar, wie wichtig es war, sich einen ersten Überblick zu verschaffen, obwohl McGlynn fest davon überzeugt war, dass es im oberen Stockwerk keinerlei Anzeichen irgendwelcher verdächtiger Vorgänge gab.

Als sie in den drei Schlafzimmern und im Bad nachgeschaut hatte, musste sie dem Leiter der Spurensicherung zustimmen. Da war nur eine Tasche neben dem Bett, in der sie im Geldbeutel Bankkarten gefunden hatten. Damit konnten sie feststellen, dass die Information, die der Anrufer gegeben hatte, stimmte. Bei der Toten handelte es sich um Ellen Gormley.

»Seit ich den Namen gehört habe, kommt er mir bekannt vor. Wie kann das sein?«, fragte Lottie, als sie den Nachttisch durchsuchte.

»Deine Mutter würde das wissen«, bemerkte Boyd.

»Hör doch auf damit, du Klugscheißer. Dieses Buchregal ist ja so richtig vollgestopft.«

Boyd schritt das Regal ab, das die Wand am Fußende des Bettes füllte. »Eine ganze Menge medizinische Fachbücher. Vielleicht war sie Krankenschwester oder Ärztin.«

Lottie ging noch mal zu der Handtasche und öffnete einen Reißverschluss an der Innenseite. »Dr Ellen Gormley.« Sie hielt ein Umhängeband, an dem ein Namensschild baumelte, in die Höhe. »Daher kenne ich den Namen.« Sie las die Rückseite des Schildes. »Sie hatte eine Praxis in Ragmullin, Spezialgebiet Psychologie. Das ist ein Anfang.«

»Falls sich bestätigt, dass sie auch vergiftet worden ist – welche Verbindung gibt es dann zwischen ihr und Rachel Mullen?«

»Erstens, lass uns noch keine Mutmaßungen anstellen, bis wir das Ergebnis der Obduktion kennen. Ellen ist vielleicht einfach nur die Treppe heruntergestürzt und hat eine Verletzung an einem Lungenflügel davongetragen, was die Schaumbildung um ihren Mund herum zur Folge hatte. Zweitens sollten wir Angehörige ausfindig machen und ihnen die Nachricht von ihrem Tod übermitteln. Drittens müssen wir herausfinden, wer angerufen hat. Und viertens müssen wir das Mädchen finden, das du mit dem Rad getroffen hast. Sie hat dich angeflunkert. Auf dem Namensschild steht auch Ellen Gormleys Geburtsdatum, sie ist dreißig, und auch wenn ich in Mathe echt eine Niete bin, dann glaube ich doch nicht, dass sie wirklich die Großmutter eines Teenagers sein kann.«

»Wie immer hast du absolut recht, Lottie Parker.«

Boyd stapfte die Stufen hinunter und Lottie überlegte, ob er das sarkastisch gemeint hatte oder nicht. Es gab noch eine ganze Menge, das sie über Mark Boyd lernen musste.

Es ging schon auf Mitternacht zu, als sie wieder auf der Wache waren. Das Büro war so still wie in einem Leichenhaus. Lottie wollte am liebsten endlich Feierabend machen, aber sie fühlte sich verpflichtet, Ellen Gormleys nächste Angehörige von ihrem Tod in Kenntnis zu setzen, bevor die Gerüchteküche Ragmullins zu brodeln begann.

Ellens Handy und ihr Laptop waren schon auf der Wache abgeliefert worden. Das Handy war auf dem Küchentisch gewesen und der Laptop in einer geschlossenen Tasche im Wohnzimmer – neben zwei schwarzen Ledersesseln mit hohen Lehnen, einem kleinen Couchtisch, auf dem eine Schachtel mit Taschentüchern stand, und einem Tisch, auf dem ein Stapel Bücher fast am Umkippen war.

»Ich will das Handy ausprobieren, bevor ich es an die Technik weitergebe«, sagte Lottie.

»Ich dachte, wir brauchen eine PIN«, bemerkte Boyd.

»Das stimmt.« Lottie probierte die ersten vier Ziffern von Ellens Geburtsdatum, das sie auf der Rückseite ihres Namensschildes gefunden hatte. Als das nicht funktionierte, probierte sie es von hinten, die letzten vier Ziffern.

»Volltreffer. Ich bin drin.«

»Ehrlich! Da bin ich aber überrascht«, sagte Boyd.

»Warum?«

»Weil du dir nicht einmal dein eigenes Passwort merken kannst!«

»Pff.« Obwohl es so spät war, spürte sie einen Adrenalinkick, als sie auf das Display schaute. »Keine Social Media Apps. Vielleicht hatte sie tatsächlich kein Onlineprofil. Viele Anrufe und ein paar Textnachrichten. Die Nummern scheinen ziemlich durcheinander zu sein. Vielleicht Patienten? Viele Kontakte hat sie auch nicht gespeichert.«

»Ich habe ihren Namen gegoogelt. Sie hat sich ziemlich bedeckt gehalten. Keine Fotos, auf denen sie Golf spielt, keine

Reden, die sie gehalten hat. So Sachen, die ich mit Ärzten in Verbindung bringe.«

»Du steckst sie in eine Schublade. Wenn ich dir die Vornamen der weiblichen Kontakte auf ihrer Kontaktliste vorlese, dann fällt dir vielleicht der Name des Mädchens wieder ein, oder?«

»Ich glaube, es war so ähnlich wie Paddy, oder ... Moment ... Maddy. Ja. Maddy. Ganz sicher.«

Lottie scrollte durch die gespeicherten Kontakte. »Der Name ist hier nicht dabei.«

»Vielleicht hatte sie das Rad ja gestohlen und dann ein schlechtes Gewissen bekommen und es wieder zurückgebracht.« Boyd gähnte lautstark.

»Nachdem du ihr über den Weg gelaufen bist, meinst du?«

»Ich habe erwähnt, dass ich Detective bin und ihr meine Karte gegeben.«

»Ritterlich wie eh und je.«

»Was meinst du damit?«

»Gar nichts.« Wer war das Mädchen und in welchem Verhältnis stand es zu Ellen? »Die Spurensicherung wird das Rad auf Fingerabdrücke überprüfen. Vielleicht kommen die auf einen Namen.«

»Herrgott, sie ist doch nur ein Kind. Ich kann mir kaum vorstellen, dass sie diese Frau vergiftet und dann die Stufen hinuntergestoßen hat.«

»Du hast ja richtig gute Laune!« Sie schaute auf die Uhr. »Ich hatte immer gedacht, dass du ein Frühaufsteher bist, Boyd.«

»Das bin ich auch, aber zehn Minuten nach Mitternacht ist nicht früh, und außerdem muss man erst schlafen, bevor man aufstehen kann. Wir haben immer noch keine Familienmitglieder ausmachen können und es sieht nicht danach aus, als ob sie verheiratet gewesen wäre oder Kinder hatte. Warum warten wir nicht einfach, bis es wirklich morgen ist?«

»Du hast recht. Es war ein langer Tag und um diese Uhrzeit mache ich sowieso nur Fehler.«

»Komm her und gib mir einen Kuss«, sagte Boyd und griff nach ihrer Hand, als sie aufstand.

»Ich glaube, ich muss jetzt heim. Ich brauche meinen Schönheitsschlaf.« Sie grinste und küsste ihn auf die Wange.

»Du bist toll, genauso, wie du bist. Weißt du, irgendwie sind wir wie ein altes Ehepaar, und dabei sind wir noch nicht einmal verheiratet«, murmelte er.

»Jetzt dauert es nicht mehr lange.«

»Ich kann es gar nicht abwarten.« Er zog seine nasse Jacke an.

»Wie laufen die Hochzeitsvorbereitungen? Immerhin hast du Chloe noch nicht umgebracht!«

»Deine einzige Aufgabe ist, aufzutauchen.« Boyd zwinkerte ihr zu.

»Vergiss nicht, Grace rechtzeitig abzuholen.«

»Ach ja. Grace. Das ist ein ganz anderes Kapitel.«

»Wie geht es ihr?«

»Richtig gut, wenn ich ehrlich bin. Das Alleinsein tut ihr gut. Und sie hat Connemara im Blut. Ich habe ein paar Leute, die ich kenne, gebeten, hin und wieder nach dem Rechten zu sehen. Hab ich dir eigentlich erzählt, dass sie einen Job gefunden hat?«

»Nein, hast du nicht!«, sagte Lottie.

»Sie hat erst angefangen. Sie arbeitet jetzt in einem Pub.«

»Deine Schwester – Grace – arbeitet in einem Pub? Das kann nicht sein!«

»Im Westen ist es um diese Jahreszeit sehr ruhig. Und sie ist nur ein paar Abende die Woche dort. Stellt den Geschirrspüler für die Gläser an, poliert sie, und stellt sie ins Regal.«

»Sie sammelt die schmutzigen Gläser ein? Grace graut vor allem, was schmutzig ist.«

»Soweit ich weiß, machen das die Barkeeper, und die

stellen die Gläser auch in den Geschirrspüler. Weil Grace sich geweigert hat. Du hast also recht. Sie hat nur mit den sauberen Gläsern zu tun.«

»Oh Mann, das wird sie nicht lange machen, aber ich hoffe, dass es ihr Spaß macht.«

»Das hoffe ich auch.«

Die haselnussbraunen Flecken in seinen Augen funkelten und Lottie lehnte sich zu ihm und küsste ihn sanft auf die Lippen. Dann nahm sie seine Hand in ihre, löschte das Licht und ließ Mord für den Rest der Nacht Mord sein.

FÜNFUNDZWANZIG

Der Dienstagabend war im Fallon's genauso ruhig wie der Montagabend und der Mittwochabend. Richtig viel los war von Donnerstag bis Sonntag. Chloe Parker war es lieber, wenn viel los war. Heute Abend zog sich unendlich. Sie hatte ein Glas schon zum zweiten Mal poliert, bevor ihr aufgefallen war, was sie da gerade machte. Die Tür öffnete und schloss sich wieder, und er kam herein. Von den Fußspitzen angefangen streckte sich ihr Körper, und ihre Lippen formten sich zu einem Lächeln.

»Hi«, sagte sie, als er sich auf den Barhocker setzte.

»Nicht viel los heute«, sagte er.

»Das stimmt allerdings. Ein Heineken?«

»Lieber einen Wodka Bull. Ohne Eis.«

»Die Art von Tag also?« Sie drehte sich zum Spiegel um und goss den Wodka ein. Dann nahm sie eine Dose Red Bull aus dem Regal, stellte die Getränke vor ihn hin und stützte ihr Kinn auf die Hand. »Du siehst müde aus.«

»Schlechter Tag im Büro.«

»Du solltest mehr lächeln. Das macht deine Augen noch blauer.« Er lehnte sich vor und küsste sie.

»Du hast meinen Abend gerettet«, sagte sie. »Du, was ich dich fragen wollte ... Du musst nicht ...« Ihre Stimme wurde leiser. Chloe fragte sich, ob sie das Richtige tat. Sie gingen erst seit ein paar Wochen miteinander, und er war älter als sie. Ein ganzes Stück älter als sie. Ihre Mutter würde ausflippen. Sie hatte es bis jetzt geheim gehalten, was nicht besonders schwierig war, weil ihre Mutter entweder arbeitete oder ihre Zeit mit Boyd verbrachte.

Ein Fingerschnippen vor ihrer Nase riss sie aus ihren Gedanken. »Ach, entschuldige, ich war grad ganz woanders.«

»Was wolltest du mich fragen?«

»Möchtest du am Samstag mit auf die Hochzeit kommen?«

»Wer heiratet denn?«

»Meine Mutter.«

»Das ist auch eine Möglichkeit, mich deiner Familie vorzustellen!«

»Kommst du?«

»Da möchte ich mal drüber schlafen, okay?«

Sie knabberte an ihrem Daumen. Etwas nagte an ihr. Manchmal redete er daher wie ein alter Mann. Aber sie hatte die Nase gestrichen voll von impulsiven jungen Männern, die sie zu Tode langweilten. Allein die Tatsache, dass sich jemand älterer für sie interessierte, erfüllte sie mit Freude.

»Allein?«, fragte sie.

Er zwinkerte, nahm ihren Arm und zog sie sanft zu sich. »Du kannst gerne dabei sein.«

Sie wünschte, der Tresen wäre nicht zwischen ihnen.

———

Jessica Fleming stand in dem dunklen Zimmer, das ihre Mutter die Penthouse Suite nannte, im Obergeschoss, und schaute aus dem Fenster dem Regen zu, der in den See fiel. Sie nahm einen Schluck von ihrem Pinot Grigio. Die Nacht war rabenschwarz,

aber die Lichter vom Clubhaus des Golfclubs warfen unheimliche Schatten durch die Regenbahnen.

Sie hatte ein Lächeln auf den Lippen, als sie den Tag Revue
passieren ließ. Insbesondere dachte sie daran, welchen
Eindruck sie wohl auf Sam McKeown, den großgewachsenen,
kahlgeschorenen, gut aussehenden Detective gemacht hatte. Er
hatte sich Zeit gelassen, als er sie befragt hatte. Auf eine ruppige
Art und Weise war er ziemlich süß. Wenn es um Männer ging,
dann war Jessica mit allen Wassern gewaschen. Er war
entweder verheiratet oder geschieden, aber wahrscheinlich
noch verheiratet und auf Beutezug – was den fehlenden
Ehering erklärte. Er hatte diesen Raubtierblick, raffiniert und
wachsam. Und er hatte ihr sicherlich mehr Informationen
entlockt, als er für die Mordermittlung im Fall Rachel brauchte.

Rachel auf der Party des Restaurants zu sehen, hatte ihr
eine Gänsehaut beschert, obwohl sie zugeben musste, dass sie
bei der Zusammenstellung der Gästeliste eine geniale Rolle
gespielt hatte. Wie ihre Mutter geschaut hatte! Das war es wert
gewesen. Manchmal zahlte es sich aus, etwas zu wagen. Und
nur ein paar Stunden später, heute Morgen, war Rachel tot
aufgefunden worden. Wie schade.

Jessica nahm noch einen Schluck Wein, ging im Zimmer
auf und ab, und berührte die Designer Bettdecke mit ihren
kalten Fingern. Sie schauderte. Was für eine Verschwendung.
Ihre Mutter war eine Närrin. Ihr ganzes Geld in die Renovierung von diesem Hausskelett zu stecken, und dann das Restaurant in der Innenstadt zu eröffnen, und alles nur, um Daddy zu
ärgern! Verstand sie wirklich nicht, dass ihn nicht interessierte,
was sie machte? Sie manövrierte sie alle Richtung Bankrott, nur
um ihm eins auszuwischen. Ich wünsche dir viel Glück,
Mutter, dachte sie.

Sie sah auf die Uhr. Es war schon spät, aber sie war noch
ganz aufgewühlt.

Als sie sich zur Tür umdrehte, spürte sie einen schneidenden Schmerz auf ihrer Kopfhaut. Sie nahm ihr Haarband ab und schüttelte ihre langen Haare aus. Als sie vor dem bodenlangen Spiegel stand, fragte sie sich, warum sie sich für die Unterredung mit Detective McKeown so herausgeputzt hatte. Vielleicht hätte sie ihr Haar in größere Wellen legen sollen und ihr schwarzes Chiffonklein, das von Brown Thomas, anziehen sollen. Vielleicht könnte sie ihn dazu bringen, sie auszuführen. Sie hatte keine große Date-Vergangenheit. Die meisten Männer konnten einfach ihre Erwartungen nicht erfüllen. War daran auch ihr Vater schuld? Sie drehte sich vom Spiegel weg, aus Angst vor ihrem eigenen Spiegelbild.

Mit einem letzten Blick auf den verregneten See wollte sie gerade aus dem Zimmer gehen, als sie hörte, wie ein Auto vorfuhr. Sie presste ihre Nase an die Fensterscheibe und schirmte ihre Augen mit der Hand ab, damit sie besser sehen konnte. Wer kam noch so spät?

Verdammt, dachte sie. Das war Tara. Was machte sie denn zu Hause?

Sollte sie nicht eigentlich in London sein, oder war das nur eine weitere Lüge gewesen? Jessica bohrte sich die Fingernägel in die Handflächen. Tara bekam immer, was sie wollte. Seit sie Kinder waren. War sie zurück, um Jessica das bisschen wegzunehmen, das sie sich aufgebaut hatte? Um Zwist zwischen ihr und ihrer Mutter zu säen? Sie seufzte laut. Bei Tara wusste man nie, womit man rechnen musste.

Sie trat vom Fenster zurück, leerte ihr Glas, stellte es auf die Fensterbank und ging aus der Suite, um sich fertig fürs Bett zu machen. Morgen ist auch noch ein Tag, dachte sie, und dann lachte sie, als sie an diesen Satz aus *Vom Winde verweht* dachte. Nun, sie war zwar keine Scarlett O'Hara, aber war Tara wirklich stark genug, um ihre Zukunft zu zerstören?

Diese verdammte Tara.

———

Das Mädchen sah zum ersten Mal, wie sein Vater Sex hatte, als es neun Jahre alt war. Die Frau war nicht die Mutter des Mädchens. Das kleine Mädchen wusste monatelange nicht, was es da überhaupt beobachtet hatte – und bis dahin war es schon ziemlich gut darin geworden, seinen Vater heimlich zu beobachten. Beim ersten Mal hatte es gar nicht vorgehabt, ihn zu beobachten. Es wollte gerade klopfen, aber die Tür stand einen Spalt offen und von drinnen drang Lachen heraus. Sein Vater lachte so gut wie nie, und deshalb blieb es stehen und schaute zur Tür hinein. Wahrscheinlich hätte es einfach wieder gehen sollen. Aber seine Beine waren wie angewurzelt, als ob es jemand an Ort und Stelle festgeklebt hätte. Seine Augen wurden immer größer, je länger es zusah.

Die Frau sah sehr jung aus. Viel jünger als Mum. Vielleicht ein Teenager? Sie lachte jedenfalls wie ein Teenager. Wie die Teenagerin, die hin und wieder auf sie aufpasste, wenn ihre Eltern zum Essen gingen oder auf eine Party, was nicht oft vorkam.

Mit kindlicher Faszination schaute das kleine Mädchen zu, wie sein Vater die junge Frau grob küsste. Wahrscheinlich zog er sie auch an den Haaren, weil sie kreischte, aber dann kicherte sie gleich wieder.

Das kleine Mädchen wusste, dass es sich wegdrehen sollte, aber es war, als ob irgendeine überirdische Kraft seine Nase fest in den Türspalt drückte. Es durfte sein Arbeitszimmer nicht betreten. Niemand durfte seinen ›Männerraum‹, wie er es nannte, betreten.

Als die beiden hinter den Schreibtisch gingen, sah es, dass die junge Frau einen kurzen weißen Jeansrock trug und eine rotgeblümte Bluse, die vorne verknotet war und ihren Bauch frei ließ. Sein Vater war ungewöhnlich angezogen – sein Hemd stand offen, genauso wie der Gürtel, der seine Hose hielt. Jetzt sollte es sich aber wirklich zurückziehen. Aber ein Kribbeln in seinem Bauch brachte es dazu, stehen zu bleiben. Es spürte, dass es dabei war, etwas Verbotenes zu beobachten.

Die beiden waren jetzt hinter dem Schreibtisch, und sein Vater zog die Hose herunter. Die junge Frau schob ihren Rock nach oben und wand sich aus ihrem Höschen, dann warf sie es über die Schulter hinter sich. Das kleine Mädchen fragte sich, was da vor sich ging. Es stand einfach da, unfähig, sich zu bewegen, unfähig, wegzusehen. Wie eine Statue starrte es, entsetzt und voller Abscheu.

Dann kam das Stöhnen und Kreischen. Sein Vater hatte seinen Kopf in das lange Haar des Teenagers gesteckt und die beiden bewegten sich im Rhythmus eines Klanges, den nur sie hören konnten. Nach ein paar Augenblicken stieß ihr Vater einen lauten Seufzer aus und die Frau stöhnte, dann kicherte sie wieder. Genau in diesem Moment trafen sich die Augen des kleinen Mädchens und die seines Vaters. Er hatte ein listiges Lächeln auf den Lippen und seine Augen standen vor, wie in einer seltsamen Ekstase.

Er hatte es gesehen, und als er sich noch mal mit aller Kraft in die junge Frau schob, lächelte er seine Tochter an. Es war kein gewöhnliches Lächeln. Das kleine Mädchen hatte noch nie so einen Gesichtsausdruck bei seinem Vater gesehen, und das wollte es auch nie wieder. Aber natürlich kam es anders. Und noch sehr oft nach diesem ersten Mal.

Es rannte nach unten. Auf dem Garderobenständer im Flur fiel ihm die Tasche der jungen Frau auf, ein gestreifter Beutel mit Fransen. Es verstand selber nicht, warum, aber es begann, den Beutel zu durchwühlen. Geldbörse, Quittungen, ein Haargummi. Dann fand es ein Fläschchen. Ein schweres schwarzes Parfümfläschchen.

Sein Vater kaufte nur die teuersten Geschenke. Bis zu diesem Augenblick hatte das Mädchen geglaubt, dass das nur für seine Mutter galt. Der Name auf dem schwarzen Fläschchen *machte es neugierig. Es hatte das Wort schon einmal irgendwo gelesen, auf einer dunkelbraunen Flasche im Schuppen, aber da war ein Totenkopf mit gekreuzten Knochen darunter gemalt gewesen.*

SECHSUNDZWANZIG

MITTWOCH, 22. NOVEMBER

Andy Ashe wachte auf. Er hatte einen ausgewachsenen Kater. Erst wusste er nicht einmal, wo er überhaupt war. Stöhnend setzte er sich auf. In seinem eigenen Bett. Allein. Immer noch angezogen. Er war sich nicht sicher, ob das gut oder schlecht war. Scheiße. Er zog sich aus und duschte zehn Minuten lang.

Als er sich getrocknet und angezogen hatte, fühlte er sich noch schlechter. Und er musste auch noch in die Arbeit.

Er scrollte durch die Nachrichtenapp auf seinem Handy und sofort strahlte ihm Rachel Mullens Foto entgegen. Noch mal Scheiße.

Und dann erinnerte er sich mit einem Schlag an Detective Larry Kirby. Und noch mal Scheiße.

Verschwommen dämmerte ihm, dass er um neun auf der Wache sein sollte. Jetzt war es bereits halb zehn. Er befürchtete schon, dass jeden Augenblick das Überfallkommando, oder wie auch immer die Truppe hieß, die Wohnung stürmte, die Tür einbrechen und ihn in Handschellen abführen würde, und vor den Augen aller Nachbarn in einen Einsatzwagen mit vergitterten Fenstern verfrachten. Da hätten sie ein gefundenes Fressen für Klatsch und Tratsch.

Er war zwar zu spät für die Vernehmung aber noch nicht zu spät für die Arbeit. Er würde Hazel anrufen und ihr sagen, dass er eine Stunde frei brauchte, und dann würde er zur Wache latschen und es hinter sich bringen. Ein Konterdrink würde ihm jetzt guttun, aber in seinen Schränken fand er nichts, was Alkohol enthielt, außer Weißweinessig. Und das ging wirklich nicht.

Warum konnte sein Leben nicht leichter sein?

Als er die Jacke angezogen hatte, tauchte er den Finger noch in den leeren Weihwasserkessel bei der Tür, eine Angewohnheit aus Kindheitstagen, die er nicht loswurde. Dann ging er aus dem Haus, um dem Tag ins Gesicht zu blicken.

———

Hazel war regelrecht ins Bett gefallen. Sie hatte zwei Codein genommen gegen die dröhnenden Kopfschmerzen und die Übelkeit, und eine halbe Falsche Hustensaft gegen das Kratzen in ihrem Hals. Nachdem der Besuch wieder gegangen war, hatte sie sich miserabel gefühlt. Zu viele Erinnerungen. Zu viel Wein.

Sie stand vor dem Spiegel. Ihr war schwindelig und sie wusste, dass sie heute nicht zur Arbeit gehen konnte. Schwarze Ringe zeichneten sich unter ihren Augen ab und ihre Wangen waren mit Kratzern übersät. Sie erinnerte sich daran, wie sie vor Schreck in die Hecke gefallen war.

Der Kaffee half auch nicht viel. Sie war noch nicht klar im Kopf. Sie brauchte etwas Stärkeres. Auch jetzt konnte sie ihren Vorrat in keiner der Schubladen finden. Sie brauchte einen Kick, und zwar schnell. Sie zog ihr Handy zu sich heran und wählte die Nummer an, die sie unter ›Mum‹ abgespeichert hatte.

»Bitte, mach dass wer rangeht«, bettelte sie das leblose

Objekt in ihrer Hand an. Aber es ging wieder einmal nur die Mailbox dran, wie es meistens der Fall war.

Nach dem Piepton sagte sie: »Hier ist Hazel. Kannst du vorbeikommen? Du weißt, was ich brauche. Jetzt. Ich zahle den doppelten Preis.« Sie beendete den Anruf. Dann legte sie den Kopf in ihre Hände und fragte sich, wie sie der Hölle, die sie sich selbst geschaffen hatte, je wieder entkommen sollte.

Ihr Exliebhaber war ihr wie ein rettender Engel vorgekommen, aber nachdem er sie abserviert hatte, war sie wie im freien Fall in ein tiefes Loch gestürzt. Und jedes Mal, wenn sie herausklettern wollte, fiel sie nur noch tiefer in den Abgrund.

Sie erstickte an ihrem eigenen Elend.

SIEBENUNDZWANZIG

Jessica Fleming mochte die Küche, die ihre Mutter im Untergeschoss von Molesworth House geschaffen hatte, überhaupt nicht. Sie wirkte so, als ob sie direkt aus der Kulisse von *Downton Abbey* übernommen worden wäre. Ein mächtiger weißer Keramikherd, Kupfertöpfe, die an Haken hingen und auf ihren Einsatz warteten, ein drei Meter langer Eichentisch in der Mitte des Raumes, um den unbequeme Holzstühle standen. Zwei Regalwände ragten über einen schwarzen Tresen hinaus. Das Fenster war hoch und schmal, mit Glasmalerei verziert. Es nahm die halbe Wand ein.

Ihre Mutter saß am Tisch, hatte eine Cafetiere in der Hand und goss sich gerade eine Tasse frisch gebrühten Kaffee ein. Es gab gewisse moderne Luxusgüter, die einfach nicht zu so einer altertümlichen Einrichtung passten, und eine moderne Kaffeemaschine war eins davon. Als Jessica die Tasse entgegennahm und sich gegen die Spüle lehnte, hörte sie Schritte auf der Wendeltreppe.

Annie beobachtete den Dampf, der von der Tasse, die sie zwischen ihren Händen hielt, emporstieg. »Ich will nicht, dass ihr schon wieder streitet, Jessica.«

Wenn Blut wirklich in den Adern gefrieren könnte, dann würde ihres in dem Augenblick zu Eis, in dem ihre Schwester hereinschneite und einen Fuß auf den Küchenboden setzte, da war sich Jessica sicher. Sie hatte richtig vermutet, letzte Nacht. Tara war zu Hause.

»Guten Morgen«, sagte Tara und schloss die schwarze Michael Kors Satinjacke, die sie über einem weißen T-Shirt und einer schwarzen Jeans trug.

»Ich dachte, du bist in London.« Der Anblick ihrer Schwester, die ihr frisch gesträhntes blondes Haar in einem Pferdeschwanz zusammenfasste, ließ Jessica verstummen. Ohne Make-up war die Narbe, die sich von Taras Lid bis zu ihrem Kinn zog, ein leuchtend roter Strich.

»Mir gings nicht gut«, sagte Tara. »Ich wollte definitiv nicht in einem Flugzeug sitzen und mich in eine Tüte übergeben müssen.« Sie zog eine Augenbraue hoch. »Vielleicht habe ich mir ja das gleiche eingefangen wie Rachel Mullen.«

»Rachel hat sich nichts eingefangen«, sagte Annie. »Sie wurde ermordet.«

»*Du* bist aber nicht tot.« Jessica konnte die Bitterkeit in ihrer Stimme nicht verbergen.

»Allerdings nicht! Tut dir das leid?«

»Sei doch still.« Jessica drehte sich um, schüttete ihren Kaffee in das tiefe Spülbecken und wollte aus der Küche gehen.

»Setzt euch hin«, sagte Annie und ihre Stimme klang dunkel und bestimmend. »Wir müssen uns unterhalten.«

»Ich habe ihr absolut nichts zu sagen.« Jessica verschränkte die Arme.

»Setzt euch hin!« Die Fensterscheiben klirrten vom Timbre von Annies Stimme, und die Sonne, die durch das Buntglas schien, malte farbige Kreise auf den Boden.

Tara gehorchte. Jessica zog widerwillig und mit viel Gepolter einen Stuhl heran, rückte die Brille auf ihrer Nase zurecht und setzte sich ihrer Schwester gegenüber.

Annie blieb am Kopfende sitzen und schenkte frischen Kaffee ein. Jessica saß in der Stille, die nur vom Ticken der Wanduhr bei der Treppe unterbrochen wurde, und wünschte sich weit weg.

»Tara«, sagte Annie. »Du weißt von Rachels Tod. Du weißt, was das bedeutet.«

»Kläre mich auf.«

»Sie war auf meiner Eröffnungsfeier. Im Restaurant. Die Gardaí werden alle verdächtigen, die anwesend waren. Ich habe mich mit den Detectives bereits unterhalten und war so hilfsbereit, wie ich nur sein konnte. Ein Detective war sogar gestern Abend noch da, um Jessica in die Mangel zu nehmen.«

Tara öffnete ihren Mund und lachte lauthals, wobei sich die Narbe im Rhythmus des Lachens zusammenzog und dehnte. Jessica drehte sich der Magen um.

»Oh, Jessica«, sagte Tara, »bist du ein böses Mädchen gewesen?«

»Halt's Maul.«

»Kinder.« Annies Stimme war jetzt ruhig. »Hört auf, euch wie Fünfjährige zu benehmen. Wir müssen an einem Strang ziehen. Ich weiß nicht, wer sie umgebracht hat, oder warum, aber ich lege wirklich keinen Wert darauf, dass die Polizei ihre Nase in unsere Angelegenheiten steckt.«

»Angelegenheiten? Das ist gut«, sagte Tara. »Weiß Daddy davon?«

»Tara!« Annies Stimme hob sich wieder, und Jessica fragte sich, wohin das führen würde. Warum war ihre verdammte Schwester überhaupt hier?

Annie sagte: »Es wird dir schwerfallen, dich damit auseinanderzusetzen, aber ich halte es durchaus für möglich, dass dein Vater etwas mit dem Tod zu tun hat. Ich kann es nicht beweisen, aber er war völlig durch den Wind, als er Montagabend bei der Party aufgekreuzt ist, und wie wir alle wissen, ist er sehr selten aufgeregt.«

»Ich habe ihn kurz gesehen«, warf Jessica ein, »aber ich hatte mich gerade mit jemandem unterhalten und als ich ihn im Anschluss gesucht habe, war er schon wieder weg.«

»Er ist nicht lang geblieben«, sagte Annie. »Aber was mich stutzig macht, ist, dass er nach Rachel Mullen gefragt hat.«

»Was könnte er von ihr gewollt haben?«, fragte Tara, und Jessica fiel auf, dass sich ihre Augen zu Schlitzen verengt hatten, wie die einer Katze, die zum Sprung ansetzt.

»Die Frage kann uns nur euer Vater beantworten«, erwiderte Annie.

Taras Augen verengten sich noch mehr. »Als wir Teenager waren, waren wir befreundet. Das ist alles. Keine Ahnung, warum Daddy nach ihr gesucht haben sollte.«

»Vielleicht hat sie ihm Geld geschuldet«, mutmaßte Jessica.

»Sie hat sich bei mir gemeldet, weil sie finanzielle Unterstützung für ein Projekt, an dem sie beteiligt ist, gesucht hat. Vielleicht hat sie euren Vater deshalb kontaktiert, auch wenn ich mir sicher bin, dass er ihr keinen Cent geliehen hätte.«

»Interessant«, sagte Tara. »Daddy hat das mir gegenüber nie erwähnt.«

»Und was sagt die Polizei zu dem Ganzen?«, fragte Jessica.

»Ich weiß es nicht.« Annie schüttelte ihren Kopf. »Ich gehe davon aus, dass sie schon mit ihm gesprochen haben. Aber ich mache mir Sorgen, welche Auswirkungen das auf mein Geschäft haben wird.«

»Typisch«, sagte Tara. »Geld steht immer an erster Stelle bei dir. Was ist denn mit Rachel? Mit ihrer Familie? Oh Mann, die arme Beth.«

»Du hast nicht viel von den beiden gehalten, als du fünfzehn warst. Warum um alles in der Welt solltest du dich jetzt um sie sorgen?«, fragte Annie.

Tara verschränkte die Arme und sagte nichts.

»Schaut, Kinder, ich muss mir genug Sorgen um meine eigene Familie machen. Ich bitte euch nur darum, auf der Hut zu sein. Wie ich schon sagte, es könnte sein, dass euer Vater etwas damit zu tun hat. Es darf nicht sein, dass er mir ausgerechnet jetzt alles ruiniert, wo ich gerade kurz vor dem Durchbruch stehe.«

»Hört sich für mich so an, als ob Daddy fremdgegangen ist.« Tara lächelte teuflisch. Ihre Narbe krümmte sich wieder. Jessica wandte sich ab und konzentrierte sich auf ihre Mutter.

»Es ist genug jetzt!«, zischte Annie. »Ich möchte, dass ihr euch wie richtige Schwestern benehmt. Gebt den Gardaí keinen Anlass, uns mehr Aufmerksamkeit als nötig zu schenken. Mein Restaurant muss ein voller Erfolg werden, oder meine ganzen Geschäftskredite gehen den Bach hinunter.«

Jessica sagte nichts mehr. Nicht, weil sie Angst davor hatte, ihre Mutter noch wütender zu machen, sondern weil sie dem einfach nichts hinzuzufügen hatte.

Taras hohe Stimme füllte die Stille. »Was sollen wir ihnen denn erzählen? Du gibst uns doch immer vor, was wir sagen sollen, also schieß los.«

Der Schlag traf Tara völlig unerwartet, aber das Geräusch hallte in der auf alt gemachten Küche nach, und Jessica rutschte die Brille von der Nase. Sie zögerte, bevor sie sie wieder hochschob, und beobachtete, wie die Ader auf Taras Gesicht anschwoll und die Narbe noch röter wurde.

»Du Miststück!«, schrie Tara und schob ihren Stuhl zurück. »Es wird dir noch verdammt leidtun, dass du das getan hast.«

Und dann war sie weg.

Als sich Annie wieder auf den Stuhl fallen ließ, war Jessica wie erstarrt. Konnte sich vor Angst weder bewegen noch etwas sagen. Weil sie wusste, dass alles – egal, was sie unter diesen Umständen tat oder sagte – das Falsche sein würde.

ACHTUNDZWANZIG

Sobald die Spurensicherung ihre Arbeit beendet hatte, wurde Beth Mullen telefonisch mitgeteilt, dass sie wieder in ihr Haus konnte. Sie dankte ihrer Nachbarin für die Gastfreundschaft und eilte schnell die Straße entlang zu dem leeren Haus.

Drinnen konnte sie zwar erkennen, dass in den letzten vierundzwanzig Stunden Leute hier ihre Arbeit verrichtet hatten, aber sie war überrascht, wie ordentlich sie es hinterlassen hatten. Das Einzige, was ihr wirklich fehlte, war der gute Geist ihrer Schwester. Die Wände waren wie eine leere Hülle. Sie umschlossen kein Leben mehr. Kein Herz. Rachel war tot. Dinge, die sie fünfundzwanzig Jahre lang miteinander geteilt hatten, waren nun nur noch Erinnerungen. Sie würden nie wieder irgendetwas miteinander teilen.

Sie versuchte, die Gedanken an Rachel abzuschütteln. Sie duschte und zog sich um. Es gab einiges zu erledigen. Angelegenheiten in Ordnung zu bringen. Sie sollte sich bei ihrem Vater melden, auch wenn Detective Boyd ihr gesagt hatte, dass der anscheinend keine Eile hatte, zu ihr zu kommen, um sie zu trösten.

Außerdem wollte sie zum Grab ihrer Mutter gehen. Eine

grausame Fügung des Schicksals wollte es, dass ausgerechnet heute ihr zweiter Todestag war. Rachel hätte bestimmt Blumen kaufen wollen. Im Blumenladen musste es frische, passende Blumen geben, auch wenn November war. Dann wurde ihr bewusst, dass sie die Beerdigung ihrer Schwester vorbereiten musste.

Sie sackte in den Sessel. Es war, als ob sich in ihr drinnen ein tiefes Loch aufgetan hätte. Eine Leere, die seit ihrer Geburt immer von ihrer Schwester gefüllt gewesen war. Sie konnte nicht mehr klar denken.

Sie wartete darauf, dass sie in einen Weinkrampf ausbrach. Aber zu ihrer Verblüffung blieben ihre Augen trocken. Bis jetzt hatte sie ihre Tränen zur richtigen Zeit und vor den richtigen Leuten vergossen. Sie hatte den Schein gewahrt. Hatte die erschütterte, trauernde Schwester geradezu perfekt gespielt, da war sie sich sicher. Aber jetzt war sie allein, in dem Haus, das jetzt nur ihr gehörte, weil Rachel nach dem Tod ihrer Mutter den Hypothekenschutz ganz auf sich hatte überschreiben lassen. Um so etwas hatte sich immer Rachel gekümmert. Verwaltungssachen lagen ihr. Beth dagegen war schon immer die Kreative gewesen, die stille Partnerin hinter der Triebkraft und dem Tatendrang ihrer Schwester. Aber jetzt würde Beths Stern aufgehen. Ganz klischeehaft könnte sie nun aus dem Schatten ihrer perfekten Zwillingsschwester heraustreten.

War Rachels Tod der Beginn dieser Metamorphose? Sie dachte an die eine Sache, über die zu sprechen Rachel ihr verboten hatte. Die Sache, die ihren Blick hin und wieder so düster werden ließ. Eine Therapie hatte eine Zeit lang geholfen. Am Anfang waren Rachels Lebensgeister für eine Weile zurückgekehrt, ihr inneres Leuchten hatte Beth richtig geblendet. Dann, eines Wintermorgens, war dieses Leuchten wieder erloschen. Erst mit der Aussicht auf ihr neues Unternehmen kehrte die alte, die echte Rachel wieder ein Stück weit zurück. Wenn sie diesem Geheimnis auf die Spur kommen könnte, dachte Beth, könnte sie vielleicht auch dem Grund, warum ihre Schwester tot war, etwas näher kommen. Hätte sie das alles den Detectives erzählen sollen? Nein. Sie konnte es sich ja nicht einmal selbst erklären. Rachel war nur schwer zu begreifen gewesen, und sogar noch schwerer nach dem Tod ihrer Mutter, als sie sich auch noch von ihren alten Freunden abgewendet hatte.

Es klingelte und Beth sprang aus dem Sessel auf, wobei sie sich ihr Knie am Couchtisch stieß. Sie blieb stehen. Waren das wieder die Detectives? Hatte sie denen nicht schon genug erzählt? Sie hatte denen doch alles erzählt, was sie wissen mussten. Sie hatte die Wahrheit gesagt. Außer bei einer Sache.

Vor dem Spiegel im Flur versuchte sie, ihr Haar ein wenig zu glätten. Dann gab sie es auf und öffnete die Tür.

Der Mann, der vor ihr stand, reckte sein glattrasiertes Kinn vor. Die Haut so ebenmäßig wie Schiefer, die Augen wie zwei dunkle Seen, sein Haar im Nacken in einem kurzen Pferdeschwanz zusammengefasst. Durch den schwarzen Parka wirkte er stämmig, aber Beth wusste, dass er schlank und muskulös war. Sie war völlig verwirrt, aber schließlich brachte sie etwas heraus.

»Brendan, was machst du hier?«

Sie blickte an ihm vorbei die Straße hinauf und hinunter. Als sie den Streifenwagen entdeckte, der ein wenig die Straße hinunter geparkt war, bat sie ihn herein. Niemand hatte erwähnt, dass das Haus unter Beobachtung stand. Sie hatte die Unterstützung durch einen Opferschutzbeamten abgelehnt, aber vielleicht dachte die Polizei ja, dass sie in der gleichen Gefahr war wie ihre Schwester. Dachten sie, dass der Mörder vielleicht zurückkommen würde? Und falls ja, warum hatte sie dann niemand gewarnt?

Fragen schossen ihr nur so durch den Kopf, als sie Brendan ins Wohnzimmer folgte. Wie sollte sie sich benehmen? Ganz normal? Hm, dachte sie. Nichts war mehr normal.

»Kaffee?«, fragte sie, um ein bisschen Zeit zu gewinnen.

»Nein, danke.« Er klang irgendwie älter. »Ich will nur mit dir reden.«

»Warum bist du hier?«

»Herrgott, Beth, was meinst du denn?« Er zog seine Jacke aus und warf sie auf einen Sessel. »Gestern Abend höre ich, dass Rachel tot ist, und du fragst, warum ich hier bin?« Er setzte sich aufs Sofa. Sein Haar hatte sich gelöst und fiel ihm in die hohe Stirn. Er schob es nicht zurück und es verbarg seine Augen ein wenig, die dadurch noch dunkler wirkten und sehr bedrohlich.

»Ich glaube ich habe jedes Recht, zu fragen, was du hier willst. Du hast sie terrorisiert, als sie noch gelebt hat, daher verstehe ich wirklich nicht, warum du jetzt hier auftauchst.«

»Du warst schon immer die gröbere von euch beiden. Es hat eine Weile gedauert, bis ich die Unterschiede in eurem Charakter begriffen habe. Aber ich habe den Unterschied begriffen, auf die harte Tour. Ihr habt mir mein Leben zur Hölle gemacht. Du und Rachel.«

»Wovon redest du?«

»Das weißt du ganz genau, und jetzt wo sie tot ist, schuldest du mir eine Erklärung, warum ihr das gemacht habt.«

»Brendan, ich habe nicht die geringste Ahnung wovon du redest.«

»Mach uns einen Kaffee, dann frische ich deine Erinnerung auf.«

Sie konzentrierte sich auf Tassen und Teelöffel und den Wasserkocher und überlegte, ob vielleicht Brendan etwas mit dem Tod ihrer Zwillingsschwester zu tun hatte.

NEUNUNDZWANZIG

Als sie bei Cusack Heights aus dem Wagen stiegen, schaute Boyd sich um, ob sie jemand beobachtete. Lottie schüttelte ihren Kopf.

»Was?«, fragte er und knöpfte seinen Mantel zu.

»Niemand stielt dir hier dein Auto.«

»Das weiß ich selbst. Ich wundere mich nur, dass Maddy Daly hier wohnt. Als ich sie getroffen habe, ist sie am Kanal entlanggeradelt und da war es erst sieben Uhr früh.«

»Und was genau wundert dich daran?«

»Ich frage mich, warum.«

»Vielleicht wollte sie einfach der bedrückenden Tatsache entfliehen, dass sie in einer dicht bebauten, übervollen, vollgemüllten Sozialsiedlung wohnt.« Lottie wedelte mit der Hand umher, um ihre Worte zu betonen.

»Ja, aber ...«

»Komm. Wir fragen sie einfach.«

Von einem Nachbarn hatten sie erfahren, dass Ellen in letzter Zeit oft in der Gesellschaft einer jungen Frau gesehen worden war, die in der Cusack Heights Siedlung wohnte. Eine andere Nachbarin hatte ihnen erzählt, dass sie oft gesehen hatte, dass Maddy Daly auf Ellens Rad fuhr. Zuerst hatte sie befürchtet, dass das Mädchen das Rad gestohlen hatte und mit Ellen darüber gesprochen – aber die hatte ihr nur gesagt, dass sie sich um ihre eigenen Angelegenheiten kümmern sollte.

Lottie spürte eine gewisse Bewunderung für Ellen Gormley, als sie auf dem aufgesprungenen Pflaster Richtung offen stehende Tür zuging. Es war kalt und feucht und sie fragte sich, warum die Tür nicht geschlossen war, um die Wärme drinnen zu halten.

»Hallo? Ist jemand zu Hause?« Sie klopfte mit den Fingerknöcheln an den Türrahmen.

Von oben erklang der Schrei eines Babys, aber niemand kam herunter, um sie hereinzulassen. Lottie trat in den Flur. Sie stand auf Betonboden. Am Rand hingen noch ein paar Fetzen Linoleum an der Bodenleiste.

»Hallo«, rief Boyd etwas lauter.

»Müssen Sie so brüllen?« Lottie zuckte zusammen. Sie war gereizt, hatte nicht gut geschlafen. Chloe war erst nach zwei Uhr nachts von der Arbeit nach Hause gekommen. Arbeit, genau. Das konnte sie jemand anderem erzählen. Lottie hatte sich dazu gezwungen, liegen zu bleiben, und ihr Ärger hatte dazu geführt, dass sie nicht wieder eingeschlafen war, bis es fast wieder Zeit zum Aufstehen gewesen war.

Bevor sie noch einen Schritt machen konnte, kam eine ungepflegte junge Frau barfuß die Treppe herunter, nur mit BH und Trainingshose bekleidet, auf dem Arm ein Baby. Ein kleiner Junge schaute durch das Treppengeländer hindurch zu ihnen herunter.

»Ey! Was soll der Lärm?«, fragte die Frau. »Sie haben das Baby aufgeweckt.«

Lottie wusste ganz genau, dass das nicht stimmte. Sie hatte das Baby schon schreien gehört, bevor sie das Grundstück überhaupt betreten hatten.

»Sind Sie Maddy Daly?«

»Wer möchte das wissen?«

»Das ist nicht Maddy«, sagte Boyd und die Frau rümpfte die Nase.

»Ich bin Detective Inspector Parker. Das hier ist mein Kollege Detective Sergeant Boyd. Und Sie sind …?«

»Stella. Was hat Maddy angestellt?«

»Soweit wir wissen, gar nichts. Wir möchten nur kurz mit ihr sprechen.«

Als ob es das Normalste von der Welt war, dass zwei Gardaí zu ihrer Tür hineinspazierten, stampfte Stella die Treppe wieder nach oben und schrie: »Maddy, da sind zwei Bullen unten, und die wollen mit dir reden. Ich hab dir doch gesagt, dass du nichts anstellen sollst!«

Der kleine Junge winkte schüchtern und verschwand. »Lass uns in der Küche warten«, schlug Boyd vor.

Lottie sah sich in dem kleinen, fensterlosen Raum um. »Es ist überraschend sauber«, stellte sie leise fest.

»Wir sind eine anständige Familie!«

Sie drehte sich um und sah sich einem Mädchen im Teenageralter gegenüber, ihre Hände waren zu Fäusten geballt. Sie trug ein langes blaues T-Shirt, das ihr bis zu den Knien reichte, und die Beine darunter waren nackt. Ihr Haar sah aus, als ob es noch nass gewesen war, als sie eingeschlafen war. Es stand ihr in alle Richtungen zu Berge und war so rabenschwarz, wie Lottie es noch nie gesehen hatte. Ihr Gesicht war ganz blass, fast weiß, aber unter ihren Augen zeichneten sich dunkle Schatten ab.

»Es tut uns leid, dass wir so hereinplatzen, aber wir haben angeklopft«, sagte Boyd und streckte seine Hände nach vorne, so, als ob er einen Angriff abwehren wollte.

Das Mädchen stapfte barfuß durch die kleine Küche und holte sich ein Glas Wasser. Es kippte das Wasser hinunter, bevor es sagte: »Sie haben Stella auf hundertachtzig gebracht. Was wollen Sie?«

»Können wir uns hinsetzen? Wir wollen dich ein paar Sachen fragen.« Boyd zog einen Stuhl heraus. Maddy ging zu ihm und Lottie dachte schon, dass sie den Stuhl wieder reinschieben wollte, aber sie stand nur da und schaute ihn an.

»Ich kenne Sie. Gestern Früh. Sie haben die Kette an meinem Fahrrad gerichtet.«

»An deinem Rad?«, fragte Lottie geistesgegenwärtig.

»Und was geht das Sie an?« Die dunklen Haar flogen in alle Richtungen, als sich das Mädchen von Boyd abwendete. Sie durchbohrte Lottie mit einem herausfordernden Blick.

»Maddy ...«, begann Lottie.

»Woher kennen Sie meinen Namen?« Das Mädchen kam einen Schritt näher.

»Wir können das hier machen, oder auf der Wache. Deine Entscheidung«, sagte Lottie durch zusammengepresste Zähne.

»Sie klingen wie so ein Fernsehcop.« Ein listiges Grinsen breitete sich über das Gesicht der jungen Frau aus, aber sie setzte sich auf einen Stuhl. »Dann setzen Sie sich eben hin, wenn Sie das so gerne möchten.«

Boyd setzte sich. Lottie blieb stehen und fragte sich, welche Dynamik genau hier am Werk war.

»Soll ein Erwachsener dabei sein?«, fragte Boyd sanft. »Deine Mutter, oder die junge Frau, die wir gerade an der Tür gesehen haben?«

»Meine Schwester? Sie sind ja ein Scherzkeks. Ich brauche niemanden.«

»Also gut. Woher kennst du Ellen Gormley?«

Maddy knabberte an ihrer Lippe. »Kenne ich nicht.«

»Als ich dich das letzte Mal getroffen habe, bist du mit ihrem Fahrrad herumgefahren.«

»Ich hab Ihnen doch schon gesagt, dass ich das von meiner Granny habe.«

Ohne durchblicken zu lassen, dass sie wusste, dass das eine Lüge war, fragte Lottie: »Wie heißt denn deine Granny?«

Maddy senkte den Kopf. »Sie ist tot.«

»Wirklich?«, fragte Boyd. »Es ist nämlich so, Maddy. Wir wissen, dass das Rad Ellen Gormley gehört. Hat sie es dir geliehen?«

Von einem Augenblick auf den anderen gab Maddy es auf, sich so abgebrüht zu geben, und schaute auf einmal wie das Kind drein, das sie ja noch war. »Und wenn? Ich hab's zurückgestellt. Ich stell es immer zurück.«

»Hast du es gestern Abend zurückgebracht?«

Sie zuckte mit den Schultern. »Weiß nicht.«

»Hör mir mal zu«, sagte er. »Ellen ist tot.«

»Was?« Maddy schlug auf den Tisch. »Jetzt flunkern Sie mich an.«

»Leider ist das die Wahrheit. Aber das wusstest du schon, oder?«

»Woher sollte ich denn das wissen?« Sie zeigte die Zähne. »Sie haben es mir doch gerade erst erzählt.«

Lottie hatte genug von dem Theater. Sie setzte sich dem wütenden Mädchen gegenüber. »Wann warst du gestern bei Ellen Gormley?«

»Sind Sie genauso taub wie blöd? Ich bin nicht dort gewesen.«

Mit seiner irritierend sanften Stimme brachte sich Boyd ein. »Ich habe dich gestern Früh mit Ellens Rad auf dem Greenway getroffen. Und gestern Abend lehnte dasselbe Rad an ihrer Hauswand. Erkläre mir das.«

»Jemand hat es mir gestohlen. Sie sehen doch, wo ich lebe. Hier ist nichts sicher.«

»Wir haben eine Aufnahme von dem Notruf, der gestern Abend um sieben Uhr dreiundzwanzig von dem Telefon in Ellens Haus getätigt wurde«, sagte Ellen mit monotoner Stimme. »Ich glaube, dass du angerufen hast, aber ich glaube nicht, dass du irgendetwas mit Ellens Tod zu tun hast.« Sie hatte weder für das eine noch das andere irgendwelche Beweise, aber es war nur logisch, dass Maddy – falls sie das Rad gestern Abend zurück gebracht hat – die Leiche gefunden und dann angerufen hatte. »Erzähl mir von Ellen.«

Maddy hörte schlagartig auf, ihnen Theater vorzuspielen. Sie sackte in sich zusammen und ihr Haar streifte die Tischplatte, als sie den Kopf nach vorne senkte. »Ellen war meine Freundin. Ich hätte ihr nie etwas getan.«

Lottie deutete Boyd an, weiterzumachen. »Wie seid ihr beide Freundinnen geworden?«, fragte er.

»Ich habe sie kennengelernt, als es mir sehr schlecht ging.«

»Wann war das?«

»Vor ein paar Jahren, glaube ich. Ich weiß, dass es irgendwann nach meinem dreizehnten Geburtstag gewesen sein muss.«

»Was ist zu dem Zeitpunkt passiert?«

»Darüber will ich nicht reden. Das hat nichts damit zu tun, dass Ellen jetzt tot ist.«

»Das wissen wir nicht«, sagte Lottie und fragte sich, was mit dem Mädchen passiert war, dass es schon mit dreizehn zum Psychiater geschickt worden war. Das erinnerte sie an die ganzen Jahre, in denen ihr Sohn regelmäßig seit den Tod seines Vaters zum Therapeuten hatte gehen müssen.

»Ich habe sie nicht angerührt. Sie war der einzige Mensch, der es gut mit mir gemeint hat.«

»Wie alt bist du, Maddy?«, fragte Lottie leise.

»Sechzehn.« Aus dunklen Augen starrte sie Lottie herausfordernd an.

»Du siehst jünger aus. Dürfen wir trotzdem du sagen?« Sie wusste, dass Maddie erst fünfzehn war. Sie hatten das überprüft.

»Meinetwegen! Und Sie können denken, was Sie wollen.«

»Hat Ellen dich unter ihre Fittiche genommen?«

»Ihre was?«

»Hat sie sich um dich gekümmert?«

»Glaub schon.« Sie zuckte mit den Schultern. »Sie war nett.«

»Sie hat dir ihr Rad geliehen?«

»Ja.«

»Wofür hast du das gebraucht? Du wohnst doch in der Stadt.«

Maddy knotete ihre Hände ineinander, so fest, dass die Haut ganz weiß wurde. »Ellen hätte jedem, der etwas brauchte, alles geliehen, und nichts als Gegenleistung verlangt. Sie hat mir das Rad einfach hin und wieder geborgt, damit ich sie besuchen konnte. Das hat mir einen langen Marsch erspart – es sind zwei Meilen bis zu ihrem Haus. Wobei mir das nichts ausgemacht hat. Sie war ein guter Mensch.«

»Warum hast du das Rad gestern Abend zurückgebracht?«

»Ich hatte es schon seit Samstag, deshalb dachte ich, dass sie es vielleicht wieder bräuchte.«

»Hast du sie vorher angerufen oder so?«

»Nein.«

»Gestern Abend, als du das Rad zurückgebracht hast, hast du sie gefunden ... ähm ...« Lottie hatte Mühe, die richtigen Worte zu finden. »In welchem Zustand war sie, als du sie gefunden hast?«

»Tot.«

»Kannst du ein bisschen genauer sein?«

»Sie lag auf dem Boden. Am Fuß der Treppe. Ich habe sie nicht berührt, weil ich wusste, dass sie tot war. Ich habe meine Ohr an ihren Mund gehalten. Ich konnte sie nicht atmen hören.«

»Hast du angerufen?«

Maddy weinte jetzt. Sie hatte die Rolle des toughen Mädchens lange genug gespielt. Tränen kullerten ihr über die Wangen und tropften auf den Tisch. »Ja. Ich habe das Telefon im Flur benutzt. Es war auf dem Boden. Ich wollte nicht, dass man mich über meine Handynummer finden kann. Aber Sie haben mich ja trotzdem gefunden.«

»Das haben wir. Warum hast du nicht gewartet, bis die Einsatzkräfte da waren?«

»Weil ich dachte, dass mir die Schuld gegeben werden würde. Und damit hatte ich auch recht.« Sie wischte sich mit der Hand unter der Nase ab, dann strich sie über ihre Wangen und versuchte, sie zu trocknen. Ihre Augen glänzten kämpferisch.

»Wir geben dir keine Schuld, Maddy. Wir möchten nur herausfinden, in welcher Reihenfolge was passiert ist. Wie seid du und Ellen Freundinnen geworden, wenn sie doch deine Therapeutin war?«

»Ich habe die Therapie nach ein paar Wochen abgebrochen, aber ich glaube, dass sie vielleicht gedacht hat, dass sie eine Art Mutterersatz für mich war. Sie machte einfach weiter Termine für mich. Aber die bestanden nur aus Gesprächen und Kaffeetrinken.«

»Wann hast du sie das letzte Mal gesehen?« Lottie fragte sich, wie dieses Vorgehen moralisch zu bewerten war. Aber wenn Maddy nicht mehr in Therapie gewesen war, dann war wahrscheinlich nichts gegen Ellens Verhalten einzuwenden.

»Gestern Abend. Sie war tot, wie ich Ihnen schon gesagt habe.«

»Ich meine vor gestern Abend.«

Maddy hob den Kopf und schloss die Augen, so als ob sie angestrengt nachdachte. »Am Samstag. Wir haben im Bank Café Tee getrunken und Scones gegessen, und dann ist sie mit mir raus zum See gefahren, um mir irgend so ein altes Haus zu zeigen, das neu aufgebaut worden ist oder irgendwie so was.«

Lottie und Boyd tauschten einen Blick aus. »An welchem See?«

»Keine Ahnung.« Maddy überlegte einen Moment lang. »Da ist ein Golfplatz in der Nähe.«

»Warum wollte dir Ellen dieses Haus denn zeigen?«

Sie biss sich auf die Lippe und zuckte mit den Schultern und sah dabei aus wie eine Dreijährige. »Das hat sie nicht gesagt.«

»Bist du dir da sicher?«

»Ja. Ich glaube, sie wollte es mir nur zeigen, weil es frisch renoviert war.«

»Worüber hat sie gesprochen, als ihr dort draußen wart?«

»Über nicht viel. Wir sind ausgestiegen und um das Haus herumgegangen. Ellen wollte die Stallungen sehen. Aber die sind in Cottages umgebaut worden. Das hat sie anscheinend etwas geschockt.«

»Wusste sie etwas über die Geschichte des Gebäudes und die Aufteilung der Gebäude?«

»Hat sich so angehört.«

»Hat sie gesagt, woher sie das weiß?«

»Nein. Wenn ich ehrlich bin, war sie ziemlich still. Gar nicht so wie sonst. Normalerweise plappert sie ununterbrochen. Dafür, dass sie schon so alt ist, kann man ganz schön viel Spaß mit ihr haben.«

Lottie erschauderte. Ellen war gerade mal dreißig gewesen! Für was musste Maddy dann sie halten, mit weit über vierzig?

Boyd beugte sich zu dem Mädchen. »Maddy, das ist wirklich wichtig. Ich möchte, dass du versuchst, dich an jede Einzelheit eures Besuchs dort zu erinnern. An alles, was Ellen gesagt hat. Es könnte immens wichtig sein, um herauszufinden, wer sie ermordet hat.«

»Jemand hat sie ermordet? Ich habe gedacht, sie ist die Treppe hinuntergefallen.«

»Wir warten noch auf die Obduktion, dann wissen wir es genau, aber ich werde ehrlich zu dir sein, denn du warst ja auch ehrlich zu uns, oder?«

Maddy nickte. Lottie glaubte ihr kein Sterbenswort. Das Mädchen war eine gute Schauspielerin. Aber sie ließ Boyd gewähren.

»Wir vermuten, dass Ellen vergiftet worden ist.«

Unter dem Tisch trat Lottie Boyd gegen das Schienbein. Solcherlei Informationen sollten sie auf keinen Fall preisgeben, schon gar nicht einer Minderjährigen, und noch dazu jemandem, der vielleicht in Zusammenhang mit einem verdächtigen Todesfall stand. Aber jetzt hatte er es schon gesagt. Scheiße.

»Vergiftet? Das ist ja schrecklich.« Maddy wirkte erschüttert. »Warum tut ihr jemand so etwas an?«

»Genau das wollen wir herausfinden«, sagte Boyd. »Kannst du uns noch irgendetwas zu gestern Abend erzählen?«

»Als ich sie so gesehen habe, hab ich einfach Panik gekriegt. Ich habe gedacht, dass sie sie Treppe heruntergefallen ist und dass Sie denken würden, dass ich sie geschubst habe. Aber Gift? Das ist ja wie in einem Roman.«

»Liest du denn viel?« Das war Lottie so herausgerutscht.

Maddy funkelte sie wütend an. »Sie meinen wohl, ich bin ein dummes Gör? Ich gehe vielleicht nicht immer in die Schule, aber ich lese. Ich kann es mir nicht leisten, Bücher zu kaufen, aber ich hole sie mir aus der Bücherei, wo ich sie mir umsonst ausleihen kann.«

Maddy wollte mit dem letzten Satz wohl betonen, dass sie keine Diebin war. Große Güte, dieses Mädchen hatte wirklich Komplexe.

»Du musst auf der Wache eine offizielle Aussage machen«, sagte sie.

»Warum das denn? Ich habe doch schon alles gesagt, was ich weiß.«

»Das kann schon sein, aber womöglich warst du die letzte Person, die Ellen lebend gesehen hat. Deshalb bist du eine sehr wichtige Zeugin.« Aber Lottie wusste, dass sie erst den Todeszeitpunkt kennen mussten, um Ellens Kontakte ermitteln zu können.

»Scheiße«, sagte Maddy.

»Und da muss ein Erziehungsberechtigter – ein verantwortlicher Erwachsener – mit dabei sein. Können wir mit deinem Vater oder deiner Mutter sprechen?«

»Wenn Sie sie finden können, dann gerne.«

»Wo sind sie denn?«

»Woher soll ich das wissen? Einen Dad hatte ich nie, und meine Mutter ist wahrscheinlich in irgendeinem Pub.« Maddie seufzte und wickelte sich eine Haarsträhne um den Finger. »Ich könnte ja Stella fragen.«

»Deine ältere Schwester?«

»Ja«, spöttelte Maddy. »Die mit den zwei Kindern, und sie ist erst neunzehn. Erwachsen ist sie, aber mit dem verantwortlich bin ich mir nicht so sicher.«

Boyd stand auf. »Wir brauchen die Schuhe, die du gestern Abend getragen hast, und außerdem müssen wir deine Fingerabdrücke und DNA-Proben nehmen.«

Maddy wollte protestieren, aber dann ließ sie ihre Schultern resigniert sinken. »Einen Moment.«

Als sie zurückkam, drückte sie ihm ein Paar Turnschuhe in die Hand. Er steckte sie in einen Beweisbeutel. »Wann kannst du auf die Wache kommen?«

»Wenn Simon auftaucht. Er kann auf die Kinder aufpassen. Solange er sie nicht verkauft.«

»Wer ist Simon?«, fragte Lottie und hob fragend eine Augenbraue.

»Stellas Freund. Ist nicht sicher, ob er Arianas Vater ist oder nicht. Auf jeden Fall ist er nicht Treys Vater.«

»Trey?«

»Stellas Sohn. Er ist zwei.«

»In Ordnung. Danke, Maddy. Du musst auf alle Fälle auf

die Wache kommen, um deine Aussage zu machen. Heute noch.« Lottie machte ihre Jacke zu und stand auf, um zu gehen. Boyd ging voraus. Bei der Tür drehte sie sich noch einmal zu Maddy um. »Was meinst du mit ›die Kinder verkaufen‹?«

DREISSIG

Aus der Dusche kam immer noch nur kaltes Wasser und Maddy hatte keine Wahl – sie zitterte und der Strahl war nur ein Tröpfeln. Nach einer Minute gab sie es auf. Es war einfach zu verdammt kalt.

Sie trocknete sich mit demselben ausgeleierten Handtuch ab, das sie am Abend vorher benutzt hatte, und schlüpfte in ihre Jeans und ein Sweatshirt. Sie nahm ihre schmutzige Wäsche und brachte sie in die Küche. Als sie sie in die Waschmaschine gesteckt hatte, fand sie kein Waschpulver, aber sie schaltete sie trotzdem ein.

Sie hatte weder gehört, wie er das Haus betreten hatte, noch wie er hinter sie getreten war. Aber sie spürte seinen Atem in ihrem Nacken, und als sie sich umdrehte, stand er so nahe vor ihr, dass ihre Brüste seine Brust streiften. Sie bekam eine Gänsehaut und die Härchen auf ihren Armen standen wie kleine schwarze Nadeln in die Höhe. Sie wollte unter seinem Arm hindurchtauchen, aber er griff nach ihr und zwickte ihre Haut unter seinen Fingern durch das dünne T-Shirt hindurch. Er stank nach Nikotin und Alkohol und noch etwas anderem.

Es roch erdig und Übelkeit erregend. Cannabis. Wie hielt Stella das bloß aus?

»Lass meinen Arm los, du Scheißkerl.« Sie versuchte, sich ihm zu entwinden.

Er schob seinen Kopf ganz dicht an ihren heran. Sie würgte, als er seine Zunge sofort in ihren Mund schob. Sie versuchte, ihn abzuwehren, aber ihre Hände richteten nichts gegen ihn aus. Wenn er nicht aufhörte, würde sie sich auf ihn übergeben. Er wich leicht zurück und drückte sie gegen die vibrierende Waschmaschine.

»Was hast du getan, du kleine Kröte?«, zischte er.

Um Atem ringend spuckte sie seine Spucke aus. »Keine Ahnung, wovon du redest.«

»Ich habe zwei Detectives rausgehen sehen. Was wollten die?«

»Gar nichts.«

»Erzähl mir keinen Bullshit. Ich kann Leute nicht leiden, die mich für dumm verkaufen wollen.«

Sie kreischte, als er ihr den Arm verdrehte und sie an die Anrichte drückte. Ihre Haut brannte und Schmerz fuhr ihr direkt in den Knochen. Hatte er ihr gerade den Arm gebrochen? Es pochte so sehr – irgendetwas stimmte auf jeden Fall nicht. Er neigte den Kopf und biss sie in den Hals, dann saugte er scharf an ihrer Haut.

»Verpiss dich, Simon! Du spinnst doch komplett!« Sie schlug wild mit den Armen um sich, versuchte, zu entkommen, und der Schmerz in ihrem Arm wurde noch heftiger. Ihr Körper verkrampfte sich. Sie wollte ein Schluchzen unterdrücken, und dachte, dass sie gleich in Ohnmacht fallen würde. Da hörte sie Schritte und dann einen lauten Knall. Simon schrie wie ein wildes Tier und wich zurück. Er hielt sich seinen Hinterkopf.

»Was zur Hölle?«, brüllte er.

Stella stand da und hielt den Griff eines Bechers in der

Hand – der Rest davon lag in Scherben auf dem Fußboden verstreut. »Was ist hier los?«, schrie sie.

»Stella, Süße ...« Simon nahm seine Hand vom Kopf, die Finger waren blutverschmiert. »Zu deiner Information: deine Schwester, diese Schlampe, hat sich auf mich gestürzt. Sie war ganz geil auf mich, richtig heiß auf einen Fick.«

»Ja, ganz bestimmt. Sie kann dich aufs Blut nicht ausstehen. Und jetzt wo ich darüber nachdenke, weiß ich auch gar nicht, was ich eigentlich in dir sehe. Du bist der letzte Dreck. Verpiss dich verdammt noch mal aus diesem Haus.«

Er lächelte spöttisch. »Das hat aber bei eurer Mutter ganz anders geklungen, als ich's ihr vor ein paar Tagen besorgt habe.«

Stella nahm noch einen Becher in die Hand und setzte an, ihn ihm ins Gesicht zu schlagen. Er fing ihren Arm ab und drückte zu, bis ihr der Becher aus der Hand fiel.

Dann gab er ihr eine Ohrfeige, die sie zu Boden schleuderte. Er plusterte sich auf, stieg über sie hinweg und ging zur Tür hinaus.

»Ihr zwei Verrückten. Das seid ihr und sonst gar nichts. Wenn die Bullen auch nur in die Nähe von meinem Stoff kommen, dann bringe ich euch beide um. Das schwöre ich bei Gott.«

Maddy war sich sicher, dass er die Küchentür zugeschlagen hätte – aber es hing ja keine Tür mehr an den Angeln. Stattdessen schmetterte er die Haustür hinter sich ins Schloss. Er würde wiederkommen. Stella ließ ihn immer wieder kommen.

Oben weinte das Baby, und Trey kam schreiend in die Küche gerannt. Maddy ging ins Wohnzimmer und hielt sich ihren Arm. Sie schaute auf das Foto, das auf dem Kamin stand, und Tränen tropften über ihre Wangen. Sie nahm den Rahmen in die Hand und drückte einen Kuss auf das Foto, bevor sie es auf seinen staubigen Platz zurückstellte.

Sie fragte sich, wie sie sich jemals aus dieser aussichtslosen Lage befreien sollte. Vor allem jetzt, wo Ellen nicht mehr lebte.

EINUNDDREISSIG

Auf dem Weg von Maddy Dalys Zuhause zur Wache, las Lottie eine Nachricht auf ihrem Handy.

»Laut Kirby wurden immer noch keine Angehörigen von Ellen Gormley ausfindig gemacht. Und Jane hat die Obduktion für heute Vormittag angesetzt. Der toxikologische Bericht für Rachel ist auch noch nicht da.«

»Es muss einen Zusammenhang zwischen den Toten geben«, sagte Boyd.

»Die Spurensicherung hat keine Anzeichen von Gift gefunden, weder im Restaurant noch bei Rachel zu Hause. Sie suchen noch hinter dem Restaurant und ein anderes Team durchsucht Ellens Haus und ihren Garten. Aber ich glaube nicht, dass sie dort irgendetwas finden werden. Der Mörder ist gründlich. Und ich verstehe einfach nicht, was er uns mit seiner Botschaft sagen will.«

»Mit welcher Botschaft?«

»Der Glassplitter in Rachels Rachen.«

Boyd war still. Lottie betrachtete die Sorgenfalten auf seiner Stirn. »Was ist los?«

»Dieses Mädchen ...«

»Maddy Daly? Glaubst du doch, dass sie irgendwas mit Ellens Tod zu tun hat?«

»Nein, aber ich entwickle eine Art Beschützerinstinkt ihr gegenüber.«

Lottie unterdrückte ein Lächeln. »Du wirst ja noch weich auf deine alten Tage.«

»Ich meine es ernst, Lottie. Sie erinnert mich an das tote Mädchen, das wir vor ein paar Jahren gefunden haben. In dem Wasserfass. Ich möchte nicht, dass das Gleiche mit Maddy passiert.«

»Sie war gestern Abend im Haus eines Mordopfers. Sie hängt entweder direkt da mit drin, oder wenigstens peripher. Kirby soll schauen, ob es etwas über sie auf PULSE gibt.«

»Das kannst du alles gerne machen, aber ich schaue später noch einmal nach ihr.«

Zurück auf der Wache wartete Kirby schon auf Lottie, um gemeinsam mit ihr Andy Ashe zu vernehmen.

»Er hätte schon um neun da sein sollen, aber er ist gerade erst gekommen. Sagt, dass seine Chefin im Boyne's nicht zur Arbeit aufgetaucht ist, und er aufschließen musste.«

»Ich brauche noch einen Moment und dann machen wir das zusammen.« Sie warf Tasche und Jacke auf ihren Stuhl. Im Hauptbüro warf ihr Lynch stirnrunzelnd einen Blick zu.

Nachdem Lottie auf die verschiedenen Listen auf Kirbys Tisch geschaut hatte, nahm sie eine davon in die Hand. »Andy Ashe steht hier nicht drauf.«

»Seine Chefin, Hazel Clancy, war eingeladen, aber sie konnte nicht kommen, also hat sie ihn geschickt.« Kirby kaute auf seinem Kugelschreiber herum. »Ich habe gestern mit ihr telefoniert. Etwas unverantwortlich, dass sie ihn geschickt hat, wenn Sie mich fragen. Andy ist Alkoholiker.«

»Und die Aushilfskräfte, die an dem Abend, an dem Rachel gestorben ist, dort gearbeitet haben, sind die schon alle kontaktiert und befragt worden?«

Kirby nickte. »Niemand hat etwas Auffälliges bemerkt, und niemand ist krank geworden. Jemand hatte es gezielt auf Rachel abgesehen.«

»Ja, das muss auf alle Fälle so sein. Die Glasscherbe in ihrem Rachen bestätigt das noch einmal. Wenn ich nur wüsste, was es damit auf sich hat.« Sie wollte die Liste gerade wieder auf das Chaos auf Kirbys Schreibtisch legen, als ihr ein Name ins Auge sprang. »Stella Daly?«

»Ja. Ich habe mit ihr telefoniert. Überall dieselbe Antwort. Die drei Affen – nix sehen, nix hören, nix sagen.«

»Aber ... Boyd! Komm mal schnell her. Sieh dir das an!«

Boyd kam herüber und nahm die Liste. »Warum hast du uns das denn nicht gesagt, Kirby?«

»Was denn gesagt?«

»Das Mädchen, das wir gerade vernommen haben, Maddy Daly. Sie hat gestern Abend Ellen Gormleys Leiche gefunden. Sie hat den Notruf gewählt und ist dann abgehauen. Und ihre Schwester heißt Stella. Dieselbe Stella, die hier auf dieser Liste steht und am Montagabend im Annie's gearbeitet hat. An dem Abend, an dem Rachel Mullen ermordet wurde. Wir suchen nach Zusammenhängen. Und hier haben wir einen Zusammenhang, schwarz auf weiß.« Sie tippte mit dem Finger auf das Blatt.

»Wir müssen noch einmal dorthin und mit Stella sprechen«, stellte Boyd fest.

»Ich brauche eine viertel Stunde, um diesen Andy Ashe zu vernehmen, dann fahren wir. Schau, ob du bis dahin etwas über diese Dalys herausfinden kannst.«

Sie fasste Kirby am Ellbogen und schob ihn vor sich zur Tür hinaus und den Korridor entlang. »Es tut mir leid, Kirby. Das war nicht Ihre Schuld. Ich stehe zurzeit etwas neben mir.«

»Aufgeregt vor der Hochzeit?«, fragte er.

»Fangen Sie nicht auch noch an. Hatten Sie und Boyd schon die letzte Anprobe für die Hochzeitsanzüge?«

Er wurde rot und vor Überraschung schienen sich seine Haare irgendwie aufzustellen. »Welche letzte Anprobe? Niemand hat etwas von einer letzten Anprobe zu mir gesagt.«

Lottie sah sich nach Boyd um und sah gerade noch, wie er den Korridor hinunter verschwand. »Ich bring ihn um.«

Im Verhörraum stank es bestialisch. Die Luft war schwer von Alkoholausdünstungen. Wenn es ein Fenster gegeben hätte, hätte Lottie es aufgerissen.

Kirby schaltete das Aufnahmegerät an, und las die offiziellen Angaben ab sowie Namen und Titel.

»Bin ich verhaftet, oder was?«, fragte Ashe, Sonnenbrille auf dem Kopf.

»Sie helfen uns bei unseren Ermittlungen«, erklärte Lottie.

»Ich weiß rein gar nichts über Rachel Mullen oder darüber, wie sie gestorben ist.«

»Das ist eine interessante Wortwahl.«

»Wie meinen Sie das?«

»Wissen Sie, wie sie gestorben ist?«

»Ich habe keine Ahnung. Ich habe nur ein paar Minuten mit ihr auf dieser blöden Party gesprochen.«

»Erzählen Sie uns von dem Abend.«

Lottie wartete geduldig. Ashe seufzte, strich sich das Haar aus den Augen und rieb sich diese dann ausgiebig. Ihr war klar, dass er einen ganz schönen Kater hatte. Das war nicht die ideale Ausgangsbasis für eine Vernehmung, aber sie hatten niemand anderen.

»Da gibt es nicht viel zu erzählen. Ich bin direkt nach der Arbeit dorthin, ungefähr um zehn nach sechs. Dem Gratisprosecco konnte ich nicht widerstehen, obwohl ich eigentlich trocken war. Die Versuchung, Sie wissen schon ...«

»Weiter.«

»Ich sah, wie sie später hereinkam. Da hatte ich schon ein

paar intus. Sie schien mich nicht zu kennen, und ich war unsicher, ob ich sie vielleicht mit ihrer Schwester verwechselt hatte, mit Beth. Erst als sie mir ihre Karte gegeben hat, wusste ich, dass ich schon mit der richtigen Zwillingsschwester sprach. Ich hatte die beiden schon seit Ewigkeiten nicht mehr gesehen. Nachdem ihre Mutter gestorben war, hatte Rachel ihre ganzen alten Freunde sitzen lassen.«

»Und Sie waren einer dieser Freunde?«

Er zuckte mit den Schultern. »Kein enger Freund. Ich kannte Beth und hab sie manchmal am Wochenende gesehen, wenn Rachel auch dabei war. An den wenigen, an denen Rachel zu Hause war. Keine Ahnung, was so toll an Roscommon gewesen ist, dass sie ständig dort geblieben ist. Aber ja, an den Wochenenden, an denen sie nach Hause kam. Normalerweise nur aus der Ferne. Ich hatte ein Alkoholproblem und war nicht wirklich willkommen.«

»Wer war noch Teil dieses Freundeskreises?«

»Darüber muss ich erst nachdenken. Das ist schon zwei, drei Jahre her. Bevor ihre Mutter gestorben ist. Ich hab sie seitdem nicht sehr oft gesehen. Dachte schon, Beth hätte sie ganz in eine Einsiedlerin verwandelt. Es fühlte sich komisch an, Rachel da am Montagabend zu begegnen. Ich glaube nicht, dass sie sich an mich erinnert hat.«

»Sie mögen Beth nicht besonders?«

Er errötete und fächerte sich Luft zu. »Verstehen Sie mich nicht falsch. Sie ist ganz nett, aber etwas verschroben, wenn Sie wissen, was ich meine.«

»Das weiß ich nicht, also erklären Sie das bitte etwas ausführlicher.«

»Herrgott, Sie stehen ganz schön auf dem Schlauch.«

Kirby lehnte sich nach vorne. »Etwas mehr Respekt bitte, Andy.«

»Natürlich, Verzeihung, Inspector.«

»Es ging gerade um Beth und eine gewisse Abneigung.«

»Das habe ich nicht gesagt. Es ist nur … also …«

»Also was? Sie wissen ja, mir muss man immer alles ganz genau erklären«, sagte Lottie. Sie wusste sehr wohl, worauf er hinaus wollte. Sie hatte selbst zwei Töchter und einen sechzehnjährigen Sohn, und sie war sich der Dynamik in einer Freundschaft bewusst. Nicht, dass sie auf der Welt noch andere Freunde außer Boyd gehabt hätte. Irgendwie fühlte sie sich bei dem Gedanken plötzlich einsam. Sie riss sich wieder zusammen und konzentrierte sich auf Andy Ashe.

»Beth bestimmte gern über andere. Sogar im Pub. Sie gab Rachel vor, wie viel sie trinken sollte. Ein ziemlicher Kontrollfreak.«

»Sie sind älter als die Zwillinge. Wie haben Sie sich angefreundet?«

Er blickte zur Decke. Dann schaute er sie blinzelnd wieder an. »Hm, ich weiß es nicht mehr so genau. Wahrscheinlich in einer Disko oder so.«

»Und wie lange ist das her?«

»Das muss so vor fünf oder sechs Jahren gewesen sein.«

»Haben Sie mal was mit einer der beiden gehabt?«

»Oh nein, auf gar keinen Fall.«

»Warum nicht?«

»Ich bin nicht schwul, wenn Sie das meinen. Aber wir waren nur Bekannte. Man lief sich hin und wieder mal über den Weg. Sonst nichts. Da lief nichts.«

»Okay. Und am Montagabend, da haben Sie Rachel also spät ankommen sehen. Was ist dann passiert?«

»Gar nichts. Ende der Geschichte.«

»Sie haben Detective Kirby erzählt, dass Sie mit ihr gesprochen und ihr einen Drink geholt haben. Das ist nicht nichts.«

»Sie hatte ein Glas Prosecco in der Hand, aber sie wollte etwas Stärkeres. Sie bat mich, ihr von der Bar einen Gin Tonic zu holen.«

»Und das haben Sie gemacht?«

»Ja, und gleich noch ein Guinness für mich dazu. Irgendwann wird sogar mir dieser wässrige Blubber zu viel.« Er wartete ab, und als Lottie nichts sagte, sprach er weiter. »Ich habe ihr ihren Drink gebracht und während sie aß, bin ich wieder an die Bar, um mein Guinness zu holen. Als ich zurückkam, war sie nicht mehr da. Etwas später habe ich sie noch mal gesehen. Da hat sie mit ein paar Leuten in der Nähe der Tür zur Küche gesprochen.«

»Wer war unter diesen Leuten?«

»Keine Ahnung. Jedenfalls Leute, die wahrscheinlich wichtiger waren als ich.«

»Haben Sie sie danach noch einmal gesehen?«

»Ich war völlig neben der Spur. Ganz ehrlich, ich habe sie wieder komplett vergessen. Hoffentlich habe ich mich nicht zu sehr zum Affen gemacht.«

»Haben Sie sie gehen gesehen?«

»Nein.«

»Kennen Sie Matthew Fleming?«

»Jessicas Dad? Jeder kennt Bones.«

»Haben Sie ihn an dem Abend gesehen?«

Man sah ihm an, dass er angestrengt nachdachte. »Also am Anfang war er nicht da. Später vielleicht.«

»Sie haben nicht beobachtet, dass er gegen halb zehn gekommen und zehn Minuten später wieder gefahren ist?«

Er schüttelte den Kopf. »Ich kann mich nicht einmal daran erinnern, wie ich selber nach Hause gekommen bin.«

Lottie blickte auf ihre mageren Aufzeichnungen. Es war überhaupt nichts Handfestes dabei. Sie schaute zu Kirby, in der Hoffnung, dass er noch etwas beizusteuern hatte. Er schüttelte den Kopf. Ein Wort in ihren Aufzeichnungen fiel ihr noch auf. Sie hatte es umringelt.

»Sie haben erwähnt, dass Rachel gerade etwas gegessen hat, als Sie ihr den Gin Tonic brachten. Was war das?«

»Etwas richtig Ekliges. Hühnerleber.«

»Haben Sie gesehen, wer ihr das gereicht hat?«

»Da waren überall Bedienungen mit Tabletts voll diesem widerlichen Zeug. Keine Ahnung, von wem sie es hatte.«

»Überlegen Sie. Das könnte wichtig sein. Mann oder Frau? Jung oder alt?«

Er holte tief Atem und schloss seine Augen. Kurz dachte Lottie, dass er eingeschlafen war. Dann sagte er: »Ein Mädchen. Ich habe nur seinen Rücken gesehen, als es von Rachel weggegangen ist. Aber ein paar Minuten später habe ich es noch mal an der Bar gesehen und mir gedacht, dass es zu jung wirkt, um schon arbeiten zu dürfen.«

»Zu jung? Wie jung?«

»Ich hätte gesagt so fünfzehn oder sechzehn.«

»Wie hieß das Mädchen?«

»Weiß ich nicht.«

»Haarfarbe?«

»Schwarz. Ja. Tief schwarz. Trug einen Pferdeschwanz.«

»Welche Augenfarbe?«

»Nicht die geringste Ahnung.«

»Glauben Sie, Sie könnten es auf einem Foto identifizieren?«

»Wahrscheinlich eher nicht.«

»Ihre Chefin ...«, sie blickte auf das Dokument, das Kirby geöffnet hatte. »Hazel Clancy. Warum konnte sie nicht selber teilnehmen?«

»Das fragen Sie sie besser selbst. Sie spricht kaum mit mir, die eingebildete ... egal. Aber ich muss jetzt wirklich langsam zurück zu meiner Arbeit.«

»Gibt es noch etwas, das Sie hinzufügen wollen? Etwas, das uns vielleicht helfen könnte, Rachels Mörder zu finden?« Lottie hatte das Gefühl, dass Andy vielleicht etwas mit Rachels Tod zu tun hatte. Aber wenn er sich nicht mehr daran erinnern konnte, wie er nach Hause gekommen war, dann würde sie tief graben müssen, um herauszufinden, wo er sich am späteren Montagabend aufgehalten hatte.

Er stand schon halb, die Hand noch an der Stuhllehne, aber er saß sich noch einmal hin und verschränkte seine Hände vor sich auf dem Tisch. Er schaute erst Kirby, dann Lottie, und dann wieder Kirby an. Schließlich bohrte sich sein Blick in Lotties.

»Ich schwärze Freunde normalerweise nicht an. Oder ehemalige Freunde, sogar wenn wir uns kaum noch kennen ...«

»Aber ...«

»Aber wenn ich Sie wäre, dann würde ich mir Rachels Exfreund, diesen Stalker, einmal ganz genau anschauen.«

ZWEIUNDDREISSIG

Lottie stürmte ins Büro und blieb vor Boyds Schreibtisch sehen. »Hast du nicht gestern Beth gefragt, ob Rachel einen Freund hatte?«

»Ich sehe mal in meinen Notizen nach und ...«

»Ich bin mir sicher, dass du gefragt hast, und sie hat nein gesagt. Sie hat ganz vergessen, zu erwähnen, dass Rachels Ex sie noch ein Jahr, nachdem sie sich getrennt hatten, gestalkt hat.«

»Ehrlich? Wer ist es?« Boyd lehnte sich in seinem Stuhl zurück und verschränkte seine Arme.

»Ein Typ namens Brendan Healy. Schau, was du über hin rausbekommst. Wo er jetzt ist und was er Montagabend gemacht hat.«

»Mach ich.«

»Und ich habe etwas über deine kleine Freundin herausgefunden.«

»Über wen?«

»Maddy Daly. Wir wissen ja, dass Kirby schon mit ihrer Schwester, Stella, gesprochen hat, weil sie auf der Liste der Aushilfskräfte stand. Aber sie hat es versäumt, zu erwähnen, dass es nicht sie war, die Montagabend gearbeitet hat. Es muss Maddy gewesen sein.«

»Woher willst du das wissen?«

»Ich bin mir nicht hundertprozentig sicher, aber die Beschreibung, die mir Andy Ashe gegeben hat, trifft auf Maddy zu, aber nicht auf Stella. Die lügen doch alle wie gedruckt.«

Boyd stand auf. »Moment mal. Maddy hat uns nicht angelogen. Wir haben ihr keine einzige Frage über Rachel oder die Party am Montagabend gestellt.«

Mit einem Nasenrümpfen überging Lottie seinen Einwand. »Zieh deinen Mantel an. Zuerst sprechen wir mit Beth über diesen Healy, und dann schauen wir noch mal bei den Dalys vorbei.«

In ihrem Büro atmete sie ein paar Mal tief durch, dann zog sie ihre Jacke an.

Als sie sich umdrehte, stand McKeown im Türrahmen. »Was ist jetzt noch?«

»Ich habe gestern Abend noch mit Jessica Fleming gesprochen. Sie hat mir verraten, dass ihr Vater spät noch zu der Party gekommen ist und nach ihrer Mutter gesucht hat. Er und Annie haben sich kurz unterhalten und dann ist er wieder gefahren.«

»In Ordnung. Was noch?«

»Annie Fleming hat vor Kurzem angerufen. Sie hat gesagt, dass Sie mir ihr vereinbart hatten, heute bei ihr im Laufe des Vormittags vorbeizuschauen.«

Das hatte Lottie völlig vergessen. »Ich habe so viele Eisen im Feuer, McKeown, ich glaube, ich werde mir noch meine Finger verbrennen.«

»Ich habe ihr gesagt, dass Sie alle Hände voll zu tun haben, aber jetzt ist sie unten und wartet darauf, mit Ihnen zu sprechen.«

Sie hielt inne, immer noch mit nur einem Arm im Ärmel ihrer Jacke. Sie zog sie ganz an, schloss den Reißverschluss mit einer schnellen Bewegung und stürmte an McKeown vorbei, wobei sie leise vor sich hin murmelte: »Muss ich denn alles alleine machen.«

Annie Fleming tigerte in dem engen gefliesten Eingangsbereich auf und ab – Nase in die Luft gereckt, schwarzer Crombie Mantel über den Schultern, darunter ein graues Kostüm. Sie sah aus, als ob sie gerade erst aus einem Friseursalon gekommen war. Lottie erhaschte im Plexiglas, das den Empfang umgab, einen Blick auf ihr eigenes Gesicht. Sie sah aus wie überfahren. Sie versuchte noch, etwas Leben in ihr Haar zu schütteln, aber das gab sie ganz schnell wieder auf.

»Mrs Fleming, tut mir leid. Ich bin ganz schön im Stress heute.«

»Sagen Sie Annie, bitte. Wollen wir einen Cappuccino trinken gehen? Hier drinnen fühle ich mich so unwohl, da bekomme ich direkt eine Gänsehaut.«

»Ich habe wirklich unheimlich viel zu tun. Ich war eigentlich gerade auf dem Weg zu einer Vernehmung.«

»Ach bitte, seien Sie doch so gut. Vielleicht kann ich Ihnen bei Ihren Ermittlungen ja sogar auf die Sprünge helfen.«

Hatte sie ihr wirklich gerade zugezwinkert? Lottie musste sich das eingebildet haben. »Ich habe weder meine Handtasche noch meinen Geldbeutel ...« Sie suchte verzweifelt nach einer Ausrede.

Annie hob ihre Leder Clutch in die Höhe. »Ich habe meine Karten dabei.«

Natürlich. Lottie folgte ihr zur Tür hinaus und ließ sie hinter sich einfach zuschwingen. Sie stampfte die Stufen hinunter.

Sie entschieden sich fürs Bean Café, ganz in der Nähe. Es war wahrscheinlich nicht ganz das, an was Annie gewöhnt war, aber Lottie konnte darauf nun wirklich keine Rücksicht nehmen. Sie musste noch einmal mit Maddy Daly reden, und mit Beth Mullen. Beide hatten gelogen. Und wenn es etwas gab, das sie abgrundtief verabscheute, dann waren das Lügen.

In dem kleinen Café roch es nach frisch gemahlenem Kaffee und einem Hauch von Karamell und frisch gebackenem Brot. Lottie merkte, wie großen Hunger sie hatte.

»Das ist ja ganz reizend hier«, sagte Annie. »Hier war ich noch nie.«

»Es ist praktisch, so in der Nähe von meinem Büro, und der Kaffee ist gut«, erläuterte Lottie, nachdem sie zwei Tassen Kaffee bestellt hatte – und ein getoastetes Croissant, weil Annie ja zahlte. »Es macht ganz schön Geschäft mit unserer Wache. Wollen Sie etwas essen?«

»Ich habe heute Morgen gut gefrühstückt. Der Morgen macht den Tag.«

»Ich hatte um sieben einen Muffin von McDonalds«, sagte Lottie. Sie setzten sich an einen kleinen Tisch am Fenster mit Blick auf die enge Gasse draußen. »Worüber wollten Sie mit mir sprechen?«

»Ich wollte wissen, bis wann ich damit rechnen kann, mein Restaurant wieder zu öffnen. Ich muss Kredite bedienen und habe Warenbestand, der aufgebraucht werden muss, bevor alles schlecht wird. Außerdem erwarte ich neue Lieferungen. Ich kann auf keinen Fall für eine ganze Woche zusperren.«

»Es wird sicher keine Woche dauern.«

»Da hat mir einer ihrer Detectives gestern Abend aber etwas ganz anderes erzählt. Der große, gut aussehende, der vorbeigekommen ist, um mit Jessica zu sprechen. Sehr netter junger Mann. Aber er hat schon so einen gewissen Blick drauf.«

»Detective McKeown?«

»Jessica war recht angetan von ihm.«

»Wirklich?« Lottie war immer davon ausgegangen, dass McKeown sich in seiner Arbeit extrem korrekt benahm. »Ich muss mich entschuldigen, falls er sich Ihnen oder Ihrer Tochter gegenüber unangemessen verhalten hat!«

»Nein, überhaupt nicht. Ganz im Gegenteil, er war der reinste Gentleman. Aber was er gesagt hat, kann ich nicht so stehen lassen. Bitte versichern Sie mir, dass ich noch heute wieder in meinen Laden darf. Ich möchte heute Abend wieder öffnen.«

»Leider müssen wir warten, bis die Tatortermittler mit ihrer Arbeit fertig sind.«

»Aber die junge Frau ist doch nicht einmal dort verstorben, sondern in ihrem eigenen Haus.«

»Das mag schon sein, aber Ihr Restaurant war der letzte Ort, an dem sie sich aufgehalten hat, bevor sie nach Hause gegangen ist. Wir müssen es gründlich unter die Lupe nehmen, um ganz genau nachvollziehen zu können, was Rachel am Montagabend gemacht hat.«

»Diese ganze Sache ist doch ein Unding«, sagte Annie, als der Kaffee serviert wurde. Vor Lottie wurde ein Teller mit dem köstlich duftenden Croissant abgestellt. Als sie wieder allein waren, fügte Annie hinzu: »Es tut mir für die arme Frau und ihre Familie natürlich sehr leid – aber ihr Tod hat nichts mit mir oder meiner Familie zu tun.«

»Ich muss in so viele Richtungen wie möglich Ermittlungen anstellen.« Lottie konnte es kaum erwarten, von dem Croissant abzubeißen, aber sie wollte nicht mit vollem Mund und einem Kinn voller Brösel sprechen, also schob sie den Teller zur Seite. Würde sie es eben später mitnehmen. Als sie aufblickte, sah sie, dass Annie ihren Ring betrachtete. In dem Moment erschien er ihr wie der arme Neffe zweiten Grades des riesigen Diamanten, der klobig an Annies Finger saß.

»Sind Sie verheiratet?«, wollte Annie wissen.

»Verwitwet.« Es kostete Lottie Überwindung, das Wort und alles, was es beinhaltete, auszusprechen. »Mein Mann ist vor ein paar Jahren gestorben. Aber ich werde bald wieder heiraten.« Warum erzählte sie aus ihrem Privatleben?

»Das mit Ihrem Mann tut mir leid. Aber es ist schön, zu

hören, dass Sie eine neue Liebe gefunden haben. Steht schon ein Datum?«

»Eigentlich kommender Samstag, aber jetzt, mit diesem Fall, bin ich mir ...«

»Stopp. Wir haben beide allen Grund, dass diese Ermittlungen bald abgeschlossen werden.«

Annie nahm einen Schluck Kaffee und tupfte sich den Milchschaum mit einer Serviette von der Lippe. Sie schien froh darüber zu sein, dass sie aus Stoff und nicht aus Papier war.

»Kann ich Ihnen ein paar Fragen stellen?«

»Solange es dazu beiträgt, dass ich wieder aufsperren kann, können Sie mich alles fragen.«

»Jetzt, wo Sie etwas Zeit hatten, alles zu verdauen – erinnern Sie sich noch an irgendetwas anderes von Montagabend?«

»Zum Beispiel?«

»Das sollen Sie mir sagen.« Sie fragte sich, ob Annie sich absichtlich so begriffsstutzig gab, oder ob das tatsächlich in ihrer Natur lag.

»Ich war den ganzen Tag damit beschäftigt, die Party vorzubereiten, und am Abend hatte ich auch alle Hände voll zu tun. Ich habe mit so vielen Leuten gesprochen, dass mir der Kopf gedröhnt hat. Meine Erinnerung ist ganz verschwommen. Es war ein Riesenerfolg, aber jetzt, mit dem Mord und allem ... Wir sind gut ausgebucht, aber wie sich das langfristig auswirken wird, wer weiß.«

Lottie stellten sich die Haare auf. War Annie Fleming wirklich so egozentrisch und unsensibel, dass es ihr völlig gleich war, dass, außer dem Taxifahrer, sie und ihre Gäste vielleicht die letzten Personen gewesen waren, die Rachel Mullen lebendig gesehen hatten? Es konnte sogar sein, dass die junge Frau auf der Party vergiftet worden war. Oder hatte sie dort jemand beobachtet und war ihr dann nach Hause gefolgt? Es war nicht eingebrochen worden, also musste es jemand gewesen sein, den sie kannte. Oder jemand, der einen Schlüssel zu ihrem Haus hatte. Das Stück Glas in ihrem Rachen deutete auf ein persönliches Motiv hin.

»Inspector? Darf ich Lottie sagen?«

Lottie riss sich aus ihren Tagträumen. »Sicher. Bitte, Annie, gehen Sie gedanklich noch mal den Montagabend durch und sagen Sie mir, was passiert ist, als Ihr Ehemann angekommen ist. Ich gehe davon aus, dass Sie nicht mit ihm gerechnet haben.«

Sie konzentrierte sich auf Annies Gesicht, aber das blieb ruhig und unbewegt wie der Porzellanteller auf dem Tisch. Nur ihre Augen verrieten eine gewisse Abscheu. Sie blickte schief nach unten, ihre Pupillen verengten sich. »Matthew tauchte einfach ungeladen auf. Natürlich wusste er von der Party, und er hat schon immer versucht, mich in den Schatten zu stellen.«

»Und das hat er gemacht?«

»Gott sei Dank nicht. Es muss gegen halb zehn gewesen sein, als er kam, weil ich gerade in der Küche war und die Aushilfskräfte ausgezahlt hatte. Er kam durch die Hintertür hereingestürmt.«

»Dann kennt er den Zugangscode?«

»Leider.« Annie schnaubte laut, so, als ob schon allein die Erwähnung ihres Mannes einen üblen Gestank freisetzte. »Ich habe zwanzig Jahre für diesen Mann geschuftet. Ich habe Leib und Seele in Matthew und seine Firma investiert, und jetzt ... jetzt würde ich ihm nicht einmal den Dampf meiner Pisse gönnen.« Sie wurde rot. »Verzeihung. Das ist kein Grund, ordinär zu werden. Aber Matthew Flemming bringt so einen Hass in mir zum Vorschein, dass ich nicht mal mehr unter Kontrolle habe, was ich sage. Es tut mir leid.«

»Warum haben Sie ihm den Code verraten, wenn Sie ihn nicht dort haben wollen?«

»Unsere Tochter Tara hat ihn ihm gegeben. Sie und ihr Vater sind so.« Sie verschränkte Zeige- und Mittelfinger. »Jessica hat Matthew und seine Art durchschaut. Sie hält zu mir.

Aber Tara ... Sie ist ein hoffnungsloser Fall, was mich angeht. Sie arbeitet mit ihm zusammen und verteidigt ihn, wo immer es nur geht.«

»Aus welchem Grund war er im Restaurant?«

»Ich habe keine Ahnung. Er ist wie ein wild gewordener Stier hereingeplatzt und hat fast die Bedienung über den Haufen gerannt. Ich habe mich ihm in den Weg gestellt, ihn angeschrien. Aber er hat mich zur Seite gedrückt und ist an mir vorbei ins Restaurant gestürmt. Ich war mir sicher, dass er nichts Gutes im Schilde führte. Dass er meinen Abend stören wollte. Wenigstens waren zu dem Zeitpunkt die wichtigsten Gäste schon gegangen. Das hat er wohl auch gemerkt, denn als ich ihn das nächste Mal gesehen habe, ist er schon wieder zur Tür hinausgeeilt.«

»Und er hat nichts zu Ihnen gesagt?«

»Nicht wirklich.«

Das war keine echte Antwort, dachte Lottie und wurde spitzhörig. »Aber etwas hat er gesagt, oder?«

»Ja.« Das war das erste Mal, dass Annie unsicher wirkte. Sie spielte mit dem Diamantring an ihrem Finger, aber der Stein war so groß, dass sie ihn nicht um den Finger herum drehen konnte.

»Um was ging es?«

»Er hat nach Rachel Mullen gesucht.«

»Wie bitte?«

»Ich weiß. Es tut mir leid. Ich hätte Ihnen das schon viel früher sagen müssen, aber ich hatte Angst, dass er mich dann in die Sache mit reinzieht. Matthew ist ein Sturkopf und er hat nichts anderes im Sinn, als alles zu untergraben, was ich im Leben erreiche. Sogar unsere Töchter. Er hat Tara einen gut bezahlten Job als Umweltbeauftragte in seiner Firma gegeben, und jetzt hilft sie ihm dabei, sein Geschäft im Vereinigten Königreich auszubauen. Ich bemühe mich, wenigstens Jessica weiterhin an mich zu binden.«

Lottie konnte selbst ein Lied von der Dickköpfigkeit mancher Männer singen, also konnte sie genau nachfühlen, was Annie da sagte. Allerdings entschuldigte das nicht das Zurückhalten von Informationen.

»Was hat er gemacht, als er Rachel nicht gefunden hat?«

Als Annie mit den Schultern zuckte, streifte die Perle, die an einem goldenen Ohrring hing, ihre Schulter. »Er war verärgert, als er ging. Sonst habe ich nichts mitbekommen.«

»Wussten Sie, dass er am Nachmittag desselben Tages eine Besprechung mit Rachel gehabt hatte?«

»Wie bitte? Nein, das wusste ich nicht. Und worum soll es da gegangen sein?«

Lottie ignorierte die Frage. »Können Sie sich vorstellen, warum Matthew Interesse daran haben könnte, Rachels Geschäftsidee finanziell zu unterstützen?«

Bei dieser Aussage klappte Annies Kiefer sichtbar nach unten. »Wollen Sie mir etwa sagen, dass er tatsächlich das Unternehmen dieser jungen Frau finanzieren wollte? Das ist völlig absurd. Mir hätte er keinen Cent geliehen; warum sollte er einem absoluten Niemand Geld anbieten? Dieser Heuchler!«

»Warum nennen Sie Rachel einen Niemand?«

»Das meine ich nicht abwertend.«

Natürlich meinen Sie es genau so, dachte Rachel. »Was können Sie mir über Rachel erzählen? Und diesmal wäre ich wirklich an der Wahrheit interessiert.«

Annie zögerte die Antwort hinaus. Sie nippte an ihrem Kaffee, tupfte ihre Lippen ab, wobei ihr Lippenstift einen roten Fleck auf dem Leinen hinterließ, und atmete tief ein. »Rachel und ihre Schwester, diese Künstlerin, waren vor Jahren zusammen mit meinen Töchtern auf der Schule. Sie kamen nie besonders gut miteinander aus.«

»Meinen Sie damit, dass die Geschwister Mullen untereinander nicht gut auskamen, oder dass sie beiden nicht mit Ihren Töchtern auskamen?«

»Mit meinen Töchtern. Es gab eine Zeit, als sie befreundet waren, aber das ist sicher zehn Jahre her, als sie noch Teenager waren. Die beiden kamen zum Hausaufgaben machen, aßen mit uns zu Abend und blieben dann oft bis spät in die Nacht. Das war zu der Zeit, als ich noch mit Matthew zusammen war, lange bevor ich Molesworth House renovieren ließ. Wir wohnten noch am Stadtrand. Ich kann mich daran erinnern, wie ihre Mutter sie immer zu uns gefahren hat. Aber dann haben die Besuche von einem Tag auf den anderen aufgehört. Jessica hat mir erzählt, dass sie wegen eines Essays oder so gestritten hatten.«

»Und was hat Tara erzählt?«

»Tara hat nie darüber gesprochen. Aber ich gehe davon aus, dass es damals schon ernst genug für die beiden war. Sie wissen doch, wie Teenager sind. In einem Augenblick beste Freunde, im nächsten Erzfeinde.«

»Waren sie Feinde?«

»Nein, nein. Nur nicht mehr befreundet. So was geht in dem Alter schnell.«

Während Lottie diese Information noch verarbeitete, überlegte sie schon, ob das für die gegenwärtigen Ermittlungen von Belang war. So, wie der Stand der Dinge jetzt war, konnte sie es sich nicht leisten, auch nur irgendetwas von Vornherein ausschließen.

»Glauben Sie, dass sich Matthew eventuell auf ein Gespräch mit Rachel eingelassen hat, um Ihnen irgendwie eins auszuwischen? Nach gutem Geschäftssinn hört sich das für mich nicht an!« Lottie wusste selbst nicht, was sie mit dieser Bemerkung bezweckte. Im Vergleich zu Annie war Rachel nur ein kleines Rädchen im Uhrwerk der Geschäftswelt.

»Wenn es um Matthew und seine Voreingenommenheit geht, ergibt vieles oft keinen Sinn. Wir haben uns getrennt, und die Scheidung wird schmutzig. Er will mich in den Ruin treiben.«

»Glauben Sie, dass Ihr Exmann nur deshalb jemanden umbringen würde, um Ihrem Business zu schaden?« Lottie fand diese Aussage alles andere als logisch, aber sie stellte die Frage nichtsdestotrotz.

»Das habe ich überhaupt nicht behauptet.«

»Aber angedeutet.«

»Vielleicht habe ich das.« Annie nahm ihre Tasche, um aufzustehen. »Jetzt liegt es an Ihnen, herauszufinden, welchen Dreck er am Stecken hat. Und ich werde mich bemühen, Ihnen dabei zu helfen.«

»Auf welche Weise?«

»Ich spreche mit meinen Mädchen. Vielleicht wissen die noch etwas.«

»Diese Befragungen würde ich lieber selber durchführen. Ich habe Tara noch nicht kennengelernt.«

»Kommen Sie doch heute zum Abendessen nach Molesworth House und wir können uns in Ruhe unterhalten. Und bringen Sie Ihren Partner mit, wenn Sie möchten.«

»So läuft das wirklich nicht. Können Sie und Ihre Töchter heute im Laufe des Tages noch auf die Wache kommen?«

»Ich möchte sehr gerne, dass Sie ganz Molesworth sehen. Und Tara geht es immer noch nicht besonders gut – es ist besser, wenn sie zu Hause bleibt. Bitte sagen Sie zu, und bitte tun Sie Ihr Möglichstes, damit mein Restaurant wieder aufmachen kann.«

»Sie werden bestimmt heute im Laufe des Tages wieder Zutritt bekommen.«

»Wunderbar. Dinner ist um sieben.«

Lottie konnte sich nicht erinnern, die Einladung zum Essen angenommen zu haben, und sie ließ sich nicht gerne manipulieren, aber sie wollte unbedingt Tara Flemming kennenlernen. Sie würde ihre Mutter anrufen und darum bitte, Sean etwas zu essen zu machen. Chloe konnte sich um sich selbst kümmern, aber Lottie vertraute nicht darauf, dass sie etwas für ihren Bruder kochen würde.

»Ich muss zurück auf die Wache.« Sie nahm ihre Jacke vom Stuhl, um auszustehen. »Übrigens, kennen Sie eine Ellen Gormley?«

»Der Name sagt mir nichts.«

»Sie war Ärztin. Eine Psychologin.«

»Was? Sagen Sie nicht, die ist auch tot?«

»Doch, leider ja.«

Annie wurde grau im Gesicht. »Großer Gott. War sie aus Ragmullin?«

»Ja. Kennen Sie sie?«

Sie senkte schüchtern den Blick. »Kann ich nicht behaupten. Tut mir leid.«

Lottie stand auf. »Ich melde mich.«

Annie nahm sie am Arm und zog sie zu sich. »Bitte hören Sie mir zu. Bei Matthew müssen Sie aufpassen. Und auch auf sich aufpassen. Er ist gefährlich.«

DREIUNDDREISSIG

Maddy wusste, dass sie unter einer Form von repetitivem Putzzwang litt. Ellen hatte ihr den Fachbegriff genannt, aber der entfiel ihr immer wieder. Daran dachte sie, als sie zum dritten Mal an diesem Morgen unter der eiskalten Dusche stand und vorsichtig den Biss an ihrem Hals wusch. Wer wusste schon, welche Krankheit Simon ihr vielleicht übertragen hatte. Wie hatte er nur Teil von Stellas Leben werden können? Sie waren zwar arm, aber nicht verzweifelt gewesen, aber er hatte sie so tief runtergezogen, dass sie jetzt am Boden krochen. Stella behauptete steif und fest, dass sie verliebt gewesen war. Jetzt nicht mehr, hoffe ich, dachte Maddy. Sie kratzte mit ihren Nägeln entlang ihrer Beine, den Bauch, und versuchte dabei, den pochenden Schmerz in ihrem Arm zu vergessen. Tränen strömten ihr über die Wangen. Vielleicht war ihr Arm gebrochen. Ihr Herz war auch gebrochen.

Drei Minuten blieb sie noch unter dem eiskalten Tröpfeln stehen, dann hielt sie es nicht mehr länger aus. Sie setzte ihre Füße auf den nackten Boden des Badezimmers und versuchte sich mit dem dünnen Handtuch trockenzureiben. Ihre Kleider klebten an ihrer klammen Haut, sie konnte sie nur mit Mühe anziehen. Dann sank sie auf den eisigen Boden, lehnte sich gegen die Tür, in die vor Jahren schon jemand ein Loch geboxt hatte, und weinte und weinte.

Und als sie da so saß und fror, ihr alles wehtat und sie stumme Schreie ausstieß, hörte sie plötzlich sachte Schritte auf dem Gang vor der Tür. Kinderschritte.

»Mads? Spielen!«

Sie war nicht in der Lage, ihm zu antworten. Sie konnte die Worte in ihrem Mund nicht formen. Er klopfte leise an die Badezimmertür. »Tschuldige, Mads.«

Der arme Junge. Er dachte, dass alles seine Schuld war. Genauso, wie sie mit dreizehn gedacht hatte, dass alles ihre Schuld war. Sie spürte, wie seine kleinen Finger sie durch das Loch in der Tür hindurch knufften.

»Jetzt spielen?«, flüsterte er.

Ihr Hals verkrampfte sich, weil das Schluchzen nicht aufhören wollte, aber sie zog sich hoch und öffnete die Tür. Sie wollte Trey hochheben, aber sie schrie vor Schmerz auf, als sie ihren Arm hob; es fühlte sich an, als ob sie etwas gestochen hätte. Sie musste in eine Apotheke und sich Schmerzmittel kaufen. Als sie ihm die Treppe nach unten folgte, hörte sie Stella in ihrem Zimmer ebenfalls schluchzen, während das Baby quiekte. Da fiel ihr plötzlich etwas ein. Als Simon sie so misshandelt hatte, was hatte er damit gemeint, als er gesagt hatte, dass die Polizei seinen Stoff besser nicht anrühren sollte? Er übernachtete nur hin und wieder bei Stella. Von welchem Stoff hatte er geredet?

VIERUNDDREISSIG

Beth Mullens Gesicht wirkte wie eine durchscheinende Landkarte. Faltig, müde und angespannt. Dunkle Augenringe brachten ihre braunen Augen noch mehr zur Geltung, die jetzt genervt blitzten, als sie die Tür öffnete.

»Es dauert nicht lange«, sagte Lottie und marschierte ins Haus. »Nur ein paar Fragen.«

»Ich habe Ihnen gestern doch schon alles gesagt.« Beth folgte ihnen ins Wohnzimmer.

Bei der Tür blieb Lottie verwirrt stehen. Auf der Couch lungerte ein junger Mann herum, ganz so, als ob er hier zu Hause wäre. Er stand nicht einmal zur Begrüßung auf.

Beth eilte zu ihm, die Augen weit aufgerissen. Um ihn vor etwas zu warnen? Lottie war sich nicht sicher.

»Das sind die Detectives, von denen ich dir erzählt habe. Sie ermitteln wegen Rachel.«

Lottie streckte ihm die Hand entgegen und erwartete, dass er aufstehen und sie schütteln würde. Er tat nichts dergleichen.

»Und Sie sind Mr ...?«

Er sah sie aus seinen dunklen Augen an, die sie in dem fahlen Licht an Stecknadelköpfe erinnerten. Obwohl sie nicht das Geringste über ihn wusste, konnte sie ihn auf Anhieb nicht leiden. Das war sehr unprofessionell von ihr, das war ihr klar, aber es war auch einfach menschlich. Sie wartete ab.

»Das ist Brendan Healy.« Beth sprach an seiner statt und verknotete ihre Finger ineinander. »Er ist ... ein Freund der Familie.«

Lottie sah Boyd an. Der nickte ihr kurz zu. Sie kannten diesen Namen. Wer hier seelenruhig vor ihnen saß, war niemand anderes als der von Andy Ashe beschriebene Exfreund und angebliche Stalker von Rachel Mullen. Und was hatte Beth damit zu tun, dass er einfach so in ihrem Zuhause auftauchte?

»Was bringt Sie nach Ragmullin?«, fragte Lottie mit monotoner Stimme.

»Er hat davon gehört, was mit Rachel passiert ist«, sagte Beth schnell, »und hat vorbeigeschaut, um zu sehen, wie es mir damit geht.«

»Das ist sehr nett von Ihnen, Mr Healy. Wann haben Sie Rachel zum letzten Mal gesehen?« Lottie kam gleich zum Punkt. Sie würde diesem Trottel nicht die Chance geben, sich schnell herauszureden.

Als er sprach, klang Healys Stimme sanft und liebenswürdig. Zu liebenswürdig. »Ich habe die Neuigkeiten gehört. Es ist so beängstigend, wenn man sich vorstellt, dass eine junge Frau einfach so in ihrem eigenen Bett, in ihrem eigenen Zuhause ermordet werden kann. Heutzutage ist man nirgendwo mehr sicher. Das stellt die Polizeigewalt in diesem Land wahrlich nicht in einem guten Licht dar, nicht wahr?«

»Ich habe Sie gefragt, wann Sie Rachel zum letzten Mal gesehen haben.«

Er drehte seinen Kopf kaum merklich und blickte zu Beth, so als ob er herausfinden wollte, ob sie ihm widersprechen würde. Hatte sie ihren Kopf gerade leicht bewegt? Es war augenscheinlich, dass sie Healy decken würde, egal, welche Lügen er gleich ersann. Aber warum?

Er schob sich die dunklen Strähnen aus den dunklen Augen, und befeuchtete seine Lippen. »Ich bin schon sehr lange mit den Mullens befreundet. Habe früher in Ragmullin gelebt. Bevor ich in die Stadt gezogen bin. Nach Dublin, wenn Sie es genau wissen wollen.« Er schmunzelte dünnlippig, eher zynisch als amüsiert.

Lottie hatte gute Lust, ihn in einer einsamen dunklen Gasse grün und blau zu schlagen. Völlig irrationale Gedanken, die jemanden betrafen, den sie erst ein paar Minuten kannte, aber diese Reaktion rief er bei ihr einfach hervor.

»Meine Eltern leben immer noch in Ragmullin. Ich schaue hin und wieder bei ihnen vorbei, und höre den neuesten Tratsch.« »Sie waren mit Rachel befreundet?«

»So könnte man das sagen.«

»Sehr enge Freunde?«

»Davon gehe ich mal stark aus.« Sein Schmunzeln wurde anzüglich. So, als ob er gerade an etwas dachte, das ihn erregte. Lottie drehte sich der Magen um. Beth senkte ihren Kopf; da sie ihre Reaktion nicht sehen konnte, konzentrierte sich Lottie wieder auf Healy.

»Zurück zu meine Ausgangsfrage. Wann haben Sie Rachel zum letzten Mal gesehen?«

Er blickte wieder zu Beth. »Wann war das noch mal? Du weißt das doch sicher noch.«

Die trauernde Zwillingsschwester sollte also für ihn lügen. Lottie konnte Beths Scheinheiligkeit nicht nachvollziehen.

Beth zuckte halbherzig mit den Schultern und sagte: »Das muss schon ein paar Jahre her sein, bevor Mum gestorben ist, glaube ich.«

»Nicht in letzter Zeit?«, bohrte Lottie nach.

Healy sagte: »Also wenn ich hier bin, gehe ich oft aus, in die Pubs, und ich könnte nicht mit Sicherheit sagen, dass sich

Rachel nicht zufällig eines Freitagabends in der gleichen Lokalität wie ich aufgehalten hat.«

»Dann muss ich wohl etwas genauer fragen.« Lottie hatte die Nase inzwischen gestrichen voll von seiner Art. »Wann haben Sie das letzte Mal mit Rachel gesprochen? Also Ihren Mund aufgemacht, aus dem dann tatsächlich Worte kamen, die an Rachel gerichtet waren, entweder persönlich oder über das Telefon.«

»Wollen Sie mir einen Falle stellen?«

»Wenn Sie unschuldig sind, warum gehen Ihnen dann solche Gedanken durch den Kopf?«

»So ist es doch immer: Der Exfreund taucht auf, und ihr habt schon eueren Täter gefunden!«

Sie trat einen Schritt näher, und im selben Augenblick erhob sich Healy schnell von der Couch. Er war nicht besonders groß, knapp über eins siebzig vielleicht, und als er sich umdrehte, bemerkte sie den kurzen Pferdeschwanz in seinem Nacken.

Mit dem Rücken zu ihr betrachtete er eines von Beths Gemälden. »Das Talent, das diese Schwestern besitzen, hat mich schon immer fasziniert. Sie haben es selbst nie erkannt. Vielleicht könnten Sie mir dabei helfen, Beth davon zu überzeugen, in meiner Galerie auszustellen.«

»Sie haben eine Galerie?«, fragte Boyd spöttisch. Anscheinend übte Healy den gleichen Effekt auf sie beide aus.

»Ich leite eine. In Temple Bar.«

»Das ist in Dublin, nicht?«, fügte Lottie sarkastisch hinzu.

»Sehr lustig.«

»Mord ist nicht lustig.«

»Nein, wirklich nicht. Es gab ganz schön viele Morde in der Stadt in letzter Zeit. Sollten Sie nicht Ihre Arbeit etwas gründlicher machen?«

Worauf spielte er verdammt noch mal an? Lottie war so

verwirrt, dass sie keine neue Frage anschließen konnte. Boyd sprang ein.

»Waren Sie am Montag in Ragmullin?«

»Wie sollte das denn bitte gehen? Da habe ich eine Ausstellung in meiner Galerie kuratiert. Das stimmt doch, Beth, oder nicht?«

»Ähm, ja, bestimmt.«

»Das klingt nicht besonders überzeugt«, sagte Boyd.

»Seit ich Rachels Leiche gefunden habe, kann ich nicht mehr klar denken.« Beth hatte die Arme um sich selbst geschlungen, so, als ob sie sich vor irgendeiner unsichtbaren Kraft abschirmen wollte. Vor Healy? Oder vor etwas anderem?

»Wir sprechen aber über den Abend, bevor Sie Ihre Schwester tot aufgefunden haben«, sagte Lottie.

»Wissen Sie, es ist so. Brendan hatte mich eingeladen, die neuesten Werke in seiner Galerie anzuschauen. Die Einladung kam aus heiterem Himmel, aber ich konnte nicht kommen. Ich hatte schon Karten für die 3Arena. Das hat ungefähr bis um halb elf gedauert, aber ich wusste, dass die Galerie da schon geschlossen hat, also bin ich nicht mehr hin. Sind Sie jetzt zufrieden?«

»Bei weitem nicht.« Ihr reichte es mit diesen Ausflüchten. »Sie müssen alle beide mit auf die Wache kommen, zur offiziellen Vernehmung.« Sie trat näher an Healy heran, der immer noch das Bild betrachtete. »Ihr Name ist im Rahmen unserer Ermittlungen bereits gefallen, Mr Healy. Ich möchte Sie bitten, jetzt sofort mit uns zu kommen.«

Er drehte sich abrupt um. »Bin ich verhaftet?«

»Nein.« Sie wollte ein ›noch nicht‹ hinzufügen, aber riss sich zusammen.

»Dann verstehe ich nicht, warum Sie mich das, was Sie mich fragen wollen, nicht genauso gut hier fragen können.«

»Vorschriften.«

»Ich bitte Sie«, unterbrach sie Beth. »Ich kann heute

einfach nicht noch mal auf die Gardawache. Nicht noch einmal, nicht heute.«

»Ich muss erst ins Bad«, sagte Healy. »Und bevor ich irgendwo mit Ihnen hingehe, rufe ich erst einmal meinen Anwalt an. Ich habe nämlich das Gefühl, dass Sie mich schikanieren, Detective Inspector.«

Er betonte den Titel so, als ob er mit einem Nazi, einem Kriegsverbrecher sprechen würde. Als er aus dem Zimmer und die Treppe nach oben gegangen war, sagte sie: »Beth, was ist mit ihm los?«

»Was meinen Sie? Er hatte mich für Montag in die Galerie eingeladen, aber ich bin nicht hin. Das ist alles.«

Lottie ließ das vorläufig auf sich beruhen und wechselte das Thema. »Hat Rachel Matthew Fleming gekannt?«

»Den Steinbruchbesitzer?«

»Ja.«

»Ich ... Ich glaube nicht.«

»Wirklich? Und dabei sind Sie mit seinen Töchtern zur Schule gegangen. Im Laufe der Jahre müssen Sie doch irgendwann einmal den Vater kennengelernt haben.«

»Das ist schon möglich, aber warum sollte Rachel ihn *kennen*?« Sie stilisierte mit ihren Fingern Anführungszeichen in der Luft. Hatte sie mehr in Lotties Frage interpretiert als beabsichtigt?

»Ich weiß nicht, ob Sie sich dessen bewusst sind oder nicht, aber Ihre Schwester hatte am Montagnachmittag ein Treffen mit Matthew Fleming.«

Beth wurde schlagartig blass und Lottie konnte die blauen Venen unter ihrer Haut erkennen.

»Sie hatte nicht erwähnt, mit wem sie sich treffen wollte.«

»Warum nicht?«

»Das ... Das weiß ich nicht.«

»Könnte es einen Grund geben, warum Rachel nicht wollte, dass Sie wissen, woher ihre Finanzierung kommt?«

»Sie hat ihre Geschäfte immer von meinen getrennt.«

»Aber Sie waren Geschwister. Zwillingsschwestern. Sie haben zusammen gelebt. Und Sie haben uns erzählt, dass Sie teilweise mit ihrer Arbeit zu tun hatten. Graphikdesign. Ihre Social Media Auftritte ...«

»Das ist die kreative Seite. Die geschäftliche Seite hatte nichts mit mir zu tun. Ich war gut beschäftigt mit meiner Kunst, damit, ein Portfolio für eine Ausstellung zusammenzustellen. Rachel hat immer davon gesprochen, reiche Leute anzuzapfen, um das Geld zusammenzubekommen. Und jeder hier weiß, dass Mr Fleming ein reicher Mann ist. Vielleicht hat sie sich ja darauf berufen, dass wir seine Töchter gekannt haben, als wir Teenager waren. Ich weiß es wirklich nicht.«

Boyd ging für einen Augenblick in den Flur. Als er zurückkam, runzelte er sie Stirn. »Healy braucht ganz schön lange im Bad.«

Sie drückte sich an ihm vorbei und eilte den Flur entlang und die Treppe nach oben. Das Badezimmer war leer. Sie rannte wieder nach unten und auf die Straße hinaus, wobei sie hektisch in alle Richtungen um sich blickte. Alles war ruhig, niemand war unterwegs. Sie fragte den Fahrer des Streifenwagens, ob er Healy gesehen hatte, aber der verneinte.

Sie ging wieder hinein und starrte Beth böse an. »Er ist weg. Miss Mullen, Sie erzählen uns jetzt besser ganz genau, was hier los ist.«

FÜNFUNDDREISSIG

Maddy hatte einen alten Schal gefunden, und ihn sich um den Arm gebunden, in der Hoffnung, dass das den verletzten Arm etwas stützen würde. Aber es half überhaupt nichts. Sie nahm Treys kleine Hand in ihre andere und zusammen gingen sie auf das Feld hinaus, das hinter Cusack Heights lag.

»Mein Ball vergessen«, sagte Trey.

»Ich kann heute nicht Ballspielen«, sagte sie. »Wir gehen erst ein bisschen spazieren, und dann schauen wir uns Zeichentrickfilme an. In Ordnung?«

»Ordnung.«

Seine kleine Hand war so weich wie die Haut eines Babys. Aber das Gefühl der Berührung rief nicht die kleinste Sehnsucht in Maddy hervor. Es stieß sie sogar etwas ab. Sie konnte Stella und ihr ständiges schwanger sein nicht verstehen. Wusste sie nicht, wie man die Pille richtig nahm?

»Hi, Maddy.«

Sie war so in wütenden Gedanken versunken gewesen, dass sie ihn gar nicht bemerkt hatte. David Crawley stand vor ihr, zwei Pitbullterrier zogen an den Ketten in seiner Hand. Treys

Griff wurde fester, und instinktiv nahm Maddy ihn auf den Arm, wobei sie vor Schmerzen laut aufstöhnte.

»Hi, David, heute nicht in der Arbeit?« Sie konnte den Koch nicht besonders gut leiden, mit seinem aufgedunsenen Gesicht, der Glatze und den ganzen Tattoos an seinem Hals.

»Das Restaurant ist noch geschlossen. Hast du nichts darüber gehört?«

»Worüber?« Sie ging ein paar Schritte zurück. Sie mochte Hunde nicht, und David Crawley mochte sie schon gleich dreimal nicht. Er ließ keine Gelegenheit aus, um stehen zu bleiben und sie vollzulabern. Und am Montag hatte er ihr auch etwas zu vertraut getan. Nicht sexuell, aber schon genug, dass sie es als störend empfand. Auch wenn Maddy sehr gut auf sich selbst aufpassen konnte, begab sie sich nur ungern in Situationen, in denen sie die Kontrolle verlieren konnte.

»Über den Mord?«, fragte er.

»Welchen Mord?« Meinte er Ellen?

»Eine Frau, die auf der Party gewesen ist, wurde ermordet ihrem Bett gefunden. Schwer vorzustellen, oder?«

»In ihrem Bett?«

»Das haben jedenfalls die Gardaí gesagt, als sie mich vernommen haben.«

Also nicht Ellen. Sie drückte Trey noch etwas fester. Sie hatte statt Stella gearbeitet, und David kannte sie. Das bedeutete, dass sie vorsichtig sein musste. »Wer denn?«, fragte sie.

»Eine junge Frau, kennst du bestimmt nicht«, antwortete er. »Die Art, die nicht in deinen Kreisen verkehrt.«

»Und welche Kreise sollen das sein?«

»Ach, ist dir eine Laus über die Leber gelaufen, kleine Maddy? Oder Ärger mit dem Freund?«

»Ich habe keinen Freund.«

»Eine hübsche junge Dame wie du – es gibt doch bestimmt jede Menge Jungs, die um dich herumschwänzeln.«

»Ich bin nicht wie deine Hunde.«

»Ja, definitiv ganz schön empfindlich. Würde dir gut zu Gesicht stehen, wenn du ein bisschen netter zu Leuten wärst, die nett zu dir sind!«

Die Hunde zogen an ihren Ketten und Trey schmiegte sich enger an sie. Seine kleinen Finger spielten mit dem Spider Man Heftpflaster an ihrem Hals.

»Halt die Klappe, David.«

»Quid pro quo. Das ist Lateinisch. Heißt so viel wie: eine Hand wäscht die andere.«

»Ich hab keine Zeit für kluge Sprüche.« Sie wollte weitergehen, aber er nahm ihren Arm. Ihren verletzten Arm. Sie schrie auf.

»Ich habe dich doch kaum berührt.«

»Ich bin hingefallen. Hab mir am Arm wehgetan.«

»Wenn es so schlimm ist, dann musst du zum Arzt.«

»Mach ich«, sagte sie.

»Pass auf dich auf, ja.« Er nahm die Hunde an die kurze Leine, wickelte die Ketten um seine Finger. »Und denk daran, dein Geheimnis ist bei mir in guten Händen.«

Sie blieb stehen. Drehte sich um. Schaute ihn an. »Welches Geheimnis?«

»Du bist noch ein Kind, Maddy. Am Montagabend hast du statt Stella gearbeitet. Ich habe das den Gardaí nicht erzählt, als sie mich vernommen haben, und wenn du nett zu mir bist, dann sage ich es ihnen auch nicht, wenn sie noch einmal zu mir kommen. Aber wenn du nicht nett bist – wer weiß, was ich vielleicht noch sage.«

Sie wollte einfach abhauen. Ihn mit seinen hässlichen Hunden mitten auf dem Feld stehen lassen. Aber sie konnte sich nicht bewegen. Stattdessen drehte er sich weg, lachte laut vor sich hin, und verschwand entlang einer vermüllten Gasse zwischen zwei Wohnblöcken.

»Jetzt Ball holen?«, fragte Trey.

»Später.« Sie hielt das Kind noch fester an sich gedrückt, so, als ob der kleine Junge sie vor dem Unheil bewahren könnte, das eindeutig auf sie zueilte. Nach ein paar Augenblicken drehte sie sich um und ging dieselbe Gasse entlang, die David gerade genommen hatte. Nach Hause.

———

»Brendan ist seltsam«, sagte Beth.

»Was meinen Sie damit?« Lottie überkreuzte ihre Beine und wartete.

»Er möchte dazugehören, aber seine Persönlichkeit ist etwas … verdreht.« Beth umklammerte ihre Tasse Kaffee fest. »Und das nervt viele Leute, und dann tut er sich noch schwerer.«

»Und das spielt eine Rolle … weil?«

»Er hat sich so Mühe gegeben bei Rachel. Aber sie wollte nichts von ihm wissen. Sie hatten was miteinander, einen Monat oder so lief das, aber als sie nicht mehr mit ihm zusammen sein wollte, konnte er das einfach nicht akzeptieren. Er hat sie belästigt. Hat sie verfolgt. Ist nach Roscommon gefahren und hat jeden Abend vor der Bank auf sie gewartet. Einmal musste sie, glaube ich, sogar die Polizei rufen. Vielleicht steht das irgendwo in einer Akte.«

»Das war, als sie ihn wegen Stalkings angezeigt hat?«

»Ja.«

»Aber er hat es irgendwann aufgegeben?«

»Ich nehme es an. Er hat seine Aufmerksamkeit dann eher auf mich gerichtet.«

»Und hat er Sie auch belästigt?«

»Ich bin besser mit ihm zurecht gekommen. Ich wusste, wie ich ihm das Gefühl geben konnte, dass ich ihm etwas zugestand, während eigentlich ich die Kontrolle hatte.«

»So wie zum Beispiel die Einladung zur der Ausstellung nicht anzunehmen?«

»Ganz genau.«

»Und hegen Sie irgendwelche Gefühle für ihn?«

»Ich mag ihn. Wie einen guten Freund.«

»Obwohl er Ihre Schwester gestalkt hat?«

»Er kann nichts dafür. Brendan ist sich selbst sein ärgster Feind.«

»Warum lassen Sie ihn gewähren?«

Beth ließ für einen Augenblick ihre Kaffeetasse kreisen und blickte darauf. Dann hob sie ihren Kopf. »So blieb er wenigstens Rachel fern.«

»Glauben Sie, dass er Rachel etwas angetan haben könnte?«

»Sie meinen, ob er sie umgebracht hat? Das kann ich mir nicht vorstellen.«

Boyd setzte sich neben sie. »Sie haben uns gesagt, dass Sie Montagabend in Dublin waren. Waren Sie wirklich nicht bei Brendan in seiner Galerie? Er hat so getan, als ob Sie sein Alibi wären.«

»Ich habe es Ihnen doch gesagt. Das Konzert war um halb elf aus und ich war noch mit Freunden unterwegs. Ich kann Ihnen ihre Namen geben, um das zu bestätigen. Brendan habe ich schon seit Monaten nicht mehr gesehen, bis er hier heute Morgen einfach vor der Tür stand.«

»Danke, Beth. Sie müssen auf der Wache noch eine Aussage machen.«

»Später, bitte. Ich muss erst wieder einen klaren Kopf bekommen.«

»Ich schicke einen Wagen vorbei«, sagte Boyd. »Ist das in Ordnung?«

»Wenn es sein muss, dann ...«

»Es muss sein«, sagte Lottie. Sie nahm ihre Jacke und ging Richtung Tür. »Boyd. Wir müssen.«

»Sie haben meine Nummer, Beth«, sagte er. »Rufen Sie mich an, wenn Ihnen noch irgendetwas einfällt, oder wenn Brendan wiederkommt.«

Lottie sagte: »Wenn er wiederkommt, lassen Sie ihn nicht herein. Rufen Sie uns sofort an.«

»Okay.«

»Übrigens, haben Sie eine Idee, warum Rachel eine Reisetasche in ihrem Kofferraum gehabt haben könnte?«

Beth hob überrascht eine Augenbraue. »Vielleicht wollte sie nach der Party noch irgendwo hin? Ich weiß es wirklich nicht.«

Lottie nahm Rachels Schlüssel aus ihrer Tasche. Drei Schlüssel waren an dem Schlüsselbund befestigt. Einer für den Yaris. Einer hatte hier an der Haustür gepasst.

Sie zeigte Beth den dritten Schlüssel. »Wofür ist der?«

Beth zuckte mit den Schultern. »Das weiß ich nicht.«

———

Maddy lieferte Trey bei Stella ab. Sie musste zum Arzt. Oder wenigstens in eine Apotheke. Ihr wurde schon wieder so schwer ums Herz, als sie daran dachte, das Ellen nicht mehr da war. Ein Gedanke schoss ihr durch den Kopf. War Ellen genauso ermordet worden wie diese Frau, von der David ihr erzählt hatte? Das jagte ihr noch einen größeren Schrecken ein. Sie hatte schon genügend True-Crime Bücher über Serienmörder gelesen. Wie war das – drei Morde klassifizierten einen Mörder als Serienmörder, oder irgendwie so? Wenn das so war, war dann noch jemand anderes in Gefahr? Sie erschauderte. Dann nahm sie fünf Euro aus Stellas Geldbeutel und hob ihre Jacke auf, auch wenn sie wusste, dass die völlig nutzlos sein würde. Es hatte schon wieder angefangen, wie aus Eimern zu schütten.

Sie würde ein bisschen im Boyne's herumschlendern, die teuren Stoffe berühren, irgendetwas machen, das ihr guttat. Oder sie könnte in die Bücherei gehen und sich eine ruhige Ecke zum Lesen suchen. Aber ihr Arm schmerzte so sehr, dass sie sich auf nichts anderes konzentrieren konnte.

Wenn sie in die Notaufnahme ging, dann würden die sie dort bestimmt röntgen wollen, und sie hatte weder Geld noch eine Krankenkassenkarte, weil ihre Mutter unentschuldigt abwesend war und Stella sich nicht um den Papierkram gekümmert hatte. Scheiße. Ihr Leben war einfach scheiße.

Schließlich stand sie vor Annie's Restaurant und Tränen und Regentropfen vermischten sich auf ihren Wangen. Die Eingangstür war mit Absperrband gesichert. Am Montag hatte sie hier für fünfzig Euro gearbeitet und alles Stella gegeben, keinen Cent hatte sie für sich selbst behalten. Sie musste wieder an David denken. Was hatte er wirklich gemeint, als er gesagt hatte, dass ihr Geheimnis bei ihm in guten Händen war?

Sie ging langsam weiter, lief durch Pfützen, Wasser sickerte durch ihre durchgelaufenen Schuhe. An der Ampel ging sie über die Straße. In der Bücherei war es warm, und sie würde wieder trocken werden.

Als sie die Gaol Street hinuntereilte, fiel ihr auf dem Fußgängerweg auf der anderen Straßenseite ein Mann auf. Er wirkte vage vertraut, klein, das dunkle Haar in einem Pferdeschwanz zusammengefasst, aber sie konnte ihn nicht so recht zuordnen. Bevor sie reagieren konnte, kam er über die Straße auf sie zu und nahm sie am Arm. Am guten Arm, glücklicherweise. Unglücklicherweise, dachte sie später, denn wenn es der andere Arm gewesen wäre, dann hätte sie geschrien.

»Was soll der Scheiß?«, fragte sie.

»Du bist Maddy Daly, nicht wahr?«

»Und?« Es war mitten am Tag, mitten auf der Straße, mitten in der Stadt. Sie war in Sicherheit, oder?

»Ich muss mit dir reden«, sagte er.

»Wer sind Sie?«

»Du kannst Brendan sagen. Halt die Klappe und komm mit mir mit.«

»Das können Sie vergessen, dass ich irgendwo mit Ihnen hingehe.« Sie wollte sich losreißen, aber sein Griff war fest.

Leute gingen um sie herum, waren sich ihrer stillen Panik überhaupt nicht bewusst, kümmerten sich nur um sich selbst. Sie verdrehte ihren Körper, versuchte, sich ihm zu entwinden, aber es half nichts. Durch zusammengebissene Zähne presste sie hervor: »Ich kenne Sie überhaupt nicht.«

»Du wirst bald eine ganze Menge über mich wissen. Mach einfach, was ich sage.«

»Lassen Sie mich in Ruhe!«

»Ich kenne Ellen.«

Bei den Worten hörte sie auf, sich zu wehren. »Was ist mit Ellen?«

»Ich weiß Sachen, die du auch hören solltest. Aber ich muss auch wissen, was sie dir gesagt hat.«

»Sie hat mir nichts über gar nichts gesagt, Sie Idiot.«

»Was hast du mit ihr gemacht?«

»Sie war eine Freundin. Ich habe gar nichts mit ihr gemacht.«

»Das ist ja witzig.«

»Warum?«

»Weil sie mir ganz etwas anderes erzählt hat.«

»Sie lügen.«

»In diesem Fall lüge ich nicht. So. Ich löse jetzt meinen Griff, und wenn du die Wahrheit über Ellen hören willst, dann kommst du still und leise mit mir mit.«

Maddy stand auf dem Gehweg, ganz starr vor Verwirrung. Er ging voraus, zurück in die Richtung, aus der er gekommen war. Er schien sich sicher zu sein, dass sie ihm hinterhergehen würde. Was wusste dieser Brendan über Ellen?

Neugier und Angst verursachten Aufruhr in ihrem leeren Magen. Ihr war schwindelig. Jemand musste sich ihren Arm ansehen. Aber er verschwand die Straße entlang und sie musste wissen, wovon er sprach, also ging sie ihm hinterher.

SECHSUNDDREISSIG

Kurz bevor sie aus dem Haus der Mullens aufgebrochen waren, hatte Boyd Brendan Healy zur Fahndung ausschreiben lassen. Aber bis jetzt waren weder er noch der auf ihn zugelassene Wagen gesehen worden. Ein Einsatzteam war zu seinem Elternhaus geschickt worden, aber dort war er nicht, auch wenn seine Mutter ihnen mitteilte, das er am Vormittag kurz vorbeigeschaut hatte. Nach ihrer vormittäglichen Unterredung mit Annie Fleming hatte Lottie beschlossen, auch noch einmal bei Matthew Fleming vorbeizuschauen und mit ihm über Rachel zu sprechen.

Auf dem Vorplatz bei Flemings Bürogebäude sprang Lottie aus dem Auto und setzte ihre Kapuze auf.

»Matthew Fleming, genau der Mann, mit dem ich sprechen wollte. Ich bin froh, dass wir Sie hier gerade noch antreffen.«

Fleming schwang einen großen Schlüsselbund und drückte auf einen Knopf. Sie blickte zu dem Range Rover, als die Lichter aufblinkten und er automatisch entsperrte. Wo war der BMW, mit dem er am Montag von den Sicherheitskameras aufgenommen worden war?

»Ich bin ziemlich in Eile«, sagte er. »Ein paar direkt aufeinanderfolgende Termine in Dublin. Ich sollte eigentlich schon unterwegs sein.«

»Es dauert nicht lange. Sollen wir ins Büro oder ...«

»Ich bin wirklich in Eile.«

»Sie können natürlich auch mit uns auf die Wache kommen.«

»Was wollen Sie?« Er zog sich die Kapuze seiner schwarzen gefütterten Jacke über den Kopf, als der Regen sein weißes Haar niederdrückte.

»Nach unserer letzten Unterhaltung sollten Sie mir den Ablauf Ihres Montagabends schriftlich zukommen lassen. Bis jetzt habe ich nichts dergleichen erhalten, und das macht mich ziemlich wütend. Ich bin nicht gerne wütend, Mr Fleming. Können Sie Ihren Aufenthalt am Montagabend erklären, oder nicht?«

»Von was zur Hölle sprechen Sie?«

»Spielen Sie nicht den Dummen. Ich weiß, dass Sie um halb zehn in Annie's Restaurant waren. Ich weiß auch, dass Sie nur zehn Minuten geblieben sind. Wohin sind Sie dann?«

»Nach Hause.«

»Sind Sie sich ganz sicher, dass Sie nicht zu Rachel nach Hause sind und sich mit ihrem Schlüssel Zutritt zu ihrem Haus verschafft haben?« Sie hielt den Schlüsselbund hoch.

»Sie halluzinieren ja. Ihre Schlüssel waren die ganze Nacht in der Schublade meines Schreibtisches in meinem Büro. Ich hatte völlig vergessen, dass ich sie hatte, bis Sie gestern ihren Wagen erwähnt haben.«

»Partieller Gedächtnisverlust ist nicht ungewöhnlich unter Mordverdächtigen«, sagte sie. »Wussten Sie das?«

»Ich weiß Folgendes: Sie sind auf dem sprichwörtlich falschen Dampfer unterwegs. Wenn Sie mich jetzt entschuldigen, ich muss zu einer Besprechung.« Er wollte die Fahrertür öffnen.

Lottie schlug mit ihrer Hand gegen die Fensterscheibe und

er zuckte zusammen. Sie meinte fast, dass sie seine Knochen knarren hörte. »Warum sind Sie ins Restaurant, nur um zehn Minuten später wieder zu fahren?«

Er seufzte und fuhr sich mit der Hand durchs nasse Haar. Regen tropfte von seiner Nasenspitze. »Sie werden sowieso keine Ruhe geben, oder?«

»Werde ich nicht.«

»Es hatte nichts mit Rachel zu tun.« Er seufzte noch mal und gab sich geschlagen. »Ich musste etwas Geschäftliches mit Annie besprechen, aber sie hatte schon einiges an Prosecco getrunken und ich kam überhaupt nicht dazu, etwas zu sagen, weil sie mich unaufhörlich entweder einen Bastard oder ein Arschloch schimpfte. Also bin ich wieder gefahren.«

»Annie sagt, dass Sie Rachel gesucht haben.«

»Sie würde alles sagen, um mich in die Scheiße zu reiten.«

Lottie ließ es auf sich beruhen. »Haben Sie noch mit jemand anderem gesprochen?«

»Nein.«

»Nicht einmal mit Ihrer Tochter?«

»Soweit ich weiß, war Tara am Flughafen und Jessica hatte zu tun.«

»Wohin sind Sie im Anschluss gefahren?«

Er drehte sein Gesicht den tintenschwarzen Wolken zu und ließ den Regen seine Wangen kühlen, die in seinem fahlen Gesicht wie zwei kleine rote Luftballons aussahen. »Ich bin nach Hause.«

»Kann das jemand bezeugen?«

»Was glauben Sie denn?« Er kam näher. »Ich lebe von meiner Frau getrennt und sie hat es darauf abgesehen, meine Familie völlig zu zerstören. Sie tut alles, damit sich meine Töchter von mir abwenden. Ich lebe alleine, außer wenn Tara beschließt, bei mir zu übernachten.«

»Keine Freundin, die diese Aussage bestätigen könnte?«

»Ich habe Ihnen gerade erklärt, dass ich alleine bin. Hören Sie nicht zu?«

»Ich höre auch das, was nicht gesagt wird. Und Sie, Mr Fleming, verheimlichen mir irgendetwas.«

»Ich habe Ihnen die Wahrheit gesagt.«

»Das werde ich schon herausfinden. Nur damit Sie es wissen – dieser Schlüssel hier öffnet Rachels Haustür.« Sie hielt ihn hoch. »Jemand hat sich Zutritt zu ihrem Haus verschafft, ohne einzubrechen. Dieselbe Person hat sie gezwungen, Gift zu trinken, und dieselbe Person steckte ihr ...« Sie besann sich gerade noch rechtzeitig. Von dem Stück Glas wussten weder die Medien noch die Öffentlichkeit.

»Steckte was?«

»Hat sie erstickt.« Sie warf einen Blick auf seine Hände, um zu sehen, ob dort Kratzer waren, aber er trug schwarze Lederhandschuhe zum Autofahren. Sie versuchte sich daran zu erinnern, ob ihr während des Gesprächs am Tag zuvor Kratzspuren aufgefallen waren. Sie glaubte, dass dem nicht so war. Sie hätte ihn sehr gern spurensicherungstechnisch untersuchen lassen, aber so wie sie ihn kennengelernt hatte, würde er das auf gar keinen Fall freiwillig machen lassen. Und bevor sie eine richterliche Anordnung einfordern konnte, brauchte sie erst einmal Beweise.

»Kann ich jetzt gehen?«

»Ihre Töchter waren gemeinsam mit Rachel und ihrer Schwester Beth in der Schule. Als sie Teenager waren, müssen Sie sie doch kennengelernt haben. Soweit ich weiß, war sie mit Ihren Töchtern befreundet und öfter bei Ihnen zu Hause.«

»Sie geben wohl nie auf.« Er stöhnte, aber das Geräusch wurde von Wind und Regen weggetragen. »Ich habe viele Jahre in Athlone gearbeitet. Ich hatte alle Hände voll zu tun, mein Business aufzubauen. Ich war oft unterwegs, und deshalb habe ich viel versäumt, viel vom Leben und Großwerden meiner Töchter. An den Wochenenden haben immer wieder mal Freundinnen bei ihnen übernachtet, aber zwischen lauter Telefonaten und Annies Schimpftiraden, wusste ich nie so wirklich, wer wer war. Und deswegen, um auf Ihre Frage zurückzukommen, habe ich nicht die geringste Ahnung, ob ich die Mullens damals kennengelernt habe oder nicht.«

»Das finde ich nur schwer vorstellbar. Sicherlich sind Ihnen zwei hübsche Mädchen, die sich so ähnlich sahen, aufgefallen.«

Der Regen wurde stärker, genauso, wie Flemings Wut. »Was wollen Sie damit andeuten, Inspector Parker?«

Lottie lächelte. »Ich will gar nichts andeuten, aber mir scheint, dass Sie etwas in meine Worte hineininterpretieren, das ich gar nicht beabsichtigt hatte, und wissen Sie was? Das bestärkt mich in meinem Glauben, dass Sie etwas vor mir verbergen, das relevant für meine Ermittlung ist. Aber das ist egal, ich finde es schon noch heraus.« Sie trat ganz dicht an ihn heran, als er den Türgriff drückte. »Sie lügen mich an, und ich brauche gar nicht so dicht vor Ihnen zu stehen, um das zu erkennen. Einen Lügner kann ich schon aus einer Meile Entfernung riechen.« Sie ging zur Seite.

Er stöhnte, öffnete die Tür und setzte sich hinein. Die Tür stand immer noch offen, als er den Wagen anließ. Der Motor schnurrte sanft, wie ein Kätzchen. Stinkreicher Bastard.

»Annie hat mich bestimmt in den finstersten Farben, sie die sich ausdenken konnte, beschrieben«, sagte er. »Deshalb sind Sie hinter mir her, Inspector Parker. Aber wenn Sie denken, ich hätte irgendetwas mit Rachels Tod zu tun, dann irren Sie sich. Schönen Tag noch.«

Bevor er die Türe schließen konnte, sagte Lottie: »Was wissen Sie über Dr. Ellen Gormley?«

Für einen kurzen Augenblick war er verwirrt und runzelte die Stirn. »Was ist mit Ellen?«

»Sie kennen sie?«

»Auf geschäftlicher Basis, ja.«

Jetzt runzelte Lottie die Stirn. Was könnte sein Geschäft groß mit dem ihrem zu tun haben?

»Warum erkundigen Sie sich nach ihr?«

»Sie ist tot. Ermordet. Können Sie mir sagen, wann Sie sie das letzte Mal gesehen haben?«

»Sie war Psychologin, daher ist der Grund, warum ich sie kenne, vertraulich. Ich habe jetzt wirklich genug von Ihren Scheißanschuldigungen. Wenn Sie noch etwas wissen wollen, dann kommunizieren Sie zukünftig über meinen Anwalt mit mir.«

Als er von dannen fuhr, war Lottie noch verwirrter als vorher. Sie ging zurück zu ihrem eigenen verbeulten Auto. Boyd lehnte wie ein begossener Pudel an der Kühlerhaube.

»Was?«, fragte sie verstimmt.

»Ich habe gar nichts gesagt«, sagte Boyd.

»Aber du denkst, dass ich gerade etwas Falsches gesagt habe?«

»Nein, ganz und gar nicht. Aber du hast ihn ganz schön aus der Fassung gebracht.«

»Nein, habe ich nicht. Matthew Fleming kann man nicht aus der Fassung bringen. Er ist gefasst wie ein Diamant in einem Ring. Ich muss nur das richtige Werkzeug finden – jemanden oder etwas, um ihn auszuhebeln.«

»Vielleicht der geheimnisvolle Schlüssel an Rachels Schlüsselbund. Der könnte funktionieren.«

»Schlaumeier. Lass uns zurück zur Wache fahren. Jane meldet sich sicher bald. Ich will bei Ellens Obduktion dabei sein.«

―――――

Maddy war immer noch gut zehn Schritte hinter diesem Brendan mit seinem Pferdeschwanz. Warum folgte sie ihm, nach allem, was passiert war?

Sie hatte Bilder vor Augen und Gefühle kochten in ihr hoch. Am Abend vorher hatte sie ihre gute Freundin Ellen tot aufgefunden, und nach einer Party, auf der sie am Montagabend illegal gearbeitet hatte, war eine andere Frau gestorben. Ihr fielen die Geschichten über Serienmörder wieder ein, die sie gelesen hatte. War sie vielleicht das dritte Opfer? Sie zitterte unkontrolliert und ihr wurde fast schlecht.

Er war um die Ecke beim Theater verschwunden, Richtung öffentlichen Parkplatz. Hatte er vor, sie in ein Auto zu zerren und zu entführen? Sie irgendwo hinzubringen und bei lebendigem Leibe zu enthäuten? Aber er hatte gesagt, dass er etwas über Ellen wusste. Maddy atmete tief ein, senkte den Kopf und ging ihm nach, obwohl er jetzt nicht mehr in Sichtweite war.

Als sie um die Ecke bog, stieß sie mit jemandem mit so voller Wucht zusammen, dass sie rückwärts gegen einen Straßenlaternenmast prallte.

»Pass doch auf, wo ... Ach, wenn das nicht unsere kleine Miss Giftkröte ist!«

»Simon!« Er beugte sich bedrohlich über sie. Verfolgte er sie? Nein, das konnte nicht sein. Er war ihr ja entgegengekommen, als sie um die Ecke gebogen war. Sie versuchte, sich wieder etwas unter Kontrolle zu bekommen, während ihr Herz noch wie verrückt raste. Sie konnte Brendan, oder wie auch immer er hieß, nirgendwo mehr sehen.

»Was machst du hier?«

»Du bist viel zu neugierig«, sagte Simon. »Aus dir würde mal ein guter Detective, weißt du das?« Er lachte und fuhr sich mit der Hand durchs Haar, so als ob er nach der Beule tasten würde, die vorher der zerbrochene Becher verursacht hatte. »Wenn du es genau wissen willst, ich war dort drüben, in dem Sozialbau.« Er zeigte auf ein Gebäude. »Und wohin bist du so eilig unterwegs?«

Maddy zögerte. Ihr war bewusst, dass sie sich irrational verhielt. Sie wollte Brandon folgen, aber das könnte gefährlich werden. Simon war auch gefährlich – ihr Arm und ihr Hals konnten das bezeugen –, aber sie spielte mit dem Gedanken, ihn zu bitten, mit ihr zu kommen, bis sie den anderen Mann wiedergefunden hatte. Was war das geringere Übel?

»Simon, kannst du mir einen Gefallen tun?«

»Du willst, dass ich mich verpisse?«

»Kannst du mit mir über den Parkplatz gehen?«

Er lachte ein lautes, dreckiges Lachen. »Was, willst du einen Quicky zwischen zwei Autos schieben?«

»Sprich doch nicht immer so anstößig.«

»Oh. Ein großes Wort für so ein kleines Mädchen.«

»Kommst du mit mir mit oder nicht?«, fragte sie und stellte sich gerade hin. Sie war *kein* kleines Mädchen!

Er beugte sich näher zu ihr, sein Atem war säuerlich. »Was ist denn los, Süße? Soll ich dir helfen, jemanden zu verprügeln? Du hast keinen Becher in der Hand, also was soll diesmal die Waffe der Wahl der Dalys sein?«

»Ach, verpiss dich doch, Simon. Du gehst mir so auf den Sack.« Sie marschierte um ihn herum und ging um die Ecke. Aber sie war erleichtert, als sie merkte, dass er neben ihr blieb.

»Nach was oder wem suchen wir?« Er zündete sich eine Selbstgerollte an und der Geruch von Weed stieg ihr in die Nase.

»Nur so einem Kerl mit Pferdeschwanz.« Wie eine Politesse schritt sie die Parkreihen ab und schaute durch Fensterscheiben. Aber von Brendan keine Spur. Er war verschwunden.

»Und was machen wir jetzt?«, fragte Simon und grinste anzüglich, als er mit der Hand eine pumpende Geste an seiner Leistengegend ausführte.

»Du kannst dich jetzt verziehen«, sagte sie, aber nichts von ihrer Tapferkeit schien sich in ihrer Stimme zu spiegeln. Sie zog sich die Kapuze über ihren pitschnassen Kopf. »Ich muss in die Apotheke und Schmerzmittel kaufen wegen meinem Arm. Dem Arm, den du gebrochen hast.«

»Hey! Moment mal! Ich habe gar nichts gebro...«

»Wenn du mich noch einmal anrührst, Simon, dann zeige ich dich bei der Polizei wegen Körperverletzung an.« Sie zitterte. Aus Schock oder aus Furcht? Aber sie wusste, dass sie diesem Bully Paroli bieten musste. Genau das hätte ihr auch Ellen geraten, wenn sie noch am Leben wäre.

»Du kannst ja direkt witzig sein, wenn du möchtest«, sagte er und nahm einen tiefen Zug von seiner feuchten, zerknitterten Kippe.

»Ich werde denen von deinem Stoff erzählen.« Seine Kinnlade klappte regelrecht nach unten und seine Augen wurden ganz glasig. Sie nahm an, dass sein *Stoff* sein kostbares Weed war. »Und wenn du mich jetzt anfasst, dann werde ich losschreien wie eine Verrückte.«

Sie blickte sich um und war froh, ein paar Männer in feinen Anzügen zu sehen, die zu ihren Autos gingen. Die kamen wahrscheinlich aus dem Gerichtsgebäude. Anwälte vielleicht. Die würden ihr zwar wohl nicht helfen, wenn sie schrie, aber wenigstens Simon dazu bringen, das Weite zu suchen. Hoffentlich. Was hatte sie sich dabei gedacht, ihn zu fragen, mit ihr zu kommen? Dummes Mädchen.

Er schüttelte seinen Kopf und Wassertropfen flogen in alle Richtungen. Seine Stimme war nur ein Flüstern, als er ihren Arm packte. »Was weißt du von meinem Stoff?«

»Nichts. Ich ziehe dich doch nur auf.«

Er ließ sie los und trat einen Schritt zurück, die Hände kapitulierend erhoben. »Fick dich, Maddy Daly. Weißt du was? Ich bereue den Tag, an dem ich mich mit euch Pack eingelassen habe. Ihr bringt nur Unglück. Das hätte ich am Zustand eurer Alkoholiker Mutter schon erkennen müssen. Du weiß bestimmt nicht mal, dass sie bei einem Bauern draußen in Ballydoon untergekrochen ist.«

»Lass meine Mutter aus dem Spiel.«

»Nichts lieber als das.« Er zog ab und ging in Schlangenlinien durch die parkenden Autos davon.

Sie blieb, wo sie war, bis er verschwunden war. Erst dann atmete sie tief durch, und kalter Schweiß brach auf ihrer Stirn aus. Sie wollte nichts von der Frau wissen, die sie im Stich gelassen und Stellas Obhut übergeben hatte.

Sie ging zurück über den Parkplatz. Das Wasser zu ihren Füßen floss in Bahnen in Richtung der verstopften Gullys, als sie die Stufen zur Gallager's Lane hinaufging, von wo aus sie zurück zur Main Street wollte. Vor sich bemerkte sie eine Gestalt, die gebeugt and die Wand gelehnt dastand und versuchte, eine Zigarette trocken zu halten.

Mit einem Fuß noch in der Luft blieb sie stehen, physisch und mental völlig aus dem Gleichgewicht gebracht.

Es war der Typ mit dem Pferdeschwanz – Brendan.

Während ihre Füße noch am nassen Asphalt klebten, verzog sich sein Gesicht zu einem bedrohlichen Lächeln. »Warum hast du so lange gebraucht? Du musst mit mir mitkommen.«

Ein Warnsignal blinkte in ihrem Gehirn auf. Sie wollte nirgendwo hingehen mit diesem Fremden.

Sie drehte sich um und fing an zu rennen.

SIEBENUNDDREISSIG

Die Rechtsmedizinerin hatte eine Nachricht für Lottie hinterlassen, um ihr mitzuteilen, dass sie gleich mit der Obduktion anfangen würde. Das war vor einer Stunde gewesen. Scheiße.

Lottie ließ Boyd auf der Wache zurück, damit er sich um die Vernehmung von Maddy Daly kümmern konnte, und fuhr nach Tullamore. Während der Fahrt rief sie auf der Wache an, um Updates zum Fall zu bekommen. Es waren immer noch keine Angehörigen von Ellen gefunden worden. Ihre persönliche Assistentin konnte ihnen auch nicht mehr sagen; um die Patientenakten einzusehen, brauchten sie eine gerichtliche Verfügung. Lottie war klar, dass das dauern würde und sie dafür auch einen konkreten Verdacht brauchten, und auch dann konnten sie nur bestimmte Akten anfordern und nicht einfach alle.

Sie dachte daran, dass keinem von Ellens Nachbarn in den Tagen vor ihrem Tod irgendetwas komisch vorgekommen war. Niemand konnte sich an einen Besucher erinnern, dem Ellen in ihrer Küche Whisky angeboten hatte, während sie die Wäsche zusammenlegte. War es Maddy Daly gewesen? Ein oder zwei

Leute wussten, dass Maddy mit Ellen befreundet war, und dass Ellen ihr öfter ihr Rad lieh. Ellen war ein guter Mensch. Das war alles, was man über sie sagte. Warum war sie dann einem Mord zum Opfer gefallen? Und hatte Matthew Fleming irgendetwas mit ihrem Tod zu tun? Bis jetzt war er eine der wenigen Verbindungen zwischen den Morden an Ellen Gormley und Rachel Mullen.

Sie fuhr gerade auf den Parkplatz vor der Leichenhalle, als Chloe anrief.

»Wo bist du denn?«

Lottie sagte es ihr.

»Oh Mann, Mam!«

»Was denn? Ich arbeite gerade an zwei Mordfällen. Ich komme heim, sobald es geht. Granny …«

»Du hast es vergessen, oder?«

Scheiße, was hatte sie jetzt schon wieder vergessen? Sie marterte sich das Gehirn, aber Chloe unterbrach sie.

»Deine Haare! Die Frisurengeneralprobe! Du bist einfach nicht erschienen. Ich steh hier rum wie bestellt und nicht abgeholt, und Ashley nimmt jetzt die nächste Kundschaft dran.«

Ihr Haare? Oh Gott. Für die Hochzeit. Für ihre Hochzeit. Chloe war ja fast aufgeregter als sie selbst! Und das war die Tochter, die ihr vor gar nicht allzu langer Zeit die Beziehung mit Boyd noch untersagen wollte. Und jetzt war dieselbe Tochter so voller Elan, Plänen und Ideen. Es war schön, sie so guter Dinge zu sehen.

»Chloe, es tut mir leid. Ich habe es völlig vergessen. Kannst du für Freitag einen neuen Termin machen? Wir sollten bis dahin bei den Ermittlungen weitergekommen sein.« Sie drückte sich selbst die Daumen, dass sich diese Aussage auch bewahrheiten würde.

»Mam! Die Hochzeit ist am Samstag! Diese Woche!« Chloe drehte ja schon fast durch. Wegen einer Frisur?

Sie rieb sich die Schläfen und überlegte, wie sie noch einen weiteren Termin unterbringen sollte. »Beruhige dich, Liebes«, sagte sie.

»Ich stelle diese ganze Hochzeit eigenhändig auf die Beine, obwohl Boyd so schwierig ist, und du weigerst dich, dich auch nur irgendwie einzubri...«

»Chloe, es kommen nur dreißig Leute.«

»Weißt du was, Mam? Es ist mir scheißegal. Von mir aus komm doch in einer Häkelhaube. Du wirst dich nie ändern. Du hast immer nur deine Arbeit im Kopf.«

»Das ist nicht fair. Ich ...« Aber sie redete ins Leere. Ihre Tochter hatte schon aufgelegt. Verdammt.

Sie kämpfte sich aus dem Auto und überlegte, wann sie noch eine Haargeneralprobe beim Friseur unterbringen könnte. Wen kümmerte das überhaupt? Boyd würde es gar nicht auffallen.

Aber als sie die Korridore, die nach Desinfektionsmittel rochen, Richtung Sezierraum entlangging, dachte sie sich, dass sie sich vielleicht ein bisschen Mühe geben sollte. Das hier war die zweite Edition ihres ›schönsten Tages im Leben‹ und sie konnte es sich nicht leisten, die zu verpatzen.

Seufzend ging sie durch die Tür und zog einen Overall über. Als sie die Maske festzurrte, ließ sie Chloes Kritik außen vor und war wieder im professionellen Modus. Im Sezierraum war Jane schon an Ellens Leiche zugange.

»Schon was Interessantes gefunden?«

»Wenn du wissen willst, ob ich etwas Ähnliches gefunden habe, wie das Stück Glas in Rachel Mullens Rachen, dann ist die Antwort: Ja.« Jane deutete auf eine Scherbe, die in einer Edelstahlschale lag.

Lottie starrte darauf und bemerkte, dass sie größer war als die erste Glasscherbe. »Das reflektiert wie ein Spiegel.«

»Damit hast du recht. Es könnte ein Bruchstück von einem Spiegel sein.«

»Wurde es ihr nach ihrem Tod in den Rachen gesteckt?«

»Ja.«

»Und passt das Stück mit dem Stück aus Rachels Rachen zusammen?«

»Ich muss es erst zur Analyse geben, dann wissen wir mehr.«

»Danke. Noch was anderes?« Lottie konnte sich gut auf Janes Art, Informationen weiterzugeben, einstellen.

»Ellen Gormley ist vergiftet worden. Wenn sie nicht die Treppe hinuntergefallen wäre, hätte sie wahrscheinlich Hilfe rufen können. Sie war schon mindestens sechsunddreißig Stunden lang tot, bevor ihre Leiche gefunden wurde.«

»Sowohl ihr Handy als auch ihr Haustelefon waren unten. Vielleicht war sie auf dem Weg nach unten, um Hilfe zu rufen, als sie stürzte.«

»Stürzte? Dazu komme ich gleich noch. Auf alle Fälle war der Tod nicht augenblicklich. Diese Frau hat gelitten. Zwei gebrochene Wirbel und ein zertrümmertes Steißbein. Den Schädel hat sie sich bei dem Fall auch gebrochen. Aber das Schlimmste ist, dass das Gift in ihrem System ihre Lunge in Flüssigkeit ertränkt haben muss. Zusätzlich zu ihren schmerzhaften Verletzungen hat sie also auch noch verzweifelt um Luft gerungen.«

»Das ist der reinste Horror.«

»Das ist noch nicht alles.« Jane drehte Ellens nackten Körper auf die Seite. Lottie ging in einigem Abstand um den Tisch herum und sah, worauf Jane deutete. Eine Stelle zwischen den Schulterblättern des Opfers. Sie beugte sich weiter vor. »Ist das ein Bluterguss?«

»Ja. Der entstand schon ein paar Stunden vor ihrem Tod und passt nicht zu den Flecken, die sie sich bei dem Fall die Treppe hinunter zugezogen hat. Habt ihr Hinweise gefunden, dass jemand mit ihr im oberen Stockwerk war?«

»Nein«, sagte Lottie mit Überzeugung, um diese Aussage im gleichen Moment anzuzweifeln. Sie musste erst bei der

Spurensicherung nachfragen, ob sie noch etwas von Bedeutung entdeckt hatten.

»Geh noch mal an den Tatort, schau nach. Da oben muss noch jemand anderes gewesen sein.«

Sie konnte es überhaupt nicht leiden, wenn ihr jemand erklärte, wie sie ihren Job zu machen hatte, und versteifte sich. »Das könnte ein alter Bluterguss sein.«

Jane schaute sie über ihre Maske hinweg und durch die randlose Brille an, über die sie die Plastikschutzbrille gesetzt hatte und die sie wie eine Außerirdische aussehen ließ. Jetzt war sie an der Reihe, sich zu versteifen. »Die Lividität und die Hautfarbe sagen mir, dass sie sich das kurz vor ihrem Fall, bei dem sie sich die Knochen gebrochen hat, zugezogen hat.«

»Also kein alter Bluterguss«, stimmte Lottie ihr leise zu. Der stechende Geruch des Todes vermischte sich mit der Stille im Raum.

»Ich freue mich auf Samstag«, sagte Jane, um die Stimmung wieder aufzulockern. Sie drehte die Leiche wieder auf den Rücken.

»Hast du was Besonderes vor?«

Sie lachte. »Ich dachte, ich bin auf eine Hochzeit eingeladen, aber vielleicht täusche ich mich auch.«

»Ich hatte so viel zu tun die letzten Tage«, sagte Lottie, immer noch verletzt von Chloes Worten. »Mir wären ein paar ruhige Tage davor lieber gewesen als dieser ganze Aufruhr. Ich habe nicht die geringste Ahnung, was noch alles zu tun ist.«

»Dann kümmerst du dich mal besser darum. Ich muss doch mein neues Outfit ausführen!« Durch die doppelten Brillengläser zwinkerte Jane ihr zu.

»Vielleicht sollte ich es verschie…«

»Denk nicht mal dran, Lottie Parker. Wo sonst könnte ich jemals einen maßgefertigten Fascinator komplett mit Federn und Tüll tragen?«

Lottie lachte sich ein wenig von dem Stress von der Seele,

der sie am Laufen hielt. Auf einmal fühlte sie sich so müde. »So aufgetakelt kann ich mir dich gar nicht vorstellen.«

»Ich trage das nur aus dem Grund, weil es mich fast einen halben Kopf größer macht. Und wir beide wissen, dass ich jeden Zentimeter größer brauchen kann.« Noch ein Augenzwinkern.

Lottie schaute wieder zu Ellen Gormleys geschundenen und gebrochenen Körper, der auf einem kalten Edelstahltisch lag. Ihr zog sich das Herz zusammen.

»Sie war Psychologin, Jane.«

»Okay.«

»Hast du sie mal getroffen? Weißt du etwas über sie? Wir können einfach keine Angehörigen finden. Und ihre persönliche Assistentin weiß auch nichts.«

»Ich kannte sie nicht, aber sie war bestimmt sehr professionell und hat auf ihre Privatsphäre und die ihrer Patienten geachtet.«

Lottie überlegte kurz. »Wie könnte es kommen, dass sich eine Frau, die Beziehungen nur auf einem rein professionellen Level eingeht, mit einem fünfzehnjährigen Mädchen anfreundet?« Sie erzählte ihr von Maddy Daly.

»Hast du das Mädchen gefragt?«, fragte Jane.

»Sie hat erwähnt, dass sie mit Ellen befreundet war, seit sie ihre Patientin gewesen ist. Das war, als sie dreizehn war.«

»Spielt diese Verbindung eine Rolle?«

»Ich weiß es nicht. Warum?«

»Vielleicht solltest du eine gerichtliche Verfügung anfordern, um Ellens Aufzeichnungen einsehen zu können. Und ganz konkret die Akte, in der es um besagten Teenager geht.«

»Ich bezweifle, dass das passieren wird.«

»Dann schau, dass du die Zustimmung des Mädchens bekommst.«

»Das ist leichter gesagt als getan.«

»Du liebst doch die Herausforderung, Lottie Parker, oder

etwas nicht?« Jane wandte sich wieder der Leiche zu.
»Dr. Ellen Gormley. Alter dreißig. Tod durch Ersticken, verursacht durch die Einnahme von Rattengift.«

Als Lottie von Ellens Obduktion zurückkam, war die Stimmung
im Büro düster. Es gab keinerlei Fortschritt, bei keiner der
beiden Mordermittlungen.

An ihrem Schreibtisch bereitete sie den vorläufigen Bericht
für die abendliche Teambesprechung vor. Das Stück Glas
konnte sie sich nicht erklären. Was wollte der Mörder damit
zum Ausdruck bringen? Sie war etwas enttäuscht, dass weder
Brendan Healy noch sein Auto bis jetzt irgendwo gesehen
worden waren. Die Beamten auf Streife hatten Bericht erstattet
und angedeutet, dass er möglicherweise seine Nummern-
schilder getauscht haben könnte.

Sie schickte Kirby und McKeown zu Ellens Haus, um es
noch einmal gründlich zu durchsuchen, vor allem den oberen
Stock. Die einzigen Spuren, dass sich jemand anders ungefähr
zu der Zeit, zu der Ellen zu Tode gekommen war, in dem Haus
aufgehalten hatte, waren die zusätzliche Tasse in der Küche, die
nach Whiskey roch, und jetzt dieser Bluterguss auf Ellens
Rücken. Sie hatte ihnen auch aufgetragen, nach Spuren von
Packungen oder Fläschchen Ausschau zu halten, in denen Gift
gewesen sein könnte, auch wenn die Spurensicherung bis jetzt
nichts Auffälliges gefunden hatte. Die feuchten Fußabdrücke
stammten von Maddy Dalys Schuhen. Sie hatte neben der
Leiche gestanden und war dann wieder hinausgegangen.
Maddy war nicht oben gewesen. Außer, wenn sie ihre Schuhe
ausgezogen hätte, dachte Lottie.

Sie erzählte Boyd von der Obduktion, und da Maddy
immer noch nicht erschienen war, fuhr er los, um sie für ihre
offizielle Vernehmung abzuholen. Hoffentlich würde das

Mädchen jetzt ein bisschen offener über ihre Verbindung mit Ellen reden.

Als sie gerade eine Liste machte, spürte sie, dass jemand sie anstarrte. Superintendentin Farrell auf Konfrontationskurs, befürchtete sie. Aber dem war nicht so. Es war Maria Lynch.

»Detective Lynch, wie kann ich Ihnen helfen?«

»Darf ich mich setzen?«

»Natürlich.«

Lynch setzte sich mit verkniffenem Gesicht. Ihr Haar war kürzer als sonst, aber immer noch mit einem Haargummi im Nacken zusammengefasst.

»Ich möchte Ihnen etwas sagen ...«

»Den Kindern geht es gut, ja?« Lottie wagte nicht, nach Lynchs Mann Ben zu fragen. Sie würde sich die Finger nicht ein zweites Mal verbrennen.

»Jaja. Alles gut bei den Kids. Das Baby wächst viel zu schnell. Alles gut.«

»Weswegen wollen Sie mich sprechen?« Lottie verschärfte ihren Ton. Sie war sich sicher, dass es Lynch gewesen war, die Superintendentin Farrell brühwarm erzählt hatte, wie sie es bei der letzten Ermittlung mit den Vorschriften nicht immer ganz genau genommen hatte, um schnell zu einem Ergebnis zu kommen. Der Informant hatte verursacht, dass sie während einer internen Untersuchung, die sie von jeglichem Fehlverhalten freigesprochen hatte, suspendiert worden war.

»Ich wollte eine Sache richtigstellen.«

»Und welche Sache wäre das?«

»Ich habe Sie nicht bei Superintendentin Farrell verpfiffen.«

»Ich glaube, dass Sie das sehr wohl gemacht haben.« Lottie fiel es schwer, ihre Stimme nicht verächtlich klingen zu lassen.

»Hat sie das behauptet?«

»Nein. Die Superintendentin würde sich hüten, ihre Informanten preiszugeben ... ich meine, zu verraten, woher sie ihre

Informationen bezieht.« Mann, sie musste etwas lockerer werden.

Lynch blinzelte sie durch ihre hellen Wimpern hindurch an. »Seit Sie wieder da sind, haben Sie mir eine Scheißaufgabe nach der anderen zugeteilt, deshalb bin ich mir sicher, dass Sie denken, dass ich das war. Aber ich sage Ihnen hier und jetzt: Obwohl ich durchaus daran gedacht habe – und das mehr als einmal –, ich habe Sie nicht wegen Missmanagement oder gesetzeswidrigem Verhalten gemeldet.«

»Missmanagement? Gesetzeswidriges Verhalten? Dass ich nicht lache! Alles, was ich tue, geschieht zum Wohl unserer Ermittlungen, um gerissene und gefährliche Verbrecher und Mörder zur Strecke zu bringen. Ich strenge mich richtig an, damit wir positive Ergebnisse liefern können und damit die Superintendentin gut dasteht. Ich weiß, wie ich das machen muss. Wir haben uns zwar nie gut verstanden, aber wir haben Ergebnisse geliefert. Ergebnisse sind das, was bei denen da oben zählt. Also, warum sehen Sie das jetzt anders?«

»McKeown.«

»Was ist mit dem?«

»Detective McKeown hat Ihre unorthodoxen Ermittlungsmethoden ausgeplaudert.«

»Schauen Sie, Maria, wenn Sie jetzt jemand anderen beschuldigen, dann wird meine Achtung vor Ihnen dadurch sicher nicht steigen.«

»Ich sage die Wahrheit. Ich will wieder richtig eingesetzt werden. Wir haben es mit zwei Mordfällen zu tun, und Sie brauchen mich dort draußen, als aktives Teammitglied. Ich bin eine gute Polizistin und Sie vergeuden mein Talent, wenn Sie mich hinter einen Schreibtisch setzen und den Monitor anstarren lassen. Das hier ... hier vor Ihnen zu sitzen ... Sie anzubetteln ... das geht gegen alles, wofür ich stehe. Aber so ist es. Ich flehe Sie an, bitte lassen Sie mich wieder im Team arbeiten.«

Wenn Lottie nicht gewusst hätte, wie sehr Lynch sie verabscheute, dann hätte sie schwören können, dass sie einen Hauch von Reue im Blick des Detectives sah. Aber Reue weswegen, wenn nicht sie es gewesen war, die sie angeschwärzt hatte? Dann verstand sie. Schuldgefühl.

»Was haben Sie getan, Lynch?«

»Ich verstehe nicht?«

»Das tun Sie sehr wohl.«

»Wirklich nicht, Chefin.«

»Hören Sie mir mit ›Chefin‹ auf. Sie verabscheuen mich aus tiefstem Herzen. Zuerst wollten Sie sich meinen Job unter den Nagel reißen, das wollen Sie wahrscheinlich immer noch, und wenn Sie mich nicht selbst an Farrell verpfiffen haben, haben Sie dann etwa McKeown dazu angestiftet?«

»Das habe ich nicht. Er wars. Ich hatte nichts damit zu tun.«

»Wenn es sonst nichts gibt, das Sie mir sagen wollen, dann würde ich Ihnen raten, lange und gründlich über die Karriere, die Sie sich auf dieser Wache vorstellen, nachzudenken. Und wenn Ihnen etwas daran liegt, dann kommen Sie wieder, und zwar mit der ganzen Wahrheit.«

In Lynchs Augen blitzte etwas auf, das Lottie nicht ganz entschlüsseln konnte. Aber es war definitiv mehr als bloße Wut.

Sie schaute zu, wie Lynch aufstand, den Stuhl unter den Tisch schob, und mit hocherhobenem Kopf aus dem Büro marschierte. Sie ließ die Tür sperrangelweit offen und ging zurück zu ihrem Schreibtisch. Vom kleinlauten Mäuschen, das gerade an ihrem Tisch gesessen war, war nichts mehr zu sehen. Aber jetzt musste sich Lottie auch noch um jemand anderen Gedanken machen. Um jemanden, von dem sie dachte, dass er auf ihrer Seite wäre. Um diesen verdammten Sam McKeown.

ACHTUNDDREISSIG

Der Nachmittag ging schon in einen trüben, nebligen Abend über. Boyd fuhr den Wagen vor Maddy Dalys Haus und blieb drin sitzen, den Motor im Leerlauf. Er schaute zu den schmutzigen Fenstern und der Tür, von der Farbe abblätterte, und fragte sich, wann Lottie und er jemals die Zeit finden würden, Farranstown House zu renovieren und es zu ihrem Zuhause zu machen.

Er wurde von Stella, Maddys Schwester, aus seinen Träumereien gerissen, die aus der Tür kam und einen Buggy die Stufen hinunterbugsierte. Er stieg aus, um ihr zu helfen.

»Kommen Sie, lassen Sie mich das machen«, sagte er.

»Scheren Sie sich zum Teufel«, fluchte Stella.

Wenigstens war das Baby warm angezogen. Der Sprühregen benetzte die durchsichtige Plastikhaube, die die Nässe vom Kinderwagen fernhielt.

»Wie heißt sie?« Boyd hoffte, dass er keinen Anfängerfehler beging, nur weil das Baby ein rosarotes Häkelmützchen aufhatte.

»Es geht Sie gar nichts an, wie sie heißt.«

Als der Buggy sicher auf dem Pflaster stand, lächelte Boyd.

»Was ist so lustig, Bullenfresse?«

»Gar nichts. Ich will zu Maddy. Ist sie drinnen?«

»Ist sie nicht, und Sie haben uns schon genug Ärger beschert, also lassen Sie uns gefälligst in Ruhe.«

Stella zog an dem Reißverschluss ihrer Jacke, wo er sich in dem leichten Baumwollstoff, der jetzt schon durchnässt war, verfing. Boyd überlegte kurz, ihr eine dunkelblaue Garda Regenjacke aus dem Kofferraum zu holen, aber er verwarf diese Idee lieber wieder. »Ich muss mit ihr sprechen. Wo ist sie?«

»Ich weiß nicht, wo sie ist. Sie hätte eigentlich auf Trey aufpassen sollen, während ich mit Ariana zum Impfen gehe.«

»Wer passt dann auf Trey auf?« Boyd erinnerte sich an den kleinen Jungen, der am Vormittag durch das Treppengeländer gelugt hatte.

»Er ist bei einem Nachbarn, aber das geht Sie einen Scheißdreck an. Jetzt lassen Sie mich durch. Ich bin sowieso schon viel zu spät dran, verdammt.«

Boyd trat einen Schritt zur Seite und fragte: »Soll ich die Tür zumachen?«

Sie wurde rot, und er dachte schon, dass er noch mal einen Schwall Flüche zu hören bekommen würde, aber ihr Gesicht verhärtete sich und sie sah auf einmal dreißig Jahre älter aus als die neunzehn, die sie tatsächlich war.

»Machen Sie doch, was Sie wollen. Ich muss mich beeilen.«

Er sah zu, wie sie den Kinderwagen auf den Gehweg schob und sich schnell entfernte. Die offene Tür war wie eine Einladung, sich drinnen umzusehen. Er wusste zwar nicht, wonach er suchte, aber diese Gelegenheit konnte er nicht ausschlagen.

Drinnen war es feucht und es roch nach abgestandenem Zigarettenrauch. Er warf einen Blick ins Wohnzimmer und war angewidert von dem Zustand, in dem sich das Sofa befand – der Stoff war ganz zerrissen und die Füllung quoll heraus. Der Kaminrost sah so aus, als ob darin schon seit Jahren kein Feuer mehr gemacht worden war. Er war übervoll mit Zigarettenstumpen. Insgesamt war der Raum so nackt, dass er sich ganz elend fühlte, wenn er an die jungen Frauen und die Kinder dachte, die hier hausten. Er ging wieder auf den Flur und stieg die Treppe in den ersten Stock hinauf.

Da er sich im Klaren darüber war, dass er ihre Privatsphäre völlig grundlos verletzte, schaute er nur ganz kurz in jedes Zimmer. Das Badezimmer war überraschend sauber, auch wenn der Duschvorhang zerrissen und die Leitungen verrostet waren. Das nächste Zimmer musste Stellas sein, weil darin ein Bettchen für das Baby stand. Das Doppelbett war gemacht, und die Bettwäsche sah frisch aus. Aber Maddys Zimmer war das reinste Chaos. Überall lag Kleidung auf dem Boden, und das Bett war nicht gemacht.

Er hob das Kissen, aber darunter war nichts. Dann fuhr er mit der Hand unter der Matratze entlang. Auch nichts. Trotz schlechtem Gewissen durchsuchte er die Taschen der Hosen, die auf dem Boden verstreut lagen. Nichts.

Er wusste nicht, wonach er eigentlich suchte, und selbst wenn er etwas gefunden hätte, das mit Ellens Tod in Verbindung stehen könnte – war das hier nicht nach wie vor eine illegale Hausdurchsuchung, auch wenn Stella die Tür offen gelassen hatte?

Auf dem Boden am Fuß des Bettes waren einige Bücher aufgestapelt. Ein paar davon waren Psychologiezeitschriften, die ihr bestimmt Ellen geliehen hatte. Nichts fiel heraus, als er sie umdrehte und durchblätterte. Er kniete sich auf den Boden und blickte unter das Bett.

»Was verdammt noch mal machen Sie da?«

Er drehte sich augenblicklich um und stieß sich den Kopf am Bettsockel. »Die Tür war offen und Stella hat gesagt ...«

»Es interessiert mich einen Scheiß, was Stella gesagt hat; Sie befinden sich in meinem Zimmer.« Maddy schüttelte erschöpft den Kopf. Er konnte die Tränen in ihren Augen sehen und bemerkte, wie sie ihren Arm schützend an ihren

Körper hielt. In der anderen Hand hatte sie eine Papiertüte aus der Apotheke. Das Mädchen war völlig fertig, und er war sich sicher, dass das nicht nur an seinem Eindringen in ihr Reich lag.

»Ich kann es erklären«, sagte er und stand auf. Er ging auf sie zu.

Maddy zuckte zusammen und ging um ihn herum in das Zimmer hinein. Sie warf die Tüte auf das Bett und setzte sich, wobei sie ihren Kopf an die Wand lehnte. »Warum sind Sie hier.«

»Wie schon gesagt, Stella ...«

»Vergessen Sie Stella. Was wollen Sie von mir?«

»Darf ich mich setzen?«

Maddy erlaubte es ihm und zeigte auf eine Stelle auf dem Fußboden in einigem Abstand von sich. Ungelenk setzte er sich und hielt sich dabei die Beule, die auf seiner Stirn wuchs.

»Du hast uns heute Morgen gesagt, dass Ellen deine Freundin war. Ich versuche, herauszufinden, warum sie jemand hätte umbringen wollen.«

»Indem Sie unter meinem Bett nachschauen? Also wirklich, wollen Sie mich für dumm verkaufen? Sie glauben ernsthaft, ich würde meiner einzigen Freundin etwas zuleide tun? Ellen und ich ... na ja, da war etwas zwischen uns ... ich weiß nicht, wie man das nennt.«

»Eine Verbindung?«

»Ja. Vielleicht hat sie mich als ihr Kind gesehen oder so. Ich weiß es nicht. Ich hätte ihr jedenfalls nie wehgetan. Niemals. Das müssen Sie mir glauben.« Sie wischte sich die nassen, dunklen Strähnen aus dem Gesicht und band sie sich im Nacken zusammen. Ihre Augen wurden schon wieder feucht – Augen, von denen er erst gedacht hatte, dass sie eiskalt waren. »Sie fehlt mir jetzt schon.«

»Kannst du mir erzählen, wie du überhaupt mit Dr. Gormley in Kontakt gekommen bist?«

»Ich ... ich hatte psychische Probleme. Als ich ungefähr

dreizehn war. Ich wurde an Ellen verwiesen, und sie hat mit mir gearbeitet, bis es mir etwas besser ging. Und dann, als ich die Sitzungen geschmissen hatte, sind wir Freundinnen geworden.«

»Geht es dir jetzt gut?«

»Es wird mir nie ganz gut gehen. Ich habe viele ... Probleme.«

»Hat sich Ellen deshalb mit dir angefreundet?«

»Keine Ahnung. Denken Sie doch, was Sie wollen.«

»Hat sie mit dir viel über ihre Familie oder ihre Freunde gesprochen? Wir können niemanden finden, der mit ihr in Verbindung stand.«

Maddy biss sich auf die Lippe. »Vielleicht sind die ja alle tot. Ich weiß es nicht.«

Boyd verknotete seine Hände ineinander und dachte nach. Jetzt, wo sie sich ihm ein wenig öffnete, wollte er nichts sagen, was sie wieder zum Schweigen bringen würde. »Worüber habt ihr denn gesprochen?«

»Das ist meine Sache. Und Ellens. Auch wenn es sie wahrscheinlich einen Scheißdreck interessiert, jetzt wo sie tot ist.«

»Hat sie jemals irgendjemanden erwähnt, der ihr vielleicht etwas Böses wollte?«

»Nein.«

»Hat sie Namen anderer Patienten erwähnt?«

»Meinen Sie das ernst? Sie war durch und durch professionell. Hatte einen Schwur geleistet ... oder so was.« Maddy stöhnte laut und zuckte zusammen, als sie sich den Arm rieb. »Wir haben vor allem über mein Scheißleben gesprochen. Zufrieden?«

Boyd entschied, dass er lange genug auf des Messers Schneide balanciert war. »Wir wissen, dass du Montagabend in Annie's Restaurant gearbeitet hast. Kannst du dich daran erinnern, ob dort irgendetwas ungewöhnliches passiert ist?«

Sie wurde auf einen Schlag rot. »Wie haben Sie das heraus-gefunden? Bestimmt von David, diesem Verräter.«

»David?«

»David Crawley. Er ist Koch. Wohnt in dem Block, der an unseren anschließt, der Widerling. Er wusste, dass ich zu jung bin und trotzdem für Stella eingesprungen bin, aber er hatte versprochen, nichts zu sagen. Hätte ich mir gleich denken können, dass der sein Maul nicht halten kann.« Sie verschränkte die Arme und stieß einen Schrei aus.

»Bist du verletzt?«

Sie schüttelte den Kopf und biss sich auf die Lippe.

»Du hast Schmerzen. Was ist passiert?«

»Nichts.«

Er sagte sich, dass sie es ihm schon erzählen würde, wenn sie so weit war, und speicherte in seinem Kopf ab, mit David, dem Koch, zu reden. »Kanntest du Rachel Mullen?«

»Hab online über sie gelesen.« Sie holte ihr Handy aus der Hosentasche und zeigte ihm den von Rissen überzogenen Bild-schirm. »Und ja, bevor Sie mich fragen, ich habe sie auf der Party gesehen.«

»Was kannst du mir von dem Abend erzählen?«

»Nicht viel. Ich hatte viel zu tun. Hab mir Mühe gegeben, nicht alles fallen zu lassen. Augen zu und durch. Dann habe ich das Geld bekommen und bin gegangen.«

»An was erinnerst du dich in Bezug auf Rachel?«

»Sie war sehr hübsch, das Haar wild und lockig. Ich wünschte, ich hätte auch so schöne Locken.« Sie fuhr sich mit den Fingern durch ihre dunkle Mähne.

»Sie hatte wunderschöne rote Schuhe an. Hat sich ein paar Canapés von einem Tablett genommen. Sie wirkte hungrig und etwas angetrunken.«

»Mit wem hat sie sich unterhalten?«

»Mit so einem betrunkenen Typen. Sah gut aus. Sonnen-brille auf dem Kopf. Also, es ist verdammt noch mal mitten im

Winter und regnet in Strömen, aber er stolziert mit ner Sonnenbrille auf dem Kopf rum.« Sie lächelte, und das Lächeln ließ ihr Gesicht erstrahlen wie die Sonne einen stillen See. Boyd wünschte sich, dass sie öfter einen Grund zum Lächeln hätte.

Er wehrte sich dagegen, sie zu bemuttern und ihr zu sagen, dass alles gut werden würde. Stattdessen sagte er: »Ich weiß von ihm. Andy Ashe.«

»Ah, er arbeitet im Boyne's. Hab ich mir doch gedacht, dass ich ihn irgendwo her kannte.«

»Da kaufst du ein?«

»Ich schaue mich da nur gern um.«

Er bemerkte, wie sich die Röte weiter über ihr blasses Gesicht ausbreitete und ihre paar Sommersprossen unterstrich. »Hast du Rachel noch mit jemand anderem gesehen?«

»Sie hat mit Jessica Fleming gesprochen. Oder auch nicht. Ich habe versucht, mein Tablett leer zu kriegen.«

»Denk nach, Maddy. Noch irgendetwas?«

»Ich glaube, sie hat sich einfach unter die Leute gemischt. Mir ist nichts Ungewöhnliches aufgefallen. Nur Leute, die zu laut geredet und zu viel getrunken haben. Ich habe sie nicht gehen sehen.«

»Kennst du die Flemings?«

»Nein. Das war das erste Mal, dass ich für Annie gearbeitet habe.«

»Was ist mit Matthew Fleming?«

»Wer ist das?«

»Spielt keine Rolle. Du hast heute Morgen gesagt, dass Ellen mit dir am Samstag zum See und zu Molesworth House gefahren ist. Dieses Haus gehört Annie Fleming. Hast du mehr über diesen Ausflug nachgedacht?«

»Ist das Ihr Ernst? Natürlich! Das war das letzte Mal, dass ich mit Ellen ...« Maddy schloss ihre Augen. »Das letzte Mal, dass ich sie lebendig gesehen habe, und ich kann immer noch nicht glauben, dass ich sie nie wieder sehen werde.« Ihre langen nassen Haare klebten an ihrer Kleidung und Boyd widerstand dem Reflex, einfach aufzustehen und sie tröstend in den Arm zu nehmen.

»Weißt du noch, was sie alles gesagt hat? Worüber sie gesprochen hat? Irgendetwas, das erklären könnte, warum sie da hinaus gefahren ist?«

»Sie wirkte nostalgisch. Schauen Sie nicht so, ich weiß, was das heißt.«

»Ich schaue nicht deswegen so«, sagte Boyd betreten.

»Sie war bestürzt, als sie die Stallungen nicht finden konnte. Das ist alles. Sie sprach gar nicht darüber, wer dort heute wohnt.«

Boyd stand vorsichtig auf und lehnte sich gegen die Wand, um die Muskeln in seinem Rücken zu lockern. »Kennst du einen Brendan Healy?«

»Brendan?« Sie versteifte sich. »Nein.«

»Was ist los?«

»Können Sie jetzt bitte gehen?«

»Maddy, innerhalb von ein paar Tagen sind zwei Morde passiert, und es gibt keinen Verdächtigen. Ich glaube, dass du uns helfen kannst.«

»Ich weiß nichts weiter. Ich möchte, dass Sie jetzt gehen.«

»Wer hat dich am Arm verletzt?«

»Si...« Sie stoppte sich rechtzeitig. »Niemand. Ich bin kürzlich vom Rad gefallen. Mein Arm tut erst seit heute weh.«

»Si? Simon?«

»Niemand. Lassen Sie mich in Ruhe.«

Boyd hing langsam auf und ab, dann beugte er sich zu ihr hinunter und schaute ihr in die Augen. »Maddy, ich kann dir helfen, aber du musst mir sagen, was los ist.«

»Gehen Sie einfach«, sagte sie.

Er nahm eine Karte aus seiner Geldbörse und legte sie auf ihren Nachttisch.

»Sie haben mir schon eine gegeben.«

»Ich weiß. Und ich möchte, dass du die Nummer darauf wählst, wenn du reden möchtest oder wenn du mich für irgendetwas brauchst. Du brauchst keine Angst zu haben. Ich will dir helfen«, sagte er, obwohl er sich noch nie so hilflos gefühlt hatte.

Er ging die bloße Treppe hinunter und zog die Haustür hinter sich zu. Als er den aufgesprungenen Weg entlangging, merkte er, dass sich etwas von Maddys Traurigkeit auf seinen Schultern niedergelassen hatte, und dass er nicht wusste, wie er sie wieder abschütteln sollte.

Beim Auto blieb er mit den Schlüsseln in der Hand stehen und schaute zu ihrem Fenster hoch. Er konnte nicht aufhören, sich zu fragen, was es war, das sie ihm nicht erzählte. Die Pausen zwischen dem, was sie gesagt hatte, waren von einer bedrückenden Stille gezeichnet gewesen. Und das ließ ihm keine Ruhe.

Hazel Clancy zog noch mehr des feinen weißen Pulvers die Nase hoch und genoss das augenblickliche Hochgefühl, das sich in ihrem Gehirn ausbreitete. Wow! Das fühlte sich so gut an. Sie kicherte und ging in ihr Schlafzimmer, wo sie sich aufs Bett fallen ließ. Es war Zeit, dass sie wieder klar wurde. Morgen musste sie in die Arbeit. Zwei Tage wie diesen konnte sie sich nicht leisten. Sie musste das Bild wahren.

Mit geschlossenen Augen gab sie sich den Wellen der Euphorie hin. Ein Geräusch.

Öffnete sich die Tür zu ihrer Wohnung? Es gab niemanden, der einen Schlüssel gehabt hätte. Das ist seltsam, dachte sie, unfähig, die Augen offen zu halten.

Dann ... Schritte, die leise auf sie zukamen.

»Hallo?« Sie wollte sich aufsetzen, aber sie war zu high, um sich zu bewegen. Die Lider fielen ihr wieder zu. Fiel da ein

Spinnennetz auf das Bett? Sie zwang sich, die Augen zu öffnen und sich umzusehen.

Der Durchgang verdunkelte sich. Etwas spiegelte. Ein Licht? Oder ein Schatten? Es hatte sich bewegt, oder? War das ein Schatten, oder stand da tatsächlich jemand?

»Wa...? We...?« Sie konnte keinen ganzen Satz formen.

Der Schatten kam näher. Einen Schritt nach dem anderen. Und blieb dann neben dem Bett stehen.

Mit höchster Anstrengung brachte Hazel einen Ellbogen unter ihren Körper. Sie versuchte, sich aufzusetzen. Sich zu bewegen. Sie wollte sich fürchten, aber nicht einmal diese Emotion brachte sie zustande. Sie spürte, dass sie lächelte, obwohl rein gar nichts zum Lachen war.

Eine Flasche. An ihren Lippen.

Eine Hand über ihrer Nase, drückte ihren Kopf auf das Kissen nieder.

Die Flüssigkeit lief ihr langsam die Kehle hinunter.

———

Kirby folgte McKeown die Stufen in Ellen Gormleys Haus hinauf.

»Das ist die reinste Zeitverschwendung«, schimpfte McKeown. »Die Chefin und Boyd und die Spurensicherung haben alle schon das ganze Haus durchkämmt.«

»Wenn ich etwas aufgetragen bekomme«, sagte Kirby, »dann erledige ich das auch. Gehört dazu zum Job.«

»Jaja, aber weiß sie überhaupt noch, was sie eigentlich tut?«

»Was meinen Sie damit?«

»Immerhin war sie suspendiert, wegen unangemessener Arbeitspraktiken ...«

»Das hat man ihr nicht nachweisen können, und sie wurde wieder eingesetzt.«

»... und sie hat nichts an ihrer Arbeitsweise geändert«, sagte

McKeown. »Ich sage das nur ungern, aber ich vertraue nicht wirklich in ihre Fähigkeiten.«

»Sie kennen sie nicht. Sie haben bei weitem nicht so lange mit ihr zusammengearbeitet wie ich, also halten Sie die Klappe.«

»Nur ein kleiner Warnschuss.«

Kirby beobachtete, wie McKeown Ellens Badezimmer betrat, wo er geräuschvoll den Arzneischrank öffnete. Sowie er seine Atmung wieder unter Kontrolle hatte, marschierte Kirby ins Schlafzimmer. Er blendete McKeowns an Insubordination grenzende Worte aus und konzentrierte sich auf die Suche. Auf gewisse Weise hoffte er, dass er auf nichts stoßen würde, das die Chefin übersehen hatte, aber andererseits wollte er etwas finden. Es war so niederschmetternd, keinerlei Hinweise auf den Mörder dieser Frauen zu haben.

Nach fünfzehn Minuten gab er auf. Er hatte jedes Buch im Bücherregal geöffnet und durchgeblättert, bis seine Handgelenke schmerzten. Nichts.

Während er hörte, wie McKeown Schränke durchwühlte, fuhr er mit seiner Hand geistesabwesend die Oberseite des Bücherregals entlang, das aus verschiedenen Holzstücken zusammengewürfelt zu sein schien. Dabei fiel ihm auf, dass das Möbelstück nicht ganz mit der Wand abschloss.

Vielleicht, nur vielleicht. Er legte seine Hände um eine Kante und verrückte es leicht. War da etwas zwischen Regal und Wand?

Es sah aus wie ein paar lose Blätter. Er schob das Regal noch weiter von der Wand weg und zog die Blätter heraus. Dann trat er einen Schritt zurück und fächerte sie auf. Eigentlich sollte er sie in einen Beweisbeutel stecken und auf die Wache bringen, aber er wollte erst sehen, um was es sich handelte.

Auf dem Bett sitzend rief er: »McKeown! Ich habe etwas gefunden!«

NEUNUNDDREISSIG

Vor langer Zeit war der Spiegel Tara Flemings bester Freund gewesen. Jetzt verhöhnte er sie nur noch.

Sie zog den Lidstrich und beschloss, dass sie sich Mascara bei ihren falschen Wimpern ruhig sparen konnte. Zwischen ihren echten Wimpern saßen kleine extra Härchen, die ihre Augen größer erscheinen ließen. Aber ihre Foundation deckte heute nicht so gut wie üblich. Normalerweise konnte sie mit der starken Theaterschminke, die sie auf die Narbe schichtete, ihren bizarren Effekt etwas mildern. Aber das funktionierte nicht, wenn sie gestresst war. Dann weigerte sich die tiefe, rote Linie, sich verstecken zu lassen. Dann schien sie einfach immer wieder von selbst hervorzubrechen, während sich das schwere Make-up in die riefe Furche legte und diese verdammte, hässliche Narbe einfach nicht verbergen konnte. Und sogar ihre blonden Highlights hätten eine Auffrischung gut gebrauchen können.

»Nicht besonders ansehnlich, oder?«

Tara wirbelte herum. Jessica stand in der Tür, wie immer wie aus dem Ei gepellt. Ihr Markenzeichen, das perlenbesetzte Stirnband, hielt ihre dunklen Haare aus dem perfekten Gesicht zurück. Nein, nicht perfekt, aber neben Taras war es wenigstens makellos. Hinter den Brillengläsern wirkten Jessicas Augen wie kantige Steine.

»Was machst du in meinem Zimmer?«, fauchte Tara. »Raus!«

»Du brauchst doch nicht gleich die Wildkatze geben! Und warum brauchst du hier überhaupt ein Zimmer? Du hast doch eins in Daddys Haus. Und ein ganz neues in London, obwohl du, soweit ich weiß, nie dort bist. Was machst du jetzt eigentlich genau für ihn? Umweltbeauftragte kann alles heißen. Nicht so wie bei mir. Business Manager. Das ist ein richtiger Beruf.«

»Warum bist du immer so eine Zicke, Jessica?«

»Du magst jünger sein, aber ich habe so einiges von dir gelernt. Vielleicht sollte ich dir sogar dankbar sein.«

»Du warst schon immer eine Nervensäge. Und ich glaube, es wird immer schlimmer. Du solltest aufpassen, sonst kommt Rachels Mörder, wer auch immer das auch ist, als nächstes zu dir.« Sie hielt die Bürste in ihrer Hand wie eine Pistole und zielte auf ihre Schwester.

»Ich glaube, dein Hirn ist schon wieder Matsch. Vielleicht solltest du wieder mal einen Termin bei deinem Seelenklempner ausmachen.«

»Raus.«

»Ich wollte dir nur sagen, dass Mutter die Detectives heute zum Abendessen eingeladen hat. Du musst dich benehmen. Falls du das kannst.«

»Gott im Himmel, ich bin doch keine neun mehr, Jess.«

»Und kürze meinen Namen nicht ab.«

»Schon gut.« Tara schaute wieder in den Spiegel. Sie spürte, dass ihre Schwester ins Zimmer hereinkam. »Was willst du wirklich?«

Jessica setzte sich auf ein Ende des Bettes und spielte mit

den Fransen des Überwurfs. »Was denkst du über diese Morde?« Ihre Stimme war sanfter, fast einschmeichelnd.

Tara bürstete ihre Haare methodisch und versuchte, das Zittern in ihrer Hand vor Jessica zu verbergen. »Ich denke gar nichts darüber, weil mich das nicht interessiert.«

»Ich habe gehört, dass sich Rachel am Montagnachmittag mit Daddy getroffen hat, bevor sie zu Mums Party gekommen ist.« Jessica klang jetzt eiskalt.

»Und?«

»Wusstest du davon?«

»Warum sollte ich? Ich bin nicht seine persönliche Assistentin. Aber du und ich, wir wissen beide, dass er bei einer schönen Dame nie nein sagen kann.«

»Dame! Pah! Es ist nur so, dass ihn dieses kleine Stelldichein auf den Bildschirm der Polizei bringen wird.«

»Mach dich doch nicht lächerlich. Wenn er nichts getan hat, dann braucht er sich auch keine Sorgen zu machen.«

»Tara, tu doch nicht so naiv. Wir wissen beide, was in der Vergangenheit passiert ist, und wie das Dinge in unserer Familie verschlechtert hat. Wer weiß, was er Rachel angetan hat.«

Sie schwang den Hocker herum und schaute ihre Schwester an. Auch ohne die Narbe sahen sie sich überhaupt nicht ähnlich. »Was willst du damit sagen?«

»Das solltest du doch wissen, du warst in den letzten Jahren ja kaum mehr als seine Sekretärin ...«

»Wie kannst du es wagen! Daddy hat mit eine sehr gut bezahlte Stelle in seiner Firma gegeben, während du bei Mutter und ihrer lächerlichen Idee von einem Restaurant gelandet bist.« Tara lachte, obwohl sie wusste, dass dadurch ihre Narbe noch hässlicher wirkte. Manchmal kam ihr diese Verwandlung durchaus gelegen. So wie jetzt. Sie sah, wie sehr das Jessica aus dem Konzept brachte. »Ich verstehe schon. Du bist eifersüchtig auf mich.«

»Träum weiter.« Jessica ließ die Deckenfransen los und ihr Finger war von roten Riemen gezeichnet. »Da du ja am Montagabend nicht nach London unterwegs warst, wie du uns hast glauben lassen – wo bist du stattdessen gewesen?«

»Auf dem Flughafen wurde mir schlecht und ich konnte unmöglich in das Flugzeug steigen. Und dann bin ich hierhergekommen, um mich zu erholen. Nicht, dass dich das etwas angehen würde.« Tara fragte sich, warum sie sich auf dieses Gespräch überhaupt eingelassen hatte.

Jessica runzelte die Stirn und verengte ihre Augen. »Wenn dieser Mord uns Mutters Restaurant kostet, dann geht uns das alle etwas an.«

»Du meinst, dass *ich* Rachel umgebracht habe? Oh mein Gott. Jetzt bist du tatsächlich komplett verrückt geworden.« Lachend schüttelte Tara den Kopf. »Ich hatte weder ein Problem mit Rachel noch mit sonst irgendwem, den Dad in sein Leben brachte.«

»Darum geht es doch gar nicht«, sagte Jessica gereizt. »Ich habe sie auf der Party gesehen. Sie war entweder total betrunken oder total high. Und ich weiß, was du nach ... deinem Unfall durchgemacht hast. Medikamente. Schmerzmittel. Valium. Und so weiter. Ich glaube, dass die Detectives dieser Episode in deinem Leben bald auf die Spur kommen werden, und dann werden sie dir genau die gleiche Frage stellen. Wo warst du am Montagabend?«

Taras Magen verkrampfte sich und sie spannte ihre Muskeln an, als sie spürte, wie ihr die Galle hochstieg. Wie konnte Jessica es wagen, diese grausame Phase in ihrem Leben ins Gespräch zu bringen. Eine Zeit, in der sie so viele Erinnerungen verloren hatte. Eine Zeit, in der sie zwischen Realität und Vorstellung gedriftet war. Ihre ›verschwundene‹ Zeit, bis ihr Dad sie gerettet hatte und sie wieder ins Leben zurückgeholt hatte. Wie konnte sie es wagen! Sie bohrte sich die Fingernägel in die Handflächen und versuchte, die Wut, die in ihr aufkochte, in Zaum zu halten.

»Ich habe es dir gesagt, ich war hier, und jetzt möchte ich, dass du gehst. Und erwarte nicht, dass ich beim Abendessen die perfekte Schwester spiele. Wenn die Detectives Antworten wollen, werde ich sie ihnen gerne geben. Aber dir schulde ich keine Erklärung für irgendetwas.« Sie funkelte ihre Schwester an, bis die falschen Wimpern fast zusammenklebten und sie ihre Schwester kaum noch erkennen konnte. »Los, verschwinde verdammt noch mal aus meinem Zimmer.«

Jessica knüllte den Überwurf zusammen, warf ihn auf den Fußboden und stürmte türenknallend aus dem Raum. Der Spiegel zitterte in seiner Fassung, als von draußen ein Geräusch wie Donner zu hören war.

Am Fenster stehend beobachtete sie, wie sich über dem See ein Sturm zusammenbraute. Ein Blitz fuhr über den Himmel und erleuchtete eines der Cottages. Ein Ort begrabener Geheimnisse. Ein Ort, der die Familie im Schweigen zusammenschweißte.

VIERZIG

Als Lottie vor der Falltafel auf und ab ging, fühlte sie sich von der ganzen Welt alleingelassen. In einer Ecke saß Lynch zusammen mit ein paar uniformierten Gardaí, aber es war keine Spur von Boyd zu sehen. Sie sah Garda Brennan dabei zu, wie sie die Einzelheiten zu Ellen Gormleys Obduktion an die Tafel pinnte. Immer noch versuchte sie zu ergründen, was es mit den Glasscherben in den Kehlen der beiden Opfer auf sich hatte. Das musste einfach etwas bedeuten, nicht nur, dass beide Frauen von derselben Person getötet worden waren.

Kirby stürmte herein und wedelte mit zwei durchsichtigen Beweisbeuteln herum. Er hetzte auf Lottie zu und McKeown folgte ihm.

»Warum zur Hölle stürmen Sie hier so herein?«, fragte Lottie, als Kirby ihr die Beutel unter die Nase hielt.

»Das habe ich hinter dem Bücherregal gefunden«, sagte er triumphierend. »In Ellen Gormleys Schlafzimmer. Das hat die Spurensicherung übersehen.«

»Was ist das?« Sie versuchte, durch das Plastik hindurch etwas zu entziffern.

»Wir konnten es nicht lesen«, erklärte McKeown, der Kirby

überragte. »Aber es passt zu Ellens unleserlicher Handschrift. Wir haben es mit den Notizbüchern auf ihrem Schreibtisch verglichen.«

»Aber keine Unterschrift«, ergänzte Kirby und rückte sich damit wieder in den Mittelpunkt. »Und das hier ist eine Karte, auf der ein Stück Land eingezeichnet ist. Keine Ortsnamen, aber Koordinaten.«

»Finden Sie heraus, wo das liegt. Sind die Blätter schon auf Fingerabdrücke untersucht worden?«

»Noch nicht«, sagte Kirby.

Lottie freute sich darüber, dass Kirby die Blätter in einzelne Beutel gesteckt hatte, als sie sie auf dem Tisch ausbreitete. »Es ist unmöglich, diese Schrift zu lesen.«

Sie konnte sich keinen Reim darauf machen, was sie da vor sich liegen hatte. Vielleicht Notizen zu einer Patientenakte? Sie ließ ihren Blick über die Seiten schweifen, aber kein Name sprang ihr ins Auge. Sie würde sich länger einlesen müssen, um etwas zu entziffern. »Könnte es sein, dass eine Seite fehlt?«

»Wir haben nachgesehen«, sagte McKeown, »aber hinter dem Regal war nichts mehr.«

»Wir haben das ganze Haus noch mal gründlich durchsucht, aber sonst nichts mehr gefunden.« Kirby strich sich mit der Hand übers Haar, aber es ließ sich einfach nicht glätten.

»Ist es schon jemandem geglückt, Angehörige von Ellen aufzuspüren?«, fragte Lottie.

Maria Lynch klinkte sich ein. »Ich habe herausgefunden, dass sie einen Bruder hatte, aber der ist schon vor Jahren gestorben. Die Eltern sind auch tot. Keine anderen Verwandten, jedenfalls keine, die ich finden kann.«

»Danke«, sagte Lottie widerwillig. »Ich schaue mir diese Aufzeichnungen an. Gut gemacht, Kirby. Aber lassen Sie uns keine Zeit verschwenden.« Sie erwog, die Blätter Lynch zum Durchsehen zu geben, aber wartete vorläufig noch damit.

Als sich die Detectives hinsetzten, fragte sie: »Wo ist Boyd?«

Schulterzucken und Kopfschütteln. Sie rief ihn an, aber er ging nicht hin. Sie hinterließ ihm eine Nachricht, um ihm mitzuteilen, dass die Teambesprechung gleich anfing. Der Tag entglitt ihr, und sie musste auch noch nach Molesworth House zum Dinner mit Annie Fleming.

»Ist was Wissenswertes bei Ellen Gormleys Obduktion herausgekommen?«, wollte McKeown wissen.

»Sie ist durch Ersticken gestorben, verursacht durch die Einnahme von Gift. Proben sind zur Analyse ins Labor geschickt worden. Und eine Glasscherbe, womöglich von einem Spiegel, ist in ihrem Rachen gefunden worden, was eine Verbindung zu dem Tod von Rachel Mullen darstellt. Die Rechtsmedizinerin hat einen Bluterguss zwischen ihren Schulterblättern gefunden. Sie glaubt, dass der entstanden ist, bevor Ellen die Treppe hinuntergestürzt ist. Hat sie jemand gestoßen? Und wenn ja, dann muss sich an dem Abend noch jemand anderes in ihrem Haus aufgehalten haben.« Lottie überflog den vorläufigen Bericht, den Jane geschickt hatte. »Todeszeitpunkt irgendwann zwischen Sonntagabend und frühem Montagmorgen. Haben wir überprüft, ob jemand in der Nachbarschaft Überwachungskameras hat?«

McKeown sagte: »Bis jetzt haben wir noch niemanden gefunden. Die meisten Nachbarn haben Alarmsysteme, aber Dr. Gormley hatte keins.«

»Überprüfen Sie die Verkehrsüberwachungskameras, sagen wir von Samstagabend bis Montagvormittag.«

»Auf der Straße gibt es keine Kameras.«

»Dann versuchen Sie es mit der Hauptstraße Richtung Ellens Haus. An dem Kreisverkehr bei der alten Tabakfabrik gibt es eine Kamera.«

McKeown stöhnte. Sie konnte es ihm nicht verdenken. Das bedeutete, stundenlang in einem winzigen Büro unscharfe

Videos durchzusehen. Aber das musste getan werden, und jemand musste es machen. Sie hätte es auch Lynch machen lassen können, aber sie hatte das Gefühl, dass die Grenze der Anzahl von Scheißjobs, die sie ihr geben konnte, langsam erreicht war.

»Ist Brendan Healy schon gefunden worden?«, fragte sie. Leere Gesichter und noch mehr Kopfschütteln. »Was hatten seine Eltern noch mal zu sagen?«

»Dass sie ihn nur hin und wieder zu Gesicht bekommen. Sie waren äußerst bedacht darauf, mir klarzumachen, dass er ein dreiunddreißigjähriger Erwachsener ist, der in der Umgebung von Dublin wohnt und in der City arbeitet.« McKeown schaute auf sein iPad. »Ich habe unsere Kollegen in Rathfarnham gebeten, bei seiner Wohnung vorbeizuschauen, aber er ist nicht dort und seine Nachbarn kennen ihn nicht einmal. So ist das wohl in den Vororten.«

»Es ist sehr wichtig, dass wir ihn finden, damit wir ihm entweder etwas zur Last legen können oder damit wir ihn von unseren Ermittlungen ausschließen können.« Sie hörte etwas an der Tür und Superintendentin Farrell kam herein und lehnte sich gegen die Wand, die Arme verschränkt und ein Runzeln auf der Stirn.

Scheiße, dachte Lottie. Farrell blieb still und sie machte weiter.

»Matthew Fleming hatte Rachel Mullens Schlüssel in seinem Besitz, weil sie bei der Besprechung mit ihm einiges getrunken hatte und das Auto bei seinem Büro hatte stehen lassen. Können wir uns ein bisschen anstrengen, und endlich klären, was er am Montagabend gemacht hat, nachdem er Annies Party um halb zehn verlassen hat? Er behauptet, dass er nach Hause ist. Durchforsten Sie die Verkehrsüberwachungskameras. Und noch was, es kann durchaus sein, dass sich Rachel und Fleming schon gut kannten. Es ist unwahrscheinlich, dass sie bei einer Geschäftsbesprechung etwas mit jemandem trinken würde, den sie nie zuvor getroffen hat. Sie war zu Schulzeiten mit seinen Töchtern befreundet, aber wir müssen eine Verbindung aufdecken, die nicht so lange zurückliegt. Schauen Sie, was Sie finden können. Ich treffe später noch Annie, ich werde sie auch dazu befragen.«

McKeown meldete sich zu Wort. »Vielleicht war es ja ganz normal für Rachel, mit Geschäftspartnern etwas zu trinken.«

Kirby sagte: »Ihre Pläne für SmoothPebble Kosmetika zeigen, dass sie mit ihm sowohl wegen der Rohstoffe als auch wegen finanzieller Unterstützung ins Geschäft kommen wollte. Außerdem ist Fleming fest etabliert. Mit ihm zusammenzuarbeiten, hätte ihrem Business von Anfang an eine Reputation verliehen, für die sie ansonsten erst jahrelang hätte kämpfen müssen.«

»Laut ihrer Schwester«, versuchte Lottie das Argument zu zerstreuen, bevor es Fuß fassen konnte, »wäre es sehr uncharakteristisch für Rachel gewesen, bei einer solchen Besprechung etwas zu trinken. Außerdem wissen wir, dass von früher her eine Verbindung zu seinen Töchtern bestand. Was ist also bei diesem Treffen passiert? Fleming spielt die Anwaltkarte, also müssen wir ihm irgendwas nachweisen können, um ihn zum Reden zu bringen. Übrigens hat er zugegeben, dass er Dr. Ellen Gormley beruflich kennt.«

»Matthew Fleming schüttet sein Herz einer Therapeutin aus?«, sagte Superintendentin Farrell und löste ihre Arme. Sie ging auf Lottie zu und stellte sich neben sie. »Das kann ich mir wirklich nicht vorstellen.«

»Er ist nicht näher auf seine Verbindung mit ihr eingegangen, aber er wusste, dass sie Therapeutin ist. Wir können ihre Akten nur mit Erlaubnis einsehen. Ansonsten müssen wir Strafvergehen nachweisen, damit wir eine richterliche Anordnung erwirken können.«

»Ich frage mich, worüber Matthew Fleming in einer Therapiesitzung gesprochen haben könnte«, sagte McKeown mit Zweifel in der Stimme.

»Egal in welche Richtung wir ermitteln, sein Name fällt«, sagte Lottie. »Wir müssen ihn überwachen lassen. Und rückwirkend feststellen, was er getan hat und mit was und mit wem er in Verbindung steht.«

»Hat die Kriminaltechnik entweder am Tatort oder in Rachels Auto DNA-Spuren oder Fingerabdrücke sichergestellt?«, fragte Farrell weiter.

»Es wurden jede Menge Fingerabdrücke sichergestellt, aber von niemandem, der auf PULSE registriert ist. Die, die zugeordnet werden konnten, gehören entweder zu den Opfern, zu Maddy Daly oder zu Beth Mullen. Maddys haben sie von ihren Schuhen genommen. Der Rest konnte noch nicht identifiziert werden.«

»Dann müssen Sie einen Verdächtigen finden, um Vergleiche anstellen zu können.« Farrell richtete sich auf und rückte ihre Krawatte zurecht. »Sie arbeiten im Schneckentempo. Sie alle müssen sich gehörig am Riemen reißen und endlich etwas liefern.«

»Wir wissen immer noch nicht, warum Rachel eine Reisetasche im Kofferraum hatte«, sagte Lottie. »Ihre Schwester konnte sich das auch nicht erklären.«

»Vielleicht hatte sie vor, nach Dublin zu fahren und Beth nach dem Konzert noch zu treffen«, mutmaßte McKeown.

»Das ist nicht besonders wahrscheinlich«, sagte Lottie. »Darüber hätten sie doch vorher gesprochen. Was haben Sie noch?«

»Auf ihrem Laptop und iPad sind nur Geschäftsunterlagen gespeichert. Und eine ganze Menge Fotos, von Gemälden. Beths Werke.« McKeown hielt kurz inne und tippte auf seinem eigenen iPad herum. »Gerade ist ein Bericht der Spurensicherung gekommen. Nicht identifizierte Fingerabdrücke von Rachel Mullens Haustür sind identisch mit Abdrücken auf ihrer Schlafzimmertür und auf ihrem Nachttisch. Aber jetzt kommts. Die Abdrücke stimmen auch mit welchen überein, die man im Haus von Ellen Gormley gefunden hat. Und zwar an dem Becher, in dem der Whiskey war.«

»Gut«, sagte Farrell. »Noch etwas, das die beiden Verbrechen verbindet.«

»Vielleicht hatten beide Besuch von derselben Person – die aber nicht zwangsläufig auch ihr Mörder gewesen sein muss«, gab Lottie vorsichtig zu denken.

Farrell grummelte vor sich hin und drehte sich um, um sich die Listen anzuschauen, die Lottie auf dem Whiteboard gemacht hatte. »Was hat es mit diesem dritten Schlüssel auf sich?«

Als Lottie von dem Schlüssel an Rachels Schlüsselbund erzählte, kam ihr ein Gedanke. »Das ist weit hergeholt, aber vielleicht sollten wir mal prüfen, ob der nicht identifizierte Schlüssel für Ellens Haustür passt.«

»Wie kommen Sie da darauf?«, fragte Farrell.

»Noch etwas, das die Opfer miteinander verbindet vielleicht«, sagte Lottie zweifelnd.

»Halten Sie mich auf dem Laufenden. Um neun in der Früh habe ich eine Besprechung mit den Medien. Wenn irgendjemand das Wort ›Serienmörder‹ fallen lässt, dann werde ich selbst zu einem. Die lechzen nach Headlines.«

Lottie wusste nur zu gut, dass man drei Morde brauchte, damit sie als Serienmord klassifiziert werden konnten. Aber das störte die Medien nicht im Geringsten und sie warfen mit dem Begriff nur so um sich.

Nachdem Farrell wieder gegangen war, nahm sie die Blätter zur Hand, die Kirby von Ellens Haus mitgenommen hatte. Genau in dem Augenblick vibrierte ihr Handy in der Hosentasche. Endlich. Boyd.

EINUNDVIERZIG

Die psychedelischen Farben tanzten an der Wand zu ihrem eigenen Rhythmus. Rosatöne. Gelb. Lila. Aber war ihre Wand nicht eigentlich nur weiß?

Hazel, versuchte, ihren Blick auf das Zimmer zu fokussieren, aber ihr Magen zog sich so plötzlich zusammen, dass sie die Augen wieder schloss. Sie wollte nach dem Glas greifen, von dem sie wusste, dass es neben ihr stand, aber ihre Hand griff ins Leere. Ihre Kehle brannte, dann verengte sie sich. Es fühlte sich an, als ob ein Sack Zement auf ihre Lunge drücken würde. Sie versuchte zu husten. Ihr Hals war wie zusammengezogen. Sie musste heraufhusten, was ihre Atemröhre blockierte, aber sie konnte keine Luft holen. Sie zupfte an ihrem Hals, ihre Finger fuchtelten hektisch in dem stinkenden Raum umher.

War da nicht jemand im Zimmer gewesen? Jemand, der sie dazu genötigt hatte, etwas zu schlucken? War diese Peron immer noch da? Sah zu, wie sie litt? Oh Gott, nein. Sie glaubte, dass sie einen Schrei ausgestoßen hatte, aber es war ganz still im Raum.

Sie war allein. Ganz allein auf der Welt. Sie fasste nicht,

wie sie in Selbstmitleid zergehen konnte, während sie vielleicht gerade im Sterben lag.

Ein Geräusch. Eine Bewegung. Versuchte da jemand, ganz leise zu sein?

Sie hörte es wieder. Das leise Wehen von Stoff, von Seide oder Satin. War sie in der Arbeit, im Laden? War sie so high, dass ihr gar nicht bewusst war, dass sie den ganzen Tag gearbeitet hatte? Oh Gott, Andy würde sich ins Fäustchen lachen, wenn er in der Nähe wäre und sie so völlig aufgelöst sehen könnte. Immerhin hätte sie ihm diesen speichelleckerischen Gesichtsausdruck, den er normalerweise zur Schaut stellte, ausgetrieben. Ihre Augen füllten sich mit Tränen. Sie konnte nicht atmen, wie konnte sie dann weinen? Sie versuchte, um Hilfe zu rufen, aber aus ihrem Hals kam nur ein Gurgeln und weicher Schaum füllte ihren Mund.

Sie wusste nicht, ob sie saß oder lag, auf alle Fälle stand sie nicht. Etwas, das sich anfühlte wie Schmetterlingsflügel, wehte über ihr Gesicht. Ihre Augen waren offen, meinte sie wenigstens, aber sie konnte nichts sehen. Sie fühlte sich, als ob sie auf einer Wolke schwebte, bevor sich ihr Magen völlig verkrampfte.

Irgendwie erinnerte sie sich an Finger, die sich zwischen ihre Lippen geschoben hatten. Sie hatte sich nicht wehren können, als ihr die Flüssigkeit die Kehle hinunterfloss. War das ein Traum gewesen?

Ihre Kehle zog sich wieder zusammen; ihr Magen war in Aufruhr. Wie eine Sense fuhr Schmerz durch jeden Muskel und jede Sehne in ihrem Körper. Sie zerrte an ihrem Hals, wollte den Schmerz mit ihren Fingernägeln aus ihrer Kehle schneiden. Ihr Rücken krümmte sich und sie stieß einen stummen Schrei aus, als das Leben langsam aus ihrem Körper wich.

———

Boyds war blass und er hatte dunkle Ringe unter den Augen. Sie setzten sich an einen kleinen Tisch im Bean Café. Lottie bestellte für sie beide einen doppelten Espresso und zwei Donuts.

»Weil wir Energie brauchen«, sagte sie und stellte den Teller auf den Tisch.

»Was?«

»Die Donuts.«

»Sie werden nicht in Ihr Hochzeitskleid passen, Mrs Parker.«

»Ich zieh einfach ein altes Kostüm an.« Sie zwinkerte, aber er verzog keine Miene. »Was ist los?«

»Maddy Daly. Ich weiß schon, dass von uns beiden normalerweise du das Bauchgefühl hat, aber irgendwie spüre ich es in meinen Knochen, dass sie in Gefahr ist.«

»Und gibt es bestimmte Hinweise, die dich in dieser Annahme bestärken?« Lottie kippte den Kaffee geradezu hinunter. Der Tag war so lang gewesen.

»Ich habe keine konkreten Hinweise. Aber als ich zu ihr nach Hause gekommen bin, um sie zur Vernehmung abzuholen, war sie nicht da. Und als sie auftauchte, war sie ganz durcheinander und hatte Schmerzen.«

»Schmerzen?«

»Sie hat ständig ihren Arm gehalten, so.« Er demonstrierte es ihr.

»Ist sie gestürzt?«

»Ich weiß es nicht. Sie hat angefangen, es mir zu erzählen, und dann wieder dicht gemacht. Aber den Namen Si hat sie erwähnt.«

»Das könnte Simon Wallace sein, Stellas Freund. Er wohnt zwar nicht dort, aber irgendwie schon, wenn du weißt, was ich meine.«

»Vielleicht hat er sie geschlagen?«, sagte Boyd.

»Warum sollte er das tun?«

Er zuckte die Schultern. »Als ich ihr gesagt habe, dass wir wissen, dass sie auf der Party gearbeitet hat, hat sie sofort David Crawley, den Koch, verdächtigt, dass er sie verpfiffen hat.«

»Aber das ist nicht das, was dir Sorgen macht, oder?«

»Ich habe Brendan Healy erwähnt, und da wurde sie sofort ganz blass. Dann hat sie beteuert, dass sie ihn nicht kennt.«

»Und das bereitet dir Kopfzerbrechen?«

»Ja.«

Lottie überlegte. »Ich kann immer noch nicht verstehen, wie Healy so schnell untertauchen konnte. Er muss doch irgendwo sein. Trink deinen Kaffee. Du musst fit sein; du kommst mit mir mit, zum Abendessen bei Annie Fleming.«

»Wirklich?«

»Das ist Arbeit, Boyd. Wir müssen so viele Informationen wie möglich zusammentragen.«

»Ich glaube, wir sollten jemanden auf Maddy aufpassen lassen.«

»Ich befürchte, dazu können wir keine Anweisung geben. Sie hat zwar die Leiche gefunden, aber ansonsten haben wir keinerlei konkrete Hinweise, die sie mit Ellens Tod in Verbindung bringen. Bis jetzt jedenfalls noch nicht. Hör zu, ich veranlasse, dass die Streife stündlich bei ihrem Haus vorbeifährt, in Ordnung?«

»In Ordnung.«

Sie schaute zu, wie er den starken Kaffee trank, und tief in sich drin wusste sie, dass er ganz und gar nicht in Ordnung war. Vielleicht sollten sie die Hochzeit verschieben. Das wäre nicht leicht, und außerdem wollte sie nichts lieber, als ihn heiraten. In den nächsten Stunden würde sie ihn genau beobachten und versuchen, herauszufinden, was hier vor sich ging.

Als er die Tasse hinstellte, griff sie nach seiner Hand. »Alles wird gut, Boyd.«

Und sie sprach ein stilles Stoßgebet, dass sie recht behielt.

ZWEIUNDVIERZIG

»Ich verstehe nicht, warum ich mit hierher zum Abendessen kommen muss«, schimpfte Boyd. »Ich hatte nicht einmal Zeit, mich nach dem Duschen richtig abzutrocknen. Mein Hemd klebt am Rücken.«

»Hörst du bitte auf, dich zu beschweren?«, sagte Lottie. »Vielleicht haben wir ja Glück und finden etwas heraus, das uns bei den Ermittlungen weiterhilft.«

»Ernsthaft?« Boyd klang nicht überzeugt.

»Ich weiß es wirklich nicht. Aber immerhin bekommen wir etwas zu essen. Das wollte ich noch fragen – hast du die Anzuganprobe verschoben?«

»Ablenken gilt nicht. Hast du deinen Friseurtermin verpasst?«

Touché, dachte sie, als er an der eindrucksvollen Tür von Molesworth House klingelte. »Weißt du, dass du eine Beule auf deiner Stirn hast?«

»Bin gegen eine Tür gerannt.«

»Und das soll ich dir glauben.«

»Es stimmt«, sagte er und rieb sich die Unebenheit. »Fast. Lottie, ich überlege, ob wir vielleicht mit der Kommune reden können. Damit sie Maddy und ihre Schwester und die Kids woanders unterbringen können. Weg von Simon.«

Lottie lehnte sich hinüber und drückte nochmals auf den Klingelknopf. »Du hast eine richtige Schwäche für dieses Mädchen.«

»Ich kann mit ihr mitfühlen, so wie sie dort lebt. Sie ist ein gutes Kind.«

»Du weißt überhaupt nichts über sie.«

Bevor er etwas erwidern konnte, wurde die Tür geöffnet. Eine junge Frau, die Lottie noch nicht gesehen hatte, stand im hellerleuchteten Flur.

»Sie müssen die Detectives sein«, sagte sie.

»Wir wurden schon schlimmer betitelt«, antwortete Boyd mit einem Lächeln, das den missmutigen Ausdruck auf seinem Gesicht wegfegte. Lottie funkelte ihn an. Wie konnte er von einem Augenblick auf den nächsten so viel Charme an den Tag legen? Nachdem er sie beide vorgestellt hatte, traten sie ins Haus.

»Ich bin übrigens Tara. Das vergessene Kind.«

»Wirklich?«, sagte Boyd, wobei seine Augen interessiert leuchteten.

»Ja.« Ihre Stimme wurde zu einem verschwörerischen Flüstern. »Sie tun gerne so, als ob es mich nicht gäbe. Das werden Sie beim Essen mit eigenen Augen sehen. Kommen Sie, hier entlang.«

Lottie hätte gerne gewusst, woher die Narbe auf Taras Gesicht stammte. Aber es wäre unhöflich gewesen, zu fragen. Matthew sprach von seiner Tochter in den höchsten Tönen, also warum klang die junge Frau so verdrossen?

Das Esszimmer wirkte, als ob zwanzig Leute zum Essen erwartet wurden. Hoffentlich nicht, dachte Lottie. Der lange Tisch aus Mahagoni war mit feinem Porzellan und Silberbesteck für mindestens fünfzehn Gänge gedeckt. Dazwischen waren riesige Blumenarrangements verteilt. Die Kerzenständer, jeder mit zehn Kerzen bestückt, hätten jederzeit einen Platz im Buckingham Palace finden können.

Lottie flüsterte in Boyds Ohr. »Erwarten die die Königin?«

»Scheren Sie sich nicht um das alles da«, sagte Tara und zeigte auf die aufwendige Zurschaustellung. »Mum gibt gerne ein bisschen an.«

Eine Tür am anderen Ende des feudalen Raumes öffnete sich und Annie Fleming rauschte in einem fließenden, grünen Kleid auf sie zu. »Ich bin so froh, Sie zu sehen. Dann habe ich die Möglichkeit, Ihnen alles zu zeigen, was ich aus dem Haus gemacht habe.«

»Falls Sie es noch nicht bemerkt haben, Mum ist sehr stolz auf diese Monstrosität«, bemerkte Tara. Sie zog einen Stuhl mit einer Rückenlehne aus Samt hervor und setzte sich.

»Du sitzt woanders«, sagte Annie. »Ich habe dich weiter unten platziert.«

»Aber hier gefällt es mir. Ich bin kurz vorm Verhungern, verdammt noch mal. Können wir bitte endlich anfangen mit dem Zirkus?«

Annie wurde rot wie eine Tomate. Die Spannung zwischen Mutter und Tochter war mehr als deutlich zu spüren. »Wir müssen noch auf Jessica warten.«

Neben Annie fühlte sich Lottie unansehnlich und altbacken in ihrer schwarzen Skinny Jeans und der weißen Bluse. Immerhin war sie, dank Rose, frisch gebügelt. Vielleicht hätte sie sich doch eins von Chloes Partykleidern ausleihen sollen. Nein, hatte keinen Sinn, sich jünger machen zu wollen, als man war. Das hätte Rose sagen können, dachte Lottie, während sie darüber nachdachte, welche Dynamik sich im Hause Fleming abspielte.

»Wein?«, fragte Annie und hielt einen Dekanter aus Kristallglas in die Höhe.

»Für mich nicht, danke«, sagte Boyd. »Ich muss noch fahren.«

»Ich hätte liebend gerne ein Mineralwasser«, fügte Lottie höflich hinzu. Sie hatte dem Alkohol abgeschworen und ließ sich am liebsten gar nicht erst in Versuchung führen.

»Ich möchte auch bitte ein Wasser.«

»Tara, Liebling, bist du so gut und holst uns das Wasser aus der Küche? Und schau nach, warum deine Schwester so lange braucht.«

»Natürlich, wenn ich muss.«

Lottie konnte die Falschheit in den Stimmen beider Frauen einfach nicht überhören. Als Tara weg war, goss Annie sich eine großzügige Menge Rotwein in einen Kristallkelch.

»Haben Sie heute Angestellte im Haus?«, fragte Boyd.

»Meine Güte, nein. Ich bin schon froh, dass ich mir Aushilfskräfte im Restaurant leisten kann. Meine Mädchen übernehmen das Servieren heute Abend. Hoffentlich mögen Sie Fasan.«

Lottie schaute Boyd von der Seite her an. Der nickte enthusiastisch. »Hatte ich zwar noch nie, aber ich liebe Herausforderungen.«

»Ganz herrliches Fleisch«, sagte Annie. »Gestern erst frisch geschossen. Die Saison für Fasan ist so kurz, schade ist das. Aber Sie haben Glück, gerade ist die richtige Zeit.«

Lottie überlegte, ob sie um ein Käsesandwich bitten konnte. Aber sie bemerkte, wie Boyd sie mit einem Blick ansah, der sagte ›wage es ja nicht‹. Lächelnd wandte sie sich an Annie. »Ich probiere alles einmal.«

»Setzen wir uns doch. Die Mädchen sind sicher gleich hier. Haben Sie schon Fortschritte bei den Mordermittlungen gemacht?«

»Die Ermittlungen laufen auf Hochtouren«, sagte Lottie schnell.

»Das ist gut.« Annie setzte sich an den Kopf der Tafel. Lottie und Boyd saßen rechts und links von ihr.

»Annie, heute Morgen haben Sie angedeutet, dass Matthew

vielleicht mit den Mord an Rachel zu tun haben könnte. Haben Sie irgendwelche Beweise, die diese Behauptung belegen könnten?«

»Nein. Ich habe lediglich meine Besorgnis zum Ausdruck gebracht, dass mein Exmann womöglich meine Aussicht auf finanziellen Erfolg sabotieren will. Er ist ein rachsüchtiger Bastard. Verzeihen Sie, wenn ich etwas Unpassendes gesagt habe. Nicht einmal Matthew würde so weit gehen, einen Mord zu begehen, nur um mein Restaurant in Misskredit zu bringen. Wo wir gerade davon sprechen, weiß man schon, wann es wieder öffnen darf? Haben Sie dort irgendetwas gefunden, das Ihnen bei den Ermittlungen weiterhilft?«

»Ich darf mit Ihnen nicht über den Fall sprechen«, sagte Lottie, die sehr wohl wusste, dass dort nichts gefunden worden war, das darauf hinwies, dass Rachel in dem Restaurant vergiftet worden war. »Aber die Spurensicherung ist dort fertig und Sie können wieder hinein.«

»Das ist fantastisch. Ich sage Jessica, dass sie wieder Werbung machen und David anrufen soll, damit er das Menü zusammenstellen kann.«

»Wie lange kennen Sie David Crawley schon?«, fragte Boyd. »Schon ewig.«

»Wirklich?«

»Das ist übertrieben. David hat bis vor Kurzem in einem Hotel in der Stadt gearbeitet. Er hat dort aufgehört, um für mich zu arbeiten. Er ist eine gute Seele.«

»Hat er die Aushilfskräfte vorgeschlagen, oder haben Sie das über eine Agentur machen lassen?«, wollte Lottie wissen, die sich fragte, wie Maddy sich da statt Stella hatte hineinschleichen können.

Annie zuckte mit den Schultern. »David kennt jeden in dem Geschäft. Er hat Leute vorgeschlagen. Wir haben ja nur ein paar gebraucht für die Party.«

»Hat er die Leute eingehend geprüft oder Sie?«

»David und Jessica haben das gemacht. Ich habe genug anderes zu tun, wie Sie sich sicher vorstellen können.«

Das konnte Lottie zwar nicht, aber sie sagte: »Ich weiß, dass Tara für ihren Vater arbeitet, aber hilft sie auch bei Ihnen aus?«

Für einen kurzen Augenblick schien Annie nicht zu wissen, wie sie reagieren sollte, und sie fuchtelte vage mit ihrer Hand herum, bevor sie sagte: »Tara arbeitet Vollzeit als Umweltbeauftragte für Matthew. So was ist im Steinbruchgeschäft heutzutage wichtig. Sie ist viel unterwegs für ihren Job, auch im Ausland.«

»Ist sie deshalb am Montagabend nicht dabei gewesen, um Ihnen zu helfen?«, fragte Boyd.

»Sie hätte eigentlich unterwegs nach London sein sollen wegen eines Geschäftstermins. Aber leider wurde ihr am Flughafen schlecht und sie ist nach Hause zurück gekommen.«

»Nach Hause ist hier?«, fragte Boyd nach.

»Tara hat sowohl hier als auch in Matthews Haus ein Zimmer. Es fällt ihr zurzeit schwer, sich festzulegen.«

»Warum ist das so?«, hakte Lottie nach.

»Darüber möchte ich lieber nicht reden, solange Tara eventuell in Hörweite ist. Es sollte ausreichen, zu sagen, dass ihre psychische Gesundheit in den letzten Jahren in Mitleidenschaft gezogen worden ist und zu wünschen übrig lässt.« Obwohl sie gerne weiter nachfragen wollte, sagte sie, weil sie wusste, dass die junge Frau jeden Moment wieder hereinkommen konnte: »Annie, ich habe heute Vormittag schon gefragt, ob Ihnen der Name Ellen Gormley etwas sagt. Ich habe das Gefühl, dass Sie sie kennen.«

Annie nahm langsam einen Schluck, stellte das Glas wieder auf den Tisch und schaute Lottie geradewegs in die Augen. Ihr Ton war gleichmäßig, kaum mehr als ein Flüstern. »Ich habe von ihr gehört, aber ich kenne sie nicht persönlich.«

»Könnte es sein, dass sie in irgendeiner Verbindung zu Ihrem Zuhause hier steht, zu Molesworth House?«

»Ich habe keine Ahnung, aber ich bezweifle es. Sie war Therapeutin, oder? Warum fragen Sie?«

Lottie presste die Lippen zu einem Strich, als ob das, was sie sagen wollte, schmerzhaft sein könnte. Sie wollte Annies Reaktion beobachten. »Ellen Gormley ist am Samstagnachmittag hier heraus gefahren, um sich umzusehen. Augenscheinlich war sie besonders in den Stallungen interessiert, und mir wurde gesagt, dass sie ziemlich geschockt war, als sie sah, dass sie in Cottages umgewandelt worden sind. Wissen Sie irgendetwas darüber?«

»Am Samstag? Ich bin mir sicher, dass ich da den ganzen Tag im Restaurant war, um alles für Montagabend vorzubereiten. Wissen Sie, dass ein öffentlicher Weg über unser Land führt? Hier kann jeder vorbeifahren oder spazieren gehen, der möchte.«

Lottie gab ihr Bestes, um ihre Stimme gleichgültig klingen zu lassen, aber es fiel ihr immer schwerer, Annies Arroganz zu ignorieren. »Aber haben Sie vielleicht irgendeine Ahnung, warum Ellen die Stallungen sehen wollte? War an denen irgendetwas besonderes?«

»Die Stallungen waren genauso heruntergekommen wie das Haus. Ich wollte am liebsten alles abreißen lassen, aber da das Haus denkmalgeschützt ist, hat die Gemeinde das nicht zugelassen. Deshalb haben wir sie in Selfcatering Cottages umgewandelt. Hoffentlich kann ich die vermieten.«

»Ellen schien sich mit der Geschichte und dem Grundriss der Gebäude auszukennen.«

»Wirklich?«

»Jedenfalls wurde uns das so gesagt. Hat sie außer auf beruflicher Ebene irgendeine Verbindung zu Ihrer Familie?«

»Was meinen Sie? Ich kenne sie weder auf beruflicher noch auf persönlicher Basis.«

Annie hatte eine so schnelle Auffassungsgabe, dass Lottie wusste, dass sie es nicht schaffen würde, Annie dazu zu bringen, irgendetwas preiszugeben, das sie lieber nicht preisgeben wollte.

Sie beschloss, direkt zu sein. »Ellen wurde am Samstag zum letzten Mal lebendig gesehen, an dem Tag, an dem sie auf Ihrem Grund und Boden war. Ich weiß nicht, ob es eine relevante Verbindung zu Ihrem Haus gibt oder nicht, und ich gestehe zu, dass Zufälle passieren können, aber ich kann Zufälle nicht leiden. Sie werfen meistens mehr Fragen auf, als sie beantworten können. Ich würde es wirklich zu schätzen wissen, wenn sie jetzt ganz ehrlich zu mir wären.«

»Ich bin ehrlich zu Ihnen.« Sie nahm noch einen Schluck und das Glas war leer. Annie füllte es wieder auf.

»Vieleicht ist dem so, aber ich glaube, Sie gehen etwas sparsam mit der Wahrheit um«, bohrte Lottie weiter.

Annie senkte den Kopf und kaute auf ihrer Lippe herum. Ihr Kinn berührte fast ihren Brustkorb. Nach einem kurzen Moment schien sie sich fast selbst aus dem kurzen Tagtraum, in den sie offenbar geglitten war, zu rütteln. Sie blickte über ihre Schulter zur Tür, dann streckte sie ihre Hand aus und griff nach Lotties Fingern. »Bevor meine Töchter kommen, möchte ich Ihnen etwas sagen. Das ist streng vertraulich. Können wir uns darauf einigen?«

»Das kommt darauf an, was Sie mir erzählen«, sagte Lottie und fühlte wie ihre Finger unter dem eiskalten Griff der anderen Frau schwitzten. Sie wagte nicht, Boyd anzuschauen.

»Mehr kann ich wahrscheinlich nicht erwarten.« Annie zog ihre Hand zurück und sagte: »Vor einigen Jahren erlitt Tara einen Nervenzusammenbruch. Sie brauchte psychologische Hilfe. Matthew hatte von dieser Psychologin gehört, Ellen Gormley, und sie behandelte Tara ungefähr zwölf Monate lang.«

»Hier draußen?«

»Oh Gott, nein. Das Haus war damals noch nicht einmal fertig. Aber manchmal ist sie mit Tara hier herausgefahren.

Zum Durchatmen. Damit sich ihre Seele erholen konnte. Tara fand den See immer so beruhigend. Vielleicht hat Dr. Gormley damals die Arbeiten verfolgt, und vielleicht ist sie deshalb wiedergekommen und wollte sich, wie Sie sagten, die Stallungen anschauen.« Annie zuckte mit den Schultern. »Ich weiß es wirklich nicht, und ich sollte Ihnen das alles auch überhaupt nicht erzählen. Ich würde es Ihnen wirklich hoch anrechnen, wenn Sie Tara gegenüber nichts erwähnen würden. Sie ist immer noch etwas sensibel.«

»Würden Sie uns erzählen, was ihr zugestoßen ist, dass sie jetzt in so einem Zustand ist?«

Annie schüttelte langsam den Kopf. »Ich bin mir nicht sicher ...« Sie stoppte, als sie hörte, wie die Tür sich hinter ihr öffnete, und setzte ein Lächeln auf. Dann stand sie auf und nahm die Wasserflasche von Tara entgegen. Jessica folgte ihrer Schwester in den Raum und trug ein Tablett mit etwas darauf; Fasan, rief Lottie sich ins Gedächtnis. Tara ließ das Wasser da und ging wieder hinaus, dann kam sie zurück mit zwei Schüsseln mit Gemüse und Kartoffeln.

Annie servierte ihnen und sie begannen zu essen. Das Klappern von Besteck auf Porzellan erfüllte den Raum. Lottie war nicht mehr hungrig. Sie bemerkte, dass Tara wenig aß und ihr Essen auf dem Teller hin und her schob, so wie Sean es oft machte.

»Tara«, sagte sie, »ich habe gehört, dass es Ihnen am Montagabend nicht gut ging und dass Sie deshalb nicht nach London fliegen konnten.«

»Ja, das stimmt. Was mit dem Magen.«

»Geht es Ihnen jetzt wieder gut?«

»Fast.«

»Und vom Flughafen aus sind Sie hierhergekommen?«

Tara nickte.

»Wann war das?«, wollte Lottie wissen.

»Das muss so gegen elf gewesen sein.«

»Ich finde es interessant, dass Sie hierhergekommen und nicht zum Haus Ihres Vaters gefahren sind; ich dachte, dass das Ihr vorrangiges Zuhause wäre.«

»Sie klingen wie eine Lehrerin, die ich mal hatte«, sagte Tara.

Jessica blickte von ihrem Teller auf. »Du warst ja sowieso nur die Hälfte der Zeit in der Schule!«

»Und wessen Schuld war das?« Tara knallte ihre Gabel auf den Tisch.

»Oh, ist da etwa jemand empfindlich heute Abend«, spottete Jessica.

Tara berührte ihre Wange und wandte sich an Lottie. »Ich hatte einen Unfall, als ich fünfzehn war, und habe viel Unterricht verpasst. Darauf spielt meine Schwester an.«

»War das Jessicas Schuld?« Lottie spekulierte.

»Wie können Sie es wagen?«, sagte Jessica bissig.

»Mädchen. Benehmt euch vor unseren Gästen. Entschuldigt euch bei der Frau Inspector.«

»Entschuldigung«, sagte Jessica. Tara blieb still.

Lottie beschloss, weiterzumachen, jetzt wo Tara etwas verunsichert wirkte. »Sie waren eine Patientin von Dr. Gormley. Wie lange hat Ihre Therapie gedauert?«

»Im Ernst? Sie können hier sitzen und mich über private Gesundheitsdetails ausfragen? Ich fühle mich schon angegriffen, allein weil Sie das Thema anschneiden!« Tara verschränkte die Arme vor der Brust und Lottie bemerkte, dass Annie missbilligend in ihre Richtung blickte.

»Ich frage deshalb, weil Ellen letzten Samstag hier draußen war. Sie hat die Stallungen gesucht.«

»Die Stallungen?« Tara wurde blass und warf ihrer Schwester einen nervösen Blick zu.

»Wissen Sie, welche Bedeutung sie vielleicht für sie gehabt haben könnten, wenn überhaupt irgendeine?«

»Woher ... woher sollte ich das wissen? Wir hatten eine rein professionelle Beziehung.« Tara knüllte ihre Serviette zusammen, rückte den Stuhl nach hinten und stand auf. »Ich glaube, ich bin noch nicht wieder ganz auf dem Damm. Ich lege mich hin.«

Als sie Richtung Tür ging, sagte Annie: »Tara, bring deinen Teller in die Küche und hilf mit, den Tisch abzuräumen. Du und Jessica könnt die Geschirrspülmaschine einräumen. Lottie, gehen wir doch draußen noch eine Runde, vor der Nachspeise.«

»Ein bisschen frische Luft würde mir guttun«, sagte Lottie, aber sie dachte, dass nicht einmal ein industrieller Ventilator die schlechte Stimmung, die sich im Esszimmer breit gemacht hatte, wieder vertreiben könnte. Sie wandte sich an Boyd. »Kommst du mit?«

»Lieber nicht, wenn es dich nicht stört.«

Es störte sie sehr wohl, aber sie warf ihm ein schwaches Lächeln zu, als sie an die Unterhaltung dachte, die sie gerade geführt hatte. Tara Fleming hatte gerade auf Taras Shortlist von Verdächtigen einen großen Sprung nach oben gemacht.

DREIUNDVIERZIG

»Ich würde gerne die Cottages sehen«, sagte Lottie, als sie mit Annie nach draußen trat.

Der Himmel war immer noch finster, aber der Regen hatte nachgelassen und die betonierten Wege strömten einen Geruch aus, der fast an Verwesung erinnerte. Über ihnen flatterte ein aufgeschreckter Vogel wild mit den Flügeln und flog dann davon. Ansonsten war nur das Geräusch des Windes, der über den See strich, und das entfernte Brummen der Autos auf der Hauptstraße zu hören.

»Das Haus haben Sie toll hinbekommen. Es ist sehr schön geworden«, sagte sie, als sie ein Stück davon weggingen.

Annie zündete sich eine Zigarette an und ging einen gepflasterten Weg entlang, der ums Haus herum führte.

Lottie sog den Zigarettenrauch ein, nahm einen tiefen Zug, aber entschied sich dann dagegen, auch um eine zu bitten. Warum sollte sie wieder in alte Gewohnheiten verfallen. Für ein paar Schritte musste sie ihren Kopf einziehen, als sie unter ein paar überhängenden Büschen hindurchschritten. Als sie auf der anderen Seite herauskamen, öffnete sich vor ihnen ein Rasenstück, noch nass vom Regen und übersät mit Büscheln von Wildblumen. Im Boden eingelassene Lampen erleuchteten den Weg.

»Wunderschön, oder?«, sagte Annie. »Natürliche Flora und Fauna. Mit dem Haus haben wir auch das Land wieder zurückerobert. Die Cottages sind hier entlang.«

Lottie schaute auf das Haus zurück. Es erstrahlte wie ein Weihnachtsbaum. Wenn sie an ihre Kindheit dachte, dann verband sie einen Besuch am See immer mit dem Blick auf die Ruinen eines Hauses ohne Dach und mit unzähligen Kaminen, die gen Himmel ragten.

Sie gingen den sich windenden Pfad entlang.

»Hat die Renovierung des Anwesens viel gekostet?« Lottie dachte, wenn schon direkt, dann richtig.

»Viel«, wiederholte Annie und nahm einen tiefen Zug von ihrer Zigarette. Sie blies den Rauch aus und fügte hinzu: »Die Kommune hat darauf bestanden, dass der historische Charme dieses Ortes beibehalten wird. Die haben ein paar alte Gemälde und verblasste Schwarz-Weiß-Fotos ausgegraben, auf denen man den Glanz vergangener Zeiten erahnen konnte. Darüber bin ich jetzt froh, denn so könnte es sich gut für standesamtliche Feiern und so eignen. Ich habe nicht nur für mein Restaurant große Pläne, sondern auch für Molesworth House.«

Sie hatten jetzt eine Reihe von aus Stein gemauerten Cottages erreicht, die in einem Bogen um einen kleinen Hof herum angeordnet waren. Annie ging zu dem am nächsten gelegenen und drückte ihre Zigarette in einem Aschenbecher neben der Tür aus. Sie nahm eine Key-Card aus ihrer Tasche und steckte sie in die Schließvorrichtung. Dann schob sie die schwere Holztür auf und ließ Lottie den Vortritt.

»Das waren die Stallungen? Da hatten Sie ja richtig viel zu tun.«

»Molesworth war einmal ein Zuchtbetrieb, in den Dreißigern. Es gehörte meinem Urgroßvater, aber der ist dann tatsächlich pleite gegangen. Das Anwesen ist dann von Generation zu Generation weitergegeben worden, bis ich es geerbt habe.«

»Sie müssen stolz auf das sein, was Sie erreicht haben.«

Annie lehnte sich gegen die Wand und verschränkte die Arme. »Ich war immer privilegiert in meinem Leben, aber die Trennung von Matthew hat mich zerbrochen. Doch die Dinge haben einen guten Lauf genommen, mit dem Haus und dem Restaurant, bis jetzt dieses Mädchen gestorben ist.« Sie begann, durch das rustikal eingerichtete Wohnzimmer zu schlendern, wobei sie stolz ihre Finger über das Mauerwerk gleiten ließ.

Lottie verarbeitete noch, was sie gesagt hatte. »Es muss Sie ein Vermögen gekostet haben«, sagte sie schließlich.

»Meine Familie war einmal reich.« Ein Hauch von Unmut lag in Annies Stimme.

»Und jetzt nicht mehr, oder wie?«

»Mein Großvater war ein Spieler und hat sein letztes Hemd verloren, wie man so schön sagt. Aber mein Vater hat sich dafür aufgearbeitet, dass das Anwesen weiterhin unseren Familiennamen trägt. Dann habe ich einen reichen, aber dummen Mann geheiratet. Es ist viel passiert, und am Ende musste ich mich von Matthew trennen.« Ihre Augen blitzten gefährlich. »Wenn ich mich von ihm scheiden lasse, dann steht mir herzlich wenig zu. Mir stehen die Bankkredite bis zum Hals. Ich habe an allen Ecken und Enden gespart, buchstäblich. Die Steine, die verwendet wurden, wo alte Mauern eingestürzt waren, kamen von einem von Matthews Steinbrüchen. Da muss ich ja fast selbst lachen. Diese Ironie!«

»Es ist jedenfalls großartig«, sagte Lottie, die das Gefühl hatte, sich schon mehr als einmal zu wiederholen.

Annie öffnete die Tür, und ein Windstoß trug nasse Blätter herein, die sich an den Steinboden schmiegten. Lottie wollte gerade wieder professionell werden und fragen, was Ellen möglicherweise wegen der alten Stallungen gestört haben könnte, als ein gellender Schrei, der vom Haupthaus her kam, die Stille zerriss.

———

Nachdem Annie und Lottie nach draußen gegangen waren, fühlte sich Boyd in Jessicas Gesellschaft etwas unwohl und nahm einen Schluck Wasser. Er wünschte sich, dass er stattdessen einen Schluck aus einer Flasche Heineken nehmen könnte. Die wunderschöne junge Frau, die den Tisch abräumte, hatte etwas Nervenaufreibendes an sich.

»Freuen Sie sich schon darauf, wieder im Restaurant arbeiten zu können?«

»Ich arbeite nicht im Restaurant, ich manage es.« Jessicas Stimme klang so scharf wie das Messer, mit dem sie erst herumfuchtelte, bevor sie es klirrend auf den Stapel leerer Teller warf.

»Das habe ich gemeint.« Boyd schwor sich, sich nicht von einer Frau einschüchtern zu lassen, die zwanzig Jahre jünger war als er. »Können Sie sich einen Moment hinsetzen? Ich möchte mich gerne mit Ihnen unterhalten.«

»Sie können sich in Ihrem langweiligen Job doch sicher genug unterhalten.«

»Mein Job ist alles andere als langweilig«, sagte er. »Ich bin erst seit Kurzem wieder voll dabei, ich war krankgeschrieben, falls es Sie interessiert.«

Sie stellte die Teller auf ein Tablett and nahm es noch nicht auf, sondern setzte sich hin und legte ihre Hände um ein Glas Wein. »Es geht Ihnen hoffentlich wieder gut?«

»Es wird langsam.«

»Sie arbeiten mit Sam zusammen, oder? Ich würde sehr gerne mehr über ihn wissen.«

»Sam?«

»Detective McKeown.«

Boyd blinzelte, weil er so überrascht war. »Warum fragen Sie nach ihm?«

»Er kam gestern vorbei, um mich zu vernehmen. Ich hatte schon beinahe gehofft, dass er heute mit der Frau Inspector zum Dinner kommen würde. Wir haben uns wirklich gut verstanden. Er war so nett.«

Boyd dachte an das ständige Hin und Her zwischen McKeown und Kirby. Nett? Aha. Interessant.

»Hat er Ihnen seine Nummer gegeben?«

»Das hat er.«

»Wenn ich Sie wäre, dann würde ich ihn anrufen.« Er war sich nicht sicher, ob Lottie das gutheißen würde, aber es könnte eine Möglichkeit sein, mehr aus Jessica herauszubekommen.

»Das könnte man als etwas zu forsch verstehen.« Sie senkte den Blick.

Boyd lächelte. »Jessica. Worauf wollen Sie wirklich hinaus?«

»Ist er verheiratet?«

Er wusste nicht, wie er darauf antworten sollte. In Wahrheit wusste er reichlich wenig über McKeown. »Er ist noch nicht besonders lange in Ragmullin stationiert.«

»Und?«

»Ich weiß nicht viel über ihn.«

»Schade.« Jessica trank ihr Glas aus, stand auf, und nahm das Tablett mit dem schmutzigen Geschirr. »Detective Boyd, worauf wollen Sie denn hinaus?«

Er lächelte. Sie hatte den Spieß umgedreht. »Ich frage mich, ob Sie mir etwas über Ihren Vater und Rachel erzählen könnten.«

»Ich wusste, dass Sie nicht ohne Grund nicht mitgegangen sind.« Jessica lächelte zurück und er war sich nicht sicher, ob das Lächeln ernst gemeint war oder nicht. »Ich kann dazu nichts sagen, aber Tara weiß vielleicht mehr. Ich bringe das hier in die Küche und schaue nach, ob es ihr besser geht. Vielleicht redet sie ja mit Ihnen.«

»Das ist nett, danke.«

»Kein Problem.«

»Übrigens, kennen Sie zufällig eine Maddy Daly?«

»Wer soll das sein?«

»Sie hat am Montag auf der Party gearbeitet.«

Jessica kniff die Augen zusammen und überlegte. »Ich glaube, auf der Liste stand eine Stella Daly. Aber an eine Maddy kann ich mich nicht erinnern. Wo kommt sie her?«

»Ragmullin.«

»Tut mir leid, der Name sagt mir nichts.«

»Vielen Dank trotzdem.« Boyd tastete in seiner Tasche nach Zigaretten, obwohl er nicht mehr rauchte.

An der Tür drehte Jessica sich noch einmal kurz zu ihm um und warf ihm einen Blick zu, bevor sie hinausging.

Nachdem er ein paar Minuten so allein da saß, überlegte er, ob sie sich vielleicht nach ihm umgedreht hatte, um sich zu vergewissern, dass er ihr nicht folgte. Er hoffte, dass Lottie nicht mehr lange auf sich warten ließ. Er war ganz schön kaputt.

In dem Moment hörte er den Schrei.

Er kam von unten. Er raste hinunter in die Küche, wo Tara auf dem Boden saß und die Hand hoch hielt. Blut tropfte ihren Arm hinunter.

»Sie ist verrückt«, brüllte Jessica.

»Was ist passiert?«, fragte Boyd.

Jessica verzog den Mund. »Das Miststück hat mich angegriffen, und ich habe mich gewehrt.«

Er nahm ein Geschirrtuch von einem Haken und kniete sich neben Tara. »Halten Sie den Arm weiter nach oben«, sagte er zu ihr. »Jessica, gibt es hier einen Verbandskasten?«

»Das weiß ich nicht«, sagte sie.

»Könnten Sie bitte nachsehen?«

Er wickelte das Geschirrtuch um Taras Hand, während ihre Schwester Schränke öffnete und schloss.

»Geht es Ihnen gut?«, fragte er.

»Ich fühle mich etwas matt«, hauchte Tara.

»Bleiben Sie noch ein bisschen da am Boden sitzen. Ich kann die Blutung vielleicht stoppen, aber ich glaube, Sie sollten trotzdem ins Krankenhaus.«

Er sah sich nach Jessica um und fragte: »Irgendeine Spur von dem Verbandkasten?«

Sie kam mit einem roten Kasten aus der Speisekammer zurück. Boyd öffnete ihn und reinigte Taras Hand mit einem Antiseptikum. »Das ist tief. Wie ist das passiert?«

»Wir haben den Geschirrspüler eingeräumt«, erklärte Jessica und schaute ihrer Schwester tief in die Augen. »Irgendwie hat sie sich mit dem Tranchiermesser geschnitten.«

»Ich dachte, Sie hätten gesagt, dass sie Sie angegriffen hat?«

»So war das aber nicht gemeint.«

Boyd schaute Jessica einen Moment lang an, bevor er sich wieder Tara zuwandte. Er sah gerade noch, wie sie leicht nickte und bemerkte, dass ihre Wangen wieder ein bisschen Farbe bekamen. Was war da nur los zwischen diesen beiden, fragte er sich. Es war eindeutig, dass Jessica log, aber er hatte keine Zeit, weiter nachzuhaken.

»Soll ich jetzt einen Arzt rufen?«, fragte Jessica.

»Nein!« Tara ließ keine Widerrede zu.

»Alles okay«, beruhigte Boyd. »Ruhig bleiben. Wir haben Steri-Strips da. Ich mache das.« Als er fertig war, wickelte er einen Verband herum und befestigte ihn mit zwei Heftpflastern. »So, bitte schön.«

»Danke«, sagte Tara. Sie klang jetzt schwächer als noch vor einem Augenblick.

Die Tür flog auf und Annie und Lottie stürmten in die Küche.

»Was ist passiert?«, wollte Annie wissen.

Jessica erzählte noch einmal die Geschichte mit dem Geschirrspüler. Boyd bemerkte, wie Tara den Blick senkte. War etwas zwischen den Schwestern vorgefallen, das bewirkt hatte, dass die Schwestern aufeinander losgegangen waren?

Lottie kam vor und beugte sich zu ihm. »Das hast du gut gemacht.«

»Ach du meine Güte«, sagte Annie. »Soll ich sie in die Notaufnahme bringen?«

Boyd fiel auf, dass sie immer noch nicht zu Tara gegangen war, sondern in der Tür stehen geblieben war.

»Er hat den Schnitt mit Steri-Strips geschlossen«, erklärte Jessica und deutete mit dem Kinn Richtung Boyd, bevor sie sich umdrehte und den Geschirrspüler weiter füllte. »Sie wird schon wieder. Wie immer. Dramaqueen.«

»Ich brauch was zu trinken«, sagte Annie und öffnete einen Schrank. Sie fand eine Flasche Brandy und ein Glas.

Boyd half Tara auf. Irgendetwas stimmte hier nicht. Er spürte das einfach. »Ich bringe Sie auf Ihr Zimmer. Ist Ihnen das recht?«

»Es geht mir gut. Ich kann laufen«, sagte sie und überspielte ein Wanken.

»Das glaube ich nicht. Hier, hängen Sie sich bei mir ein.« Er war überrascht, als sie nachgab.

Als sie aus der Küche gingen, flüsterte Lottie noch in sein Ohr: »Schau, was du aus ihr herausbringst.«

VIERUNDVIERZIG

»Lass das doch bleiben für heute«, sagte Annie scharf, als Jessica Teller in den Geschirrspüler stellte.

Jessica machte den Geschirrspüler zu. »Ja dann. Ich gehe auf mein Zimmer.«

Annie setzte sich an den Tisch, und Lottie war sich nicht ganz sicher, was sie mit sich anstellen sollte. Es war schon spät und sie musste heim zu Sean. Chloe war bestimmt schon auf dem Weg zur Arbeit. Und sie musste mit Rose über Ellen Gormley reden, wobei das wahrscheinlich bis morgen warten musste. Außerdem standen noch zig Sachen an, die sie für die Hochzeit vor Samstagvormittag erledigen musste. Im Stillen seufzte sie.

»Setzen Sie sich«, sagte Annie.

Lottie zog sich einen Stuhl heran. »Könnten Sie mir wohl etwas mehr über die Umstände erzählen, weswegen Tara in Therapie musste?«

»Das ist schon lange her, und ehrlich gesagt, Lottie, möchte ich da lieber nicht darüber sprechen. Es hat nichts mit Ihren Fällen zu tun.«

Aber Lottie ließ sich nicht so leicht abwimmeln.

»Dr. Gormley war hier draußen, und zwar am Tag vor dem Tag, von dem wir annehmen, dass sie ermordet wurde. Sie hat sich für die Stallungen interessiert und nach Aussage eines Zeugen war sie bestürzt, als sie sie nicht finden konnte. Die einzige Verbindung zwischen Ellen und ihrem Besuch hier, die ich sehen kann, ist Ihre Tochter Tara.«

Annie nahm eine Schachtel Zigaretten aus einer Tasche an ihrem Kleid und legte sie auf den Tisch. Mit einem langen Fingernagel trommelte sie darauf herum, so, als ob sie gegen einen Zwang ankämpfte.

»Jessica und Tara sind nur elf Monate auseinander.«

»Das hat mir Matthew gesagt.«

»Als sie klein waren, waren sie so eng.«

»Aber jetzt nicht mehr?«

Annie schüttelte den Kopf. »Als sie neun oder zehn war, hat Tara sich verändert. Ganz dramatisch; es ist wie über Nacht passiert. An einem Tag war sie lebenslustig und fröhlich. Und am nächsten hat sie mit niemandem mehr gesprochen. Ist auf ihrem Zimmer geblieben. Hat eine Woche lang nichts gegessen. Ich habe lange auf sie eingeredet, aber sie ist nie wieder dieselbe gewesen.«

»Und was hat diese Veränderung bei ihr ausgelöst?«

»Ich habe nicht die geringste Ahnung. Sie weigerte sich strikt, uns zu sagen, was passiert war. Eine Zeit lang wurde es wieder etwas besser. Aber Matthew kam überhaupt nicht mit ihr zurecht, und als sie so weit war, die Schule zu wechseln, hat er beschlossen, sie aufs Internat zu schicken.«

»Und wie ist das gelaufen?«

»Fürchterlich. Sie hat sich total in sich selbst zurückgezogen und sich geweigert, zu lernen, also hatten wir keine andere Wahl, als sie wieder nach Hause zu holen. Wir haben sie in Jessicas Schule eingeschrieben.«

»In Ragmullin?«

»Ja. Beide haben die Schule hier zu Ende gemacht und sind

aufs College gegangen. Und dann hat ihr Vater Tara eine Stelle angeboten. Ich war mir sicher, dass sie ablehnen würde. Ich glaube, Matthew war noch verblüffter als ich, als sie sie tatsächlich annahm. Und dann ... dann hatte sie noch mal einen Zusammenbruch.«

»Was hat den verursacht?«

Annie zuckte die Schultern. »Sie hat sich uns nie anvertraut.«

»Und da hat Matthew Ellen an Bord geholt?«

»Ja, und sie hat ihr sehr geholfen. Ich weiß nicht, worüber sie in ihren Sitzungen gesprochen haben, aber nach einem Jahr hat Tara ihrem Vater mitgeteilt, dass sie Dr. Gormley nicht mehr braucht.«

»Wo fanden die Sitzungen statt?«

»Ellen hatte eine private Praxis bei sich zu Hause. Aber als Teil der Therapie kam sie mit Tara manchmal hier heraus, wie ich Ihnen schon erzählt habe.«

Obwohl ihr das eher etwas unorthodox vorkam, vermutete Lottie, dass Ellen wahrscheinlich versucht hatte, Taras Kindheitstrauma aufzuarbeiten. »Meinen Sie, dass Tara hier etwas widerfahren ist, als sie klein war? In den Stallungen?«

»Meine Güte, nein. Das war hier damals nur eine Ruine. Wir haben alle da gelebt, wo jetzt Matthew wohnt.«

Ihre Theorie löste sich also schon in Luft auf. »Dort waren sie als Familie zu Hause, als die Mädchen aufgewachsen sind?««

»Ja.«

»Darf ich fragen, woher Taras Narbe stammt?«

Annie blies ihre perfekten Wangen auf. »Lottie, ich versteh wirklich überhaupt nicht, was diese Unterhaltung mit den Mordermittlungen zu tun hat. Das sind Privatangelegenheiten.«

Sie fühlte sich müde, in ihrem Kopf war nur noch Watte, und sie hatte keine Energie mehr, noch weiter nachzufragen.

»In Ordnung. Eine letzte Sache noch. Wie ist Matthew darauf gekommen, Tara bei Dr. Gormley in Behandlung zu geben?«

Annie schüttelte den Kopf. »Ich weiß es nicht, aber das ist eines der wenigen Dinge, für die ich ihm dankbar bin.«

———

Boyd fühlte sich so schwach wie Tara aussah, als sie die Treppen hinaufgestiegen waren. Er fragte sich, ob es nicht vielleicht doch besser gewesen wäre, wenn sie ins Krankenhaus gefahren wäre, um sich durchchecken zu lassen. Der Schnitt an ihrer Hand war sehr tief, aber die Steri-Strips hatten die Blutung gestillt.

Sie blieb vor einer Tür stehen, die fast bis zur Decke des Flurs reichte. Dieses Haus ist riesig, dachte er. »Geht es Ihnen jetzt besser?«

»Wird schon wieder«, sagte sie und öffnete die Tür. Sie trat ein. »Danke, dass Sie mir geholfen haben.«

»Gehört zum Service«, sagte er mit einer angedeuteten Verbeugung.

Sie lachte, und ihre wie Schmetterlingsflügel geschwungenen Lippen ließen ihr Gesicht mit einem Mal erstrahlen. »In einer Zeit, in der es wenig solche Gesten gibt, sind Sie ziemlich ritterlich.«

Ihm gefiel ihre Stimme. Sie klang weich und schmeichelnd. »Ich hoffe, Sie schlafen gut.«

Durch die Tür sah er ein großes Bett, auf dem eine einfache Tagesdecke lag. Darauf waren unzählige Teddys und Puppen verteilt. Sie fing seinen Blick auf und sagte: »Ein Überbleibsel aus meiner Kindheit. Irgendwie lässt mich diese Zeit nicht los.«

»Eine Zeit der Unschuld?«, wagte er sich vor.

Sie lachte, und es klang wie das Lachen eines Kindes. »Meine Kindheit war noch weniger unschuldig als meine Jugend.«

»Woran lag das?«

»Ach, Sie müssten sich eine Auszeit von der Arbeit nehmen, um sich alle meine Sorgen anzuhören.«

»Lottie sagt, dass ich gut zuhören kann.«

»Sind Sie und Lottie ... Sie wissen schon ...«

»Wir heiraten am Samstag.« Noch zwei Tage, dachte er mit einem Lächeln.

»Glückwunsch. Wenigstens kenne ich jetzt jemanden, der glücklich ist. Ich wünschte, ich könnte dieses Gefühl selbst erleben.«

»Möchten Sie darüber sprechen?«

Sie geleitete ihn in ihr Zimmer. Als er die Türschwelle überschritt, ließ er die Tür offen. Tara nahm einen Arm voll Puppen von einem niedrigen Sessel und warf sie auf den Boden. »Setzen Sie sich.«

»Warum sind Sie unglücklich?« Er versuchte, es sich in dem engen, niedrigen Sessel bequem zu machen.

Tara setzte sich auf die Bettkante. Sie hielt einen traurig dreinschauenden Teddybär im Arm. »Ich glaube, ich bin in dieser Familie schon immer die gewesen, die zu kurz kommt. Ich konnte nie etwas richtig machen. Jedenfalls nicht, soweit es meine Mutter betraf. Haben Sie Geschwister?«

»Eine Schwester. Grace.«

»Hübscher Name. Dann müssen Sie wissen, wie Rivalität zwischen Geschwistern aussehen kann.«

Das wusste er nicht, da er und Grace niemals Rivalen gewesen waren, dafür war der Altersunterschied viel zu groß gewesen. Aber zwischen Katie und Chloe, Lotties Töchtern, flammte hin und wieder so etwas auf.

»Erzählen Sie mir davon, wie es war, in dieser Familie aufzuwachsen.« Er hatte keine Ahnung, ob ihn das irgendwie weiterbringen würde, aber es konnte nie schaden, die Hintergrundgeschichten von möglichen Verdächtigen oder Zeugen zu kennen.

»Jessica war schon immer die Klügste, Schnellste und Cleverste in unserer Familie. Ich wurde zu einem Schatten. Es ist schwer, da wieder herauszukommen. Ich habe es versucht. Mein ganzes Leben lang habe ich es immer wieder versucht, mich angestrengt, aber immer wieder war ich es, die bestraft wurde.«

»Bestraft wofür?«

»Ach, Kinderkram. Aber es ist einfach so, dass Jessica nie die Schuld für etwas gegeben wurde, auch wenn sie schuld war. Einmal, da war ich zehn oder so, waren Freunde da. Beim Abendessen wurde es etwas wild und der Tisch ist umgekippt. Geschirr zerbrochen, Essen überall. Ich wurde dafür verhauen, aber es war Jessica gewesen, die sich absichtlich auf eine Seite des Tisches gelehnt hatte, von der sie genau wusste, dass sie gewackelt hat, und sie hat das ganze zum Einsturz gebracht.«

»Das ist wirklich ziemlich gemein.«

»Ja.« Sie senkte den Blick, drückte den Teddy an sich und hielt sich die verletzte Hand an den Oberkörper. Dann lächelte sie schief. »Aber machen Sie sich keine Gedanken – irgendwann werde ich mich rächen.«

Boyd hatte das Gefühl, dass die Geschichte, die sie erzählt hatte, vielleicht gerade andersherum abgelaufen war. Er war sich nicht sicher, ob er ihr glauben konnte.

»Sie und Jessica sind nicht wirklich beste Freundinnen, oder?«

»Nein.«

»Haben Sie Freunde?«

Ihre Augen füllten sich mit Tränen und sie biss sich auf die Lippe, um sie zu unterdrücken. »Über die Jahre hatte ich immer wieder welche, aber inzwischen kann ich mich ganz gut alleine durchschlagen.«

»Sie erinnern mich an ein Mädchen, das ich kenne. Sie muss sich auch alleine durchschlagen. Ich glaube, ihr würdet einander guttun.« Boyd verstand selbst nicht, warum er das sagte. Maddy und Tara kamen aus grundverschiedenen Welten, aber irgendwie waren sie sich trotzdem ähnlich.

»Ich bin kein guter Samariter, falls Sie das denken«, sagte sie.

Boyd merkte, wie sich seine Wangen wegen dieser unpassenden Bemerkung röteten. Lottie würde ihm so richtig die Leviten lesen, wenn sie das mitbekommen hätte. »Vergessen Sie einfach, dass ich das gesagt habe.«

»Ich vergesse nie. Also sagen Sie, wer ist dieses Mädchen?«

Was konnte es schon schaden, dachte er. Und er wollte sowieso herausfinden, ob Tara sie kannte. »Haben Sie schon mal eine Maddy Daly getroffen?«

Tara rümpfte die Nase wie ein Kind und dachte nach. »Der Name kommt mir nicht bekannt vor. Wer ist das?«

»Sie war eine der Aushilfsbedienungen auf der Party im Restaurant Ihrer Mutter am Montagabend.«

»Da war ich nicht. Ich war am Flughafen.«

»Ich frage ja nur, weil ...«

»Kein Grund, um patzig zu werden.« Sie warf den Teddy aufs Bett und setzte sich in den Schneidersitz. »Wollen Sie, dass ich mich mit ihr anfreunde, oder was?«

»Nein, überhaupt nicht. Sehen Sie, es tut mir leid, dass ich sie überhaupt erwähnt habe. Ich dachte nur, dass Sie sie vielleicht kennen, das ist alles.«

»In Ordnung.«

»Wie ist es, für Ihren Vater zu arbeiten?«

»Besser, als für meine Mutter zu arbeiten.« Sie lachte. »Dad ist wie eine Schmusekatze. Ich kann mehr oder weniger tun und lassen, was ich will, und bekomme alles, worum ich bitte. Er sagt nie etwas. Keine Inquisition, wie bei meiner Mutter.«

»Sie scheint ein strenger Zuchtmeister zu sein.«

»Verstehen Sie mich nicht falsch. Dad ist ein harter Hund, aber ich kann mich mit ihm arrangieren.« Sie verengte ihre Augen wie eine Füchsin.

»Was meinen Sie?«

»Ach, nichts.«

Aber Boyd wusste, dass es nicht nichts war. »Erzählen Sie es mir.«

»Versuchen jetzt Sie, ein Freund zu sein?« Sie legte wieder diese Kindlichkeit an den Tag.

»Ich sehe Sie nicht gerne unglücklich.« Er sah niemanden gerne unglücklich.

»Sie kennen mich überhaupt nicht.«

»Das stimmt, aber ich kann in Ihrem Gesicht lesen. Was ist mit Ihnen passiert, Tara? Was hat Ihr Leben so traurig gemacht?«

Ihr Lachen erreichte ihre Augen nicht. »Sie klingen wie Dr. Gormley.«

»Ich habe sie nie kennengelernt«, sagte Boyd. »Wie war sie?«

Tara nahm den Teddy wieder von der Bettdecke. »Sie war ganz in Ordnung, würde ich sagen. Hat nicht viel geredet. Wollte lieber, dass ich rede. Manchmal sind wir einfach nur eine ganze Stunde lang schweigend dagesessen. Und sie wurde trotzdem bezahlt. Aber es war auch irgendwie entspannend, einfach dasitzen zu dürfen, ohne etwas sagen zu müssen. Meine Mutter hätte diese Stille verrückt gemacht. Sie muss immer reden.«

»Dr. Gormley hatte also Geduld mit Ihnen, wo Ihre Mutter keine hatte?«

»Wahrscheinlich. An manchen Tagen, wenn sie wusste, dass ich wirklich nicht dort sein wollte, sind wir ins Auto gestiegen und herumgefahren, manchmal auch hier heraus.«

»Schien sie das Haus zu kennen, auch wenn es eine Ruine war?«

»Ja, ich glaube schon. Sie sagte, der See hätte therapeutische Qualitäten. Wir sind aber nicht oft zum Ufer gegangen. Einmal schlug ich vor, mit einem Boot rauszufahren, aber da ist sie halb durchgedreht. Sie schien Angst vor dem Wasser zu haben. Danach sind wir nur zu Fuß herumgegangen.«

»Hat sie ein bestimmter Bereich besonders interessiert?«

»Sie spazierte gerne bei den Stallungen herum.«

»Wann haben Sie Ellen das letzte Mal gesehen?«

Tara zuckte die Schultern. »Eine ganze Weile nicht. Vielleicht ein Jahr.«

»Warum haben Sie die Therapie beendet?«

»Meine Hand tut weh. Ich glaube, ich brauche ein Schmerzmittel.«

»Tara, ich lasse Sie jetzt in Ruhe, aber können Sie diese eine Frage noch beantworten?«

Sie seufzte lang und tief. »Mutter sagte, dass Daddy sein Geld an eine Quacksalberin verschwendete und dass die Therapie mir überhaupt nicht half. Bei ihr dreht sich immer alles ums Geld. Jedenfalls hatte ich nach einem heftigen Streit zwischen den beiden das Gefühl, dass ich jetzt den nächsten Schritt machen musste. Also habe ich meine nächste Sitzung abgesagt und bin nie wieder hin.«

»Wissen Sie, ob entweder Ihr Vater oder Ihre Mutter Dr. Gormleys Dienste selbst in Anspruch genommen haben?«

»Machen Sie Witze? Mutter würde niemals jemandem ihr Herz ausschütten, schon gar nicht Ellen.«

»Warum sagen Sie das?«

»Sie hat sie gehasst. Hat es gehasst, dass ich mit ihr frei reden konnte. Ich glaube, sie hatte Angst vor dem, was ich ihr alles erzählen könnte.«

»Und gab es da etwas Bestimmtes, von dem Ihre Mutter nicht wollte, dass Sie darüber sprechen?«

Tara presste die Lippen aufeinander und schüttelte den Kopf.

»Bitte, Tara, erzählen Sie es mir.«

»Ich bin müde. Ich möchte jetzt schlafen.«

»Hat es etwas damit zu tun, was Ihnen zugestoßen ist, als Sie klein waren?«

»Ich habe für heute nichts mehr zu sagen. Wenn Sie möchten, dass ich dieses Maddy Mädchen treffe, von dem Sie glauben, dass sie mir ähnlich ist, dann lassen Sie mir ihre Nummer da und ich rede mal mit ihr.« Sie stand auf und kickte sich die Schuhe von den Füßen. Das war Boyds Stichwort, zu gehen.

»Danke, dass Sie so unverblümt mit mir gesprochen haben«, sagte er. Er schrieb Maddys Nummer auf seine Karte und legte sie aufs Bett. Und er hoffte stark, dass diese Aktion nicht Lottie zu Ohren kam. Dann hatte er einen noch schlimmeren Gedanken.

Könnte es sein, dass er Maddy in Gefahr brachte? Scheiße. Zu spät. Tara speicherte die Nummer schon in ihrem Handy. »Rufen Sie mich jederzeit an, ja?«

»Natürlich, danke.«

Als er ging, bemerkte er noch, wie sie durch ihr Handy scrollte.

FÜNFUNDVIERZIG

Das Donnergrollen brachte die paar Möbelstücke in ihrem Zimmer zum Vibrieren. Der Spiegel, der auf der Kommode stand, zersprang in seinem hölzernen Rahmen, als unten die Haustür zuschlug. Sieben Jahre Unglück, dachte Maddy und zog die Bettdecke bis zum Kinn hoch. Ein Blitz erhellte das Zimmer und der Regen peitschte unablässig gegen die Fensterscheibe. Sie rutschte noch weiter nach unten in ihrem Bett. Eine Träne stahl sich in ihr Auge und sie zitterte am ganzen Körper. Ihr geschwollener und blutunterlaufener Arm tat unsagbar weh. Ihre Zähne klapperten wie ein falsches Gebiss, und ein weiteres Donnergrollen ließ das Zimmer erbeben.

Dann kam das Tipp-Tapp von kleinen Füßen. »Maddy, hab Angst.«

Sie setzte sich auf. Der kleine Trey stand in der offenen Tür.

»Komm her, Kleiner.«

Er rannte auf sie zu und sprang ins Bett, wobei er auf ihrem lädierten Arm landete.

Sie konnte einen Schmerzensschrei unterdrücken, aber die Tränen flossen unkontrolliert über ihre Wangen.

»Nicht weinen, Maddy«, sagte er und legt seine Ärmchen um ihren Hals. »Trey passt auf Maddy auf.«

»Alles gut, Kleiner. Ich muss schnell runter und mir eine Tablette holen, weil mein Arm so wehtut. Du musst das Bett warm halten. Kannst du das?«

»Okay.« Er war schon am Einschlafen, als sie aus dem Zimmer ging.

Sie konnte hören, wie Simon unten im Wohnzimmer herumging und hoffte, dass sie sich in die Küche und wieder heraus schleichen konnte, ohne in seinen Radar zu geraten. Als sie an Stellas Zimmer vorbeikam, hörte sie das Baby weinen und Stella, die es beruhigte. Ganz normale Geräusche. Aber das waren keine normalen Zeiten. Machten die Schmerzen sie jetzt wahnsinnig?

Sie schlich sich am Wohnzimmer vorbei und eilte in die Küche, wo sie eine Schublade nach Paracetamol durchsuchte. Als sich ihre Finger um eine leere Blisterpackung schlossen, konnte sie ihn hinter sich riechen. Sie drehte sich blitzschnell um. »Komm ja nicht näher, Simon.«

»Welche Laus ist dir denn über die Leber gelaufen.«

»Ich meine es ernst.« Als sie an sich hinunterblickte, sah sie, dass sie ein Brotmesser in der Hand hielt. Definitiv wahnsinnig.

»Hast du das Donnern gehört?«, fragte er.

»Natürlich. Ich bin doch nicht taub. Mein Arm tut weh. Ich brauche Paracetamol.« Die Ibuprofen Tabletten, die sie in der Apotheke bekommen hatte, zeigten überhaupt keine Wirkung.

»Ich kann dir was viel Stärkeres geben. Warte einen Augenblick.«

Als er zur Tür hinaus verschwand, begriff sie, was er meinte. Dealte er wirklich mit Drogen? Stella sollte ihn ein für alle Mal rauswerfen. Die Kinder! Oh Gott, dachte sie. Sie würde nicht zulassen, dass er sie früher oder später so wie die halbe Stadt von Crack abhängig machte.

»Hey, Simon, lass stecken. Ich kann es noch aushalten bis

morgen Früh.« Sie hörte, wie ihr Handy auf dem Fußboden im Stockwerk über ihr vibrierte.

Wieder oben sah sie, dass Trey eingeschlafen war und dass ihr Handy durch das Vibrieren unter das Bett gerutscht war. Sie fischte es aus dem Staub unter dem Bett hervor und schaute auf das Display. Eine Textnachricht.

DEIN GEHEIMNIS IST NICHT SICHER.

Was zu Teufel, dachte sie, als das Zimmer schon wieder von einem Blitz erhellt wurde, gefolgt vom bis jetzt lautesten Donnergrollen. Es regnete immer noch, ohne Unterlass.

———

Nachdem sie ihren Sohn angerufen hatte, um sicherzustellen, dass er etwas gegessen und seine Hausaufgaben gemacht hatte, setzte sich Lottie neben Boyd ins Auto. Während er fuhr, tauschten sie sich über ihre Unterhaltung mit den weiblichen Mitgliedern der Familie Fleming aus.

»Es ist zu spät, um noch bei Matthew Fleming vorbeizuschauen«, sagte er.

»Zwei Frauen sind in ihren eigenen vier Wänden ermordet worden. Jemand hat sie beobachtet, ihre Routinen ausspioniert. Sie gestalkt.«

»Brendan Healy hat ja anscheinend eine gewisse Vergangenheit, was Stalking betrifft«, sagte Boyd. »Er ist immer noch nicht gefunden worden, also müssen wir ihn auch noch auf dem Schirm behalten.«

»In Ordnung. Ich hätte Tara und Jessica fragen sollen, ob sie ihn kennen.«

»Denk das nächste Mal daran. Und morgen prüfen wir, ob Tara tatsächlich am Montagabend auf einen Flug nach London gebucht war, und ob wir Beweise finden können, dass sie wirklich auf dem Flughafen war. Nur für den Fall der Fälle.« Lottie gähnte. »Ich weiß nicht, was ich von Brendan Healy halten soll. Natürlich ist er getürmt, als wir ihn vernehmen wollten. Aber Tatsache ist, dass es am Haus der Mullens keine Einbruchspuren gibt, und ich bezweifle, dass Rachel ihn herein gelassen hätte, erst recht, wenn er sie einmal gestalkt hat.«

»Wir haben noch keinen Hinweis auf eine offizielle Anzeige wegen Stalkings, auch wenn Beth sich sicher ist, dass es die geben muss. Jedenfalls ist jemand irgendwie in das Haus gelangt«, sagte Boyd. »Wenn sie zu viel getrunken hat, hätte sie vielleicht die Tür aufgemacht. Einige Augenzeugen von der Party haben ausgesagt, dass sie entweder betrunken oder high gewirkt hat.«

»Vielleicht war sie nur erschöpft.«

»Ich würde wirklich gerne wissen, warum Healy sich aus dem Staub gemacht hat, als wir mit ihm sprechen wollten.«

»Ja, ich auch. Das lässt ihn schon verdächtig erscheinen. Vielleicht hat er etwas zu verbergen, das nichts mit dem Mord an Rachel zu tun hat. Ach, ich habe keine Ahnung, Boyd. Heute war so ein langer Tag.«

»Ja, und wie gesagt, es ist viel zu spät, um noch bei Matthew Fleming vorbeizuschauen.«

Lottie seufzte laut. »Willst du nach Hause? Du siehst müde aus. Überanstrenge dich nicht. Ich kann diesen Besuch auch auf morgen verschieben.« Sie warf Boyd einen Blick zu. Er wirkte ausgemergelt. Seine Wangen waren eingefallen und in seinen Augen war keine Spur von dem Glitzern, das nach seiner Krebstherapie wieder dahin zurückgekehrt war. Sie sollte sich um ihn kümmern. Und ihn nicht nach einem langen Tag auch noch auf irgendwelchen Landstraßen herumkurven lassen.

»Mir fehlt nichts«, sagte er. »Und außerdem sind wir schon fast da.«

Er bog von der Hauptstraße nach rechts ab und navigierte

das Auto eine enge, kurvige Straße entlang, die eigentlich mehr Trampelpfad als Straße war. Gras wuchs aus dem Teer. Matthew Flemings Haus tauchte im Licht der Scheinwerfer auf, bevor Boyd sie ausschaltete.

Sobald sie aus dem Wagen ausgestiegen war, setze Lottie ihre Kapuze auf. Das half aber nicht viel gegen den Regen, der wie Kugelhagel auf den Boden prasselte. Der Wind heulte durch die überhängenden Äste der kahlen Bäume, als sie ihren Blick zu dem unheimlichen Hausgerippe hob, das Matthew Fleming sein Zuhause nannte. Wasserspeier starrten von den Wänden auf sie herab, ganz schwarz, weil sie sicher seit Jahren nicht gereinigt worden waren. Die Fenster waren alle dunkel, bis auf eins, das ihr zuzuzwinkern schien. Sie rutschte fast auf dem grünen, algenartigen Schleim aus, der die Stufen zum Eingang bedeckte. Man konnte sich kaum vorstellen, dass Annie und ihre Töchter hier vor der Trennung gelebt hatten.

Sie klopfte laut an die massive Tür und spürte, dass ein bestimmter Geruch in der Luft lag.

»Da zieht schon wieder ein Gewitter auf«, sagte sie mit einem Nasenrümpfen.

»Kannst du das etwa riechen?«, fragte Boyd.

Sie nickte lächelnd, als es laut donnerte und beide zusammenzucken ließ. Die Tür öffnete sich lautlos wie von Geisterhand.

»Guten Abend, Mr Fleming«, sagte Lottie und hielt ihm unnötigerweise ihren Dienstausweis hin. »Dürfen wir bitte reinkommen?«

Fleming trug lässige Kleidung. Eine flauschige hellbraune Cordhose hing lose an seinen Beinen, sein Haarschopf war tropfend nass, und das weiße T-Shirt klebte in feuchten Flecken an seiner Brust. Er hielt sein Handy in der Hand, steckte es aber sofort weg, als er seine Besucher erkannte.

»Ich bin mir nicht sicher, ob das so eine gute Idee ist. Habe ich Ihnen nicht gesagt, dass Sie über meinen Anwalt kommunizieren sollen?«

»Das stimmt, aber wir kommen gerade von Annie, und da sind ein paar Sachen, über die wir dringend sprechen sollte.«

Er seufzte auf. »Ich bin gespannt, was Annie jetzt wieder über mich zu sagen hatte. Sie können für fünf Minuten hereinkommen.«

Er führte sie durch einen im Vergleich zur Größe des Anwesens recht engen Flur in ein Zimmer, das Rose, da war sich Annie sicher, als Gesellschaftszimmer bezeichnet hätte. Dunkelrote Sessel standen um den Kamin herum. Sie konnte den Rauch riechen, der ins Zimmer gedrückt wurde. Ein Blitz ließ die Einrichtung in bizarren Schatten aufleben, obwohl Fleming das Licht angeschaltet hatte.

»Kann ich Ihnen Kaffee anbieten? Etwas Stärkeres?«

»Nein, danke«, lehnte Lottie für sie beide ab.

»Setzen Sie sich. Es ist ziemlich unkonventionell, dass Sie um diese Uhrzeit bei mir zu Hause vorbeischauen, aber soweit ich weiß, ist das Ihre normale Arbeitsweise, nicht wahr, Detective Inspector Parker?«

»Schauen Sie, Mr Fleming, mir ist bewusst, dass wir nicht den besten Start hatten, aber ich muss mit Ihnen über Ihre Tochter Tara sprechen.«

»Sie müssen über meinen Anwalt mit mir kommunizieren.«

Er repetierte seine Worte wie die sprichwörtliche Schallplatte, die einen Sprung hat. Lottie sagte schnell: »Ich würde es wirklich bevorzugen, wenn Sie mit mir sprechen würden. Ich möchte wissen, wie ihre Beziehung zu Dr. Gormley war.«

»Warum? Die denken doch sicher nicht, dass meine Tochter ihre Therapeutin ermordet hat?«

»Wenn ich vollkommen ehrlich bin, habe ich keine Ahnung, was ich denken soll. Ich brauche Tatsachen.« Sie verschränkte ihre Arme. »Was ist Tara zugestoßen, als sie klein war?«

»Wovon reden Sie?«

»Annie hat uns ...«

»Natürlich erfindet sie Lügen über mich. Sie will mich ruinieren. Rachsüchtiges Miststück.«

»Warum erzählen Sie mir dann nicht die Wahrheit?«

»Es war ein Unfall.«

»Was genau?«

»Auf dem Steinbruch. Ich hätte damals nichts dagegen machen können, genauso wenig wie heute.«

Lottie schaute zu Boyd. Wovon sprach Fleming? Boyd legte den Kopf schief. Er hatte auch keine Ahnung.

»Welcher Steinbruch?«

»Er schließt sich an mein Land an. Wird nicht mehr genutzt. Wurde er eigentlich nie. Ich hatte mehr als genug Steinbrüche, die mir gehörten, in Betrieb. Damals war viel los.«

»Erklären Sie uns das«, forderte sie ihn auf.

»Er hätte sich niemals dort aufhalten dürfen, aber Jungs sind eben neugierig.«

»Ich habe nicht die geringste Ahnung, wovon Sie sprechen.«

Fleming blies seine Backen auf, überlegte kurz und sagte dann vorsichtig: »Ein kleiner Junge ist in dem stehenden Wasser, das sich nach einer verregneten Woche im Steinbruch gesammelt hatte, ertrunken. Tara hatte die Schreie gehört. Sie ist in ihrem Nachthemd hinausgelaufen, über das Feld. Ist fast selbst den Abhang hinuntergestürzt. Annie, oder vielleicht war es auch Jessica gewesen, war ihr gefolgt und hat sie gerade noch rechtzeitig gepackt. Ich glaube, dass Tara die Leiche im Wasser gesehen hat.«

»Wann war das?« Lottie fragte sich, wie Tara etwas hätte sehen können, wenn es doch Nacht gewesen war.

»Das ist lange her. Vor neun oder zehn Jahren. Tara war ungefähr fünfzehn. Von ihrem alten Zimmer hatte man einen Blick über das Feld zum Steinbruch. In der Nacht muss sie das

Fenster offen gehabt haben, sonst hätte sie die Schreie nicht gehört.«

»Wo waren Sie?«

»Ich war nicht zu Hause.«

»Und deshalb musste Tara in Therapie?«

»Ich glaube, zumindest spielte das mit rein. Verstehen Sie mich nicht falsch, es ging ihr eine Zeit lang gut. Sie war einfach still und niedergeschlagen, so wie sie war, als sie mit neun oder zehn diese in sich gekehrte Phase hatte. Ihr kurzer Auftritt im Internat hat sie davon geheilt. Aber nach dieser Sache mit dem Steinbruch … ich glaube, sie hat angefangen, sich selbst zu verletzen. Sie haben doch ihre Narbe gesehen? Und danach schien sie das Trauma völlig in sich zu begraben. Es ist erst wieder hervorgebrochen, als sie Anfang zwanzig war. Zu dem Zeitpunkt habe ich sie in Therapie geschickt.«

»Wurde die Polizei gerufen, als der Junge ertrunken ist?«

»Ja, natürlich. Es gab eine umfassende Untersuchung. Wurde als Unfall oder Missgeschick oder so was zu den Akten gelegt.«

»Wurde der Steinbruch stillgelegt?«

»Er war zu diesem Zeitpunkt schon geschlossen gewesen.« Er verschränkte die Arme.

Abwehrend?, fragte sich Lottie. »Wie hieß dieser Junge?«

»Das weiß ich jetzt gerade nicht mehr, aber der hat nichts mit Ihren Morden zu tun, genauso wenig wie meine Familie. Sie gehen wirklich zu weit, uns da hineinzuziehen.«

»Das entscheide ich selbst.« Sie dachte, dass das vielleicht sehr wohl eine ganze Menge mit Taras jetzigem Zustand zu tun hatte. »Warum könnte Ellen Tara als Teil ihrer Therapiesitzungen nach Molesworth House gebracht haben?«

»Das weiß ich nicht.«

»Kannten Sie Ellen, bevor Sie sie Tara vorgeschlagen haben?«

»Sie kam aus der Gegend. Ich wusste von ihr und ihrer Praxis.«

»Irgendeine Ahnung, warum sie ein Interesse an den Stallungen bei Molesworth gehabt haben könnte?«

Er spitzte die Lippen. »Das weiß ich auch nicht. Fragen Sie Annie. Die scheint alles zu wissen.«

Ein Windstoß drückte mehr Rauch zum Kamin herein. Der Geruch kitzelte Lottie an der Nase und sie musste niesen. In ihrer Hosentasche suchte sie nach einem zusammengeknüllten Taschentusch, schnäuzte sich, und machte weiter.

»Mr Fleming, zwei Frauen sind auf grausamste und schmerzvollste Weise umgekommen. Sie müssen wirklich ehrlich zu uns sein.«

»Ich hatte mit keiner von beiden etwas zu tun.«

Sie unterdrückte ein bitteres Lachen. »Ganz im Gegenteil. Sie haben sich mit Rachel Mullen nur ein paar Stunden, bevor sie getötet wurde, getroffen, und in ihrer Jugend war sie mit Ihren Töchtern befreundet. Und was Dr. Gormley angeht, so haben Sie sie Ihrer Tochter vor einigen Jahren als Therapeutin ans Herz gelegt. Das ist sehr wohl eine Verbindung zu Ihnen und Ihrer Familie, ob sie nun wollen oder nicht.«

Er stand mit seinem knöcherigen Rücken zum Kamin. »Da draußen könnte ein verrücktgewordener Mörder gerade sein nächstes Opfer stalken, und Sie sitzen hier und terrorisieren mich und meine Familie. Es wäre wirklich besser, wenn Sie richtige Polizeiarbeit betreiben würden, anstatt weiter unschuldige Mitbürger einzuschüchtern.«

»Bei allem Respekt«, sagte Lottie, »ich glaube, dass es eine konkrete Verbindung zu Ihnen gibt, und ich werde sie finden.«

»Machen Sie das. Bis dahin verlange ich, dass Sie mich und meine Familie in Frieden lassen. Ich bringe Sie zur Tür.«

SECHSUNDVIERZIG

Nach einem anstrengenden Tag in der Arbeit genehmigte sich Andy Ashe erst einmal zwei Pints und beschloss dann, bei Hazels Wohnung vorbeizuschauen. So sehr sie ihn auch nervte, er hatte sich ein bisschen Sorgen gemacht, weil sie nicht den ganzen Tag in der Leitung gehangen und Anweisungen gebrüllt hatte. Das war ungewöhnlich, um es milde auszudrücken. Sie ließ nie eine Gelegenheit aus, um der Belegschaft klarzumachen, wer hier der Boss war, auch wenn das gar nicht stimmte.

An der Ecke vor ihrem Wohnkomplex zündete er sich eine Zigarette an, versuchte, sie vor Regentropfen zu schützen, lehnte sich gegen die Wand und überlegte, welchen Sinn sein Vorhaben eigentlich hatte. Nie im Leben würde sie bei ihm vorbeischauen, wenn er sich krank melden würde. Nein, im Gegenteil, sie würde ihn zurechtstutzen, weil er nicht zur Arbeit erschien. Also warum machte er sich dann die Mühe? Darauf konnte er sich selbst keine Antwort geben. Sein Gehirn war ganz schwammig vom Alkohol und dem anstrengenden Tag im Laden. Aber irgendetwas ließ ihm keine Ruhe.

»Verdammt noch mal«, sagte er laut und warf seine erst zur Hälfte gerauchte Zigarette in eine Pfütze. Ein lautes Donnern ließ ihn zusammenzucken. Die Kapuze, die er sich über den Kopf zog, bot ihm nicht den geringsten Schutz gegen den Regenguss, der auf ihn herniederprasselte.

Wenn sie nicht aufmacht, dann scheiß auf sie, dachte er. Er klopfte an ihrer Tür und wartete. Nichts.

Er legte seinen Mund an den Briefkastenschlitz und rief: »Hazel, ich bin's, Andy. Wollte nur nachsehen, ob Sie etwas brauchen.«

Schweigen.

Er ging in die Knie und versuchte, durch den rechteckigen Schlitz etwas zu erkennen. Aber an der Innenseite waren Bürsten angebracht, also konnte er überhaupt nichts sehen.

»Hazel? Alles in Ordnung?«

Schweigen. Nicht einmal ein Fernseher lief. Wahrscheinlich schlief sie. Nun ja, er hatte seinen Teil getan.

Aber irgendein internes Warnsystem brachte ihn dazu, um ihre Wohnung herumzugehen. Er wollte sich nur sicher sein. Er stand auf der kleinen, quadratischen Terrasse und presste seine Hände an die Glastür. Drinnen war alles stockfinster.

Als er wieder nach vorne ging, überlegte er, ob er noch mal klingeln sollte. Nein. Er sollte sich lieber um seinen eigenen Dreck kümmern. Sie tat ja auch nie etwas für ihn, oder?

Vielleicht noch ein Pint, bevor er sich aufs Ohr legte. Er fühlte sich immer noch ein bisschen schuldig. Wenn sie morgen noch nicht wieder in der Arbeit war, dann würde er noch mal vorbeikommen und nachschauen, ob sie etwas brauchte. Aber für heute, dachte sich Andy Ashe, hatte er für dieses Miststück, das ihm das Leben zur Hölle machte, wahrlich genug getan.

─────

Der Killer saß da wie in Marmor erstarrt. Unbeweglich. Die Augen blickten starr geradeaus in die inzwischen so wohlbekannte Dunkelheit. Die Stimme des Mannes erstarb, genauso, wie das Klopfen an der Tür. Schließlich waren sie wieder allein.

Es war ganz schön schwierig gewesen, Hazels Wohnung zu verlassen und wiederzukommen. Gott sei Dank gab es den extra Schlüssel – gemacht von dem Zweitschlüssel, den Hazel versteckt hatte. Die Dosis hatte wohl nicht ganz gestimmt. Es hatte lange gedauert, bis sie tot gewesen war. Und es war so riskant, einfach wiederzukommen. Was, wenn man gesehen wurde? Aber das zusätzliche Risiko brachte auch so einen Kick mit sich!

Zeit zu gehen. Der Killer hatte im echten Leben genug zu tun und konnte nur hin und wieder und zu bestimmten Zeiten vorbeikommen. Aber jetzt hatte die Frau ihren letzten Atemzug getan. Das bescherte dem Killer noch einen Kick. Daneben zu sitzen und zuzuschauen, war Teil des Spiels. Ein wirklich befriedigender Wettkampf, wenn auch etwas einseitig. Nicht aktiv oder besonders körperlich, es fühlte sich eher so an, als ob man im Gerichtssaal sitzen würde und darauf wartete, dass dem Angeklagten sein Urteil verkündet wurde. Unschuldig, bis die Schuld bewiesen ist? Nicht, wenn es nach dem Killer ging. Alle waren sie schuldig, seit dem Augenblick, ab dem sie geschwiegen hatten. Jetzt mussten sie bis in alle Ewigkeit schweigen.

Ein Lächeln breitete sich langsam über das Gesicht des Killers aus und Stolz schwellte die Brust und brachte ein Gefühl mit sich, nicht ungleich dem sexuellen Höhepunkt. Ach, es war so gut, so verdammt gut. Nein! Es war verdammt noch mal brillant! Es war meisterhaft, handwerklich geschickt. Für jeden anderen musste es wie verrückte Willkür wirken, aber es hatte Methode, wenn man wusste, warum man es tat. Voller Stolz erhob sich der Killer. Ja, das war so gut.

Warum musste er überhaupt zurück in seinen Alltag? Das hier war wirklich und rein, wahrer als alles andere.

Als die Schuldige sich schließlich gekrümmt und stumm

geschrien hatte, war der letzte Akt vollzogen worden. Ein Stück Glas, ein Splitter von einem alten Spiegel, hineingesteckt.

Die Jagd war bis jetzt so erfolgreich gewesen. Aber jetzt, wo sie sich einem Höhepunkt näherte, konnte man da einfach aufhören? Alle Tode waren so präzise geplant und genau ausgeführt worden; warum jetzt aufhören?

SIEBENUNDVIERZIG

Lottie gab Boyd einen Gutenachtkuss, sanft und lang, dann scheuchte sie ihn davon.

Drinnen in ihrem Haus war es ruhig. Sie ging die Treppe in den ersten Stock hinauf und spähte in Seans Zimmer. Zu ihrer Überraschung schlief er schon, anstatt, wie oft üblich, noch bis spät in die Nacht online zu spielen. Sie sollte mehr Zeit mit ihm verbringen. Ihr Sohn war tiefgründig und sie wusste nie wirklich, was in ihm vorging. Immerhin hatte er ihr seinen Segen gegeben, Boyd zu heiraten. Sean hatte Boyd richtig gern. Die beiden verstanden sich prächtig. Es würde ihm guttun, wieder eine Vaterfigur in seinem Leben zu haben.

Chloe war noch nicht daheim. In der Küche zog Lottie ihre Stiefel aus und setzte sich an den Küchentisch, um einen klaren Kopf zu bekommen, bevor sie sich hinlegte.

Auf dem Tisch lagen dutzende von gelben Post-It-Zetteln. Chloes Hochzeitsplanung. Geistesabwesend nahm Lottie sie zur Hand. Nein, ihr Kopf war zu voll von Fragen zu den beiden Mordopfern – da konnte sie ihr Gehirn nicht auch noch mit Fragen zu Blumen, Gästen, Frisuren und ähnlichem zuschütten. Sie suchte nach dem Post-It-Block, weil sie sich ein paar

Notizen zu den Ermittlungen machen wollte, aber als sie ihn gefunden hatte, war kein Stift zur Hand. »Es reicht«, sagte sie in den leeren Raum. Sie brauchte Schlaf.

Ihr fiel auf, dass sie immer noch ihre Jacke anhatte, also zog sie sie aus und überlegte, schnell unter die Dusche zu springen. Aber dann hatte sie Angst, dass sie davon vielleicht noch wacher werden würde. Sie stand auf und schaltete das Licht aus. Als sie im Flur war, hörte sie einen Schlüssel in der Haustür. Chloe.

»Ist die Schicht vorbei?«, fragte sie.

»Ja. Heute war nicht viel los. Was ist denn das für ein Wetter heute? Es schüttet ununterbrochen. Aber ein Typ war da, der ganz wirres Zeug geredet hat. Hat dich und Kirby erwähnt.«

»Wirklich? Wer war denn das?«

»Andy irgendwas. Kein Stammgast. Hat sich über seine Chefin ausgelassen, dass die so ein Miststück ist und ihn in der Scheiße sitzen lässt. Er klang ziemlich besoffen und wütend.« Chloe hängte ihre Jacke über das Treppengeländer und stieg aus ihren nassen Stiefeln. Dann nahm sie ihre Tasche und holte ihr Handy heraus.

»Wir haben einen Andy Ashe als Zeugen in unseren Ermittlungen vernommen«, sagte Lottie mehr zu sich selbst. »Darüber ärgert er sich wahrscheinlich.«

»Hast du die Listen, die ich für dich auf dem Tisch liegen gelassen habe, durchgeschaut?«, fragte Chloe, die schon halb die Treppe oben war.

»Ja«, log Lottie. »Du hast alles unter Kontrolle. Danke.«

»Freust du dich auf Samstag?«

»Ich kann es kaum erwarten«, sagte Lottie ehrlich.

»Ich auch nicht. Wer holt Katie und Louis am Freitag in der Früh vom Flughafen ab?«

»Hmm ...« Scheiße, das hatte sie sich noch nicht überlegt. »Glaubst du, wir könnten Granny darum bitten?«

»Mam! Granny hat doch inzwischen schon Schwierigkeiten, auch nur auf direktem Weg in die Stadt zu fahren! Ist schon gut. Ich kümmere mich darum. Vielleicht fällt mir jemand ein, den ich fragen kann.«

»Und wer wäre das zum Beispiel?« Lottie schaute die Treppe zu ihrer Tochter hinauf. Sogar nach ihrer Schicht im Pub strahlte ihre Tochter. Die Jugend, dachte sie, und wünschte, sie hätte selbst noch etwas von dieser Energie.

»Mach dir keine Sorgen. Ich mach das schon. Schlaf gut.«

»Du auch, und träum süß«, sagte Lottie zu dem leeren Fleck, den Chloe hinterlassen hatte. Sie hörte die Badezimmertür aufgehen.

Sie sperrte die Haustür zu, löschte das Licht und ging nach oben. Dann steckte sie ihr Handy ein und legte es zum Aufladen auf den Nachttisch. Sie zog sich aus, schlüpfte in ihren Baumwollpyjama und ließ sich ins Bett fallen. Die erste Welle der Schlaftrunkenheit wollte gerade über sie hereinbrechen, als das Zimmer hell erstrahlte. Schon wieder ein Blitz? Nein. Es war ihr Telefon.

Als sie darauf blickte, lächelte sie. Boyd.

Sie schrieb zurück. *Ich liebe dich auch.*

Innerhalb von zwei Minuten war sie eingeschlafen.

Beth konnte nicht schlafen. Sie musste ständig an ihre Schwester denken. In dem leeren Haus herumzulaufen war auch nichts für ihre Nerven. Einerseits war sie ja froh, dass die Kriminaltechnik weg war, aber andererseits hatte sie jetzt so ganz allein doch etwas Angst.

Sie rieb an ihren Armen, ging nach oben und betrat zögernd Rachels Zimmer. Es sah schmutzig aus. Überall war nach Fingerabdrücken gesucht worden, und der Staub war noch immer auf den Fensterrahmen, der Schranktür und sogar den

Schubläden verteilt. Sie ließ ihre Hand entlang Rachels Matratze gleiten, um ein Gefühl für den Ort zu bekommen, an dem ihre Schwester gestorben war. Den Ort, an dem sie ihren letzten, schmerzvollen Atemzug genommen hatte.

Sie hatte keine Tränen mehr. In ihr drinnen fühlte sich alles wie aus Eis geschaffen an, zu keiner Emotion mehr fähig. Zu kalt, um auch nur ans Malen zu denken – das Malen war in schwierigen Zeiten doch immer ihr Zufluchtsort gewesen. Als sie in diesem Zimmer des Todes stand, prickelte ihre Haut. Es war das einzige spürbare Zeichen des Bösen, das ihrer letzten lebenden Verwandten hier widerfahren war. Ihren Vater zählte sie nicht. Sie hatte versucht, Brendan zu erreichen, aber sein Handy war ausgeschaltet gewesen. Warum er geflüchtet war, als die Detectives da gewesen waren, wusste sie nicht. Vielleicht aus Schuldgefühlen, weil er Rachel früher gestalkt hatte? Es wäre wohl am besten, ihn einfach aus diesem schrecklichen Tableau zu streichen. Rückwärts ging sie aus dem Zimmer heraus und dachte dabei daran, dass Rachels ganze Pläne nie verwirklicht werden würden. Könnte sie das Projekt selbst aufnehmen und versuchen, es zum Laufen zu bringen? Konnte sie wirklich erlauben, dass die Marke SmoothPebble zusammen mit ihrer Schöpferin einfach so starb? Rachel war so voller Begeisterung und Vorfreude gewesen, Gefühle, die sich in ihren Augen gespiegelt hatten und fast greifbar auf Beth übergesprungen waren. Und jetzt? Jetzt fühlte sie nichts als Trostlosigkeit und Einsamkeit.

Als sie sich umdrehte, um die Treppe hinunterzugehen, klingelte es. Instinktiv zuckte sie zusammen und trat auf der obersten Stufe fast daneben. Nur ihre schnellen Reflexe verhinderten, dass sie die Treppe hinunter purzelte – mit der Hand erwischte sie gerade noch das Geländer und konnte sich festhalten.

Das Herz schlug ihr buchstäblich bis zum Hals. Sie ließ das Geländer los und lehnte sich gegen die Wand. Es war schon spät. Sie erwartete niemanden. Ihre Freunde hatte sie abgewimmelt, sie auf einen Drink am nächsten Tag verwiesen. Ihr Vater würde nie im Leben bei ihr vorbeischauen. Nach einem kurzen Gespräch mit Rachel hatte er die Beerdigung ihrer Mutter verlassen. Der Feigling. Brendan? Nein, der hatte die Hosen voll wegen der Gardaí und würde nicht einfach so wieder auftauchen. Sie fragte sich wieder, was ihn so verschreckt hatte.

Jemand hämmerte jetzt gegen die Tür.

Sie tastete in ihrer Hosentasche nach ihrem Handy und nahm es in die Hand, um im Notfall sofort Hilfe rufen zu können. Und dann ging sie langsam die Treppe hinunter.

Als sie an der Haustür stand, fragte sie: »Wer ist da?«

»Beth, ich muss mit dir sprechen. Mach auf. Lass mich rein.«

»Wer ist da?«

»Ich bin's. Tara.«

———

Die Mutter sah, wie das kleine Mädchen von der Tür zurückwich. Hatte es heimlich ihren Vater beobachtet? War er überhaupt dort drinnen? Sie hatte gedacht, dass er schon seit Stunden unterwegs war.

Irgendetwas an den Bewegungen des Kindes sagte ihr, dass sie vorsichtig sein sollte. Leise. Sie zog ihre Schuhe aus und schlich sich lautlos zur Tür. Sie stand einen Spalt breit offen und die Frau konnte erkennen, dass sich im Inneren des Raumes Schatten bewegten. Die Tür knarrte immer. Das wusste sie ganz genau, aber sie konnte sich trotzdem nicht beherrschen und legte ihre Finger an das Holz. Dann drückte sie sie langsam auf.

»Hallo, Schatz«, sagte er mit dieser verstellten Stimme, die ihr ganz genau sagte, dass er sich etwas zu Schulden hatte kommen lassen. Aber was?

Dann bemerkte sie die junge Frau, mit den roten Wangen

und dem zerzausten Haar, die hastig ihre billige Bluse zuknöpfte.

»Was ist hier los?«, fragte sie, als sie ihre Stimme wiedergefunden hatte.

»Ich zahle nur die Angestellten aus«, sagte er und setzte seine Unterschrift unter einen Scheck, den er dann aus seinem Scheckbuch riss.

»Vielen Dank, Sir«, sagte das Mädchen und nahm das Stück Papier. Sie stand da und zog den Saum ihres Rockes so weit hinunter, wie sie konnte, um ihre Schenkel zu bedecken. Sie sah sich hektisch im Raum um.

»Etwas verloren?« Wahrscheinlich deine Jungfräulichkeit, dachte sie.

»Ähm, ist schon gut. Meine Tasche. Ich ... ähm ... ich glaube, sie ist im Flur.« Ihre Stimme war hoch. Piepsig.

Die Frau trat zur Seite, um den Teenager durchzulassen. Sie drehte sich um und schaute zu, wie der verzweifelt die Mäntel und Taschen auf dem Garderobenständer durchwühlte.

»Ähm ... ah ... sie ist nicht hier.« Die Stimme der jungen Frau hallte nach.

»Vielleicht in der Küche?«

Die Frau blieb an der Tür stehen und betrachtete ihren Mann. Sein Gesicht wirkte wahrlich nicht schuldbewusst, keine Reue spiegelte sich in seinen Augen. Er schaute sie an, als ob er nur darauf wartete, dass sie ihn beschuldigte, und sie wusste, dass er sich herausreden würde, egal, was sie sagte. Deshalb machte sie, was sie in Situationen, die ihn betrafen, immer tat. Sie schwieg.

Aber dieser eine Vorfall war der Wendepunkt. Dieser eine Vorfall vergiftete ihr Leben für immer. Dieser eine Vorfall ermöglichte es ihr, das zu werden, was sie immer hatte sein wollen: unabhängig von ihrem Mann.

ACHTUNDVIERZIG

Der Tag begann nicht so, wie sie es vorausgesagt hätte, aber Lottie war an Unvorhersehbarkeit in ihrem Leben gewöhnt. Als sie das Telefonat beendet hatte, sprang sie aus dem Bett und unter die Dusche.

Sie weckte ihre müden Glieder und schäumte Shampoo in ihr Haar, die Spülung ließ sie heute aus. Sie würde die krausen Konsequenzen tapfer im Namen ihres Jobs ertragen. Dann zog sie eine verwaschene Jeans an, ein weißes, langärmeliges T-Shirt und darüber einen schwarzen Kapuzenpulli. Unten musste sie in der Küche nach ihren Stiefeln suchen. Sie waren über Nacht getrocknet, und eine weiße Linie hatte sich da gebildet, bis wohin das Leder gestern durchnässt worden war. Sie wollte keine Zeit damit verlieren, Müsli zu essen, sondern nahm einfach nur eine matschige Banane von der Anrichte und überlegte, ob sie Sean wecken sollte. Es war noch zu früh für die Schule. Er war diese Woche jeden Morgen von allein aufgestanden. Dann konnte er das auch heute machen.

Sie zog ihre Jacke an, eilte nach draußen und zog die Tür hinter sich ins Schloss. Während sie den Wagen anließ, rief sie Boyd an und bat ihn, sie bei dem Haus zu treffen. Er klang so, als ob er schon seit Stunden wach wäre. Vielleicht war er ja schon mit dem Rad unterwegs gewesen. Hoffentlich nicht, aber jetzt war nicht der richtige Moment, um ihm zu sagen, dass er es langsam angehen lassen sollte. Nicht, wenn sie sich beide etwas sputen sollten. Superintendentin Farrell hatte das mehr als deutlich gemacht.

Sie raste durch die stille Stadt, die nach dem Sturm der Nacht nun ruhig dalag, bis sie links Richtung Friars Street abbog. Feuerwehrfahrzeuge standen kreuz und quer und Einsatzkräfte pumpten Wasser ab, das die Straße überschwemmt hatte. Der Fluss war wieder über die Ufer getreten. Fluchend wendete sie und fuhr zurück Richtung Gaol Street, um den Umweg außen herum zu nehmen. Hoffentlich war das Brook Hotel nicht auch überschwemmt worden. Es lag in Ufernähe, und dort sollte übermorgen die Hochzeit stattfinden. Aber bei ihrer Glückssträhne ..., dachte sie. Doch jetzt musste sie sich erst einmal um andere Dinge kümmern.

Es war noch dunkel. Die Straßenlaternen tauchten den Wohnkomplex in ein vages bernsteinfarbenes Licht, das eine gespenstische Atmosphäre schuf. Sie parkte vor dem roten Backsteingebäude. Sie trug sich auf eine Liste ein und gab der dick eingepackten Beamtin das Clipbord zurück.

Garda Martina Brennan sagte: »Morgen, Inspector.«

»Ist Jim McGlynn schon da?«

»Er wurde schon informiert. Sam ... Detective McKeown und ich waren als Erste hier.«

Lottie hob eine Augenbraue und öffnete schon den Mund, um die Frage zu stellen, die ihr durch den Kopf schoss, schloss ihn dann aber schnell wieder. Sie musste sich gerade wirklich um Wichtigeres kümmern.

»Boyd ist unterwegs«, sagte sie. »Sagen Sie ihm bitte, dass ich schon drinnen bin. Wer hat die Leiche gefunden?«

Garda Brennan zeigte auf einen jungen Mann, der auf einem niedrigen Mäuerchen saß. Eine Wärmefolie war um seine Schultern drapiert und er wurde gerade von McKeown befragt. »Andy Ashe.«

»Okay. Lassen Sie ihn nicht aus den Augen.«

Lottie schaute schnell auf den Namen des Opfers, der in Garda Brennans unleserlicher Schrift auf den Kopf des Blattes auf dem Clipboard geschrieben war, und drehte sich zum Eingang. Während sie darauf zuschritt, fiel ihr etwas ein. Sie hatte eine Kopie des dritten Schlüssels von Rachels Schlüsselbund in der Tasche. Sie holte ihn heraus und steckte ihn ins Schloss. Kein Glück. Enttäuscht dachte sie daran, dass sie nicht vergessen durfte, ihn auch an

Dr. Gormleys Tür auszuprobieren, nur zur Sicherheit.

Nachdem sie den Schutzoverall, Überschuhe, Maske und Handschuhe angezogen hatte, holte sie tief Luft und ging hinein. Das Licht war an. Ein schmaler Korridor führte in eine kleine Wohnküche; sie hatte etwas mehr erwartet, jedenfalls wenn sie daran dachte, welchen Wert diese Apartments auf dem Wohnungsmarkt hatten.

Ihr drehte sich der Magen um.

Ein fürchterlicher Gestank stieg ihr in die Nase, trotz der dünnen Maske. Auf der Anrichte lagen Packungen mit chinesischem Take-Away und daneben saß sie eine hungrig dreinblickende Katze, die gerade einen Behälter ausleckte. Das Zimmer stank.

»Gsch«, zischte sie, aber die Mietze ignorierte sie. Sie öffnete die Terassentür und beförderte sie nach draußen, dann schloss sie die Tür wieder. McGlynn würde sie dafür bei lebendigem Leibe häuten, aber das war ihr in diesem Fall einerlei. Sie konnte keine Katze brauchen, die durch die Wohnung tigerte.

Auf einem kleinen Tischchen fiel ihr eine Linie aus weißem Puder auf, und sie schüttelte den Kopf, um nicht gleich zu falschen Schlüssen zu kommen. Dann ging sie ins Schlafzimmer und vermied es, die Leiche der jungen Frau anzuschauen. Ihre jahrelange Ausbildung ließ sie sich erst auf alles andere konzentrieren.

In dem Zimmer, man konnte es nicht anders sagen, sah es aus wie in einem Saustall. Überall lagen Kleidungsstücke herum. Auf dem Fußboden, auf dem Bett, auf einem Stuhl. An der offenen Schranktür hing ein Kleid. Der Bereich ums Bett herum war klebrig von Erbrochenem. Sie blieb an der Tür stehen, da sie das vor ihr liegende Szenario nicht noch weiter kontaminieren wollte. Dann schließlich schaute sie zu der Leiche.

Hazel Clancy war nur mit ihrer Unterwäsche bekleidet und die Haut an ihrem Hals hing in blutigen Fetzen herunter. Blutspuren zogen sich über das Kissen, die Bettdecke und ihre Hände. Lottie konnte erkennen, dass sich das Blut an ihren abgebrochenen Nägeln gesammelt hatte. Eine Hand war steif, so wie Rachel Mullens, und klammerte sich an den Brustkorb. Ihr Haar war von Erbrochenem verklebt. Der Mund stand weit offen in einem stummen Schrei, der schon lange genauso verklungen war wie ihre Seele ausgehaucht, und ihre Nase war gequetscht. Um ihren Mund herum waren Reste von Schaum an Lippen, Kinn und Wangen eingetrocknet.

Lotti beugte sich, soweit sie konnte, hinunter und spähte in den Mund der Frau. Sie keuchte. Tatsächlich, ganz hinten am Gaumen war etwas Kleines, Spitzes, das das Licht zurückwarf. Ein Scherbe von einem Spiegel.

Sie schluckte hörbar, unfähig, ihren Atem noch länger anzuhalten, und fühlte sich augenblicklich ganz leicht im Kopf. Guter Gott, dachte sie, welcher Mensch konnte einem anderen so etwas antun?

Ein Geräusch hinter sich ließ sie herumfahren. Da stand Boyd, das Gesicht über der Maske aschfahl, seine Augen groß und aufmerksam.

»Oh mein Gott«, sagte er.

Sie war froh, dass er kein ›noch eine‹ hinzugefügt hatte.

Hazel Clancy war eindeutig eines ähnlich schmerzhaften und grauenvollen Todes gestorben wie Rachel Mullen und Ellen Gormley.

Das Zimmer war unordentlich und beengend. Ihr Blick wanderte wieder zu dem Stuhl in der Ecke. »Ich glaube, dass wer auch immer sie umgebracht hat, auf dem Stuhl dort saß und ihr beim Sterben zugeschaut hat.«

»Warum glaubst du das?«

»Schau dir an, wie die Kleidungsstücke dort zerknautscht sind. Da sind Einbuchtungen.«

»Ich werde McGlynn bitten, sich das anzuschauen.«

»Ist die Spurensicherung schon unterwegs?«

»Ja. Und die Rechtsmedizinerin ist auch bereits in Kenntnis gesetzt. McKeown ist heute Früh ganz schön auf Zack.«

»Ich wundere mich, dass er sich überhaupt konzentrieren kann.«

»Warum?«

»Ach egal.« Sie ging näher an das Bett heran.

»Ich glaube, es wäre wirklich besser, wenn du nicht ...«

»Ich möchte sehen, ob an ihren Armen irgendwelche Einstiche sind. In der Küche gibt es Hinweise auf Drogenmissbrauch.«

»Das hat nach Kokain ausgesehen. Glaubst du, der Mörder hat sie dazu gezwungen?«

»Vielleicht, aber vielleicht war sie sowieso abhängig. Woher soll ich das wissen? Ashe kann uns darüber vielleicht Aufschluss geben.« Sie machte auf der Stelle kehrt und drückte sich an Boyd vorbei. Ein bisschen frische Morgenluft würde ihr jetzt guttun.

Draußen angekommen zog sie den Overall aus sowie die Maske, Handschuhe und Überschuhe und steckte sie in einen Beutel. Boyd tat es ihr gleich.

»Ich hätte mir nie vorstellen können, wie sehr ich den

frischen Geruch, kurz nachdem es geregnet hat, einmal schätzen würde.«

»Petrichor«, sagte Boyd.

»Wie bitte?««

»So heißt dieser erdige Geruch, der oft auf Regen folgt. Vor allem, wenn es lange nicht geregnet hat.«

»Du beeindruckst mich jeden Tag aufs Neue, Mark Boyd.« Sie lächelte und ging zu Ashe.

»Andy«, sagte sie.

»Es ist fürchterlich. Grauenvoll. Einfach nur schlimm.« Er schüttelte die Wärmedecke ab und schob sich die Sonnenbrille über die Augen. Es begann gerade erst, zu dämmern. Lottie spekulierte, dass das mit der Sonnenbrille wahrscheinlich ein nervöser Tick war.

»Warum waren Sie heute Morgen hier?«

»Ich bin auch gestern Abend hier vorbeigekommen. Da bin ich aber nicht rein, als niemand aufgemacht hat. Ungefähr um halb elf ist das gewesen. Wissen Sie, Hazel war gestern nicht in der Arbeit. Hat sich krankgemeldet. Aber es war ein ungewöhnlicher Tag ...« Er sah Lottie ihre Verwunderung an. »Es ist so, bis jetzt, immer wenn sie krank war, und das ist nicht oft der Fall gewesen, aber dann hat sie immer ständig angerufen und Anweisungen in den Hörer gebrüllt. Aber gestern blieb alles still.«

»Also haben Sie vorbeigeschaut, um zu sehen, ob es ihr gut geht?«

»Ich hatte ein paar Pints, und auf dem Heimweg bin ich vorbeigekommen. Aber das Licht war aus und niemand hat auf mein Klopfen reagiert, also dachte ich mir, dass sie wahrscheinlich schläft.«

»Und dann sind Sie noch mal zurück in die Stadt und haben noch ein paar getrunken, oder?«

»Woher wissen Sie das?«

»Ich bin Detective, Andy. Warum haben Sie heute Früh noch mal vorbeigeschaut?«

Er kratzte sich am Kopf und Schuppen stoben wie Schneeflocken nach allen Seiten. Er nahm seine Sonnenbrille ab und drehte sie zwischen seinen Händen hin und her. »Hazel kann manchmal ein ziemliches Miststück sein, aber ich hatte irgendwie so ein Gefühl, dass etwas nicht stimmt.«

»Wie sind Sie in die Wohnung gekommen?« Lottie hatte an der Tür keine Spuren von Gewalteinwirkung bemerkt.

»Ich habe mir von der Hausverwaltung den Schlüssel geben lassen. Gott sei Dank war schon jemand im Büro. Ich hatte gestern Abend gar nicht daran gedacht, dort anzurufen. Nicht, dass ich gestern schon gedacht hätte, dass etwas nicht stimmt, aber Sie wissen ja ... oh mein Gott, was ist mit ihr passiert?«

Lottie versuchte ihn dazu zu bringen, sich zu konzentrieren. »Ist jemand mit Ihnen zusammen in die Wohnung hinein?«

»Nein. Ich hatte dem Mann gesagt, dass ich mit ihr zusammenarbeite, und er hat keine Fragen gestellt.«

»Waren Sie vor heute Morgen schon einmal in dieser Wohnung?«

»Noch nie.« Er wurde in dem hellen Morgenlicht plötzlich sehr blass. »Es tut mir leid. Es ist fürchterlich. Dieses Bild werde ich mein Leben lang nicht vergessen.«

»War es drinnen dunkel, als Sie gekommen sind?«

»Worauf wollen Sie hinaus?« Er runzelte verwirrt die Stirn.

»Mussten Sie das Licht anmachen, als Sie hineingegangen sind?«

»Ja, ja. Es war noch finster.«

»Warum waren Sie so früh schon unterwegs?«

»Ich ... Ich habe gestern spät nachts noch jemanden getroffen und habe dort übernachtet. Ich war unterwegs nach Hause, um zu duschen und was Frisches anzuziehen vor der Arbeit, als ich beschloss ... Sie wissen schon ... bei Hazel nach dem Rechten zu sehen.«

Lottie hatte noch jede Menge Fragen an ihn, aber sie bemerkte, dass McGlynn gerade vorfuhr. Sie musste sich beeilen. »Andy, Sie waren am Montagabend auf der Party, an dem Abend, an dem Rachel Mullen ermordet wurde ...«

»Hey, Moment ...«

»Und Ihre Chefin Hazel Clancy hat Sie am Dienstag wegen eines Vorfalls in der Arbeit ermahnt. Jetzt ist sie tot. Das erscheint mir ...«

»Ich habe mit keinem dieser Morde etwas zu tun.« Als er aufstand, zitterte er am ganzen Leib. »Allmächtiger Gott, wofür halten Sie mich denn? Ich teile gern aus und fluche und schimpfe hinter ihrem Rücken über Hazel, aber ... der Anblick da drinnen ... Heiliger Herrgott, mir wird schlecht.«

Lottie konnte gerade noch rechtzeitig einen Schritt zurücktreten, bevor Ashe den Mund aufmachte und die Getränke der vorhergegangenen Abends auf dem Boden verteilte.

»Helfen Sie ihm, sich sauber zu machen, und dann nehmen Sie ihn mit auf die Wache«, sagte sie zu McKeown. »Behalten Sie ihn dort, bis ich zurück bin.«

»Alles klar«, antwortete McKeown. Er stützte Ashe am Ellbogen und drückte ihm ein zusammengefaltetes Taschentuch in die Hand. »Kommen Sie mit, Sir.«

Lottie schloss zu Kirby auf, der gerade mit verschlafenen Augen eintraf. »Gehen Sie zur Hausverwaltung«, forderte sie ihn auf. »Wir brauchen alle Videoaufnahmen der Überwachungskameras, die sie haben.« Sie hatte in mehreren versteckten Ecken Kameras entdeckt. »Und organisieren Sie ein Team, das Tür-zu-Tür Befragungen anstellt.«

»Schon unterwegs.«

Kirby machte sich ganz geschäftig auf den Weg und McGlynn kam auf sie zu, schon im Overall, den schweren Forensikkoffer in der Hand. »Noch ein Giftmord, Inspector?«

»Guten Morgen, Jim. Es sieht so aus. Aber wissen Sie – diesmal bin ich mir fast ganz sicher, dass der Mörder auf dem

Stuhl in der Zimmerecke saß, und ihr beim Sterben zugesehen hat.«

»Wir werden das überprüfen. Irgendetwas anderes, auf das ich Acht geben muss? Da Sie ja schon durch meinen ganzen Tatort getrampelt sind.«

»Es könnte sein, dass Hazel Clancy, die tote Frau, Drogen nimmt.«

»Okay. Die Toxikologie wird das feststellen.«

McGlynn atmete noch einmal die frische Luft ein. »Glauben Sie, dass ihr Dealer etwas damit zu tun hat?«

»Bei keiner der anderen beiden ermordeten Frauen haben wir Hinweise auf Drogenmissbrauch gefunden, also weiß ich es nicht.« Sie zuckte mit den Schultern und der Wind zupfte an ihrem Haar. Sie strich es sich zurück und trat zur Seite, um McGlynn vorbeizulassen.

»Ich werde Ihnen Bescheid geben, falls ich irgendetwas Besonderes finde«, grummelte er noch. »Ist Jane schon informiert worden?«

»Sie ist schon unterwegs«, sagte Lottie.

Boyd kam zu ihr. »Was jetzt?«

Sie zog sich die Kapuze über den Kopf und schaute sich um. »Ehrlich gesagt, Boyd, habe ich nicht die leiseste Ahnung.«

NEUNUNDVIERZIG

Maddy wälzte sich hin und her. Sie hörte ein Wimmern und öffnete die Augen. Trey. Sie hatte ganz vergessen, dass das Kind auch in ihrem Bett war. Sie drehte sich zu ihm und schaute, ob es ihm gut ging. Er schlief tief und fest. Sie lauschte auf die Stille, die nur vom leise pfeifenden Atmen des Jungen unterbrochen wurde, und bemerkte, dass es draußen jetzt ganz ruhig war. Der Sturm war vorbei.

Sie checkte ihr Handy. Keine neuen Nachrichten oder verpassten Anrufe. Eine Dusche hätte ihr gutgetan, und vielleicht auch die Schmerzen in ihrem Arm etwas gemildert, aber sie wollte nicht, dass das Gurgeln des Wassers in den Rohren den Zweijährigen weckte. Also zog sie einfach schnell die Kleider von Tag zuvor an, bevor sie eine Gänsehaut bekam. Sie nahm sich vor, später Wäsche zu waschen. Die Luft im Zimmer war abgestanden, also lehnte sie sich über das Kind, um das Fenster einen Spalt breit aufzuschieben und die kalte Luft im Raum zirkulieren zu lassen. Sie deckte Trey bis zum Kinn mit der dünnen Decke zu. Auf dem Treppenflur horchte sie, ob Stella oder das Baby schon wach waren. Hinter der Tür hörte sie ihre Schwester leise schnarchen. Es klang nicht so, als ob Simon über Nacht hier gewesen wäre. Gut.

Unten schaltete sie den Wasserkocher an und gab ein paar Löffel Kaffee in eine Tasse. Sie schaute im Schrank nach, aber es war kein Brot da. Sie sollte schnell zum Laden, bevor Trey aufwachte. Die Gemeinschaftskasse war leer.

»Fick dich, Simon«, fluchte sie. Sie beschuldigte normalerweise immer ihn, das wenige Geld zu nehmen, das sie hatten. Heute war nicht mal der Tag, an dem Stella ihr Arbeitslosengeld bekam. Verdammt.

Während das Wasser kochte, machte sie sich erst gar nicht die Mühe, im Kühlschrank nachzusehen. Es war sowieso keine Milch da. Ein Blick durchs Fenster sagte ihr, dass der Garten hinter dem Haus über Nacht noch matschiger geworden war. Er sah aus wie eine Mülldeponie.

»Du bist aber früh auf«, sagte eine mürrische Stimme hinter ihr.

»Simon. Ich habe gedacht, dass du zu dir nach Hause bist.«

»So was Gutes wie mich wird man nicht so schnell los. Hab auf dem Sofa geschlafen, weil Stella so eine Fresse gezogen hat. Mach mir auch einen Kaffee, Kleine, sei so gut.«

»Ich bin nicht deine Kleine und deinen verdammten Kaffee kannst du dir verdammt noch mal selber machen.«

»Hast wohl heute schon eine Kröte verschluckt.« Er schleppte sich zur Anrichte, wobei er sich durch die dünne Hose am Arsch kratzte. Sein blanker Oberkörper war von hässlichen Tattoos bedeckt. Simon hat null Geschmack, dachte Maddy, und das nicht zum ersten Mal.

»Kannst du mir einen Fünfer leihen«, fragte sie hoffnungsvoll und nahm eine Tasse für ihn aus dem Schrank.

»Nein, kann ich nicht. Du bist nämlich überhaupt nicht lieb zu mir.«

»Dann musst du Stella sagen, dass sie dir einen Tropfen Milch für deinen Kaffee rauspressen soll.«

»Ach Mist, keine Milch da?«

»Nein.«

Sie wich ihm aus, als er ungläubig den Kühlschrank öffnete.

»Warte einen Augenblick hier«, sagte er.

Sein unangenehmer Geruch folgte ihm zur Tür hinaus und Maddy entspannte sich. Sie traute ihm kein bisschen über den Weg, auch wenn ihr bewusst war, dass sie ihm einfach das Knie in die Weichteile rammen könnte, wenn er es drauf ankommen ließ. Aber es war zu früh, um sich schon wieder in die Haare zu kriegen, und außerdem wollte sie keinen Aufruhr verursachen, der Trey wecken würde.

»Da ist ein Zehner. Ich will das Wechselgeld zurück«, sagte er und drückte ihr den noch neuen Schein in die Hand.

»Gibt's da noch mehr, wo das herkommt?«

»Hol die Milch und beeil dich!«

Der Wasserkocher schaltete sich in dem Moment aus, in dem Maddy das Haus verließ. Sie war schon auf der Straße und Richtung Corner Shop unterwegs, als sie merkte, dass sie ihre Jacke gar nicht angezogen hatte. Und wie um sie so richtig deutlich darauf aufmerksam zu machen, musste sie genau in diesem Augenblick niesen.

Sie kaufte zwei Liter Milch, wenn Simon schon zahlte, und ein Brot. Für die Plastiktüte zahlte sie zweiundzwanzig Cent. Das machte sie fröhlich. Es war ja nicht ihr Geld. Sie wollte gerade wieder gehen.

»Was hat dir denn heute Morgen schon so ein Lächeln aufs Gesicht gezaubert, Missy?«

Was war heute Früh nur los, fragte sie sich. Hatte es heute Nacht Idioten geregnet?

»Hi, David. Ich kauf nur fürs Frühstück ein.«

Sie spürte, wie sich sein Blick durch den dünnen Stoff ihres T-Shirts bohrte. Kurz befürchtete sie, dass sie vergessen hatte, ihren BH anzuziehen, aber dem war nicht so; er war nur ein alter Sack mit dreckigen Gedanken.

»Brot und Milch«, sagte er. »Armeleutefrühstück.«

»Ja und wenn schon«, murmelte Maddy und drückte sich an ihm vorbei.

»Wenn du kurz wartest, dann lauf ich mit dir zusammen zurück«, sagte er und hielt ihr die Tür auf.

»Ich muss mich beeilen. Trey wartet schon auf sein Frühstück. Tut mir leid.« Sie musste sich weder beeilen, noch tat es ihr leid.

»Bis bald, jedenfalls«, sagte er,

Sie flüchtete an die kalte Luft, aber dieses Gefühl, als ob etwas über ihre Haut krabbelte, das konnte sie nicht abschütteln. Es fühlte sich an, als ob tausend mörderische Ameisen ein Nest bei ihr gefunden hätten.

———

Beth Mullen reichte ihrem Schlafgast eine Tasse Kaffee.

Tara schälte sich aus der Bettdecke und setzte ihre Füße auf den Boden.

»Tausend Dank«, sagte sie und blies vorsichtig auf die heiße Flüssigkeit.

Beth setzte sich in einen Sessel. »Du musst deine Hand anschauen lassen. Es muss wieder geblutet haben während der Nacht, dein T-Shirt ist ganz voller Blut.«

»Mach die keine Gedanken. Das wird schon wieder. Nicht das erste Mal, dass ich mich geschnitten habe, und das wird auch nicht das letzte Mal sein.«

»Bitte sag so etwas nicht. Das kann nicht so weitergehen. Du brauchst Hilfe.«

»Meine Therapeutin ist tot, sie wird mir dieses Mal nicht helfen können.«

»Dann such dir jemand anderen.«

»Daddy dreht durch, wenn er merkt, dass ich wieder einen Zusammenbruch habe.«

»Du hast nicht wieder einen Zusammenbruch. Du durch-
lebst eine emotionale Zeit. Ist ja keine Wunder, deine Mutter
eröffnet dieses Restaurant und reibt es deinem Vater unter die
Nase, und der schickt dich sinnlos in der Welt herum, um dich
abzulenken, und ...«

»Hör auf!« Tara hob ihre Hand, fast wie eine Verkehrspoli-
zistin, und verschütte dabei fast mit der anderen Hand ihren
Kaffee. »Ich arbeite hart für Daddy. Er erfindet nicht einfach
irgendwelche Aufgaben, um mich bei Laune zu halten. Es ist
ein echter Job, sich um die Umweltbelange der Steinbrüche zu
kümmern.«

»Nach allem, was du mir erzählt hast, befürchte ich, dass
dein geschätzter Herr Papa nicht der ist, für den du ihn hältst.«

»Wir sind keine Teenager mehr, Beth, also warum bist du so
gemein zu mir?«

»Ich trauere um meine Schwester. Vergiss es einfach. Tut
mir leid.«

Tara stellte die Tasse vorsichtig auf den Beistelltisch, lehnte
sich nach vorne, und legte eine Hand auf Taras Knie.

»Hey«, sagte Beth. Die Berührung der anderen Frau
brachte ihre Haut zum Kribbeln. Vielleicht hätte sie sich doch
etwas anziehen sollen, und nicht in den Baumwollshorts und
dem knappen Top, das sie zum Schlafen getragen hatte, hereinkommen sollen.

»Ach, entschuldige.« Tara legte ihre Handflächen aneinander und klemmte die Hände zwischen ihre Knie, als ob sie
sich Mühe geben musste, sie ruhig zu halten. Dann verzog sie
das Gesicht, als Blut aus dem Schnitt quoll. »Ich fühle mich so
nervös. So gelangweilt. So traurig. Ich weiß überhaupt nicht
mehr, wie ich mich fühle.«

»Gestern Abend habe ich über Rachel und ihre Arbeit
nachgedacht«, sagte Beth. »Sie hat da so viel reingesteckt, und
jetzt geht es einfach den Bach runter. Ich würde SmoothPebble
so gerne zum Laufen bringen. Aber allein schaffe ich das nicht.

Und ich bauche finanzielle Absicherung, weil die Finanzierung das war, was Rachel aufgehalten hat. Und ein Köpfchen fürs Geschäftliche habe ich auch nicht, deshalb ...«

»Bittest du mich gerade um Hilfe?« Tara hielt ihren Kopf gesenkt und fragte mit ruhiger Stimme.

»Ich glaube, das tue ich.«

»Okay. Dann hätte ich eine richtige Aufgabe.«

»Aber ich dachte, die Arbeit für deinen Vater ...«

»Mit ihm arrangiere ich mich schon. Das wird eine Nebenbeschäftigung für mich. Ach Beth, das ist aufregend! Wo sollen wir anfangen? Hast du die Pläne für

SmoothPebble da? Die Namen und Maßangaben für die Verbindungen und Inhaltsstoffe, um die Produkte herzustellen? Wie viel Geld brauchen wir?«

Mit diesen ganzen Fragen konfrontiert, merkte Beth, wie wenig sie über Rachels Geschäftsidee eigentlich wusste.

»Verbindungen?«

»Du weißt schon ... die Substanzen, die sie zu beschaffen versucht hat. Ich glaube, Daddy wollte sich beteiligen, damit seine Firma sich ein grasgrünes Umweltsternchen verdienen kann.«

»Das verstehe ich nicht.«

»Rachel wollte Zugang zu einem seiner Steinbrüche. Du errätst nie, zu welchem.«

»Steinbruch? Du meinst doch nicht ... Nein. Nicht zu dem, wegen dem du ... du weißt schon ... das würde sie doch nicht tun. Oder?«

»Doch.«

Beth ließ sich aus dem Sessel gleiten. Ihr Kopf dröhnte von der Tragweite dessen, was Tara gerade gesagt hatte. Das stellte den Tod ihrer Schwester in einem ganz neuen Licht dar.

Oder in Dunkelheit.

———

Annie beobachtete ihre Tochter, die barfuß in die Küche kam. Die junge Frau wirkte abgespannt.

»Jessica, es würde dir nicht schaden, wenn du dich ein bisschen hübsch machen würdest. Wir können heute wieder ins Restaurant, ich kann es gar nicht erwarten, David hab ich schon angerufen, wir treffen ihn dort.«

»Ich habe schlecht geschlafen. Meinst du nicht, ich könnte heute einen Tag frei bekommen?« Jessica ließ sich auf einen Stuhl fallen und zog den seidenen Morgenmantel enger um ihre Taille.

»Bist du verrückt geworden? Los geht's, hopp hopp! Iss dein Frühstück und dann kommst du mir nach in die Stadt!«

Annie kippte den Rest ihres Kaffees in die Spüle und ließ das Wasser so lange laufen, bis kein Rest Kaffee mehr zu sehen war. Sie schaute über ihre Schulter. »Du bist in letzter Zeit ganz schön launisch. Warum denn?«

»Ich glaube, du kannst dir genau denken, warum. Ein Mädchen, mit dem ich auf der Schule war, ist umgebracht worden. Taras Therapeutin ist umgebracht worden. Und du willst, dass ich einfach aufstehe und einen Tanz aufs Parkett lege?« Jessica schloss ihren Mund, so als ob sie befürchtete, dass sie zu viel sagen würde, wenn sie sich nicht zurückhielt.

»Darling, ich meine nicht nur in der letzten Woche. Du bist jetzt schon seit Ewigkeiten so. Ich hätte gedacht, dass du dich überschwänglich über das freust, was ich in so kurzer Zeit auf die Beine gestellt habe.«

»Das verstehe ich schon, aber es ging ehrlich gesagt fast etwas zu rasant für meinen Geschmack.«

Annie schlug mit der nassen Hand auf den Tisch und Jessica erzitterte. Gut. Sie mochte es, dass sie es immer noch schaffte, ihre Töchter zu verunsichern. Das hielt sie auf Trab. Hielt sie auf Linie. Auch wenn Matthew sich Tara gekrallt hatte, machte sie sich darüber keine Sorgen. Sie wusste, wie sie das Mädchen wieder auf ihre Seite bringen würde.

»Ein voller Terminkalender ist der Inbegriff von Erfolg«,
sagte sie. »Man kann sich nicht einfach zurücklehnen und
anderen die Chance geben, seinen Platz einzunehmen. Was ich
mache, mache ich für dich. Und natürlich für deine Schwester.
Dir wird ja klar sein, dass alles für euch beide ist.«

Als Jessica neben ihr stand, reichte sie Annie gerade bis
zum Kinn. Sie nahm ihre Schultern zurück. »Ich glaube nicht,
dass das stimmt.«

»Du redest Unsinn.« Annie richtete sich auf. Ihre Knöchel
verkrampften sich in den hohen Schuhen, aber sie wollte ihre
Tochter mehr als deutlich spüren lassen, wer genau bei ihnen
das Sagen hatte. »Dieses Haus ist seit Generationen im Besitz
meiner Familie. Es wird ein Erfolg werden, genauso, wie mein
Restaurant ein Erfolg werden wird. Und egal, was du dir
vorstellst – du wirst an meiner Seite sein und richtig hart
arbeiten.«

»Hör zu, Mum, ich bin mir nicht sicher, dass das wirklich
das ist, was ich mit meinem Leben machen will.«

»Wenn du mich im Stich lässt, Jessica, dann wirst du auf die
harte Tour lernen, warum Familie zählt.«

»Familie? Dass ich nicht lache. Was ist mit dir und Dad?
Ihr habt euch getrennt, steuert auf die Scheidung zu. Für mich
sieht es so aus, als ob du dich nicht besonders um unsere
Familie scherst.«

Es juckte sie in den Fingern, ihr eine runterzuhauen, aber
Annie ballte ihre Hände zu Fäusten und behielt sie am Körper.
»Wenn ich von Familie spreche, dann schließt das euren Vater
nicht mit ein. Mit seinen verdammten Affären hat er wirklich
sein Möglichstes getan, um mich fertig zu machen. Aber ich
habe meine Frau gestanden. Sein missratener Schwanz hat es
nicht geschafft, mich in die Knie zu zwingen. Was er getan
hat ...« Sie entspannte ihre Fäuste und hielt sich die Hand vor
den Mund, um nicht noch mehr zu sagen.

»Was hat er denn getan?«, fragte Jessica. Sie hatte wohl die

Alarmglocken in Annies Stimme wahrgenommen, denn sie trat einen Schritt zurück, weg von ihrer Mutter, und bedachte sie mit einem abschätzigen Kopfschütteln. »Hat er noch etwas anderes getan, als minderjährige Mädchen zu begrabschen? Etwas anderes, als meine Freundinnen zu missbrauchen? Ist es das, was du meinst? Das brauchst du nicht zu verschweigen.«

»Wovon sprichst du? Dein Vater hat vielleicht gern jungen Mädchen nachgeschaut, aber er hat deine Freundinnen niemals angerührt.«

»Das denkst du.« Jessica verschränkte ihre Arme mit Genugtuung und zeigte so, dass sie diesmal einen klitzekleinen Triumph über ihre Mutter erlangt hatte.

Annie versuchte schnell, ihre Gedanken zu ordnen, bevor sie sich setzte. Sie klopfte auf den Stuhl neben sich. »Setz dich, Jessica. Wir müssen uns unterhalten.«

»Ich unterhalte mich nicht mit dir, wenn Tara nicht auch dabei ist. Sie soll deine Lügen auch hören. Wo ist sie überhaupt?«

»Sie ist gestern noch ausgegangen. Es war schon spät.«

»Du hast sie in ihrem Zustand aus dem Haus gelassen? Hast du gesehen, was sie gemacht hat?«

»Und was genau soll das gewesen sein? Soll ich dir das abnehmen, was du dem Detective erzählt hast? Oder hast du sie angegriffen?« Annie schaffte es nicht, ein süffisantes Lächeln zu verbergen.

»Du denkst doch sowieso, was du willst«, sagte Jessica. »Das tust du immer. Nicht einmal in meinem Leben hast du mir etwas geglaubt, wenn Tara etwas anderes behauptet hat. Das ganze Getue als sie neun war, als sie diese Lügenmärchen über Daddy erzählt hat. Und als ich dir die Wahrheit erzählen wollte, hast du nicht einmal zugehört. In deinen Augen ist Tara hier der Star in der Manege und nicht ich.«

»Warum bist du dann hier und nicht sie? Sag mir das? Und übrigens, Eifersucht steht dir überhaupt nicht, meine Liebe.«

Annie bereute jetzt, dass sie den Kaffee in die Spüle geschüttet hatte. Etwas für die Nerven hätte ihr gutgetan. Sie wollte nicht mit ihrer Tochter streiten. Sie wollte überhaupt mit niemandem streiten, aber Jessica forderte sie ja geradezu heraus.

»Die Einzige, die hier eifersüchtig ist, bist du«, fauchte Jessica. »Ich halte es nicht mehr aus. Die ganze Zeit katzbuckle ich vor dir, wobei ich doch genau weiß, dass du unsagbar eifersüchtig auf Daddy bist und auf den Gewinn, den er mit seinem Steinbruchgeschäft jetzt auch noch im Vereinigten Königreich einfährt. Das frisst dich auf. Und das ruiniert mein Leben und ich lasse mir das nicht mehr länger gefallen. Seit wir kleine Kinder waren, hast du versucht, uns zu kontrollieren. Bei Tara hast du es fast geschafft, sie ins Verderben zu stürzen, aber sie hat sich gewehrt und jetzt ... ich weiß nicht, was du gesagt oder getan hast, aber ich glaube, jetzt kann ihr nicht mehr geholfen werden.«

Annie sprang vom Stuhl auf und griff nach dem Haar ihrer Tochter, bevor die die Küche verlassen konnte. Sie wickelte sich die langen Locken um die Hand und zog scharf daran, wobei sie ihre Tochter mit einer Kraft an sich riss, von der sie vergessen hatte, dass sie sie besaß. Mit beißender Stimme flüsterte sie Jessica aus nächster Entfernung ins Ohr: »Schon ganz andere haben dafür bezahlt, sich mit mir angelegt zu haben. Wage es nicht, Jessica Fleming. Wage es verdammt noch mal ja nicht.«

Sie ließ sie los und schaute Jessica nach, die mit dem wallenden Seidenmorgenmantel über dem Arm aus dem Raum floh. Als sie an sich hinunterblickte, war sie überrascht, einige lange Haarsträhnen um ihre Finger gewickelt zu sehen.

Sie wusch ihre Hände in der Spüle mit einer antibakteriellen Seife, trocknete sie wütend mit einem weichen Handtuch. Dann hob sie ihre Tasche vom Boden auf und klemmte sie sich in die Armbeuge. Mit einem kurzen Blick in den Garderobenspiegel verließ sie das Haus und fuhr zur Arbeit.

FÜNFZIG

Lottie parkte hinter der Wache und ging gerade um das Gebäude herum, als ihr Handy klingelte.

»Was gibt's, Chloe?«

»Ach, Mam, du wirst es nicht glauben, das Schlimmste, was uns passieren konnte, ist eingetreten.«

Ihre Tochter schluchzte und Lottie stellten sich die Härchen auf. Sie richtete sich auf und bohrte sich ihre Fingernägel in die Handfläche ihrer freien Hand.

»Ist was mit Sean? Geht es ihm gut? Verdammt, Chloe, sag es mir.«

»Nicht Sean. Schlimmer. Viel schlimmer.«

»Katie oder Louis? Verdammt noch mal, Chloe, spuck es aus!« Lottie ging einen kleinen Kreis, mitten durch eine Schlammpfütze. Das Herz pochte in ihrer Brust.

»Das Hotel ist überschwemmt, Mam. Sie haben mich angerufen, um zu stornieren. Sie haben es bei dir probiert, aber das Handy muss aus gewesen sein oder auf stumm. Sie können die Hochzeit am Samstag nicht ausrichten. Kannst du das glauben? Oh mein Gott, was machen wir denn jetzt?«

Erleichtert atmete Lottie tief aus. »Das ist alles? Ich hatte

schon Angst, dass jemand gestorben ist. Ich hab schon genug
Leichen, die reichen mir für ein ganzes Leben. Mach dir keine
Gedanken. Ich finde schon eine Lösung.«

»Eine Lösung finden? Mam! Was sollen wir nur machen?«

»Die Hochzeit muss ja nicht unbedingt an diesem Samstag
stattfinden. Es wird sowieso nur eine kleine Feier. Wir können
sie verschieben.« Auf einmal hörte sich das nach gar keiner so
schlechten Idee mehr an. Sie steckte sowieso schon bis zum
Hals in Arbeit, erzielte nicht viele Fortschritte, und jetzt kam
auch noch der Mord an Hazel Clancy dazu. Sie war dem Täter
immer noch nicht auch nur einen Schritt näher gekommen als
an Tag eins, geschweige denn nahe genug, um ihm Handschellen anzulegen.

»Du wirst diese Hochzeit nicht verschieben«, schrie ihre
Tochter hysterisch. »Wir müssen einen anderen Ort finden.
Und zwar schnell. Ich muss ja allen Bescheid geben. Weißt du
eigentlich, was das für ein Aufwand ist?«

»Chloe, Süße, das ist doch keine große Sache. Schick den
Gästen doch eine WhatsApp Nachricht.«

»Katie kommt extra dafür nach Hause, oder hast du das
schon vergessen? Das ist eine Katastrophe und ich muss später
auch noch arbeiten.«

»Ich habe auch zu tun. Können wir das heute Abend
besprechen? Ich kann ins Fallon's kommen und wir können uns
dort unterhalten.« Als Lottie ihren letzten Kreis abschritt, sah
sie, wie Annie Fleming ihr Auto auf der gegenüberliegenden
Straßenseite abstellte. Ein Idee keimte in ihr auf. »Hör zu,
Chloe, brich noch nicht in Panik aus. Ich habe eine Idee. Ich
rufe dich zurück.«

———

Der Wind pfiff durch den dünnen Stoff ihrer Kleidung und
Maddy zitterte. Mit ihrer guten Hand hielt sie die Tüte mit der

Milch und dem Brot gut fest. Sie fühlte sich schwach und hoffte, dass sie sich keine Erkältung eingefangen hatte. Hoffte, dass sich ihr Arm nicht entzündet hatte. Aber da war ja keine offene Wunde, also warum machte sie sich so dumme Gedanken? Schade, dass sie Ellens Rad nicht mehr hatte. Damit würde es viel schneller gehen. Vielleicht sollte sie Detective Boyd fragen, ob sie es vielleicht behalten konnte, wenn es sonst keinem gehörte. Der Einfall verlieh ihren Schritten etwas Elan.

Als sie am Ende der Häuserreihe um die Ecke bog, fiel ihr ein Mann auf, der an eine zerfallene Mauer gelehnt dastand und mit der Fußspitze in einer Pfütze auf dem Weg Kieselsteine herumschob. Er drehte den Kopf zu ihr und sie starrten sich in gegenseitigem Erkennen an. Maddy verschluckte sich fast an einem Windstoß und unterdrückte ein Hüsteln, während sie überlegte, ob sie auf der Stelle kehrtmachen oder lässig an ihm vorbeischlendern sollte. Ein Blick über die Schulter sagte ihr, dass David Crawley nicht weit hinter ihr war. Was war das geringere Übel? David wahrscheinlich.

Bevor sie eine Entscheidung treffen konnte, trat Pferdeschwanzmann auf sie zu und ergriff ihren Arm.

»Maddy, wir müssen uns wirklich unterhalten. Ich möchte dir keine Angst machen, aber ich glaube, dass du in Gefahr bist.«

»Ja, genau! In Gefahr wegen Ihnen, Sie Arschloch! Lassen Sie mich los.« Sie versuchte, sich von ihm loszureißen, aber er packte sie fester.

»Ich schwöre es dir, ich tue dir nichts, aber du musst mir zuhören. Ich habe Ellen gekannt. Wir haben uns oft unterhalten. Sie hat dich erwähnt. Du hast sie schwer beeindruckt und es gibt etwas, das du wissen musst. Bitte, Maddy.«

Sein Blick war nicht bedrohlich, eher schon flehend. Hinter sich hörte sie Davids Schritte auf dem nassen Bürgersteig.

»Ich weiß nicht«, sagte sie.

»Ich habe ein Auto.« Er trat zum Bordstein und öffnete die Tür.

Machte sie gerade den größten Fehler ihres Lebens? Sie schaute die Straße entlang zu ihrem Haus und dachte an den kleinen Trey, der bald aufwachen würde, und an Simon, der auf die Milch für seinen Kaffee wartete. Was würde Ellen machen? Neugierige Katzen verbrennen sich die Tatzen, den Spruch kannte sie. Aber bevor ihr überhaupt bewusst wurde, dass sie sich entschieden hatte, war sie schon auf die Straße getreten und hatte sich in das Auto gesetzt.

Als sie losfuhren, sah sie David, der ihr außer Atem zuwinkte, sie zurückrief. Sie stellte die Tüte mit Brot und Milch auf den Fußboden unter dem Beifahrersitz und legte den Sicherheitsgurt an.

»Wie heißen Sie richtig?«, fragte sie.

»Habe ich dir schon gesagt. Sag bitte du zu mir. Brendan. Brendan Healy, und du wirst mir dankbar sein für das, was ich hier tue.«

»Da bin ich mir noch nicht so sicher.«

»Du bist ein Risiko eingegangen.«

»Und es zahlt sich besser aus.« Oder ich bin mausetot, dachte sie.

————

Annie Fleming sperrte ihren Wagen zu und duckte sich unter einen weiten, schwarzen Regenschirm, als es wieder stärker zu regnen begann.

Lottie ging über die Straße. »Hi, Annie. Kann ich Ihnen helfen?«

»Ich habe gehofft, dass ich Sie hier antreffe. Ich wollte mich erkundigen, wie Sie mit den Ermittlungen vorankommen. Rachels Tod und so weiter.«

»Es ist noch früh am Tag. Viel zu tun. Viele Leute, die wir vernehmen müssen.«

»Aber inzwischen haben Sie doch bestimmt schon irgendwelche Erkenntnisse.«

»Natürlich«, log Lottie. Sie reagierte gereizt. Sie ließ sich nicht gerne unter Druck setzen. »Wann öffnen Sie das Restaurant wieder?«

»Morgen Abend. Aber ich mache mir immer noch Sorgen. Ich würde es Matthew zutrauen, noch etwas anderes zu probieren.«

Lottie schüttelte erschöpft den Kopf und fragte sich, welchen Grund Matthew Fleming eigentlich haben könnte, Annies Geschäft derartig zu sabotieren. »Ich habe gestern Abend noch mit Ihrem Exmann gesprochen. Haben Sie irgendwelche stichfesten Beweise, dass er Ihrem Business schaden möchte?«

Annie hielt den Schirm über Lottie und sie rückten enger zusammen, fast verschwörerisch. »Nein, aber ich habe jahrelang mit diesem Soziopath zusammengelebt und habe so meine Erfahrungen. Merken Sie sich meine Worte gut: Matthew hat seine dreckigen Pfoten im Spiel, was Rachel Mullens Tod angeht, und wahrscheinlich hat er auch Dr. Gormley etwas getan.«

»Ich denke, dass Sie sich mit solcherlei Behauptungen auf sehr unsicheren Grund begeben.«

»Ich sage das nur *Ihnen*, Lottie, ich poste es nicht auf Twitter.« Annie lächelte. »Matthew und ich hatten unsere Kämpfe. Lang und blutig, metaphorisch ausgedrückt, und meines Wissens hat er noch nie jemanden umgebracht. Wahrscheinlich hat er Rachel weder direkt noch absichtlich umgebracht, aber, ich kann mir nicht helfen, ich glaube, dass er etwas damit zu tun hat. Bitte versprechen Sie mir, dass Sie ihn gründlich überprüfen.«

»Ich überprüfe jeden gründlich, der mit Rachel in Verbindung stand.« Lottie machte einen Schritt und merkte, dass sie wieder im Regen stand. Sollte sie sagen, was ihr durch den Kopf gegangen war, als sie mit Chloe telefoniert hatte? War das völlig abwegig?

»Mehr kann ich wohl nicht erwarten.« Zweifel schwang in Annies Stimme mit. Dann strahlten ihre Augen auf. »Gestern Abend war so schön, und es würde mich freuen, wenn Sie irgendwann in mein Restaurant kommen würden. Ich möchte Sie gern von Davids ausgezeichneten kulinarischen Köstlichkeiten kosten lassen.«

»Ich werde es Sie wissen lassen.« Lottie brummte der Schädel von den Möglichkeiten und Konsequenzen, die das, was sie gleich sagen würde, eröffnen könnte. »Annie, darf ich Sie um etwas bitten? Es handelt sich mehr um einen Gefallen.«

»Um was geht's denn?«

Ist das hier moralisch korrekt?, fragte sie sich. Aber es würde ihr Problem auf einen Schlag lösen. »Es ist so, während dem Sturm gestern Nacht ist das Brook Hotel überschwemmt worden, und dort sollte doch am Samstag meine Hochzeit stattfinden – nur eine kleine Feier, dreißig Leute oder so – aber jetzt ...«

»Sie müssen gar nicht weitersprechen«, sagte Annie aufgeregt. »Ich kümmere mich augenblicklich darum. Das Restaurant ist zu klein, aber Molesworth House ist perfekt. Sie können die Cottages zum Umziehen benutzen. Ach, ich habe Ihnen ja die Kapelle gar nicht gezeigt. Das würde sich wunderbar für die Zeremonie eignen.«

»Sie müssen sich keine großen Umstände machen. Es ist nur eine bescheidene Angelegenheit. Ich will kein großes Tamtam und kein Fünfgängemenü. Finger Food wäre großartig.« Chloe würde sie umbringen.

Annie wollte nichts davon wissen. »Überlassen Sie ruhig alles mir. Ich rufe Sie später an und sage Ihnen, was ich auf die

Schnelle auf die Beine stellen kann. Ach Lottie, Sie haben meinen Tag gerettet!«

Lottie wich zurück, als Annie sie umarmen wollte. Vom Schirm fielen dicke Tropfen auf ihren Rücken.

»Hier ist die Nummer meiner Tochter, Chloe. Meine Tochter organisiert das Ganze, nicht ich.« Sie sendete die Nummer an Annies Handy.

»Perfekt. Und Lottie? Bitte halten Sie mich auf dem Laufenden, wenn Sie Fortschritte bei den Ermittlungen machen.« Annie drückte auf den Autoschlüssel. »Es wäre toll, wenn Sie den Fall schon bis Samstag gelöst hätten und sich entspannen könnten. Das ist die erste Hochzeit, die ich organisiere! Ich kann's gar nicht erwarten, das Jessica zu erzählen! Tschüss!«

Lottie trat unter das Schutzdach über dem Eingang zur Wache und schaute zu, wie die roten Rücklichter die Straße hinunter verschwanden. Sie war sich ganz und gar nicht sicher, ob Annie Fleming Freund oder Feind war. Welche moralischen und beruflichen Grenzen überschritt sie hier gerade? Aber zur Hölle damit. Wenn Annie es schaffte, ihre Hochzeit zu retten, dann konnte sie vorläufig ihre Freundin sein. Was danach passierte, das stand sowieso in den Sternen.

EINUNDFÜNFZIG

McKeown und Kirby blickten aufgeregt auf, als Lottie ins Büro kam. Sie zog ihre nasse Jacke aus und schüttelte sie aus, bevor sie sie über die Rücklehne ihres Stuhles hängte und wieder in das Hauptbüro hinaustrat.

»Was?«, fragte sie.

»McKeown sollte einen Oscar bekommen«, sagte Kirby mit einem ungewöhnlichen Glitzern in den Augen.

»Ach, wen haben Sie denn jetzt schon wieder verführt?«, fragte sie und bereute ihre Worte noch im selben Augenblick. »Ich meine ...«

»Ist schon gut, Chefin«, sagte McKeown. »Ich weiß, dass ich gut ankomme.«

»Da bin ich mir ziemlich sicher.« Sie warf einen Blick in die Zimmerecke, um zu sehen, ob Lynch zuhörte. Sie wollte ihre Worte nicht als sexuelle Belästigung am Arbeitsplatz ausgelegt bekommen. Sie hatte schon genug Scheiße auf ihrem Teller, sie brauchte das nicht auch noch als Beilage. »Was haben Sie herausgefunden?«

»Nachdem ich Andy hierhergebracht hatte, bin ich zu Dr. Gormleys Praxis gefahren. Ihre persönliche Assistentin ist eine ziemliche Plaudertasche, besonders, wenn es darum geht, dass ihre Chefin ermordet worden ist. Cappuccino trinkt sie auch gerne.«

»Das haben Sie nicht gemacht.«

»Doch, schon. Hab sie in ihrer Pause ausgeführt.«

»Schon ein bisschen moralisch verwerflich, oder?«, fragte Lottie und wand sich innerlich, als sie an ihr eigenes Hochzeitsarrangement mit Annie Fleming dachte. Lynch kicherte, und Lottie lächelte, um dem Kommentar die Schärfe zu nehmen. Sie wusste, dass sie selbst genau das gleiche wie McKeown machen würde, wenn es dazu beitragen würde, einem stagnierenden Fall neuen Schwung zu geben.

»Kann schon sein, aber ich habe etwas Nützliches herausgefunden – wobei wir natürlich erst bestätigen können, ob es wirklich stimmt, wenn wir eine gerichtliche Verfügung haben und die Information auf legalem Weg einsehen …«

»Herrgott, McKeown, nun erzählen Sie schon.«

»Sie werden begeistert sein«, sagte er. »Rachel Mullen war eine Patientin von Dr. Gormley.«

»Wirklich? Das ist interessant«, sagte Lottie. Tara Fleming war auch eine Patientin, und Maddy Daly behauptete, eine Freundin der Ärztin und eine frühere Patientin zu sein. Sie hatte keine Ahnung, ob sie alle auf irgendeine Art Teil der Lösung waren. Hatte es jemand auf die Patienten der Ärztin abgesehen? War es wirklich so einfach? Und wenn, dann wer und warum?

»Wir müssen schleunigst eine richterliche Verfügung erwirken, um an Dr. Gormleys Patientenakten zu kommen. Alle könnten mögliche Zielpersonen sein.«

»Das habe ich mir gedacht, dass Sie vor Freude die Decke hochgehen«, sagte McKeown und Lynch lachte wieder spöttisch.

»Ja, danke, das würde ich schon gerne, aber ich bin fix und fertig. Drei tote Frauen und eine Hochzeit übermorgen.

Glauben Sie nur nicht, dass ich genug Energie zum Gehen habe, geschweige denn die Decke hoch.«

McKeown fuhr sich mit der Hand über den kahlrasierten Schädel. »Sie hat auch noch einen anderen Namen verraten. Eine Frau, die auch zu der Party am Montagabend eingeladen war, aber nicht hingegangen ist, und die jetzt auch tot ist.«

»Oh Scheiße«, sagte Lottie. »Hazel Clancy?«

»Ganz genau«, sagte McKeown. Er strahlte vor Stolz. »Ich habe den Namen fallen lassen und die Assistentin hat gesagt, dass sie auch auf der Patientenliste steht.«

»Wir haben Hazel Clancy gar nicht vernommen«, sagte Lottie.

»Dafür ist es jetzt auch zu spät«, fügte Kirby überflüssigerweise hinzu. »Aber ich habe mit ihr vor ein paar Tagen am Telefon gesprochen.«

»Bis jetzt ist die einzige Verbindung, dass sowohl Rachel als auch Hazel beide auf die Party am Montag eingeladen waren, und dass beide in Therapie bei derselben Ärztin waren. Wurden sie wegen etwas umgebracht, das sie Ellen anvertraut haben?«

»Ich spreche besser noch mal mit der Assistentin«, sagte McKeown.

»Können Sie auch mit Jessica Fleming sprechen? Rausfinden, ob die Flemings Hazel kannten?« Sie sah Boyds leeren Stuhl. »Wo ist Boyd? Er war doch mit mir in aller Früh schon in Clancys Wohnung.«

»Er war kurz hier und hat seine E-Mails und Anrufe gecheckt«, sagte Lynch. »Dann hat er irgendwas von Maddy Daly und nach dem Rechten sehen gemurmelt.«

»An dieser jungen Dame hat er eindeutig einen Narren gefressen«, sagte Kirby und angelte sich einen Schokoriegel aus einer Schublade, während er seinen Computer einschaltete.

»Hat die Anzuganprobe eigentlich schon stattgefunden?«, wollte Lottie wissen. Ihre Stimme klang genervt. Was zum

Teufel hatte Boyd vor? Von der Planänderung musste sie ihm auch noch erzählen.

»Schon erledigt. Ich werde ausschauen wie ein gestopfter Truthahn.« Er schob sich das letzte Stückchen Schokolade in den Mund. »Apropos: Was gibts eigentlich zu essen?«

»Sie können von Glück reden, wenn es überhaupt etwas zu essen gibt.«

Sie erzählte von der Überschwemmung im Brook Hotel.

»Und was machen Sie jetzt?«, fragte McKeown.

»Chloe kümmert sich um eine andere Örtlichkeit.«

»Boyd wird nicht gerade begeistert sein, dass die Pläne so über den Haufen geworfen wurden«, sagte Kirby.

»Wie ich schon sagte, es ist fast schon alles wieder geregelt.« Sie wechselte das Thema. »Hatten wir Glück mit den Überwachungskameras bei Hazels Wohnkomplex?«

»Ich habe Garda Brennan bei dem Gebäudemanager gelassen, damit sie sich das Chaos der Kameraaufnahmen zusammen ansehen. Aber ich würde mich nicht groß auf ein positives Resultat verlassen. Es hat sich herausgestellt, dass Hazel ihre Wohnung gehört, aber sie zahlt eine Gebühr und die Hausverwaltung für die Wartung und Sicherheit. Deshalb hatten die dort überhaupt einen Schlüssel.«

»Und dann geben die den einfach so an Andy Ashe heraus«, sagte Lottie und seufzte. »Was ist mit den Befragungen vor Ort?«

»Beamte sind gerade dabei. Sobald die Berichte hereinkommen, werde ich alles Wichtige zusammenfassen.»

»Gut. Wir müssen herausfinden, wann sich Hazel Clancy wo aufgehalten hat. Lynch, überprüfen Sie ihre Social Media Konten und bitten Sie Gary, sich ihr Handy anzuschauen. Und prüfen Sie, ob Tara Fleming am Montagabend auf einen Flug nach London gebucht war. Falls das stimmt, dann können wir immer noch prüfen, was sie danach gemacht hat. Wir brauchen jetzt noch nicht unnütz Ressourcen verschwenden.«

»Wir müssen Andy Ashe vernehmen«, sagte Kirby.

»Ja klar«, stimmte Lottie zu, »aber jetzt erst einmal zurück zu Ellen Gormley. Hatte schon jemand Erfolg beim Entziffern der Seiten, die hinter dem Bücherregal gefunden wurden?«

Kirby und McKeown zuckten mit den Schultern. Lynch übernahm. »Sie haben gesagt, dass Sie sie sich selbst ansehen, aber wenn Sie möchten, dann kann ich das gerne übernehmen.«

»Machen Sie das bitte.« Lottie war jetzt froh, ihren Berg an Arbeit ein wenig delegieren zu können. »Die müssen irgendwo auf meinem Schreibtisch sein. Hat schon irgendwer nachverfolgt, ob Ashe wirklich mit der Peron im Bett war letzte Nacht, von der er es behauptet?«

»Ja. Sein Alibi ist bestätigt worden«, sagte Kirby.

»Ich brauche die Ergebnisse von Hazels Obduktion, damit wir den Todeszeitpunkt haben. Rufen Sie in ihrer Arbeit an, um herauszufinden, wann sie dort zuletzt gesehen worden ist. Wir müssen irgendwie einen zeitlichen Ablauf konstruieren.«

»Ich rufe die Rechtsmedizin an und finde heraus, wann ihre Obduktion angesetzt ist«, bot Lynch übereifrig an.

»Kirby.« Lottie wandte sich Richtung Tür. »Jetzt wollen wir mal ein Wörtchen mit unserem Mr Ashe reden.«

Lottie stellte eine Tasse Kaffee vor Andy Ashe und schaute zu, wie er drei große Schlucke nahm.

»Danke«, sagte er. »Brandy wäre noch besser gewesen.«

»Das bekommst du hier drinnen nicht«, meinte Kirby und lachte. »Sparmaßnahmen.«

Er schaltete das Aufnahmegerät an und rezitierte das übliche Mantra.

»Brauche ich einen Anwalt?«, fragte Andy.

Lottie verzog das Gesicht. Sie wollte ihn sofort und ohne Verzögerung vernehmen, und wenn sie jetzt erst wieder auf einen Anwalt warten mussten, dann würde das das Ganze um

Stunden verzögern. »Das hier ist eine Unterhaltung. Glauben Sie, dass Sie einen brauchen?«

»Ich habe nichts gemacht.«

»Na dann«, sagte sie.

Kirby ging noch mal die grundlegenden Fragen durch, die sie auch an Hazels Wohnung schon gestellt hatten. Als das abgehakt war, fing sie erst richtig an.

»Andy, ich möchte Ihnen wegen der Spuren von Drogen, die wir in Hazels Apartment gefunden haben, ein paar Fragen stellen.«

»Davon weiß ich gar nichts. Mein Dämon ist der Alkohol. Ich habe in meinem Leben noch nichts Stärkeres angefasst.«

Lottie fiel auf, dass er seine Sonnenbrille nicht trug, aber trotzdem fasste er sich automatisch an den Kopf, wie um sie über seine Augen zu schieben.

»Wir haben eine geringe Menge von – augenscheinlich – Kokain auf ihrem Tisch gefunden. Hat sie regelmäßig Drogen genommen?«

Andy zuckte mit den Schultern.

»Du musst die Frage beantworten«, forderte Kirby ihn auf.

»Okay. Ich glaube schon, ja.«

»Schon immer, oder erst seit Kurzem?«

Er schloss konzentriert die Augen, dann öffnete er sie wieder und schaute Lottie direkt an. »Vor ungefähr sechs Monaten hat sich Hazel ziemlich verändert. Sie war extrem unausgeglichen. Ich wusste von einem Tag auf den andern nicht, was mich erwarten würde und in welcher Stimmung sie sein würde.«

»War sie in einer Beziehung? Freund oder Freundin?«, fragte Lottie.

»Nicht in letzter Zeit. Glauben Sie, dass sie vielleicht sitzengelassen worden ist und dass das ihre Stimmung beeinflusst hat?«

»Was meinen denn Sie?«

»Keine Ahnung. Sie hat nie über persönliche Dinge gesprochen. Mit mir jedenfalls nicht.«

»Gab es in der Arbeit jemandem, mit dem sie enger befreundet war?«

»Ich glaube nicht. Keiner von uns konnte sie besonders gut leiden.« Er wurde rot. »Ich meine ... nicht so, dass wir sie umbringen würden. Sie war ja immerhin unsere Chefin, aber, wissen Sie ...«

»Nein, ich weiß es nicht.«

»Wir haben hinter ihrem Rücken über sie gelästert. Aber das ist ja bei Vorgesetzten ganz normal, oder?« Er zwinkerte Kirby zu.

Lottie sagte, »Andy, falls Sie sich daran erinnern können, mit wem sie eine Beziehung hatte, dann möchte ich das wissen.«

»Hab ich Ihnen doch schon gesagt. Sie hat nie etwas erzählt. Ich glaube einfach, dass irgendetwas passiert ist, das ihre Stimmung so beeinflusst hat. In letzter Zeit war es schlimmer als je zuvor.«

»Wegen dem, was sie genommen hat? Kommen Sie schon, Andy, ich glaube, dass Sie mehr wissen, als Sie sagen.«

Er rutschte auf dem Stuhl hin und her und biss sich auf die Lippe. Lottie widerstand der Versuchung, sich über den Tisch zu beugen und die Antworten aus ihm herauszuschütteln.

»Kann ich dafür festgenommen werden?«, fragte er schließlich.

»Das kommt darauf an, wovon Sie sprechen.« Lotties Haut kribbelte. Sie spürte, dass sie vor dem Durchbruch stand, den sie sich so sehnlich herbeiwünschte.

»Davon, dass ich ihr einen Namen genannt habe.«

»Von welchem Namen sprechen Sie?«

Ashe stieß einen gequälten Seufzer aus und verkrampfte seine Hände. »Eines Morgens, das ist schon ganz schön lange her, war Hazel in der Kantine. Sie weinte. Richtig hysterisch.

Rotz tropfte ihr aus der Nase, und das ganze Gesicht war mit Mascara verschmiert. Sie hatte noch die Sachen vom Tag vorher an, was völlig uncharakteristisch war, da sie eigentlich immer so sehr auf ihren Stil achtete. Ich habe sie gefragt, ob ich was für sie tun kann. Sie hat gesagt, dass ich mich verpissen soll.«

»Und?«

»Und das habe ich nicht gemacht. Sie war in so einem üblen Zustand, sie hat mir leidgetan. Ich dachte, dass jemand gestorben ist. Aber sie hatte ja keine Familie. Ein Einzelkind, und ihre Eltern waren tot. Und soweit ich wusste, hatte sie auch keine Freunde ...«

»Können Sie mir sagen, worüber Sie gesprochen haben?« Jetzt gerade wollte Lottie nicht Hazels ganze Lebensgeschichte hören. Sie wollte nur den Namen wissen, den er ihr genannt hatte.

»Über nicht viel, um ehrlich zu sein. Sie weinte die meiste Zeit. Ich streckte meine Hand aus, um sie zu trösten, und sie sprang von ihrem Stuhl auf und stürzte sich auf mich. Hat mir ihre Fingernägel in den Unterarm gerammt. Das hat geblutet. Ich habe schon überlegt, ob ich mir eine Tetanusimpfung geben lassen sollte ...« Anscheinend sah er Lotties bösen Blick. Er setzte sich auf. »Sie sagte, dass sie etwas braucht, das sie wiederherstellt.«

»Wiederherstellt? Was hat sie damit gemeint?«

»Das habe ich sie auch gefragt, und sie sagte, dass sie einen Kick braucht.«

»Einen Kick?«

»Ich dachte, dass sie von Gras redet, aber das war es ganz und gar nicht. Sie wollte Koks.«

»Und Sie kannten jemanden, der ihr das besorgen konnte?« Andy Ashe steckte voller unerwarteter Überraschungen, dachte Lottie.

»Ja, ich hatte von diesem Typ gehört ... ich habe ... ich habe noch nie in meinem Leben Drogen angerührt. Ich bin schon jetzt genug am Arsch.«

»Weiter.«

»Ich bin Alkoholiker. Ich weiß, dass ich ein Problem habe. Als diese Sache mit Hazel passiert ist, war ich seit sechs Monaten trocken. Aber in meinen dunklen Tagen habe ich viele seltsame Leute kennengelernt. Kiffer und dergleichen. Und da ist dieser Name ziemlich regelmäßig gefallen. Als Hazel mich gefragt hat, hab ich ihn ihr genannt.«

»Welchen Namen?« Lottie hielt den Stift fest in der Hand, begierig, damit den Namen aufzuschreiben. Vielleicht hatte es nichts zu bedeuten, aber dann auch wieder …

»Simon Wallace.«

»Simon?«, wiederholte Lottie und versuchte, einen klaren Gedanken zu fassen.

»Hast du seine Nummer?«, fragte Kirby.

»Ich weiß nur, dass er hin und wieder im Fallon's auftaucht.«

Lottie wurde ganz flau. Ihr Magen rebellierte und Galle stieg ihr in die Kehle. Aber im nächsten Augenblick beruhigte sie sich wieder. Chloe war vernünftig. Sie würde sich nicht von diesen alten Knackern etwas einreden lassen, die an der Theke lehnten, und auch nicht von den Typen, die auf der Toilette kleine Beutel mit weißem Puder vertickten. Aber sie würde trotzdem mit ihr sprechen.

»Hat sich Hazel bei ihm gemeldet?«

»Muss sie wohl. Ich habe das Zeug heute Früh auf ihrem Tisch gesehen.«

»Wie können wir ihn finden?«

»Ich habe es Ihnen schon gesagt. Ich weiß nichts über ihn.«

»Und nach diesem Gespräch hat sie sich verändert?«

»Ja. An einem Tag war sie bissig und bockig, und am nächsten abgehoben wie ein Düsenjet. Es war schlimmer als je zuvor, für sie zu arbeiten.«

Lottie schaute durch die Notizen, die sie sich gemacht hatte. Konnte Simon das Verbindungsglied zwischen den Mordopfern sein?

»Andy, denken Sie über die nächste Frage sehr gut nach. Es ist wichtig.«

Er nickte vorsichtig.

»Kennen Sie Maddy Daly?«

Er legte den Kopf in die Hände und hob ihn dann behutsam. »Der Name kommt mir irgendwie bekannt vor.«

»Denken Sie nach. Sie hat auf der Party gearbeitet, an dem Abend, als Rachel ermordet worden ist. Hat Hazel sie je erwähnt?«

Er streckte den Zeigefinger in die Luft, so, als ob ihm gerade etwas eingefallen wäre. »Ja! Jetzt erinnere ich mich. Sie war sehr jung. Groß, und dünn wie ein Windhund. Langes schwarzes Haar. Es war im Laden. Sie hatte ein glitzerndes Kleid in ihre Tasche gesteckt. Hazel hatte sie beobachtet und dann in ihr Büro befördert.«

»Was ist da passiert?« Lottie wusste, dass Maddy nicht auf PULSE auftauchte.

»Sie kann nicht länger als fünf Minuten da drin gewesen sein, und dann kam sie heraus und marschierte schnurstracks zum Ausgang, unverschämt wie noch mal was.«

»Haben Sie herausgefunden, was da los war?«

»Ich habe Hazel gefragt. Sie hat gesagt, dass ich schuld war. Und ich so: ›Warum zur Hölle ist immer alles meine Schuld?‹ Aber sie hat mir nie erklärt, warum sie Maddy gehen lassen hat. So war Hazel. Völlig unberechenbar.«

Lottie rückte auf ihrem Stuhl nach hinten und reckte die Arme in die Luft. Am liebsten hätte sie ihre geballte Faust triumphierend in den Himmel gestreckt und ›Yes!‹ geschrien. Aber sie verschränkte die Hände hinter ihrem Kopf und atmete tief durch. War das der Durchbruch? Maddy Daly hatte eine Verbindung zu allen drei Opfern.

»Danke, Andy«, sagte sie.

»Kann ich jetzt gehen?«

»Noch nicht. Ich muss erst noch telefonieren.«

Vor dem Verhörraum rief Lottie Boyd an. Er ging nicht dran. Wo verdammt noch mal trieb er sich herum? Sie mussten Maddy in Gewahrsam nehmen. Sie spurtete ins Büro.

»McKeown, wir müssen uns Maddy Daly schnappen und sie herholen. Und Simon Wallace gleich dazu, wenn wir schon dabei sind.«

»Wie lautet seine Adresse?«

»Ich bin mir sicher, dass Sie Wallace auf PULSE finden.« Sie stoppte kurz, damit das Adrenalin wieder herunterfahren konnte. »Maddy wohnt in Cusack Heights.«

McKeown tippte Wallace' Namen schon in die Datenbank.

»Und treiben Sie Boyd auf.«

Boyd hatte genug von Stella Dalys Gekreische. Sie schrie ihren Freund in einer Stimmlage an, bei der die Milch sauer wurde.

»Ziehst du dir vielleicht mal Jogginghosen oder was an?«, drängte sie ihn.

Simon ignorierte sie. »Wenn Maddy nicht bald mit der Milch zurückkommt, muss ich meinen Kaffee schwarz trinken«, beschwerte er sich.

Der kleine Junge, Trey, kam hereingetapst und wollte sein Frühstück. Er rieb sich noch den Schlaf aus den Augen.

»Komm, ich schalte dir *Feuerwehrmann Sam* an«, sagte Stella. »Maddy macht dir Frühstück, wenn sie wieder da ist.«

»Wenn die kleine Schlampe überhaupt wiederkommt«, murmelte Simon und zündete sich eine Zigarette an.

Als er den Rauch einatmete, spürte er ein großes Verlangen nach Nikotin. Das Handy klingelte in seiner Hosentasche. Als er den Namen auf dem Display sah, lehnte er den Anruf ab. Mit Lottie konnte er später noch sprechen.

»Was wollen Sie um diese Uhrzeit von Maddy?«, fragte Stella.

»Ich will nur sehen, ob es ihr gut geht.«

»Warum kümmern Sie sich überhaupt um solche wie uns?« Sie schnaubte und verlagerte das Baby von ihrem Arm auf ihren Schoß. Ein frischer Milchfleck zog sich über ihren Rücken, aber sie schien ihn nicht zu bemerken.

»Ich habe sie gern«, sagte er, ohne weiter darauf einzugehen. »Wenn sie nur zum Cornershop ist, ist sie dafür aber schon ganz schön lang unterwegs.«

»Ich habe ihr einen Zehner gegeben«, sagte Simon. »Wahrscheinlich ist sie zum Tesco und wirft das Geld zum Fenster hinaus. Ich bringe sie um.«

»Wo hast du einen Zehner her?«, fragte Stella. »Ich dachte, du bist blank.«

Simon tippte sich an die Nase. Boyds Handy vibrierte schon wieder.

Stella sprang auf, wobei sie fast das Baby fallen ließ. »Hast du unsere Gemeinschaftskasse geplündert?«

»Das hätte ich, wenn etwas drin gewesen wäre. Wo hast du die fünfzig Euro hingetan, die Maddy am Montagabend verdient hat?«

»Ich gehe kurz ran«, sagte Boyd und ließ das Pärchen weiter über Geld streiten.

Er wollte gerade die Tür hinter sich zuziehen, um ihnen etwas Privatsphäre zu geben, als ihm einfiel, dass es gar keine Tür gab. Als er draußen war, bleib er auf den Stufen stehen, um Lotties Anruf entgegenzunehmen, aber er hatte sie schon wieder verpasst. Er wollte sie gerade zurückrufen, als er die Sirene hörte. Ein Einsatzwagen hielt direkt vor ihm.

»Was ist los, McKeown?«

»Ich soll Simon Wallace and Maddy Daly mitnehmen. Sind sie drinnen? Ich werde Sie nicht fragen, was Sie hier machen.«

»Ich wollte nur nachsehen, wie es Maddy geht, aber sie ist beim Einkaufen. Simon ist drinnen. Was hat er angestellt?«

»Wir gehen davon aus, dass er Hazel Clancys Dealer war.«

Boyd spürte, wie McKeowns Schulter gegen ihn stieß, als der sich an ihm vorbeischob.

Als er ihm ins Haus folgte, hörte er schon Simons protestierende Stimme.

»Was zum Teufel soll das? Sie können doch hier nicht in mein Haus hereinplatzen, als ob sie eine verdammte Gardaparty veranstalten.«

»Zu deiner Information, das ist mein Haus«, sagte Stella und stellte die Geldschatulle wieder ins Regal. Das Baby auf ihrem Arm begann zu schreien.

»Mr Wallace«, forderte McKeown ihn höchstformell auf, »können Sie sich bitte etwas anziehen und dann mit mir mitkommen?«

»Nein, das kann ich nicht.«

»Wie Sie meinen. Ich lege Ihnen auch so wie Sie sind Handschellen an.«

»Was wollen Sie überhaupt von mir? Sie haben keine Verweise gegen mich.«

»Beweise«, korrigierte Boyd.

»Was?«, sagte McKeown und drehte sich zu ihm.

»Wo ist meine saubere Jogginghose, Stella?«, fragte Simon.

»Auf der Wäscheleine.«

Er spähte in den Garten. »Da hängt nichts.«

»Scheiße, der Sturm … oben im Flur ist noch eine.«

Als Simon aus der Küche stapfte, blieb Boyd im Türrahmen stehen. Er würde nicht zulassen, dass Wallace dasselbe tat wie Brendan Healy.

»Wo ist Maddy?«, fragte McKeown.

»Sie ist rüber zum Cornershop«, antwortete Stella.

»Okay, dann fahren wir dort auf dem Rückweg vorbei.«

»Ist schon in Ordnung, ich gehe los und suche sie«, sagte Boyd und verließ das Haus zu den Klängen der Titelmusik von *Feuerwehrmann Sam*, die aus dem Wohnzimmer drangen.

Als er nach draußen trat, lehnte Garda Martina Brennan am Einsatzwagen. Sie stellte sich kerzengerade hin, als er ihr zunickte. Er beschloss, zu Fuß zu gehen und nicht zu fahren, machte seine Jacke zu und stellte den Kragen hoch. Der Regen war einem eisigen Nordwind gewichen und er hatte nicht gerade viel Isoliermaterial auf den Rippen, um ihn vor der Kälte zu schützen.

Als er an der Ecke ankam, wurde er von jemandem hinter ihm gerufen.

»Mr Crawley, was gibt's?«, fragte er, als der Koch auf ihn zueilte.

»Ich habe sie gesehen, vor ein paar Minuten.«

»Langsam. Atmen Sie erst einmal durch.«

»Okay. Entschuldigung. Es ist nur wegen der Sirenen. Ich bin von zu Hause gekommen, um zu schauen, was los ist. Ist es wegen Maddy? Geht es ihr gut? Hat der Scheißkerl sie geschlagen, oder noch etwas Schlimmeres?«

»Es ist nichts passiert. Das ist nur Routine.« Boyd wartete, bis der Mann wieder eine normale Gesichtsfarbe hatte. »Jetzt sagen Sie mir, wen Sie gesehen haben.«

»Maddy. Sie ist in ein Auto eingestiegen. Zu einem ganz zwielichtigen Kerl. Dachte, dass das vielleicht ein Kumpel von Simon ist. Ich hab ihr noch zugewunken und versucht, sie aufzuhalten, aber er ist einfach losgefahren.«

»Wer ist losgefahren?«

»Der Mann. Der Fahrer des Autos.«

»Noch mal ganz langsam. Von vorne bitte.«

»Entschuldigung. Sie ist mir im Laden über den Weg gelaufen. Hab sogar zu ihr gesagt, dass sie auf mich warten soll und dass wir gemeinsam heimlaufen können. Aber das wollte sie nicht. Hat gesagt, dass der Junge auf sein Frühstück wartet. Milch und Brot. Das ist doch kein Frühstück für ein Kind. Meins bekommt Speck, Eier, Champignons und ...«

»Mr Crawley. David.« Boyds hatte keine Geduld mehr. »Kommen Sie zum Punkt.«

»Ja, schon gut. Jedenfalls ist sie einfach los, und ich habe fertig eingekauft, und dann bin ich wieder zurück gegangen. Und ich war gerade an der Ecke, als ich sie gesehen hab. Er hat auf sie eingeredet. Mit den Armen gefuchtelt. Und dann macht der die Autotür auf und sie steigt völlig schamlos ein.«

»Vielleicht ihr Freund?«

»Den habe ich mein Lebtag noch nicht gesehen, und ich sehe fast alles, was hier vor sich geht. Über diesen Simon könnte ich Ihnen so einiges erzählen ...«

»Später.«

»Wie sie mich angeschaut hat ... ihr kleines, dünnes Gesicht hinter der Fensterscheibe. Sie hat verwirrt ausgeschaut, ängstlich. Ich glaube, sie hatte fürchterliche Angst.«

»Aber wenn sie solche Angst hatte, warum ist sie dann überhaupt eingestiegen?«

»Vielleicht hatte der Typ ja eine Pistole oder ein Messer«, sagte Crawley. »Das kann man hier in der Gegend nie so genau wissen.«

»In welche Richtung sind sie gefahren?«

»Die Straße hoch und dann rechts. Da geht es aus der Stadt hinaus.«

Boyd kannte die Stadt. Er brauchte keine Richtungsangaben. Er atmete tief ein und versuchte, noch etwas mehr Geduld aufzubringen. »Können Sie den Mann beschreiben?«

»Vielleicht Anfang dreißig. Er war größer als ich. Kleiner als Sie. Trug eine lange dunkle Jacke, deshalb konnte ich seine Kleidung nicht sehen. Ach ja, und er hatte einen kurzen Pferdeschwanz.«

Boyd knirschte mit den Zähnen. Dieser verdammte

Brendan Healy. Sein Instinkt hatte ihn von Anfang an nicht getrogen. Maddy musste beschützt werden. Oder war sie in irgendetwas Böses, Dunkles verwickelt? Er schüttelte den Kopf and merkte, wie Crawley ihn ansah. »Was für ein Auto?«

»Ein dunkelblauer Mazda. Älteres Model. Kennzeichen habe ich mir nicht gemerkt.«

Healys Wagen, den sie nicht hatten aufspüren können. »Vielen Dank.«

»Brauchen Sie mich noch?«

»Falls wir Ihre Aussage brauchen, schicke ich später einen Streifenwagen vorbei.«

Als Crawley aufrecht und stolz – weil er seine bürgerliche Pflicht erfüllt hatte – die Straße hinunterschritt, kratzte sich Boyd am Kopf.

Wohin hatte Brendan Healy Maddy gebracht? Und warum?

ZWEIUNDFÜNFZIG

Als Lottie hinunter zum Verhörraum ging, blieb sie auf halbem Wege stehen. Das war zu leicht. Andy hatte selbst eine Verbindung zu zwei der Opfer; sie musste ihn fragen, ob er auch Ellen Gormley kannte. Er könnte seine Geschichte einfach so erzählen, wie es ihm passte, und sie musste aufpassen, dass sie sich nicht in einem Netz aus Lügen verfing.

Sie nahm sich zusammen, beeilte sich und betrat erneut den Verhörraum.

Andy blickte auf, als Kirby ihre Rückkehr dokumentierte.

»Haben Sie es schon nachgeprüft? Ich hab recht, oder? Dieser Simon Wallace hat etwas damit zu tun, oder?«

»Überlassen Sie uns die Polizeiarbeit, Andy.« Sie setzte sich wieder, legte Stift und Papier ordentlich auf den Tisch, so wie Boyd es machen würde, und sah Andy an.

»Was?«, fragte er.

»Dr. Ellen Gormley.«

»Was ist mit der?«

»Sind Sie ihr Patient?«

»Die kenne ich nicht.« Er rutschte nervös auf dem Stuhl hin und her.

»Sie ist Psychologin, eine Therapeutin. Keine Lügen, Andy. Ich habe gefragt, ob Sie ihr Patient sind.«

Er wurde rot. Hatte sie ihn erwischt! Seine Stimme war leise, als er sagte: »Als ich … Sie wissen schon … als ich versuchte habe, trocken zu …«

Lottie wollte seine Geschichte nicht hören. »Wer hat Sie an sie verwiesen?«

»Hazel.«

»Erläutern Sie das bitte.« Sie schaute zu Kirby, der wie wild mitschrieb, obwohl die Vernehmung aufgezeichnet wurde.

»Kann ich noch einen Kaffee bekommen?«, fragte Ashe.

»Erst reden Sie.«

»In Ordnung. Also es ging mir richtig dreckig mit dem ganzen Saufen. Ich wollte unbedingt damit aufhören. Eines Tages hat mich Hazel hinter einem Kleiderständer gefunden – ich war ein Häufchen Elend und in Rotz und Wasser aufgelöst. Sie stellte mich vor die Wahl: entweder den Job verlieren oder Hilfe annehmen. Sie telefonierte. Stellte sich heraus, dass sie Dr. Gormley angerufen hatte. Hazel sagte, dass sie gut ist und dass sie ihr auch schon einmal geholfen hatte. Diese Ärztin hat mit mir gesprochen und mich dazu gebracht, zu den Anonymen Alkoholikern zu gehen. Das lief eine Zeit lang richtig gut. Dann hatte ich einen Rückfall, aber ich weiß, dass ich kein aussichtsloser Fall bin. Ich bringe mich bald wieder ins rechte Gleis. Wenn dieser ganze Wahnsinn hier vorüber ist.«

»Hatten Sie auch mit Drogen zu tun? Hat Hazel Sie deshalb darauf angesprochen, ob Sie ihr welche beschaffen können?«

»Überhaupt nicht. Das habe ich Ihnen doch schon gesagt. Der Alkohol war meine Droge. Ist er immer noch. Ich glaube, dass sie das Gefühl hatte, dass sie mich fragen konnte, weil sie mir geholfen hatte, eine Therapeutin zu finden.«

»Hat Hazel jemals durchscheinen lassen, warum sie Sitzungen bei Dr. Gormley in Anspruch genommen hatte?«

»Nein. Sie hat es nie wieder erwähnt. Hat nie nachgefragt, wie es mir ging. Aber so war Hazel eben. Ganz mit sich selbst beschäftigt.«

»Und haben Sie irgendeine Ahnung, von wem sie sich getrennt hatte?«

»Ähm ... nein.«

»Sie klingen nicht ganz überzeugt.« Sie spürte, dass er ihr etwas verschwieg.

»Ich ... doch, ich bin überzeugt.«

»Gibt es noch irgendetwas, das Sie uns mitteilen möchten?«

Er schaute Richtung Tür, wollte nach seiner Sonnenbrille greifen, die ja nicht auf seinem Kopf saß, und fragte: »Kann ich jetzt gehen?«

»Detective Kirby legt Ihnen Ihre Aussage noch einmal vor und dann müssen Sie sie unterschreiben.«

Als Lottie aus der Tür trat, wusste sie, dass Andy Ashe noch mehr zu erzählen hatte. Sie würde ihr Bestes geben, um zu erfahren, was es war.

McKeown war schon weg, um Maddy und Simon zu holen, als Lottie wieder ins Büro kam. Lynch war gerade am Telefon und winkte sie hektisch zu sich. Lottie wartete, bis sie das Gespräch beendet hatte.

»Chefin, ich glaube, dass ich etwas herausgefunden habe«, sagte Lynch, ihre Abneigung augenscheinlich vorrübergehend vergessen. »Die Karte, die Kirby hinter dem Bücherregal der Ärztin gefunden hat: Ich habe beim Grundbuchamt nachgefragt, und darauf ist ein Stück Land zu sehen, das Matthew Fleming gehört.«

»Okay ...« Lottie wartete auf die Pointe, die sicher folgen würde.

»Aber es hat ihm nicht schon immer gehört.« Lynch grinste und ihre Sommersprossen dehnten sich über ihre ganze Nase hinweg aus. »Ursprünglich hat das Land Mervyn Gormley gehört.«

»Ist der mit Ellen verwandt?«

»Das war ihr Vater. Es wurde dann an Ellen überschrieben, bevor sie es wiederherum vor sechs Jahren an Matthew Fleming überschrieben hat. Mervyn Gormley und seine Frau sind inzwischen gestorben.«

»Interessant«, sagte Lottie. Aber was hatte das zu bedeuten. Es musste wichtig sein, wenn Ellen die Karte sogar versteckt hatte. Sie sagte: »Ich will nicht sexistisch denken, auch wenn ich das vielleicht dennoch tue, aber warum wurde es nicht Ellens Bruder vermacht? Wann ist der gestorben?«

Lynch tippte auf eine Taste. »Aidan Gormley ist vor neun Jahren ertrunken.«

»Da war Ellen einundzwanzig oder so. Können Sie nachschauen, wie alt Aidan war, als er ertrunken ist?«

Noch mehr tippen.

»Ach du Scheiße«, murmelte Lynch und deutete mit ihrem blauen Kugelschreiber auf den Bildschirm. »Er war erst sieben Jahre alt.«

Da fiel Lottie plötzlich ihre Unterhaltung mit Matthew Fleming vom Abend zuvor ein. Wie jemand in dem Steinbruch ertrunken war und welche Auswirkungen das auf Tara gehabt hatte.

»Wo ist er ertrunken?«, fragte sie.

»Soll ich das für Sie herausfinden?«

»Drucken Sie aus, was Sie haben, und sehen Sie, was Sie noch herausfinden können. Ich möchte die Ergebnisse der Obduktion und der damaligen Ermittlungen; wo genau es passiert ist; wer das Kind gefunden hat. Ich brauche jede noch so kleine Information. Vielleicht hat es überhaupt nichts mit irgendetwas zu tun, oder alles mit allem.«

»Ich bin schon dabei.«

Lottie drehte sich um, dann hielt sie inne und sagte: »Danke, Maria. Gute Arbeit.«

Kirby kam herein und hob eine Augenbraue. Lynch nickte und lächelte.

Fühlen Sie sich nicht zu wohl, dachte Lottie. Sie sind noch nicht aus dem Schneider.

Nachdem Lynch den Papierkram auf ihren Schreibtisch gelegt hatte, machte Lottie es sich bequem und las alle Informationen selbst durch.

Vor neun Jahren war ein siebenjähriger Junger im Steinbruch seines Vaters ertrunken, auf Land, das inzwischen Matthew Fleming gehörte. War es durch den Tod zum Kauf gekommen? Ein verrückter Gedanke schoss ihr durch den Kopf. Hatte Fleming den Jungen getötet und brachte er jetzt alle Zeugen oder Mitwisser um? Ellen musste ungefähr zwanzig gewesen sein, und Rachel und Hazel im Teenageralter. Genauso wie Matthew Flemings Töchter. Hatten sie alle die Gormleys gekannt?

»Lynch, finden Sie heraus, wo Hazel Clancy ursprünglich her ist und wo sie ihre Jugend verbracht hat. Außerdem will ich wissen, auf welche Schule sie gegangen ist.«

»Mach ich.«

»Kirby, kommen Sie mal her.«

»Ja, Chefin?« Er kam gemütlich zu ihr geschlendert und kaute am Ende einer nicht angezündeten Zigarre.

»Sehen Sie sich diese Ausdrucke vom Grundbuchamt an. Das ist ein Steinbruch, oder?«

Er beugte sich über ihre Schulter. »Ja. Definitiv.«

»Ich möchte wissen, wem das Land, das rundherum lieg, gehört hat.«

Sie tippte ungeduldig mit dem Fuß auf den Boden, als Kirby von dannen zog. Dann erinnerte sie sich an die anderen Blätter, die hinter Ellens Bücherregal gewesen waren. Lynch hatte es aufgegeben, sie zu entziffern. Sie zog sie hervor und schielte darauf. Typisch unleserliche Doktorschrift. Aber sie gab nicht auf und mit gerunzelter Stirn versuchte sie, wenigstens einen Namen zu entziffern. Aber sie hatte keine Chance. Nur ein Arzt könnte das lesen. Ein Arzt, dem sie vertrauen konnte. Sofort dachte sie an ihre Freundin Annabelle O'Shea, die sie seit sehr langer Zeit nicht mehr gesehen hatte. Diese Freundschaft hatte sich abgekühlt, nachdem Annabelles Mann verhaftet worden war. Sie musste versuchen, Annabelle zu überreden, ihr zu helfen.

»Chefin«, sagte Kirby. An seinem Schreibtisch schaute sie ihm über die Schulter. »Das Land, das den Steinbruch umgibt, gehörte der Familie Gormley. Ihr Haus stand nur zwei Felder weiter von da, wo Matthew Fleming wohnt.«

»Bingo.«

»Was heißt das?«

»Das werden Sie bald erfahren.« Sie schaute zu Lynch. »Schon etwas Neues über den Tod dieses Gormley Jungen?«

»Ich arbeite noch daran.«

Sie wollte ihr sagen, dass sie sich damit beeilen sollte, aber McKeown tauchte an der Tür auf.

»Ich habe eine gute Nachricht und eine schlechte«, sagte er.

»Spucken Sie es schon aus.«

»Simon Wallace ist unten.«

»Und was ist die gute Nachricht?«

»Das war sie. Boyd sucht nach Maddy Daly. Die schlechte Nachricht ist, dass sie verschwunden ist.«

DREIUNDFÜNFZIG

Starker Körpergeruch verpestete die Luft in dem fensterlosen Verhörräum. Als Lottie das Zimmer betrat, kaute Simon auf der Innenseite seiner Backe herum. Es sah aus, als ob er möglichst viel Speichel ansammeln wollte, um sie mit voller Wucht anspucken zu können. McKeown setzte sofort sein strengstes Gesicht auf und wirkte wie die jüngere Version von The Rock. Sean hatte sie auf die Ähnlichkeit hingewiesen, nachdem er ihn zum ersten Mal getroffen hatte, und ihr sogar ein Foto gezeigt. Seitdem ging ihr dieses Bild nicht mehr aus dem Kopf. Eine Schmeißfliege schwirrte ohne Unterlass durch den Raum, das Geräusch verursachte ein anhaltendes Fiepen in ihren Ohren.

Nachdem die Vorstellung der Runde für das Aufnahmegerät gemacht worden war, wurden Wallace seine Rechte verlesen. Dann begann Lottie.

»Mr Wallace ... darf ich Simon sagen?« Er zuckte mit den Schultern und sie interpretierte das als eine Einverständniserklärung. »Wir möchten Ihnen ein paar Fragen stellen.«

»Hab nichts getan.«

»Sie wissen gar nicht, was ich Sie fragen möchte.«

»Niemanden umgebracht.«

»Lassen Sie mich bitte meine Fragen stellen?«

»Kein Kommentar.«

Sie bohrte sich die Fingernägel in die Handflächen und zählte langsam bis fünf.

»Hazel Clancy.« Sie ließ diesen Namen einfach in der Luft stehen. Er versuchte angestrengt, seine Gesichtszüge unter Kontrolle zu halten, aber schaffte es nicht. Er kannte den Namen. »Ich weiß, dass Sie zu ihrem Bekanntenkreis gehörten, also können Sie auch genauso gut reden.«

»Zu ihrem was?«

»Das bedeutet, dass Sie sie kannten.«

Er kaute intensiv auf was auch immer er im Mund hatte – wirklich oder in seiner Vorstellung – herum und schluckte es dann hinunter. Sein Adamsapfel bewegte sich, als er sagte: »Ich habe keine Ahnung, wovon Sie sprechen.«

»Ich glaube schon, dass Sie das wissen.«

»Sie geben nie auf, oder? In Ordnung. Sie hat das harte Zeug genommen, oder?«

Lottie schaute zu McKeown. Der legte ein Foto von zwei großen, weißen Plastikcontainern auf den Tisch.

»Wo haben Sie das her?«, fragte Wallace. Seine Kinnlade klappte um ein paar Zentimeter nach unten und man sah seine verfärbten Zähne und einen schiefen Schneidezahn. Er war wahrscheinlich noch nicht in der Kategorie Drogendealer angekommen, in der er es sich leisten konnte, nach Ungarn zu fliegen und sich das Gebiss richten zu lassen.

»Aus dem Haus der Dalys. Es war unter der Matratze im Babybett.« McKeowns Stimme war eiskalt.

»Lecken Sie mich doch am Arsch«, knurrte Wallace. »Sie hatten gar keinen Durchsuchungsbefehl. Ohne den durften Sie das gar nicht.«

»Wir hatten einen hinreichenden Tatverdacht, also war es sehr wohl erlaubt, und das Zeug hier ist es definitiv nicht.«

Lottie wandte sich an McKeown. »Reicht das für fünf Jahre? Was meine Sie, Detective?«

»Ach, locker für länger. Mit der Absicht, es zu verkaufen, und je nach Richter, auf alle Fälle länger.« McKeown genoss die Situation regelrecht. Wallace nicht. Er führte seine Hand zum Mund und kaute auf seinen Knöcheln herum.

»Eigengebrauch«, murmelte er.

»Welcher Vater versteckt seinen Stash für den Eigengebrauch unter dem Bettchen seiner kleinen Tochter? Setzen Sie Kindeswohlgefährdung auch auf die Liste, Detective«, sagte Lottie. »Und ...«

»Augenblick mal ...«

»In dem Haus gibt es auch einen neugierigen Zweijährigen. Merken Sie sich, dass wir die Kinderfürsorge benachrichtigen.« Sie wandte sich an Wallace. »Ich kann mir nicht vorstellen, dass Stella darüber sehr erfreut sein wird, Simon.«

»Zum Teufel mit Stella und den Kids, das sind nicht meine.«

»Vaterschaftstest kommt auch mit auf die Liste.« Sie stieß McKeown mit dem Ellbogen an und der notierte eifrig mit.

»Sie verscheißern mich doch«, sagte Wallace. »Was haben Sie vor, Lady?«

»Ach jetzt bin ich auf einmal eine Lady?«

»Das ist eine eiserne Lady«, flüsterte McKeown und lehnte sich verschwörerisch über den Tisch. »Und wissen Sie was, wenn Sie meinen Rat wollen, dann legen Sie sich nicht mit ihr an.«

»Halt doch dein verdammtes Maul!« Wallace haute mit der Faust auf den Tisch.

»Hazel Clancy«, wiederholte Lottie.

Wallace begann wieder zu kauen. Hatte er dort einen Klumpen Tabak stecken? Oder ein Stück Cannabis? Er wirkte nicht high, nur stocksauer, weil er erwischt worden war.

»Was hab ich davon?«, fragte er und verengte seine Augen zu Schlitzen.

»Erst muss ich wissen, was Sie über Hazel Clancy wissen.« Unter dem Tisch ballte Lottie triumphierend die Faust.

»Was ist, wenn ich sie kenne? Ein Typ im Pub hat mir gesagt, dass sie was braucht.«

»Und Sie sind der Bitte nachgekommen?«

»Wenn Leute zahlen wollen, kann ich liefern.«

Sie hätte gern mehr über seine Bezugsquelle erfahren, aber sie würde ihn sowieso der Drogen- und Verbrechensbekämpfung überstellen, wenn sie mit ihm fertig war. Wenn er kein Mörder war, dann konnten die sich mit ihm herumschlagen.

»Wann haben Sie sich das erste Mal bei ihr gemeldet?«

»Das muss vor ungefähr sechs Monaten gewesen sein. Ich habe sie angerufen und ein Meeting vereinbart.«

Er redete daher wie ein Schnösel aus *The Wire*, nicht wie ein dreißigjähriger Taugenichts aus Ragmullin.

»Sie hat ihren richtigen Namen genannt?«

»Warum sollte sie das nicht tun? Sie lebt und arbeitet in der Stadt. Ich würde ihr ja sowieso irgendwann über den Weg laufen, oder?«

»Ja, wahrscheinlich. Sie haben sie angerufen. Und dann?«

»Fast gesabbert hat sie, so nötig hatte sie es. Nach den ersten paar Mal hätte sie ihre Granny für einen Kick verkauft.«

»Wo fanden die Übergaben statt?«

»In ihrer Wohnung. Der rote Klinkerbau Richtung Lidl. Kennen Sie den? Zu nobel für die, wenn sie mich fragen.«

»Wann haben Sie Miss Clancy zum letzten Mal gesehen?«

»Hazel? Gestern Vormittag hat sie mich ganz panisch angerufen, weil sie ... Sie wissen schon was, gebraucht hat.«

»Wann genau war das?«

»Müsste so halb zehn, zehn gewesen sein. Kurz vor Mittag war ich bei ihr in der Wohnung. Das weiß ich so genau, weil ich um eins einen Termin bei der Stütze hatte.«

»Weiter.«

»Als ich hinkam, saß sie schon auf glühenden Kohlen. Hat mir gesagt, ich soll mich einfach an ihrem Geldbeutel bedienen. Als ich gegangen bin, hatte sie das Päckchen schon aufgerissen.«

»Wie viel haben Sie sich aus ihrem Geldbeutel genommen?«

»Gar nichts. Wollte mir nicht nachher nachsagen lassen müssen, dass ich etwas gestohlen hätte. Hab ihr gesagt, dass sie mich beim nächsten Mal bezahlen soll.«

»Mir kommen die Tränen«, sagte Lottie. »Die Wahrheit, Simon.«

»Okay, Okay.« Er seufzte. »Es war nur ein Zehner drin, also hab ich den genommen.«

Das klang tatsächlich nach der Wahrheit, aber ein Heiliger würde aus Simon so bald nicht werden. »Und das war das letzte Mal, dass Sie bei Hazel Clancy in der Wohnung waren?«

»Ja. Das schwöre ich hoch und heilig.« Er grinste und das Licht fiel auf seine schiefen Zähne, was sein Gesicht wie eine Fratze erscheinen ließ.

Die Fliege schwirrte laut durch die nachfolgende Stille, und Lottie legte sich ihre nächste Frage zurecht.

»Kann jemand bezeugen, wo Sie sich aufgehalten haben ab dem Zeitpunkt, zu dem Sie Miss Clancys Zuhause verlassen haben und bis zu dem Zeitpunkt, an dem Sie Detective McKeown heute Morgen in Stella Dalys Haus aufgegriffen hat?«

Wallace starrte McKeown so wütend an, als ob er ihm am liebsten gleich den Hals umgedreht hätte. McKeown rutschte unruhig auf seinem Stuhl umher, und Lottie war klar, dass das Gefühl auf Gegenseitigkeit beruhte.

»Ich war unterwegs«, sagte Wallace. »Da und dort. Unterwegs eben.«

»Jetzt reicht's mir aber!«, brüllte McKeown.

»Das ist die Wahrheit. Ich kann eine Liste machen.«

»Können Sie überhaupt schreiben?«, fragte McKeown.

»Sie sind ein Arschloch. Sie haben mich beleidigt. Das nennt man Polizeigewalt.« Wallace lehnte sich über den Tisch und sagte zu Lottie: »Ich möchte eine Beschwerde gegen ihn einreichen.«

»Simon, ich habe die Schnauze voll von dem Scheiß«, sagte Lottie. »Hazel Clancy ist heute Früh ermordet in ihrer Wohnung aufgefunden worden. Wenn ich das richtig verstehe, waren Sie die letzte Person, die sie lebend gesehen hat.«

Er öffnete und schloss seinen Mund und kein Ton kam mehr heraus. Sogar die Schmeißfliege gab Ruhe.

»Ich warte«, sagte sie schließlich.

»Als ich gegangen bin, war sie noch am Leben. War es eine Überdosis, oder was?« Er hielt inne und überlegte. »Ich glaube nicht, dass es dafür gereicht hätte. Außer, wenn sie einen Herzinfarkt oder so etwas in der Art gehabt hat.«

»Dieses ›oder so etwas‹ interessiert mich. Hazel wurde vergiftet.« Hoffentlich bestätigte Jane bald die Todesursache, und auch, welches Gift verwendet worden war, und was es mit der Glasscherbe im Mund des Opfers auf sich hatte. Sie wusste immer noch nicht, was der Mörder damit zum Ausdruck bringen wollte. »Kannten Sie Rachel Mullen?«

»Noch nie von ihr gehört. Oder, Moment. War das nicht die Tussi, von der sie in den Nachrichten geredet haben? Sie ist umgebracht worden.« Erschrecken machte sich auf seinem Gesicht breit, als ihm bewusst wurde, worauf Lottie mit ihren Fragen abzielte.

»Was ist mit Dr. Ellen Gormley?«, fragte sie.

»Ellen haben Sie gesagt? Die einzige Ellen, die ich kenne, ist eine Freundin von Maddy.« Er klang jetzt verhalten. Der Ernst seiner Lage lastete ihm nun schwer auf den Schultern.

»Ganz genau diese.«

»Sie verarschen mich?«

»Nein. Wissen Sie, wo Maddy jetzt ist?«

»Ich habe keine Ahnung, aber wenn ich sie finde, dann bekommen Sie es vielleicht mit noch einem Mord zu tun. Sie hat meinen Zehner geklaut.« Er bebte vor neuerlicher Wut. »Sie ist heute Morgen zum Laden, um Milch für mich zu kaufen, aber vielleicht hatte sie ja was ganz anderes vor. Woher zum Teufel soll ich wissen, was in dieser Göre vorgeht?«

»Wie schaut es mit Brendan Healy aus?«

»Wer soll das sein?«

»Der hat eine Kunstgalerie in Dublin. Kommt aus Ragmullin. Trägt einen Pferdeschwanz.«

»Der Typ? Das ist der Typ, der Maddy gestern verfolgt hat. Ich glaube, sie hatte Angst vor ihm.«

»Woher wollen Sie wissen, dass sie Angst vor ihm hatte?«

»Weil sie mich sonst nie im Leben darum gebeten hätte, mit ihr mitzugehen.«

»Wo war das?«

»Auf dem Parkplatz an der Gaol Street. Sie ist Richtung Gallagher's Lane gegangen.«

»Haben Sie ihn gesehen?«

»Nein. Er war schon weg, als ich am Tatort angekommen bin.« Er zwinkerte. »So sagt man das doch bei den Bullen, oder?«

»Noch irgendwas, das Sie mir gerne sagen möchten?«

Wallace schaute langsam etwas gelangweilt drein. »Dem hab ich nie Drogen verkauf, wenn Sie das wissen wollen. Ich kenne den Typ nicht. Hab ihn noch nie getroffen.«

»Wo waren Sie gestern Nacht?«

Er rutschte wieder auf dem Stuhl herum. »Ich habe bei Stella übernachtet. Auf dem Sofa. Sie war ziemlich mies gelaunt. Die kann ganz schön austeilen, wenn ihr was nicht passt. Bei ihr weiß man nie. Ist noch was?«

»Wir behalten Sie vorläufig in Gewahrsam wegen Drogenbesitz.«

»Leckt mich doch am Arsch! Das ist für den Eigengebrauch.«

»Sie haben zugegeben, dass Sie Hazel Clancy Kokain verkauft haben.«

Er verschränkte seine Arme und kippte leicht mit dem Stuhl nach hinten.

Wenn sie Wallace Glauben schenken konnten, dann war Hazel gestern Mittag noch am Leben gewesen. Niemand hatte aufgemacht, als Andy Ashe am Abend bei dem Apartment vorbeigeschaut hatte. Hatte sie jemand in diesem Zeitraum getötet?

Lottie sah McKeown an. Der schüttelte langsam den Kopf. Wallace war nicht clever genug, diese durchgeplanten Morde auszuführen. Simon Wallace war ein Drogendealer. Er war nicht ihr Mörder.

VIERUNDFÜNFZIG

Boyd fuhr schon seit einer Stunde herum, aber es gab keine Spur von einem blauen Mazda, von Brendan Healy oder von Maddy Daly. Die Kollegen der Verkehrskontrolle versicherten ihm, dass sie auch Ausschau hielten, aber Boyd hegte keine großen Hoffnungen.

Er versuchte es bei Healys Eltern, um zu fragen, ob sie ihren Sohn gesehen hatten, aber die waren nicht zu Hause. Ein Nachbar sagte ihm, dass sie jeden Tag in die Kirche gingen, dann anschließend ins Joyce Hotel auf einen Kaffee und Scones, und dann manchmal noch zu Lidl oder Aldi. Vor eins kamen sie nie zurück. Was wären die Gardaí ohne neugierige Nachbarn?

Er erwischte Breda und John Healy im Foyer des Joyce. Sie versicherten ihm, dass sie Brendan schon seit ein paar Tagen nicht mehr gesehen hatten. John sagte, dass Brendan in letzter Zeit öfter als gewöhnlich nach Hause kam, und Breda sagte, dass sie vermutete, dass er eine Freundin hatte. Boyd musste ihnen das, was sie sagten, einfach glauben.

Schließlich fuhr er zurück auf die Wache, wo Lottie die Chefin heraushängen ließ.

»Wo warst du?«, fragte sie. »Die Ermittlungen nehmen hier so richtig Fahrt auf. Ich wollte eigentlich, dass du Simon Wallace mit mir vernimmst, weil du dich ja mit dem Hause Daly scheinbar so gut auskennst. Wallace ist ein ganz schöner Arsch. Irgendeine Spur von der Kleinen?«

»Die Kleine?« Boyds konnte nicht mehr klar denken. Er brauchte einen Kaffee. Vielleicht hätte er doch einen mit den Healys trinken sollen, als sie es angeboten hatten.

»Maddy«, sagte Lottie. Sie wippte vor Ungeduld auf ihren Fußballen auf und ab.

»Sie ist heute Früh mit Brendan Healy in seinem blauen Mazda abgedüst. Ich kann nicht die geringste Spur von den beiden finden.« Er blies die Backen auf. »Und bevor du nachfragst, ja, die Kollegen von der Verkehrssicherung sind dran.«

»Ein Chaos ist das alles. Komm mit und ich bringe dich auf den neuesten Stand.«

Boyd folgte ihr brav und ließ sich auf den Besucherstuhl in ihrem Büro fallen. Überall lagen Akten herum. Auf dem Boden und auf dem Schreibtisch waren Stifte verstreut und die Tastatur lag quer über dem Papierkorb. Was hätte er für eine freie Stunde gegeben, um hier aufzuräumen.

»Alles in Ordnung, Boyd?«

»Ich brauche einen Kaffee, und zwar schnell.«

»Wir holen uns gleich einen. Bevor wir uns über die Ermittlungen unterhalten, muss ich dir noch etwas sagen. Wegen der Hochzeit.«

»Ich habe den Anzug. Er passt wie angegossen.«

»Boyd, fast hätte es keine Hochzeit gegeben.«

Sie strahle, also hatte sie das Desaster, von dem sie ihm gleich berichten würde, sicher schon behoben. »Schieß los.«

»Das Brook Hotel wurde bei dem Sturm letzte Nacht überschwemmt.«

Das Hotel hatte ihn in aller Früh angerufen, und er hatte sie gebeten, sich bei Chloe zu melden. Seit Wochen hatte er jeden Abend in Höchstgeschwindigkeit Listen geschrieben und Tischordnungen geplant und war ein richtiger Bräutigamguru geworden, und die Neuigkeiten hatten ihn so vor den Kopf gestoßen, dass er überhaupt nicht gewusst hatte, wie er es Lottie sagen sollte. Jetzt wusste sie es wenigstens.

»Chloe war völlig aufgelöst, als sie angerufen hat, und dann ist mir Annie Fleming über den Weg gelaufen und ich hatte die beste Idee seit Ewigkeiten.«

Ein schrecklicher Gedanke kam ihm. »Sag mir bitte, dass du das nicht getan hast.«

»Oh doch. Unsere Hochzeit findet am Samstag auf Molesworth House statt. Ich habe ihr Chloes Nummer gegeben und sie wird sich mit ihr absprechen. Du musst dich überhaupt nicht einbringen, wenn du glaubst, dass die Flemings irgendwie in den Fall verstrickt sind.« Sie unterbrach sich, als sie seinen skeptischen Blick bemerkte. »Ich stimme dir voll und ganz zu, es ist keine ideale Lösung, aber besser als nichts.«

»Lottie, ich will dich heiraten, mehr als alles in der Welt. Und ich weiß, dass wir die Vorbereitungen nach dem Schrecken mit meiner Gesundheit etwas überstürzt haben ...« Er hielt inne und versuchte, das, was er sagen wollte, so zu formulieren, dass er ihr damit nicht wehtat. »Aber ich glaube, dass das wirklich keine gute Idee ist.«

»Ich habe alles schon geregelt. Die Hochzeit kann wie geplant stattfinden. Na ja, nicht wie geplant, aber sie findet statt.«

»Du kommst Annie Fleming zu nah. Oder hast du vielleicht schon mal überlegt, dass sie sich dir anbiedert? Wie herum auch immer es ist, du musst daran denken, dass sie eine Verdächtige im Mordfall Rachel Mullen sein könnte. Und wenn nicht sie, dann ihr Mann. Vielleicht sogar bei allen drei Mordfällen.«

»Die Flemings haben sich getrennt. Annie hat es mehr als deutlich gemacht, dass sie ihn verabscheut und nichts mehr mit ihm zu tun haben will. Sie verdächtigt ihn sogar selbst, dass er irgendwie involviert ist.«

»Ganz genau. Sie hat auf irgendeine Weise mit den Ermittlungen zu tun.«

»Du redest Schwachsinn.«

»Lottie, du kannst das nicht machen. Du kompromittierst drei Mordermittlungen. Scheiße, du kompromittierst dich selbst!«

»Und du bist scheinheilig und gemein. Willst du am Samstag heiraten oder nicht?«

Er sank tiefer in den Stuhl. Sein Kopf fühlte sich ganz leicht an. »Das will ich, aber nicht, wenn es dich deine Integrität kostet. Wenn Annie Fleming da mit reingezogen wird, dann verschiebe ich sie lieber.«

»Wirklich?« Sie stand auf und warf dabei fast ihren Stuhl um. Wegen dem Saustall auf dem Boden konnte sie nicht einmal vernünftig auf und ab gehen. Er stöhnte, als er sah, wie sich ihre Hände zu Fäusten ballten und sie sich damit gegen die Oberschenkel schlug. »Vergiss es. Du hast recht. Es ist eine schlechte Idee. Ich rufe Annie an und werfe die ganze Sache über den Haufen.«

»Jetzt beruhige dich doch mal einen Augenblick.« Er hatte diesen Kaffee wirklich so nötig, und Lottie könnte auch was zu Beruhigung vertragen. Nein. Das würde er sich nicht noch mal antun.

»Mich beruhigen?«, fragte sie. »Ich wünschte, das könnte ich. Ich hatte wirklich kurz geglaubt, dass das eine gute Idee ist. Aber hör zu, Annies Verbindung zu den Morden kam nur dadurch zustande, weil Rachel Mullen ein paar Stunden, bevor sie vergiftet wurde, in ihrem Restaurant war. Es ist Zufall.«

»Und auf einmal glaubst ausgerechnet du an Zufälle?«

»Es gibt sie.«

»Ja, natürlich«, sagte er, ohne es fertigzubringen, nicht sarkastisch zu klingen. »Rachel war auf die Party eingeladen.

Und ich nehme an, es ist auch Zufall, dass Annie Fleming genau in dem Moment wie ein Ritter ohne Furcht und Tadel in die Bresche springt und dir hilft, wenn die ganze Familie Fleming etwas positive Presse gebrauchen kann.«

»Ja und? Vor heute hatte unsere Hochzeit nicht das geringste mit ihr zu tun. Sie hat nicht die Wettergötter angerufen, und einen Sturm bestellt, bei dem das Scheißhotel unter Wasser gesetzt wird, oder?«

Boyd konnte das traurige Lächeln, das sich auf seinem Gesicht ausbreitete, nicht unterdrücken. Wenn Lottie nicht nachgab, dann würde sie mit den Konsequenzen leben müssen und er würde die Scherben aufsammeln müssen, aber er hatte keine Kraft mehr für einen Streit. »Schau, wenn es dich glücklich macht, dann mach es.«

»Danke, Boyd.«

»Dann sind wir uns einig. Streit vorbei.« Allerdings konnte er sich das letzte Wort nicht verkneifen. »Aber sag nachher nicht, ich hätte dich nicht gewarnt.«

»Ach, da bin ich mir ganz sicher, dass du mich oft genug daran erinnern wirst, wenn das in die Hose geht.«

Als sie sich wieder setzte, entspannte sich Boyd ein bisschen. Sie wirkte zwar im Sitzen nicht ganz so einschüchternd, aber Boyd ließ sich nicht so leicht täuschen. Er kannte sie zu gut. Liebte sie so sehr. Inklusive all ihrer Fehler. Er war kurz davor, etwas Impulsives zu tun – sich zum Beispiel über den Schreibtisch zu beugen, um sie zu küssen – als Kirby hereinplatzte.

»Chefin, das müssen Sie hören!«

»Was ist denn los, Kirby?« Lottie fasste das Haar am Ansatz zusammen und band es mit einem Haargummi, den sie unter einem Stapel Akten gefunden hatte, zurück.

»Ich habe gerade noch mit Andy Ashe geredet, kurz bevor er gehen wollte, nachdem er seine Aussage überprüft und unterschrieben hat. Und Sie werden nie erraten, was er gesagt hat.«

»Ich habe nicht den ganzen Tag Zeit.«

»Er hat gesagt, dass er fürchterliche Angst hatte, den Namen zu nennen, solange wir seine Aussage auf Band aufgenommen haben.«

»Welchen Namen?«, fragte Boyd, der seine Neugier nicht in Zaum halten konnte.

»Der Typ, mit dem Hazel Clancy eine Beziehung hatte.« Kirby fuhr sich durch sein buschiges Haar und versuchte vergeblich, es zu glätten.

»Wer war das?« Lottie stand auf.

Und endlich sprach Kirby es aus.

»Matthew Fleming!«

FÜNFUNDFÜNFZIG

Als Healy endlich das Auto parkte, war Maddy war kurz davor, ein Stückchen trockenes Brot aus der Tüte zu essen. Er war kreuz und quer über Nebenstraßen gefahren, bis sie endlich am See, in der Nähe des Hauses, wo sie am Samstag mit Ellen gewesen war, angekommen waren. Als sie daran dachte, wurde sie, wie schon so viele Male diese Woche, traurig. Sie würde ihre Freundin nie wieder sehen.

Er stieg aus und zündete sich eine Zigarette an. »Willst du eine?«, fragte er und blies Rauch ins Wageninnere.

»Ich rauche nicht, aber ich will wissen, warum Sie mich hier raus gebracht haben. Und warum sind wir diese ganzen Schleichwege gefahren?«

»Ich glaube, dass die Polizei hinter mir her ist. Die glauben, dass ich was mit dem Mord an Rachel zu tun habe. Ich bleibe lieber noch ein bisschen unter dem Radar. Komm, lass uns ans Seeufer gehen.«

»Es ist scheißkalt.«

»Auf dem Rücksitz liegt eine Jacke. Zieh sie an.«

Sie beobachtete, wie er langsam über das vom Regen flach-gedrückte Gras zum steinigen Ufer schlenderte. Sie hatte keine

Kraft, wegzulaufen. Außerdem wären es sogar auf der Hauptstraße mindestens zehn Kilometer zurück in die Stadt. Seufzend holte sie die Milchflasche aus der Plastiktüte und trank einen großen Schluck, dann stopfte sie sich noch eine Scheibe Toastbrot in den Mund. Sie hatte so Hunger.

Die gewachste Jacke über die Schultern gehängt, schloss sie am See mit ihm auf. Das Wasser plätscherte um seine Füße, aber das schien ihn nicht zu stören.

»Warum haben Sie mich hierher gebracht?«, fragte sie.

»Ich wollte über Ellen sprechen.«

»Ich habe ihre Leiche gefunden. Das war fürchterlich.«

»So was in der Art habe ich gehört.«

»Ellen und ich waren Freundinnen. Woher kannten Sie sie?«

»Wir haben uns auf einer Kunstausstellung in Dublin kennengelernt. Haben uns auf Anhieb verstanden, sie mochte die Galerie sehr. Schien eine Vorliebe für Streuner zu haben.«

»Sie wirken auf mich nicht gerade wie ein Streuner«, sagte sie und betrachtete seine Designerjeans und seine Wolljacke.

»Sie hat mich unter ihre Fittiche genommen, genau, wie sie es bei dir gemacht hat.«

»Sie wissen rein gar nichts von meiner Freundschaft mit Ellen.«

»Ich weiß vieles.«

»Sie hat mit Ihnen über mich gesprochen?«, fragte sie ungläubig.

»Das hat sie.«

Sie kickte Kieselsteine am Ufer entlang und beugte sich dann hinunter, um einen Stein aufzuheben. Als sie ihn ins Wasser werfen wollte, fuhr ihr der Schmerz den Arm hinauf und sie schrie auf.

»Alles in Ordnung mit dir?«, fragte er.

»Es ist nur mein Arm. Hatte so eine Art Unfall. Das wird schon wieder.«

»Maddy, weißt du, wer Ellen umgebracht hat?«

»Nein, aber langsam glaube ich, dass Sie das waren. Waren Sie es?« Als sie die Worte aussprach, klangen sie gar nicht so weit hergeholt, und aus irgendeinem Grund fürchtete sie sich nicht einmal. Wenn überhaupt, dann kam sie sich ziemlich tapfer vor. »Wird das hier so eine Art Beichte? Falls ja, dann will ich es nicht hören. In meinem Leben passiert schon genug Scheiße, vielen Dank auch.«

Er lachte und zog geräuschvoll an seiner Zigarette, bevor er sie ins Wasser warf. »Weißt du, wem das große Haus da hinter uns gehört?«

»Ellen hat mich letztes Wochenende hierher gebracht.«

Er drehe sich um und ging einen Schritt auf sie zu. »Hat sie das?«

Maddy blieb stehen, wo sie war. »Ja. Ich dachte, es ist einfach ein schickes Haus. Wusste nicht recht, was daran so besonders sein soll.«

»Wie hat sie da auf dich gewirkt?«

»Was meinen Sie das?«

»Wie hat sie reagiert?«

»Ich bin mir nicht sicher, ob ich verstehe, was Sie meinen.« Sie ging ein paar Meter am Ufer entlang, bevor sie sich wieder umdrehte und zu ihm zurück ging. »Sie wirkte irritiert.«

»Nicht verärgert?«

»Ich weiß nicht so recht. Sie wollte unbedingt die Stallungen sehen, aber die gibt es nicht mehr.«

»Die Stallungen«, wiederholte er und starrte auf den See hinaus. »Maddy, ich glaube, ich weiß, wer Ellen ermordet hat, aber du musst mir helfen, es zu beweisen.«

»Ich? Was hab ich damit zu tun?«

»Du kannst dich bei den Gardaí einschmeicheln. Du hast die Leiche gefunden. Du warst mit ihr befreundet. Du musst für mich herausfinden, was die wissen, und wenn ich die Informationen habe, dann kann ich vielleicht beweisen, was ich zu wissen glaube.«

Maddy schlurfte über die Steine. Feuchter Kies blieb an ihrer Schuhen haften. Sie zitterte am ganzen Körper, obwohl Healys Jacke so schwer war. Sie traute ihm nicht. »Diese Idee gefällt mir überhaupt nicht.«

»Du musst mir helfen«, bettelte er. »Außerdem ist es ja auch ein bisschen deine Schuld, dass sie umgebracht worden ist.«

Sie hörte auf zu schlurfen und wandte ihm den Kopf zu. »Das können Sie gleich wieder vergessen. Ellen war meine Freundin.«

»Der Mörder musste sie ausspionieren. Um zu wissen, wann sie allein zu Hause war. Vielleicht ist die Person euch gefolgt. Oder hat eure Gespräche belauscht. So was in der Art.«

»Sie reden so eine Scheiße. Das alles hat nichts mit mir zu tun.«

»Es hat sehr wohl mit dir zu tun. Du hast eine Erinnerung in Ellen geweckt. Etwas, das ihr jahrelang zu schaffen gemacht hat ... ich versuche immer noch, es zu verstehen.«

»Wie können Sie sie überhaupt so gut kennen?«

»Das spielt jetzt keine Rolle.«

»Bringen Sie mich nach Hause. Jetzt. Ich hab genug von dem Quatsch.«

»Du musst mir helfen«, sagte er und legte eine Hand auf ihren Arm. Sie schüttelte sie wütend ab und die Jacke fiel auf den Boden, als sie Richtung Auto ging.

Sie rief ihm über die Schulter zu: »Sie haben überhaupt keine Ahnung!«

Sie hatte Gewalt erwartet. Das war sie gewohnt, allen voran von Simon. Aber als sie am Auto ankam und zurück zum See schaute, stand Brendan Healy immer noch genau da, wo er gerade gestanden hatte. Seine Schultern bebten und er schaute auf das graue Wasser hinaus. Maddy wusste überhaupt nicht, was sie jetzt tun sollte. Zu Fuß zurückgehen? Per Anhalter fahren? Zu dem großen Haus hinauflaufen? Zurück zu Healy gehen, der augenscheinlich fix und fertig war? Oder einfach abwarten?

Sie rieb ihren schmerzenden Arm, lehnte sich gegen das Auto und beschloss, einfach zu warten. Sie konnte noch mehr aus ihm herausbekommen. Das schuldete sie Ellen.

SECHSUNDFÜNFZIG

Lottie fuhr und Boyd las sich die Vernehmungsprotokolle von Andy Ashe und Simon Wallace durch und informierte sich über die neuesten Entwicklungen – hauptsächlich die Karte des Steinbruchs. Von dem Steinbruch, auf dem Ellen Gormleys kleiner Bruder vor neun Jahren ertrunken war.

»Ich will mich erst auf dem Steinbruch umschauen, bevor wir uns Matthew Fleming zur Vernehmung holen«, sagte Lottie.

»Was glaubst du, dort noch zu finden?«

»Ich weiß es nicht – aber vielleicht ist es der Schlüssel zu allem.«

»Apropos, schon Glück gehabt mit Rachels drittem Schlüssel?«

»Ich habe Garda Brennan losgeschickt, um ihn an Ellens Haus auszuprobieren. Auch kein Erfolg. Und bei Hazel passt er auch nicht.«

»Vielleicht war der auch für ein älteres Schloss, das längst ausgetauscht worden ist, und sie hatte einfach noch nicht drangedacht, ihn vom Schlüsselbund zu nehmen.«

»Wahrscheinlich hast du recht.«

»Was glaubst du, auf dem Steinbruch zu finden?« Er glättete die Seiten und schloss die Akte auf seinen Knien. Lottie fragte sich, ob er wohl jemals den Sprung zu einem iPad wagen würde, wie McKeown. Eher nicht.

»Soweit Lynch und Kirby herausfinden konnten, wird er schon seit Jahren nicht mehr genutzt, also wird er wohl nur ein riesiges Loch im Boden voller Steine und Wasser sein.«

»Ich glaube, das ist vergebliche Liebesmüh.«

»Land und Macht können schon einen ganz schönen Reiz ausüben, Boyd«, sagte sie. »Und irgendetwas ist passiert, was Ellens Familie dazu veranlasst hat, dieses Stück Land an Matthew Fleming zu verkaufen. Vielleicht war es der Tod des Jungen, vielleicht aber auch etwas anderes.«

»Vielleicht hat er es einfach so gekauft.«

»Auch wenn, es ergibt keinen Sinn. Er hatte zu dem Zeitpunkt schon den großen Steinbruch bei Athlone in Betrieb genommen. Das muss noch was anderes sein.« Sie bog von der Hauptstraße, die auf die Straße, die zu Matthew Flemings Haus führte, ab und hielt sich vorsichtig an einen schmalen Feldweg. »Schau noch mal auf Google Maps. Um sicherzugehen, dass das hier wirklich der richtige Weg ist.«

»Ist es. Ich kann vor uns eine Felsformation erkennen. Und die Spitze von einer verrosteten Bohrvorrichtung oder so was.«

Als sie dort waren, parkte Lottie den Wagen und sie stiegen aus. Sie zog den Reißverschluss ihrer Jacke zu und fand im Kofferraum eine Wollmütze, die sie sich weit über die Ohren zog. »Hier ist noch eine übrige Mütze, wenn du sie brauchst, Boyd.«

»Ich habe eine Kapuze.«

»Hab ich auch, aber die wird hier nicht viel nützen, bei dem Ostwind.«

Sie ging zu dem relativ neuen Tor. Es war kein Schloss davor, also schob sie den Riegel zur Seite und dann sich selbst durch den schmalen Spalt. Das Gras war lang und nass und der

Boden glitschig unter ihren Füßen, als sie auf den Steinbruch zuschritt. Als sie näher kam, war der Boden von feuchtem Sand bedeckt.

Eine große, einem Erdbagger ähnliche Maschine mit rostigen Kettenriemen stand neben dem Abgrund. Als sie sich vorbeugte, sah sie, dass der Steinbruch zu drei Vierteln voller trübem Wasser stand.

»Vorsicht«, sagte Boyd und stellte sich neben sie. »Ein Windstoß und weg bist du.«

»Es ist so still, dass es geradezu furchteinflößend ist«, sagte sie mit einem Schaudern.

»Vor langer Zeit aufgegeben.«

»Ja, aber trotzdem ... ich weiß nicht. Ich bekomme eine Gänsehaut.« Sie trat von der Kante zurück und ging langsam auf dem Platz umher. Der Wind pfiff durch die alten Maschinen. Riesige Felsbrocken lagen herum, waren wahrscheinlich schon seit Jahren nicht mehr bewegt worden. Algen und Moss bedeckten den Kalkstein. »Ellen Gormleys kleiner Bruder, Aidan, ist in diesem schrecklichen Wasserloch ertrunken. Und irgendwann ist der Steinbruch in Flemings Besitz übergegangen. Aber ich verstehe es einfach nicht. Ich habe Lynch gebeten, alles, was sie finden kann, auszugraben, was irgendwas mit dem ertrunkenen Jungen zu tun hat.«

»Es muss eine Untersuchung gegeben haben, also sollte sie doch diese Dokumente finden können.«

»Und den Bericht zur Obduktion.« Lottie ging ein bisschen weiter. »Aber hat das irgendetwas mit den drei Morden von dieser Woche zu tun? Und wenn ja, was? Warum diese Frauen? Es ergibt keinen Sinn.«

Boyd schüttelte langsam den Kopf. »Wir müssen uns auf Matthew Fleming konzentrieren. Alles führt irgendwie zu ihm. Und wir müssen ihn zu seiner Affäre mit Hazel Clancy befragen.«

»Okay.« Sie wollte weiter um den offenen Krater herumgehen, aber damit würde sie wohl nichts weiter ausrichten, also ging sie zurück zu Boyd. »Flemings Haus ist gleich auf der anderen Seite des Hügels. Sollen wir rüber laufen, oder den ganzen Weg herum fahren?«

»Fahren.«

Sie ließ ihren Blick noch ein letztes Mal über den Abhang schweifen, dann folgte sie Boyd den Weg hinunter zum Wagen.

Das Fernglas senkend überlegte der Killer, wie man am besten mit dieser neuen Wendung in der Angelegenheit umgehen sollte. Was hatte diese Lottie Parker zum Steinbruch gebracht? Die Frau Detective stand ihren Mann und fand Verbindungen, ohne sich dessen überhaupt bewusst zu sein. Das brachte Pläne in Gefahr. Es war sogar möglich, dass sie die gesamte Operation zunichtemachte, bevor es zum großen Showdown kommen konnte. Das durfte keinesfalls passieren.

Der Killer schob das Fernglas zurück in sein Gehäuse, wickelte es in ein grünes Wolltuch und schnallte es dann in der hölzernen Schatulle fest. Vor den Augen entstand das Bild von Lottie Parker in einer rechteckigen Kiste, die langsam zum Grund des Steinbruchs hinuntergelassen wurde und in dem trüben Schein des dunklen Wassers langsam versank.

Das wäre der wohlverdiente Ruheplatz für jemanden, der so wohlüberlegte Pläne über den Haufen zu werfen drohte.

Ein Blick auf die Uhr, in der Hoffnung, dass Inspector Parker die Show nicht verpassen würde, die bald beginnen sollte. Und mit ein bisschen Glück würde sie vielleicht ein weiteres Opfer werden.

SIEBENUNDFÜNFZIG

Bevor Lottie zurückstoßen und den Wagen wenden konnte, sah sie im Rückspiegel einen Range Rover, der den Feldweg heruntergeschossen kam.

»Was macht der denn hier?«, fragte sie, stellte den Motor ab und stieg wieder aus.

Der Range Rover kam quietschend zum Stehen und Matthew Fleming sprang heraus, warm in eine wildlederne Jacke mit Lammfellkragen eingepackt. Auf seinem Kopf saß eine braune Deerstalker-Mütze, komplett mit Ohrklappen. Er sah lustig aus, war aber wenigstens dem Wetter entsprechend gekleidet. Die Füße steckten in grünen Wellingtons.

»Was machen Sie beide denn hier?« Der Wind trug die Stimme zu ihnen, bevor er selbst vor ihnen stand.

»Das wollte ich Sie auch gerade fragen«, sagte Lottie.

»Sie halten sich unberechtigterweise auf meinem Grund und Boden auf.«

»Wirklich? Ich habe keine Warnhinweise an der Straße gesehen.« Sie bereute, ihre Mütze im Auto abgenommen zu haben. Der Wind pfiff ihr um die Ohren und ihr Gesicht war schon ganz taub von der Kälte.

»Ja, Inspector Parker, wirklich. Ich habe hier eine Verabredung in ein paar Minuten.«

»Es ist schon ein bisschen kalt, um sich im Freien zu treffen.«

»Ich schließe ein Geschäft ab, um dieses Scheißstück Land endlich loszuwerden, und ich schließe meine Geschäfte gerne ohne Zuschauer ab, wenn es Sie nicht stört.«

Er nahm seine Mütze ab. Vielleicht war das das, was ein Gentleman tun würde, oder vielleicht konnte er sie so auch nur einfach besser hören.

»Es ist ja sonst gar niemand da«, mischte sich jetzt auch Boyd ein.

»Ich bin zu früh dran«, sagte Fleming und knetete die Mütze zwischen seinen knöchrigen Fingern zu einem Knäuel. »Das gehört zu einem guten Geschäftsmann dazu. Sich einzurichten, bevor das Gegenüber eintrifft.«

»Wer ist das Gegenüber?«

»Das geht Sie zwar nichts an, aber es ist niemand aus der Stadt. Ich habe gestern spät abends noch eine E-Mail bekommen von jemandem, der sich treffen möchte. Ich bin selber gespannt, wer es ist.«

»Kann ich kurz mit Ihnen reden?«, fragte Lottie. »Das wird nur einen Augenblick Ihrer kostbaren Zeit beanspruchen. Wir waren nämlich gerade auf dem Weg zu Ihnen.«

»Ich habe nichts mehr übrig für Ihre geistlosen Fragen.« Er wollte sich an ihr vorbeischieben, aber sie erwischte seinen Ärmel und hielt den robusten Stoff fest. Als er sich herauszuwinden versuchte, löste sie ihren Griff.

»Mr Fleming, Sie sollten davon in Kenntnis gesetzt werden, dass neue Informationen ans Licht gekommen sind. Wir müssen Sie auf der Wache vernehmen.«

»Aber nicht jetzt. Ich bin gerade dabei, einen Deal zu verhandeln. Ich möchte, dass dieser verdammte Ort hier ein für alle Mal geschlossen wird.«

»Ist das der Steinbruch, an dem Rachel wegen des Rohmaterials für ihre Kosmetikserie SmoothPebble interessiert war?«

»Sie hat diesen Ort erwähnt, ja, aber ich habe ihr gesagt, dass er stillgelegt ist. Wir haben über andere Steinbrüche gesprochen, zu denen sie Zugang bekommen könnte. Ich hatte geplant, dass sie mit Tara zusammenarbeiten würde. Kann ich mich jetzt auf den Weg machen?«

»Kann ich mich darauf verlassen, dass Sie nach dem Geschäftstreffen zur Wache kommen, oder muss ich hier im Auto sitzen bleiben und auf Sie warten?«

»Es ist mir völlig egal, was Sie tun, solange Sie mir nicht in die Quere kommen.«

»Warum haben Sie diesen Steinbruch überhaupt gekauft, wenn Sie vorhatten, ihn außer Betrieb zu nehmen? War er nicht profitabel genug für Sie?«

»Um ehrlich zu sein, wollte ich ihn überhaupt nicht, aber er wurde mir zu einem Schleuderpreis angeboten, und zu dem Zeitpunkt wäre ich dumm gewesen, das Angebot nicht anzunehmen.«

»Sie haben ihn nie betrieben?«

»Es gab Schwierigkeiten. Das Steinbruchgeschäft ist an so viele Rechtsvorschriften und Richtlinien gebunden, da würden Sie Augen machen. Es ist ein kleiner Steinbruch, aber trotzdem hätte ich eine Baugenehmigung gebraucht, um ihn gewerblich zu nutzen.« Wenn er über seine Geschäfte sprach, schien er in seinem Element zu sein. »Auf der anderen Seite des Hügels liegt ein See und die Ortsansässigen waren in Harnisch. Haben behauptet, dass der kommerzielle Betrieb des Steinbruchs Wasserverschmutzung zur Folge haben würde, und Luftverschmutzung und jede andere Art von Verschmutzung, die sie aus ihrem Hut zaubern konnten. Ich hätte mich mit den ganzen Umweltorganisationen herumschlagen müssen, und zu der Zeit war ich mit genug anderen Dingen beschäftigt.«

»Ich habe mich dort oben umgeschaut«, sagte Lottie. »Da gibt es nicht besonders viel, oder?«

»Ich habe nie geglaubt, dass dort genug für einen intensiven Abbau zu holen wäre. Aber mit dem ganzen Straßenbau, den Autobahnprojekten, waren Steinbrüche recht lukrativ geworden. Ich war gerade dabei, andere Steinbruchprojekte zu verwirklichen, also habe ich meine Kraft lieber in die gesteckt.« Er zog mit der Hand einen Kreis in der Luft. »Das hier war den Aufwand wirklich nicht wert.«

»Es hat früher den Gormleys gehört, stimmt das?«

»Sie haben Ihre Hausaufgaben gemacht.«

»Warum hat Mervyn Gormley den Steinbruch nicht weiter genutzt?«

Fleming zuckte die mageren Schultern. Sein Gesicht war blau und wie wundgescheuert, sein Haar unbändig und widerborstig. Er sah gar nicht aus wie der coole Geschäftsmann, den sie vor ein paar Tagen in seinem Büro angetroffen hatte. Sie wartete, bis er unter ihrem unnachgiebigen Blick einknickte. »Gormleys Steinbruch hat nur Peanuts abgeworfen. Ich glaube, er hat vor allem Steine und Schotter abgebaut, um sein eigenes Haus zu bauen. Wie auch immer, ich hatte in anderen Teilen des Landes mehr als genug zu tun, und habe diesen Ort hier praktisch aufgegeben.«

»Sie haben gestern etwas von einem ertrunkenen Kind erwähnt. War das Mervyn Gormleys Sohn?«

Fleming malte mit der Fußspitze Kreise auf den Boden, bevor er sich wie eine knorrige alte Eiche streckte. »Inspector, das ist vor langer Zeit geschehen. Die Untersuchung kam zu dem Schluss, dass es sich um Tod durch Unfall handelte. Der Junge ist in der Nacht einfach herumgelaufen und ertrunken. Das hat seine Eltern ins Grab gebracht. Buchstäblich. Sie sind wenige Jahre später gestorben, einer nach dem anderen, und als Ellen das Land geerbt hat, wollte sie es loswerden. Hat es mir für ein Butterbrot verkauft. Wie ich Ihnen schon gestern Abend erzählt habe, diese Geschichte mit dem ertrunkenen Jungen hat meiner Tochter mental immens geschadet. Ich bereue den Tag, an dem ich dieses Loch im Boden zum ersten Mal gesehen habe. Und ich bereue es noch viel mehr, dass ich es gekauft habe. Aber wenn Sie mich jetzt mein Geschäft abschließen lassen, dann bin ich es hoffentlich bald ein für alle Mal los.«

»Und Sie verkaufen es an jemanden, den Sie noch nie getroffen haben?«

»Ich kann es nicht früh genug verkaufen. Aber wie auch immer, dieses Geschäft hat nichts, aber auch gar nichts mit Ihren Ermittlungen zu tun.«

Sie wollte das gerne noch weiter diskutieren, aber die Kälte war beißend und der Wind wurde stärker. Sie zog eine Augenbraue fragend hoch und blickte Boyd auffordernd an. Er nickte.

»In Ordnung«, sagte sie. »Vollziehen Sie Ihren Deal. Kommen Sie direkt im Anschluss auf die Wache. Ich habe Fragen an Sie bezüglich Ihrer Beziehung mit Hazel Clancy.«

Der kühle, bläuliche Hautton wich aus Flemings Gesicht. Er war jetzt so weiß wie sein Haar. »Hazel? Was hat sie denn mit dem Ganzen zu tun?«

»Sie ist ermordet worden, Mr Fleming.«

»Was ... ich verstehe nicht.« Seine Füße verloren vor ihren Augen kurz den Halt, bevor er sich wieder fing.

»Ich glaube, das tun Sie sehr wohl.«

»Ach, verdammt noch mal. Sie können doch nicht im Ernst annehmen, dass ich ihr irgendetwas angetan habe.« Als er Lotties versteinertes Gesicht sah, sagte er: »Ich schwöre bei allem, was mir heilig ist. Ich habe sie nicht umgebracht.« Er stapfte wütend im Kreis, bevor er wieder vor ihr zum Stehen kam. »Wir hatten mal was miteinander. Sie war zu anstrengend. Hat den Spaß an der Sache nicht gesehen. Wenn ich ehrlich sein soll, dann hat sie mir regelrecht Angst eingejagt, und es gibt nicht viel, was mir Angst macht.«

»Wann haben Sie Hazel Clancy das letzte Mal gesehen?«

»Das muss wohl sechs Monate oder länger her sein.«

»Kann jemand bezeugen, was Sie die letzten achtundvierzig Stunden gemacht haben, wo Sie sich aufgehalten haben?«

Er zögerte. »Teilweise. Wahrscheinlich. Aber ich lebe allein, wenn Tara bei ihrer Mutter ist. Meine Assistentin kann Ihnen eine Auflistung meiner Termine übermitteln, und«, seine Augen leuchteten auf, »Sie waren gestern Abend in meinem Haus. Ist das Alibi gut genug?«

»Nein, ist es nicht.«

Sie wussten nicht, wann sie gestorben war. Lottie wartete immer noch auf einen Anruf von Jane wegen der Obduktion. Wenn man Simon glauben durfte, war Hazel gestern kurz vor Mittag noch am Leben gewesen. Das Gift konnte ihr zu einem beliebigen Zeitpunkt während der letzten vierundzwanzig Stunden verabreicht worden sein, aber Lottie war sich sicher, dass der Mörder ihr dabei zugesehen hatte, wie sie sich unter Schmerzen gewunden hatte, bevor sie schließlich gestorben war. Welcher Mensch tat so etwas?

Abschätzend betrachtete sie die tiefen Furchen auf Flemings Gesicht, die sich vor Sorge noch tiefer eingruben. War sein zur Schau gestelltes Geschockt-Sein wegen Hazels Tod nur gespielt? War er stärker, als er aussah? War er ein kaltblütiger Mörder? Das Aussehen konnte täuschen, aber irgendwie schaffte sie es nicht, Fleming wirklich einzuordnen.

Er setzte seine Mütze wieder auf und klappte die Ohrentaschen nach unten. »Ich gebe Ihnen mein Wort, Inspector. Beim Leben meiner Töchter, nach dem Geschäftsabschluss hier komme ich auf schnellstem Wege auf die Wache.«

Machte sie gerade einen riesigen Fehler? Noch eine zerbrochene Stufe auf ihrer Karriereleiter? Zum Teufel damit. Boyd und sie konnten ja am Ende des Feldwegs warten. Dann konnte er auf keinen Fall wegfahren, ohne dass er an ihnen vorbei musste.

»In Ordnung. Tun Sie, was Sie tun müssen. Aber versuchen Sie nicht, mich auszutricksen.«

»Sie würden eine gute Geschäftskonkurrentin abgeben, Inspector Parker. Obwohl ich meine Vorbehalte habe, muss ich zugegeben, dass ich eine gewisse Bewunderung für Sie hege.«

Er schenkte ihr ein trauriges Zwinkern, bevor er den Hang hinaufstieg. Seine Gummistiefel schmatzten auf dem feuchten Gras, und sein magerer Körper schwankte im Wind wie eine schlaksige Vogelscheuche, aus der die Strohfüllung gepickt worden war.

———

Sie setzten sich in den Wagen und Lottie fuhr ein paar Meter den Weg entlang, bevor sie den Motor wieder abstellte. Sie überlegte sich, wie sie Matthew Fleming später am besten in die Mangel nehmen konnte. Dann rief sie Lynch an, um nachzufragen, ob es schon weitere Einzelheiten zu dem Tod von Aidan Gormley gab. Immer noch nichts. Lynch wartete auf die elektronische Übermittlung der Akten. Jane Dore ging nicht ans Telefon, daher würde Lottie einfach auf die Ergebnisse der Obduktion warten müssen.

»Also ich weiß ja nicht, ob das an dem Fall oder an was anderem liegt«, sagte Boyd, »aber schon die ganze Woche habe ich solche Lust auf eine Zigarette.«

»Denk nicht mal dran. Wir haben einen Deal. Wenn du damit aufhörst, höre ich auch auf. Das gleiche gilt, wenn du wieder anfängst.«

»Du hast leicht reden. Du hast ja immer nur die Zigaretten anderer Leute geraucht.« Er warf ihr einen schiefen Blick zu. »Lottie, ich rauch schon nicht. Ich sage dir doch nur, wie es mir geht.« Er schaute zur Windschutzscheibe und trommelte mit den Fingern aufs Armaturenbrett.

Sie griff nach seiner Hand und drückte sie fest. »Du bist so stark, Boyd. Vergiss nie, was du durchgemacht hast. Und in der Zukunft werde ich bei jedem Schritt an deiner Seite sein. Ich weiß, dass ich es nicht groß zeige, aber ich kann es gar nicht erwarten, dich endlich zu heiraten.«

»Ich hätte ja nie gedacht, dass du so romantisch sein kannst.« Er grinste sie lässig an und sie musste sich zusammenreißen, um sich nicht hinüberzubeugen und ihn zu küssen. Aber warum denn eigentlich, es sah sie ja niemand.

Sie nahm sein Kinn und drehte sein Gesicht zu ihrem und ein Verlangen erwachte tief in ihr drinnen. Schmetterlinge schwirrten dort unten umher und plötzlich wurde ihr trotz der klirrenden Kälte warm. Empfindungen, sie sie sonst sehr gut verborgen halten konnte, drängten an die Oberfläche. Es war schon lange her, seit Boyd und sie intim miteinander gewesen waren, wegen seiner Behandlung, aber aus einem unerklärlichen Grund wollte sie ihn jetzt.

»Wir brauchen eine eigene Wohnung«, murmelte er.

»Sei still und lass mich dich noch einmal küssen.«

Unter der Jacke bebte ihr ganzer Körper, als er mit seinen Fingern entlang ihrer Wange bis zum Haaransatz strich und dann versuchte, den Haargummi zu lösen.

»Hör auf, du reißt mir ja die ganzen Haare aus«, rief sie.

»Und schon ist es wieder vorbei mit der Romantik.« Boyd grinste. »Ruiniert von einem ausgeleierten Gummi.«

»Ausgeleierte Gummis haben schon viel größeren Schaden angerichtet.« Sie lachte und fügte hinzu: »allerdings nicht bei mir. Alle meine Kinder waren Wunschkinder. Boyd, glaub mir, ich freue mich wirklich auf Samstag.«

»Ich bin zwar nicht einverstanden mit dem Arrangement, das du mit Annie Fleming getroffen hast, aber egal, wie kitschig es sich anhört, ich kann es nicht erwarten, dass wir endlich Mann und Frau sind.«

Sie richtete sich etwas auf. »Danach wird sich für uns bei der Arbeit einiges ändern.«

»Und wenn schon. Wir haben schon viel Schlimmeres überstanden. Sowohl du als auch ich. Ich liebe dich, Lottie Parker.«

Er lehnte sich vor, um sie zu küssen, aber bevor sie antworten konnte, schien die Luft zu zittern. Dann bebte die Erde heftig. Es warf sie erst aneinander, dann riss es sie wieder auseinander. Eine ungeheure Explosion ließ Rückscheibe und Seitenfenster zerbersten und von allen Seiten regneten Glassplitter auf sie ein. Lottie war, als ob sie flöge, als der Wagen in die Luft geschleudert wurde, auf eine Felsenwand traf, Richtung Himmel flog, sich drehte und schließlich mit den zerborstenen Reifen halb in einem durchweichten Feld steckend zum Stehen kam. Sie landete auf Boyd, drückte ihn nieder, Krämpfe durchzuckten ihren Körper und ihr Magen zog sich zusammen, bevor alles nach einem letzten, kurzen Zittern plötzlich wieder vorbei war. Ihr Herz klopfte so laut, dass es in ihren Ohren dröhnte, dann kam ein unnatürlicher Knall, gefolgt von einem unablässigen Pfeifton in ihren Ohren.

Was war passiert? War sie tot? Lieber Gott, betete sie, ich will zu meinen Kindern. Ich muss ihnen noch so viel sagen. Adam, wenn du dort oben auf uns aufpasst, dann lass mich nicht sterben!

Nach einem kurzen Moment konnte sie wieder atmen. Sie analysierte ihre Lage. Ihr Wagen hatte sich überschlagen und war dann wieder richtig herum zum Stehen gekommen.

Blut. Schmerzen. Lärm. Ein Schrei.

Hatte den sie oder Boyd ausgestoßen? Aber sie lebte. Sie würde ihre Kinder wiedersehen. Danke, lieber Gott. Sie versuchte, sich zu bewegen, aber das Autodach drückte sie nach unten, und sie war weiterhin fest gegen Boyd gepresst. Aus irgendeinem Grund hatte der Airbag nicht ausgelöst. Durch das zerbrochene Fenster wehte ein Geruch zu ihr herein, ein Geruch, der sie an verbranntes Fleisch erinnerte.

Sie drückte sich ein wenig nach oben, um sich zwischen

dem Rauch und Schutt umzusehen und zu verstehen, was passiert war. Es wurde unnatürlich still um sie herum.

»Boyd«, flüsterte sie. Blut strömte aus ihrem Mund, weil sie sich stark auf die Zunge gebissen haben musste. Ein brennender Schmerz entlang ihrer Wirbelsäule brachte sie dazu, noch einmal zu schreien. Ein lautes Klingen machte ihre Ohren noch tauber.

»Boyd. Geht es dir gut?«

Er blieb still. Erst dachte sie, dass das daran lag, dass sie auf beiden Ohren taub war. Seine Lippen bewegten sich nicht. Ein dünnes Rinnsal aus Blut lief aus seinen Haaren, und sein Körper wirkte unnatürlich verdreht. Sie erkannte, dass ihr eigenes Gewicht ihn niederdrückte. Mit ein paar Bewegungen konnte sie sich etwas lösen und richtig herum drehen.

Benzin! Sie konnte Treibstoff riechen. Sie mussten aus dem Auto heraus. Die Tür auf ihrer Seite war eingedrückt und sie konnte sie nicht öffnen. Sie konnte auch nicht über Boyd klettern, und außerdem war seine Tür auch nur noch ein verbeultes Stück Blech. Risse durchzogen die Windschutzscheibe kreuz und quer, doch das Glas war noch intakt. Es war wenig Platz, aber sie musste Boyd freibekommen und sie beide aus dem Wagen herausbringen. Der Tank kann jeden Moment explodieren!, rief ihr wattiges Gehirn ihr zu.

Dann erinnerte sie sich an etwas, das ihr irgendjemand einmal gesagt hatte. Vorsichtig setzte sie sich auf ihren eigenen Sitz, zog in dem engen Raum mit aller Kraft und hielt schließlich die Kopfstütze in der Hand. Noch ein Manöver, bei dem ihre Knochen knirschten, und sie schlug die Stahlbeine mit voller Wucht gegen die Frontscheibe, die in tausend Scherben zerbarst. Die meisten flogen nach draußen, aber ein paar landeten auf ihnen. Sie konzentrierte sich wieder auf Boyd. Wie könnte sie ihn aus dem Wagen bekommen?

Er stöhnte und öffnete die Augen.

»Bist du okay? Hast du Schmerzen?«

Seine Augen wurden glasig.

»Boyd! Wir müssen aus dem verdammten Auto raus!«

»Du musst nicht so brüllen. Da werde ich ja noch taub.«

Sie wusste, dass sie brüllte, obwohl sie ihre eigene Stimme wegen des andauernden Dröhnens in ihren Ohren kaum hören konnte.

»Ich klettere jetzt durch die Windschutzscheibe nach draußen. Dann ziehe ich dich nach. Es ist nicht viel Platz. Das Dach und die Türen sind eingedrückt. Kannst du dich bewegen?«

»Mach dir keine Sorgen um mich. Raus! Ruf Hilfe.«

»Komm mir nach.«

»Natürlich, Chefin.«

Seine Zuversicht klang in ihren Ohren, parallel zu dem Geräusch der Explosion. Sie schob sich aus dem Wagen und versuchte, die Glassplitter nicht noch mehr Schaden als schon geschehen anrichten zu lassen. Draußen stand sie vorsichtig auf, lehnte sich über die Kühlerhaube und streckte Boyd ihre Hand hin. Er ergriff sie, und mit aller Kraft zog sie ihn durch die klaffende Windschutzscheibe und auf den Boden, wo er keuchend und um Atem ringend liegen blieb. Er schien keine sichtbaren Verletzungen davongetragen zu haben, außer ein paar Schnitten im Gesicht und an den Händen und dem Blut an seiner Schläfe. Aber was war mit inneren Verletzungen? Könnte dieses Trauma seine Fortschritte gegen den Krebs wieder zunichtemachen? Scheiße und noch mal Scheiße. Und was war mit ihr selbst? Jetzt gerade fühlte sie sich nicht so schlecht, aber aus Erfahrung wusste, sie, dass das morgen ganz anders aussehen würde.

»Kannst du aufstehen?«, fragte sie.

»Nur eine Sekunde. Ich fühl mich ein bisschen benommen.«

»So lange haben wir vielleicht nicht.« Sie hatte keine Ahnung, was gerade passiert war, aber sie würde keine Sekunde länger warten. Sie packte seine Hand, zog ihn hoch und legte sich seinen Arm um die Schulter. Dann schleppte sie ihn vom Wagen weg. Zitternd brach Boyd am Wegrand zusammen.

»Was ist passiert?«, fragte er.

Sie schüttelte den Kopf, um ihr Hörvermögen wiederherzustellen. »Keine Ahnung. Bleib hier. Ich sehe mich um.«

»Wo?«

»Im Steinbruch.«

»Hat den jemand gesprengt?«

»Ich schaue nach.«

»Bist du lebensmüde? Ruf Hilfe! Warte!«

»Matthew Fleming könnte noch dort oben sein und Hilfe brauchen. Bleib hier.«

»Ich gehe bestimmt nirgendwo hin.« Er zog sein Handy aus der Tasche. Das Display hatte einen Sprung. »Ich rufe Hilfe.«

Sie wischte ihm ein bisschen Blut von seinem Auge. »Ich bin gleich wieder da. Beweg dich nicht von der Stelle.«

»Könnte ich nicht einmal, wenn ich wollte. Sei vorsichtig. Keine Heldentaten.«

»Berühmte letzte Worte.« Sie versuchte, zu lächeln, aber ihr Gesicht tat sogar dafür zu weh. Stattdessen tätschelte sie seine blutgesprenkelte Hand und ließ ihn dort im Gras zurück.

In einem Adrenalinhoch ging sie quer über das Feld, vorbei an ihrem ramponierten Wagen, der aussah, als ob er ein Stockcarrennen durchgemacht hätte. Vorahnung machte ihr das Atmen schwer. Was würde sie wohl hinter der Mauer finden, die nur ein paar Meter den Weg entlang stand? Vorsichtig kletterte sie über die bröckelnden Steine und suchte mit ihrem Blick den Horizont ab.

Schutt war verstreut, soweit ihr Auge reichte. Das Tor gab es nicht mehr. Matthew Flemings Range Rover war ein geschwärztes Skelett, ein Gerippe, das Glas zerborsten, das Dach nach oben weggerissen, die Türen schief. Stahlstücke und Glasscherben sprenkelten den umliegenden Boden und auch das weiter entfernte Gelände. Ein kleines Feuer loderte in dem zerschlagenen Motorgehäuse, aber es sah nicht gefährlich aus.

»Allmächtiger«, flüsterte sie.

Sie ging schneller, stolperte immer wieder über schwelende Trümmerteile. Schrapnell aus Stahl und Gestein. Sehr viel Gestein. Blut. Stücke von versengtem Fleisch. War das ein angesengtes Stück von einem Finger? Ihr Magen zog sich zusammen; ihre Eingeweide revoltierten. Mit aller Macht zwang sie sich zu einer Kraftanstrengung.

»Fleming! Matthew!«

Sie schrie, bis sie heiser war, und dann rannte sie los.

ACHTUNDFÜNFZIG

Oben auf dem Krater angekommen, starrte Lottie in das trübe Wasser und fragte sich, wie Taucher das je absuchen sollten. Sie nahm an, dass sie von Stücken von Matthew Flemings Leiche umgeben war, aber der größte Teil von ihm war wahrscheinlich unter Wasser. Ihr war, als ob sie Flemings Deerstalker-Mütze auf der Wasseroberfläche schwimmen sah, aber das bildete sie sich wahrscheinlich nur ein.

Sie ließ ein immer mehr zuschwellendes Auge über das Gelände schweifen. Keine Spur von der Person, die Fleming hier treffen sollte. Niemand sonst war hier. Niemand war ihnen auf dem Feldweg begegnet. Sie hatte keine Kraft, auf die andere Seite des Hügels zu steigen, das sollte lieber jemand anderes machen. Es wäre unverantwortlich von ihr, weiterzugehen. Was, wenn da noch mehr Bomben waren? Scheiße.

Als sie sich auf den Weg zurück zu Boyd machte, kam ihr ein Gedanke. Hatte Fleming das geplant? Hatte er die Bombe in seinem Auto deponiert, sich an den Rand des Steinbruchs gestellt, und sie detonieren lassen, weil er wusste, dass sie stark genug war, ihn in zahllose, nicht identifizierbare Stücke zu zerfetzen? Oder hatte er eine Vorrichtung im Steinbruch selbst gezündet? Als sie sich umschaute, bemerkte sie einen riesigen Krater, nicht weit von da entfernt, wo sie stand. War es dort zu der Explosion gekommen?

War Fleming ihr Mörder? Hatte er beschlossen, seinem Leben ein Ende zu setzen, weil er dachte, dass sie bald eins und eins zusammenzählen würde? Ein Verdacht und Umstände waren nicht genug für eine Verurteilung. Sie brauchte Beweise, und bis jetzt hatten sie nicht viel in der Hand, was auf Fleming hindeutete, außer dass er Kontakt zu allen drei Opfern gehabt hatte. Das Einzige, worauf sie sich verlassen konnte, war ihr Bauchgefühl – und ihr Bauch war im Moment ziemlich verkrampft.

Sirenen waren zu hören und kündigten die Ankunft der Kavallerie an. Sie sank auf die Knie und spürte, wie sich Glas durch ihre Jeans in ihre Haut bohrte. Um sie herum lagen überall knisternde Wrackteile. Hoffentlich kniete sie nicht auf einem Stückchen Fleisch oder Knochen, das einmal zu Matthew Fleming gehört hatte.

Sie schob sich auf Händen und Knien nach vorne und schaute noch mal auf das Wasser. Falls sich Fleming mit jemandem getroffen hatte, war dann diese Person auch bis zur Unkenntlichkeit zerfetzt worden? Das Bombenentschärfungskommando und die Spurensicherung mussten die Puzzleteile zusammenfügen und ihr das komplette Bild zeigen. Erst dann würde sie definitiv wissen, wie viele Menschen sich hier aufgehalten hatten. Vielleicht war Fleming ja doch allein gewesen. Hätte er wirklich eine verborgene Sprengladung zünden können? Sie hätte darauf bestehen sollen, dass er sofort mit zur Wache kam. Aber das spielte jetzt keine Rolle mehr. Es war schon passiert. Sie würde die Konsequenzen tragen. Bei dem Gedanken stöhnte sie laut auf. Die Sirenen kamen näher, das Rumpeln der schweren Fahrzeuge brachte den Boden zum Vibrieren. Ein paar Steine fielen vom Rand des Steinbruchs und versanken im See, ohne eine Spur zu hinterlassen. Vielleicht stammte die Sprengladung aber auch noch aus der Zeit, zu der der Steinbruch in Betrieb gewesen war. War sie aus Versehen losgegangen?

Vielleicht war es so gewesen.

Rutschende Reifen und kreischende Bremsen brachten ihre Gedanken zurück zu Boyd. Sie sollte besser nach ihm sehen.

Plötzlich erfasste sie ein schrecklicher Gedanke. Sie sprang auf und lief den Weg zurück. Wenn jemand Matthew Fleming umgebracht hatte, dann konnte diese Person immer noch in der Gegend sein. Könnte sie es vielleicht auch auf Boyd abgesehen haben? Sie konnte nicht mehr klar denken, als sie der Ansammlung von Fahrzeugen auf dem engen Feldweg entgegenstolperte. Dann überkam sie eine Welle der Erleichterung, als sie sah, wie zwei Rettungssanitäter ihre Arme um Boyd legten und ihm halfen, zum Rettungswagen zu gehen.

Es fing an, dunkel zu werden. Dann sah sie kurz Sterne, bevor völlige Dunkelheit sie umgab und sie ihren Körper zu Boden sinken fühlte.

»Es geht mir gut. Herrgott noch mal.« Lottie wollte das Blutdruckmessgerät von ihrem Arm ziehen. Der Blick des Rettungssanitäters war auf den Bildschirm neben der Liege, auf der sie sich befand, fokussiert.

Sie war in einem Krankenwagen. Sie versuchte, sich aufzusetzen. Eine kräftige Hand hinderte sie daran.

»Nicht so schnell. Wir müssen uns erst ein Bild von Ihren Werten machen. Es würde schneller gehen, wenn Sie ruhig liegen bleiben würden.« Er lächelte sie über seinen Mundschutz hinweg an. »Glauben Sie, das bekommen Sie hin?«

»Natürlich.« Sie ließ ihren Kopf wieder auf das Gummikissen sinken und fragte: »Mein Kollege. Mark Boyd. Geht es ihm gut?«

»Ihm geht es besser als Ihnen, wenn Sie mich fragen. Ein

paar Schnitte und Schürfwunden. Nichts gebrochen, soweit unser anderes Einsatzteam das ohne ein Röntgengerät feststellen konnte. Er wird in ein paar Tagen einige schlimme Blutergüsse haben, genauso wie Sie.«

»Das macht mir nichts. Ich bin hart im Nehmen.«

»Da muss ich Ihnen zustimmen.« George stand auf seinem Namensschild. Er löste die enge Manchette von ihrem Arm.

»Danke, George. Kann ich jetzt gehen?«

»Ich verstehe wirklich nicht, wie Sie beide es aus diesem Auto geschafft haben. Das ist ein absoluter Totalschaden. Sie müssen dort oben einen Schutzengel haben, der auf Sie aufpasst.«

Lottie lächelte traurig und versuchte eine Träne zurückzuhalten, die sich in ihren Augenwinkel gestohlen hatte.

»Ihr Blutdruck ist etwas hoch und Ihr Herz rast. Sie müssen in die Notaufnahme. Röntgen und eventuell ein Scan. Dasselbe gilt für Ihren Partner.«

»Das kostet mich Zeit, die ich nicht habe.« Sie setzte sich auf und schwang ihre Beine über die Kante der Liege.

»Im Ernst, Sie müssen ins Krankenhaus. Ihr Kollege ist schon unterwegs dorthin.«

»Gut. Er hat gerade erst eine Chemotherapie beendet – sechs Monate hat das gedauert. Machen Sie bitte alle nötigen Tests. Wir heiraten übermorgen. Da muss er fit sein!«

George schaute seine Kollegin an, Amanda stand auf ihrem Schild. Unter der Maske konnte sie den Gesichtsausdruck nicht richtig interpretieren, aber er schien an Ungläubigkeit zu grenzen.

»Wo ist meine Jacke?« Ihre Worte klangen irgendwie nicht richtig. Die Hochzeit interessierte sie einen Scheißdreck. Sie machte sich Sorgen um Boyd.

»Die hat die Kriminaltechnik mitgenommen.«

»Es ist eiskalt, verdammt noch mal. Da sterbe ich ja den Kältetod!«

»Nicht, wenn Sie mit uns mitkommen«, sagte Amanda steif. Die Rettungssanitäter waren eindeutig an streitlustige Patienten gewöhnt. Lottie stand kurz davor, dem sprichwörtlich das Sahnehäubchen aufzusetzen.

»Geht nicht. Aber Tausend Dank, dass Sie mich durchgecheckt haben. Falls ich mich wackelig auf den Beinen fühle, lasse ich mich noch mal untersuchen.« Umgeben von einer lauten Geräuschkulisse stieg sie aus dem Rettungswagen.

Sie hatte aber auch ein Pech. Superintendentin Farrell stand am Fuß der Stufen und sah aus, als ob sie Kirby gerade gehörig die Leviten las.

»Ach, obwohl das Batmobile einen Totalschaden hat, geht es Batman gut«, sagte Farrell und versuchte, witzig zu sein. »Robin ist ins Krankenhaus gebracht worden. Kirby, treiben Sie ein Jacke für unseren Batman – oder unsere Batwoman – hier auf.«

»Danke«, sagte Lottie. »Sehen Sie, Superintendentin, ich kann das erklären ...«

»Ich freue mich außerordentlich, dass es Ihnen beiden gut geht, aber ich bin mir sicher, dass Sie mir gleich eine wilde Fantasiegeschickte auftischen werden. Der Wagen ist durch die Luft geflogen, ja? Das ist sogar für Sie etwas Neues. Ich bin ganz und gar nicht zu Scherzen aufgelegt und Sie kommen jetzt mit auf die Wache, damit Sie sich ordentlich erklären. Verstanden?«

»Ja, Superintendentin.« Lottie ließ ihren Kopf sinken, damit Farrell ihre glühenden Wangen nicht sehen konnte. In ihr drinnen brodelte es vor Zorn. Farrell würde sich nicht genau jetzt in ihre Ermittlungen einmischen. Nicht jetzt, wo die Lösung so nahe schien. Sie konnte sie noch nicht ganz fassen, aber sie wusste, dass sie da war und nur darauf wartete, gefunden zu werden.

Die Superintendentin hielt kurz inne. »Ich kannte Matthew Fleming. Bei ihm drehte sich immer alles ums

Geschäft. Ich habe Ihnen erzählt, dass wir einmal aneinandergeraten sind, als ich noch in Athlone im Dienst was, aber egal, wie er war, niemand verdient, dass sein Leben so endet.«

»Aber was, wenn er das hier geplant hat? Was ist, wenn er noch lebt?« Sie glaubte das selbst nicht und hatte keine Ahnung, warum sie das sagte.

»Wir sind hier nicht in einem James Bond Film, Parker. Aber damit Sie Ruhe geben, markieren wir seinen Pass und setzen Airlines und Häfen in Kenntnis.«

Kirby tauchte mit einer viel zu großen Fleecejacke auf und hielt sie Lottie hin, um ihr in die Ärmel zu helfen, dann drehte er sie zu sich und machte ihr, wie bei einem kleinen Kind, den Reißverschluss bis zum Kinn zu. In seinen Augen stand die stumme Frage, ob es ihr gut ging. Sie nickte und warf Farrell einen Seitenblick zu. Kirby schmunzelte. Er hatte verstanden. Es würde ihr gut gehen, sobald ihre Chefin verschwunden war.

Sie versuchte, ihre Gesichtszüge bei dem einsetzenden Nasenbluten so gut sie konnte unter Kontrolle zu halten. »Es ist immer noch möglich, dass Fleming die Explosion selbst herbeigeleitet hat. Ein frischer Krater ist in die Seite des Steinbruchs gesprengt worden.«

Farrell straffte ihre Schultern, um sich größer als Lottie zu machen, was aber völlig unmöglich war. Die schwere Überjacke spannte sich vor ihrer Brust und sie sagte: »Sie machen wohl Witze?« Dabei schaute sie Lottie spöttisch an.

Mit brummendem Kopf versuchte Lottie, an ihr vorüberzugehen. Farrell packte sie am Ellbogen.

»Parker, ich kann es ganz und gar nicht leiden, wenn ich nicht auf dem Laufenden gehalten werde. Ich mache mich jetzt auf den Weg, um mit Flemings Familie zu sprechen. In einer halben Stunde möchte ich Sie auf der Wache sehen, mit einer ausführlichen Erklärung, warum Sie und Sergeant Boyd sich mit Matthew Fleming hier draußen auf diesem Geröllhaufen aufgehalten haben, was wahrscheinlich mit mindestens einem

Toten geendet hat, und einem Loch, in das eine ganze Kathedrale passen würde. Außerdem haben Sie hoffentlich Fortschritte bei den drei Morden vorzuweisen, in denen Sie angeblich ermitteln.«

Lottie sah ihr dabei zu, wie sie zurück zu ihrem Wagen stapfte. Die Rückseite ihrer schwarzen Strumpfhosen war voller brauner Schlammspritzer.

»Ich glaube, dieses eine Mal wäre es wirklich besser, wenn Sie täten, was Ihnen befohlen wird«, sagte Kirby.

»Ich muss wissen, was hier passiert ist.«

»Überlassen Sie das den Experten. Die Bombensicherungskräfte der Armee sind schon unterwegs.«

»Wollen Sie damit sagen, dass die Spurensicherung das Gelände nicht betreten darf, bis das Militär sagt, dass es sicher ist? Verdammt.«

»Im ganzen Steinbruch könnten Bomben versteckt sein.«

»Kirby, wir sind hier nicht im Nordirland der Siebziger.«

»Ja, aber das Gebiet hier war einmal eine Hochburg der IRA. Und in diesen alten Steinbrüchen wurden Dynamit und Semtex verwendet. Gut möglich, dass hier noch Sprengstoff lagert.«

»Ach Herrgott noch mal!« Lottie fuhr sich mit der Hand durch die Haare. Danach hatte sie Blut an den Fingern. »In Ordnung. Sie haben gewonnen. Können Sie mich zurück in die Stadt fahren?«

»Sicher. Ich habe dort vorne geparkt. Fast an der Hauptstraße. Können Sie so weit gehen?«

»Ich bin doch Batwoman, haben Sie das nicht gehört? Ich kann sogar fliegen, verdammt noch mal.«

»Haha.«

»Sie werden nicht mehr lachen, wenn ich Sie bitte, unterwegs am Haus von Matthew Fleming zu halten.« Lottie marschierte los.

Irgendwann schlürfte Brendan Healy durch das Gras zurück zu Maddy. Die Brise hatte sich zu einem heulenden Starkwind ausgewachsen und die Wellen trugen Schaumkronen an den Kiesstrand. Sie hielt den Kopf gesenkt und ignorierte ihn.

»Die Stallungen sind der Schlüssel zu allem«, sagte er.

»Ich habe nicht die geringste Ahnung, wovon Sie sprechen.«

»Das hat Ellen gesagt. Aber ich weiß nicht, was es bedeutet.«

»Woher soll ich das dann wissen?«

»Hast du Beth kennengelernt?«

»Wer ist das?«, fragte Maddie.

»Rachel Mullens Zwillingsschwester.«

»Die Rachel, die nach der Party bei Annie Fleming ermordet worden ist?«

»Ja.«

»Ich habe auf der Party gearbeitet. Statt meiner Schwester. Sie hat ein Kind bekommen und … na ja, ich brauche Ihnen nichts von meinen Familienproblemen zu erzählen. Was ist mit dieser Beth?«

»Die Mullen Zwillinge waren mit den Fleming Töchtern befreundet, als sie Teenager waren. Du hast Tara und Jessica getroffen?«

»Ich habe Jessica am Montagabend getroffen.«

»Ich glaube, wir sollten mit Beth reden, und wenn sie nicht mit uns spricht, dann probieren wir es bei Tara und Jessica.«

»Moment mal.« Maddy war sich alles andere als sicher, ob sie in Healys Laiendetektivspiel involviert sein wollte.

»Was?«

»Ich muss nach Hause. Trey hat noch nicht gefrühstückt und ich habe doch die Milch und so.«

»Er hat bestimmt inzwischen etwas zu essen bekommen.

Schau, Maddy, die Polizei glaubt, dass ich etwas mit Rachels Tod zu tun habe, und vielleicht auch mit Ellens. Aber ich schwöre dir, dass ich keine der beiden umgebracht habe.«

Maddy verdaute, was er gerade gesagt hatte, und sie spürte, wie die Milch, die sie vorher getrunken hatte, in ihrem Magen sauer wurde. »Warum denken die das dann?«

»Das ist kompliziert. Steig ein.«

Sie trat einen Schritt vom Wagen weg. »Ich lasse es darauf ankommen und fahre lieber per Anhalter zurück in die Stadt, wenn es Ihnen nichts ausmacht.«

»Das macht mir sehr wohl etwas aus. Ich weiß nicht genau, warum, aber ich glaube, dass du der Schlüssel zu dieser ganzen Misere bist. Etwas, das mit dir zu tun hat, hat etwas in Ellen angesprochen, etwas, das mit ihrer Vergangenheit zu tun hatte, und wenn ich das herausfinden kann, dann bin ich aus dem Schneider.«

»Dafür brauchen Sie mich nicht.« Sie ging um den Wagen herum und brachte etwas Abstand zwischen sich und Healy. »Ich will nach Hause.«

Er zündete sich noch eine Zigarette an. »Was bilde ich mir auch ein? Du bist ja doch nur ein Kind. Ein armes, verwirrtes, dummes Kind. Steig ein.«

Sie hätte ihm so gerne gesagt, dass das mit dem arm durchaus stimmte, aber dass sie alles andere als dumm war. »Was schwafeln Sie da?«

Der Himmel war schwarz geworden und es fing an, in Strömen zu gießen. Als sie sich in das Auto setzte, dachte sie: vielleicht bin ich wirklich dumm, aber immerhin bin ich trocken.

NEUNUNDFÜNFZIG

Kirby brachte den Wagen in einem Schauer aus Kieselsteinen in einer Pfütze zum Stehen. »Das Haus ist ja scheußlich.«

Im Stillen stimmte Lottie ihm zu. Sie wischte sich mehr Blut von der Nase. Ihre Muskeln wurden langsam träge. Der Schmerz in ihrem Rücken war während der holprigen Fahrt stärker geworden. Behutsam schwang sie ihre Beine aus dem Auto. Kirby streckte ihr die Hand entgegen, um ihr zu helfen.

»Wegen Ihnen werden wir noch beide gefeuert«, sagte er und schlürfte Richtung Flemings Haustür.

»Wenn schon, denn schon, wie meine Tochter Chloe sagen würde.« Diesen Spruch hatte sie von Granny Rose gestohlen.

»Ich versuche, mich auf jeden Fall klitzeklein zu machen, wenn unsere Superintendentin das herausfindet.« Kirby atmete pfeifend, als er zu ihr aufschloss. »Wie sollen wir da hineinkommen?« Er reichte ihr Schutzhandschuhe und zog selbst welche an.

»Sehen wir mal nach, ob da ein Schlüssel unter der Fußmatte liegt.«

»Chefin, können wir damit nicht noch warten?«

»Ich will nicht, dass jemand die Chance bekommt, Beweis-

mittel verschwinden zu lassen, nur weil wir zu langsam
agieren.«

»Was soll das heißen?«

»Erst müssen wir ins Haus.« Ihre Stimme zitterte vor Ärger.
Sie musste sich beruhigen. Unter der Fußmatte war kein
Schlüssel. Unter dem Blumentopf mit der mehr als toten
Pflanze auch nicht. »Probieren Sie es an der Hintertür«, sagte
sie. »Ich warte hier.«

Als Kirby weg war, fühlte Lottie, wie das Adrenalin aus
ihrem Körper wich, und sie schien in sich zusammenzusacken.
Sie lehnte sich gegen den Vorbau, um sich aufrecht zu halten,
und blickte auf das Yaleschloss. Wäre es möglich? Wirklich? Sie
taste in ihrer Hosentasche nach dem nachgemachten Schlüssel
von Rachels Schlüsselbund und zog ihn heraus. Es schadete ja
nicht, ihn auszuprobieren.

Sie steckte ihn ins Schloss. Drehte.

»Das gibt es doch nicht«, rief sie, als sich die Tür öffnete.

Ohne lange darüber nachzudenken, warum Rachel einen
Schlüssel zu Matthew Flemings Haus hatte, ging sie hinein.
Vielleicht konnte das der Grund für die Reisetasche in ihrem
Kofferraum gewesen sein. Sie mussten eine Beziehung gehabt
haben, oder wenigstens am Anfang einer gestanden haben.

Drinnen war wenig natürliches Licht. Sie legte den
Schalter um und langsam breitete sich ein gelblicher Schimmer
aus. Ohne genau zu wissen, wonach sie eigentlich suchte, ging
sie den Flur hinunter und in einen Raum, der wie ein Arbeitszimmer aussah.

Auf dem lederbezogenen Schreibtisch lagen keine losen
Blätter herum. Nur ein edler Umschlag lehnte dort.

An den Finder, stand in Schwarzer Tinte auf dem cremefarbenen Büttenpapier geschrieben.

Kleine, eckige, ordentliche Buchstaben. Ihr Herz schlug
laut. Sie wollte ihn aufreißen. Hatte Fleming einen Abschiedsbrief hinterlassen, oder hatte der Mörder von drei Frauen eine

peinigende Nachricht hinterlassen? Sie sollte auf die Spurensicherung warten. Sie sollte warten, bis der Brief auf Fingerabdrücke und DNA-Spuren hin untersucht worden war. Sie
sollte schlicht und einfach warten.

Es gab viel, das sie tun sollte, aber mit Daumen und Zeiger-
finge griff sie nach der Ecke des Umschlags und hob ihn hoch.

Hinter ihr knarrte die Tür. Sie erschrak und ließ ihn fast
fallen. »Herrgott, Kirby, Sie haben mich zu Tode erschreckt.«

Er stolperte in den Raum. In seinem Haar hatten sich
Spinnweben verfangen. »Sie hätten mir auch sagen können,
dass Sie hereingekommen sind. Mir ist fast eine Ader geplatzt,
als ich versucht habe, die Hintertür mit der Schulter aufzu-
drücken.«

»Sie haben Sie nicht aufgebrochen, oder?«

»Nein, ich wollte wieder zu Ihnen und da stand die Tür
offen. Was haben Sie da in der Hand?«

»Das weiß nur der liebe Gott. Glauben Sie, dass das ein
Abschiedsbrief sein könnte?«

»Und woher soll ich das bitte wissen?«

»Was soll ich machen?«

»Sie sind die Chefin.«

»Ich bitte hier um Rat, Kirby!«

»Machen Sie ihn nicht auf.«

»Hab mir schon gedacht, dass Sie das sagen würden.« Sie
legte ihn auf den Schreibtisch. »Wir könnten ihn mit Wasser-
dampf öffnen.«

»Jetzt verarschen Sie mich aber.«

»Scheiß drauf.« Sie schob einen Finger unter die Lasche
und war überrascht, wie leicht sie sich anheben ließ.

»Was steht drin?« Kirby stand zu nah neben ihr. Der Zigar-
renrauch, der an seiner Kleidung hing, verursachte ihr Übelkeit.
Sie musste sich hinlegen. Schlafen. Von diesem Albtraum
aufwachen. Nachsehen, ob es ihren Kindern gut ging. Wie ging
es überhaupt Boyd?

Sie nahm das Blatt heraus. Das gleiche cremefarbene Büttenpapier wie der Umschlag.

»›Verzeihung.‹« Sie las das Wort laut vor und die Enttäuschung nahm ihr allen Wind aus den Segeln.

»Das ist alles?«, fragte Kirby.

»Sie können das genauso lesen wie ich. Holen Sie einen Beweisbeutel aus dem Auto.« Während Kirby der Aufforderung nachkam, starrte sie auf die Notiz. Irgendwie klang das überhaupt nicht nach Matthew Fleming. Obwohl sie ihn kaum kannte und nur ein paar Mal getroffen hatte, hätte sie eine umfangreiche Erklärung seiner Taten erwartet. Aber was wusste sie denn überhaupt noch? Sie war auf einem womöglich vermintem Trümmergelände herumgelaufen. Sie hatte Body und sich selbst in Lebensgefahr gebracht. Sie hätte darauf bestehen sollen, Fleming mit auf die Wache zu nehmen, und ihn nicht seinem Tod in diesem Steinbruch entgegen gehen lassen sollen, egal, ob er selbst dafür verantwortlich war oder jemand anderes.

Als Kirby wiederkam, steckte sie den Umschlag und das Blatt Papier in den Beweisbeutel. Sie sah ihm dabei zu, wie er Datum, Uhrzeit und Fundort darauf schrieb und dann noch seine Unterschrift hinschmierte.

»Rachels Schlüssel hat an der Tür zu Flemings Haus gepasst«, sagte Lottie. »Sie hatte eine Reisetasche in ihrem Auto. Falls sie vorgehabt hatte, die Nacht mit Matthew zu verbringen, warum hat sie dann ihre Pläne geändert? Warum ist sie nach Hause gefahren? Und wenn sie eine Beziehung mit ihm gehabt hatte, warum hätte er sie dann umbringen sollen? Das kommt mir alles komisch vor, Kirby.«

»Das ist es auch. Möchten Sie sich noch weiter umsehen, oder sollen wir schleunigst von hier fort?«

»Ganz schnell noch umsehen. Zwei Minuten.«

»Es könnte noch mehr Sprengsätze geben.«

»Nein, gibt es nicht. Dieser Brief sollte gefunden werden.«
Sie verließ das Arbeitszimmer und ging die Treppe nach oben.

——

Maddy brachte Brendan Healy dazu, sie nach Hause zu fahren,
weil sie ihm versprach, später zu Beth zu gehen. Sie musste
sichergehen, dass sich jemand um Trey kümmerte. Sie vertraute
nicht vielen Menschen in ihrem Leben, und Simon schon
gleich gar nicht.

»Geben Sie mir die Adresse. Ich gehe dorthin, sobald ich
mich um Trey gekümmert habe.«

»Wie lange dauert das?«

»So lange, wie es eben dauert.«

»Was ist Trey überhaupt für ein Name?«

»Sie sind ein ganz schöner Idiot, wissen Sie das?«

»Ich kann dich abholen, wenn du möchtest. In einer
Stunde? Beth wohnt am Greenfield Drive. Das ist ein bisschen
zu weit für dich zum Gehen.«

»Nicht, wenn ich die Abkürzung über das Feld hinter dem
Haus nehme und dann hinter ein paar Wohnsiedlungen lang
laufe.«

»Aber das ist ...«

Healys Stimme erstarb, als er auf ihr Haus starrte. Dann
drückte er das Gaspedal durch und raste die Straße hinunter.

»Hey, halten Sie an! Ich wohne doch dort hinten!« Maddy
drehte sich um, um zu sehen, was ihn so erschreckt hatte.

»Vor deinem Haus steht ein Gardawagen«, brüllte er. »Was
hast du getan?«

»Das muss wegen Simon sein.«

»Wer ist Simon?«

»Der Freund von meiner Schwester.«

»Scheiße.«

»Halten Sie hier an. Lassen Sie mich raus.« Sie fasste nach

dem Griff, um hinauszuspringen, wenn er nicht anhielt. »Ich muss nachschauen, ob es den Kids gut geht.«

Er wurde langsamer. »Das kann doch nicht wahr sein.«

»Lassen Sie mich raus. Ich muss zum Haus.«

Endlich blieb er mit laufendem Motor auf dem Grasstreifen stehen. Er war puterrot, die Nasenflügel geweitet. »Falls du mich hintergehst, bei Gott, dann kann ich für nichts mehr garantieren ...«

»Hören Sie sich eigentlich hin und wieder selber zu? Sie labern so einen Scheiß.« Sie stieg aus dem Auto. Ihr Herz raste wie wild und ihre Hände zitterten wie verrückt.

»Du bist ja völlig durchgedreht, Maddy Daly. Ich verstehe nicht, warum Ellen je mit dir befreundet sein wollte.«

»Scheißegal«, rief sie und schlug die Tür zu. Ihr brummte der Schädel von allem, was geschehen war.

»Ich werde bei Beth Mullen sein. Lass mich nicht im Stich«, brüllte er, als er Gas gab und los fuhr.

Maddy rannte die Straße hinunter und fragte sich, ob sie ein womöglich tödliches Szenario verlassen hatte, nur um schnurstracks in ein anderes hineinzumarschieren.

SECHZIG

Während Kirby das Blatt Papier und den Umschlag bei der Kriminaltechnologie ablieferte, rief Lottie Boyd an.

»Ich lebe noch«, sagte er. »Inzwischen muss ich sicher drei oder vier von meinen neun Leben aufgebraucht haben. Aber so leicht wirst du mich nicht los.«

»Jetzt ist nicht der richtige Augenblick für Galgenhumor.« Lottie atmete erleichtert auf. »Haben sie dich schon geröntgt?«

»Du solltest mal sehen, wie es hier zugeht. Als ob jeder in Ragmullin beschlossen hätte, ausgerechnet heute krank zu werden. Ich werde hier wahrscheinlich mit einer Erkältung rauslaufen! Aber im Ernst. Ich bin genäht worden und eine sehr geduldige Krankenschwester hat mir ein Schmerzmittel gegeben. Ich stehe auf der Liste für die Radiologie. Und wie geht es dir?«

»Mir tut alles weh, aber es geht mir gut.« Sie wollte mit ihm über Flemings Haus sprechen und ob der Mann wirklich eine Mordserie geplant und ausgeführt haben könnte, zu deren Krönung er selber dran glauben musste, aber auch dafür war jetzt nicht der richtige Zeitpunkt.

»Du klingst müde«, sagte er.

»Nichts was acht Stunden unter der Bettdecke nicht besser machen würden.«

»Wann hast du schon jemals acht Stunden unter einer Bettdecke verbracht?«

»Hm.«

»Darf ich auch drunter?«

»Ich rufe dich später an. Bleib ja dort, bis sie dich offiziell entlassen. Wir kommen hier schon zurecht. Keine Heldentaten«, sagte sie wieder.

»Ich habe genug von Heldentaten für ein ganzes Leben, Lottie.«

Sie beendete den Anruf und ging in den Einsatzraum.

»Alles okay, Chefin?«, fragte McKeown.

»Es geht mir gut.«

»Und Boyd?«, wollte Lynch wissen.

»Ein paar Blutergüsse«, sagte sie, obwohl sie es eigentlich gar nicht genau wusste. Hätte sie ins Krankenhaus fahren und persönlich nach ihm schauen sollen? Er könnte ihr ja am Telefon etwas vorgemacht haben. Sie würde bei ihm vorbeifahren, wenn sie das Team auf den neuesten Stand gebracht hatte.

»Fortschritte?«

»Die Spurensicherung darf nicht aufs Gelände, bis die Bombensicherungskräfte der Armee mit ihrer Arbeit fertig sind«, erklärte McKeown.

»Dann wissen wir also immer noch nicht mehr, nur, dass es eine Explosion gegeben hat, richtig?«

»Ja, so in der Art.«

»Superintendentin Farrell wartet auf mich, aber ich möchte Sie erst auf den neusten Stand bringen. Kirby und ich sind auf dem Rückweg bei Matthew Flemings Haus vorbeigefahren. Erinnern Sie sich an den dritten Schlüssel von Rachels Schlüsselbund? Der passt zu der Eingangstür in Flemings Haus.«

Lynch sagte: »Dann müssen die beiden eine Beziehung

gehabt haben. Ich habe doch am ersten Tag aufgelistet, was in der Reisetasche war. Und zwar waren da Wechselklamotten drin, Nachtwäsche, Unterwäsche und diverse Kosmetika.«

»Ich habe mich im oberen Stock umgesehen. Da war ein Zimmer, das vielleicht das seiner Tochter Tara sein könnte.«

»Sie hat zwischendurch auch bei ihrem Vater gewohnt, oder?«

»Außerdem habe ich in Flemings Arbeitszimmer etwas gefunden, das ein Abschiedsbrief sein könnte.«

In diesem Moment tauchte Kirby auf.

»Haben Sie eine Kopie gemacht, bevor Sie es übergeben haben?«, fragte Lottie.

»Natürlich.« Er heftete das Stück Papier an die Wand.

Lynch trat näher, um besser sehen zu können. »›Verzeihung.‹ Ein Wort. Das könnte alles heißen.«

»Ich weiß, aber wir haben nichts anderes, bis das Militär den Tatort als gesichert freigibt.« Lottie betrachtete die Notiz. »Lassen wir das vorläufig außer Acht. Sind Sie auf irgendetwas Neues gestoßen, während mir ein Steinbruch um die Ohren geflogen ist?«

Lynch lächelte aber schüttelte den Kopf.

McKeown sagte: »Ich habe das Videoüberwachungsmaterial von der Hausverwaltung von Hazels Wohnkomplex erhalten. Die Bänder reichen bis zum letzten Wochenende zurück. Wir arbeiten uns noch durch.«

»Gut. Sagen Sie mir sofort, wenn Sie etwas finden.«

»Mach ich«, sagte McKeown.

Lottie konnte Superintendentin Farrell hören, bevor sie sie sah.

»In mein Büro«, befahl Farrell und machte auf der Stelle kehrt.

Lottie schloss zu ihr auf und trat in ihr Büro, eine gute Geschichte parat. Aber Farrell wollte davon nichts wissen.

»Zuallererst, ich bin froh, dass es Ihnen, und auch Boyd, gut geht, aber was haben Sie sich dabei gedacht, sich meinen Anweisungen, direkt zurück auf die Wache zu kommen, zu widersetzen?«

»Ich weiß nicht, was Sie meinen.«

»Spielen Sie nicht das Unschuldslamm. Ich bin Kirby auf dem Flur über den Weg gelaufen. Der Gute kann seinen Mund nicht halten.«

Scheiße, dachte Lottie, was hatte er gesagt?

»Und Sie brauchen ihn dafür auch nicht zu rügen. Das geht auf Ihre Kappe, und Ihre ganz allein.«

»Das akzeptiere ich voll und ganz.« Lottie wollte sich so gerne setzen, aber Farrell stand mit dem Rücken zu ihr und schaute aus dem Fenster. Sie lehnte sich gegen die Wand und legte ihr Gewicht auf ihre Wirbelsäule, was nicht wirklich eine gute Idee was. Ihr Rücken schmerzte wie aus Protest. »Ich kann das erklären.«

»Das tun Sie besser, und zwar schnell.« Endlich drehte sich Farrell um und richtete ihre Krawatte, bevor sie sich hinter ihren Schreibtisch setzte. Sie bot Lottie immer noch keinen Stuhl an.

»Seit Tag eins hatte ich eine Kopie von diesem Schlüssel. Er war an Rachels ...«

»Ich weiß von dem Schlüssel. Ich weiß von dem Brief. Ich weiß, dass Sie das Haus eines Toten auf illegale Weise betreten und Spuren kontaminiert haben. Und um dem Ganzen die Krone aufzusetzen, ist Ihr Partner auch noch im Krankenhaus und hat Glück, überhaupt noch am Leben zu sein.«

Das stimmte so nicht ganz. Boyd ging es gut, aber Lottie hielt lieber ihren Mund.

»Also, Inspector Parker, was haben Sie zu Ihrer Verteidigung zu sagen?«

Sie wollte sagen, dass sie nach Hause musste, in Ruhe duschen und dann vierundzwanzig Stunden am Stück durchschlafen. »Ich akzeptiere das, was Sie sagen, aber diese Fälle entwickeln sich rasant und da wir nur sehr wenig haben, was auf einen Verdächtigen hinweist, musste ich tun, was ich in diesem Moment für richtig hielt. Deswegen habe ich den Schlüssel an Flemings Tür ausprobiert. Ich war verblüfft, dass er passte. Dann habe ich das Haus betreten und den Brief gesehen. Ich hatte das Gefühl, dass das zu wichtig sein könnte, um auf die Spurensicherung zu warten, die sowieso schon alle Hände voll zu tun hat.« Ohne Farrell Zeit zu geben, etwas zu sagen, fuhr sie fort. »Ich gebe zu, dass ich darauf hätte bestehen sollen, dass Matthew Fleming mit auf die Wache kommt, anstatt ihm zu gestatten, in seinen Tod zu laufen. Ich kann nicht hellsehen, also wie hätte ich vorhersehen können, was gleich passieren würde?«

»Sie können vielleicht nicht hellsehen, aber langsam manifestiert sich bei mir durchaus der Eindruck, dass Sie nicht ganz helle sind.«

»Das ist sehr ungerecht.« Lottie stieß sich von der Wand ab, ihre Knochen knirschten, als sie zum Schreibtisch ging.

»Superintendentin Farrell, ich entschuldige mich dafür, dass die Dinge nicht nach Vorschrift gelaufen sind, aber ich muss diesen Fall aufklären, bevor noch jemand ums Leben kommt. Bitte, Sie müssen mir zuhören.«

»Setzen Sie sich«, gab Farrell endlich nach.

Das ließ Lottie sich nicht zweimal sagen. »Danke.«

»Was sind Ihre nächsten Schritte? Denken Sie daran, dass ich in weniger als einer Stunde der Presse gegenübertreten muss.«

»Zugriff auf Flemings persönliche Dinge, seine Finanzen und seinen Kalender wäre schon einmal ein Anfang. Wir müssen herausfinden, ob er auf dem Steinbruch tatsächlich jemanden treffen wollte; und wenn ja, dann ist diese Person unser Hauptverdächtiger in Bezug auf seinen Tod. Wenn er kein Treffen hatte, dann hat er das alles selbst inszeniert.«

»Hat er diese drei Frauen umgebracht?«

»Wenn er sich selbst umgebracht hat, dann bin ich versucht zu sagen, dass dem so war. Aber was war sein Motiv? Ich verstehe einfach nicht, warum er das hätte tun sollen. Er könnte einfach nur ein mordender Psycho sein, aber die bringen sich doch normalerweise nicht am Ende selbst um, oder? Oder könnte es etwas mit der Vergangenheit der Opfer zu tun gehabt haben?«

»Die Glasscherben, die ihnen in den Rachen gesteckt worden sind, das ist auch seltsam. Was hat es damit auf sich?«

»Das frage ich mich auch. Das Glas könnte von einem Spiegel stammen, aber solange wir den Ursprung noch nicht kennen, tappen wir völlig im Dunkeln.«

»Was sonst noch?«

»Es wäre spannend, sein Testament zu Gesicht zu bekommen. Das könnte vielleicht das Motiv erklären, wenn er umgebracht worden ist. Aber die toten Frauen – das ergibt keinen Sinn.«

»Sie haben ganz schön viele Fragen und keine Antworten.«

»Sie müssen in Betracht ziehen, wie hektisch diese ganze Woche war«, sagte Lottie erschöpft. »Drei Morde, und jetzt Fleming.«

»Das ist keine Kritik, oder vielleicht doch, aber Sie haben sich nur im Kreis gedreht. Sie müssen eine gerade Linie finden und ihr bis zu ihrem verdammten Ende folgen. Finden Sie eine Lösung.«

»Ich weiß. Haben Sie Annie Fleming schon über den Tod ihres Mannes informiert?«

»Ja. Sie hat keine Träne vergossen. Diese Frau wirkt wie eine Statue.«

Lottie überlegte sich ihre nächsten Worte gut. Sollte sie jetzt etwas sagen, oder lieber den Mund halten? Es war sowieso schon einer dieser Tage, also warum nicht? »Superintendentin, ich muss Ihnen noch etwas sagen. Sie werden davon wohl alles andere als begeistert sein, aber vielleicht könnte es zur Lösung dieses Falls beitragen.«

Farrell seufzte. »Ja dann heraus damit.«

Lottie holte tief Luft und erklärte die Planänderung ihre Hochzeit betreffend.

EINUNDSECHZIG

Boyd wurde entlassen, mit einem Rezept für verschreibungspflichtige Schmerzmittel und einem Termin für einen Scan am darauffolgenden Montag im Tullamore Hospital in der Tasche. Ihm wurde aufs Strengste angeraten, seinem Körper sieben Tage komplette Bettruhe zu gönnen, damit sich sein Körper von dem Trauma und dem von der Explosion ausgelösten Schock erholen konnte.

»Sie haben großes Glück.« Der Arzt setzte seine Unterschrift unter die Entlassungspapiere.

»Das habe ich wirklich«, sagte Boyd und biss sich auf die Zunge, damit er nicht zugab, dass er vorhatte, am Samstag zu heiraten. Er war schon mit einem Fuß aus der Tür und wollte nicht doch noch dableiben müssen.

Um einer neuerlichen Predigt zu entgehen, bat er, statt Lottie anzurufen, Kirby, ihn abzuholen. Nach fünf Minuten war er schon da.

»Nach Hause?«, fragte Kirby.

»Ich möchte zuerst zu Maddy Dalys Haus.«

»Wofür? Simon Wallace ist in Haft. Besitz von Drogen mit

der Absicht, zu dealen. Weitere Anklagen könnten noch folgen.«

»Ich möchte nur sichergehen, dass Maddy nach Hause gekommen ist. Mein letzter Informationsstand ist, dass sie mit Brendan Healy mitgefahren ist.«

»Das kann ich doch überprüfen.« Kirby griff zum Funkgerät.

Aber Boyd spielte da nicht mit. »Tu mir den Gefallen und fahr bei ihrem Haus vorbei.«

Kirby murrte, aber tat, wie ihm geheißen. »Wenn du mich fragst, du siehst echt übel aus. Die hätten dich gar nicht erst aus dem Krankenhaus entlassen sollen.«

»Ich frag dich aber nicht.«

»Allmächtiger, du bist genauso streitlustig wie deine Zukünftige. Glaubst du, dass die Hochzeit jetzt verschoben wird?«

»Frag Lottie. Wie geht es ihr überhaupt?«

»Trotzig wie eh und je. Sie ist seit einer halben Stunde im Büro der Superintendentin. Da ist die Scheiße ganz schön am Dampfen.«

Boyd blieb für den Rest der kurzen Fahrt zu Maddys Wohnsiedlung still. Lottie konnte vor Farrell sehr wohl ihre Frau stehen. Nachdem er Kirby gebeten hatte, im Auto sitzen zu bleiben, grüßte er den Garda, der in dem Streifenwagen vor dem Haus saß.

Er klopfte an der Tür. Keine Reaktion. Laute Stimmen drangen durch den Briefkastenschlitz. Weibliche. Ein Kind weinte. Ein Baby schrie.

Als er noch einmal klopfte, merkte er, dass die Tür nur angelehnt war. Er drückte sie auf und stand auf dem Flur, gerade als Maddy aus der Küche gerannt kam.

»Was machen Sie denn hier? Sie haben uns schon genug Ärger gemacht!«

»Maddy, können wir kurz reden?«

»Nein, können wir verdammt noch mal nicht! Ich hab die Nase so was von voll von euch Pack.« Sie griff nach dem Treppengeländer und wollte nach oben sprinten, aber er hielt sie am Arm fest. »Au! Verdammt! Mussten Sie das tun?«

»Nur einen Augenblick, bitte Maddy.«

Sie gab nach und setzte sich auf die dritte Stufe, wobei sie ihren Arm mit ziemlich blutleeren Fingern rieb. Er setzte sich auf die unterste Stufe und seine langen Beine taten ihm in dieser verkrampften Position weh.

»Was ist denn mit Ihnen passiert?«, fragte Sie. »Sind Sie Iron Man über den Weg gelaufen?«

»Ich bin einer Explosion über den Weg gelaufen«, sagte er.

»Verdammt! Was ist denn nur mit dieser Stadt los?«

»Das ist eine sehr gute Frage.« Boyd lächelte, und schließlich lächelte sie zurück.

»Geht es Ihnen gut?«, fragte sie.

»Hab schon Schlimmeres überlebt.«

»Leute wie Sie überleben immer.«

»Das hoffe ich. Und du?«

»Mir geht's großartig.«

»Dein Arm ...«

»Der ist schon in Ordnung.« Sie presste ihn vorsichtig an sich und Boyd war sich sicher, dass er alles andere als in Ordnung war.

»Was ist denn mit Stella los?«, fragte er, weil die Schreie ihrer Schwester immer noch lautstark durchs Haus hallten.

»Das sollten Sie doch eigentlich ganz genau wissen!«

»Sag du es mir.«

»Simon ist im Gefängnis. Drogen. Der Kiffer. Der ist vielleicht ein Idiot.«

»Wusste Stella nicht, dass er gedealt hat?«

»Wahrscheinlich wusste sie es schon, aber man meint ja immer, dass man nicht erwischt wird. Aber hören Sie mir zu.

Simon ist ein Arschloch, und ein Dealer, aber er ist kein Mörder.«

»Da gebe ich dir, glaube ich, recht«, sagte Boyd. »Er hätte keinen Grund gehabt, die Hand, die ihn gefüttert hat, abzuhacken.«

»Was?«

»Du weißt schon, so wie wenn ...«

»Ich weiß, was Sie meinen. Ich wundere mich nur, dass Sie ihn nicht verdächtigen.«

»Ich glaube, die Morde waren zu exakt geplant, und von dem, was ich bis jetzt über Simon Wallace gehört habe, schließe ich nicht, dass er außerordentlich gut planen kann.«

»Da haben Sie den Nagel auf den Kopf getroffen.« Sie lächelte, und ihm gefiel, wie dieses Lächeln die dunklen Schatten aus ihrem Gesicht vertrieb. Sie sah so jung aus, wie sie war.

»Erzähl mir, warum du ursprünglich überhaupt zu Ellen Gormley gegangen bist.«

Vor seinen Augen schien sie sich zu verschließen, wie eine Auster. »Das ist privat.«

»Es könnte etwas damit zu tun haben, warum sie gestorben ist.«

»Hat es nicht.«

»Woher willst du das wissen?«

Sie kaute schweigend auf ihrer Unterlippe.

Als im klar wurde, dass sie nichts sagen würde, versuchte er es anders. »Erzähl mir von Brendan Healy.«

Sie hörte zu Kauen auf, öffnete ihren Mund, um etwas zu sagen, schloss ihn dann aber schnell wieder.

»Komm schon, Maddy. Menschen kommen hier unter grauenhaften Umständen um. Ich muss wissen, was deine Verbindung zu Healy ist.«

»Machen Sie sich doch nicht lächerlich. Es gibt keine Verbindung. Vor heute Früh habe ich ihn noch nie in meinem

Leben getroffen. Nein, das stimmt nicht ganz. Er ist mir gestern in der Stadt gefolgt. Wollte über Ellen reden. Ich wusste nicht, wer er war, und ich hatte Angst, also bin ich weggerannt. Ich habe gestern Nacht eine seltsame Nachricht bekommen. Vielleicht war die von ihm. Aber woher sollte er meine Nummer haben? Jedenfalls ist er heute Morgen einfach hier aufgetaucht ... er war irgendwie überzeugend.«

»Hat er dir wehgetan?« Boyd schaute zu ihrem Arm.

»Nur mit Worten.«

»Wo ist er mit dir hin?«

»Zum See raus. In die Nähe von diesem Molesworth House. Er wollte wissen, warum sich Ellen dafür interessiert hatte.«

»Und weißt du, warum?«

»Das habe ich Ihnen doch schon gesagt. Nein, weiß ich nicht.«

»Und Healy ist mit dir dort hinaus gefahren und hat dich dann wieder nach Hause gebracht? Das ist schwer zu glauben.«

»Dann glauben Sie es halt nicht, aber das ist die Wahrheit.«

»Hat er gesagt, dass er Ellen gekannt hat?«

»Ja, auf gewisse Weise. Irgendwie.«

»Erklär mir das.«

»Ich bin mir nicht sicher, was er gemeint hat.«

»Und er hat dich hier zu Hause rausgelassen?«

»Er hat den Gardawagen gesehen und ist durchgedreht. Ist weitergefahren, aber um die Ecke hat er mich herausgelassen. Er möchte, dass ich ihn nachher bei Rachel Mullen treffe.«

»Warum?«

»Um mit jemandem namens Beth zu sprechen. Er sagt, dass er glaubt zu wissen, was los ist, und er sagt, dass Sie glauben, er hätte etwas damit zu tun und jetzt möchte er den Mörder schnappen, damit sein Name reingewaschen wird. Irgend so ein Scheiß.«

»Du bleibst hier, Maddy. Ich besorge einen Wagen und hole ihn ab.«

»Dann glaubt er, dass ich ihn verpfiffen habe.«

»Es schadet nie, die Wahrheit zu sagen.« Er schaute ihr tief in die Augen. Sein Nacken schmerzte, weil er sich so nach hinten drehen musste. »Du sagst mir doch die Wahrheit, oder?«

»Ja.«

»Also sag mir, warum du das erste Mal zu Ellen gegangen bist.«

Sie biss sich wieder auf die Lippe. »Es hat nichts mit dem zu tun, was ihr passiert ist. Ich schwöre es.«

»Lass das mich entscheiden.«

Maddy spielte mit dem Loch in ihrer Jeans und schaute zu Boden. »Es war alles meine Schuld und ich konnte nicht damit umgehen. Konnte nicht mehr schlafen, konnte gar nichts mehr. Stella ... na ja, sie war echt toll und schickte mich mit den letzten paar Euro, die sie für die Woche hatte, zum Arzt. Die Ärztin, Ellen, sie war so lieb. Sagte, dass sie mir nur mit Reden helfen konnte. Ich hatte kein Geld, aber das schien sie nicht zu stören. Sie hat gesagt, dass die Sitzungen mit ihr für mich kostenlos wären. Irgendwas, dass es ja eine öffentliche Praxis wäre. Das war sehr nett von ihr.«

»Du hast eine Therapie begonnen?«

»Wenn Sie es so nennen möchten. Ich würde es Gespräche nennen.«

»Worüber habt ihr gesprochen?«

»Das ist vertraulich.«

»Maddy, ich kann dir nicht helfen, wenn du es mir nicht sagst.«

Sie stand schnell auf und schaute auf ihn herab. »Ich brauche Ihre Hilfe nicht. Trey braucht mich. Stella und Ariana brauchen mich. Ich schulde ihnen richtig viel. Ich bereue es, dass ich Sie je kennengelernt habe. Wenn Ellens blödes Rad nicht gewesen wäre ...« Sie schluchzte leise auf. »Können Sie jetzt gehen?«

»Bitte, Maddy.« Boyd stand langsam auf. »Du musst mit mir sprechen. Ich glaube, dass du der Schlüssel zu dem Ganzen sein könntest.«

»Genau das hat Brendan Healy auch gesagt. Sie haben beide keine Ahnung. Ich bin nur ins Kreuzfeuer geraten. Gehen Sie, bitte gehen Sie.«

Aus dem Wohnzimmer kam ein Heulen. Trey lief auf den Flur, auf seinen nackten Beinen waren Handabdrücke zu sehen. Maddy hob ihn hoch und tätschelte ihm den Kopf. Sie flüsterte: »Alles in Ordnung, Kleiner, deine Mummy ist nur müde.«

Das Kind schlang die Arme um ihren Hals und Maddy ging die Treppe hinauf, ohne sich noch einmal umzublicken.

Bevor er ging, warf Boyd noch einen Blick ins Wohnzimmer. Stella kniete auf dem Boden und wechselte dem Baby die Windel.

Ohne aufzublicken, sagte sie: »Geben Sie Maddy keine Schuld. Sie hat schon genug gelitten. Ich habe sie leiden lassen, aber nichts ist ihre Schuld und das ist die Wahrheit.«

Er wollte der jungen Frau noch mehr Fragen stellen, aber der Anblick der Tränen, die auf den nackten Bauch des Babys tropften, ließ ihn innehalten. Er schaute sich in ihrer armseligen Behausung um. Ein gerahmtes Foto auf dem Kaminsims war die einzige Andeutung von Dekoration. Er trat näher und fragte sich, warum es keine anderen Fotos der Familie gab.

»Schönes Foto, auch wenn für mich alle kleinen Kinder gleich aussehen«, sagte er.

Stella schniefte und hatte Schwierigkeiten, wieder ihr hartes Gesicht aufzusetzen.

In Boyds Kopf hämmerte es und er rieb sich die Stirn, wobei er die Stiche direkt unter dem Haaransatz berührte. Das Kind auf dem Foto war älter als das Baby. »Ist das Trey?«

Stella schluckte laut, schloss die Knöpfe des Stramplers und hob ihre Tochter hoch. Dann stand sie auf und stellte sich neben Boyd an den Kamin.

»Nein, das ist nicht Trey.« Sie beugte sich vor und blies Staub von dem Rahmen.

Sein Kopf fühlte sich an, als ob darin eine ganze Armee von hammerschwingenden Ameisen war, die ausbrechen wollte. Ihm wurde kurz schwarz vor Augen und er fasste nach dem Sims, um sich zu fangen. Seine Finger berührten den Rahmen, der zu Boden fiel. Das Glas zerbrach auf der marmornen Einfassung und Stella schrie.

»Was haben Sie gemacht? Sie haben mein Baby zerbrochen.«

Er hörte Tritte auf der Treppe und Maddy kam ins Zimmer gerannt. Sie nahm Boyd am Arm und führte ihn an dem von Zigarettenlöchern übersäten Sessel vorbei zur Tür hinaus nach draußen.

»Müssen Sie Ihre Nase ständig in die Angelegenheiten anderer Leute stecken?«

»Ich habe keine Ahnung, was ich angestellt habe, das so eine Reaktion bei ihr hervorrufen könnte.«

»Das sind Familienangelegenheiten. Ich bin gestresst, Stella ist gestresst, und Sie sehen aus, als ob Sie unter einen Panzer geraten wären.«

»Ich will ...«

»Ich spreche morgen mit Ihnen, in Ordnung? Ich muss jetzt Stella beruhigen.«

»Alles klar.« Er fühlte sich schuldig, weil ein fünfzehnjähriges Mädchen eine Situation unter Kontrolle bringen konnte, die ihm vollständig entglitten war. Er fügte hinzu: »Bevor ich gehe, kannst du mir noch sagen, was du über Hazel Clancy weißt?«

»Sie ist eine blöde Kuh. Sonst weiß ich nichts über sie.«

»Sie ist tot.«

»Geschieht ihr recht.« Maddy verschränkte die Arme, ihr Gesicht war hart. In ihrer jetzigen Stimmung würde er kein Wort mehr aus ihr herausbekommen.

Im Auto fragte Kirby: »Was hast du jetzt wieder angestellt?«

»Normalerweise bin ich es, der diese Frage Lottie stellt.« Boyd schaute zu dem Haus. »Lass uns bei Beth Mullen vorbei-schauen.«

»Auf keinen Fall. Du musst nach Hause.«

»Kirby, bitte. Dann geht es nach Hause, versprochen.«

»Ich weiß wirklich nicht, wer schlimmer ist. Du oder deine Chefin. Ihr werdet ein tolles Paar abgeben.«

So wie er das sagte, war sich Boyd nicht sicher, ob Kirby das ernst oder sarkastisch meinte, aber er war zu müde, um sich darüber noch Gedanken zu machen.

———

Chloe war so was von wütend auf ihren neuen Freund. Er tauchte einfach auf, wann es ihm passte, und dann wieder gab es Zeiten, wo er sich nur um sie zu kümmern schien, so sehr, dass ihr davon schon fast schlecht wurde. Sie war sich nicht sicher, ob sie mit ihm zusammenbleiben wollte – so oft sah sie ihn ja sowieso nicht –, aber sie wollte bei der Hochzeit ihrer Mutter jemanden an ihrer Seite haben. Ansonsten würde sie wieder auf Sean und ihren Neffen Louis aufpassen müssen. Hochzeiten waren dafür da, etwas zu trinken. Spaß zu haben. Sie würde sich das an dem Tag auf keinen Fall nehmen lassen. Sie polierte die Theke, zapfte Guinness und Craft Beer und schenkte Schnäpse ein, bis sie vor lauter Donnerstagsklientel gar nichts mehr sehen konnte.

Gegen halb elf war es etwas ruhiger geworden, da die jüngeren Pubgänger sich um diese Zeit langsam auf die Suche nach Bars und Nightclubs begaben. Da sah sie ihn. Er war am

Fenster mit einer kraushaarigen, blassen Frau, die ziemlich extravagant gekleidet war. Sie sah älter als Chloe, aber jünger als er aus. Was zur Hölle dachte er sich dabei, eine andere Frau in ihre Bar zu bringen?

Sie wandte sich an den Hauptbarkeeper. »Ich brauche kurz Pause.«

»In Ordnung«, sagte er.

Sie faltete das Spültuch und legte es auf den Geschirrspüler, glättete ihre schwarze Schürze, schob sich an ein paar Leuten vorbei und ging zu ihm hin.

Er sah auf und lächelte. »Chloe. Ich hab dich gar nicht gesehen. Ganz schön viel los heute.«

Sie fuhr sich mit der Zunge an den Zähen entlang, um sicherzugehen, dass sie lässig klang, als sie sprach. »Hab nicht gedacht, dass du heute hier auftauchst. Wer ist deine Freundin?«

»Das ist Beth. Sie musste ein bisschen raus. Ihre Schwester ist gestorben und sie ist ganz schön durch den Wind. Könntest du uns neue Drinks besorgen, wo du schon dabei bist? Das ist lieb.«

Ohne ihre leeren Gläser mitzunehmen, rauschte Chloe zurück zur Bar. Was für eine Frechheit. Was bildete der sich eigentlich ein. Das wars.

Aber als sie Gläser ins Regal knallte, überdachte sie diese Entscheidung noch einmal. Sie brauchte eine Begleitung für die Hochzeit. Danach würde sie ihn abservieren.

ZWEIUNDSECHZIG

Als Lottie ihre Haustüre öffnete, fiel sie bei seinem Anblick fast in Ohnmacht.

»Mein Gott, Boyd, du siehst so aus, wie ich mich fühle.«

»Muss mich hinsetzen. Mir ist schwindelig.«

»Wo bist du gewesen?« Sie scheuchte ihn vor sich her ins Wohnzimmer und rief gleichzeitig nach oben. »Sean, komm runter und mach uns einen Tee.«

»Danke. Tee wäre super. Hi, Sean«, sagte Boyd, als der Junge den Kopf zur Tür herein steckte.

»Du siehst scheiße aus«, sagte Sean und verschwand in der Küche.

»Da hat er recht, weißt du.« Lottie schüttelte die Kissen auf und hob Boyds Füße auf den Couchtisch. Das würde Sean nicht unkommentiert lassen.

»Es geht schon wieder. Kirby hat mich vom Krankenhaus nach Hause gebracht, aber da wollte ich allein nicht bleiben, nur für den Fall, dass ich umkippe.«

»Und du bist noch hierher gefahren?«

»Ja, irgendwie schon, glaube ich.«

»Du bist einfach unmöglich. Du kannst hier bleiben. Katies Bett ist mindestens noch eine Nacht frei.«

»Ich hatte eigentlich eher an deins gedacht.« Er lächelte schief.

»Und ich denke, dass du ein geräumiges Bett und einen tiefen, ungestörten Schlaf brauchst. Nimm Katies Bett. Meins darfst du noch für den Rest deines Lebens teilen.« Sie zwinkerte ihm zu und drückte seine Hand. Er beugte sich zu ihr und gab ihr einen sanften Kuss.

Sie fuhren auseinander, als Sean mit zwei Tassen milchigem Tee hereinkam.

»Bei dir hab ich jede Menge Zucker reingetan.« Aus seiner Hosentasche fischte er noch zwei KitKats und legte sie auf die Lehne, dann betrachtete er Boyds Füße, die auf dem Couchtisch lagen, und warf Lottie einen fragenden Blick zu. Was für mich gilt, gilt wohl nicht für ihn, sollte der sagen. Lottie schüttelte leicht den Kopf. Nicht jetzt. Er zuckte mit den Schultern und ließ sie allein.

»Ich tue mich schwer, mich an Sachen zu erinnern«, sagte Boyd, nachdem er einen Schluck Tee genommen hatte.

»So richtig ausschlafen wird dir guttun, dann wird das auch wieder.« Lottie nippte an ihrem.

»Warum wolltest du bei Maddy vorbeischauen?«

»Woher weißt du das schon wieder?«

»Kirby.«

»Klar.«

»Du bist besessen von diesem Mädchen, Boyd.«

»Sie hat irgendetwas an sich. Es fühlt sich ... ich will sie beschützen.«

»Du weißt, dass sie etwas, oder vielleicht sogar ganz viel, mit diesem Morden zu tun haben könnte.«

»Ich glaube, dass sie nur zur falschen Zeit am falschen Ort war.«

»Dann sieht es so aus, als ob sie ganz schön oft zur falschen Zeit am falschen Ort war. Was sagt sie wegen Healy?«

»Sie hat mir erzählt, dass er über Ellen sprechen wollte und so Zeug. Ich kann mich nicht an alles ganz klar erinnern. Sie hat mich rausgeworfen. Ich wollte mit ihrer Schwester reden, aber die ist völlig durchgedreht wegen eines Fotos, das ich umgestoßen habe. Dann hab ich Kirby gebeten, bei dem Haus der Mullens vorbeizufahren, aber keine Spur von Beth oder Healy. Und dann weiß ich wieder, wie Kirby mich eigenhändig in die Wohnung bugsiert hat.«

»Vielleicht ist es doch besser, wenn du zurück ins Krankenhaus gehst? Damit die einen Gehirnscan machen, falls du doch eine Gehirnerschütterung hast.«

»Ich bin allergisch auf Krankenhäuser.«

»Wenn du Sachen vergisst, dann ist das eine ernste Sache.«

»Diese Tasse Tee hier hilft mir schon!«

Lottie kuschelte sich neben ihn. Sie hatte ihm eigentlich von ihrer Unterhaltung mit Superintendentin Farrell berichten wollen, aber jetzt gerade wollte sie einfach nur ruhig dasitzen und seinem Herzschlag lauschen. Morgen war immer noch genug Zeit, um über die Arbeit und die Hochzeit zu sprechen

———

Für einige Zeit war ihr Daddy lieb zu ihr. Vielleicht nicht länger als eine Woche, aber in ihrer Welt, der Welt einer Neunjährigen, fühlte sich das wie eine Ewigkeit an. Es war schwer, ein Geheimnis für sich zu behalten, und irgendwie wusste sie, dass es ein Geheimnis war. Sie lief nicht tratschend zu ihrer Mutter oder erzählte jedem »Rate mal, was Daddy in seinem Arbeitszimmer gemacht hat.« Nein, was sie beobachtet hatte, behielt sie gut verschlossen für sich, in ihrem Kopf, in ihrem Herz, voller Angst, weil sie wusste, dass nur sie das Fehlverhalten ihres Vaters beobachtet hatte. Das flößte ihr Angst ein, wenn sie ehrlich war. Es verunsicherte sie so sehr, dass sie drei ganze Tage keinen Bissen Essen hinunterbrachte. Jeden Krümel, den sie sich in den Mund schob, erbrach sie wieder. Ihre Mutter machte viel Aufhebens um sie, was schön war, weil vorher nie viel Aufhebens um sie gemacht worden war. Und da verstand sie etwas Grundlegendes. Obwohl sie in einem großen Haus voller Menschen lebte, war sie immer allein.

Ungefähr zwei oder drei Wochen nach dem Ereignis, wie sie es jetzt für sich nannte, saß sie gerade auf der Schaukel im Garten, als er über die Wiese auf sie zugeschlendert kam. Vor ihm her wehte eine kühle Brise und die Grashalme zitterten bei jedem Schritt, den er machte. Sie hörte das Rascheln der Blätter und das Zwitschern der Vögel, als sie hoch in die Luft über ihrem Kopf aufflogen. Er schaute nicht böse. Er schaute nicht traurig. Erst Jahre später würde sie eine Beschreibung für seinen Gesichtsausdruck finden. Ausdruckslos.

»Schatz? Geht es dir gut?«, fragte er, als er sich auf die identische Schaukel neben der ihren setzte. Er nannte sie nie bei ihrem Namen. Immer Schatz oder Süße oder Mäuschen oder irgendein anderes Kosewort, das für ihn absolut keine Bedeutung hatte.

Sie unterdrückte ein Kichern. Er war viel zu groß für die Schaukel. Würde er sie kaputtmachen? Nein! Hoffentlich fiel er nicht runter und auf den Boden. Sie würde ihm nicht aufhelfen können. Sie war zu klein.

»Warum lächelst du, meine Süße?«

»Nur so, Daddy.«

»Du behälts gern Geheimnisse für dich, oder, Schatz?«

»Wahrscheinlich.«

»Manche Geheimnisse sollte man nie verraten. Niemandem. Verstehst du, was ich sage?«

»Ich glaube schon«, sagte sie. Sie beschloss, wagemutig zu sein, und fügte hinzu: »Meinst du das Geheimnis aus deinem Arbeitszimmer, Daddy?«

»Psst.« Er blickte sich panisch um und das Eisengestell der

Schaukel klapperte. Sie drehte ihre Schaukel, bis sie ihn anschauen konnte. Das war ein Fehler. Er war tiefrot im Gesicht und er schnaubte vor Wut. Auf der Schaukel sah er wie die zusammengequetschte Version des Erwachsenen aus, der er war, und sie war froh, dass er nicht in seiner vollen Größe vor ihr stand. Dann wäre sie wahrscheinlich nicht so mutig gewesen.

»Schatz, du musst weggehen. Das ist zu deinem Besten. Es tut mir leid, aber ich halte es nicht aus, wenn das so über mir schwebt.«

Sie verstand nicht. »Warum kannst nicht du weggehen? Warum ich?«

»Werde nicht frech. Ich bin Chef hier im Haus, und was ich sage, geschieht.«

»Aber Daddy, wenn ich Mammy das Geheimnis erzähle, wer ist denn dann Chef im Haus?«

Er sprang von der Schaukel und griff nach den Kettenseilen ihrer Schaukel. Und dann drehte er und drehte er. Er handelte so schnell, dass sie überhaupt nicht begriff, was er machte, bis ihr der Atem im Hals stecken blieb. Er konnte nicht mehr entweichen. Er senkte seinen Kopf zu ihr herab, die Augen wie zwei schwarze Stecknadelköpfe auf sie gerichtet. Das machte ihr mehr Angst als alles, was er machen könnte. Sie dachte, ihr Gesicht würde platzen, bevor er die Kette um eine Umdrehung löste.

Als er sprach, war seine Stimme leise und harsch.

»Hör mir gut zu, du kleiner Teufel. Du wirst nie irgendjemandem davon erzählen. Hörst du mich? Nie. Es geht dich nichts an. Es hat nichts mit deiner Mutter zu tun. Sie kann glauben, was sie mag, aber sie hat nichts gesehen. Ich weiß, was du gesehen hast, weil ich alles weiß, aber es geht nur mich etwas an. Denk daran, das hier ist mein Haus und ich kann hier machen, was ich möchte.« Er stoppte und löste eine weitere Umdrehung. Er kam ihr mit seinem Gesicht so nahe, dass sie das Rührei, das er zum Frühstück gehabt hatte, riechen konnte und einen Fussel

sehen, der sich an der Goldkette verfangen hatte, die er immer um seinen Hals trug.

»Ich könnte dich hier und jetzt umbringen, weißt du das?«, flüsterte er. »Ich würde sagen, dass du dich so fest eingedreht hast, und dann mit deinen Haaren verfangen hast, dass du dich selber erstickt hast.«

Dann grinste er sie an, fuhr mit dem Finger von ihrem Auge entlang ihrer brennenden Wange und ließ ihn auf den geschwollenen Lippen verweilen, denen alle Luft verwehrt worden war, bis er schließlich die Kette ausdrehen ließ und sie befreite. Sie fiel auf den trockenen Lehmboden und hustete und hustete. Etwas Bitteres stieg aus ihrem leeren Magen auf und sie übergab sich und übergab sich immer weiter, wieder und wieder, bis nichts mehr in ihr drinnen war.

»Es tut mir leid, Schatz. Das wollte ich nicht. Ich mache es wieder gut. Wenn du älter bist. Dann wirst du das verstehen. Ich wünschte nur, dass du so brav wie deine Schwester wärst.«

Als sie wieder atmen konnte, blickte sie auf. Er ging zurück zum Haus. Mit einer Hand hielt er sich die Hose bis zur Taille hoch, die andere wischte er wieder und wieder an seinem Hosenbein ab, so, als ob das Berühren ihrer Haut irgendeinen Makel auf seiner hinterlassen hätte. Sie beobachtete die Grashalme, die sich nach jedem seiner Tritte wie erlöst langsam wieder aufstellten.

Sie lag auf dem Rücken, schaute in die grüne Baumkrone über sich und wartete darauf, dass die Vögel wieder zu singen anfingen. Aber ihr Tag war zerstört. Er hatte ihn zerstört. Sie alle hatten ihr ganzes Leben zerstört. Jeder einzelne von ihnen war Gift.

DREIUNDSECHZIG

FREITAG, 24. NOVEMBER

Der Spiegel tat Lottie keinen Gefallen. Sie hatte sich wie der Blechmann aus *Der Zauberer von Oz* gefühlt, als sie ihre Füße auf den Boden gesetzt und versucht hatte, aufzustehen. Au. Eine heiße Dusche hatte weder die Verspannung in ihren Schultern noch das Brennen entlang ihrer Wirbelsäule gelindert. Und jetzt machte sich auch noch der Spiegel über sie lustig.

Über ihrem rechten Auge war eine Beule, und darunter ein schwarzgelber Halbkreis. Sie suchte nach einer von Chloes Foundations und trug sie großzügig auf, um das Schlimmste zu überdecken. Sie hatte Glück gehabt. Daran musste sie immer denken. Und Boyd auch. Boyd!

Sie öffnete die Tür zu Katies Zimmer. Es war leer. Die Bettwäsche war abgezogen und in den Kopfkissenbezug gesteckt worden. Typisch Boyd. Sie holte saubere Wäsche, um Katies Bett frisch zu beziehen, bevor sie ankam. Vor Glück bekam sie fast einen Herzinfarkt, als sie daran dachte, dass sie ihre Tochter und ihren Enkelsohn gleich wiedersehen würde. Sie schaute auf die Uhr. Nicht mehr lange. Als sie gerade das Bett gemacht hatte, hörte sie unten die Haustüre gehen.

Sie wollte die Treppe am liebsten hinunterspringen, aber das machten ihre steifen Beine nicht mit, und so stieg sie ganz langsam hinunter.

Als der zweijährige Louis auf sie zurannte, brach sie in Tränen aus. Sie schwang ihn hoch und bedeckte sein Haar mit Küssen, als seine Tränen ihr Oberteil durchnässten. Er war so groß geworden!

»Du hast mir so gefehlt, Krümelchen.«

»Nana! Hab dich lieb, Nana.«

Er hatte seine Arme fest um ihren Hals geschlungen, und in diesem Moment bereute sie ihre Handlungen der letzten vierundzwanzig Stunden bitterlich. Wie konnte sie immer noch diesen Job machen? Sie liebte ihre Familie so sehr, und doch begab sie sich ständig in Gefahr, setzte ihre Familie der Gefahr aus.

»Hallo Mam. Genauso zerbeult wie immer.« Katie eilte auf ihre Mutter zu und umarmte sie.

»Ach Katie. Isst du auch genug? Du wirkst so ... erwachsen! Komm rein«, sagte Lottie. »Ihr habt mir so gefehlt.«

»Ihr lasst ja die ganze Wärme draußen spazieren gehen!«, sagte Rose, die mit einem Spiderman Rucksack über der Schulter auftauchte. »Komm mit, Louis. Sehen wir mal, was dir deine Urgroßmutter zum Frühstück machen kann.«

Sie nahm das Kind in ihre Arme und ging Richtung warme Küche. Lottie umarmte Katie noch einmal.

»Es ist so schön, dass zu daheim bist.«

»Bist du schon aufgeregt?«, fragte Katie.

»Aufgeregt?« Lottie schob ihre Tochter eine Armlänge zurück und bemerkte Sorgenfältchen um ihre Augen. Katie wurde zu schnell alt. Mit ihren einundzwanzig Jahren hatte sie schon viel zu viel durchgemacht. Es war nicht fair.

»Mam! Deine Hochzeit. Morgen. Ich kann es gar nicht erwarten.«

»Hat Chloe dir von dem anderen Veranstaltungsort erzählt?«

»Hat sie. Weißt du, wie schwierig es ist, irgendetwas zu organisieren, wenn du nicht vor Ort bist?« Katie vollzog theatralische Gesten mit ihren Armen. »Ich habe so was von keine Lust mehr auf Videocalls und Nachrichten. Und fang mir erst gar nicht mit Chloe an. Glaubst du, sie hätte mir auch nur einmal zugehört? Wollte, dass alles nur nach ihrer Vorstellung geht, die ganze Zeit. Diese Dramaqueen. Aber jetzt bin ich da und bringe alles in Ordnung. Wo ist sie?«

»Hier bin ich«, sagte Chloe. Sie stand auf dem Treppenabsatz.

»Katie!«, schrie Sean, der hinter Chloe auftauchte und sie fast die Treppe hinunter stieß, als er, zwei Stufen auf einmal nehmend, an ihr vorbeiraste. Als er sich in Katies Arme warf, sah Lottie, dass er weinte. Ihre Familie. Endlich waren wieder alle zusammen. Und nach morgen würde Boyd auch Teil dieser Familie sein.

»In der Pfanne brutzelt ein Fry-Up. Wer zuerst kommt, kriegt zuerst.«

»Wie mir so ein richtiges irisches Frühstück gefehlt hat!«, rief Katie.

Als Lottie allein auf dem Flur stand, und der Duft des Frühstücks und das fröhliche Geplapper aus der Küche zu ihr drangen, durchströmte sie ein Glücksgefühl, das sogar ihre Wangen strahlen ließ. War es in Ordnung, dass sie sich auf einen Schlag so zufrieden fühlte? Sie wusste, dass alles ganz schnell aus den Fugen geraten konnte. Sie hatte gelernt, jeden Augenblick des Tages zu genießen. Adam hätte gewollt, dass sie das machte. Aber wie passte ihr Job in diesen Plan? Bevor sie sich mit solchen komplexen Fragen beschäftigen konnte, musste sie allerdings erst einmal etwas essen.

»Lasst mir ein Würstchen übrig.«

Als Jessica Fleming das Schlafzimmer ihrer Schwester betrat, versuchte sie, ihren Schrecken zu verbergen, indem sie ihre Arme verschränkte und sich gegen die Wand lehnte.

Tara saß splitternackt da, die Knie an die Brust gezogen und die Arme um die Knie geschlungen. Sie war zusammengequetscht wie ein Ei aus Keramik. Wie ein kleines Kind. Wiegte sich hin und her. Falls sie umkippte, würde sie bestimmt in tausend Scherben zerbrechen. Jessica wusste, dass sie etwas tun musste.

»Verdammt, Tara, reiß dich doch zusammen. Bald kommen Leute. Du musst dich anziehen.« Sie stieß sich von der Wand ab und riss Schranktüren auf. »Was möchtest du anziehen? Etwas trauervolles. Schwarz. Hier ist aber nicht viel. Warum hast du so viel von deiner Kleidung bei Dad zu Hause? Das ist ganz schön blöd, jetzt wo die Polizei dort wie ein Haufen Ameisen herumschwirrt.« Sie trat zurück, betrachtete die magere Auswahl im Schrank ihrer Schwester, und nahm schließlich einen Kleiderbügel zur Hand. »Dieser Hosenanzug geht. Und jetzt, welches Oberteil?«

»Raus!« Ihre zusammengekauerte Schwester stieß ein kehliges Kreischen aus. Taras Augen waren mit Mascara verschmiert und ihr Haar war zerzaust und ungekämmt.

»Dieses Baumwollding muss dann wohl passen. Es ist zwar verknittert, aber du kannst ja deine Jacke zulassen. Mein Gott, Tara, du siehst schrecklich aus. Erst mal unter die Dusche. Ich leg dir die Sachen aufs Bett. Unterwäsche kannst du dir selber suchen.«

»Raus!«

»Und wenn du dich gewaschen und angezogen hast, dann kommst du besser nach unten. Mum ist völlig kaputt, ständig setzt sie dieses unglaubwürdige Weltschmerz-Gesicht auf. Keine Ahnung, wie sie das schafft. Und vergiss nicht, dass wir morgen diese Hochzeit und einen Empfang haben. In letzter Minute. Ich weiß, dass du Mums Geschäftsangelegenheiten verabscheust, aber hier brauchen wir wirklich alle Mann an Deck.«

Tara nahm ihre Arme von den Knien und ballte ihre Hände zu Fäusten. »So wahr mir Gott helfe, ich werde die jedes Haar einzeln ausreißen, dir die Augen auskratzen und jeden Knochen in deinem Körper brechen, wenn du jetzt nicht sofort aus meinem Zimmer verschwindest.«

»Ich bin froh, dass du anscheinend doch noch ein paar Lebensgeister übrig hast. Ich muss jetzt sowieso mit David über das Hochzeitsmenü sprechen. Du kannst Mum helfen.«

»Wir müssen uns auch um Daddys Beerdigung kümmern, falls du das schon vergessen hast.« Tara schlug sich mit den Fäusten gegen die Knie.

Jessica konnte den höhnischen Ausdruck und das Kräuseln ihrer Lippe nicht verhindern, während gleichzeitig ihre Augen trüb wurden. »Ich kann niemals etwas vergessen, was Daddy betrifft. Aber glaub ja nicht, dass du ihn jetzt wie einen Heiligen darstellen kannst, wo er tot ist. Er war sexsüchtig. Ein Betrüger. Und ein Mörder.«

»Lügnerin!«, fauchte Tara. Sie stand auf, Hautfetzen hingen von ihren Fingernägeln. »Du weißt überhaupt nicht, wovon du redest.«

»Das weiß ich sehr wohl, und du auch. Jetzt zieh dich an. Das wird ein wichtiger Tag!«

———

Tara brauchte all ihre Kraft, um die Dusche überhaupt aufzudrehen. Sie stand unter dem pulsierenden Wasserstrahl, aber hatte keine Energy übrig, um sich zu waschen. Allein der Gedanke, die Arme heben und sich die Haare einshampoonieren zu müssen, füllte sie mit Erschöpfung und ihre Knie wurden schwach. Aber sie musste stark bleiben. Für Daddy. Er hatte Fehler gemacht, aber nichts, was so einen Tod gerechtfertigt hätte. Das sagten jedenfalls alle.

Als sie ihren Fokus gefunden hatte, schaltete sie die Dusche ab, stieg auf den flauschigen Vorleger und trocknete sich langsam ab. Sie wischte die Kondensation vom Spiegel und betrachtete sich vorsichtig. Ein Monster starrte sie an. Blondes Haar mit dunklem Ansatz, zerzaust und strohig und nass. Das Gesicht immer noch mit Mascara verschmiert. Ihre Augen blickten traurig und ihre Mundwinkel mochten sich nicht heben.

In einer Schublade fand sie eine Nagelschere und, ohne über die Konsequenzen nachzudenken, schnitt sie sich blindwütig Haarsträhnen ab.

»Das geht gar nicht«, sagte sie zu ihrem Spiegelbild.

Im Schlafzimmer nahm sie die größere Schere von der Kommode. Ohne in den Spiegel zu schauen, schnitt sie große Büschel Haar von ihrem Kopf. Als sie die Hand über ihren Schädel gleiten ließ, spürte sie ein paar lose Strähnen, die sie übersehen hatte. Die schnitt sie auch noch ab. Wieder im Bad betrachtete sie ihr Werk.

Ein Rasierer würde es vollenden. Schön kurz an der Kopfhaut entlang. Sie fand einen Nackenrasierer, der vollgeladen war, und beendete ihr Werk. Durch tränenverschleierte Augen begutachtete sie das Ergebnis. Es gefiel ihr.

Ihr Daddy war tot. Nichts würde ihn wieder zum Leben erwecken. Aber jetzt, wo der Torwächter weg war – gab es jetzt noch eine Möglichkeit, die Geheimnisse zu bewahren?

»Tara!« Die Stimmer ihrer Mutter hallte von unten herauf.

Den Kopf traurig schüttelnd streifte sie nicht zusammenpassende Unterwäsche über ihren feuchten Körper und stiegt dann in die Kleidung, die ihr ihre verdammte Schwester bereitgelegt hatte. Warum sollte sie trauerndes Schwarz tragen, auch wenn ihr Daddy tot war? Aber sie hatte weder die Zeit noch den Willen, sich etwas anderes zum Anziehen zu suchen. Der Anzug musste reichen. Als sie sich nach Schuhen umsah, stachen ihr ihre schlammigen Stiefel in der Zimmerecke in die Augen. Sie konnte sich nicht daran erinnern, die in letzter Zeit getragen zu haben, warum also sahen sie so nass und schmutzig aus?

»Wenn du nicht in drei Minuten hier unten bist, Tara, dann komme ich und hole dich persönlich aus dem Zimmer.«

Sie zweifelte nicht daran, dass ihre Mutter genau das tun würde. Sie fühlte sich zu ausgelaugt, um zu rebellieren, also suchte sie Schuhe, die sie ein bisschen größer machten und ihr gegenüber ihrer Mutter etwas Wichtigkeit verliehen. Sie dachte gar nicht mehr an die Stiefel hinter der Tür.

»Tara Fleming!«

»Schon unterwegs«, sagte sie und schaute noch einmal in den zimmerhohen Spiegel. Schwarzer Anzug, hochhackige Schuhe aus dunkelblauem Samt, rasierter Kopf. Ein Bild von einer instabilen Tochter.

Ein Lächeln zupfte an ihrem Mundwinkel. Sie wusste etwas, das keiner der anderen wusste. Ihr Lächeln wurde zu einem hysterischen Lachen. Ihre Mutter und ihre Schwester wussten nicht, dass das Mädchen, das den größten Teil seines Lebens damit verbracht hatte, ein schreckliches und belastendes Geheimnis zu hüten und zu schultern, alles das erben würde, was vom Vermögen ihres Vaters noch übrig war. Sie zwinkerte ihrem Spiegelbild zu. Endlich war sie klüger als ihre Mutter und ihre Schwester.

Es würde bald um einiges komplizierter werden für die Familie Fleming, und Tara konnte gar nicht abwarten, zu sehen, wie sich alles entwickeln würde.

VIERUNDSECHZIG

Lottie riss sich nur ungern von ihrer wiedervereinten Familie los und fuhr zur Wache. Nur ein paar Stunden, versicherte sie sich und drückte sich selbst die Daumen. Sie wollte unbedingt die Lösung für die Schrecken dieser Woche finden. Wie könnte sie sonst mit gutem Gewissen morgen ihre Hochzeit feiern?

Als sie die Treppe zum Büro hinaufstieg, traf sie McKeown. »Brendan Healy ist im Verhörraum eins.«

»Ach, ist er einfach hereinspaziert gekommen?«

»Ganz genau. Beth Mullen ist bei ihm.«

»Ich brauch nur einen Augenblick, dann komme ich dazu.« Sie eilte ins Büro und legte Jacke und Tasche ab. Dann schaltete sie noch schnell ihren Computer ein, aber er war so langsam, dass sie nicht darauf wartete, bis ihre E-Mails luden.

Als sie wieder zur Tür schritt, sah sie, dass Lynch ihr zuwinkte.

»Guten Morgen.« Lottie winkte zurück.

»Haben Sie einen Moment? Es ist etwas ...«

»Wenn ich zurückkomme.«

Im Verhörraum ließ sich Lottie schwer auf einen Stuhl fallen. Beth Mullen sah aus, als ob sie in den paar Tagen ein paar Kilos verloren hatte. Healy saß da und hatte den Arm um ihre Schultern gelegt. Beschützend oder manipulierend? Das würde sich in den nächsten Minuten herausstellen.

Als das Aufnahmegerät bereit war und die Formalitäten abgeschlossen, sagte Lottie: »Sie hatten es letztens ja ganz schön eilig. Wir haben Sie gesucht, Brendan.«

»Das tut mir leid. Ich habe Panik bekommen.«

»Das hat keinen guten ersten Eindruck hinterlassen.«

»Ja, das ist mir klar.«

»Warum sind Sie abgehauen?«

Er blieb stumm.

Beth klinkte sich ins Gespräch ein. »Komm schon, Brendan, du hast nichts zu verlieren. Erzähl die Wahrheit.«

Lottie wartete, während er den Arm von ihrer Schulter nahm und die Finger auf dem Tisch verschränkte. Er biss sich auf die Innenseite seiner Wange, bevor er endlich den Mund aufmachte, um zu sprechen.

»Ich weiß nicht, wo ich anfangen soll.«

Lottie schüttelte ihren Kopf heftig, was sie sogleich bereute. Ihr Nacken war starr, und das Bild der Explosion von gestern stand ihr plötzlich wieder vor Augen.

»Brendan, als Detective Sergeant Boyd und ich vor ein paar Tagen bei Beth zu Hause waren, haben wir wegen des Mordes an ihrer Schwester ermittelt. Sie sind geflohen. Das bringt mich zu dem Schluss, dass Sie etwas zu verbergen hatten.«

»Ich hatte nichts zu verbergen. Also, besser gesagt, ich habe im Auto im Radio gehört, dass eine Therapeutin tot aufgefunden worden ist. Als ich hörte, wo, da wusste ich, dass es Ellen sein musste. Ich bin davongelaufen, weil ich herausfinden wollte, was ich konnte, wegen Ellen.«

»Woher kannten Sie sie?«

Er holte tief Atem. »Ich war ihr Freund, wir hatten eine Beziehung. Ich dachte, das Erste, was Sie machen würden, wäre Erkundigungen über mich einzuziehen, und dann würden Sie herausfinden, dass ich Rachel angeblich gestalkt habe, und dann würden Sie mich ins Visier nehmen.«

»Sie haben Rachel gestalkt und jetzt ist sie tot. Sie erzählen mir, dass Sie Ellens Freund waren, und jetzt ist sie auch tot. Sie müssen einiges erklären, Mr Healy.«

»Er hat keine der beiden umgebracht«, sagte Beth. »Er ist nur hier, weil ich ihm gesagt habe, dass es am besten ist, wenn er die Wahrheit erzählt.«

»Dann haben Sie Maddy Daly entführt und ...«

»Einen Moment mal«, sagte Healy. »Ich habe sie gebeten, mitzufahren, damit wir uns unterhalten können. Sie kam aus freien Stücken. Und ich habe sie zurückgebracht, oder etwa nicht?«

»Warum haben Sie ein fünfzehnjähriges Mädchen in Ihrem Auto mitgenommen?«

»Du meine Güte, Sie drehen mir ja das Wort im Mund um.« Er stand auf und wandte sich an Beth. »Ich habe dir doch gesagt, dass sie das machen würden.«

»Brendan, bitte. Setz dich hin.« Beth legte ihm ihre Hand auf den Arm und er setzte sich kopfschüttelnd wieder.

»Okay, fangen wir noch einmal an«, sagte McKeown. »Wo waren Sie am Sonntagabend?«

»Was hat der Sonntagabend mit irgendetwas zu tun?«, fragte Healy.

»Waren Sie am letzten Wochenende in Ragmullin?«, fragte Lottie.

»Ich ... ich glaube nicht. Ich habe die Ausstellung in der City vorbereitet.«

»Sie meinen in Dublin, oder?«, sagte Lottie.

Er schnaubte und verzog den Mund. »Richtig. Ich bin Dienstagvormittag heimgekommen. Was hat es mit Sonntag auf sich?«

»Wir gehen davon aus, dass Ellen da vergiftet worden ist.«

Er schüttelte langsam seinen Kopf. »Das war ich nicht. Es

ist so falsch, was mit ihr passiert ist. Sie war so ein toller Mensch. Meine Mutter sagt, dass sie zu gut war für diese Welt.«

»Sie haben gesagt, dass Sie in einer Beziehung mit Ellen waren«, sagte Lottie. »Erzählen Sie mir mehr dazu.«

»Nach der ... Sie wissen schon ... nachdem ich beschuldigt worden war, Rachel zu stalken ...«, er schaute zu Beth, dann zu Lottie, »Dad hat mir dieses Apartment in Rathfarnham über einen Freund besorgt, und die Miete war so niedrig, dass ich sie mir gerade so leisten konnte, nachdem ich begonnen hatte, in der Galerie zu arbeiten. Dort habe ich Ellen zum ersten Mal getroffen. Bei einer Ausstellung. Wir haben was getrunken und was miteinander angefangen. Sie wollte sich immer nur treffen, wenn sie in der City war. Und das hat mir gut gepasst.«

»Wie lange waren Sie zusammen?«

»Etwas über ein Jahr.«

»Und die ganze Zeit war es geheim?«

»Ja. Wir haben uns vor ungefähr sechs Monaten getrennt.«

»Wo haben Sie sich normalerweise getroffen?«

»Sie ist in meine Wohnung gekommen. Wir haben gekocht oder etwas bestellt und eine Flasche Wein oder zwei getrunken. Sie wollte unsere Beziehung geheim halten.«

»Und warum das?«

»Ich bin mir nicht sicher. Ich habe sie deswegen nicht zur Rede gestellt.«

»Hat Sie das sehr belastet?«

»Ich weiß nicht, was Sie meinen.«

»Hat es Sie so sehr belastet, dass Sie sie umgebracht haben?«

»Ich habe Ellen nicht umgebracht. Ich habe sie in den letzten sechs Monaten kaum gesehen. Sie war sehr aufgewühlt. War richtig besessen von dieser Maddy Daly.« Er blickte Beth von der Seite an, bevor er weitersprach. »Ellen wusste, dass es sich nicht gehörte, über seine Patienten zu sprechen, aber

Maddy war keine Patientin mehr. Total fasziniert war sie von dem Mädchen. Sie hat mir nie erzählt, warum Maddy sich ursprünglich in Behandlung begeben hatte, aber was auch immer es war, es hatte eine große Wirkung auf Ellen. Sie wollte ihr einfach helfen. Das war mein Eindruck. Vielleicht hatte es etwas damit zu tun, dass Ellens Bruder gestorben ist, als er sieben war, und inzwischen nur wenig älter gewesen wäre als Maddy, wenn er noch am Leben wäre. Obwohl ich damit falsch liegen könnte.«

»Ich finde, das ist etwas weit hergeholt. Da muss noch etwas anderes sein.«

»Wenn das so ist, dann weiß ich nicht, was.«

»Okay«, sagte Lottie. »Warum haben Sie Maddy gestern geholt?«

»Es war eher spontan. Ich dachte, dass Ellen ihr vielleicht etwas gesagt hat, das mir helfen könnte, den Mörder zu finden. Ich wusste, dass ich, sobald Sie herausfinden, dass ich mit ihr zusammen gewesen bin, und wegen meiner Vergangenheit mit Rachel, ihr Hauptverdächtiger sein würde. Und damit hatte ich auch vollkommen recht.«

Lottie sagte ihm nicht, dass er von seiner Beziehung zu Ellen erst durch sein Geständnis gerade erfahren hatte. Welche anderen Geheimnisse verbargen sich noch in Ellens Welt?

»Und konnte Maddy Licht ins Dunkel bringen?«

»Sie ist nur ein wehrloser Teenager in einer beschissenen Lage. Sie weiß gar nichts.«

»Kennen Sie Matthew Fleming?«

»Nicht persönlich, aber Ellen hat oft von ihm gesprochen. Um es kurz zu machen: Sie hatte nicht viel für ihn übrig.«

»Warum nicht?«

»Hatte irgendetwas mit dem Steinbruch zu tun, aber sie wurde nie konkret.«

»Sie wissen, dass Matthew Fleming tot ist?«

»Das habe ich heute Früh gehört. Das war es, was Beth

bewogen hat, mich zu überzeugen, hierher zu kommen. Es werden immer mehr Leichen, und sie hatte Angst, dass das alles auf mich geschoben wird, wenn ich nicht auspacke.«

Lottie fragte sich, welches Fünkchen Wahrheit, wenn überhaupt, in seinen Worten steckte. »Kannten Sie Hazel Clancy?«

»Nein. Warum?«

»Weil sie auch tot ist.

»Verdammte Scheiße, was ist denn hier los?«, sagte er.

Die Antwort auf diese Frage hätte Lottie auch gerne gewusst.

Beth sagte: »Rachel und ich waren in der Schule mit Hazel befreundet. Ich wusste, dass sie in der Stadt arbeitet, aber wir haben uns seit Jahren nicht mehr gesehen. Und jetzt ist sie tot. Großer Gott. Was für eine Horror Show.«

»Also, wenn ich raten müsste, und man soll ja nicht schlecht über die Toten sprechen, aber dann würde ich tippen, dass Matthew Fleming die Wurzel von dem ganzen Übel hier ist. Ich glaube, Ellen hat ihn aus tiefstem Herzen verabscheut«, meinte Brendan.

»Können Sie das weiter ausführen?«

»Nicht wirklich. Jedes Mal, wenn Ellen von Maddy sprach, erwähnte sie Fleming so gut wie immer gleich im nächsten Satz. Aber sie hat es nie weiter ausgeführt. Deshalb habe ich Maddy gebeten, mit mir mitzufahren. Ich hatte gedacht, dass Ellen ihr vielleicht etwas Wichtiges erzählt hatte.«

»Und hatte sie?«

»Soweit ich herausfinden konnte, nicht. Maddy hat nur gesagt, dass Ellen die Stallungen bei Annie Flemings Haus sehen wollte, aber dass es die nicht mehr gibt.«

»Wissen Sie, warum das bedeutsam für sie war?«

»Keine Ahnung.«

Lottie wandte sich an Beth. »Wissen Sie das vielleicht, Beth?«

Die junge Frau hielt ihre Augen gesenkt, auf einen Fleck

auf dem Tisch gerichtet. »Nicht wirklich. Als wir Teenager waren, da sind Rachel und ich manchmal zu der alten Molesworth Ruine, zusammen mit Tara und Jessica. Hazel hing auch öfter mit uns rum. Wir haben Blödsinn gemacht und ein-, zweimal in den Stallungen Gras geraucht. Das ist alles.«

»War Ellen da auch dabei?«

»Ach Gott, nein. Sie war ja gut fünf oder sechs Jahre älter als wir.«

»Wissen Sie irgendetwas über Ellens kleinen Bruder?«

Beth schien blass zu werden. »Der ist ertrunken, oder?«

»Was wissen Sie darüber?«, fragte Lottie nach.

»Ich habe nur Gerüchte gehört.«

»Könnten Sie die ausführen?«

»Ich weiß nichts bestimmtes. Nur, was die Erwachsenen damals gesagt haben.«

»Und was war das?«

»Ich glaube, dass die gesagt haben, dass er nachts rumgelaufen ist und dann in dem Steinbruch ertrunken ist.«

Lottie verschränkte die Arme und dachte nach. Sie versuchte, diese gerade Linie zu finden, von der Farrell gesprochen hatte. Es funktionierte nicht.

Alles war durcheinander wie Spaghetti in der Dose.

»Okay. Will einer von Ihnen dem, was schon gesagt wurde, noch etwas hinzufügen?« McKeown tippte auf sein iPad.

»Nein.« Healy schüttelte den Kopf.

»Das ist alles«, fügte Beth hinzu.

»Das hoffe ich«, sagte Lottie.

Als sie ins Büro zurückkamen, sagte Lynch: »Auf den Videoaufnahmen von Hazel Clancys Wohnkomplex ist etwas zu sehen.«

McKeown sagte: »Das wollte ich Ihnen erzählen, Chefin, aber dann wurde ich von Healys Auftauchen abgelenkt.«

»Zeigen Sie es mir.« Lottie saß auf einer Seite seines Schreibtisches und Lynch auf der anderen.

»Das ist von Dienstagnacht«, sagte er. »Die Kamera, die das aufgenommen hat, ist an einer Mauer in der Nähe der Straße. Man sieht jemanden, der in den Büschen steht. Hazel geht an dem Gebäude entlang, anscheinend hat sie sich bei der Terassentür ausgesperrt. Die Person in den Büschen trägt schwarz und das Gesicht ist nicht sichtbar. Sie scheint auf Hazel zuzutreten und dann verschwinden beide. Vielleicht sind sie wieder hineingegangen.«

»Wer ist es?«

»Keine Ahnung. Vielleicht ist diese Person der Killer und ist erschrocken, als Hazel unerwartet um die Hausecke kam.«

»Das ist möglich, aber laut Simon Wallace' Aussage war Hazel am Vormittag des nächsten Tages noch am Leben.«

»Am nächsten Tag scheint die Kamera nicht mehr zu funktionieren.«

»Welch ein Zufall.«

»Allerdings«, sagte McKeown. »Die Kamera im Eingangsbereich des Komplexes hat ein reges Kommen und Gehen aufgezeichnet. Größtenteils zu anderen Apartments. Bei ein paar wissen wir, dass sie zu Hazel wollten. Simon Wallace und Andy Ashe, aber ein Besuch wird Sie verblüffen.« Er ließ die Aufnahme vorspulen, bis jemand erschien.

»Wer ist das?«

»Sieht sehr nach Tara Flaming aus!«, sagte Lynch triumphierend.

»Tara? Was zum Teufel?«, sagte Lottie. »Wir müssen mit ihr reden.«

McKeown nahm sein iPad in die Hand und tippte darauf herum. »Das ist von dem Team der Spurensicherung geschickt worden, die Matthew Flemings Haus durchsuchen. Sie haben hinter einer Abdeckung des Kleiderschranks in dem Zimmer, von dem wir vermuten, dass es das von Tara ist, Schachteln mit Rattengift gefunden.«

»Das ist genug für mich«, sagte Lottie und klopfte McKeown aufgeregt auf die Schulter. »Kommen Sie, McKeown, wir sprechen mit Tara Fleming. Lynch, bereiten Sie die entsprechenden Dokumente vor, damit wir einen Durchsuchungsbeschluss für Molesworth House bekommen.«

»Ist Ihre Hochzeit nicht dorthin verlegt worden?«, fragte Lynch. »Die wird jetzt wohl nicht mehr stattfinden.«

»Was wird wohl nicht mehr stattfinden?« Boyd stand in der Tür. Er sah grauenhaft aus, als ob er grün und blau geschlagen worden wäre.

Lottie schnappte sich ihre Jacke und ihre Tasche und nahm ihn am Ellbogen. »Du kannst gleich mitkommen und ich erkläre es dir.«

Auf der Fahrt zu Annie Flemings Haus erzählte Lottie alles, was an dem Morgen schon passiert war. Als sie sprach, ließ sie das sacken, was Healy und Beth ihr gesagt hatten – oder besser, was sie nicht gesagt hatten. Und sie beschäftigte sich mit der Möglichkeit, dass neue Beweise tatsächlich darauf hinwiesen, dass Tara Fleming die Mörderin sein könnte. Sie hatten vielleicht Indizienbeweise, aber sie hatten immer noch kein Motiv.

»Geht es dir wirklich gut, Boyd?«, fragte sie.

»Es tut ein bisschen weh«, antwortete er, »aber alles gut. Das Krankenhaus hat angerufen, meine Blutwerte sind okay. Unkraut vergeht nicht.«

Annie führte sie in den großen Raum, in dem Lottie sie und Jessica zum ersten Mal getroffen hatte. Als sie durch die Tür trat, blieb sie wie angewurzelt stehen. Sie konnte nicht verhindern, dass ihr der Mund offen stehen blieb.

Auf einem Stuhl am anderen Ende des Raumes saß Tara.

Die junge Frau, die sie vor zwei Tagen zum Abendessen getroffen hatten, war nicht mehr wiederzuerkennen. Ihre Narbe schien zu lodern und das Haar war wie abgemäht. Die Augen wie zwei traurige tote Tümpel. In ihrer gegenwärtigen Verfassung erinnerte sie Lottie stark an die schwierigen Zeiten, die sie mit Chloe durchgestanden hatte, in den Jahren nach Adams Tod. Annie tat ihr jetzt schon leid, wenn sie daran dachte, welch harte Zeiten auf sie zukommen würden. Und der Grund, aus dem sie hier war, würde das alles andere als leichter machen.

»Ich bedaure Ihren Verlust«, sagte McKeown und ging quer durch den Raum, um sich neben Jessica zu setzen. Die nickte und senkte den Kopf.

»Es tut mir leid, Annie«, sagte Lottie.

»Danke«, antwortete Annie. »Ich weiß es zu schätzen, dass Sie sich die Zeit nehmen, persönlich vorbeizuschauen. Egal, was ich von ihm hielt, Matthew war immer noch der Vater meiner Töchter.«

»Das muss für Sie alle eine traumatische Erfahrung sein. Können wir uns kurz unterhalten?«

»Kommen Sie mit in die Küche. Ich mache Kaffee.«

»Nein, Annie. Ich möchte mit Ihnen allen sprechen.«

»In Ordnung«, sagte Annie nervös. »Setzen Sie sich.«

Wie vorher besprochen, setzte sich Boyd zu Tara, und Lottie näher zu Annie, von wo aus sie die beiden jungen Frauen gut im Blick hatte. Sie beschloss, gleich zum Punkt ihres Besuches zu kommen. »Ich habe hier ein Blatt Büttenpapier. Erkennt das eine von Ihnen?«

»Das ist wie das von Daddy«, sagte Tara leise. »Er benutzte es für besondere, handgeschriebene Briefe.«

»Das hat er immer noch benutzt?«, wunderte sich Annie.

»Wo haben Sie das her?«, wollte Jessica wissen.

»Aus dem Arbeitszimmer Ihres Vaters.«

»Was haben Sie dort gemacht?«, fragte Annie. Sie sah nur noch wie ein Schatten ihrer selbst aus, das Lebenssprühende der vorrangegangenen Tage schien ganz aus ihrem Gesicht gewichen zu sein.

»Wir haben nach seinem Tod Nachforschungen angestellt«, sagte Lottie und ihr Blick huschte von einer Frau zur anderen.

»Brauchen Sie dafür nicht einen Durchsuchungsbeschluss?«, fragte Jessica.

»Wann können wir Daddys Leiche nach Hause holen?«, fragte Tara.

»Die Bombensicherungskräfte der Armee haben den Steinbruch erst gestern Abend freigegeben. Ein Bergungseinsatz findet gerade statt.«

»Bergung?«, fragte Tara. »Wollen Sie damit sagen, dass die einzelne Stückchen von meinem Daddy aufsammeln?«

So in der Art, dachte Lottie und war schockiert von Taras Wortwahl. »Wenn Matthews Obduktion stattgefunden hat, kann uns die Rechtsmedizin sagen, wann er nach Hause gebracht werden kann.«

»Danke«, sagte Annie, bevor Tara noch etwas anderes sagen konnte.

»Wann wird Mr Flemings Testament verlesen?«, fragte McKeown. Lottie bemerkte, wie nah er bei Jessica saß. Der Oberschenkel der jungen Frau berührte den seinen. Sie würde mit ihm sprechen müssen.

Annie sagte: »Heute, später irgendwann wahrscheinlich. Ich muss mich beim Notar melden. Warum? Ist es wichtig?«

»Alles ist wichtig, bis es nicht mehr wichtig ist«, sagte Lottie.

»Es ist sowieso egal«, sagte Tara. »Daddy hat sein Testament geändert. Er hat alles mir hinterlassen.«

»Mach dich doch nicht lächerlich«, sagte Annie und schaute ihre Tochter von oben herab an. »Wir sind noch nicht geschieden. Ich bin die Haupterbin von Matthews Vermögen.«

»Nein, bist du nicht. Ich habe das Testament zusammen mit Daddy aufgesetzt. Alles gehört mir. Da hast du's.« Was wie

Trauer auf Taras Gesicht gewirkt hatte, wurde nun von einem selbstgefälligen Ausdruck abgelöst.

»Du weißt doch gar nicht, wovon du sprichst.« Annie stand auf, das Handy schon in der Hand. »Ich rufe den Notar jetzt sofort an. Im Familienrecht muss es etwas geben, das meine Position schützt, da bin ich mir sicher.«

»Du brauchst niemanden anzurufen«, sagte Tara und zog ein Blatt Papier aus ihrer Tasche. Es war dasselbe cremefarbene Büttenpapier wie bei dem Brief aus Matthews Arbeitszimmer. »Ich habe eine Kopie. Bezeugt und so weiter.«

Lottie durchquerte das Zimmer und nahm das Blatt Papier. »Wenn das rechtskräftig ist, dann könnte sie recht haben, Annie. Matthew hat sein gesamtes Vermögen Tara vermacht.«

»Lassen Sie mich das sehen!« Annie entriss Lottie das Stück Papier. »Das ist eine Fälschung. Es ist eine Kopie von irgendeinem Unsinn.«

»Mach nur, ruf Daddys Notar an. Dann wirst du schon hören, dass es voll und ganz rechtkräftig ist.« Tara verschränkte ihre Arme herausfordernd.

»Bleiben Sie einen Moment, Annie«, sagte Lottie, als die Frau zur Tür hinausgehen wollte. Annie schaute schicksalsergeben, als sie zurückging und sich wieder setzte. War das hier einfach nur ein ganz simpler Fall und Fleming wurde schlicht wegen seines Geldes ermordet? Hätte Tara wirklich ihren Vater ermordet? Aber wenn, warum hatte sie dann zuerst auch drei Frauen ermorden müssen? Sie hatten immer noch nicht herausgefunden, ob Matthew die Bombe selbst gezündet hatte oder jemand anderes. »Können Sie sich vorstellen, dass jemand Matthew schaden wollte? Wer?«

»Wie lange haben Sie Zeit?«, sagte Annie. »Er war ein gerissener Geschäftsmann, er ist bei vielen Leuten angeeckt. Ich habe viel Zeit damit zugebracht, Probleme für ihn aus dem Weg zu räumen. Das hat mich bis zur letzten Faser aufgerieben. Aber ich wusste viel über seine Geschäfte, und ich kann mir nicht vorstellen, dass sein Tod etwas mit der Arbeit zu tun hatte. Ich glaube, dass er sich das selbst angetan hat, dieser selbstsüchtige Bastard.«

»Mum!«, rief Jessica, während Tara kicherte wie ein kleines Kind.

Lottie machte sich Gedanken wegen der Bombe. Wenn Matthew sie nicht selbst detoniert hatte, dann musste es jemand gewesen sein, der wusste, wie man mit so etwas umging. »Wie schaut es im privaten Bereich aus?«

»Er war ein Womanizer«, sagte Annie mit einem gewagten Augenaufschlag. »Er hat vielen Leuten wehgetan, aber ich glaube nicht, dass er jemandem so wehgetan hat, dass sie ihn dafür in die Luft jagen würden.« Sie schüttelte den Kopf.

»Er kannte alle drei Mordopfer«, sagte McKeown.

»Er kannte viele Frauen, Detective«, sagte Annie schmallippig.

Lottie stand auf. »Sie müssen mir eine Liste machen mit Leuten, von denen Sie denken, dass sie mit ihm ein Hühnchen zu rupfen hatten.« Sie stellte sich vor die beiden Schwestern. »Sie beide kannten Rachel Mullen, Hazel Clancy und Ellen Gormley. Ist in der Vergangenheit irgendetwas vorgefallen, das dazu geführt haben könnte, dass die drei diese Woche zu Tode gekommen sind?«

Ihr schallte nur Schweigen entgegen, so laut, dass sie es hören konnte.

»Was genau meinen Sie?«, fragte Annie schließlich.

»Vielleicht so eine Art Pakt unter Teenagern?« Lottie behielt die jungen Frauen im Auge; sie griff nach dem sprich-wörtlichen Strohhalm.

»Sie machen wohl Witze.« Tara lachte, aber Lottie hatte das Gefühl, dass das Lachen nervös klang.

»Mache ich nicht.«

»Wir waren mit diesen Mädchen nicht wirklich befreun-det«, sagte Jessica, »und Ellen Gormley war viel älter als wir.«

»Wir konnten Rachel und Beth damals nicht ausstehen«, sagte Tara.

»Was ist mit Hazel Clancy? Mochtet ihr sie?«, fragte Boyd mit sanfter Stimme, als ob er versuchen würde, Tara zu beruhigen.

»An die habe ich schon seit Ewigkeiten nicht mehr gedacht, wenn ich ehrlich sein soll.«

»Tatsächlich?« Lottie zog eine Augenbraue hoch. »Wir haben nämlich Beweise, dass Sie Hazel am letzten Dienstagabend besucht haben. Die Bilder einer Überwachungskamera.«

Tara biss sich fest auf die Lippe und schwieg.

»Warum haben Sie sie aufgesucht?«

»Okay, okay. Es war nur wegen etwas, das Ellen während einer Therapiesitzung gesagt hat. Nach Rachels Tod wollte ich einfach nach ihr schauen.«

»Ellen war eine Schlampe«, sagte Jessica und wechselte das Thema ziemlich abrupt.

»Warum sagen Sie das?« Lottie wandte sich ihr zu.

»Weil sie unseren Vater gefickt hat, als sie noch ein Kind war«, kreischte Tara. »Ein Teenager. Was auch immer. Und du, Jessica ... das ist alles deine Schuld!« Sie sprang auf, zog eine Schere aus ihrer Anzugtasche und stürzte sich quer durch den Raum, zielte direkt auf Jessicas Hals. Boyd hechtete ihr nach, während McKeown seinen Arm um Jessicas Schulter schlang und sie mit sich zu Boden riss.

»Du bist selber eine Schlampe!«, schrie Tara.

Boyd bekam ihren Arm zu fassen und entwand ihr die Schere. Sie fiel ohne Schaden angerichtet zu haben auf den teuren Boden.

Tara zog an ihrer Kopfhaut, als ob sie sich selbst die Haare ausreißen wollte, und realisierte dann, dass sie sie ja abgeschoren hatte. Sie drehte sich um und stürmte aus dem Zimmer, wobei sie sich unter Lotties griffbereiten Armen hindurch duckte. Boyd rannte ihr nach und schlitterte auf dem glatten Boden, als er um die Ecke bog.

»Ich habe sie«, brüllte er vom Flur aus. Als Lottie dort ankam, sah er, dass er Tara fest umschlungen hielt und in der anderen Hand Handschellen hatte. »Beruhige dich, Tara«, sagte er. »Alles wird gut.«

Das glaube ich nicht, dachte Lottie, und rief nach Unterstützung.

»Was ist ihr Problem?«, sagte Jessica, als McKeown ihr aufhalf.

»Deine Schwester wird von Kummer aufgefressen«, sagte Annie. »Du musst mit ihr sprechen.«

»Immer muss ich ihren Dreck wegräumen.« Jessica wirkte unwillig, McKeowns Seite zu verlassen.

»Was meinen Sie damit?«, fragte Lottie.

Annie unterbrach sie. Sie sprach so beherrscht, als ob einfach nur ein Löffel zu Boden gefallen wäre und nicht eine Schwester die andere mit einer spitzen Schere hatte verletzen wollen. »Ach, das ist Taras ganz normales Verhalten. Sie hat immer wieder solche Anfälle. Und jetzt ist sie blind vor Trauer um ihren Vater. In ein paar Minuten geht es ihr wieder gut. Hol ihre Medizin, Jessica.« Annie wandte sich an Lottie. »Jetzt lassen Sie uns über morgen sprechen.«

Im Ernst?, fragte sich Lottie. »Annie, das ist jetzt nicht der richtige Augenblick für diese Unterhaltung. Aber damit wir uns recht verstehen, ich möchte nicht, dass es stattfindet.«

»Unsinn, natürlich wollen Sie das. Das wird uns von diesen morbiden Angelegenheiten ablenken. Ihre Chloe ist ein reizendes Mädchen. Sie war schon hier und hat sich umgeschaut. Alles ist organisiert. Die Cottages werden auf Hochglanz poliert auf Sie warten, wenn Sie in aller Früh eintreffen.«

»Es kann nicht stattfinden.« Lottie war wie hypnotisiert von der Einstellung dieser Frau.

Vielleicht stand sie unter Schock?

»Doch, das kann es sehr wohl. Meine erste Veranstaltung«, sagte Annie. Lottie ließ sich nicht leicht auf dem falschen Fuß erwischen, und jetzt musste sie die Tochter dieser Frau festnehmen. Aber Annie sprach einfach weiter, ohne dass sie etwas einwerfen konnte. »Neben dem Catering im Restaurant arbeitet Jessica auch intensiv mit David an dem Hochzeitsmenü. Es wird einfach fantastisch werden. Das ist so aufregend!«

»Annie, bitte seien Sie still und hören Sie mir zu«, sagte Lottie, als Boyd mit Tara zurückkam. Die völlig aufgelöste junge Frau war in Handschellen. »Wir verhaften Tara, weil sie unter dem Verdacht steht, Mord in …«

»Nein! Das kann nicht wahr sein. Tara, was tust du mir an?«, rief Annie aus. »Du hast nicht deinen Daddy umgebracht, oder?«

Lottie fiel auf, dass Annie nicht zu ihrer Tochter eilte.

»Das ist ein Fehler«, sagte Tara meuternd.

»Das glaube ich nicht«, sagte Jessica. »Du wolltest Daddys Geld schon seit Ewigkeiten in deine gierigen Pfoten bekommen. Der einzige Weg, schnell daranzukommen, war, ihn umzubringen. Aber ihn so in die Luft gehen zu lassen … was für ein Monster bist du eigentlich?«

Tara knirschte mit den Zähnen und knurrte vor Wut, als Boyd sie hinausführte.

Annie stand resolut und aufrecht neben den düsteren Gemälden ihrer Ahnen. »Lottie, ich bin gerade etwas durch den Wind. Das ist sehr schwer zu verdauen. Meine eigene Tochter! Oh Gott, das ist viel zu fürchterlich, um es so schnell begreifen zu können. Was werden die Leute denken? Das bringt Schande über meine ganze Familie!«

»Ich glaube, Tara braucht Sie jetzt, Sie müssen stark sein für sie«, sagte Lottie, weil sie nicht wusste, was sie sonst sagen sollte.

»Das werde ich, und ich werde dieses Missverständnis

aufklären. Aber machen Sie sich keine Sorgen, ich werde Sie nicht enttäuschen. Glauben Sie mir, Ihre Hochzeit wird eine ganz extravagante Begebenheit werden.«

Lottie wusste, dass jetzt nicht der Augenblick war, um zu streiten. Annie kompensierte. Sie ignorierte schlichtweg die Tatsache, dass ihre Tochter in Gewahrsam genommen worden war. Sie stand definitiv unter Schock. Aber trotzdem fragte sich Lottie, welche Frau sich so gefühlskalt um ihr Geschäft kümmern konnte, während die eigene Tochter in Handschellen abgeführt und beschuldigt wurde, ihren Vater aus Habgier und drei Frauen aus irgendwelchen noch unerfindlichen Gründen ermordet zu haben.

Als sie das Haus verließen, trafen gerade Beamte mit dem von Lynch auf die Schnelle besorgten Durchsuchungsbeschluss ein. Lottie saß neben Boyd im Wagen, während McKeown zurückblieb, um Annie und Jessica im Auge zu behalten. Sie musste immer noch nach der Bedeutung der Glasscherben in den Rachen der Opfer suchen und auch Taras Motive, ihre Jugendfreunde und ihre Therapeutin zu töten. Manchmal dauerte es sehr lange, bis sich Antworten fanden.

Aber sie hatten ihren Mörder, oder?

Sie beugte sich zu Boyd und legte ihre Hand auf seine.

»Fall abgeschlossen«, sagte er.

»Ich hoffe, du hast recht, Boyd. Ich hoffe wirklich, du hast recht.«

FÜNFUNDSECHZIG

SAMSTAG, 25. NOVEMBER

»Oh mein Gott! Mam! Du siehst traumhaft aus.«

Chloe griff nach Lotties Hand und schwenkte sie durch das Zimmer. Sie konnte nicht fassen, wie wunderschön ihre Mutter aussah. Die Blutergüsse alle von Make-up überdeckt, das Haar perfekt gestylt. Es hatte ganz schön viel Überredungskunst bedurft, um sie dazu zu bringen, die Hochzeit nicht abzusagen, aber ein paar Tränen im rechten Augenblick hatten sie schließlich dazu bewegt, nachzugeben. Wahrscheinlich, um einfach ihre Ruhe zu haben, aber völlig egal!

Chloe war so stolz auf ihre Mutter und wollte sie am liebsten gar nicht mehr loslassen. Aber dann drehte sich Lottie um, um mit Sean zu reden. Der Liebling. Ach ja. Aber Chloe hatte heute – wenn er es auch vielleicht nicht mehr recht viel länger bleiben würde – ihren Freund dabei, also würde sie auf alle Fälle viel Spaß haben.

Als Katie die Blumensträuße von der Küchenanrichte holte, ging Chloe schon voraus. Trotz dem ganzen Stress in aller Früh – alles hatte eingeladen und vor Ort gebracht werden müssen – konnte sie gar nicht glauben, zu welch herrlichem Tag sie aufgewacht waren, trotz der Stürme, die die ganze Woche getobt hatten. Sie drückte ihnen allen die Daumen und schaute gen Himmel.

»Daddy, bitte mach, dass dieser Tag für Mam ganz besonders wird.«

Sie wartete, als Katie, Sean und ihre Mutter aus dem Cottage kamen. Nach dem Drama, weil das Brook Hotel überschwemmt worden war, war doch noch alles ganz gut gelaufen, auch wenn sie nicht wusste, was sie von dieser Annie Fleming halten sollte. Stundenlang hatte sie in jedem Augenblick damit gerechnet, dass alles abgesagt werden würde – immerhin war Annies Mann ermordet worden und ihre Tochter verhaftet. Doch diese Frau hatte einfach ihr Pokerface aufgesetzt und darauf bestanden, dass alles wie geplant stattfinden sollte. Aber Jessica, die war ein ganz anderes Paar Schuhe, wie Granny Rose sagen würde. Eiskönigin nannte Brendan sie.

Wo war Brendan? Sie warf einen Blick in die Menge, und dann blieb ihr das Herz stehen. Warum waren die nicht alle in der Kapelle drinnen?

Sie eilte zu Granny Rose. »Granny, was ist los?«

»Es scheint so, als ob der Bräutigam nicht aufgetaucht ist.« Rose schob sich mit Boyds Schwester Grace an ihr vorbei.

»Boyd? Was ist mit ihm los?« Sofort fragte sie sich, ob ihm die Explosion eventuell mehr zugesetzt hatte als angenommen. Sie beobachtete, wie Lottie erst mit Grace und dann mit Kirby sprach.

Ihre Mutter rannte in das Cottage, in dem sich Boyd hätte umziehen sollen. Chloe folgte ihr, und als Lottie ohnmächtig wurde, fing sie sie in einem Volant aus Chiffon und Spitze auf.

»Wasser!«, schrie sie. »Bringt ihr Wasser. Mam! Mam! Wach auf. Alles wird gut. Lieber Gott. Bitte, tut doch etwas.«

Langsam öffnete Lottie die Augen. Sie war leichenblass und ihre Hände zitterten. »Ich muss Boyd finden.«

»Wo ist er?«, fragte Chloe, nahm ein Glas Wasser, das ihr jemand entgegenhielt, und setzte es an Lotties Lippen.

»Hilf mir auf«, bat Lottie.

»Kirby, machen Sie sich mal nützlich.« Chloe nahm einen Arm und Kirby den anderen, und zusammen schafften sie es, ihrer Mutter aufzuhelfen.

»Was steht auf dem Zettel?«, fragte Kirby.

Nachdem sie Lottie auf einem Stuhl platziert hatten, las er es laut vor. »›Bevor Sie den größten Fehler Ihre Lebens begehen, treffen Sie mich. Wenn Sie es nicht tun, wird ihr Blut an Ihren Händen kleben. Sie ist bei mir. Sie wissen, wo Sie uns finden können.‹ Chefin, das ist das gleiche Papier, das wir im Haus von Matthew Fleming gefunden haben.«

»Wir müssen herausfinden, wer das geschrieben hat, damit wir wissen, wo er hin ist«, sagte Lottie. »Wann habt ihr Boyd zum letzten Mal gesehen?«

»Hm.« Kirby trat von einem Fuß auf den anderen. »Wir haben gestern ein bisschen was getrunken, weil ja kein richtiger Junggesellenabschied gefeiert worden ist, also muss es um Mitternacht herum geworden sein. Weiß nicht genau. Er hatte durchaus einiges intus.«

»Er ist jedenfalls heute Früh hier angekommen, weil sein Anzug und seine Tasche hier sind«, sagte Lottie. »Findet heraus, wer ihn wann das letzte Mal gesehen hat.«

Chloe seufzte. Und zu ihr sagten sie immer alle Dramaqueen. Der Nächste in der Reihe für diese Auszeichnung war definitiv Boyd, dachte sie. Als sie das Cottage verließ, bahnte sich Superintendentin Farrell gerade ihren Weg hinein.

———

Lottie stöhnte, als die Dame im Anzug das Cottage betrat. Die Superintendentin sah fast menschlich aus.

»Was hat es mit dieser Nachricht auf sich?«, fragte Farrell.

Lottie reichte sie ihr. »Ich versuche zu überlegen, wer die geschrieben haben könnte.«

»Sie kann auf alle Fälle nicht von Tara Fleming sein, denn die ist ja in Haft. Alles hat auf sie hingedeutet, richtig? Die Indizienbeweise im Haus ihres Vaters. Die Giftschachteln im Kleiderschrank. Die schlammigen Stiefel in ihrem Zimmer hier. Und natürlich das Testament ihres Vaters. Sie sollte alles erben, was ihm gehört.« Farrell holte kurz Luft. »Verdammt noch mal, ich wusste, dass das eine Schnapsidee ist. Was habe ich mir nur dabei gedacht? Ich hätte diesen ganzen Zirkus hier unterbinden sollen. Mittendrin in einer Familie, die in Morde verstrickt und von Geheimnissen umgeben ist.«

»In Molesworth House ist kein Verbrechen begangen worden«, sagte Kirby, »und alles, was wir hier gefunden haben, sind schlammige Stiefel.«

»Ganz genau«, pflichtete Lottie ihm bei.

»Ich dachte mir schon, dass die Entscheidung, diese Hochzeit hier stattfinden zu lassen, möglicherweise jede Menge Ärger ans Licht bringen würde. Ich hätte aber nicht damit gerechnet, dass wir damit gleich einen unserer Männer verlieren würden. Ich muss was trinken.« Farrell schüttelte den Kopf und holte sich ein Glas Wasser.

Lottie blieb einfach sitzen, während Kirby alle anderen aus dem überfüllten Raum scheuchte. McKeown und Lynch kamen dazu und die Detectives standen um Lottie herum. Ein erneuter Schauder überkam sie, und sie wusste nicht, ob aus Schreck, aus Hunger oder aus Angst.

»Kann jemand mein Handy holen?«

»Ich mach das«, sagte Kirby und verschwand.

Sie stand auf. Sie wollte dieses Kleid loswerden und in ein Paar Jeans schlüpfen. »Boyds Handy! Wir müssen es orten lassen.«

McKeown sagte: »Das mache ich.«

Kirby kam zurück und schwang ihr Handy wie einen Dolch durch die Luft. »Da sind jede Menge Nachrichten drauf!«

»Sagen Sie Katie, dass sie mir Jeans, einen Pullover und

eine Jacke bringen soll. Und die ganzen Gäste sollen etwas trinken gehen oder so.«

»Ich spreche mit den Gästen«, bot sich Lynch an.

»Und wir müssen Annie und Jessica Fleming finden. Wir müssen die interessierten Kreise sichern.«

Farrell drehte sich zu Lottie um. »Interessierte Kreise?«

»Wie ich gestern schon erklärt habe, bin ich mir nicht so sicher, ob Tara wirklich die Schuldige ist. Aber da sie erst zur psychiatrischen Untersuchung musste, hatten wir noch keine Gelegenheit, sie zu befragen. Aber alles hat irgendwie zu gut gepasst.« Lottie atmete tief durch, um zu beobachten, ob ihre Worte auch ankamen, dann sprach sie weiter. »Ich glaube, dass es möglich ist, dass Tara als Sündenbock herhalten sollte. Sehen Sie, wenn Tara verurteilt und ins Gefängnis gesperrt wird, dann erbt sie das Vermögen ihres Vaters nicht. Und welches Ereignis sie zu den Morden bewegt hat, darüber kann oder will sie nicht sprechen. Sie hatte vielleicht ein Motiv, ihren Vater zu töten, aber was ist ihr Motiv, Ellen, Rachel und Hazel zu vergiften und zu töten? Ich bin mir sicher, dass da draußen noch ein Mörder herumläuft.« Sie versuchte, Ordnung in ihre Gedanken zu bringen. Sie hatte es im Gefühl gehabt, dass etwas passieren würde, aber sie hätte nie damit gerechnet, dass Boyd mit hineingezogen werden könnte. Wohin war er gelockt worden?

»Wie schlagen Sie vor, dass wir bei der Suche nach Detective Sergeant Boyd vorgehen sollen?«, fragte Farrell.

Lottie überflog die Nachrichten auf ihrem Handy. Alles Glückwünsche. Verdammt. Ohne auf die Benachrichtigungen zu achten, wählte sie Boyds Nummer und hörte dann nur Stille. »Sein Handy ist aus. Habe ich nicht gerade jemanden gebeten, es orten zu lassen?«

Kirby kam zurück, gefolgt von Katie, die den Arm voller Kleidungsstücke hatte. »Mam, was kann ich für dich tun?«

»Schnapp dir Louis, Sean und Chloe und fahr nach Hause.

Granny und Grace auch. Sperr die Türen zu. Bleibt dort, bis ich heimkomme. Kirby, organisieren Sie einen Fahrer für sie.«

Katie umarmte sie fest, dann nickte sie und rannte aus dem Zimmer, dicht gefolgt von Kirby. Lottie hatte ihn noch nie so lebhaft gesehen.

»Geben Sie mir zwei Minuten«, sagte sie und verschwand im Badezimmer, wo sie sich das Kleid vom Leib riss, die Clips aus den Haaren nahm und sich ihre gewohnte Kleidung anzog. Sie spritzte sich kaltes Wasser ins Gesicht. Das Make-up verschmierte, aber das kümmerte sie nicht im Geringsten. Sie musste Boyd finden. Als sie sich wieder sicher auf den Beinen fühlte, ging sie in den Hauptraum zurück, wo Farrell gerade die Geschehnisse des Vormittags auseinandernahm.

»Wenn Tara nicht unsere Mörderin ist, dann müssen wir davon ausgehen, dass derjenige, der hinter den Morden steckt, auch Boyd irgendwo hingelockt hat«, sagte die Superintendentin. Sie war ganz rot im Gesicht und hatte die Arme vor dem Körper verschränkt.

»Aber wer?«, fragte McKeown stirnrunzelnd.

Der Eingang verdunkelte sich, als Lynch auftauchte. »Keine Spur von Annie oder Jessica Fleming. Wir haben überall gesucht.«

»Scheiße«, sagte Lottie. »Wann wurden sie zuletzt gesehen?«

»Die Angestellten sagen, dass Annie gegen sieben Uhr Früh hier war. Der Koch, David Crawley, sagt, dass sie das Menü fertig gemacht hat und dann irgendwas von Matthews Beerdigung gemurmelt hat. Niemand erinnert sich daran, Jessica gesehen zu haben, und ihr Wagen ist fort.«

»Ordnet die Fahndung nach dem Wagen an.«

»Mach ich«, sagte Lynch.

»McKeown, erzählen Sie mir, was Sie über Jessica herausgefunden haben.«

»Wie bitte?« Sein rasierter Schädel wurde rot.

»Wir haben keine Zeit für Schamgefühle. Sie haben sie hier an einem Abend vor ein paar Tagen vernommen, und gestern noch mit ihr gesprochen, nachdem wir Tara festgenommen hatten. Was halten Sie von ihr?«

»Sie ist eiskalt. Ich habe in ihr nichts gespürt, das auch nur an Empathie grenzt. Narzisstisch bis auf die Knochen. Zwischen den Zeilen klingt es so, als ob sie ihre Mutter und ihre Schwester abgrundtief hasst, aber an allem ihrem Vater die Schuld gibt.«

»Interessant.«

»Glauben Sie, dass sie ihrer Schwester das in die Schuhe geschoben hat?«, fragte Farrell. »Ist Annie beteiligt?«

»Ich weiß nicht, was ich denken soll.« Lottie ging ein paar Schritte im Kreis. »Warum Boyd weglocken? Wenn doch Tara unschuldig beschuldigt und in Gewahrsam genommen worden ist, warum dann seine Trümpfe so aus der Hand geben?«

»Wenn es die Schwester ist, vielleicht will sie dann einfach mehr im Mittelpunkt stehen?«, schlug Farrell vor.

»Oder sie ist noch nicht fertig.« Lottie kratzte sich am Kopf und riss dabei eine der Schnittwunden unter dem Haaransatz wieder auf. Blut quoll daraus hervor. »Wir sollten logisch denken, solange der Mörder unlogisch vorgeht.«

Kirby kam zurück. »Ihre Familie ist unterwegs nach Hause. Chloe wollte, das ihr Freund mitkommt, aber der hat sich geweigert.«

Lottie überlegte kurz, dass sie Chloes Freund ja erst noch kennenlernen musste. »Wer ist es?«

Kirby wurde rot und scharrte mit der Fußspitze auf dem Boden herum. »Brendan Healy.«

»Ach du verdammte Scheiße«, sagte Lottie. Farrell hatte das hier einen Zirkus genannt, aber es entwickelte sich langsam zu einem fürchterlich lächerlichen Karneval. Healy musste zwölf Jahre älter als Chloe sein. Was für ein Spiel spielte er? »Ich fasse es nicht. Bringen Sie ihn her, falls Sie ihn finden können.«

Kirby eilte wieder aus dem Raum.

Farrell funkelte Lottie böse an, aber die wollte sich gerade auf nichts einlassen. Das war ein Riesendurcheinander der höchsten Rangordnung.

»McKeown, wir müssen mit Tara reden. Es ist verdammt noch mal höchste Zeit, dass sie endlich mit uns spricht.«

»Sie wartet immer noch auf die psychologische Einschätzung. Hat bis jetzt noch kein Wort gesagt. Ich würde mir keine allzu großen Hoffnungen machen.«

»Holen Sie einfach den Scheißwagen.«

»Und ein Anwalt muss da auch dabei sein.«

»Um Himmels willen, McKeown, dann rufen Sie doch von hier aus schon an.« Lottie musste Luft holen. »Was Neues von Boyds Handy?«

»Leute arbeiten an der Ortung.« Er rannte hinaus.

Während sie wartete, schaute sich Lottie ihre E-Mails auf dem Handy an, um zu sehen, ob etwas Hilfreiches dabei war. Vieleicht hatte Jane Dore ja Hazels Obduktion schon gemacht. Die Ergebnisse könnte sie jetzt gut gebrauchen.

Als sie den Posteingang durchschaute, bemerkte sie eine Antwort von ihrer Freundin Dr. Annabelle O'Shea. Die Übersetzung der unleserlichen Schrift auf den Blättern, die in Ellens Haus gefunden worden waren. Endlich. Lottie begann zu lesen, und ihre Augen wurden so groß wie ihr offen stehender Mund. Endlich etwas, mit dem man etwas anfangen konnte. Jetzt hatte sie das ganze Bild vor Augen.

»McKeown!«, brüllte sie und sprintete zur Tür. »Wo ist McKeown? Wo ist der verdammte Wagen?«

SECHSUNDSECHZIG

Maddy wurde immer wütender, als sie versuchte, diese ganze Situation zu verstehen.

Ellen war der einzige Mensch, dem sie je anvertraut hatte, was sie mit dreizehn getan hatte. Das war der größte Fehler ihres Lebens gewesen. Ellen. Ihre Freundin. Ja. Und was für eine Freundin. Es anderen brühwarm weiterzuerzählen. Sie zu benutzen. Und wofür? Nun ja, es hatte zu einem Blutbad geführt. Und alles wegen ihres persönlichen Unglücks.

Aber war es wirklich ihre Schuld gewesen? Bei dieser ersten Sitzung, da hatte Ellen versucht, sie davon zu überzeugen, dass es das nicht war, dass es einfach ein Unfall gewesen war. Und dann beim nächsten Besuch was sie auf einmal ganz komisch gewesen. Hatte über ihr eigenes Leben gesprochen. Über Aidan, ihren kleinen Bruder.

Aber nichts davon zählte jetzt, dachte Maddy. Es ging nur um den Blickwinkel. Und sie würde den höchsten Preis zahlen, dafür, dass sie sich getäuscht hatte. Für ihren Fehler. Und da sich sonst niemand gegen die ganze Ungerechtigkeit stellen wollte, würde sie es tun. Sie musste nur auf den richtigen Zeitpunkt warten.

SIEBENUNDSECHZIG

Der Wagen konnte ihr gar nicht schnell genug fahren. Lottie kaute sich die Nägel bis auf die Haut ab. Nach zehn Minuten, die sich wie zehn Jahre angefühlt hatten, brachte McKeown das Auto mit quietschenden Reifen zum Stehen. Sie war schon draußen und sprang die erste Stufe hinauf, als er sie am Arm fasste.

»Wir brauchen Verstärkung«, sagte er.

»Sie ist da drin, ich weiß es, und Boyd auch.«

»Boyd ist clever. Er weiß, wie er mit so einer Situation umgehen muss, aber wir brauchen vielleicht ein bewaffnetes Einsatzkommando.«

»Glauben Sie, sie hat eine Waffe?«

»Nein, aber sie könnte Sprengstoff dabei haben. Denken Sie daran, was im Steinbruch passiert ist. Im inoffiziellen Bericht steht, dass man mit der Menge Semtex, die verwendet worden ist, halb Ragmullin in die Luft hätte jagen können. Sie hatten Glück.«

»Scheiße!« Lottie hätte sich die Haare ausreißen können. Was sollten sie tun? »Wenn wir da mit dem Einsatzkommando hineinstürmen, ist sie zu allem fähig. Wenn ich alleine hineingehe und versuche, vernünftig mit ihr zu sprechen, vielleicht lässt sie dann mit sich reden und wir haben eine Chance?«

»Man kann mit einem Psychopathen nicht vernünftig sprechen.«

»Ich kann es wenigstens versuchen.« Sie ging zum Kofferraum und zog eine Kevlarweste an. Ihre Pistole war im Safe auf der Wache eingeschlossen. Das war also ihr Hochzeitstag. Wer hätte geahnt, dass sie sich an diesem Tag würde schwer bewaffnen müssen.

»Bitte, Chefin, das ist zu gefährlich.«

»Rufen Sie das bewaffnete Einsatzkommando. Ich gebe Ihnen ein Zeichen, wenn ich meine, dass die Gefahr einer Explosion besteht, und dann können Sie auch den Bombenräumtrupp einschalten. Ich werde Ihre Nummer zur Hand haben. Wenn es klingelt, wissen Sie, dass Sie handeln müssen.«

»Ich denke nicht, dass Sie …«

»Bis jetzt war die Waffe der Wahl Gift, außer bei Matthew. Sehen Sie, McKeown, jeder dort drinnen könnte schon tot sein. Ich muss da rein. Fordern Sie über Funk Verstärkung an.«

Sie ging durch den Torbogen ohne Tor auf die abgenutzte Haustür zu, die in das Haus führte, wo es keine Tür zum Wohnzimmer gab. Als sie auf der Türschwelle stand, legte sie ihr Ohr an die Tür und lauschte.

Eine Stimme.

Jemand war dort drinnen und noch am Leben. Sie drückte die Tür auf.

Der traurige Flur lag vor ihr.

Sie nickte McKeown noch einmal kurz zu, dann war sie auf sich alleine gestellt.

Sie betrat das Haus.

Die erste Person, die sie sah, war Boyd.

Gott sei Dank. Er war am Leben. In der Ecke saß er auf

dem Boden, neben einem leeren Benzinkanister, und seine Hände waren mit einem Kabel vor seinem Körper gefesselt. Er sah aschfahl aus, was die Blutergüsse, die er sich bei der Explosion im Steinbruch zugezogen hatte, noch deutlicher hervortreten ließ.

Stella schien zu schlafen und lag auf der Couch, ihr Brustkorb hob und senkte sich, während das Baby nuckelte. Nein, sie schlief nicht. Eine riesige Beule auf ihrer Stirn sagte Lottie, dass die junge Frau angegriffen worden war. Sie sah keine anderen Wunden, und dem Baby schien es gut zu gehen.

Maddy saß in Boyds Nähe und der kleine, zweijährige Trey hatte ihr seine Arme um den Hals geschlungen. Warum waren die Kinder so ruhig?

»Ach, haben Sie die Nachricht jetzt endlich entschlüsselt? Schön, dass Sie gekommen sind, um uns Gesellschaft zu leisten.« Jessica Fleming sah ganz anders aus. Ihre Augen loderten hinter den Brillengläsern. »Ich hätte nicht gedacht, dass Sie so schnell daraufkommen. Ich wollte eigentlich, dass Sie sie in kleinen Stückchen auffinden, wie zerbrochenes Glas.«

»Es muss nicht so enden«, sagte Lottie und fragte sich, was die junge Frau vorhatte. Sie schien keine Waffe in der Hand zu haben und sie trug auch keinen offensichtlichen Sprengstoffgürtel oder ähnliches. Das war wenigstens ein positiver Aspekt in einer ansonsten miserablen Lage. Jessica trug ausgewaschene Jeans, einen dicken schwarzen Ledergürtel um die Taille, schwarze Stiefel mit flachen Absätzen und ein blaues Oberteil. Die dunklen Haare waren in einem Pferdeschwanz zusammengefasst, der hin und her wippte, als sie auf Lottie zuging.

»Sie haben keine Ahnung, was ich vorhabe.« Jessicas Stimme war eine Oktave zu hoch, klang geradezu unnatürlich.

»Egal was es ist, es ist es nicht wert. Sie können nicht mehr länger entkommen. Ich weiß, was Sie mit Ellens kleinem Bruder gemacht haben.«

Jessicas Augen glühten wie Kohle. »Sie können nichts beweisen.«

Lottie dachte an Annabelles E-Mail und ihre Abschrift von Ellen Gormleys Worten. Das war kein Beweis, aber es gab ihr eine gute Ahnung davon, was Jessica zu ihrer Mordkampagne veranlasst hatte.

»Sie hatten gedacht, dass Sie damit durchgekommen sind, oder? Es ist so viele Jahre her. Dass Sie Aidan, einen kleinen Jungen, aus reiner Boshaftigkeit umgebracht haben, weil seine Schwester eine Affäre mit Ihrem Daddy hatte.«

Vor Abscheu verzog Jessica den Mund. Sie packte Maddy an den Haaren und schleifte sie zur Mitte des Zimmers. Mit dem Fuß trat sie auf Trey ein, der die Beine seiner Tante sofort losließ. Obwohl seine Hände gefesselt waren, beugte sich Boyd vor und zog Trey an sein Knie. Lottie wusste, dass er ihr mit seinen Augen etwas sagen wollte. Aber was? Sie hoffte, dass sie es verstehen würde, bevor es zu spät war.

Jessica grinste höhnisch. »Wenn Sie eine Mörderin wollen, dann haben wir hier eine. Die Unglückliche, die in diesem Loch haust und das Mitleid Ihres Verlobten wie ein Schwamm aufsaugt. Sie ist eine Mörderin.«

»Es war ein Unfall«, schrie Maddy.

Jessica holte aus und schlug ihr so fest ins Gesicht, dass Maddy mit einem Kreischen in die Knie ging. Lottie hatte das Gefühl, dass es im Moment unmöglich wäre, Jessica zu überwältigen. Sie schien völlig durchdacht zu handeln. Hatte sie irgendwo Sprengstoff deponiert? Was war ihre Waffe? Lottie hatte Mühe, einen klaren Gedanken zu fassen, geschweige denn, einen Plan zu entwickeln.

»Das behauptest du, Maddy.« Jessica griff hinter sich und löste vorsichtig einen Kanister aus Stahl von einem Clip an ihrem Gürtel. »Aber Unruhestifter kann ich nicht leiden. Und das waren die alle. Haben so getan, als ob sie meine Freundinnen wären, obwohl sie hinter meinem Rücken über mich gelästert haben. Ellen dachte, dass wir die perfekten Babysitter abgeben, während sie meinen Daddy fickt. Sie hat ihren kleinen Bruder ständig bei uns gelassen. Wir waren doch auch nur Kinder. Ich weiß, wo Daddy mit ihr mit seinem Protzauto hingefahren ist und den Supersteinbruchmann gespielt hat.«

»Wo ist er denn mit ihr hin?« Lottie wusste, dass sie Jessica dazu bringen musste, weiterzureden. Um dem bewaffneten Einsatzkommando Zeit zu geben, sich in Stellung zu bringen.

»Er hat sie nach Molesworth gebracht, zu den Stallungen. Hat ihr vorgeschwärmt, was er mit dem Haus einmal machen würde. Ha! Dabei hat es doch Mum gehört. Letztendlich war sie es, die die Eier hatte, es renovieren zu lassen. Nicht er. Die Sache ist jedenfalls die, dass Ellen uns gedroht hat, ihn uns wegzunehmen.«

»Ihr Vater war ein Schürzenjäger, ich bin mir sicher, dass er noch andere Frauen außer Ellen hatte. Sie kann nichts Besonderes für ihn gewesen sein.«

»Sie war unser Babysitter, als wir noch klein waren. Zum ersten Mal hat er sie auf seinem Schreibtisch gefickt, da war sie erst fünfzehn!« Jessica kreischte jetzt. »Tara hat sie gesehen. Sie hat es mir erzählt, und ich habe es ihr nicht geglaubt. Das war, als sie zum ersten Mal ein bisschen verrückt geworden ist. Und dann, als wir Teenager waren, nicht viel älter als fünfzehn, hat er wieder was mit Ellen angefangen. Ich wusste, dass sie etwas Besonderes für ihn sein musste. Dafür sollte sie büßen.«

»Wie hat sie gebüßt?« Lottie schaute Jessica fest in die Augen und war bedacht darauf, ihren Blick nicht zu dem Kanister schweifen zu lassen, den Jessica in der Hand hielt. Das konnte doch kein Sprengstoff sein? Nein, sie tippte auf Strychnin. Plante Jessica, sie alle zu vergiften? Wie würde sie das anstellen? Sie musste sie weiter ablenken.

Jessicas Blick wurde ruhiger und sie starrte Lottie fast unbeteiligt an, so, als ob sie mit den Gedanken ganz woanders wäre. »Das beste Mittel, jemanden büßen zu lassen, ist, ihnen das wegzunehmen, das sie am meisten lieben. Daddy hat mir Tara weggenommen, als er sie aufs Internat geschickt hat. Als sie nach Hause kam, war sie nur noch eine leere Hülle. Wandte sich von mir ab. Ich habe meine Schwester geliebt, aber es war nie wieder so wie vorher.« Sie seufzte und war wieder präsent. »Jetzt haben Sie sie mir weggenommen, und ich werde Ihnen Ihren geliebten Boyd wegnehmen, genauso, wie ich Ellen ihren geliebten Bruder weggenommen habe.«

»Aidan war sieben Jahre alt!« Lottie konnte ihre Wut nicht länger in Zaum halten.

»Es funktionierte. Die *Tragödie* hat sie auseinandergebracht. Ellen hat sich Selbstvorwürfe gemacht, sich nicht genug um ihren kleinen Bruder gekümmert zu haben, während sie uns unseren Vater wegnehmen wollte. Und der Tod von dem Kleinen hat schließlich auch ihre Eltern ins Grab gebracht. Großartiges Ergebnis.«

»Und dennoch war Tara immer noch der Liebling Ihres Vaters. Haben Sie Ihrer Schwester erzählt, was Sie getan haben? Hatte sie deswegen einen Zusammenbruch?«

»Warum eine Person zerstören, wenn du eine zweite gleich mit in den Abgrund reißen kannst?« Jessicas Lachen war das einer Verrückten.

»Was haben Sie Tara angetan?«

Ihre Vergangenheit Revue passieren zu lassen, schien sie zu entspannen. Sie strich mit ihren Fingern über den Kanister und lehnte sich gegen das Kaminsims. Lottie bemerkte das kleine Feuer, das im Kamin brannte, als Maddy über den Boden kroch, um sich neben Boyd zu setzen. Stella war immer noch ohne Bewusstsein, ihr Baby inzwischen eingeschlafen.

»In der Nacht hatten wir etwas getrunken«, erzählte Jessica, ihre Augen jetzt dunkel wie Ebenholz. »Sie wissen doch, wie Teenager sind, allein und mit einer Flasche Wodka ausgerüstet. Niemand kümmerte sich darum, dass wir eigentlich auf das Kind aufpassen sollten. Es war so leicht, ihn zu kontrollieren.

Ich habe ihm gesagt, dass er jetzt nach Hause gehen musste. Es war stockfinster draußen. Der kleine Scheißer hat sich fast in die Hose gemacht. Ich habe ihm erzählt, dass seine Mum und sein Dad früher nach Hause gekommen waren, weil sie ihn so sehr vermissten. Er sollte nicht wissen, dass sie das ganze Wochenende nicht da waren. Die anderen hatten da schon ganz schön Wodka gebechert, deshalb haben sie nicht mitbekommen, wie ich hinter ihm her aus dem Haus bin.«

»Sie haben also einen siebenjährigen Jungen in den Steinbruch gestoßen, sind dann zurück zum Haus, und als Ellen zurückkam, haben Sie ihr erzählt, dass er wahrscheinlich seine Eltern vermisst hat und nach Hause gelaufen ist. Über die Felder in stockdunkler Nacht. Sie haben ihr die Schuld zugeschoben.«

»So ungefähr.«

»Und die anderen haben Sie nicht vermisst, als Sie hinter dem Jungen her sind?«

»Hab ich doch schon gesagt, die waren zu betrunken.«

»Und Tara?«

»Als ich vom Steinbruch zurückkam, hab ich sie noch mehr abgefüllt. Sie war so betrunken, dass sie sich kaum mehr auf den Beinen halten konnte. Ich habe ihr erzählt, dass er heimgegangen ist. Sie wusste nicht, was sie tat und ist aus dem Haus gegangen, um den kleinen Scheißer zu suchen. Hat ihn im Steinbruch gefunden und zu schreien angefangen. Mum kam genau in dem Moment nach Hause, ich weiß nicht, wo sie war, und hat den Aufruhr mitbekommen. Als das ganze Tamtam vorbei war, kam Tara heim und ich habe sie ins Bett gebracht wie eine liebe Schwester, und sie ist ohnmächtig geworden. Und wieder einmal war sie im Mittelpunkt. Ich habe mich so geärgert, dass ich einen Handspiegel zerbrochen habe und ihr mit einer Scherbe quer über das Gesicht gefahren bin.« Jessicas Augen wurden glasig bei der Erinnerung und Lottie merkte, wie sich ein weiteres Puzzlestück an die richtige Stelle schob.

»Als Tara endlich aus ihrem Vollrausch aufwachte, konnte sie sich an nichts erinnern. Es war so leicht, sie davon zu überzeugen, dass alles ihre Schuld war. Ich habe ihr erzählt, dass sie mit dem kleinen Scheißer gestritten hat und er sie mit dem Spiegel geschnitten hat und dann nach Hause gerannt ist. Dass er deswegen ertrunken ist, weil er vor ihr weggerannt ist, und dass es ihre Schuld war. Es ist so leicht, Leute zu manipulieren, die schon gebrochen sind.«

»Und Tara hat all die Jahre geschwiegen?«

»Sie ist verrückt geworden, oder? Weil sie geglaubt hat, dass es ihre Schuld war. Und dann, Jahre später, hat Daddy sie zu seiner Exgeliebten, dieser Seelenklempnerin, geschickt, zur Therapie.«

»Aber was konnte sie Ellen denn groß erzählen?« Lottie wusste aus Ellens Notizen, worüber sie und Tara gesprochen hatten, aber sie wollte, dass Jessica weitererzählte. Die junge Frau ging geradezu auf, wenn sie von ihrem augenscheinlich perfekten Mord berichtete, und von den Jahren der Lüge, die folgten.

»Sie war es.« Jessica zeigte auf Maddy.

»Das ist lächerlich«, sagte Lottie. »Maddy war damals noch jünger als Aidan. Sie hat mit dem ganzen gar nichts zu tun.«

»Das Schicksal hat eingegriffen«, sagte Jessica belustigt. »Wenn man an so einen Scheiß glaubt. Möchtest du es der Frau Inspector selbst erzählen, Maddy?«

Das Mädchen biss sich auf die Lippe und schüttelte den Kopf.

Boyd meldete sich zu Wort. »Maddy hat mir erzählt, dass ihr einjähriger Neffe, Jacob, vor drei Jahren in einem kleinen Plantschbecken im Garten hinter dem Haus ertrunken ist. Und deswegen wurde sie in die Therapie zu Ellen geschickt.«

Lottie führte die Geschichte fort, als sie sich an Ellens Aufzeichnungen erinnerte. »Maddy gab sich selbst die Schuld, weil sie an dem Nachmittag auf das Kind hätte aufpassen sollen. Es war ein Unfall, aber Maddys Sitzungen brachten Ellen dazu, wieder an das zu denken, was mit ihrem Bruder passiert war. Sie benutze Maddy, um ihre eigenen Schuldgefühle besser zu verstehen und um sich intensiver mit dem tragischen Tod Aidans zu beschäftigen. Zu dem Zeitpunkt hatte Tara begonnen, an der Geschichte, die ihr aufgetischt worden war, zu zweifeln, also arbeitete Ellen auch mit ihren Erinnerungsstücken.«

»Für einen langweiligen Detective sind Sie ganz schön clever«, spottete Jessica. »Meine perfekte Schwester hat sogar mit Hazel darüber gesprochen, und deswegen hat Hazel mit meinem Dad darüber gesprochen, weil sie ihn da ja gerade gebumst hat. So ein Sündenpfuhl.«

»Und Rachel, was hat sie Ihnen jemals getan?«

»Sie war auch dabei in der Nacht, als der Balg ertrunken ist. Und in jüngerer Zeit hatte sie eine Affäre mit Daddy. Habe ich schon erwähnt, dass er anscheinend meine alten Freundinnen alle gerne gebumst hat? Ich konnte kein Risiko eingehen. Sie war ein unberechenbares Risiko. Besser aus dem Weg räumen, als zulassen, dass sie den Rest meines Lebens zunichtemacht. Jede von ihnen war zu einem Spiegel geworden, der meine Vergangenheit auf mich zurückwarf.«

»Aber es gab doch gar keine Beweise, dass Sie den kleinen Aidan umgebracht hatten. Sie mussten sich keine Sorgen machen. Also warum? Warum all diese Morde?«

»Warum nicht?«

»Jetzt kommen Sie schon, Jessica.« Lottie trat einen Schritt näher. »Das kaufe ich Ihnen nicht ab.«

Jessica strich mit ihren Fingern über den Stahlkanister. »Ellen, oder vielleicht auch Hazel, erzählte Daddy, was sie glaubte, das in jener Nacht geschehen war. Daddy hat erst Tara in die Mangel genommen und es dann Mum erzählt. Mum hat mit mir gesprochen. Ich habe es natürlich abgestritten, aber sie haben sich regelrecht um mich zusammengerottet. Ich konnte nicht zulassen, dass sie mein Leben zerstören. Ich dachte, Mum und Dad würden sich scheiden lassen, aber das ging zu langsam. Wenn ich Daddy und die anderen loswerde, und Mum und Tara aus dem Weg räume, dann gehört das ganze Vermögen der Flemings mir und mein Geheimnis wäre für immer sicher.«

Lottie schluckte das ganze Grauen, das sie empfand, hinunter. Annie hatte die ganze Zeit über gewusst, was hier vor sich ging. Und wo zum Teufel war sie überhaupt? »Wussten Sie, dass Ihr Vater das Testament geändert hatte?«

»Als diese Schlampen ihm erzählten, was sie dachten, dass vor zehn Jahren passiert sei, schrieb er mich und meine Mutter aus dem Testament heraus und setzte stattdessen meine vernarbte Schwester ein.«

»Sie haben all dies ersonnen, inclusive des brutalen Mordes an Ihrem eigenen Vater, damit Ihre Rolle bei Aidans Tod unentdeckt bleibt und Sie Matthews Vermögen erben?«

»Und um die zu verletzen, die ihn liebten, oder gedacht haben, dass sie ihn liebten. Genial, oder?«

»Wir alle hier wissen jetzt, was Sie getan haben«, sagte Lottie und zeigte auf die Anwesenden.

»Ja, aber Sie werden niemandem davon erzählen können.« Jessica hob den Kanister vorsichtig hoch. »Mein Chemiestudium, das ich vor dem Betriebswirtschaftsstudium begonnen habe, kommt mir jetzt gelegen. Im Steinbruch habe ich mich geradezu selbst übertroffen; und alles, was ich jetzt machen muss, ist das hier zu entzünden, und ihr seid alle auf einen Schlag ausgelöscht.«

Lottie verstand nicht, welche Chemikalie in dem Kanister war oder wie das funktionieren würde, aber sie hatte die Ergebnisse von Jessicas Handwerkskunst am Steinbruch am eigenen Leib erfahren und sie würde ihre Worte nicht anzweifeln.

»Das muss nicht passieren.« Ihr Herz schlug so laut, dass sie dachte, Jessica müsste es durch ihre Kevlarweste hindurch pochen sehen. »Ellen hat detaillierte Aufzeichnungen hinterlassen. Auch wenn Sie alle hier vernichten, meine Kollegen haben Beweise. Und wenn es Tara wieder besser geht, wird sie die Wahrheit erzählen. Sie kommen damit nicht davon.«

»Ich komme mit allem davon, wenn ich will.« Jessicas Augen funkelten und sie packte den Kanister fester.

Im Zimmer war es zu still. Lottie fragte: »Wo ist Annie?«

»Ach meine arme Mutter. Die hatte ein bisschen zu viel zu trinken. Ich habe sie an den See gefahren. Hab sie dort gelassen, damit sie sich die Seele aus dem Leib kotzen kann. Allerdings wird ihr das nicht viel helfen, denn wir wissen ja, wie eine Strychninvergiftung ausgeht.«

»Jessica, geben Sie mir den Kanister. Wir können das alles auf der Wache klären.«

»Ich bin doch nicht dumm. Ich habe einen Fluchtplan.«

Lottie versuchte verzweifelt, sich etwas einfallen zu lassen, um die Situation zu entschärfen. »Lassen Sie wenigstens die Kinder gehen.«

»Was kümmern mich die Kinder? Ich habe doch schon mal eins umgebracht, oder? Aber diese Schlampe«, sie zeigte auf Maddy, »konnte ihre Schuldgefühle nicht für sich behalten und erweckte Erinnerungen bei Ellen wieder zum Leben, brachte sie dazu, alles infrage zu stellen! Ich musste etwas tun.« Mit einem Schulterzucken wandte sich Jessica dem Feuer zu. »Es ist ihre Schuld. Nicht meine. Ich bin für euch alle viel zu klug.«

Es war an der Zeit. Lottie hielt nicht erst inne, um über den Narzissmus nachzugrübeln, der aus Jessicas Mund kam. Sie schaute kurz Boyd an und bemerkte ein kurzes Verdrehen des Handgelenks und das Aufblitzen von Stahl in Maddys Hand, als sie blitzschnell das Kabel durchschnitt. Das Rumpeln von schwerem Gefährt, das draußen vorfuhr, gab ihr die Möglichkeit, zu agieren.

Sie nickte Boyd zu und stürzte sich auf Jessica, wobei sie sie an den Knien fasste und nach vorne gegen das Kaminsims stieß.

Sie hörte den Schädel der Frau krachen, als Boyd den Kanister auffing und Maddy mit einem kleinen Messer in der Hand vorsprang. Das wurde nicht mehr gebraucht. Jessica Fleming war bewusstlos.

Trey brüllte und das Baby wachte mit einem Schrei auf. Stella erwachte aus ihrem dösenden Zustand und tastete nach der Beule auf ihrem Kopf. Als sie die Füße auf den Boden schwang und ihre Tochter in den Arm nahm, rollte eine leere Ginflasche unter dem Sofa hervor.

»Was ist passiert?«, fragte sie benommen.

Schnell füllte sich das Zimmer mit Mitgliedern des bewaffneten Einsatzkommandos. Zu viele Leute für so einen kleinen Raum. Vorsichtig reichte sie den Kanister jemandem in Schutzausrüstung. »Da könnte eine Chemikalie drin sein, vielleicht Nitroglyzerin. Es könnte aber auch nur dreckiges Spülwasser sein.«

»Wir lassen es besser nicht drauf ankommen.«

Lotties Klaustrophobie verstärkte sich und sie bekam keine Luft mehr. Dann spürte sie den beruhigenden Druck von Boyds Arm um ihre Schulter.

Als sie wieder Luft bekam, fragte sie: »Was zum Teufel ist hier gerade passiert?«

———

Tara Fleming war kein kleines Mädchen mehr, aber die Schrecken ihrer Vergangenheit tanzten vor ihren Augen wie ein Wandteppich von Gestalten, die zum Leben erwachten. Damals hatte sie den zerbrochenen Spiegel über ihre Wange schrammen gespürt, und obwohl sie von dem vielen Wodka halb betäubt gewesen war, hatte sie gedacht, ihre Schwester auf sich hinablächeln zu sehen. Jessica?

Der kleine Junge. Aidan.

Jetzt, zehn Jahre später, und nachdem ein Vermögen für

Therapiesitzungen ausgegeben worden war, verstand sie, dass sie diese Lüge, die ihre Schwester ihr damals ins Ohr geflüstert hatte, gelebt hatte.

Oh Gott! Jessica hatte diesen wehrlosen kleinen Jungen in die tiefen Wasser des Steinbruchs gestoßen. Und ihr ganzes Leben seit dem, hatte Tara geglaubt, dass sie den Jungen ertränkt hatte. Obwohl seine Stimme viel zu früh verklungen war, hatte der Junge einen Namen, Aidan Gormley, und sie schwor sich, dass sie alles dafür tun würde, dass dieser Name nie in Vergessenheit geriet.

Sie erwachte aus ihrem unruhigen Schlaf. Sie schaute in den Spiegel. Die Narbe schien sie nicht mehr länger zu verhöhnen. Sie erinnerte sie nun daran, wie sich die Liebe ihrer Schwester in Hass verwandelt hatte. Sie fühlte sich stärker, als sie sich je gefühlt hatte, seit sie neun Jahre alt gewesen war, und gelobte sich selbst, dass sie diese Narbe von nun an mit Stolz tragen würde, und dass sie etwas aus ihrem Leben machen würde, das anderen helfen würde, die fälschlicherweise glaubten, dass sie Schuld trugen für etwas, was jemand anders gemacht hatte.

Sie würde sich nie mehr vor ihrem eigenen Spiegelbild ängstigen. Sie würde zu sich selbst stehen, zu der Stimme der Stummen.

ACHTUNDSECHZIG

Maddy drückte Trey in der Kantine der Wache an sich, während Kirby ihnen etwas zu essen holte. Stella hatte sich schnell erholt und saß missmutig auf der anderen Tischseite und hielt Ariana im Arm.

»Ich habe dir nie die Schuld gegeben, Maddy«, sagte Stella.

»Ich habe mir selber die Schuld gegeben. Ich habe Jacob genauso geliebt wie du, und ich hätte mich besser um ihn kümmern sollen.«

»Nein, ich hätte mich um ihn kümmern müssen. Ich weiß, dass ich sehr jung war, als ich ihn bekommen habe, aber du warst doch noch ein Kind, als er gestorben ist.«

Lottie nippte an ihrem lauwarmen Kaffee und hörte zu. »Es ist nicht deine Schuld, Maddy. Du bist einfach in die Kielwelle geraten. Ellen hat Aidan auch geliebt, und sie hat dir gutgetan, auch wenn du ihre Büchse der Pandora geöffnet hast.«

»Ich weiß, aber ich kann trotzdem nicht aufhören, mir Vorwürfe zu machen.«

»Ich habe mir nach dem Tod meines Mannes Vorwürfe gemacht wegen Sachen, von denen ich dachte, dass ich sie hätte anders handhaben müssen. Aber ich hatte darüber keine

Kontrolle. Ich habe gelernt, nach vorne zu schauen. Du musst das auch lernen.«

»Sie und Boyd sind starke Menschen. Sie kommen aus einem guten Zuhause. Ich habe nichts. Ich bin niemand.«

Boyd klopfte sanft mit den Knöcheln auf den Tisch. »Maddy Daly, du bist eine der stärksten Fünfzehnjährigen, die ich je getroffen habe. Was letzte Woche passiert ist, zeigt doch, wie widerstandsfähig du bist. Du kannst etwas aus deinem Leben machen.«

»Ja, vielleicht«, sagte Maddy. »Wie geht es Annie Fleming?«

»Sie erholt sich«, antwortete Lottie. »Wir haben sie rechtzeitig gefunden, obwohl sie Verletzungen am Gewebe hat. Tara geht es auch soweit gut. Sie muss stationär behandelt werden, aber sie hat fest vor, Beth Mullen zu helfen, SmoothPebble zu starten und den Produkten ein neues Label zu verpassen – Rachels Traum. Und sie möchte, dass du für sie arbeitest, wenn du die Schule fertig gemacht hast. Aber du musst wieder zur Schule, das ist Teil des Deals.«

»Ich hab nichts gegen die Schule. Ich lerne sehr gerne. Ich war nur dieses Jahr nicht oft. Ist Tara wirklich ganz unschuldig?«

»Ja, das ist sie«, versicherte Lottie. »Wir haben Videoüberwachungsmaterial, das sie am Montagabend auf dem Flughafen zeigt, und bei der Mautstation auf der M4 auf ihrem Weg zurück. Am Dienstag hat sie bei Hazel vorbeigeschaut und sie haben zusammen etwas getrunken. Sie wollte über die Nacht reden, in der Aidan Gormley starb. Sie war auch bei Beth. Tara vertraute ihren eigenen Erinnerungen an den Abend nicht, aber sie konnte nichts beweisen, solange die Frauen geschwiegen haben. Es war Jessica, die beschlossen hat, dass es niemanden mehr geben sollte, der die Wahrheit verraten könnte.

Boyd stand auf und ging zur Tür hinaus. Einen Augenblick später kam er wieder herein und schob ein High Nelly Rad vor sich her, das mit Schleifen festlich geschmückt war. »Wir sind uns sicher, dass Ellen gewollte hätte, dass du das bekommst.«

Maddy biss sich auf die Lippe und strich mit ihrem Kinn über Treys Haar. »Ellen war so eine gute Freundin. Jetzt hab ich keine mehr.«

»Ich, Maddy«, sagte Trey. »Ich dein Freund.«

»Das bist du wirklich, Kleiner«, sagte Maddy und setzte ihn auf dem anderen Stuhl ab. Dann stand sie auf und nahm das Rad von Boyd entgegen. »Bringen Sie mir bei, wie man eine Kette repariert?«

EPILOG

Ihre Mutter, Rose, hatte ein Überraschungsflitterwochenende für Lottie und Boyd gebucht. Zwei Nächte in einem Luxushotel im County Mayo.

»Lottie«, sagte Boyd und Ernst spiegelte sich in seinen braunen Augen. »Meine erste Hochzeit hat in diesem Hotel stattgefunden. Bitte vergib mir, wenn ich dir sage, dass ich nicht mit dir dorthin fahren kann.«

»Sei doch nicht albern«, sagte Lottie. »Wir haben alle Erinnerungen, die wir bewältigen müssen. Meine waren glücklich und voller Liebe bis zu Adams Diagnose, und dann war es wie ein Autounfall. Deine waren vielleicht eher ein Stockcarrennen, aber ich lehne nicht zwei Nächte in Luxus ab. Entweder du kommst mit, oder nicht, aber ich fahre.«

»Ich komme immer mit dir mit.«

»Wir können jederzeit und wo auch immer heiraten, aber diese Auszeit brauche ich wirklich.«

»Okay, ich komme mit«, sagte er. »Wieder mal richtig durchschlafen würde mir sehr guttun.«

Sie zwinkerte ihm zu. »Wer hat denn was von Schlafen gesagt.«

»Ich meine es ernst. Der Arzt hat mir sieben Tage Bettruhe verordnet.«

»Das passt mir gut.«

Die Wohnzimmertür öffnete sich und Louis stürmte herein mit einem Buch in der Hand. »Nana Lottie. Bett.«

»Okay.« Lottie nahm ihren Enkel an der Hand. »Nur eine Geschichte.«

»Zwei.« Louis hielt einen Finger hoch.

»Geh nicht weg, Boyd«, sagte Lottie. »Ich bin gleich wieder da.«

»Lass dir Zeit«, sagte Boyd und gähnte.

»Und schlaf hier ja nicht ein.«

»Wo sonst kann ich denn einschlafen?«

»Die Mädchen haben mein Bett frisch bezogen und Blütenblätter darauf verstreut.«

»Du machst Witze.«

Sie zwinkerte ihm zu. »Natürlich. Bis gleich.«

Als sie die Treppe hochging, mit Louis auf dem Arm, blieb sie kurz stehen und lauschte auf das Lachen ihrer Kinder, das aus der Küche drang, und genoss den Duft des Essen, das ihre Mutter zum Abendessen kochte. Sie musste noch mit Chloe über Brendan Healy sprechen und herausfinden, wo sie sich kennengelernt hatten und was da zwischen ihnen lief. Allein der riesige Altersunterschied! Aber vorläufig ließ sie das Thema ruhen.

Ihr Hochzeitstag war vielleicht verdorben worden, aber sie war glücklich. Und das jagte ihr mächtig Angst ein. Weil, auch wenn es billig klang, manche Dinge doch zu schön waren, um wahr zu sein.

MEHR VON BOOKOUTURE
DEUTSCHLAND

Für mehr Infos rund um Bookouture Deutschland und unsere
Bücher melde dich für unseren Newsletter an:

www.bookouture.com/bookouture-deutschland-sign-up

Oder folge uns auf Social Media:

 facebook.com/bookouturedeutschland

 twitter.com/bookouturede

 instagram.com/bookouturedeutschland

EIN BRIEF VON PATRICIA

Hallo liebe Leser:innen,

meinen herzlichen Dank, dass ihr meinen neunten Roman, *Schweigende Stimmen*, gelesen habt.

Es hat so viel Spaß gemacht, diese Geschichte zu erfinden und ich hoffe, dass euch das Lesen so viel Spaß gemacht hat, wie mir das Schreiben. Wenn euch das Buch gefallen hat und ihr immer erfahren möchtet, wann etwas Neues von mir erscheint, dann registriert euch einfach für folgenden Link. Eure E-Mailadresse ist bei uns sicher, und ihr könnt euch jederzeit wieder abmelden.

deutschland.bookouture.com/subscribe/

Mir ist bewusst, dass Millionen von Menschen auf der ganzen Welt sehr, sehr schwierige Zeiten durchgemacht haben, und ich wünsche mir, dass ihr die Wirklichkeit für ein paar Stunden vergesst und in die Welt von Lottie Parker und Ragmullin abtauchen konntet.

Danke, dass ihr eure Zeit in diesem neuesten Buch der Reihe mit Lottie, ihrer Familie und ihrem Team geteilt habt. Hoffentlich hat euch *Schweigende Stimmen* gefallen und es würde mich sehr freuen, wenn ihr Lottie durch alle Romane der Reihe hindurch folgt. Denen von euch, die alle anderen acht Bände schon gelesen haben – *Die vergessenen Kinder, Die geraubten Mädchen, Das verlorene Kind, Nie in Sicherheit, Sag nichts, Tödlicher Verrat, Zerrissene Seelen* und *Begrabene Engel* – danke ich von ganzem Herzen für eure Unterstützung und eure Kritiken. Und wenn *Schweigende Stimmen* eure erste Begegnung mit Lottie war, dann wünsche ich mir, dass ihr die vorangegangenen Bücher genauso genießt.

Ich freue mich immer ausgesprochen, wenn ihr Kritiken schreibt. Es wäre fantastisch, wenn ihr auf Amazon eine Rezension posten könntet, oder auch auf jeder anderen Website, über die ihr das eBook, das Taschenbuch oder das Audiobook bezogen habt. Das würde mir viel bedeuten. Und vielen, vielen Dank für die Rezensionen, die schon erschienen sind.

Ihr könnt euch mit mir über meine Facebook Autorinnenseite, Instagram oder Twitter in Verbindung setzen. Ich betreibe auch eine Website, auf der ich euch so gut wie möglich auf dem Laufenden halte.

Noch einmal danke, dass ihr *Schweigende Stimmen* gelesen habt.

Und ich freue mich schon darauf, euch im Buch zehn der Reihe wieder zu begegnen.

Herzliche Grüße,

Patricia

facebook.com/trisha460

twitter.com/trisha460

instagram.com/patricia_gibney_author

DANKSAGUNG

Irgendwie habe ich es fertig gebracht, dieses Buch im Sommer 2020 zu schreiben, mitten in der Covid-19 Pandemie. Es gab Zeiten während des Lockdowns hier in Irland, zu denen ich dachte, dass ich kein einziges Wort mehr schreiben könnte. Aber mit der Unterstützung meiner Freunde und meiner Familie, und mit der unermüdlichen Ermutigung durch meine Agentin Ger Nichol und meine Lektorin, Lydia Vassar Smith, habe ich es geschafft, die Geschichte auf Papier zu bringen. Auf eine gewisse Art ist es noch nie so schwierig gewesen, ein Buch zu schreiben. Andererseits war das Schreiben schon beinahe therapeutisch.

Zunächst möchte ich mich bei euch bedanken, dass ihr *Schweigende Stimmen* gelesen habt, und allen, die Lotties Reise schon seit einer Weile folgen, danke ich, dass sie auch meine anderen Bücher gelesen haben.

Mein besonderer Dank gilt einer Person, die vor Jahren in meiner Siedlung gewohnt hat, und der ich immer noch regelmäßig in der Stadt begegne, wenn sie mit dem Rad unterwegs ist. Antoinette (Bracken) Wims, dein Fahrrad war die Inspiration für Ellens High Nelly!

Meine Agentin Ger Nichol vom Book Bureau gibt mir unentwegt Zuspruch und hat immer ein offenes Ohr für mich. Danke, Ger, und auch Marianne Gunn O'Connor. Danke an Hannah Whitaker von Rights People für die Vermittlung meiner Bücher an ausländische Verlage, die diese übersetzen.

Ich kann mich glücklich schätzen, Lydia Vassar Smith als

meine Lektorin zu haben. Lydia ist professionell und scharf-
sinnig und hat, genau wie Ger, immer ein offenes Ohr für mich.
Das bedeutet mir als Autorin unheimlich viel, da ich meine
Bücher ja in einem Umfeld schreibe, das hin und wieder an
Einzelhaft erinnert. Da ist es besonders wichtig, den Menschen
am anderen Ende der Telefonverbindung vertrauen zu können.
Danke, Lydia.

Vielen Dank an Kim Nash, Leiterin der Öffentlichkeitsar-
beit bei Bookouture, Sarah Hardy und Noelle Holten für all
eure PR-Arbeit, und eure Ermutigung und Unterstützung.
Danke Kim, dass du nach mir siehst. Dank auch allen, die bei
Bookouture direkt mit meinen Büchern arbeiten: Alex Holmes
(Herstellung) und Hamzah Hussain (Verlagswesen), Alex Crow
und Hannah Deuce (Marketing). Jane Selley, die an fast allen
meinen Büchern gearbeitet hat, bin ich für ihre hervorragenden
Lektoratsfähigkeiten unendlich dankbar.

Vielen Dank an Sphere, Hachette Ireland und Grand
Central Publishing, die meine Bücher im Taschenbuchformat
veröffentlichen, und an alle meine ausländischen Übersetz-
zungsverlage dafür, dass sie meine Bücher den Leser:innen in
ihren Muttersprachen zugänglich machen.

Michele Moran gehört die unglaubliche Stimme, die die
Hörbücher all meiner Bücher spricht und Lottie in den Ohren
der Hörer:innen zum Leben erweckt. Danke, Michele, und
danke auch deinem Team bei den Audiobook Producers.

Buchblogger:innen und Rezensenten:innen: Vielen Dank.
Ihr helft den Leser:innen, meine Bücher zu finden, und ich bin
allen dankbar, die eine Rezension geschrieben haben, denn
damit macht ihr einen großen Unterschied. Die Autorenge-
meinschaft unterstützt mich und meine Arbeit sehr. Vielen
Dank an alle, die mir zugehört, mit mir geplaudert und mich
beraten haben, insbesondere an meine Bookouture-
Kolleg:innen.

Danke an Buchläden und Büchereien und an die Medien, die das Wissen um meine Bücher weitertragen.

Besonderer Dank an John Quinn und Rita Gilmartin für ihre raschen Antworten auf meine Bitten um Klärung und Rat. Für alle Ungenauigkeiten bin ich verantwortlich. Alle polizeilichen Verfahren sind fiktiv beschrieben, um die Geschichte voranzutreiben. Es ist ja schließlich Fiktion!

Danke an Patricia Ryan und Denise Collins, dass sie mir die abgelegenen Cottages in Sligo und Kerry zum Schreiben zur Verfügung gestellt haben. Die Ruhe an diesen Orten trägt viel dazu bei, die Kreativität zu fördern.

Danke allen meinen Freund:innen für ihre Unterstützung, besonders in diesen unvorhersehbaren Zeiten. Antoinette Hegarty, Jo Kelly, Jackie Walsh, Niamh Brennan, und Grainne Daly: Danke, dass ihr immer am anderen Ende der Leitung für mich da seid. Hoffentlich können wir bald wieder gemeinsam reisen.

Danke, Kathleen and William Ward, meinen Eltern, die die Konstante in meinem Leben sind.

Danke auch an meine Schwiegermutter Lily Gibney und ihre Familie, für all die Unterstützung.

Meine Cathy Thornton, Gerry Ward und Marie Brennan. Marie ist eine feste Größe in meinem Schreibprozess geworden. Sie steht immer zur Verfügung, um mir bei der Überarbeitung zu helfen, und zur Buße für ihre Sünden, ist sie die Erste, die die schrecklichen Erstentwürfe lesen darf! Vielen Dank.

In diesen unsicheren Zeiten ist Familie wichtiger denn je, auch wenn kein persönlicher Kontakt erlaubt ist. Ich möchte ganz besonders meinen Kindern Aisling, Orla und Cathal danken. Ihr habt euch so gut um mich gekümmert, als ich am Anfang der Pandemie so krank war, und ich bin unsagbar dankbar für die tollen jungen Erwachsenen, die ihr geworden seid. Euer Vater, Aidan, wäre so stolz auf auch, genauso, wie ich es bin. Ich bin dankbar, euch in meinem Leben haben zu dürfen. Und ich bin euch noch dankbarer, dass ihr mein Leben mit der grenzenlosen Liebe meiner vier Enkelkinder, Daisy und Caitlyn und Shay und Lola gesegnet habt. Ich weiß, dass Aidan lächelnd auf uns runterschaut, und durchs Leben führt und uns mit seiner Liebe erfüllt. Ich liebe euch alle.

Alle Figuren in meinen Büchern sind fiktiv, ebenso wie Lotties Heimatstadt Ragmullin. Mullingar, im Herzen Irlands gelegen, ist mein Geburtsort und meine Heimatstadt, und ich kann nicht genug für die Unterstützung, die ich von allen dort erhalte, danken.

Und schließlich seid ihr, liebe Leser:innen, der Lohn für die ganzen Mühen. Ich bin euch ewig dankbar.

Ich muss jetzt das nächste Buch schreiben!

www.ingramcontent.com/pod-product-compliance
Lightning Source LLC
Chambersburg PA
CBHW050843210726
48290CB00004B/1056